"十二五"国家重点图书出版规划项目
国家社科基金重大项目成果

新中国60年外国文学研究

(第六卷)

口述史

申丹 王邦维 总主编

王东亮 罗湉 史阳 主编

北京大学出版社
PEKING UNIVERSITY PRESS

图书在版编目（CIP）数据

新中国60年外国文学研究.第6卷，口述史/申丹，王邦维总主编；王东亮，罗湉，史阳主编. —北京：北京大学出版社，2015.9
ISBN 978-7-301-26067-8

Ⅰ.①新… Ⅱ.①申…②王…③王…④罗…⑤史… Ⅲ.①外国文学—文学研究 Ⅳ.①I106

中国版本图书馆CIP数据核字（2015）第163471号

书　　名	新中国60年外国文学研究（第六卷）口述史
组稿编辑	张　冰
著作责任者	申　丹　王邦维　总主编　王东亮　罗　湉　史　阳　主编
责任编辑	初艳红
标准书号	ISBN 978-7-301-26067-8
出版发行	北京大学出版社
地　　址	北京市海淀区成府路205号　100871
网　　址	http://www.pup.cn　新浪微博：@北京大学出版社
电子信箱	alicechu2008@126.com
电　　话	邮购部 62752015　发行部 62750672　编辑部 62759634
印刷者	北京中科印刷有限公司
经销者	新华书店
	720毫米×1020毫米　16开本　25.25印张　500千字
	2015年9月第1版　2015年9月第1次印刷
定　　价	88.00元

未经许可，不得以任何方式复制或抄袭本书之部分或全部内容。
版权所有，侵权必究
举报电话：010-62752024　电子信箱：fd@pup.pku.edu.cn
图书如有印装质量问题，请与出版部联系，电话：010-62756370

目 录

总论 ·· 1
序言 ·· 1

第一篇　学路篇

与时代共呼吸
　　——孙绳武先生访谈录 ··· 9
从青木关到燕园
　　——严宝瑜先生访谈录 ··· 20
拳拳侨子心　漫漫使者路
　　——梁立基先生访谈录 ··· 35
劫波度尽　诗篇长传
　　——王智量先生访谈录 ··· 49
"生命流动在文字中"
　　——童道明先生访谈录 ··· 62
心系天方　毕生追索
　　——仲跻昆先生访谈录 ··· 79
在迁徙中建树　在转型中收获
　　——郑克鲁先生访谈录 ··· 90
译文社的成长和担当
　　——杨心慈先生访谈录 ··· 105

第二篇　学科篇

为中国的少年儿童翻译写作
　　——任溶溶先生访谈录 117

学贯朝韩学　情钟《玉楼梦》
　　——韦旭升先生访谈录 126

坚守印度文学　心系东方世界
　　——刘安武先生访谈录 137

传承薪火　耕耘译坛
　　——桂裕芳先生访谈录 145

沉潜波斯文学　沟通世界文明
　　——张鸿年先生访谈录 155

着意耕耘　定有成果
　　——沈石岩先生访谈录 167

建设学科　承前启后
　　——李明滨先生访谈录 184

传师道　辟新路
　　——陶洁先生访谈录 198

徜徉阿语文学　一生不懈追求
　　——郅溥浩先生访谈录 212

第三篇　学思篇

中国比较文学的历史使命
　　——乐黛云先生访谈录 225

传承经典　解放阅读
　　——张中载先生访谈录 241

外国文学研究要有中国意识和主体意识
　　——吴元迈先生访谈录 253

推石上山的脚步
　　——柳鸣九先生访谈录 268

文学探索　美学追求
　　——叶廷芳先生访谈录 291

"呼唤堂吉诃德归来"
　　——董燕生先生访谈录 ·················· 309
会通学科　熔"义理辞章"于一炉
　　——严绍璗先生访谈录 ·················· 322
立足梵文　打通中外
　　——黄宝生先生访谈录 ·················· 350
外国文学研究也应是一种思想建树
　　——盛宁先生访谈录 ···················· 366

主要人名索引 ································ 383

总 论

文学是语言的艺术,是文化的沉淀,是人类精神生活的宝库。研究外来的文学,既是语言的阐释,也是文化的交流和思想的对话。在中华民族走向现代化、中外文明相互交融这一世界发展总格局的进程中,外国文学研究发挥了越来越重要的作用。外国文学研究是我国学术和文化建设的一个重要组成部分,有助于中国在深层次上了解世界,吸纳世界文明的精华。新中国成立后,受到政治、社会、文化、经济等各种因素的影响,我国的外国文学研究走过了一条曲折坎坷的道路,但同时也取得了辉煌的成就。新中国60年外国文学研究既丰富多彩又错综复杂,伴随着对研究目的、地位、作用、性质、方法等诸多方面的探索与论争,在中国社会发展的各个阶段积累了很多经验,也留下不少教训。系统梳理与考察新中国60年来外国文学研究的发展历程,并在此基础上,对其进行中肯而深入的分析,一方面可对我国外国文学研究界60年所做的工作做一个整体观照,进行经验总结;另一方面可通过反思,发现存在的问题,提出解决的办法,为外国文学研究的发展指出方向,进而为我国的文化建设和社会主义核心价值体系的构建提供重要参考。基于以上思考,国家社科基金重大项目"新中国60年外国文学研究"坚持历史唯物主义观点,采用辩证方法,自2010年1月立项至2013年底的四年中实事求是地展开全面工作。① 本项目设以下八个子课题:(1)外国文学作品研究之考察与分析(下分"诗歌与戏剧研究"和"小说研究");(2)外国文学流派研究之考察与分析;(3)外国文学史研究之考察与分析;(4)外国文论研究之考察与分析;(5)外国文学翻译之考察与分析;(6)外国文学研究分类考察口述史;(7)外国文学研究数据库;(8)外国文学研究战略发展报告。本书共六卷七册,加上数据库与战略发展报告,构成了本项目的

---

① 同时立项的还有陈建华担任首席专家的同名项目,该项目分国别考察外国文学研究,本项目则对外国文学研究按种类进行专题考察;两个项目之间有所不同,一定程度上可以互补。

最终研究成果。

本项目首次将外国文学研究分成不同种类,每一种类又分专题或范畴,以新的方式探讨新中国成立后60年外国文学研究的思路、特征、方法、趋势和进程,对重要问题做出深度分析,从新的角度揭示外国文学研究的得失和演化规律,对未来的外国文学研究进行前瞻性思考,以求推进我国外国文学研究的学术史建构。

国内现有的相关研究成果大致分成以下三类。其一为发展报告类,如《中国高校哲学社会科学发展报告1978—2008文学卷》《新中国社会科学五十年》等。这些成果提供了不少重要信息和资料,但关于外国文学研究的部分篇幅有限,留下了进一步研究的空间。四川外国语大学组织编写出版了2006—2009年度的《外国语言文学及相关学科发展报告》(王鲁南主编),其主要目的是收集信息、提供资料。其二为年鉴类和学术影响力报告类,如《北京社会科学年鉴》(2000—)、《中国学术年鉴》(人文社科版,2005—)、《中国人文社会科学学术影响力报告2000—2004》等。其重点在于介绍影响力较大的代表性成果或获奖成果,其中有关外国文学的部分篇幅不多,仅涵盖少量突出成果,且一般是从新世纪开始编写出版的。其三为学术史类,如龚翰熊的20世纪中国人文学科学术研究史丛书文学专辑《西方文学研究》(2005)、王向远的《东方各国文学在中国——译介与研究史述论》(2001)、陈众议主编的《当代中国外国文学研究(1949—2009)》(2011)等,这些史论性著作资料丰富,有很好的历史维度,但均按传统的国别和语种对外国文学研究进行考察,没有对其进行区分种类的专题探讨。近年来还出版了一些颇有价值的外国作家或作品的批评史研究专著,不过考察的主要是国外的研究成果。

新中国60年的外国文学研究以1978年十一届三中全会为界可大致分成前30年和后30年两个大的时间段。前30年又可分为前17年①和"文化大革命"两个时期;后30年也可进一步细分为改革开放初期,80年代中后期到90年代末,以及新世纪以来等三个时期②。这些不同时期外国文学研究的指导思想、范围、模式、角度、焦点等都有不同程度的变化,与社会变迁也产生了不同形式和特点的互动。

本套书前五卷的撰写者以分类研究为经,历史分期研究为纬,在经纬交织中对五个不同种类的外国文学研究展开系统深入的专题考察,探讨特定社会语境下相关论题的内容、方法、特征、热点和争议。纵向研究提供了每一类别(以

---

① 就前17年而言,1957年"反右"运动前后以及1962年中共中央批转《关于当前文学艺术工作若干问题的意见》前后也有所不同。

② 我们没有要求一定要这样来细分后30年,撰写专家根据考察对象的实际情况进行了不同的细分。

及各类别中每一专题的研究)在不同历史时期的不同表现和发展脉络;横向研究则展示了同一时期各个类别(以及其中不同专题的研究)之间的相互关联和相互影响。第六卷为外国文学研究口述史,受访学者是上述五个分类范围某一领域或多个领域的代表性资深专家。这一卷实录的生动的历史信息可与前面五卷的各类专项探讨互为补充、交叉印证。如果读者在前面五卷专著中读到了对某位学者某方面研究的探讨,想进一步了解该学者和其研究,就可以阅读第六卷中对该学者的访谈。

这样的分类探讨不仅有助于揭示每一个类别外国文学研究的范围、热点、特点、方法和得失,而且可以从新的角度达到对60年发展脉络和演化规律的整体把握和深刻认识,推进我国外国文学研究的学术史建构。本套书在撰写过程中,有七十余篇阶段性成果公开发表,其中五十余篇发表在《外国文学评论》《国外文学》《外国文学》《外国文学研究》《当代外国文学》《中国比较文学》《中国翻译》等CSSCI检索的核心期刊以及国际权威期刊 *Milton Quarterly* 上,也有论文被《新华文摘》和《人大复印资料》转载;《北京大学学报》(哲社版)和《浙江大学学报》(哲社版,先后推出三期)等开辟专栏,集中刊登本项目的阶段性研究成果。这从一个侧面体现出本套书分类考察的研究价值、研究意义和研究深度。

新中国60年外国文学研究涉及面很广,尽管采取了分类探讨的方法来限定各卷考察的范围,但考察对象依然非常繁杂,如何加以合理选择是保证研究成功的一个重要前提。第一卷作品研究子课题组在广泛收集已有研究成果的基础上,重点考虑国内的关注度、影响力、代表性、研究嬗变等多种因素,在征求专家意见的前提下最终选择了27位外国诗人和戏剧家的作品和42位外国小说家的作品分别作为第一卷上册和下册的专题考察对象。① 第二卷是我国第一部专门探讨外国文学流派研究的专著。为了突出重点,该卷以世纪为中轴组篇,每部分均以"总况"开始,概述相关范畴流派研究的全貌,然后对重要流派进行较为细致深入的专题考察,着重剖析涉及热门话题的代表性论文和著作。鉴于文学流派与特定时代的哲学、政治、文化、社会思想等有着密切关联,因而该卷的探讨在某种程度上也具有思想史研究的意义,可以帮助研究者更好地了解新中国外国文学流派乃至整个外国文学研究的思想语境。第三卷是我国第一部专门探讨外国文学史研究的专著,有利于更好地看到文学史研究的特点和发展规律。该卷在对外国文学史著作全面梳理研讨的基础上,对外国文学史的重要学者和优秀成果进行专题探讨,深入分析各个时期的写作特点和一些重要问

---

① 不少作家既创作小说,也创作诗歌和/或戏剧,但往往一个体裁的创作较为突出,也更多地受到新中国学术界的关注,因此被选作第一卷上册或者下册的考察对象。但也有作家不止一个体裁的创作成就突出,也同时受到我国学者的较多关注,因此被同时选为第一卷上册和下册的考察对象。

题。第四卷"外国文论研究"在总结历史经验、提供翔实材料的基础上,侧重新中国各历史时期文论研究重点关注的问题,对一些重要的理论、理论家和理论流派的研究加以专题考察和深度剖析,并以此来把握外国文论研究在我国的整体状况。这种以问题统帅全局的篇章结构,试图为新中国60年的研究成果整理出一个整体思想框架,以便读者更好地理解各种理论流派和理论家之间的内在联系和发展传承。第五卷"外国文学译介研究"借鉴译介学的视角,着力考察新中国政治、文化、学术语境中外国文学的翻译选择、翻译策略、翻译特点和读者接受,揭示外国文学翻译的发展脉络和发展规律。该卷将宏观把握与微观剖析相结合,在考察十余个语种翻译状况的基础上,在我国率先对外国文学史、外国文论、外国通俗文学的译介和文学翻译期刊的独特作用等进行专题探讨,并对经典作品的复译、通俗文学的翻译等热点问题进行深入分析。本套书开拓性地将文献考察与实地调研相结合。第六卷是我国第一部外国文学研究口述史,观念上和方法上具有创新性。该卷旨在通过直接访谈的形式来抢救和保留记忆,透过个体经验和视角探寻新中国学者走过的道路,进而多层面反映外国文学学科的发展历程及其与社会变迁互动的状况。这一卷实录的个体治学经验、对过往研究的反思和未来发展的建议是对前面五卷学术研究专著生动而有益的补充。为了更全面地反映新中国外国文学研究的面貌,还采访了主要从事教学、出版和比较文学研究的学者。

  应邀参与各卷撰写的都是各相关领域学有所长的专家,不仅有学识渊博的资深学者,也有学术造诣精湛的中青年才俊,均具有相当好的国际视野。全体撰稿者严谨踏实的学风、精益求精的精神和通力协作的态度是本套书顺利完稿的保证。

  总体而言,本套书具有以下特点:

  一、重问题意识和分析深度　对外国文学研究进行分类专题考察,主要目的之一是力求摆脱以往的学术史研究偏重资料收集、缺乏分析深度的局限,做到不仅资料丰富,而且有较为深入的分析判断,以帮助提高学术史研究的水平。本套书注重问题意识,力求在对相关专题进行全面考察的基础上,以点带面,提炼重大问题,分析外国文学研究的局部和整体得失,做出中肯的判断和深入的反思,为今后的研究提供鉴照和参考。

  二、重社会历史语境　密切关注国内及国外社会历史语境和外国文学研究的互动,挖掘影响不同种类外国文学研究的政治、社会、文化、学术、经济、国际关系等原因,揭示出影响新中国外国文学研究的深层因素,同时也关注外国文学研究对中国文学、文化和社会等方面所产生的影响。在作品研究卷的上、下两册中,每一个专题都按历史阶段分节,以便在共时轴上很好地展示不同作品的研究在同样社会环境制约下形成的共性,以及在历时轴上显示不同作品的研究随大环境变化而变化的类似特点,从而凸现文学研究与社会变迁的互动。与此同时,由于研究对象、研究者、研究方法、所涉及的社会环境因素等存在着差异,新中国对不同作品的研究也具有不同之处,这也是评析的一个重点。

三、重与国外研究的平行比较 引入国外相关研究作为参照,在更广阔的学术视野下探讨国内学者对相关问题的研究所处的层次,通过比较对照突显国内研究的特点、长处和不足之处。这样做不仅有利于提高分析的深度,在与国外研究的比较中,还能凸现新中国的学术研究与社会文化语境的密切关联。在外国受重视的作者,在我国的社会文化语境中有可能被忽视,反之亦然。文学研究方法也是如此。与国外研究相比较,还有利于揭示新中国的研究与对象国的研究在各自社会文化语境中的不同发展进程。

四、重跨学科研究 具有较强的跨学科性质,注重考察外国文学研究与哲学、语言学、比较文学、历史学、心理学、社会学、宗教学等学科的关联。

五、重前瞻与未来发展 在对新中国成立前的研究进行回顾并全面系统探讨新中国60年研究经验和教训的基础上,找出和反思目前存在的问题,对如何解决这些问题提出对策,对未来的研究方法和研究方向提出建议。这对我国外国文学研究的发展和文化建设、精神文明建设均有重要参考价值。

通过对新中国60年的外国文学研究进行分类考察和深度评析,总结经验与教训,并在此基础上进行前瞻性思考,本套书力求从新的角度解答以下问题:(1)各个种类的外国文学研究在不同时期具有哪些不同特征、哪些得失,呈现出什么样的发展规律?不同种类的研究之间有什么样的互动关系?(2)哪些外部和内部因素决定了新中国成立以来外国文学学科走过的道路?(3)新中国60年的社会文化发展历程如何在外国文学学科发展中得到反映?(4)新中国成立以来外国文学研究与其他人文、社会学科之间存在哪些互动关系?(5)我国外国文学研究目前存在什么问题,如何解决这些问题?(6)怎样避免我国外国文学研究对对象国研究话语和方法的盲从?怎样提高自主意识和创新意识?怎样更好更快地赶超国际前沿水平?(7)外国文学研究的经验与教训如何为未来的社会主义文化建设提供依据和参考?外国文学学科如何更好地服务于我国的文化建设和精神文明建设?

下面就本套书的编写做几点说明:

1. 从国内学科的布局和现状来讲,外国文学研究可以分为东方文学研究和西方文学研究两大块。新中国成立后的60年间(其实新中国成立前也是如此),西方强,东方弱,西方文学研究的总量大大超出东方文学研究的总量,因此本套丛书中对西方文学研究的考察所占比例要大得多。

2. 本项目的任务是考察新中国的外国文学研究,因此港澳台同行的研究成果没有纳入考察范围。

3. 本项目 2010 年 1 月正式立项，有的研究完稿于 2010 年，考察时间截止到 2009 年。但有的研究 2013 年才完稿，因此兼顾到外国文学研究近两年的新发展，对此我们予以保留。

4. 新中国 60 年以及此前的相关研究著作和论文数量甚多，而丛书篇幅有限（作品研究卷的篇幅尤其紧张），对考察范围的研究资料需加以取舍。专著的撰稿者聚焦于新中国 60 年来出版发表的相关研究专著和期刊论文（新中国成立前和新中国成立初期的考察对象包括报纸文章）。① 需要说明的是，除了本套六卷七册书提供的翔实资料和信息外，本项目的第八个子课题"外国文学研究数据库"也系统全面地提供了丰富的资料。② 数据库采取板块形式，搜集新中国 60 年外国文学研究的各方面资料，包括研究成果类信息（含专著和论文）、翻译成果类信息、研究机构类信息、研究人物类信息、研究刊物类信息、研究项目类信息（国家社科基金等基金的立项情况）和奖项类信息。对新中国 60 年外国文学研究资料信息感兴趣者，还可以登录本项目数据库网址进行查询 (http://sfl.net.pku.edu.cn:8081/)。

5. 因篇幅所限，书中的文献信息只能尽量从简。在中国期刊网、国家图书馆网站和本项目数据库中，只要给出作者名、篇目名和发表年度，就可以很方便地查到所引专著和论文的所有信息。本套书中有的引用仅给出作者名、篇名和发表年度。

本研究能够顺利完成，得益于各子课题负责人的认真负责和通力协作，也得益于全体参与者的大力支持和无私奉献，对此我们感怀于心。本课题在立项和研究过程中曾得到众多专家学者的指导和帮助，在此深表感谢；特别要感谢陈众议、吴元迈、盛宁、陆建德、戴炜栋、刘象愚、张中载、张建华、刘建军、罗国祥、吴岳添、严绍璗等先生的帮助。需要特别说明的是，本项目的研究，不仅得到国家社科基金的资助，也得到北京大学主管文科的校领导、北京大学社会科学部和北京大学外国语学院的极力支持和多方帮助，对此我们十分感激。感谢北京大学出版社对本套丛书的出版立项，尤其感谢张冰主任为本套丛书付出诸多辛劳。

由于这套丛书时间跨度大，涉及面广，难免考虑欠周，比例失当，挂一漏万。书中的诸多不足和错谬之处，恳请各位专家和读者批评指正。

---

① 博士论文往往以专著形式出版，重要部分也往往以期刊论文形式发表。
② 本项目的战略发展报告中也有不少资料信息。

序 言

走近前辈　实录历史

"新中国60年外国文学研究"口述史课题组,于2010年10月至2013年6月,先后访谈了26位在1917年至1945年之间出生的外国文学工作者,收集了大量的录音、文字及图像资料。经受访学者审定并以"学路篇""学科篇""学思篇"形式结集出版的访谈实录,现以《新中国60年外国文学研究(第六卷)口述史》之名发表,收入"新中国60年外国文学研究"丛书,列第六卷。

对我国外国文学界的一些学者、翻译家进行访谈,是一件比较常见的事情,我们在报纸杂志和学术刊物上经常能读到名师名家访谈,有时甚至是系列性的访谈。但从学科史的角度,结合文献调研,系统地开展口述史料收集工作,就我们所知,开始于2005年底北京大学外国语学院设立的"北京大学外国语言文学学科发展史"研究项目。该项目的阶段性成果《学路回望——北京大学外国语言文学学科史访谈录》(王东亮主编)于2008年4月由北京大学出版社出版,其中收入访谈文章21篇,为了解外国语言文学这一学科在北京大学的发展脉络提供了珍贵的口述信息。

2010年1月,国家社科基金重大项目"新中国60年外国文学研究"(09&ZD071)获批立项,项目首席专家为申丹、王邦维。下设八个子课题,其中子课题之七为"新中国60年外国文学研究分类考察口述史"。在立项申请书中,"口述史"子课题的主要任务被界定为:"通过直接访谈的形式,透过个体经验和视角探寻60年来我国外国文学工作者走过的道路,进而多层面反映外国文学学科的发展历程以及与社会变迁互动的状况。"其主要工作步骤为"抢救记忆""深度调研""资料整理和编撰"。其中,在"深度调研"工作中,"将以本课题的总体设计为指导思想,与五类专项子课题研究(作品、流派、文学史、文论、翻译)的考察工作相配合,对各领域的专家学者进行深入全面的采访,为其他子课题提供翔实可信的第一手资料。"

2010年3月,口述史课题组成立,成员三人:王东亮、罗湉、史阳。课题组初步分工为:"王东亮负责课题组工作整体规划、与采访对象的先期联络和访谈录定稿,罗湉负责核实计划执行、对外联络与访谈录资料稿,史阳负责技术与后勤支持、音像资料获取、访谈录音文字整理。"

课题组成立后的第一项重要工作就是访谈对象的选择和确定。除了相对年长资深,且对新中国外国文学事业做出过重要贡献之外,受访学者所在地域、机构以及所属专业(二级学科)也是重要的参考因素。我们知道,在外国语言文学这个一级学科的门类下,按语种或地域划分共设有十几个二级学科,包括英语语言文学、俄语语言文学、法语语言文学、德语语言文学、日语语言文学、印度语言文学、西班牙语言文学、阿拉伯语言文学、欧洲语言文学、亚非语言文学、外国语言学及应用语言学。在"外国文学研究"课题范围内,"外国语言学及应用语言学"这个专业应该排除在考察范围之外,需要纳入的是分属中国语言文学和外国语言文学的"比较文学与世界文学"专业。虽然某些专业从业人员众多而另有些专业会在某一年龄段人才济济,但在选择访谈对象的时候,首先要考虑的仍是本学科各专业的整体覆盖以及各专业之间的人数平衡。而在各专业内部,研究方向、个人经历、社会影响等方面的不同,也是需要纳入考察视野进行衡量的因素。总之,学者本身的代表性,是确定访谈名单的一个基本出发点。

在项目组首席专家的大力协调下,经过广泛征求意见,课题组拟定了名为"口述史子课题采访对象提名初步汇总"(2010年6月13日)的第一份名单,包括国内高校和科研机构知名学者、翻译家及资深出版人共49人(含备选8人)。在经过十多次名单调整后,最后接受课题组访谈的26名学者绝大部分都出自这份最初的名单,个别学者或因身体不适或因联络不畅等原因,令课题组无缘登门叩教。至为遗憾并令人痛惜的是,列入采访名单的社科院外文所日本文学专家叶渭渠先生,在课题组计划访谈之前于2010年12月因病去世。课题组由此更感受到"抢救记忆"工作之紧迫、之重要。

访谈名单初步确定之后,课题组着手访谈问题与访谈大纲的设计工作。课题组按照课题立项时的任务要求,并参照同类学术访谈及《学路回望》的体例,对外国语言文学框架内的访谈内容作出详尽的归纳分析后,设计出一个尽可能全面的访谈提纲模板。在每次访谈前,围绕每位学者的个人情况,通过查阅文献、阅读作品、咨询了解等方式,再设计出十几个有针对性的问题。此外,课题组还撰写出一份"致受访学者函",在每次访谈之前寄给受访学者,以便于其了解口述史课题的简单情况以及课题组希望了解的主要信息:"访谈大致涵盖下列几方面内容:专业选择及求学经历,前辈名师之教育启迪,专业体制结构变化,核心治学理念,主要学术成果,职业与人生体悟,告语青年学者等。"

　　所有访谈都是实地采访,只有两次例外:一次电话访谈、一次书面问答与面谈结合。课题组对访谈过程全程录音,并在拍摄访谈现场作事实记录的同时,系统地就访谈中所提到的书籍、手稿、奖项等资料进行翻拍复制工作。访谈过程中,每位学者因对口述史工作理解的不同,在言说方式上呈现不同的特点。有的学者喜欢采取传统采访有问有答的方式,倾向简单明了地作出概括性的回答;有的学者很快就进入一种叙事性叙述,有时甚至提前谈到了采访人预计要涉及的话题。在谈到自己的工作和贡献时,也出现愿意多谈和不愿意多谈至少两种情况。为此,课题组根据不同的现场情况适时作出调整,力求在获取事先所期待信息的事实性、客观性的同时,利用难得的对话交流时机,捕捉这些信息的真实性、生动性细节,以期现场收集的口述史料在转换成文字书稿时能得到立体呈现。

　　作为学界的晚辈,课题组的自我定位是"走近前辈","记录历史",我们在访谈中主要做的事情是倾听和记录,尤其是面对着高龄、体弱或脱离一线工作较久学者的时候。对于那些仍然活跃在教学科研一线或"退而不休"保持旺盛创造力的学者,我们在倾听的同时寻求展开学术探讨和对话的可能,或尝试提出稍有些尖锐的问题,期待得到脱离了书面陈述方式的更为直接、更为即兴的回答。通过访谈,课题组不仅收集到课题工作需要的历史信息、口述史料,也收获了知识和智慧、启发和感动、支持和鼓励。很多次的触动和震撼并非言语所能表达,相信细心的读者在阅读这些书稿的某些篇章或段落时会有同样的感受。

　　从口述到文本,是口述史工作最为繁琐、最为艰难的一个步骤。首先是录音转为文字,这一步工作需要的是耐心细致,需要真实无误地完成从语音到文字的还原,以保留完整的访谈实录。在录音稿(一稿)的基础上,去除访谈过程的插话、题外话及其他与访谈本身关系不大的信息,合并一些问题和回答,经甄别筛选获得内容较为完整的文字资料,产生第二稿(资料稿)。第三稿的处理以适宜发表为标准,精简结构、突出重点、深化主题、完善格式,并同时提出需要受访人补充核实的人名及史实信息。受访学者收到三稿后,对相关内容进行审核修订,补充学术小传和访谈标题,寄还课题组作为定稿(四稿)保存。

　　需要说明的是,受访学者对访谈定稿的修订采取了不同的处理方式。有的学者因年龄或健康等原因,没有做出任何修订或仅委托亲友做了人名核实及信息确认工作,等于认可三稿为定稿。也有学者做了进一步的文字加工,去除访谈原稿中某些过于口语化的痕迹,并适当补充一些现场访谈时遗漏的信息。还有学者在保留访谈架构基础上,提供了更丰富的史料信息,并将自己认为在访谈中没有说透的主题加以深化,或干脆另辟篇幅,系统阐述自己的学术主张和思想观点。对此,课题组采取了"来者不拒"、全面接收的态度。诚然,忠实于访谈实录是口述史课题的原初追求,未来的读者可以借此感知口述情景的现场氛围和互动关系;作出加工修改乃至补充深化也是我们所欢迎的,毕竟原始访谈资料都得到了妥善保存,正式发表的文稿多一些丰富史料和深入思考对历史研究和学术探讨十分有益,未来的研究者如有兴趣还可以从录音到成稿的过程中去开展文本生成方面的比较研究。

访谈标题有一部分是由受访学者亲自拟定的,其他由采访人和受访人共同商量确定。课题组结合先期调研的主要成果以及访谈实录的核心内容向受访学者提出建议,希望通过访谈标题体现每个学者作出的最突出贡献,或者最具特点的人生经历和学术主张,使气质不同的各位学者在新中国外国文学工作者的群像中能够个性突出、各具风采。访谈稿的真实、学者个性的彰显,也得到《中国比较文学》《外国文艺》等专业刊物的认可,它们分别提前发表乐黛云、黄宝生、童道明、郑克鲁等先生的访谈,表达了对我们课题组工作的欢迎和支持。

从文本到结构编目,是访谈集成书完全不同于研究专著的地方。其实,在访谈进行大半、与受访学者商定访谈稿题目的过程中,课题组就已经开始思考访谈集发表的编目和结构问题,同时也在思考每位学者的访谈出现在整部书稿的什么位置,发挥什么样的作用。

"长者为尊"的原则首先得到了借鉴,课题组决定,无论依照什么样的篇章结构划分,每一个单元内部均应根据受访学者的出生年月排序。但是,整部书稿都依照年龄大小排列的方式被否定了,因为这种排列本身没有什么实质意义。按学者所属专业(二级学科)划分结构的想法也没有被接受,因为这些出于教学和研究生培养需要而由教育行政部门规划的学科和专业分类,无法反映一个学者学术实践的丰富性和综合性,更何况多数学者的成就是多元的,他们很少局限于一个专业,有的经历过专业转型,有的在做着跨学科研究,更有学者探求打通中外、会通学科。受访学者大概也不愿意看到自己被贴上标签加以归类,而课题组通过口述史料想呈现的,恰是突破类型化、标签化的有质感的生命体验和全息的学术探索。

通过结构深化主题、生成意义,拓展而不是封闭阅读空间,这方面的范例是中国古代经典《周易》的卦序。与注重数理结构的邵雍"先天六十四卦序"以及八卦相重、便于检索的马王堆帛书卦序不同,作为"众经之首"的《周易》传世本卦序以思想和意义统辖结构,分出侧重自然(天道)与社会(人道)的上、下两册(《上经》《下经》),使结构本身承载了自然变化、社会发展、生生不息、变动不居的思想和意义。每一卦因此既是它自身,也是整体的一部分;既在各自位置上阐明着整体的进程,又反过来因整体的意义而被提供了新的解读可能。受此启发,课题组从每篇访谈的几个最核心内容以及口述史课题的论证书("名师名家们的见证是学科发展和时代变迁的活史料,而他们在治学上的经验和体会也是留给后辈学人的一笔重要的精神财富。")中抽取出"学路""学科""学思"三个主题,将整部书稿分成三个部分(三篇),将每份访谈稿依其主题和内容侧重不同(同时参照访谈标题)分别编入其中的一篇。当然,我们没有忘记,每个学者都是"学路""学科""学思"兼备的,每份访谈也都是具有独立价值的。只不过,这样的安排让我们对他们所代表的群体有了另外一个观察视角,书稿的阅读也因此生成了新的可能。个体的口述形成了群体的声音,群像衬托下的肖像轮廓也因此更为鲜明。

在"学路篇"中,我们看到新中国外国文学工作者这支队伍的出发点,他们最早来自抗战时期的西南联合大学和西北联合大学,或者作为华侨和留学人员从国外归来。有的人经过"反右""文革"劫后余生,有的"在迁徙中建树,在转型中收获",所有学者几乎都在"改革开放"后一展身手、建功立业,而人民文学出版社和上海译文出版社则记录着他们在研究和翻译上的主要收获。在"学科篇"中,我们看到新中国外国文学研究这一旗帜下汇聚的,不仅是不同专业、不同语种的名师名家,而且是面向世界文明各个时代各个方向汲取养分的学科建设者和创立者。从古代到现代,从东方到西方,从高雅到通俗……,薪火在传承,人才在培养,学问在精进。在"学思篇"中,从"推石上山"到振臂呐喊,一代人文英杰用思想的力量在推动着一个国家文化进步的车轮,他们不再满足于术业有专攻、洋为中用等说辞或命题,他们试图贯穿东西、打通中外,叩问存在的意义、文化的价值、中国和世界的未来。

当我们完成这部由26篇访谈组成、约38万字书稿的编辑工作之后,我们感觉像是接受了一次严格的培训,经过了一次庄严的洗礼,完成了一段奇异的旅行。从采访名单的拟定、问卷大纲的设计,到进入对话交流、现场互动,再到整理成稿、编辑成书,我们从数字化、符号化的学科、人名,走近一个个里程碑似的前辈学者,记录下这个学科在一个甲子期间难忘的历史。倾听前辈的回忆和思考,我们感知的是与时代共呼吸、与国家同命运的一个群体的人生道路和人文追求。这些前辈是我们的骄傲,我们也为自己属于这个群体感到自豪。

从课题立项到结集成书,我们知道自己四年来都做出了怎样的付出,但我们也同时知道,没有来自四面八方的支持和帮助,这一切都无法成为可能。首先要感谢的是接受我们访谈的26位前辈学者,没有他们的支持、合作和鼓励,这一切无从开始,也难以为继,甚至根本无法完成。我们愿意再次向他们一一鞠躬,表达我们深深的谢意和敬意。由申丹、王邦维教授领衔的项目组包括其他子课题的负责人,自始至终发挥着团队协作的精神,在口述史课题进行的不同阶段都提出过很好的意见和建议。尤其是申丹教授,在出色地领导着整个项目的同时,为我们课题组提供了全面的支持和帮助,并在最后定稿交稿的阶段提出了许多中肯的建议;与课题组数十次信件往来的讨论,则帮助我们提升了一些原属直感的认识,深化了我们对整个口述史工作的理解。另外,与受访学者的联络,也得到了很多同事、同行和朋友的帮助,有些人也直接参与了访谈,减少了我们与初识学者之间最初接触的陌生感,并从专业的角度为我们的提问做了某种把关。请允许我们把现在能想到的这些朋友的名字列在其后,一起表示感谢:王辛夷、黄燎宇、林丰民、王丹、魏丽明、张晓强、查明建、李玉瑶、张远……特别需要感谢的还有负责文字转录工作的白雪、霍然和郑祎宁同学,以及通读所有访谈稿并进行文字校审工作的龚璇博士。这份书稿也凝聚了他们的付出和辛劳。

最后需要说明的是,我们不是专业的口述史工作者,只是带着一份真诚,去倾听、去记录,不完美甚至有缺憾的地方一定很多。另外,由于时间有限而工作量很多,有些原来预想的工作也没有完成。比如,原计划给书稿配一些照片和资料图片,但因编辑任务繁重等原因最后放弃了,所幸这些图片资料也作为课题组的调研成果加以存档保存。

虽然有这样或那样的缺憾,当我们带上所有调研资料和这部书稿去结项的时候,我们还是感觉到前所未有的轻松愉快和充实幸福。四年的付出是值得的、有意义的,可以说:我们在正确的时间,和正确的人在一起,做了一件正确的事情。

"新中国60年外国文学研究"口述史课题组
2013年11月30日

第一篇
学路篇

新中国60年外国文学研究（第六卷）口述史

与时代共呼吸
——孙绳武先生访谈录

孙绳武，笔名：孙玮。1917年生，河南偃师人。1936年参加民族解放先锋队。1938年入延安抗大学习。1942年毕业于西北大学商学系。曾任中苏文化协会编译委员会、时代出版社编译。1953年后，历任人民文学出版社苏联东欧文学编辑室主任、外国文学编辑部主任、副总编辑、编审委员会主任。长期负责制订人民文学出版社外国文学出版选题计划，曾获第四届韬奋出版奖。兼任中国翻译工作者协会理事兼副秘书长。主要译著：《卢笛集》《希望克梅特诗集》《吉洪诺夫诗集》《巴努斯诗选》（均为杨卡·库巴拉著），《人》《莱蒙托夫传》《普希金传》《托尔斯泰评传》《高尔基传》（均为梅热拉伊蒂斯基著），《俄国文学史》（与蒋路合译），《谈诗的技巧》（伊萨柯夫斯基著）等。

采访人（问）：孙老您好！非常感谢您接受我们课题组的采访。您是新中国外国文学出版工作的拓荒者，也是国内外国文学研究和翻译领域的元老，我们课题组冒昧地打扰您，一是我们自己非常希望能听您讲讲过去的事情，二是希望通过访谈留下些史料和见闻，让今后的读者也能了解到您丰富的经历与多姿多彩的学术人生。我们首先就从求学经历和专业选择开始吧，您在西北联合大学就读四年，主修俄语专业，当时是怎样的情形呢？

孙绳武（答）：1937年抗日战争开始。那时南边的长沙有西南联大，北边的西安有西北联大，是国立北京大学、北京师范大学、北洋工学院三所大学合并而成的。我当时年轻，不了解情况，看到比我早两年毕业的同学在商学系，主修经济和俄语。商学系为什么学俄语呢？主要考虑抗日战争之后，中俄的联系主要在东北，地形上西北也同俄国有接触，所以商业和其他交往方面需要一些外语人才。我年轻时英语没学好，不如从头学起，就报了商学系，侥幸录取了。商学系规定学制五年,考虑到学生没有语言基础,学习有一定困难,所以第一年上俄语先修班,然后再上一年级、二年级……直到四年学习毕业。因为我之前荒废了,没有得到学习机会,现在就从头学。商学系学生也不多。这样我就开始20岁后的学习生活。

我中学时期对文学有兴趣,读过一些文学作品,带了一批书去,图书馆也有一些书,《万有文库》也收集了大部分中国文学和外国文学著作(因为《万有文库》的主持人也注意到西方),这类书只要图书馆有的都慢慢看。虽然在商学系,但是兴趣在外国文学,觉得苏联文学是一个方向。学生时期我开始练习点翻译,三、四年级偶尔能在重庆买到苏联报纸。当时用的词典是日本人编的《露和词典》。这是俄语词典,但是用日语解释,适合日本人使用。词典里词汇还是很丰富的,也有一些外来语。另外编撰者考虑到日本人学习俄文的需要,语法、文法构造变形编得很用心,有相当多的表格可以查对,有词类解释,中国人看了《露和词典》也可以大致辨别。词典的编者叫八杉贞利。日本人比较重视语言吸收和人才培养,也注意引进国外新教材。到我毕业的时候,词典对我来说还是一个问题。再往前学习,日本词典没办法解释了,只好改用俄英词典。当时在国内还看不到用俄语解释俄语的词典。1942年毕业后,我到重庆去和曹(靖华)先生一起工作。他手头有日本人翻印的俄语大词典。我退休后写过一篇关于词典的短文,本来觉得没什么价值,既然说到这里了,一会儿找出来给你们。

从1942年直到抗日战争前,因为学语言的关系,我进入重庆中苏文化协会,在曹先生指导下工作。后来也在苏联使馆新闻处工作过。重庆编译委员会一共三四个人,都是大学刚毕业,做类似助理编辑的工作。这样过了几年,基本没有脱离俄文。上海解放后我就到了时代出版社,直到1951年时代出版社看到政局向北方转移,鼓励员工到北方工作,我也报名了。大概1951年的时候新中国有一个规定,不许外国人在中国办理出版新闻事业,所有这些机构一律重新登记,已有的则停止工作。出版总署决定把时代出版社吸收过去,考虑到和苏联的友好关系,保留了名义,人员和工作全部接受。冯雪峰抗日战争之后在新四军,他也在上海时代出版社工作过,组织上照顾给他一份工作,说是他编的,也不用他工作,这是达成协议的,生活上也照顾他。中央调他到北京来做文化部委员,主持作家协会,同时让他创办人民文学出版社。因为我们在上海认识,他就把我们都要过去了。也不是全盘接受,而是选择他了解的、信得过的、需要的接收。其他出版局保留原样,照旧维持工作生活,出版和俄文语言有关的书。1953年我们就变成中国政府的干部了。后来冯雪峰出了点事情,他并没有脱离工作,实际上是停职了,我们到出版社还是继续工作下去。冯雪峰遇到这种遭遇,安心在单位工作,什么也不过问了。他是第一任社长,另有副社长,我们属于一般干部。外语干部很缺乏,我在第三编辑室,开始只有苏联文学。后来又从北大、清华来了一些人,可惜现在都去世了。我就这样一直做到1983年退休。

当初出版社里第一编辑室是创作,二编负责中国古典,三编管外国文学。外国文学最初分为两部分,一部分专管苏联,一部分管西方文学,就是苏联以外的其他外国文学,类似四编。后来"气候变化",社会主义阵营扩大,除了苏联还有波兰、捷克等需要重点介绍。经过内部协商,三编室改为苏联东欧。大跃进后亚非拉上来,殖民地解放,就把三、四编室工作分配增加了一些内容。有个老编辑姓张,留日的,他来工作过一段时间。我们就一直在第三编辑室。"大跃进""文化大革命"以后,我也跟文化部去了湖北咸宁。从那里回来后,在读者要求下,出版工作就恢复了。从最必要的《新华字典》开始做起,然后我开始了外国文学的调研工作。1978年以后,因为年龄变化,我担任了外国文学的副总编辑,做了5年。1983年退休以后我不再担任职务,但还是随时和社里联系工作,持续了几年,到了70岁彻底退休。

我一生主要做编辑工作,基本是一个打杂的人,文学方面没有研究专长。在人文出版社外文部工作了二三十年,什么都接触一些。退休到现在二十多年了,慢慢和出版工作脱线了,新的东西也不大接触了。退休后自己稍微读点书。北大外语方面的老师我认识很多,他们大部分是80年代之前在职的,现在都退休了。

问:谢谢孙老对个人经历和参加工作情况的全面介绍,我们还想就某些细节问题再询问一下。比如,关于"中苏文化协会",您在《新文学史料》上发表过一篇重要的回忆文章《难忘重庆岁月——中苏文化协会》,今天再给我们谈一些吧。

答:因为中苏文化协会在重庆成立,曹靖华先生住在沙坪坝,属于中央大学。他自己想办法造了房子,白天进城工作,在苏联使馆教几个小时中文。刚开始一个礼拜住城里、一个礼拜住城外,后来上半天城里、下半天城外,照顾家庭和工作。他儿子当时年幼,现在都是将军级的人物了,他想多了解那几年的生活情况,希望我把和他父亲接触的情况写下来,我就写了那篇文章,回忆和曹先生相处的日子。

我刚毕业的时候,不想去财务机关工作,而曹先生凑巧需要一个年轻同志,恰好北大李毓臻教授又写信给曹先生,请他给我安排。经过孙科批准,走了这个形式,我被录用了。

中苏友好协会是抗日战争之前国民党左派人物张冲在南京创办的。后来要找一个头面人物来增添价值,就找了孙中山的儿子孙科来做会长,宋庆龄作名誉会长,党内外找了一批人作理事。孙科是会长,一切自然都听他的。中苏友好协会和苏联建立了关系,苏联使馆主持文化工作的人也起到了相当作用:开办展览会要苏联提供材料,有特别的机会苏联要给予协助……国民党内部想和苏联打交道的人、共产党、进步人士,外加一些社会民主团体都参与其中。中苏文化协会就是这样,等于是一个广泛的民间组织,人员很复杂,协会内各个部门都由自己掌握。曹先生是理事之一,也算是主持工作的人员之一,不过他对总体工作有建议权,实际工作就是负责管理编译委员会。编译委员会人也不多,也就是他和西门宗华。所以我在中苏友好协会文学编译委员会,曾建议曹先生另外搞一个单独组织,不要受大局影响。

问:当时曹先生已经是著名翻译家、俄罗斯语言专家了。他当时是共产党员吗?

答:不是,解放后他在北大入的党。国内俄语教育开始得还要早,像京师大学堂、俄文馆,都教授俄文。原来西南联大、北大、清华也有俄文组、俄文系。新中国成立之后,国家正式成立俄罗斯文学系,苏联派遣专家协助,由曹先生主持工作。50年代,借助曹先生的关系,我们请了俄国人葛邦福来作翻译顾问,一星期上班一次。日俄战争之后,俄侨人员产生了分化,一批人直接从西方去了其他国家,另一些人去了加拿大,还有一些人去了澳大利亚。葛邦福离开中国去了澳大利亚,他觉得自己也老了,跟解放后从苏联来的这些新专家相处不好。你们也可以想象,他在意识形态上、政治上处境为难,新专家都觉得他是怪人、老古董。曹先生评价说,葛邦福非常难得,不计报酬,每个礼拜都来解答一次问题。中苏文化协会大致如此吧。

问:后来您就调入时代出版社了,它是苏联背景吗?

答:上海原来有很多俄侨。十月革命后,一些俄国人跟着军队,有些自己流亡,第一逃往大城市哈尔滨。第二个就是上海,俄国人很多,有自己的教会、组织,甚至百货公司、报纸。还有就是天津,天津有报纸叫《曙光》。上海的俄侨规模很大,有教堂、公共组织。因为一些上层人士都在上海落脚,因此有不少人才,发展了商业,也有一两个人是作曲家、作家。当时有个汉学家罗果夫看到了机会,也想把苏联塔斯社的业务扩大。他利用上海的特质建立了时代出版社。二战时期日俄没有宣战,上海的俄国人还不至于受到日本人限制或受侵犯,所以有一定活动空间和自主性,财务上也有资助。时代出版社是在这个条件下产生的。它有自己的报纸——《时代日报》,早期可以打破日本人限制,发表关于中国的战争情况。抗战胜利后《时代日报》也透露了一些内战情况、解放军的进展。日报里有相当一部分地下党跟进步分子。当时《时代日报》有个姓林的,解放初期就是《人民日报》副总编辑,冯雪峰和罗世义都是地下党,苏联方面都知道,也谅解。

时代出版社主要介绍俄国当代文学,特别是反法西斯战争时期的作品,也介绍一点俄国的东西。抗战胜利后,戈宝权从重庆过来,编了《普希金集》和《奥斯特洛夫集》。后来因为工作原因,一些人离开了上海。

问:您后来也随着时代出版社的一些同事一起转入了新成立的人民文学出版社?

答:冯雪峰是1950年来的,分工主持作家协会。1951年成立了人民文学出版社,1953年我们上海这批人离开了时代出版社,转去人民文学出版社。刚到北京,我分在总编室,管宣传、校对。后来要求正规化,拿苏联国家文学出版社作模型,内部业务几乎照搬苏联模式,但是没有直接关系。组织健全了,政治领导也加强了。这段情况就这样。

问:做外国文学出版计划当时是怎么样的情况,最初是以介绍苏联文学为主吗?

答:出版社相对可以自主,但重要事情还要经过中宣部,还有政治局。举个例子,50年代总理有一次访问印度,参观泰戈尔故居,印度说他们的首要工作是出版泰戈尔全集,说明泰戈尔影响很大,总理当时说中国也要安排出版。反映到下面来,人民文学出版社赶紧布置出版计划。后来尼赫鲁的政治态度突然发生变化,印中关系恶化,可是中国出版泰戈尔全集的计划已经布置好了,怎么办?只好向政治局请示。当时冯雪峰已经不作社长,陆定一是主要领导。政治局回答说,中国既然答应了,还要继续做,只是适当缩小篇幅,不出全集了。因为泰戈尔年轻时比较保守,这段时期的一些作品,比如家庭和社会部分,讲印度宗教哲学问题,批评、丑化、嘲笑社会进步思想,这部分就撤出来了。直到"文革"后,关于家庭与社会的这部分稿子才出版。译者是上海文坛鼎鼎大名的邵洵美,盛宣怀(盛宣怀同清朝皇室有关系,很富有,又接近新文化派,自己在德国买的新机器)的外孙,鲁迅还提到他是大老爷。邵洵美死后,他女儿也写书回忆父亲,在其他出版社出的。

问:50年代您主持了新中国第一个外国文学出版选题计划吧?

答:当时需要中宣部批准同意才行,可以部分修改。那时候,文化部有好几个局:艺术局、出版局等等。由文化部副部长专职管出版社,除了日常任务,每年抓一次选题计划。出版社制定好计划,他就把人民文学出版社、商务印书馆等等召集起来开会,看看选题有没有重复,大家当场表态,互相协调。后来管理就慢慢松懈、简化了,实际上形成了党委负责制。干部觉悟都高了,政策观念也熟了,一般情况下,社长和党委总编辑无须上报。"文革"后,有了具体问题,就由出版社编辑部、编辑会议或总编辑解决。涉及政治问题,出了问题随时上报。

问:我们还想了解一下西方文学和外国文学名著的出版情况。60年代前后您参与并主持过"黄皮书"和三套丛书的出版吧?

答:三套丛书就是《外国文艺理论丛书》《外国文学名著丛书》和《马克思主义文艺理论丛书》。这是中宣部直接指定计划的。后来三套丛书编辑委员会建立,我是成员之一。最初何其芳是社科院文研所所长,林默涵是中宣部副部长。丛书出版按照计划进行,有变动可以随时说明情况,特别是《马克思主义文艺理论丛书》,要注意政策的准确性,具体事务由主编决定。每年或每隔一段时期,编委会要开会讨论,不同意见可以在会上讲。比如朱光潜先生对于编辑马恩论文有看法,当时有人喜欢按人民性而不是按年代顺序分类。朱先生建议按照年代分类,否则看不出思想发展的脉络。冯至先生则认为分类更利于解释问题。我们看到苏联出的新的译本还是采取分类法,对一般读者还是分类比较方便。冯先生还是赞成分类法,说像他这样思想懒的人就希望马恩思想能归归类。

当时他们常常参加编辑会议。身为翻译家、学者,他们也有个人作品在我们这里出版。冯先生是有名的诗人,我们大家都知道。朱先生是美学家,到老年态度都很谦和。他老年虽然受过所谓冲击,每天早上起来照常到西语系教室看书做事。他学识渊博,人们很多问题征求他的意见,比如哪些书值得介绍。

三套丛书没有受到"文革"影响,一直在出。当然,社会上读这些书的人也不太多,没有受到很大干扰。当时各出版社都停止出版西方文学或世界文学了,贸然出这些书也显得特别,所以到一定时候情况更明朗了才好出版。

问:"黄皮书"的情况是怎样的呢?

答:50年代初期斗争比较尖锐,对学术的政治性很重视。出版社先把大家普遍肯定的书出版了,比如《钢铁是怎样炼成的》,还有罗曼·罗兰这种没有争议的作家。后来西方作家阵营也很清楚,是共产党作家、中立作家还是反动作家,这些都一目了然。当时苏联出了一本《英国文学史》,由于英国战后作家比较偏重正面介绍苏联,所以《文学史》经常把这些作家放在显要地位。随着时代发展,英国文学问题以及作家阵营也慢慢改变了,二战后接近苏联的作家后来都变了；美国社会展现出活力，一批作家在思想意识、写作手法、流派上都有新的发展……这些我们都需要了解。当时出版社还没有留意，后来开始注意到了。西方一些不太出名的作家在社会上产生了很大影响，比如法国的《忧伤你好》，也就是萨冈的《你好忧愁》。该怎么办呢？作家协会理事会下面有一个类似一个月谈一次话的活动，参与者有些读书勤奋、见多识广的学者，比如罗大冈。《你好忧愁》这本书就是罗大冈建议的。有些作家跟政治密切结合，有的作家并非如此，但是思想上对某类书籍有偏向。对于这些书籍的出版，首先不要和一般书采取同一形式，不要花花绿绿的封面，虽然是正式出版物，但是书的面貌比较淡雅、清淡，普通的黄皮纸封面，所以叫"黄皮书"。另外考虑到社会影响，如果印出来交给新华书店就可以随便买了，所以规定县团级干部才能买。更普遍就是根据当地的情况、级别，更高的军师级才可以买所谓"内容影响不好"的。出版社内部也不能随便买。这些书根据级别，形式、装帧有区别，发行对象也有限制。

问：当时这类书对一代青年产生很大影响，比如《麦田守望者》《在路上》《解冻》等等。

答：这里面有点不同。《在路上》写的越战后美国社会颓废绝望，出版社做了适当节选。还有一种是"愤怒的一代"的作品，那是大战以后，殖民地纷纷独立，有的甚至经济倒退，生活水平下降了，产生的后遗症就是愤怒的一代——lost generation。这些书也是内部出版的。以后就没有这么激进，思想上显然与社会对立的作品了。资本主义社会受商业操纵，《你好忧愁》这本书我们当时知道大概内容，没有仔细看，这是萨冈的第一本著作。有一年我去香港，萨冈第19本书《冷水中的月亮》都出了。直到我退休前几年，有个同事家里也是搞法语专业的，他那里有本萨冈的书，讲年轻妇女找对象，找个比自己年龄大的，这样经济比较稳定等，内容跟中国社会差别不太大，但这本书也没有出。这几年别的出版社出了译本，现在情况我就不清楚了。那时候"文革"，"黄皮书"存在好多问题，《新闻出版报》让我们写材料，就是谈谈出版原因以及前后的情况。这篇材料后来原样发表了，过了一两年也没有人对"黄皮书"感到奇怪了。

苏联爱伦堡受法国文学影响，写了《解冻》。我现在回想起来有两点感触，一个是人与人之间不要搞政治问题搞得这么僵硬，一个是讲一个画家老是受批评，艺术上要宽容，提出要"解冻"，打破陈规陋习。这些都有一定的世界观和政治方向的态度，也不是一朝一夕的。爱伦堡的回忆录里写到去捷克住朋友家里，后来捷克社会变革也采取同样的态度。这个社会啊包括作家受各种思想影响免不了的。

问：您前不久写文章回忆黄皮书的选题、出版、发行情况，这个事情当时为什么反响那么大？

答：一个是好奇，或者说生疏感、神秘感；另一个是对社会上人的思想变化有一定的影响。最近我们出版社出了一本书，第一篇写了苏联年轻人有政治理想，有时候形成一种"在路上"的感觉，经常结伴出去玩，跟社会整个要求不符合。黄皮书出版的时候，有一本《带星星的火车票》，写一个男孩和一个女孩离开家游乐一番，回去拿着的火车票上留有星星的痕迹，这实际上在表达青年人及时行欢的想法。苏联现在和几十年前的东西差不多少。"黄皮书"就是这样，没有什么，慢慢这个问题也讲清楚了，人家对这个问题也没多大兴趣了。现在出版业早就放宽了。在我看来，意识形态有反作用，有消极和积极两个方面。

问：那么"文革"期间您也被下放到干校了，和出版社其他同志一起？

答：我大概1971年从干校回来。我的干校在咸宁，一个荒凉的小城市。但是干校六千人对当地产生了很多影响、刺激。干校的人都来自文化部，各个口都有，包括电影口、作家口，比如沈从文、冰心、张天翼。我在出版口。作协本来不属于这里，当时可能觉得没有地方放，就放到文化部干校了，有好多作家比如李季。他们分在一个连队，我们出版系统一个连队，中华书局、商务印书馆各一个连，劳动学习。

问：您在一篇访谈中谈起咸宁干校这段往事说了这么一段话："咸宁的那段经历，可以说是生活中永难忘记的一页，拓展了我对社会与人生的认识，为今后二十多年的生活增添了勇气。"您的这段话给我们留下深刻印象。

答：第一，不管怎么样，经过"文革"和几十年生活经历，对于生活能够给你什么能够冷静地去理解。第二，解放以后社会影响也很深，遭遇什么情形也因人不同，一个人经常改造自己还是很必要的。而且说实话我也没有受到什么不公正的待遇，我很平凡、很平庸的，当时年纪不算老迈，生活没有很多特别的习惯，寻常的都能接受，比如衣食住行，穿衣无所谓，到干校吃饭就是，不仅不觉得苦，还觉得很好。所以抗日战争开始以后经常到哪里都是走路，生活上靠自己，没有好东西，没有肥皂就自己做肥皂，也不谈什么美容。当时也年轻，没有病，心肝脾脏都好，劳动劳动也无所谓。换个环境总是扩大眼界，没有感到新的生活不习惯，有新的情绪，但是身体也能接受。

所以就是这样,还有我当时本来在出版社就是做做编辑、主持编辑。去了干校之后开始解放,部长这一层或司局级一层的人没那么多,到那里过了个把月,干校要扩展,分成一大队、二大队、三大队……就要军代表把可以办的事情交给干部自己管理,找一些人去谈谈这些年来的情况,很多人感觉做干部吃亏,让我们说说自己的思想。我没有抱怨,生活无所谓,下来之后天地还大了一点,知识分子做什么都一样,有些事情义不容辞。过了几天,领导突然找我谈话,让我做新大队的教导员,做政治领导。因为文学出版社本身干部还没有好好解放,而我干干净净的,历史也没问题。我说自己没有经验,就听组织安排吧。于是我就从学员变成了大队的政治教导员。我也不会做,走了些弯路。两年后总理主持全国出版会议,就把我调回北京了。当时很神秘,什么也没说,我回到咸宁时,城里留守的说我要调回去了。我还不知道调令都来了,到队上去还恋恋不舍,都是同事,在一起两年了。就这样过了两天,坐上火车一个人回了北京。回来后报到,搞调研工作,也没有特别兴奋,因为我女儿和儿子都是先天聋哑,我不在家他们很寂寞,他们母亲也在干校,先回来了。我回来后可以多照顾家庭生活。

问:70年代后期您回来工作,亲自组织"文革"后全国第一个外国文学出版规划,在您的领导下,人民文学出版社出版外文作品达一千六七百种。1978年全国外国文学会议您还做了重要发言,主讲外国文学的出版情况。您是第四届韬奋出版奖获得者,也是名副其实的新中国外国文学出版工作的拓荒者。这些载入新中国出版史的卓越贡献令我们景仰和赞叹,您能否给我们谈一谈最让您难忘的一些工作?

答:没有什么。我先说些总的情况。我大体编了一本《1951—1990 外国文学出版图书目录》,等书印好我已经离开出版社了,我 1983 年退休的。目录把上海出的一些书也包括进去了,上海译文出版社曾经挂文学出版社上海分社的牌子,有些人搞错了,就把上海的出版物也放进目录了。这个目录到 1990 年,之后这十年目录就没有,我把这本书送给你们,我在出版社还能找到,你们拿去看,要是觉得有长期意义参考价值可以复印。上海图书馆出了《全国总书目》,可惜上海这些书我没见过。这是一个了解一个国家、一个时代的最好的东西。现在北京出版局下面有一个版本目录室,每本书都有卡片,但它自己没有编印过什么东西。我们做编辑工作久了喜欢这个,到任何地方先看有没有这个东西,把玩一下也是很愉快的事情。

今年是人民文学出版社建社 60 年,这本书是内部编的《光荣与梦想——人民文学出版社》,前半部分讲"文革"前,后半部分是"文革"后最近三十年的情况。后半部分比较简略,还可以弥补一些,可惜最近十年我不做工作了。

《环球时报》前几年发表的外国现代文学的文章,很简略,编成了《二十世纪外国文学回顾》。这书有条件的话应该隔一两年编一本的,很遗憾的是北大写稿子的人很少,几乎没有,都是社科院的人写的。北大外国语学院在我们出版社出了几本文集,比如李赋宁先生的儿媳申丹主编的《欧美文学论丛》。里面很多文章写得很好,西语系的段若川我20年前在南京开会见过,她也是北方人,我印象很深。去年有段若川的文章讲魔幻现实主义,最早我们出版社也出过,她的文章写得很好,可惜去世了,太可惜了。还有人写卢梭的文章,我不记得谁了,对卢梭有全面的解释。我觉得你们有很多人才,有很多写作能力。我问编辑部的同志,北大给钱吗?他们说给资料经费。我说你就继续出,第一这样的文章别的地方没人写,第二学校贴钱也是国家的钱,不出就没人出了。现在全国就两个学校有这个能力,有这个愿望。一个是你们,一个是南京大学,南大除了研究还附一些作品,很难得。

问:最后一个问题,与您从事的翻译工作有关。您从1931年便开始发表作品,主要翻译作品有白俄罗斯著名诗人库巴拉的诗集《芦笛集》,伊萨科夫斯基《谈诗的技巧》,以及梅热拉伊蒂斯基的几部名作家传记,您还与蒋路合译了50年代在我国大学文科教育中有重要影响的三卷集《俄国文学史》。像您这样能在编辑出版和翻译实践中都有重要建树,在今天已经很难有人做到了,能否请您谈谈如何处理这两面工作的关系,另外,能否谈一谈您的翻译选题来源以及您对文学翻译的心得体会?

答:我的一生在翻译上所作不多,零零碎碎,和别的同事配合。我总的兴趣是诗歌,而且是当代诗歌。另外就是我出生在小城市,接近农村的地方,大学有一两年住在农民家里,对农民有很深的感情,对工人,理性上感觉到他们是革命动力,但生活上和他们还是有些陌生的。此外民族文学有自己的特点,艺术上对我有吸引力。所以一开始我译了几本诗歌。俄语当然吸引我,而我不知不觉地也对俄语之外的小民族国家、对中国之外的小国文学开始有兴趣。我从事编辑出版工作,获取材料也方便些。我自己翻译、正式出版的诗集有四本,分别关于白俄罗斯、土耳其、伊拉克。50年代中国支持阿拉伯斗争,我对陆文夫主任说我有一本书,一人一半,两人合译。我把俄文稿子译完,从他和我的名字中各取了一个字,出版后稿费就捐了。"文革"后苏联诗歌比较多,伊萨科夫斯基《谈诗的技巧》连续出了三版共15万册,本来想以后有机会到苏联送份大礼物给他,等我到了苏联,他已经去世了。最后是立陶宛诗人的《人》,歌颂人本身的伟大优秀,可以上天入地,忍受痛苦。我正式出版的就是这几本。当然还有配合别人翻译的,加在一起有十来个国家,出版后就完了,也没有很大的读者群。就是这样。我翻译的时候文字简单些,文字经过第一个译者转译后整理,就方便一些了,就是这些,没什么。一生就这些,平平常常,零零碎碎地随时代过去了。

我的诗歌理论训练很差,选材都是感兴趣的、令我感动的。另外,我选的一般都是自由诗,和五四后很多诗人一样,我感觉自然随便,可以尽力而为。这也多多少少和时代有关系,有与时代共呼吸的愿望,像伊拉克流亡诗人,爱国的,关心国家的,怀念家乡的朴素的感情。具体就是这样,没什么。另外早期介绍一点知识方面,和蒋路合译《俄国文学史》。后来我编辑工作很忙,大部分是他翻译的,他译笔很好,是我心目中理想的翻译家,这方面的成就比我高。

访谈时间:2011年5月17号周二上午9时30分—12时
访谈地点:北京市东城区东中街孙老寓所
访　谈　人:王东亮、罗湉、史阳
(访谈稿由人民文学出版社张福生先生协助修订)

新中国60年外国文学研究（第六卷）口述史

从青木关到燕园
——严宝瑜先生访谈录

严宝瑜，北京大学教授，生于1923年，江苏江阴人。1942年考入青木关国立音乐学院学习作曲。1944年考入昆明西南联大外文系学习西方文学及德语。1945年积极参加"一二·一"反内战学生运动，为运动中死难烈士谱写《送葬曲》。1946年转清华大学，毕业后留校任德语助教。1952年转北京大学西方语言文学系，先后担任系秘书及副系主任职务，协助系主任冯至管理该系教学及科研工作。1954至1958年作为研究生被派遣至民主德国莱比锡大学学习日耳曼语文学，导师为汉斯·迈耶尔教授。1983至1984年获歌德奖学金，赴民主德国魏玛参加德国古典文学研究所科研项目研究工作，1988至1990年受聘在联邦德国拜罗伊特大学任客籍教授。1988年获民主德国"格林兄弟奖"，表彰其在德国文学研究上的突出成绩及为两国文化交流作出的特殊贡献。

采访人（问）：严先生，感谢您接受我们课题组的采访。首先请您谈谈青年时代的求学经历。

严宝瑜先生（答）：我的家乡在江苏江阴乡下。初中三年级的时候，东洋鬼子入侵，派海军沿长江而上，在江阴登陆，离我家很近。鬼子到处杀人强奸，他们一来，我们怕得不得了，逃难到乡下躲了好久。我爱国，不愿意在日据的城里念书，就辍学了。

我在家乡的时候很调皮，不好好念书。国家处于战时，我百般周折跑到重庆，获得读书的机会，态度就发生了变化，开始用功念书。从初三到高三，我的功课在班上都是数一数二的，算是好学生。那时候同学来自四面八方，很多人思想进步，对国民党不满。当时我很尊敬国民党，崇拜蒋介石委员长，很希望将来能为他效犬马之劳。我那班同学总是骂他，令我非常不解，同他们观点有分歧。可是逐渐地我也意识到国民党统治的腐败。升入高中后,我的思想也慢慢变了,觉得国民党实在不行。日本人常常轰炸重庆。重庆有很多狭长的防空洞供市民避难,成千上万人躲进去,通风器却坏了,上千人闷死在里面。真是腐败透顶。

问:您的文化课成绩很好,为什么会喜欢音乐了呢?您能说说当时报考青木关国立音乐学院的情景吗?

答:我在中学成绩总是名列前茅。数学、英文都很好。高中毕业后到西南联大听英语课,全都能懂。而且英文小说看了很多。比方说,老师指定念笛福的《鲁宾逊漂流记》,我就把他的所有作品都借来读。人家都以为我会考名牌大学,结果我考了国立音乐学院。

那时我父母不在身边,没人管,完全凭兴趣行事。我有个音乐老师非常好,他一个礼拜上一次音乐课,教我们唱歌、五线谱,还组织合唱队、口琴队,我都认真参加。老师有台手摇唱机,有一次放贝多芬的《田园交响曲》给我们听,我一下子就迷上了,觉得音乐太伟大了,表达出内心难以言传的东西。《田园交响曲》对我影响很大。第一次听是在高一,十六岁。现在我还是喜欢听。所以我觉得音乐比什么都伟大,应该学音乐。

我要考音乐学院,家里人都反对。在沦陷区的母亲听说我不考大学,气得要上吊。姑母也断了经济资助。我弄得很惨,身无分文。别人都考大学,我一个人练习五线谱、和声学。没有钢琴,就弹风琴。高中毕业后学校不让住,我干脆住到青木关国立音乐学院。

后来考完试发榜,录取名单贴在教务处的墙上,大家抢着去看。我不敢去,离开远远的,心里乱跳。后来人群散了,我过去看到有自己的名字,简直高兴坏了。我进入青木关音乐学院学习,用功极了。我最大的愿望就是能弹琴,弹贝多芬。学院虽然是当时中国唯一的最高音乐学府,却总共只有十架钢琴,多数还是破的,可以进博物馆了。大家排了时间表,我一个礼拜只能弹六个小时。老师交给我很多作业,可我完不成啊。一天平均不到一小时,哪来得及准备。我只好一直弹,从易到难,弹到舒伯特即兴曲。老师很喜欢我,因为我很认真。为了进步,我只好开夜车,大家睡下后一个人去琴房弹。结果给学校抓住了,说我破坏校规,要处分我。后来还是因为早起弹琴违反校规影响别人休息等原因被学校记大过两次。我不仅被记过,还被取消了弹钢琴的资格。来这里就是学音乐的,不弹钢琴怎么学呢。所以我苦恼极了。刚好美军到中国来援助,需要翻译。而我的英文在国立音乐院是没有人比得上的。我去考翻译官,就考上了。

我当了六个月美军翻译。开始去云南西部宝川，陪美国人训练中国军队。美国大兵都没文化，有时侮辱中国人，我经常跟他们吵架。那时管我们的一个少将问我想怎么办，我说哪里来哪里去，最好回去学音乐。他说我的服役期没满，美国人需要翻译，我不能走。我说就算不回去，最好也做一个不用跟美国大兵相处的工作。他就把我派到了昆明的省政府参谋处做笔译。在那里我被上级痛骂一顿，说我跟盟军搞不好关系，偷偷跑出来开小差。在军队开小差要枪毙的。我听从同学告诫，任他怎么骂，我都一声不吭。当时无处可住，借宿在西南联大同学宿舍。西南联大管理很松，学校也不知道。

问：后来您就考入了西南联大？在西南联大学了哪些课程？

答：省政府的人都在家里抽鸦片，抽够了下午再来上班。所以上午没事。下午说是两点上班，其实三四点才来人。我的翻译工作一会儿就可以交卷，因此时间充裕，没事就在西南联大图书馆看书。到了暑假，西南联大贴出招生布告。我吃住都在西南联大，是非法的，万一校方知道，会惹麻烦。同学都建议我去考西南联大，考上了，吃饭睡觉就都合法了。结果我一考就中。我既是西南联大学生，也是翻译官。省政府不知道我上学的事，学校也不知道我是翻译官。

我在西南联大混了两年，上的是外国语言文学系（Department of Foreign Languages and Literatures）。所谓外文其实就是英文。入校要学三年散文和作文。英国散文从古代学到现代。第一年学散文，第二年学散文的同时要学英诗（Introduction to English Poetry）。教我的是美国人老温德，课讲得很好，对中国人也很好。去世了的李赋宁先生教了我一年英国文学史。那本来是吴宓的课，他有事去外地，由李先生代课。此外还学了一年英国戏剧。

1946年，学校复员了。西南联大包括三个学校：北大、清华和南开。愿意上哪个学校自愿挑选。我挑了清华大学。因为教英诗的温德老师是清华的，那里还有很多名师，比如钱锺书。杨业治先生也是清华的，他在西南联大教我德文。西南联大规定，必须修三年第二外语或者两年第二外语加一年第三外语。我在音乐学院已经会一点简单的德文，这是我选择德文的第一个原因。第二个原因是我喜欢音乐，希望将来能够听懂贝多芬。所以为了学音乐，也为了偷懒，我就学了杨先生的德语。

当时外文系有八十个同学，第二外语都学法语，只有我一个人选德语。我跟杨先生学了一年，然后转到清华大学。杨先生也到了清华大学，就教了我第二年。我本该学三年，结果他第三年出去科研休假了。

第三年我本来不想学德语了，想跟杨先生学意大利语，将来听意大利歌剧。杨先生懂得拉丁文、希腊文、法语、意大利语，希伯来语也懂，很有学问。结果杨先生去苏黎世讲陶渊明去了,把我一个人扔在清华。他跟学校讲好,让我第三年自学德语。他回来后问我德文学得怎样,要考考我。那时候我上四年级,要写毕业论文。他知道我喜欢音乐,给我出了一个和音乐有关的题目。莫里克写了一本小说叫《莫扎特在去布拉格的路上》,他让我先把这部小说译成中文,再写篇文章。我都完成了。论文题目是我自己想出来,他同意的。

问:您是怎样构思毕业论文的?后来又怎样留在了清华大学?

答:莫里克是大诗人,小说并非专长,却为什么写小说呢?我就研究他的小说和诗歌的关系,主要关注小说里的诗。杨业治老师很喜欢这个选题。小说翻译得好不好天晓得,反正他看完我的论文觉得不错,给我 84 分。这个分数过去是不容易得的,在清华和老北大,得 70、75 分就不错了,考 80 分很优秀,很少人得 90 分。后来老师说,现在清华大学教德文就两人,一个是他,一个是德国人,是个纳粹。德国人很快就要回去。将来就他一个人了。他是大教授,老教 ABCD,大材小用。他问我能否留下来当助教,帮他教德语。那是 1948 年夏天。我 1948 年 9 月入的地下党,是否留下来当老师,不能自己决定,得问组织。我跟组织说,老师问我愿不愿意当助教,我本人不愿意,很想去解放区,希望组织批准。结果同志说北京很快就要解放,清华大学就十几个党员,你走了,清华大学很多党的工作谁做。组织决定我留下来当教员,我就在清华当了助教。

我跟杨老师教书,就像个学徒。他到哪儿我到哪儿,他上课我跟学生一起坐第一排,他在黑板上写字我就擦黑板。上完课收练习本,老师叫我改作业,我根本不敢。他说你就改吧,助教就是干这个的,你改了我再看一遍。我当他的助教一直到 1952 年。1948 年清华解放,1949 年北京解放。1950、1951、1952 年院系调整。

问:后来您在 1954 年出国了,先是开会,之后留下来读书,讲讲您这次出国的经历吧。

答:我 1954 年出国,在莱比锡大学待了四年。当时我已经在西语系给冯至老师当秘书,管系里人事。系里有英、法、德三个专业,后来加了西班牙语。一天马寅初校长叫冯至去,说管出版总署的胡乔木找教育部要一个懂德文的人去德国出版社交换实习。我被选中了,这是文化局定的。马校长讲得很明白,我去的身份是编辑,实习一年回国。冯先生不肯。他说第一,严宝瑜是系里唯一的党员,又是我的秘书,他走了我怎么办;第二,他不是编辑,我要他将来出去正式留学。马寅初听了不高兴了,他说,出去一年也不无小补,将来有机会还可以再出去留学。

我从来没有出过国,一个人经过西伯利亚大铁道,从满洲里乘了十天火车,到了德国。既然来了,无论做编辑还是助教,我都决心好好学习德文,报效祖国。

我在柏林东站下车,柏林东站过去就是西柏林了。下车后三个人来迎接我,一位是使馆文化参赞,两位是德国出版总署的人,一个是负责人,另一个女士是派给我的英文秘书。我懵懵懂懂,德文也不灵,下车后满心希望到哪个学校去学习。我要去使馆汇报,使馆的人讲不用了,人家车子等着接你去莱比锡开会。这可要了我的命了。他们开全国出版工作会议,邀请了兄弟国家有关方面参加,我算是中华人民共和国代表。当时我对使馆的人很有意见,踌躇不决,不愿意上车。德国人问我为什么,我说自己德文不行,不能去开会。他们说不要紧,给我派的女秘书英文呱呱叫。我只好跟着去莱比锡开会了。

当时的兄弟国家:苏联、捷克、罗马尼亚、匈牙利、保加利亚都派了代表。他们的代表不是文化部副部长就是出版总局局长。大会要求填写名字和职务,我就填严宝瑜,北京大学助教。吃饭的时候大家都坐在一起,每个国家代表前面都有个国旗,我们也有五星红旗插在旁边。他们叫我去坐,我不敢。我德文不灵,又是个助教,不知道怎么对付这个局面。踌躇半天,我如果不去,五星红旗下面就没人,我就是个逃兵。我不愿意丢国家的脸,硬着头皮坐下。人家都是部长高官,西服革履,说话气派十足。我一个小孩,不懂什么礼仪,从没吃过西餐,弄得手足无措。

要开会了,其中一个节目就是各兄弟国家贵宾发言。中华人民共和国也要有代表讲话。我吓了一跳,赶快给使馆打电话,让他们换人。文化参赞鼓励我好好准备,又安慰说第二天他们也来。使馆提示说,你既是搞文学的,必知道歌德、席勒之类。我知道的不仅于此,我还知道贝多芬、海涅、安娜·西格斯(当时她的《第七个十字架》的英文版已经由英语专业的老师翻过来了)。我茅塞顿开,我就写德国文学在中国的传播介绍。《少年维特之烦恼》翻译了,郭沫若把《浮士德》也翻了,北大过去的老人把《强盗》都翻了……那就有材料可以写了。我打算报个书单,介绍哪些书已经翻译成中文并且受到欢迎。但是德文写发言稿可要我的命啊。最终我的发言稿用英文写成,由我的英文秘书译成德文。

第二天与会者很多,而且都是官,副总理、政治局委员……坐了一大排。我也身在其中,还要发言。头一个发言的是苏联老大哥的文化部副部长。他说俄文,逐段翻译成德文,冗长乏味,听众都颇不耐烦。随后就是中华人民共和国代表发言。大会照实宣布,由北京大学助教严宝瑜讲话。我的稿子本来是英文的,按理说应该我讲一句英文,翻译讲一句德文。可是我觉得太浪费时间,就一个人上去,照着德文稿子念。我的老师杨业治德文说得漂亮,教书也很擅长,所以我的德文发音无可挑剔,常被人夸奖。加之我声音很大,抑扬顿挫,人家都听傻了:一个中国毛头小伙子德文那么好!我没有在翻译上浪费时间,讲得很有意思,告诉大家《第七个十字架》已经翻译成中文了,所以发言效果很好。一下来大家都抢着跟我握手。握手归握手,他们上去讲德文我都不懂。

德国人有个习惯,会前、会后都要演奏音乐。演奏的音乐我都熟悉。乐队就坐在我前头,我还和乐师打招呼。平生头一次听管弦乐队,我心里特高兴——到德国可以听音乐了!会后上头决定让我去保罗·李斯特出版社实习。我很不好意思地告诉他们,我的德语还需要进修,问能否给我一段时间学习,至少提高一下口语。他们慨然应允,把我派到学校学习德文。

问:您如愿以偿开始学习德文了,就给我们谈谈在学校的学习生活情况吧。

答:我被派到了安书祉的班上。安书祉是我送出去的学生,结果我们成了同学。班上很多同学不懂德文,从 ABCD 开始学。我在北大教语法已经很多年,老师叫我当教学辅导员,给中国同学讲解语法。过了几天人家又把我送到莱比锡大学去。莱比锡大学副校长主管研究生,他问我学过什么,我如实说明自己德文还未过关,但是对英国文学和世界文学都挺熟悉。他说你不是大学生,是研究生,而且伸大拇指说:你呀,是中华人民共和国来的第一个研究生。

梅兆荣、胡本耀等第一批留学生已经在德国学习了一年。我搬到他们那里,住在一个楼上。这些同学德文非常流利,晚饭时和德国辅导员说说笑笑,我也听不懂,所以很自卑。我是助教,人家说我是研究生,结果还不如大学生。所以吃完饭我赶快回宿舍,门一关就念书、查字典,还买了收音机去听。当时非常狼狈,晚上睡不好觉,担心国家交给我的任务没法完成。教我们的老师都是著名学者,上课我听不懂几个字,笔记记不下来,只好课后借同学的笔记来抄,真是难受极了。

但是,我有一个优越条件。在西南联大和清华,我用英文念过很多名著:莎士比亚、堂吉诃德、但丁……整个欧洲文学框架我都知道,浪漫主义、启蒙运动、文艺复兴,我都了解。所以我花了快一年的时间才入门,但是后来很快就跟上了。而且我喜欢写作,每念一本书都写一篇读书报告交上去,老师都非常欣赏。因为我的读书报告不是简单的复述,有我自己的见解,所以老师觉得好,后来慢慢都认识我了,再后来上课就过关了。

1958 年国内开始"大跃进"。当时我的论文材料都准备好了,现在还留着呢。老师很欣赏我的题目,给我十个月时间,我一定能把论文写出来。刚写了三分之一,冯至来信,说国内"大跃进",一天等于二十年,在国外做博士论文脱离实际,让我别做了。我看了那封信非常高兴,像得到解放一样。离开家四年,实在太久了。

我1958年底回国,1959年回到学校。我没做博士论文。当时大家对学位不太在乎,不像现在。回来后很快就教课。我的第一班学生就是赵登荣、张荣昌这批老师。姚宝宗、孙凤城、李淑都是我的学生。同时学校让我当副系主任。冯先生是系主任,吴达元管青年教师培养,我管教学科研。一共四个副系主任,还有一个副系主任当了"右派",另有一个管人事。我管教学科研一直管到退休。1983年我60岁就退到二线,不当干部了,光教书。1986年,学校让我负责搞艺术教研室。北京大学艺术教研室是我建立起来的。

问:您当年创建的艺术教研室现在改称艺术学院了。请问最初开设艺术课程是怎样的情况?

答:成立艺术教研室是我在党代会上建议的。北大有艺术教育的传统,蔡元培是中国第一个提出美育的人,而且在北大办了第一个音乐学校。我一直爱好音乐,就提出这个建议,底下党代表都鼓掌欢迎,说我的意见很正确。1986年开设了绘画、书法、音乐等艺术课。我既要负责研究生,同时学校又要我负责艺术课的建立。开头什么都没有,我慢慢找来教师上课。法语专业有个老师叫陈东,会拉小提琴,主动要求教欧洲音乐史。我学过音乐,可是我不敢教。

北大头一次恢复音乐课,全校同学都知道。头一次上课,同学都来报名,队伍从南门排到电教,怕找不到位子。7点开门,同学像潮水一样进去,花盆玻璃窗都撞碎了,椅子也倒了,搞得一塌糊涂。第二天学校教务长把我找去质问,批评我的学生损坏公物,要停课。学生不守规矩,打破东西是不对,老师有责任,应该注意。可是停课我不同意,就争了起来。后来我们商量解决办法,一致同意把这个班分成甲班和乙班。甲班陈东教,乙班另外找人。可是那时候没有人,我只好上马了。从1986年一直教到了2004年。当中我出国两年,一共教了16年音乐。我平常就爱好音乐,在翻译课上经常翻译与音乐相关的文章,在课堂里走私音乐。我记得翻译过一篇舒曼的著名文章。还有好几篇贝多芬的文章。我在翻译课上不仅讲翻译,干脆有时候讲起音乐来了。

那时候西语系到了四年级都有一门翻译课。英语老师最多,因为院系调整时几乎把北京的好老师都弄到北大来了:燕京大学、清华、老北大、辅仁大学……几十个教授。北大法语也是好的,闻家驷他们搞的,后来中法大学和清华大学里的很多名师合并过来,法语的力量很强。比较弱的是德语,像我这种人也算老师了,刚刚毕业,德文讲不好,用中文讲德语语法。德语教研室主要是杨业治、田德望、冯至这三位教授。那时我只是助教,后来出国留学四年,我还是好好学习了的。回来后学校让我当了讲师。齐春桥当时主管西语系人事和外事、职称升降、进教师都由他负责。有一次全校提升一批年轻讲师为教授、副教授，上头决定让我升副教授，叫我填表。当时要当副教授，必须有论文。那是在60年代。我刚回国，教了几批学生，当时有快三十个学生。我教完一年后，就教高级翻译班。外交部没有高级翻译人才，委托北京大学办高级翻译班。本来我在教大二、大三德文精读课，冯至就让我别教了，去当高级翻译班教师，和外教合作，好多外教现在还和我通信。

问：请给我们介绍一下您获得的荣誉和奖项，以及所兼任的各项社会工作吧。

答：我得到的奖励主要是格林奖金，是民主德国设立的，专门颁发给外国人。他们给我奖状，还有五千马克奖金，是东德马克，折合西德马克是两千五，我都捐献给学校了。至于艺术教育，没有得到奖金之前，我就得到了学校的奖状。当时李岚清听说我开的课学生很感兴趣，学校让我把学生的东西给他看一看。因为来我这儿上课要经过考试——笔试、耳试、小论文都有。我给李岚清看了77份学生考卷。他看了之后来信对我的工作表示肯定。信没有直接寄给我，而是寄给当时的党委书任彦申和校长陈佳洱，然后转给我。信上头还有陈佳洱给任彦申的批语，就存在党委的档案里。校长陈佳洱比较谦虚，来听了两次课。很多思想问题、学生的作风问题，光是讲大道理人家不一定愿意听。通过美育、艺术教育，通过感性认识，潜移默化地使精神境界提高。

1986年开始，我同时带着研究生班、翻译班，又要教音乐课，工作负担很重。听我讲音乐课的学生反映都比较好，当时就评了我优秀教师二等奖。1987年我还被评为模范党员。这两份奖励是学校对我工作的评价，作为一个教师、一个党员，我尽到自己的责任了。

我在外头搞合唱团，担任合唱团的副团长，李岚清给我寄了新年贺卡。我的合唱团1980年开始成立，现在还在唱。最近在王府井基督教女青年会礼堂演出，我指挥了最后一首《国际歌》。这次演出有录像，报纸上也登了。我当副团长，作合唱团艺术指导。这不算教学，是社会活动。

"文革"之后教育部清理教学，成立了外语教材委员会。会长冯至，副会长季羡林，我也算副会长。我是德语组组长，副组长是祝彦。我们统筹全国外语系统，对各高校任务进行分配。比方余匡复编《德国文学史》，我们在上海开会讨论提建议，努力十年才出版。所有的教材也都编出来了：一、二年级教材，三、四年级文学选读是孙坤荣他们编的，还有德国国情课教材。教育部部长彭珮云召开大会，表扬了德语，给我和祝彦发了荣誉证书。

还有比较重要的就是《大百科全书·外国文学卷》。主编是冯至和季羡林，我是编委之一，也是德语、荷兰语分组副组长，组长是冯至。我也写了两个词条:一是莱辛,一是托马斯·曼。我在莱比锡研究的就是托马斯·曼。歌德是冯至写的,海涅是张玉书写的,席勒是南京大学张威廉写的。

还有一件事。教育部有自然科学、社会科学和艺术教育这三个顾问委员会。我是艺术教育顾问委员会的。我们组织了一个全国性的全国普通高等学校艺术教学委员会,我当过副会长,曾任学术研究委员会主任。它面向全国的艺术教育,现在个人会员已经超过了两千,集体会员起码超过三百。我主要给他们出谋划策,现在还在做。

问:1952年院系调整之后,北京大学从沙滩迁至燕园,外国语言文学学科也是名师荟萃,呈现鼎盛局面,您能否给我们介绍一下当时的具体情况,包括外语学科在当时北大的地位和作用,以及该学科的整体布局规划?

答:在老北大、老清华和西南联大,学校排第一的是中文系,第二个就是外文系,然后才是历史系。理科都放在最后。现在倒过来,文科放后头了。教委主任何东昌写过一本《何东昌论教育》,第一篇文章是《要重视文科》。他认为文科不好表明文化水平低。只知道ABC和公式,是不行的。我觉得有道理。北大要办好,首先把文史哲,包括外语办好。所谓第一流大学,首先要有第一流的文史哲,这是北大的强项。一味从实用主义出发,认为文科没有出路,有违教育规律。

1952年院系调整时,那些文科大师都还在:汤用彤、冯友兰、钱锺书、翦伯赞……就凭这些学者,学校就不敢忽视文科。所以当时院系调整并没有贬低文科。校长马寅初是研究经济学的,自然重视文科。"文革"后头一任校长周培源也重视文科,他经常来西语系,还拜访过温德。过去北大、清华和西南联大一直把外文系叫作外国语言文学系。朱光潜曾经是北大西语系主任,后来因为他有历史问题,换成了闻家驷。闻家驷不肯,只当了一年,以后就任命了冯至。传统上文科在学校一贯受到重视。看看众多回忆录,看看蔡元培的文章,无一例外。当然不是说不重视理科,北大理科也出了很多大师。建设国家,把中国的科学技术赶上去,这是重要的。可是忘了文科,把它压低是不对的。何东昌的文章讲得很清楚。

院系调整时,西语系和东语系合并,都设在外文楼。以后人越来越多,西语系就分到民主楼。再往后又有了俄文楼,三栋楼都属于外语系。冯至、季羡林、曹靖华三位系主任之间感情很好,所以三个系老师彼此都很熟。现在校方把外文系放到最后,只讲实用主义,认为能当好翻译,讲话流利,就算办学效果好,却不管讲课、翻译的人有没有学问。外语是一个语言、文学学科。况且外语教学不仅限于外语系,而是要提高全校的外语水平。

过去清华和燕京有好多中文课用外语讲,比如清华陈岱孙的"经济学概论"就用外文本子,所以学生的英文水平都比较高。要提高北京大学的整体外语水平,当然首先要把外文系办好,这个意见我提过。

问:您曾长期担任北大西语系主任冯至先生的秘书,后来又作为副系主任协助冯先生主持西语系的教学科研管理工作,能否给我们谈一谈您所了解的冯至先生,他的为人、学问以及在学科管理上所发挥的作用?

答:冯先生在西语系威信很高。他学贯中西,既是歌德专家,又是杜甫专家,还是诗人。学问虽大,他却没有架子,从来不板着脸教训人,对职工包括打字员都非常关心。他以身作则,每天早晨9点上班。学校规定下午时间由他自己支配,他要做科研,写文章,外头还有兼任,所以下午大家不去麻烦他。有一次他主持杜甫纪念大会,开三天夜车写好稿子,人晕晕乎乎的,9点钟还是照样上班,走到未名湖斯诺墓就晕倒了。所以西语系都很服他。有一次校长接见德国代表团,临时找不到翻译,冯至就自己去。校长说你系主任怎么当翻译,他说为什么不能呢?他处处与人为善,所以在系里威信很高。

我当副系主任,负责具体工作。当时我分工教学,后来也管科研。齐春桥管人事和外事。财务归办公室主任管。当时人少,还可以玩得转。问题在于解放后教改次数太多,光教学计划在我手里就改了十次:课程设置、培养目标、学分⋯⋯有的根本没必要,瞎折腾,后来又开门办学⋯⋯太多了,我都参加了。

工作完成后我要交给冯先生把关。他非常重视中文,首先看教学计划里中文课够不够。早先开了"中国文学史",后来分成"中国古代文学史"和"中国现代文学史"两门课。袁行霈当时是中文系助教,年轻时就公认水平高,冯先生点名让他来西语系教中国文学史古代部分。所以西语系出去的人,不只懂外国,也懂中国。冯至、季羡林、钱锺书他们都是中国文学专家,很多老师也多少都具有中国文学修养。德语的杨业治到瑞士苏黎世大学讲陶渊明。那时候我们不是狭隘地守着外国文学。

当然我们也要念德国文学原著。冯先生提出,要把歌德学好,就要打好底子。因此他亲自去教一、二年级的德语基础课。当时是五年制,有一个班从一年级到五年级都是他带的,包括范大灿、张玉书、孙凤城、余匡复等。冯至视野开阔,本身又是诗人,文学修养高,他认为教文学不是念念书就完了,而是培养学生对文学、诗歌的审美感觉。那时候大家都很用功,爱读课外书,不是为了应付考试,而是老师讲得精彩,都对文学感兴趣。

冯先生外头有很多事情,只有一半时间在北大。可是他上课非常认真,而且同学有求必应。无论多忙,同学请他指点文章,他都会抽时间看,然后提意见。我也经常请教他翻译问题。他住我隔壁,敲敲楼下一个小窗户,他就下来和我讨论工作,给我的翻译提意见。

我们关系很不错。冯先生入党总是不能转正。一是历史原因,国民党留德大官朱家骅特别看重冯至,关系比较好;另外是他"反右"的时候揭发不积极,而且公开同情"右派"。就这样,还有一个"右派"指着他鼻子说你根本不是系主任,什么事都听严宝瑜的,是严宝瑜的 yes man。他也承认。所以他入党老不转正,压力很大。可是他再怎么有压力,从不讲假话。

冯先生非常谦虚。毛主席曾经当面表扬他,说他写的《杜甫传》为中国人民做了一件好事。这件事在外面流传很广,可是他从未提过。后来我们当面求证,他才说确有其事。他为人正直,从不搬弄是非,也不轻信。他的身教重于言教。所以当系主任首先要身正。不可能都像冯至一样有学问,可至少不能胸无点墨。做人做学问是一回事。冯先生讲话不多,可是分量很重。

我和冯先生接触很多,还因为后来我们成了邻居。本来我住在中关园,家里七个人挤在五十平方米的房子里。我留学回来以后当了副系主任,冯至就让我搬到(燕东园)这儿来。可是我当时是助教,四五十块钱的工资,付不起这里的房租。冬天生暖气要烧煤,一个人买十吨,我哪里有钱?冯先生就替我出。后来我爱人吴琼梅把钱慢慢存起来还给他了。两家相处得很好。直到"文化大革命",他被赶出北大。当时他已经是中国科学院社会科学部外国文学研究所所长。

在"文革"前夕,当时北大校长来找我,说冯至要调到外文所当所长,把西语系和俄语系合并为西俄系。当时西语系有英、德、法、西四个专业,西班牙语专业是在冯先生手里成立的。他到古巴去,回来就成立了西语专业。西班牙语当时没有人学,把一些学法语的人调过去。西班牙语都是一些年轻人。沈石岩是从北外调来的。所以西班牙语是西语系最年轻的专业。

问:您和朱光潜先生也有很多接触吧?听说您当年为了上好自己的德语翻译课,也经常去旁听他的英语翻译课?

答:是的。"文革"的时候,朱光潜先生和我一起参加劳动,天天在北大种树,造棚子、盖瓦、挑东西、烧锅炉,还要拔秧插秧。好多事我都帮他做,他也明白,所以我们关系很好。朱光潜的思想是很开阔,不因为我是党员系主任,就对我讲好话。他经常给我提意见、出主意,说西语系应该怎么办。后来他经常买了好吃的,叫我去他家吃饭。翻译作品也都给我看。那时候我已经半解放,可以说上话。学校给朱光潜的待遇很差,"文革"中把他从燕东园赶到燕南园一个小房间里。我向学校党委和市委提意见。后来把一栋楼都分给他了。

朱光潜的历史问题很多。他过去是国民党三青团的监察委员,新中国成立前反对学生运动。另外他写了好多书,《文艺心理学》《给青年写的十二封信》……进步学生认为这些书教人逃避现实去审美,不关心国民党的黑暗统治,是反动的。朱光潜的读者很多,讲课也精彩,可政治上是跟着国民党走的。解放后思想改造,头一个就是他。不过他也认清现实,觉得跟国民党没有出路,所以留在了北京。本来有飞机送他去台湾,他不去。不过,他过去教英国诗歌、文学,后来不准他教了,让他教翻译课。朱光潜的英文翻译课讲得非常好。我负责教德语翻译,自觉不行,向朱老头学习,每次他上课我都去听。朱光潜上翻译课总结出很多规律:怎么翻得好,在什么情形下怎么翻译,展现整个思维的过程,如何外语变中文,中文变外语。他有一套自己的办法。他的讲稿丢了,否则整理一下就可以出书。

说起我们的教改和科研,我觉得在冯至先生的影响下,西语系没有很"左",没有很出格,教学计划照样重视基础,一、二年级外语一定要上好,课文也不太机械。因为在北大和老清华,教外语的都是研究外国文学的。

问:除了冯至和朱光潜,西语系的其他老先生您也比较熟悉吧?

答:西语系老先生和我的关系都很不错。李赋宁、王佐良、季羡林、闻家驷、盛澄华、郭麟阁、吴达元我都很熟。杨业治、杨周翰是我的授业老师。后来我去德国教比较文学,是杨周翰介绍的。吴达元在西南联大就熟识了。我还写过一篇回忆吴先生的文章。我们外文系班上八十个学生,除了我,都跟吴先生学法语。吴达元教法语出名得严格。课堂提问回答不出来就站着,不准下去,女同学也一样,有的女同学下课就哭,丢人啊。他教法语,第二年学的都是文学作品。我记得第二年法语有一本法国文学选读,书是燕京大学的一个法国人邵可侣编的,都是文学课。

问:您上了多年的德语翻译课,也做过很多翻译工作,可否向您请教一下文学翻译方面的心得?

答:这个问题三言两语说不清楚。一般人都讲两种语言的不可译性,可是朱先生讲:凡是有东西,只要弄得懂的,都是可译的。他经常批评不可译的思想,认为一切都是可译的,问题在于是否懂得原文的意思,因为不懂所以翻不出来,或者翻不好。可译性是他的指导思想。我觉得有道理。

首先,如果都不可译,又何必翻译呢?翻译错了,或者看不懂,那是因为没有读懂原文。前提要透彻地理解原文。当然有的翻译得好,有的翻译得差,那是另外一个问题,道理多了。既要原文掌握好,又要中文好。有的人中文漂亮,译文却不一定。两回事。懂得原文最重要。如果中文差,还可以慢慢练习。这与冯至先生的看法有相似之处。冯先生说首先要把原文吃透,才能翻译。所以冯、朱先生两位意见相同。

他们觉得翻译不仅是技术性工作,还有科研的性质。两种语言分属不同的系统,可以从两个系统之间的过渡中找出规律性。这点他们俩观点一致。

两人都提出,译者要会做注。很多东西虽然翻译正确,但是由于文化背景的差异,导致理解困难。比如中国人往往不懂基督教文化的一些东西。这就必须加注。冯至看了艾思奇在延安翻译的海涅的长诗《德国——一个冬天的童话》,觉得问题太多,就重译了一遍。他不仅增加了注释,每章前还附有解释说明。另外,冯至先生写了论文一样的长篇序言,对读者进行阅读指导。看完序言再读译本,读者就理解了。所以翻译不只是把一个语言翻成另一个语言,而是要当作研究来做。

朱光潜翻译《歌德谈话录》,注释不仅解释意思,还发表自己的观点,说明他觉得歌德高明在何处或不高明在何处。所以他们翻译和一般人不同。一般人是机械性的,把一种语言翻译成一种语言。我跟朱、冯先生学翻译,觉得他们意见很对,我做翻译工作的时候,常常拿他们的思想为我的指导思想。

我不知道现在外语学院的翻译课如何。过去我们的翻译课教师有朱先生、我、沈宝基,有时候是盛澄华、罗大冈。大家来自不同的语种,经常互相交流。过去教员之间互相学习的风气比较好,没有自以为是的现象。朱光潜、盛澄华上翻译课我们都去听,听完以后大家提意见,提问题。大家边教边学。当了老师还要学习,像朱先生那样。活到老学到老,这句话很有道理。我现在已经87岁了,还是应该学习,好多书都没看,好多音乐没听,心里很着急,希望还能够做出有用的东西。这是我现在的心情。希望身体保持健康,还能工作。甚至假如学校允许,我还愿意去上课,还可以给90年代的、21世纪的学生讲课。我跟幼儿园小孩都讲。我有一篇文章发表了,是给幼儿园小朋友讲贝多芬。

问:回顾新中国成立以来60年的外国文学研究的发展和变化,您觉得从历史的角度看有哪些主要的经验和教训?对今天正在从事外国语言文学研究和翻译的晚辈和学生,您有哪些期待?

答:北京大学老讲外语系,准确地讲应该是外国语文系,语言和文学在一起,传统上都是这样讲的。我在西南联大考入的是外国语言文学系,后来在清华也叫外国语言文学系。老北大因为有东语系,所以有西方语言文学系和东方语言文学系。光讲外语系,我们就变得身份不明了。一般人都以为我们都是做翻译的,是技术性工作,就是嘴巴能说几句洋文。这样说是自我贬低,也不符合事实,而且有损于我们的学习。名不正言不顺。名字不正,讲话也不顺当。所以外语学院应该叫外国语言文学学院。只讲文学也不行,特别是某些语种,某些国家的语言还没有发展到有文学的地步。

另外语言系也不是只有基础外语,而是带有科研性质,是对语言的研究。有些知识工作上不一定用得着,却可以帮助我们深入把握语言,不局限于表面。所以北京大学要维持这个传统,叫外国语言文学学院或者外国语文学院都可以。我们不是为传统而传统,而是为了使我们的学问与时俱进。北大外国文学领域出过很多有造诣的大师,可毕竟是少数。大部分人都在做与外语相关的工作。这个工作要做好,需要对外语有深刻的了解。搞英语就得读一些在英国语言艺术方面有造就的作品。莎士比亚当然是第一个了。凡学英语的,都应该知道莎士比亚,凡北大学英语的,都应该从头到尾读过《哈姆雷特》,念过一些莎士比亚的十四行诗,脑子里不是绣花枕头,空空如也。哪怕毕业后在某个部门作语言翻译,也是有修养文化的,不是只会叽里呱啦讲几句外语。这是我们的当务之急,需要我们对传统里好的东西紧紧抓住不放。

保持北大的传统并非保守主义。北大的很多传统到现在还是有用。它的作用不是一针见效,而是隐藏在那里。我过去经常出国,到处碰到北大德语的毕业生。他们身上都有北大的特点,就是有文化修养,懂得德国人的文化背景,懂得德国人优秀在何处。这种素养需要在学校里打基础。

外文系学生绝对不能光学一门专业外语,应该再学一门第二外语。拉丁文、意大利语或是其他欧洲语言,当然英文最好还是要学。第三外语我看也应该修。

总之不要太实用主义,以为有用就是好。知其然还要知其所以然,能举一反三,头脑灵活,眼界开阔。北大、西南联大和清华本来一直有那种传统。北大还有一个重要传统:重视历史——语言史、音乐史、绘画史、当代史、史学史……马克思、恩格斯说他们只知道一种学问就是历史,任何东西都是一个过程,它不是停顿的,是发展的。因此要深刻了解一个学科,就要深刻了解那个过程,这个过程就是史啊。比方说我们现在一起做访谈,也是在了解历史。

目前我们国家的教育普遍存在实用主义的毛病,北大受外界影响很大。我们应该做中流砥柱,既不偏钻到故纸堆里,要和时代保持同步,又不能丢掉传统。这个传统可不是某个人树立的,而是多少年、多少人一齐积累起来的。应该珍惜它!保持之外,还要发扬、创新。创新和传统结合,只有掌握了旧的传统的东西才能够创新,创出站得住脚的有用的新。

访谈时间：2010 年 11 月 22 日 9 时 30 分—12 时 20 分，2011 年 11 月 30 日 9 时—12 时
访谈地点：北京大学燕东园严先生寓所
访 谈 人：王东亮、黄燎宇、罗湉、史阳

拳拳侨子心　漫漫使者路
—— 梁立基先生访谈录

　　梁立基，1927年出生于印度尼西亚，1950年第一批印尼归侨学生，1954年毕业于北京大学东语系印度尼西亚语专业，毕业后留校任教直到退休，曾任印度尼西亚语教研室主任、北京大学东方学研究院发展指导委员会委员、东南亚研究所名誉所长、印度尼西亚—马来西亚研究所所长等，长期从事印尼—马来语言、文学、文化，中国—印度尼西亚和中国—马来西亚关系史和东方文学史的教学和科研工作，用两种文字发表了大量的有关印度尼西亚和马来西亚语言文学和两国关系史的专著和论文。曾先后担任中国致公党中央常委和北京市委副主任，北京市政协常委，北京市归国华侨联合会副主席、北京市海外联谊会理事，中国外语教学研究会理事，全国高等学校东方文学研究会副会长，中国—印尼经济、社会、文化合作协会理事，荷兰皇家语言、地理、人类学研究院学报通讯学者等。

　　改革开放后，历任《中国大百科全书·外国文学卷·东南亚文学》主编、《外国文学简编》（亚非部分）第一版到第四版的主编之一、《东方文学史》副主编、《东方文化集成》（东南亚篇）主编、《世界四大文化与东南亚文学》主编、《印度尼西亚语汉语词典》主编等。1988年，赴雅加达参加第五届印度尼西亚语言全国代表大会，并被指定为大会的报告人，成为中国—印尼两国断交以来，被印尼邀请参加重要学术会议的第一个中国学者。两国复交后，着眼于两国关系未来发展的需要，继续组织编写《印度尼西亚语—汉语大词典》，经过六年的努力，于2000年在雅加达正式出版，并举行隆重的首发式。2001年主编的《印度尼西亚语—汉语　汉语—印度尼西亚实用词典》在雅加达出版。

　　1992年，应邀参加在吉隆坡召开的马来语言国际研讨会，并被指定为大会报告人，成为中国学者出现在马来西亚学术论坛上的第一人。1994年，被马来西亚国民大学聘请为客座教授，在该校用马来语讲授有关中马文化交流的历史。1996年，《光辉的历史篇章——15世纪马六甲王朝与明朝的关系》在马来西亚出版，这是第一部由中国学者用马来语撰写的有关中马文化交流历史的学术专著。2004年10月，在北京庆祝马来西亚—中国建交30周年的研讨会上，获马来西亚首相巴达维亲自颁发的"马来西亚—中国友好人物奖"。

> 2000年负责主编的《世界四大文化与东南亚文学》正式出版。2003年写的专著《印度尼西亚文学史》上、下册正式出版,获得北京大学第九届人文社会科学优秀成果一等奖。2005年编译的汉语—印尼语对照《唐诗一百首》在雅加达出版,并举行了隆重的首发式,汉语—印尼语对照《宋词一百首》也将在雅加达出版。为表彰他在促进中国和印尼友好合作方面所做出的贡献,2006年获印尼驻华特命全权大使颁发的荣誉奖状。
>
> 在中国—东盟和中国—印尼建立战略伙伴关系之后,将主要精力放在研究双方关系的历史发展进程。2011年11月,作为中国学者的唯一代表参加了在马来西亚马六甲召开的"马来两部古典名著《马来纪年》和《杭·杜亚传》国际学术研讨会",《马六甲日报》曾用半版篇幅详细报道。用印尼语写的专著《中国—印尼从朝贡宗藩关系到战略伙伴关系2000年的历史进程》于2012年初在印尼正式出版并全国发行。

采访人(问):梁老师您好,多谢接受我们课题组访谈。您是北京大学东方文学尤其是印尼和马来语言文学领域的资深教授,我们很想听您谈谈个人的治学道路以及学科发展方面的情况。我们就先从求学经历和专业选择开始,您是怎样由一位归国华侨走上印尼—马来语言文学教学和研究道路的呢?

梁立基教授(答):我是新中国成立后第一批从印尼回来的归侨学生中的一员。当时我们回来的唯一目的就是报效祖国,振兴中华。因为我们在海外深深感觉到,从鸦片战争之后中国一直被视为东亚病夫,华侨在海外受人欺凌,所以民族忧患意识很深重,特别盼望中国能早日摆脱帝国主义的压迫,重新振兴起来。在抗日战争时期,我父亲是一位爱国侨领,从小就教育我"国家兴亡,匹夫有责",我还记得当时家里客厅的横匾上写着"还我河山"四个大字。广大华侨以慈善委员会的名义组织募捐活动支持抗战,我父亲负责财务工作。当时我在上小学,每星期六和大家一起拿着募捐箱到处募捐,把募到的钱交给委员会,写上我的名字,这就算我为抗战作出了一点贡献,心里特别自豪。我就是在国难当头的环境下形成强烈的爱国情怀,盼望祖国早日复兴。日本发动太平洋战争,印尼被占领后不到一个月,日本宪兵半夜便来敲我家大门,把父亲当作抗日分子抓走了,在集中营里关了三年半,几次死里逃生,直到日本投降才放出来。日本投降之后,中国成为"世界五强"之一,华侨都感到扬眉吐气,但曾几何时,国民党发动内战,贪污腐败横行,国家经济崩溃,人民处在水深火热中,使大家又陷入迷茫。国民党政权的垮台不在于三民主义,孙中山先生提出的民族、民权、民生一直得到广大华侨的支持,国民党政权的垮台主要是由于四大家族的专制统治,贪污腐败和通货膨胀的严重使人民无法活下去。当时我在万隆华侨中学(侨中)念高二,正当感到前途渺茫时,看到了斯诺写的《西行漫记》,这时才知道中国还有一个革命圣地延安,于是把全部的希望寄托给中国共产党。

中华人民共和国成立时我正好高中毕业,于是决心回来报效祖国。1950我参加印尼归国华侨同学会,成为第一批的印尼归侨学生。原先参加报名的将近三百人,后来因朝鲜战争爆发,许多家长便不让子女回国了,最后只剩下七八十个铁了心的年轻人,我便是其中之一。当时传言第三次世界大战可能爆发,大陆很不安全,上海、汕头刚遭到轰炸,一般邮轮已经不通航了。但这都不能动摇我们回国的决心,于是我们想办法与香港太古轮船公司联系,让定期往返香港—天津的货轮前来雅加达港口把我们接到天津。就这样我们七八十个人告别印尼,被当作货物搁在一艘两千多吨旧货轮的统舱甲板上。船一到香港,美联社便发出消息说"印尼第一批共产党学生已抵达香港"。当局不准我们上岸,只能在海上待着。到了傍晚,船悄悄起航北上,可第二天一大早就有一架美国侦察机一直尾随我们的船,当时船面上铺了一面很大的英国国旗,侦察机飞得很低,都可以看见驾驶员。形势比较紧张,我们在船上都做了紧急救生演习,每人发了救生衣,只要鸣笛三声就是船遇难,大家赶紧上指定的救生艇逃生。到了下午两点多钟,台风来了,风力达十级以上。我们都被关在底舱里,把窗户关严,大家在地板上挨个躺着,船摇晃得非常厉害,从船舱里的舷窗向外望,一会儿沉到海水里,一会儿升到天空中,我们也随着船的大起大落而滚来滚去,把肚里的东西都吐干净了。就这样折腾了一夜,第二天早上天蒙蒙亮,突然汽笛响了一声。大家立刻紧张起来,赶紧穿上救生衣,把行李丢下不管,只抓点贵重东西塞在口袋里,准备逃生。但汽笛只响了一声,没有继续响下去。不久天亮了,台风的高峰已经过去,身体好的可以上甲板去刷牙洗脸了。我是运动员,身体还顶得住,上去时紧紧扶着栏杆,船摇晃得很厉害,就像站在电梯上一样,忽上忽下。当见到华人船员时,我便问他早上响汽笛是不是遇到了险情。他说是因为能见度差,前面有东西怕相撞,所以才拉响汽笛。又问他现在船已到什么地方,他说已过台湾海峡到达温州海面,从此可以直到天津码头了。当船在天津海河码头靠岸时,没有想到岸上已经有大队的欢迎人群,有的在扭秧歌,有的在打腰鼓,条幅上写着"热烈欢迎印尼归国华侨同学"。晚上黄敬市长为我们设宴洗尘,在宴会上他对我们说,你们差一点就回不来了,蒋介石已派军舰准备在台湾海峡拦截你们,把你们押到台湾去。人民政府得知后立刻与香港太古轮船公司交涉,要他们改变航线,一开始他们不答应,最终还是达成协议,无论遇到什么情况一定保证把你们送到大陆,否则他们在华的财产将不受保护。我们听了黄敬市长的话之后想起来跟踪我们船的美国第七舰队侦察机原来是给台湾通风报信的,而台风的到来也救了我们逃过这一劫难。这时我第一次感受到祖国母亲对"海外孤儿"的呵护。在天津待了几天之后,中央侨委派人接我们到北京参加全国第一次高考。我们到达前门火车站之后,大家便忙着搬行李,当时正值7月酷暑,有一位穿黄卡其短裤的中年男子也在忙着帮我们搬行李。等行李都搬完后,才有人向我们介绍那位满头大汗的中年人。你猜他是谁,原来是中央侨委副主任廖承志同志。当时我非常感叹:"这就是共产党的干部!"这两件事影响了我一生,让我看到了中国的希望。我决心要为新中国的伟大复兴奉献我的一切。

我原先抱着工业救国的想法报考东北大学的化学系,在化学系念了一年之后,1951年的暑假回到北京,此时第二批印尼归侨学生回来,中央侨委让我也参加接待工作,从安排他们的住宿、考试,直到亲自送他们上学,花了我整个暑假的时间。接着我父亲参加第一批印尼华侨归国观光团来京,中央侨委又让我继续留下参加接待工作。任务结束后,我的学校已经开学一个多月,回不去了。中央侨委看我工作能力还行,便让我转学到北京,以后暑假可以继续做接待工作。我没有意见,只要转化学系就行,因为我已经念了一年,成绩还不错。但是北京各大学的化学系都已经没有空位了,而我又不愿转数学系或地质地理系,心里特别着急,不知该怎么办。当时中国刚与印尼建交,需要培养印尼语人才,知道我是从印尼回来的,便问我是否愿意转学北大东语系新成立的印尼语专业。我说祖国的需要就是我的志愿,更何况印尼是我的第二故乡,能为促进中国—印尼关系的发展乃是我的历史使命。我的人生道路就这样决定了,1954年毕业后便留校任教。除了教学我还经常被派去当翻译接待印尼来的各种代表团和贵宾,其中给我印象最深刻的是,1956年印尼苏加诺总统第一次正式访华时我参加了翻译组的工作。后来我又参加了中共八大的翻译组工作。我把翻译工作看作是与印尼直接进行交流的大好机会,无论是在口译还是在笔译方面我都有了大量的实践经验。就是在"文革"期间,我也没有停止翻译工作,直接参加了四卷《毛泽东选集》的翻译工作并担任领导小组的成员和定稿人之一。改革开放后,我想把中国的唐诗宋词直接介绍给印尼读者,2004年我编译的汉语—印尼语对照的《唐诗一百首》在印尼正式出版,由印尼文化教育部长亲自主持首发式。《宋词一百首》不久也将在印尼出版。由于我多年来一直没有停止过翻译工作,2007年中国翻译协会给我颁发了"资深翻译家"的荣誉证书。

我是从语言教学和翻译工作开始的。语言是交流必不可缺的工具,又是文化的载体,通过语言和翻译工作我深感要促进和加深两个民族之间的友谊和相互了解,除了需要掌握语言这个交流工具,还需要深入了解对方的社会政治和文化。1956年当周总理提出"向科学进军"的号召时,我便决定从研究印尼文学着手,然后逐渐扩大到其他文化领域和两国的交流史。随后我还把研究的范围扩大到整个东方文学。另外,印尼语言文化和马来语言文化属同一源流,在东南亚同属这个语言文化体系的国家还有马来西亚、文莱等国,所以我把那些国家也纳入我的学术研究和交流的范围。

问:您就是在这种情况下开始走上文学研究的道路,季羡林先生对您的学术选择有什么影响吗?

答:我一直比较喜欢文学,高中时候看了很多中外文学名著。当时科研对我来说还是很神秘的,不知如何着手。于是季先生作为系主任便针对我们这些初出茅庐的年轻教师亲自进行了几次辅导。他教导我们如何处理好"博"与"约"的关系。所谓"博"就是要有广博的基础知识,了解各种文艺理论和相关的知识,所谓"约"就是要先找到一个切入点,"约而易操,事少而功多"。也就是说要把握好宏观与微观的关系,研究印尼文学不仅需要了解它自身的历史发展,还需要了解它外部的各种影响,把外因与内因以及宏观与微观纵横有机地结合起,这样才会有自己新的见解。季先生讲到,开始找切入点时,不一定要搞大的题目,首先要充分搜集相关资料,把国内国外与课题相关的材料收集起来,仔细阅读具有代表性的著作,特别要注意注释部分,看引用了什么资料,然后通过慢慢积累和比较去分析各种观点,得出自己的结论。季先生还进一步讲怎么写学术论文,从论文主题到具体写法讲得很仔细,把他多年从事科研的心得体会传授给我们。季先生是个大学者,古今中外的学术根底非常雄厚,特别对东方文化的研究,是我国学术界的泰斗,是我这一代人的学术引路人,也是我国东方文化研究的开创者和奠基者。

我就是在季先生所指引的学术道路上一步一步走过来的。我在研究印尼文学史时就非常注意世界四大文化在不同历史时期里的影响,例如在古代时期、影响最早和最大的是印度文化,特别是印度的两大史诗《摩诃婆罗多》和《罗摩衍那》,不仅在印尼,在整个东南亚都有很大的影响。14、15世纪阿拉伯伊斯兰文化开始进来,通过宗教的传播对中古时期的印尼和马来文学直接产生影响。17世纪西方殖民入侵后,开始把西方文化传播进来,对印尼的近代和现代文学产生了直接的影响。至于中国文学的影响主要通过华人,早在19世纪80年代,华人就用马来语把《水浒传》《三国演义》《西游记》等中国经典著作以及许多民间故事和武侠小说如《梁山伯与祝英台》《白蛇传》等陆续翻译过来了,后来还出现"华裔马来语文学",对印尼现代文学的产生起了很大的促进作用。所以我在2003年出版的《印度尼西亚文学史》上、下册,与荷兰和印尼学者写的就不一样,把整个文学发展的历史与世界四大文化的影响结合起来,比较系统地阐述印尼文学从古至今整个发展的历史进程,这在印尼学术界还没有人这样做过。

问:这么说您的印尼文学史和东方文学史的研究深受季先生"四大文化"论的启发,是吗?

答：是的，四大文化论是季先生首先提出来的，对我研究印尼文学和东方文学有直接的影响。东语系最早开展国别文学和东方文学的研究大概在 50 年代中期以后，好些专业已开设国别文学史课。东方文学课是在 60 年代初开的，也是国内大学的首创，可那时候还很不系统。当时开设的东方文学课像个大拼盘，按国别文学各讲几周，还没有形成一个学科体系。季先生对开东方文学课很支持，提出北大东语系不是单纯的语言系，也应该是文学系。1957 年教育部曾打算把北大东语系并到北京外国语学院，当时大部分教师都不同意，社会上也很多人反对，认为北京大学是国内一流大学，怎么可以没有东语系。最后只把不属外国语的国内少数民族语种合并到民族学院，比如维吾尔语等。当时还曾讨论过把东语系改成东方学院，使东语系变成东方语言文学的教学研究中心。因为在外国语言文学的教学研究领域里，长期以来存在欧洲中心论，西方文学一直占主导地位，东方文学被边缘化。因此有必要大力开展东方语言文学的研究，而当时的东语系已拥有全国知名的学术带头人，如季羡林、马坚、金克木、陈信德等教授，完全可以把北大变成我国培养东方语言文学人才的教学和科研基地，可惜这个想法和主张没能实现。但即便如此，实际上北大东语系已经不是单纯的语言系，早已开设国别文学史和早期的东方文学课程。所以东语系培养的并非单纯的语言翻译人才，也培养了文学文化方面的研究人才。可惜"文化大革命"的到来把一切都冲毁了，十多年东语系一直处于停滞状态。

问：最初的印尼语专业是怎样成立的，后来又是怎样一种情况呢？

答：解放前，最初北大的东语系只有印地梵文、阿拉伯语、日语等几个专业，解放后才陆续建立东方各语种的专业。印尼语专业是从东方语言专科学校（东语专）合并过来的。国内最早培养东方语言人才的是抗战胜利前夕设在昆明的东语专，直属国民党政府的教育部，主要是为胜利后发展与东方国家外交关系培养所需的东语翻译人才。当时在东语专里就设有马来语科（马来语和印尼语属同一个语种）。抗战胜利后，东语专搬到南京，解放后并入北大东语系。所以印尼语专业最初叫马来语科，1950 年初与印尼建交后便改称印度尼西亚语专业。印尼是东亚第二大国，现有人口两亿三，其中华人占两千多万。在苏加诺总统执政期间（1950—1965），中国与印尼的关系很好，双方交流非常频繁，因此需要大量的印尼语人才。当时印尼语专业成为东语系最大的专业之一，师资队伍最多时达十五六人，学生人数也多达八九十人。年年都招生，从低年级到高年级有四个班，每班都有班主任。印尼语专业的教师队伍主要有两个来源，一是从东语专过来的师资，一是从印尼回来报效祖国的华侨。后者是主力，也是人数最多的,业务水平也较高。最早的教研室主任是50年代初从印尼回来的吴世璜老师,那时我当教研室秘书,协助负责教学的日常工作,后来也当过十多年的教研室主任。从印尼回来当老师的前后多达十来人。因为他们掌握两种语言,又是在两种文化环境中长大的,所以在教学和科研上有很大的优势,尤其在开展与印尼和马来国家的学术交流中发挥了独特的作用。印尼语专业不但成为新中国培养印尼语人才的第一摇篮,也是与印尼和马来国家文化学术交流的开创者和主力军,在印尼和马来国家的学术界享有相当高的声誉,曾获得好多荣誉奖状。

问:"文革"期间东语系的情况怎么样?

答:"文革"的到来,东语系遭到空前浩劫,系主任季先生被关进牛棚,金克木先生被当作牛鬼蛇神受到残酷的批斗。东语系也被定性为国民党特务学校,许多人遭迫害,印尼语专业的汤家翰老师也因逼他承认是国民党特务而自杀身亡。还有和我一起回国的李裕森老师也被当作美国战略情报特务而被批斗,最后以"认罪态度较好"而成为全校从宽的典型。其实李老师一家是爱国华侨,我国驻印尼大使馆建立之前,李老师的哥哥把大房子无偿地借给使馆的先遣人员居住。解放前李老师已在厦门大学经济系念书,1948、1949年国共内战期间认识一位办杂志的朋友,当时杂志要搞民意调查,那个朋友请李老师帮他找老师、工友、学生三种人填三张调查表,用打钩和打叉的方法表示自己对战争与和平的态度。调查表交回后给了李老师一元美金的酬劳,李老师把钱交给了学校的伙食委员会。这在50年代初忠诚老实运动时已经交代清楚了,当时的结论是历史清白。谁知"文化大革命"时又被端了出来,说那家杂志与美国新闻处有关,而美国新闻处是战略情报机构,所以李老师是美国战略情报特务,真是吓人。李老师是印尼语专业的业务骨干,回国以来一直全心全意为教学服务,深得学生的尊敬和爱戴。"文革"遭如此迫害,一家无法再待下去了,后来不得不忍痛离开他所热爱的祖国而抱憾终身。"文革"初期,我也被当作"白专道路"的典型,大字报上说我是"资产阶级精神贵族",幸亏不久我被调去搞《毛选》翻译才幸免于难,否则也不知道会有怎样的下场。1969年《毛选》翻译工作结束,我回校后赶上工宣队搞清理阶级队伍,说"北大池浅王八多,要挖地三尺"。我们教师都被隔离,不得与家人联系,在教研室里待了三个多月。"文革"的摧残使好些归侨老师忍痛离开了北大,最后印尼语专业的归侨老师只留下我和黄琛芳老师继续坚持到底。清理阶级队伍之后,我们被送往血吸虫病猖獗的鲤鱼洲接受劳动改造,这段经历真可写成一部小说。鲤鱼洲的两年劳动改造是我人生难忘的一段经历,当时大家思想单纯,除接受世界观改造,就是拼命劳动,还下决心当有知识的新农民。大家同一命运,所以能齐心协力,能同甘共苦,没有尔虞我诈。这样单纯融洽而又艰苦朴素的集体生活现在不会再有了。

问:"文革"结束和改革开放后,东语系和印尼语专业的最大变化是什么?

答:"文革"结束和改革开放给东语系带来了科学的春天,季先生重新领导大家向科学进军,1978年国务院决定编辑出版《中国大百科全书》,其中的外国文学卷由季先生负责担任东方文学的总编辑。东语系搞文学的教师也成了东方文学各分编委的主力和骨干,我自己当了东南亚文学编写组的主编。这是我国东方文学研究的新起点,在两年多的编写过程中,季先生经常召开编委会,直接带领编委们共同讨论和研究有关东方文学条目的各种问题,使我对东方文学的认识和兴趣不断提高。东语系的东方文学研究队伍也从此逐渐壮大起来了。完成《中国大百科全书》的任务之后,季先生继续带领大家编写东方文学史,他亲自挂帅当主编,我也成为副主编之一。经过多年的努力,中国第一部最完整和最高水平的《东方文学史》上、下册终于在1995年问世。在他晚年的时候,为了继续推动我国东方文化的研究事业,还亲自制定一个跨世纪的工程,那就是出"东方文化集成",自己担任总主编,我也担任《东南亚文化编》的主编,"东方文化集成"至今为止已经出版了将近二百部具有很高水平的学术著作。

70年代末,各大学都开始复课,这时需要开设外国文学史课作为大学的基础课程。于是教育部交给人民大学出版社负责出《外国文学简编》这本教材书。起初该书只有欧美文学的部分而没有亚非文学的部分。于是搞东方文学的一些老师向教育部提出意见,认为只讲欧美文学而不讲亚非文学不能给学生以完整的外国文学知识。而出版社需要摸清国内有哪些人在搞东方文学,否则无法组织编写人员。最终搞东方文学的老一代和新一代老师便结合起来组成编写组,开始着手编写《外国文学简编》的亚非部分。当时国内搞东方文学的有两个队伍,一是大学中文系中搞外国文学的老师,他们的优势是文学理论基础好,文学知识面广,综合概括能力强,汉语水平高,但受到资料的限制,因为没有掌握有关国家的语言,不能直接看原著。二是北大东语系搞文学的老师,他们的优势是能够掌握第一手资料,因为掌握有关国家的语言,但主要研究的是专业的国别文学,面比较窄。所以把这两个力量结合起来就可以组成比较理想的编写队伍。当时大家推举老一代著名学者朱维之先生和雷石榆先生以及我三人担任编委会的主编,我是代表东语系的,也是三人中最年轻的,所以多做具体的工作。然后以这个为契机,每年召开一次会,共同讨论编写教材中的各种问题,互相交流以达成共识。这实际上是在国内首创的东方文学的学术研讨会,得到很多大学的支持,在厦门、辽宁、银川等地都开过会,1982年在四川乐山的会议上进行最后的定稿。根据多年会议上的交流和体会,我们决定成立高等院校东方文学研究会,挂靠在北师大的中文系,大家选举陶德臻教授当会长,我也被选为副会长。本来中国社会科学院已有外国文学研究会,每年开一次会,但主要讨论的是欧美文学,东方文学没有多少话语权,所以我们决定自己成立东方文学研究会,每一两年开一次东方文学的研讨会,我们向教育部提出,为了开设东方文学课程,需要培养师资,教育部同意让我们会负责开设暑期东方文学师资短训班。后来电视大学也开东方文学课,并指定我们编写的《外国文学简编》(亚非部分)作为教材,这一下需要量便大增,到 1986 年印数已达 40 多万册,到第三版出来时已超过 140 万册。可以说,《外国文学简编》(亚非部分)的编写工作和高等院校东方文学研究会的多年活动对推动我国东方文学研究事业的发展作出了不可磨灭的贡献。

问:印尼和中国断交后,印尼语专业的情况如何,复交后又怎样继续发展下去?

答:60 年代中期印尼发生军事政变,中国也发生"文化大革命",两国交恶而导致断交。但我相信,从两国的关系史来看,这只不过是暂时的现象,不用太久关系会恢复正常。所以"文革"刚结束,我作为印尼语教研室主任便决定成立词典组,组织国内多年搞印尼语的骨干到北大一起编纂印尼语—汉语词典,以满足将来恢复邦交后的需要。1989 年两国复交前夕,我们花了近十年的努力编纂的《印度尼西亚语—汉语新词典》终于由商务印书馆在国内正式出版了,这是我国第一部自编的大型工具书。两国复交后,鉴于印尼语的发展很快,印尼热心的华人建议我们继续编纂更新、更全和更完善的大型辞典于十年后在印尼出版,所以我们又用了六七年的时间编纂《印度尼西亚语—汉语大词典》并于 2000 年在雅加达正式出版,由印尼文化教育部长亲自主持首发式。

改革开放后,虽然有了开展学术研究的机会,但因为和印尼断交,无法与印尼学者直接交流,对印尼的学术现状不甚了解。为了发展教学和研究事业,我作为印尼语教研室主任必须想办法培养年轻的师资队伍,给他们出国进修的机会。于是我想采取"曲线救国"的办法,通过与荷兰和西方国家进行学术交流来提高自己。荷兰莱顿大学的著名教授德欧(Teeuw)是研究印尼文学的权威,我便设法邀请他第一个来北大讲学。当时改革开放刚刚开始,我的邀请申报终于获得学校的批准。我亲自到机场迎接德欧教授夫妇,由于我们能用印尼语直接交谈,彼此的距离很快就拉近了。后来他说出了心里话,他说来中国之前曾犹豫半天,因为有人警告他,中国是铁幕国家,根本无法真正交流,更不可能交上真正的朋友。我也坦率地跟他说,要是在改革开放前,我是不可能也不敢邀请他的。现在中国改革开放了,可以比较自由地对外交流,所以他是我邀请的第一位西方学者。后来他想更进一步了解中国教授的一般家庭生活，我便邀请他们夫妇到我家吃便饭。他听了很吃惊，因为怕会给我造成不利的影响。我坦率地对他说，要是改革开放前，我也不可能邀请他到家做客，更不可能和他交知心朋友。那天他们俩来到我家吃午饭，我亲自做了锅贴和各种菜肴，大家围在一起吃。他看到我一家三代六口人和和睦睦、其乐融融的样子，心里十分感动和羡慕。他说在欧洲已经看不到这样的家庭气氛了。德欧教授在荷兰和在印尼都是非常有名望的，在学术界的影响很大。为了让他更好地了解中国文化，我给外事处打报告，建议由我陪同他去洛阳和西安参观兵马俑，让他更好地了解几千年来的中华文明。这次参观给他很深刻的印象，我和他的友谊也进一步加深，后来当他知道我很需要他帮助培养印尼语专业的年轻师资时，便欣然答应每年给一个名额去莱顿大学进修。当时我和黄琛芳老师作为印尼语教研室的正、副主任商定把名额先让给没有出过国的人，印尼语专业的年轻教师就这样一个接一个到荷兰莱顿大学进修一年。这对我们专业师资和科研队伍的成长起了非常大的作用。除了荷兰莱顿大学，我们还和法国社会科学高等研究院有很好的交流，邀请了法国研究印尼华人马来语文学的著名学者沙尔蒙（Claudine Salmon）来北大讲学，后来也与英国伦敦大学的东南亚研究院有交流，邀请克拉兹（Ultrich Kratz）教授来讲学。我与他们建立了深厚的友谊，在交流中除谈论印尼文学外，我还给他们介绍我国研究东方文学的情况，在西方还没有人把东方文学当作一门学科去研究，所以他们特别感兴趣。1986年他们邀请我到法国社会科学高等研究院、荷兰莱顿大学和英国伦敦大学东南亚研究院作短期讲学，着重讲我国东方文学的研究现状。我介绍了在季先生的领导下我们东方文学研究所取得的成果。他们听了之后说，看来北大东语系在东方文学研究方面已经走在世界的前头了。改革开放的80年代，可以说是印尼语专业与西方学术界交流最频繁的时期。

在80年代我还做了一件很有意义的事。我在研究东南亚文学的现代部分时首先接触到的是菲律宾的何塞·黎萨尔，他不但是菲律宾的国父，也是东南亚殖民地国家民族觉醒和民族解放运动的先驱者，影响很大。菲律宾在语言文化上与马来国家有渊源关系，所以我向系里建议设菲律宾语专业。但当时在国内找不到菲律宾语的师资。系里要我自己想办法并让我兼任菲律宾语教研室主任。经过多方设法，我终于请到了一位菲律宾著名的语言学家前来任教。东语系的菲律宾语专业于1986年开始正式招生。成为国内培养菲律宾语言文化人才的唯一基地。

问：改革开放后你们又怎样打开与印尼的关系，有哪些方面的成果？

答：改革开放后，印尼开始想逐步改善与中国的关系，到 80 年代的中期先与中国签订直接贸易协定，接着还想通过语言学术交流进一步改变僵局。我就是从语言入手打开与印尼直接学术交流大门的。1988 年我第一次收到印尼教育部语言发展研究中心的邀请去雅加达参加第五届印度尼西亚语言全国大会，并作为大会学术报告人之一。当时两国还处在断交的情况下，我只能到香港印尼总领事馆去办签证。起初没被接受，因为他们没有得到上面的特批，无权给我发签证。看来要去不成了，多亏在香港的印尼归侨鼎力相助并为我想方设法，经过努力和种种曲折之后，终于办成了。我在大会上作有关印尼语在中国的教学与研究的报告，受到与会者的重视。会上有印尼学者提出有关"Tiongkok"（中国）和"Cina"（支那）的称谓问题，这在当时是十分敏感的政治问题，会场气氛立刻紧张起来，特别是华人为我捏了一把汗。我从语言学和词汇学的角度有理有节地阐明了我的看法，得到大多数人的认同，于是会场的气氛松弛下来，从此我也开始进入印尼的学术界，认识好些著名的学者，可以直接和他们进行交流。有人说我这次参加语言大会是"破冰之旅"，预示着两国关系快要解冻。果然两年后两国便恢复邦交了。复交后，印尼派往中国负责筹建大使馆的公使第一个要找的人就是我，因为他知道我的身份。我用印尼语尽量介绍我国的改革开放和新的对外政策，还带他到各处参观，给他以很深的印象。当他问起我在断交期间印尼语专业是否停办了，我说没有，因为我始终相信断交是暂时的现象，中国和印尼两个东亚最大的国家一定会重新携手起来的，所以我一直坚持印尼语言文化的教学和研究工作，继续培养年轻的印尼语人才，而且取得了不少成果。他听了很感动，当把我介绍给印尼客人时便说，在两国断交期间，有一盏明灯始终亮着，那就是我。从此我和印尼大使馆建立了良好的关系，经常参加他们举办的公共外交活动，还联合举办过几次学术研讨会。

复交初期，我最想做的，是设法与印尼大学建立关系，打开学术交流的渠道。1992 年在得到校领导的首肯后，我便直接去雅加达拜见印尼大学校长并提出希望他能访问北大。他说如果有官方的正式邀请，他很乐意接受。就这样印尼大学校长亲自率领代表团第一次正式访问北京大学并且签订了两校合作谅解备忘录，其中的一个合作项目就是两校合作编写大型辞典，我们编写《印度尼西亚语—汉语大词典》，他们编写《汉语—印度尼西亚语大词典》，双方互相审核对方的原稿，提出修改意见，以保证词典的质量。接着我还联系到印尼的一些学术单位，一起合作在印尼和在中国举办了几次学术研讨会。复交后，由于我为开展中国和印尼的学术合作与交流作出了一定的贡献和取得了一定的成果，2006 年印尼国庆时，印尼驻华特命全权大使特地给我颁发了荣誉奖状，表彰我在提高印尼和中国合作关系方面所作出的努力和贡献。

问:您后来又是怎样打开与马来西亚的关系和进行直接的学术交流?

答:印尼语和马来语是同一语种。我也是从语言入手去打开与马来西亚学术交流的大门。1992年马来西亚举办第一届马来语言国际研讨会,第一次邀请中国学者参加,我是第一个被邀请的,并作为大会的学术报告人之一。我的报告引用了中国的史料,着重从历史角度讲马来语在中国的传播过程。我讲在15世纪郑和下西洋时期,1403年明朝翰林院就在南京设立中国第一所外国语学院,叫"四夷馆",当时就设有满剌加国语专业,也就是马来语专业,因为明朝与满剌加(马六甲)王朝的关系已经发展到如此密切的程度,以至于需要马来语出来发挥交流工具的作用,而中国的第一部汉语—马来语字典《满剌加国译语》也在此时问世。我的讲话引起了全场的轰动,因为在马来文献中从来没有提到过马来语在15世纪就已传入中国并且受到朝廷的重视,马来学者听了都感到非常自豪。会后马来族的最高学府马来西亚国民大学(马国大)的马来文化研究院院长万·哈辛(Wan Hashim)立刻邀请我到马国大作进一步的报告,后来决定聘请我当马国大的客座教授,专门讲中马文化交流史。1994年我去马国大当客座教授,大型讲座举行了六次。最后一次是在马六甲州政府大厦举行的,马六甲州的州务大臣亲自率领二百多位州议员和官员前来听讲。我根据中国的史料着重讲郑和下西洋时期明朝与马六甲王朝的密切交往史,马六甲王朝的第一代国王拜刺密速刺亲自率领五百四十多人前来中国进行正式访问,得到明朝皇帝热烈和高规格的接待,从此两国的友好关系便代代相传。我的讲座大受欢迎,会后州务大臣亲自接见我,表示特别高兴,希望今后能进一步加强彼此的文化交流。我在马国大是用马来语讲学的,而且引用了大量的中国史料,这对马来学者来讲许多是第一次听到的,所以他们很希望我能用马来语把它写成一本书。于是我用了半年多时间,不分昼夜地赶写,终于完成了我第一部用马来语写的专著《光辉的历史篇章——15世纪明朝与马六甲王朝的关系》,在马来西亚正式出版。这本书受到马来西亚学术界的重视,万·哈辛院长说:"我认为《光辉的历史篇章》将以一部重要的宏著呈现在大家面前,适合作为学者们和历史爱好者们以及想深入了解马来民族一段光辉历史的学生们的读物和参考书。"1998年当时担任马来西亚外长的巴达维在北京的中国大酒店作关于马中友好关系的报告时,一开头就提到:"正如北京大学梁立基教授在《光辉的历史篇章》这本书里提到的,马中关系源远流长,有过光辉的历史记录……"这说明他在研究马中关系时也看过这本书。由于我在中马学术交流中做了一定的贡献,2003年马中建交30周年的庆祝会上,时任马来西亚首相的巴达维亲自给我颁发了"马中友好人物奖",表彰我在促进两国在语言、文学、文化的交流中所作出的贡献。

除了马来西亚,文莱也属于马来族国家,使用的语言也是马来语。文莱与中国的关系已有一千五百多年的历史,明朝时期是两国关系发展的高峰。后来由于西方殖民主义和帝国主义的入侵,两国关系便中断了。20世纪90年代,我打开了与马来西亚学术交流的大门,但与文莱的学术交流要到21世纪初才开始。2003年我受到邀请参加文莱举办的国际学术研讨会,并作为学术报告人之一。我是中国第一个出现在文莱的学术论坛上的学者,我用马来语所作的报告受到大会的重视,文莱的报纸作了详细的报道。

问:我们感觉您在从事这些研究和学术交流工作的过程中,始终抱有文化使者的情怀。

答:我出生在两种语言和文化的环境之中,所以有个人独有的情怀。中国和印尼、马来国家都有过受西方殖民主义和帝国主义压迫的经历,有着相同的命运。在荷兰殖民统治时期,印尼的华人具有双重国籍的身份,因为荷兰殖民政府采用的是出生地主义,所以我的出生证是荷兰的臣民,而清朝末年采用的是血统主义,凡是父母是中国人,无论何地出生的都是中国国民。华侨在殖民统治下一直受歧视和欺压,大部分人都不承认自己是荷兰臣民,只承认自己是华侨。我虽然是华侨,但印尼是我的出生地,是我的第二故乡。所以我愿意为促进中国与印尼、马来国家的友好关系和共同繁荣作出自己的最大贡献。我从事的教学和学术研究都有十分明确的目标,不是为学术而学术,而是为了促进双方的相互了解和友谊。我的优势是掌握了两种语言和两种文化,用中文写的著作和论文是为了能让国内读者更好地了解印尼和马来民族,用印尼和马来文写的著作和论文是为了能让印尼和马来民族更好地了解中国。进入21世纪全球化时代之后,中国和东盟建立了战略伙伴关系,我的研究重点也放在中国与东盟国家的关系上,尤其研究中国与印尼走向战略伙伴的历史进程。鉴于我用马来文写的《光辉的历史篇章》在马来西亚发挥了积极的作用,所以这几年我也不顾年迈体弱,埋头用印尼文写成一本将近600页的专著《中国—印尼从朝贡宗藩关系走向战略伙伴关系两千年的历史进程》,并于今年初在印尼正式出版,向全国发行。我希望这本书也能为促进两国战略伙伴关系的发展发挥积极的作用。

有人说我是"架设文化桥梁的民间大使",其实我只不过在促进两国文化交流中尽了自己的一份力。我现在已入耄耋之年,早就该解甲归田和安度晚年了。但目前的情况让人担忧,现在北大印尼语专业的师资只有四个人,学生人数不到十个人,后继乏人,不能适应形势发展的需要,有时我还不得不出来应付场面。例如去年11月初在马六甲召开的国际学术会议,主题是讨论两部马来古典名著《马来纪年》和《杭·杜亚传》,而国内目前没有合适的人能去参加。如果马来西亚这样重要的国际学术会议没有中国学者参加,这将产生消极影响,以为中国对他们不重视。所以我只好勉为其难,不顾高龄一人从北京直飞吉隆坡,然后转马六甲。我成为国际研讨会上唯一的中国学者,而且年龄最高,但我用马来语所作的学术报告却受到高度重视,第二天的《马六甲日报》用了半版的篇幅作了详细的报道。

我在北大六十多年了,为东语系印尼语专业的建设和促进中国与印尼和马来国家的学术交流已尽了自己的一份力。最近北京大学还给我颁发了"老有所为先进个人"的荣誉证书。我只要还能做点贡献,仍将尽力而为,但世界是你们的,我更希望印尼语专业能兴旺发达,培养出更多更高水平的人才,以迎接全球化时代的挑战。

访谈时间:2011年5月10日9时—12时
访谈地点:北京蓝旗营梁立基先生寓所
访 谈 人:王东亮、罗滋、史阳

劫波度尽　诗篇长传
——王智量先生访谈录

王智量，笔名智量，生于1928年，江苏江宁人。1952年北京大学毕业，20世纪50年代曾在北京大学任教，在中国社科院文学研究所从事研究工作。后因"右派"问题颠沛失业20年。1984年起任华东师范大学教授、全国高校外国文学教学研究会常务理事、上海比较文学会副会长、上海作协理事、上海译协理事等职。主要翻译作品有《叶甫盖尼·奥涅金》《安娜·卡列尼娜》《黑暗的心》《我们共同的朋友》《前夜》《贵族之家》《屠格涅夫散文诗》等，主要著作有《论普希金、屠格涅夫、托尔斯泰》《论十九世纪俄罗斯文学》等，主编《俄国文学与中国》《外国文学史纲》《比较文学三百篇》等，创作小说《饥饿的山村》等。

采访人（问）：王老师好！非常感谢您接受我们的采访。您在新中国成立前就在北京大学法律系、西语系读书，是我国为数不多的能用英、俄两种外语从事文学研究和翻译工作的专家学者，并且在文学创作上也取得公认的成就，而这多姿多彩的学术人生又与您个人生活的坎坷经历密切相连。我们课题的考察范围是新中国60年来的外国文学研究，您的个人经历正好跨越这一历史时期并且具有相当强的代表性，某种程度上折射着中国一代知识分子中某一群体的共同命运。今天很高兴有机会听您讲讲这些经历以及个人的学术道路，请您给我们从求学经历讲起吧。

王智量（答）：1937年，日本人进南京的前一天，母亲带我们兄弟三人逃出城去。我们逃上了一艘轮船，眼见着另一艘沉了下去。过江后我们先到浦口县，然后辗转至西安，再到汉中。我的童年好友就被日本人杀了，所以童年经历让我怎么也看不惯日本人，拒绝去日本讲学。并非日本人都坏，但总觉得日本人很可怕。逃到汉中以后，先住小学，后来考上西北师范学院附中，就是北师大附中。

我一生最幸运的就是考了一个非常好的中学,后来又考了一个非常好的大学,这两个是我这一辈子的关键。我在西北师院附中读了七年。第一年不懂事,九门功课八门不及格,后来倒是每年都考第一、第二。1947年我中学毕业,正是国内内战时期,我很幸运地从陕西到了上海、南京,然后考上了北大。1947年9月进北大时,我19岁,一心要挽救国家,壮志凌云。一个很偶然的机会,我受到了陀思妥耶夫斯基《罪与罚》的影响,要学法律,清理社会。于是我读了法律系,从1947到1949年读了两年。1949年解放以后,法律系的课开不出来——都是《六法全书》的课,那是国民党的法律。法律系一时不知该如何发展。就在这个关键时刻,地下党组织一批北大同学,送去哈尔滨一个外国语学校学习。学校是从延安搬去的,说是外国语学校,实际上只教俄语。完全出于一种革命热情,我从那时候开始学习俄语。

现在回头检查自己的思想和人生的发展,我1947年进北大,是北大剧艺社的,跟着大家一起写文章、演活报剧、上街宣传。尽管北大是那么一个轰轰烈烈的革命环境,但是地下党找我参加组织时,我拒绝了。因为当时北大学生的思想很复杂,参加地下党走共产主义是一条路,跟国民党走的也有一批,还有很大一批学生和我一样,自由主义,觉得政治很肮脏。不过,虽然我没有参加组织,地下党还是送我去哈尔滨学俄语。我解放前就偷偷学习俄语了,因为我喜欢俄国。1949年2月解放军进城,我就很高兴地去了哈尔滨。但是7月底、8月初学校又把我送回北京,因为我的风湿性关节炎发作了。我回来的时候,北大乱得很,走和回都没人管。法律系的老同学叶孝信让我住他房里。建国10月1号那天,同学都去天安门,我的腿还不方便动,不能去。我还记得走到民主广场,听见炮声、喇叭声。但是10月1号头天晚上,同学扶着我到长安街中央人民政府门口听里面政协会议正式成立中华人民共和国的筹备会。我兴奋得不得了,当时累极了,就躺在长安街上。我1928年生的,那时也不过21岁。

我回京后,北大成立了西语系俄语组,朱光潜是文学院长兼西语系主任。学校说我会在1949年9月前转到西语系,但哪个组还未定。我去找朱光潜,他很认真,查了我在北大的第一、第二外语的成绩和入学成绩。我入学时英语成绩很好,入学还有助学金,可是朱光潜说不行,我成绩不够,他说我到哈尔滨学过俄语,应该继续学俄语。于是从1949年9月开始我成为北大西语系俄语组的学生。不久学校了解到我的情况,立刻发展我入团。1958年我当"右派"被开除团籍,1978年我都五十多岁了又恢复了团籍,到现在我也没有退团。

我有一本书,叫《一本书,几个人,几十年间》,里面有我的一些经历,用的实际上是我第一篇文章的题目,写的是我翻译《奥涅金》的过程。这篇文章在国内发了至少十次,国外也翻成英文了,因为他们认为这篇文章反映了我国几十年间的文化政策以及知识分子的道路,所以他们很重视,文艺出版社就用了这个题目作为这本书的名字。这本书后来曾经出版了两次，题目都叫《人海漂浮散记》，在香港出了一版，在北京出了一版。

问：您可以介绍一下当初西语系俄语组的师资情况么？

答：当时只有几个教授，没有年轻教师，曹靖华、龚人放。龚人放进来得晚些，比较年轻。还有二级教授李毓臻，笔名余振，是有名的翻译家，翻译普希金很有名。有一个清华过来的老人家，我一时叫不出名字来。当时就四个教授，还有一位和龚人放年纪相仿，不过文学功底更好，老了，想不起来了。学生也就一个班，多数都是各系转来的，还有极少数几个考进来的新生。这个班虽然复杂，但活动能力比较强，学习目的性也很强。因为我去过东北，也很积极，马上就发展我入团，当俄语组团支部书记。俄语我已经学了七个月，所以成绩一直是班里最好的。按说1949年入学应该1953年毕业，但1952年学校就让我毕业了。那时正好学校从沙滩搬到燕大，班级扩充，我到燕大就是助教了。当时一共调出来五六个人，清华俄语组也合过来了。我们两个清华、三个北大的，就一块儿成为俄语系的助教了。彭克巽就是从清华调过来的，岳凤麟是考上的，他们都一直留在北大。丁聊生和我也是那一批考上的。当时成立了俄语系，我们几个成了教师，既是教学主力又是政治力量。我记得岳凤麟是系秘书，我是教研室秘书，总是和曹靖华、余振打成一片。我们就在俄文楼二楼朝北的两个房间办公。当时还有一批白俄教师受聘教俄语，他们工作态度很坏，教案能不写就不写，但是他们俄语好啊。我们一方面给他们做助教，跟他们学习，一方面也负责管他们。因为我从小喜欢文学，学习的同时就写些诗歌文章，用笔名在《北京日报》发表。当时来了一对苏联专家夫妻讲俄国文学史，我就认真地去听。

1953年北大课外活动很活跃，刚搬到燕大，我和东语系同学组办了一次诗歌朗诵晚会。那时候苏联文学报社出了一个土耳其诗人西克梅特的诗集，我很偶然得到，就全部翻译出来，在诗会上请人朗诵。刚解放那段时间我非常活跃，很开心。

我在俄语系待了两年，1954年中文系来了苏联专家皮达科夫，他是基辅大学讲师，教文艺学。他教这门课引经据典，一会儿德文，一会儿英文，一会儿法文。我母亲是上海圣玛利亚女校毕业的，在我三四岁的时候就教我外语，所以我除了能做俄语口译之外，英语也很好。中学我到教堂里跟神父学过法语。皮达科夫是卫国战争的伤员，没有右手，只能讲，不能写，就必须听懂他讲什么，所以要求非常高。学校认为我最合适给他做翻译。当时是向苏联学习的高潮，北大中文系的老教授，像语言学家游国恩、杨树达都要向皮达科夫请示和汇报工作。汇报之前把要讲什么先告诉我，我也要准备一下。当时（中文系）系主任是杨晦,我和乐黛云在一个教研室,她大概是教研室秘书,那个教研室就我们三个加上皮达科夫。在北大中文系期间我收获很大,既做翻译又写文章。

1954年批判胡风运动开始。也很巧,在我过去的经历里和胡风本人有联系。刚解放的时候北大有个新文艺社,那是解放前就有的,还有一个剧艺社,这是北大两个非常活跃的文艺团体,我是这两个社的社员,解放以后我还负责新文艺社。新文艺社开了一次座谈会把胡风请来,就在红楼的地下室里。我和胡风在上海办的出版社泥土社也有过联系。批判胡风开始我写了好几篇文章,以真名发表在《人民文学》《北京日报》上,还收入了《胡风批判论文集》。当然胡风后来平反了,但是我们年轻人不懂政治,上面让干什么就干什么,一股热情往前奔。

问:您很早就开始文学翻译和创作了吗?

答:到中文系之前我已经翻译了一些俄文诗,我喜欢诗歌,大学一年级就开始读奥涅金,20岁时就可以背诵一整本《奥涅金》,这是俄国文学的最高作品。那时候我就有心翻译《奥涅金》,但不敢动笔。后来在中文系,我继续写文章,比如写胡风的文章,还写一些回忆性短文和文艺性文章。我在西北师院附中读高一时,就在当地报纸发表文章了,还写诗。这篇文章叫《迎春的花儿》,里面有一首诗歌就是我17岁上高二的时候写的:"为什么迎春的花儿偏开在坟头上?她在对枯骨夸耀自己美丽的容颜。她在说,墓中人,你可知道,大地上又是春天了。"

当时在陕西城固有个风俗,家家坟头都种上迎春花。我17岁那年和一个15岁的女生谈恋爱,两个人偷偷溜到外面玩,她问我为什么迎春花儿偏开在坟头上,晚上回去我就写了这首诗。写完后西安的《西京日报》在陕西汉中有个分报,马上登出来,西北大学还谱成曲传唱。《迎春的花儿》最近翻成了英语在 Renditions 上发表,写的是我的初恋。我认识她之前,西北大学组织演了一场歌剧,讲的是在日本统治下一个中国小姑娘怎么家破人亡,流浪街头,那个歌剧演得极好,她一唱,全场都跟着她哭泣。后来上课的时候班主任领来一个新同学,一看就是那个女孩。她也喜欢文学,我和她就做了好朋友。几十年之后,我已经作为澳洲侨民,拿到了永久居留证了,春天的时候我在家里的后院躺着,抬头看到隔壁篱笆外满是迎春花,我马上就想起这首诗和她,于是写了一篇回忆文章,第二天就在墨尔本的中文报纸上刊登了。这次他们要编文集,我就把这篇文章找出来,又接着写了几段。澳洲的教授给我发电子邮件,说文章里有太丰富的感情和中国社会经历。这是我一生刻骨铭心的故事。

问:请您谈谈在社科院文学研究所的经历吧。

答:1954年批胡风的时候,我在中文系给皮达科夫做翻译,俄语有了很大提高,同时我也在学习高教出版社出的《文艺学引论》,当时全国的大学都用这本书开课。后来我生病了,住北大医院,写了几篇批判胡风的文章,被科学院文学研究所看中了。当时没有社科院,文学研究所叫中国科学院文学研究所,是全国最高的文学研究机构,设在北大,挂科学院牌子,科学院编制,人都是北大的。

后来我正式调入文学研究所,不用讲课了。1954年我进入了理论组。在文学所还是做了不少工作,一直到1958年当"右派"。1958年说文学所"右派"数量不够,当时51个研究人员里已经有5个"右派"了,周扬说你们这个单位怎么能按比例划呢,有多少划多少。据说他提到王智量,当时我在《人民文学》《北京日报》、上海的《文艺学报》发了好多文章。后来补了七个"右派",我就被补上了。

到了文学研究所以后,蔡仪在学术领导上还是很认真的。当时主要学术领导是所长何其芳。有一个很有名的故事在学术界流传。何其芳是"反右"领导小组组长,我划成"右派"后,第二天就要送到乡下劳动改造,我在厕所里碰见了他。当时我感觉到旁边是他,动都不敢动,结果他说:"《奥涅金》你一定要搞完哦。"

为什么他这么说(《奥涅金》现在的两个版本都是我翻译的,人文出版社和湖北人文出版社分别出的)?此前大约一年或是半年,何其芳接受中央任务主持《散文》杂志,他找了所里三个年轻人来办,我是头,组稿过程中经常去他家,所以我和他私下接触很多。有一次,一篇稿子提到了《奥涅金》,他立刻用英文背诵了其中的两三句。他用英文背,我就用俄文背,他大吃一惊。后来他知道这本书我全文都能背,就让我翻译。当时我还不敢,这是俄国文学的头一块牌子,而我只是一个刚刚学了俄语进入文学界的年轻人。但他鼓励我胆子放大。在他的鼓励和余振先生的直接帮助下,我开始偷偷地翻译,被划成"右派"之前我已经翻译了十几个十四行诗节。我挑了十几个来练笔,想找到翻译的规律和格式。最后我摸到的规律是这样的,他的四个音节在中文里要翻成四个停顿,他押韵的规律要保持。这是第一个版本,也就是人民文学出版社那一版,其实行不整齐,因为原文诗行也长长短短的。后来长江文艺出版社干脆听余振先生的意见,每行切成十个字,看起来就是标准的豆腐块。既然何其芳鼓励我,我就先翻译了十几首诗,翻完拿给他看。"反右"之前他代表国家写了一篇批判胡风运动的总结性论文,在《人民日报》还是《光明日报》全文发表。结果在批判胡风运动的后期,他从燕东园打电话给我,让我去看报纸,说有我的东西。我到资料室一看,他批判胡风的论文后面把我翻译的诗歌引用了一节,是第七章第十四节。我看了以后非常感动,尽管他是神来之笔用达吉亚娜的感情来写《论红楼梦》,里面引了一段,批判俞平伯,我理解他实际上在鼓励我,从那以后我决心翻完《奥涅金》。

当了"右派"之后,何其芳对我冒出这么一句,作为一个所长和"反右"领导小组组长,对我这个主要罪名是白专道路的"右派",他还鼓励我走白专道路!当时他说完那句话就往外走,出厕所门之前还左右看看有没有人,没有人,他就走了。这个动作说明了太多问题,那个时代的特点,他这个人的思想特点,当时所谓"左右",一个人在时代潮流里的痛苦矛盾……全都在这个动作里。他走了以后我很感动,回到研究室趴在桌上痛哭一场。当时所里到处贴着批评我的大字报,我研究室的桌子上就贴着一张大字报,画着一个棺材,棺材下压着一本书,就是《奥涅金》。这个情况下他说了这样一句话,我一生都忘不了。当晚我就找出俄文本《奥涅金》还有我翻的稿子带下乡。我带去的那个本子现在还在。《奥涅金》是我在哈尔滨念书时在秋林公司买的,1949年出的,是当时最新的版本。我在这本书里写了很多东西,好像日记一样,所以这本书对我很有意义。这本书我买来的时候完全不能读,后来我完全会背了。一年级我进了北大俄语系后就开始一点点地读,有些老是读不顺的我就在上面画重音号。

去劳改之前,我已经把《奥涅金》翻了一章多了。全书一共424个十四行诗,后面还有一个他没有写完的别稿,中间还有插入的几首歌和两封信。我在平山县小庙村村外跟着老农民种旱稻,把稻种撒好了,拿脚踩,我就自然而然地一边踩一边按照诗节背诗,找到节奏以后我就开始把它翻成中文,一片地种完以后我这一节诗也翻完了,很开心。回到寄宿的老农家马上撕一块报纸边儿把它写下来。在那个地方翻译我还不敢让领导知道。劳动改造了一个阶段,1958年把我们调到昌黎县果园。1959年底,中央"右派"摘帽政策下来,就把我调回文学研究所。我在摘帽名单里排第一个,因为我劳动表现好。摘帽那天,就在复兴门内的科学院文学研究所旧房子那里,我的前妻到场发言,说我对现实不满,不能摘帽。我当场被赶出了会场,几乎立刻把我发配到甘肃。

1956年中国科学院文学研究所文学期刊有两篇论托尔斯泰的文章,一篇是我写的,一篇是我帮前妻写的。我是从《安娜·卡列尼娜》和《复活》谈托尔斯泰,她那一篇是谈《战争与和平》,当然也是她的成果。我这篇列为1956年中国科学院十几个成果之一,当时《文汇报》专门为我这篇文章发过消息,复旦大学去年为我了出了一本《论19世纪俄罗斯文学》也收入了这篇文章。我的学生在我80岁的时候为我编的一本书也收入了这篇文章,它探讨了世界观与文学创作的关系,可以说对胡风运动之后我国关于文艺创作指导思想问题的论辩进行了某种总结。当时中央党校校长杨献珍公开提出,有怎样的世界观就有怎样的创作。而胡风提出世界观是反动的,创作可以是进步的。他批判胡风,但走到另一个极端去了。而我这一篇,本来给我题目让我做两年,我做了八个月,把初稿写出来了。当时我在生病，何其芳到我家里来，坐在我的病床前面，跟我明确提出，你就把杨献珍提出来的批回去，我没敢。这篇文章应该说是我二十几岁的时候做出的一个贡献，当时也给我打下了经济基础，拿了两次稿费，出书一次，发奖一次，当时的稿费还是很多的。现在稿费和当年没什么差别，但物价已经涨了好几百倍。我说知识分子待遇不合理，就举了这个例子。

我在长篇小说《饥饿的山村》里写过一个完全真实的故事。我坐在西柏坡村的河边，回想自己的身世遭遇，觉得一头跳下去就什么痛苦都没了。我在那儿坐了一个钟头，尽管还没有想通，我突然站起来，把头上戴的一顶蓝色的干部帽扔到了河里，那一下对我一生的影响很大，我就活下来了。那天我还想起了母亲的一句教诲：不管你以后地位多高，不管你到哪里，你都要记住一句话：做人要凭良心。要是做不到这点你就不配做人。这话影响了我一辈子。这句话那天救了我的命，鼓励我人生的路还要继续走下去。

问：下放到甘肃之后您还能够继续翻译工作么？

答：我下放劳动每天都要翻译《奥涅金》，后来回到北京后摘不了帽，又被送到了甘肃省委宣传部。省委宣传部了解到我的情况，把我分配到了甘肃人民出版社的《工农文艺》杂志编辑部工作。编辑部主任还是个诗人，报到头一天，他脚跷在桌子上对我说，你是北京来的，大知识分子，我们都是小知识分子，今天我们也享受一下被大知识分子伺候的味道。我给他们扫地，擦桌子，收拾书桌，他们出的《工农文艺》小报有一些错，我实在看不过还会讲一讲。有一天，我没有替他把书合上，他就说我破坏工作。兰州旁边有一座山要绿化，山上引水困难，我就被派去代表编辑部一桶桶地把水背上去，绿化荒山。1960年春，甘肃灾荒不得了，全兰州没有一滴油吃，支援春耕的时候就把我送到定西专区的一个山沟里，我的小说《饥饿的山村》就是写的那里的故事，每个人物的故事都是很多故事聚起来的，但每个细节都是真实的。

后来在乡下我的两条腿都不能动了，就把我送回兰州，马上就住进甘肃人民医院。在医院的时候上面决定干部精简，说我这样的不配做干部，决定把我送到甘南藏族自治州，靠近舟曲，而且要脱离干部身份，永远做农民，减轻国家负担。我想到了那片广阔天地，不用受他们的罪了，就决定去了。和我同房间住的一个美术工作者，南京美院毕业的，那个年轻人很好，他跑到医院对我说绝对不能去，到那里要被活活打死的，因为我是"右派"。他给我讲了当地的情况，我就决定不去，怎么办呢？我给上海的哥哥写了封信，哥哥嫂嫂让我去。我根据"右派"定案中央决定里的一条，如果不服从决定可以自谋生路，我说我要求自谋生路，提出要去上海。我当时是冒着很大风险和勇气说要去上海的，但是人总要活下去啊。结果编辑部的人说你这种人拖出去枪毙都可以,不许自谋生路。我说中央有政策。当时甘肃省委宣传部一个吴姓部长带我们去的甘肃,他认为我们都是人才,在火车上他很客气地说有困难可以找他,给我的印象很诚恳。他后来做过江苏省委书记。当时我就拖着一条病腿,去甘肃省委找他,结果他正在开会,让人事处长,一个老太太接见我,她人很好,让我别走,说我是人才,甚至提出可以送我去甘肃高干疗养院,而且不告诉人家我是"右派",在那儿把病治好然后就留在那儿。我很感动,但是我当时受苦太多,铁了心了。她叹口气让我走了,说她给编辑部打电话。编辑部没办法,就给我120块离职费。买完车票没有钱了,我就在马路边把我带的书卖了十几块钱。好不容易上车走了,来到上海。

问:您回到上海之后工作和生活的情形怎样?

答:我1960年底回到上海,1961年底摘的帽子。摘帽子是中央统一布置下来的,但我是无业游民而且是五类分子。我到上海的第二天就来了一个户籍警,我怕得不得了,没想到他是我的贵人。他在我家里坐了两个下午听我详细地讲我的经历,叹口气说:王智量你以后还要过五关斩六将,帽子要摘,病要治好,还要找工作、找老婆。那个人真好,他帮我很多。当时我来上海后户口都报不进来,他给我找了政策空间,说国家户籍政策说每个人必须有个户口,你这种有问题的要去你能去的地方,你现在没有地方可去,上海的父母兄嫂是你仅有的亲人,我就凭这一点在上海给你报上户口,结果他去报没报上,因为上面没同意,说我病好后可以回甘肃。于是户籍警给我出主意,让我给社里写信,证明我和甘肃人民出版社断绝关系。我当初到甘肃人民出版社报到的时候,总编姓韩,他请我去会客室,让我坐沙发,还给我倒茶,态度极好,说听说我会几种语言,出版社就缺少这样的人才,他们从省委把我要来,让我好好做,以后有什么困难可以找他,但我没敢去找他。我后来下乡劳动,又犯了错误,还说我不劳动,但实际上我的腿已经不能动了。后来送回甘肃批斗,把我搁到编辑部地下躺着,先开批斗会,这时候韩总编来看了看,他说有病治病,就让他的汽车送我去甘肃人民医院,送我上汽车的"左"派干部还在骂我和约克夏一个级别,约克夏是社里养的一头公猪,很宝贵的,生了病也坐过总编的汽车。我决定回上海的时候,火车票都买好了,要到人事开个证明,他们开的证明上写的是:"王智量系右派分子,本人坚决要求脱离革命,我们准许他回上海治病。"我一看,别说回上海治病,我连户口都报不进,到上海怎么办?走投无路了,我不顾一切地把证明往办公桌上一拍。人事员说我造反了,叫保卫科,就在这个时候,韩总编进来了,看了看证明,说王智量我不是跟你说过么,有事情找我。我绝对没想到他会来救我的命,我没说话,他让我回宿舍,过一个钟头再来。我一个钟头后回来,人事员给了我一张重新写的证明:"王智量系右派分子,本人身患严重疾病,经医生证明不宜在本地居留,我们同意他回上海治病。"我就可以走了。到了上海后户籍警看到证明说这还不够报户口,因为只说治病。他让我写信给出版社让他们加一句话,说我已和出版社脱离关系。我硬着头皮给韩总编写信,说只要添一句话说永远脱离关系就可以报户口。过了不到一个月,一天我上小学的儿子说我有两封一模一样的挂号信,我觉得奇怪,拆开一看,一封是人事员写的:"王智量系右派分子……我们已经同意他和本社断绝关系,病好后由当地政府送入适当地方继续劳动改造。"另外一封也是一个证明:"王智量同志身患严重疾病,不宜本地居留,我们同意他与本社完全断绝关系,病好后希望当地政府妥为安排。"我就把这封交上去,不到几天就报上户口了。户籍警说这种情况绝无仅有。我写信给美编那个小家伙,他回信说:"我在和韩总编一起下地劳动,我问了韩总编,他说第二封是他写的,人事员写好一个让他盖章,他看了以后没说话,等人事员走后自己另外写了一个盖上公章,他说他知道你总归会用那个对你有利的证明。"我奇怪为什么他这么照顾我,后来才知道韩总编本来是北京人民出版社编辑部主任,说他思想"右倾",把他明升暗降调到甘肃,成为地方出版社的总编。好像是1955年,我还在北大的时候,一天人民出版社给我写了一封约稿信,但是我正在做《文艺学引论》的翻译,他们让我翻译一本法国人Lefèvre写的《美学概论》,他们给我的是英文版,同时给了我俄文和法文本,英文和俄文本前面都有一篇很重要的序。这本书当时在世界上影响很大,中国要出版,我当然非常高兴。我花了很长时间把俄文本和英文本的序言都翻出来了。我准备翻正文的时候,一天在图书馆碰见北大法语组一个老教授的妻子,我就问老人家现在在做什么,她说一天到晚没事就在翻译一个法文的《美学概论》,我一听就是人家请我翻译的那本书,但他是法语教授,书的原著是法语的,我回家一想,做人要凭良心,应该他翻,不应该我翻,于是我就决定把翻译好的两篇序连约稿信和英文本、俄文本都送给他,请他翻译,同时给人民文学出版社写信说这本书应该人家来翻译,而且他已经在翻译了,请出版社把约稿合同转给他。想不到做人凭良心有好报,总编因为这件事认为我是有良心的人,以事业为重的人,所以在甘肃照顾我。我就这样离开了甘肃。

到了上海,"文革"前我帽子摘了就有生路了,同意我去中学代课。我每周教十八九堂课,英语、俄语、历史、地理、语文,一个月能挣四十块钱。"文革"开始后我怕我的身份会影响哥哥,就搬出来住在外面,养活父母和两个孩子。我在卢湾区好几个地方做过代课教师,后来还去政协参加知识分子小组学习,因为我当时算高级知识分子,通过政协还找到上海科技出版社给人家翻译科技英语资料,一千字两块钱,我除做代课教师再给人家翻几万字英语材料,一个月一共挣五六十块钱，足够过日子了。"文革"一开始什么都没有了，翻译不可以做了，1964、1965年我还到上海译文出版社的前身——翻译组，翻译英文书，肯尼亚总统肯雅塔的传记，英国皇家历史学会出的《希特勒的欧洲》，我给他们翻了好多东西，一个月50元，比代课教师要好，而且还可以在家做。做到"四人帮"眼看要打倒，七几年。中间有一段完全失业，我扫马路，我母亲到菜市场拾菜皮，我哥哥每个月救济我30元，这是做翻译之前。60年代末、70年代初，每个月30元我这样安排，到鸡饲料店买100斤鸡饲料，每天花1毛钱买开水……30块钱一个月，这样过了好几年，也过来了。后来做些翻译，"文革"中间就这样过来了。我记得有一天我在南昌路的粮店买了米，放在自行车后座上，推车回建国路，袋子被刮破了一个洞，米都漏出来了，一个女同志叫我，我一看漏了很多，好难过，那个女同志很好，就拿手扫来给我，一边给我捧来一边问我，这是什么呀，你家里喂了多少鸡呀？人家那么好，我自己心里刀割一样，这是我们五个人一个月的粮食。后来她看出来了，没说话，后来说你把石头子捡捡淘淘还能吃，她就帮我把刮破的口子捏住，帮我送回家，我那时真觉得自己无地自容，我怎么忘得了？

后来"文革"后期让我代课了，还让我去译文出版社翻译，后来又让我参加编《英汉大词典》的工作。编到一半的时候，政策又松了，1978年"右派"改正的政策下来了，决定通过统战系统给我们安排工作，我们全家人都兴奋得不得了，当时我女儿已经在头一年考上上海师大政教系，儿子在当年考上华东师大地理系。一个77级，一个78级。女儿本来不想考政教系，她报考的是华东师大中文系，因为父亲是摘帽"右派"不给录取。儿子第二年考的时候是因为我参加了《英汉大词典》的编写，当时参加编写的还有好多华东师大的老师，这样才给录取的。女儿夏天考的华东师大，冬天上面一个文件下来，恢复上海师大政教系，没有学生，就决定从夏天未录取的学生中间成绩好的挑40个人。后来我到了华东师大的教育系。

问：您1978年正式进入大学工作，等于说离开社科院20年以来虽然经历坎坷，但一直没有中断文学翻译工作，并且主要成果也从80年代开始陆续发表。

答：没有中断。我翻译得最多的是俄文作品，我翻译的最重要的英文作品是狄更斯的《我们共同的朋友》，八十万字。俄文翻的最大的作品是《安娜·卡列尼娜》，南京译林出版社出的。还有普希金的《奥涅金》《上尉的女儿》，屠格涅夫的《前夜》《贵族之家》，还有散文诗。我最喜欢散文诗，里面有很多人生哲理。这本后面还有我写的欣赏分析的文章给年轻人看。我还翻过莱蒙托夫、普希金的诗，还有另外一些俄国、苏联诗人的作品，英文除了翻过狄更斯，还有康拉德的

《黑暗的心》,因为只有十万多字,所以又加了复旦大学老师翻译的康拉德的其他短篇,书名还叫《黑暗的心》。那个老师写了序言,序言里关于《黑暗的心》的部分是我写的。还有一篇我很喜欢,是一个有名的意识流作家写的,叫《死者》,我发在杂志上,我还做了大量其他零星工作,但真正有价值的就是这几个。还有《俄国文学史》,翻译的也有一些俄国文学方面的,比如《别林斯基论普希金》。我总是希望这辈子别白活,还有做人要凭良心,这两年身体不好,两年内住了三次医院,心脏不好,但我自己开玩笑说心坏了,良心没有坏。

我自己的文学创作一共有三四本,《饥饿的山村》是一本,还有一本在墨尔本写的叫《海市蜃楼墨尔本》,还有一本回忆录。我翻译的东西比较多,大概有二三十部书,英文的、俄文的,还有从德文翻的海涅的诗,那个都没有印,现在人家说要印,我都不知道放在哪里了。这都是1978年以后出版的,1978年以前穷困潦倒的时候我也在做工作,普希金的《奥涅金》就是那时候翻的。

"文革"后决定给我们安排工作,我没想到自己还是个人才。当时给我四个出路:上海科技大学、上海师大中文系、华东师大,还有复旦大学几个地方。我还是愿意到华东师大。1978年我以最低级别教师编制进入华东师大教育系外国文学教育研究室。我就拿着最低工资在外国文学教育教研室做了一年。我一年翻译了很多资料,写了关于美国教育流派的研究论文,还有一本《爱弥尔研究》。

这个学校当时很"左",我不知受了多少欺负。举个例子,我到了中文系,头一次领工资,到人事处排队,人家都看着我,教育系的支部书记看到我在排队就问我:你几十年没领过工资了吧?你应该知道党和人民今天给你这个机会之可贵。排队的人就都知道我是这么一个人了。他还说:你现在知道改正了,这是好事,以后要夹着尾巴做人。当着那么多人的面故意训我一顿,我都忍下来了,因为我家里的人要吃饭,我只好忍下来,领了这65块5毛钱回家去。后来我到了中文系外国文学教研室,刚好赶上"文革"以后第一次涨工资,结果全教研室都涨,就我一个人不涨。那我也不敢说什么。我走在走廊里,有两个女同志走在我后面,手几乎要戳到我的头了,说我是老"右派",其实我的帽子已经摘了。总之到了中文系我仍然受到排挤。我在一个画册里给自己画了一幅画,画了一只鸡,底下写的是:苦斗中求生存的公鸡,上面写的是:智量自画像也。我1980年初到了中文系,1982年给了我讲师,1984年评了教授,不容易了。中间我也做了好多东西。到60岁该退休,又给我延长了5年。

到中文系之后,总觉得到了自己可以做事情的环境,中间我创办了上海比较文学学会,复旦大学的贾植芳是会长,我是副会长。我代表中国到德国参加世界比较文学学术讨论会,做报告,韩国请我去讲学,这边不放,结果1980年底韩国给我一个倒签证,这样我到了韩国,待了40天,我回来后写了好些文章,那段生活很有意思。日本请我去,我就没有去,1997年我65岁退休,我到了澳洲,儿子媳妇在那里,几个月之后小孙女诞生了,我就走不了了。我在澳洲住了五六年,已经拿到永久居留,而且澳洲政府给我钱,我在澳洲报纸写文章,他们也开始找我做点翻译。我是2001年回国的,回来以后女儿在美国非要我去,我去了之后也觉得不用待在那里。我全家都在美国,我的两个哥哥、侄儿都在美国,让我不要走,我的侄儿是律师,他说给我办政治避难,我绝对不干,我说我是中国人,也入党了,为什么要到美国政治避难?于是我回来了。

回来以后做了不少工作,写书、翻译,《安娜·卡列尼娜》就是回来后才翻的。《饥饿的山村》《人海漂浮散记》,都是回来写的。《海市蜃楼墨尔本》是在澳洲写的。最近我还给译文出版社翻译帕斯捷尔纳克的诗集,今年以后我觉得自己不行了,头脑不行了,应该把工作让给年轻人做了。现在的妻子对我后来这近三十年的生活照顾得很好,工作上也给我很多帮助。刚结婚的时候我正在翻译《我们共同的朋友》,我每天要在华东师大上课、开会、写专业论文,那时候刚刚有了录音机,我就买了一台做口译,她给抄写下来,这本书就是这样被翻译出来的,真不容易。只有这本书是用这个方式翻译的,不过也有好处,很上口。在华东师大这些年我觉得我做到了父母亲说的凭良心做事。出国这些年回来我给作协、上海翻译家协会作理事参加工作。能工作我尽量做。上个月上海文联还让我作为上海老文艺家代表去安徽考察采风,到了泾县,生产宣纸的地方,我拿着人家做得最好的宣纸给人家画画,后来又到景德县,江泽民的出生地,那儿有个地方叫江村,全国4A级旅游点。后来又到绩溪,胡锦涛老家,胡适也是他们一家人。胡适是我的恩师,胡适塑像当地人题名为当代孔子,北京绝对不会这么写。这个荣誉既是给胡适的,也是给北大的。

我讲讲我跟胡适的故事。1947我刚到北大,老感冒,我就到北大医院看病,检查完后医生说我的鼻腔有严重问题,天生的,鼻骨是S形,要做大手术,需要很多钱。我当时才19岁,没钱。那个医生很好,让我找校长解决,他们那儿有先例,有校长写的条子就可以治病。我就从四院走到沙滩的校长室,推门就进去,胡适坐在办公桌前问我:小同学,你有什么事?让我坐下,我说我要做手术,没钱。他说是应该做,又问了问我家里的情况,我告诉了他,当时抗日战争结束不久,我家还在陕西,我母亲虽然是个知识分子,但还在种地。胡适听后说他给我写个条子,到医院可以缓交手术费,第二天我拿着条子去了医院,心想缓交也交不起啊,先做了再说吧。医生说我们的校长真好,缓交的意思到明年我就知道了。结果第二年只交了两个大饼钱。做完手术后我还是老打喷嚏,医生说要想根治的话就得把扁桃腺割掉,当时割扁桃腺都是大手术,我又去找胡适,他问我鼻子治好了没有,我说鼻子治好了但还要割扁桃腺,他又给我写了张条。我还跟他打过几次交道,我觉得他是个非常慈祥的、为学生着想的学者。

我退休以后就一直在这里。托尔斯泰有个小说,叫《一个人需要多少土地》,他说一个人只需要一块土地能够放骨灰盒就可以了。去年下半年到今年,有些老师说怎么总看见我的名字,就是这本书里的文章,那篇《这样我来到上海》,去年10月《上海文学》发表,影响很好;今年6月把《黄浦江边》发表了,那篇讲的是我到黄浦江边的码头扛木头,那些劳动人民真好,我就写当时在一块儿劳动的时候他们怎么待我;还有《迎春的花儿》被山西的一个杂志发表了,辽宁的一个杂志也发表了。这本书在这一套老作家文集里是销路最好的,朋友们谈起来都说我写的都是真的。我这个人容易动感情,有时候回想过去的事情,一边写一边流眼泪。这本书《人海漂浮散记》里还有一些关于我的私人感情的故事,有一些写的是我在农村劳动时的故事。有一篇叫《桃花姑娘》,写我在昌黎果园劳动的时候,有一个姑娘很愿意嫁给我;还有一篇写我母亲的文章,叫《永远的忏悔》。

　　我觉得我已经快要走到人生的尽头了,我跟家里人说,假如有一天我死了,不用难过,也不用贴什么讣告,开什么追悼会,也不用留骨灰,洒在学校的大树底下就好,留一些放在我父母的坟旁,再留一些给我的儿女,够了。人一生就是这样。我还想做点事,但这次住院回来后感觉做不动了⋯⋯

访谈时间:2011年10月14日星期五8时30分—12时
访谈地点:上海华东师范大学王智量先生寓所
访 谈 人:王东亮、罗湉、史阳

新中国60年外国文学研究（第六卷）口述史

"生命流动在文字中"
——童道明先生访谈录

  童道明，1937年出生在一个江南小镇，在故乡读完了小学，1955年毕业于北京五中。1956年到莫斯科大学文学系留学，在拉克申老师指导下完成了学年论文——《论契诃夫戏剧的现实主义象征》的写作，由此确立了一生的学术方向——研究契诃夫和研究戏剧。1960年因病回国，由留学而自学。1962年发表第一篇戏剧论文——《关于布莱希特戏剧理论的几点认识》。1963年进入中国社科院文学研究所工作，1964年转入外国文学研究所，致力于俄罗斯戏剧的研究。研究工作很快被"文革"打断。1972年从河南干校返京后，到北京图书馆苦读俄文版的戏剧书籍。1979年发表《斯坦尼斯拉夫斯基体系是非谈》，其后三年共发表论文三十余万字，内容涉及戏剧、文学和电影等领域。1983年出版论文集《他山集》。1991年出版专著《戏剧笔记》。1994年起开始学术随笔的写作，1997年出版第一本散文随笔集《惜别樱桃园》。在20世纪八九十年代，主要致力于俄罗斯戏剧家梅耶荷德研究，翻译和编选了《梅耶荷德谈话录》(1986)、《梅耶荷德传》(1987，与郝一星合译)、《梅耶荷德论集》(1994)。2000年出版第二本散文随笔集《俄罗斯回声》，同时还主编出版了一套二十卷集的《世界经典戏剧全集》。2002年退休，但退而不休。2004年出了与契诃夫相关的四本书——自己撰写的契诃夫评传《我爱这片天空》，翻译了契诃夫的《戏剧三种》《札记和书简》，编选了契诃夫的作品集《忧伤及其他》。2008年出版《阅读俄罗斯》《阅读契诃夫》。2009年发表并上演他的第一个剧本《塞纳河少女的面模》，2010年发表并上演第二个剧本《我是海鸥》，2011年发表并上演第三个剧本《秋天的忧郁》。2012年将上演第四个剧作《歌声从哪里来？》，收有五个剧本的剧本集也将同时出版。童先生的剧本创作实际上也是他的戏剧学术理念的另一种形态的展现与延伸。

  采访人(问)：童先生，多谢您接受访谈。身为社科院俄罗斯文学的资深专家和著名的戏剧理论家和创作人，您对于建国以来俄罗斯文学的研究历史和现状一定有许多个人的思考。外国文学研究领域同时从事文学创作的学者似乎不多啊。

童道明先生（答）：有啊。李健吾、冯至、卞之琳、钱锺书、杨绛都是代表人物，都在外国文学专业之外的相邻范畴里各有建树。卞之琳是诗人，莎士比亚专家，但他也写了一本研究布莱希特戏剧的书；健吾先生既写散文和评论，也写剧本。外国文学研究界写剧本的就只有健吾先生、杨绛，还有我。这也许是因为我在外文所工作，这里有兼容科研与创作的传统。

圈里人都知道我有两个身份：俄罗斯文学和戏剧的研究者和戏剧评论人。让人惊奇的是，我从2009年一连发表和上演了三个剧本。中国艺术研究院话剧研究所副所长宋宝珍女士对我说："童先生，你是能写出剧本的，因为你是个感性的人。"因此我得到一个启发：一个比较感性的学人是有可能从事创作的。这也契合鲁迅说的"创作植根于爱"。

我第一个剧本叫《塞纳河少女的面模》，剧中人物有：冯至、冯夫人、冯至长女冯姚平、季羡林、汝信，唯一虚构的是塞纳河少女。我从冯老诞辰100周年的2005年开始写，写完就束诸高阁了。2009年7月11号季羡林先生去世，标志着一个黄金一代的中国知识分子群体的整体性谢幕。我知道冯老去世前两个月季先生去看望过他，两人谈过话。我便补写了冯老和季老的一场戏。剧本的发表与演出都在2009年9月。首演选择在冯老诞辰那天，是在蓬蒿剧场演的，陈晓明教授看过后建议我们到北大演给中文系的师生看。于是我们又到北大小礼堂演过一场。

《我是海鸥》1996年就写好了，契诃夫是1896年写的《海鸥》，我写《我是海鸥》是为了纪念《海鸥》问世一百周年。后来由于《塞纳河少女的面模》演出后效果不错，我就把这个本子也拿出来，做了重要补充，让契诃夫登场。第一场演出在2010年1月30号，恰好是契诃夫诞辰100周年之日，俄罗斯文学学会开契诃夫纪念会，俄苏文学研究领域的人来了不少。当天下午首演，我很紧张，不知道这些俄罗斯文学专家否接受我写的契诃夫，他们居然接受了。去年南大举办契诃夫国际研讨会，请我们去南大演了两场。今年文化部在上海组织全国优秀小剧场戏剧展演，《我是海鸥》被选中了，所以我明天去上海，17、18号演两天。演出单位是民营剧团。我的第三个戏《秋天的忧郁》是天津人艺演的。第四个戏——《歌声从哪里来？》将参加2012年5月的北京南锣鼓巷戏剧节。第五个戏——《蓦然回首》也即将写成。我准备明年把这五个剧本收在一起出本剧作集，这样就有了个阶段性的成果。

问：作为一位俄罗斯文学的研究者，您当初是怎么产生了创作热情，并且与戏剧圈发生联系的？

答：就是想理论联系实际。我进入戏剧圈，跟研究俄罗斯戏剧有关，因为俄罗斯戏剧对中国影响非常大。1979 年我写了一篇长文，叫《斯坦尼斯拉夫斯基体系是非谈》。当时戏剧圈的人没听说过我，剧协副主席刘厚生和于是之对我都发生了兴趣。多年后我问《中国戏剧》副主编，为什么他们在 1980 年突然想到找我约稿，他说，有一天于是之来编辑部，说有个叫童道明的，你们不妨向他约稿，这也让我想到于是之先生一直对于我的提携与关怀。他也把我吸引到北京人艺的圈子里，使我在北京人艺这个艺术殿堂里，真正触摸到了戏剧艺术的活的灵魂。这在书本上是学不到的。实际上我创作剧本的一个动因也来自于是之先生跟我在紫竹院的一次谈话。那是 1995 年，当时他虽然退休了，但还没有得病，思维很好。有一天英若诚肝硬化病发，大口吐血，老于去看他，第二天就找我谈话。他说人艺三个清华毕业的，两个去世了，一个又病成这样，非常伤感。他说自己最大的遗憾是北京人艺没有演过一出真正为知识分子说话的戏。我那时候听了非常吃惊，也留下了不可磨灭的记忆，也催生了我写"一出真正为知识分子说话的戏"的创作冲动。这就是我后来写冯老的最早动因。

这次谈话之后，我写了一篇题为《知识分子和戏剧》的文章，发在《剧本》月刊上，我说现代戏剧重要的特征之一是知识分子走上舞台，契诃夫戏剧的主人公基本上都是知识分子，易卜生的《建筑大师》《人民公敌》也是，然后谈到中国当代戏剧有负于中国知识分子，顺便也透露了我的以知识分子为主人公的剧本创作计划。日本的中国文学研究者非常敏锐，我的头两个剧本先后在《剧本》和《新剧本》杂志上发表之后，日本戏剧刊物《幕》在 2011 年的一期上刊登了三位日本大学教授写的三篇文章介绍我的剧本。头一篇我请懂日文的朋友翻译了一下，标题是《解读〈塞纳河少女的面模〉》，说的恰恰是我想要的。他说："剧本能将冯至其人其作如此生动地再现。在同时代知识分子中，冯至这个学者型、内向型风格的诗人，绝非主流。他没有过多论说"文革"经历，也没有什么波澜起伏的戏剧性人生。像这种知识分子的晚年，对剧作者的写作来说，本身就不是一件简单的事情。童先生是用独白和对话的形式，再现了迄今为止几乎没有发生过什么光彩的内敛型学者的内心世界，这是一个全新的尝试。童先生选择将艺术与人生的种种纠葛以及象征着生死之间关系的元素当做冯至精神的主调，并创造全新的冯至形象，值得广泛关注。"这位教授叫佐藤晋美子，冯老的女儿冯姚平告诉我，她是日本一位专门研究冯至的汉学家。冯先生一生低调，虽然鲁迅当年曾赞誉他是"中国最为杰出的抒情诗人"，但今天的很多青年人已经对他一无所知。我怀着崇敬的心，描写这位不该被遗忘的中国知识分子的生命风光，这大概也是于是之老师所期待的。所以说于先生的那句话是促使我戏剧创作的最早的动因和刺激。

还有一个小小的刺激。2005年纪念冯老诞辰一百周年会上,有我的发言。我估计是会议组织者之一的冯老关门弟子李永平的安排。但会后冯老的女儿打电话给我,说所里有人有意见,说冯老诞辰百周年纪念会怎么让一个搞俄罗斯文学的人讲话?这些同志显然对我不够了解。我曾不止一次地说过:我最喜欢的外国作家是契诃夫,最喜欢的中国作家是冯至。冯老去世后我常写文章怀念冯老,他女儿看到了,知道我对冯老是很有感情的,便把一套十二卷的《冯至全集》送给了我。看完《全集》后,我跟她说,我要写你爸爸,是个剧本,但我先不给你看,什么时候印出来了我再给你看。印出来之后她看了非常满意,她家里人几次去剧场看演出,都掉了眼泪。

我一直在关注中国戏剧,也有一些想法,先是写文章来表达,后来特别想把我的戏剧理念用创作实践体现出来。因为我说了,好多人也不听。比如我觉得任何现代戏剧大国不可能没有现代悲剧,中国也应该有现代悲剧。我在会议上讲过这个观点,但就像旷野的呼唤,无人响应。所以我的第二个问世的戏《我是海鸥》就写了个现代悲剧。这也是戏剧评论、戏剧研究的一个延伸——我做一个给大家看看,实践自己的戏剧理念,证明现代悲剧在中国也可以存在。《我是海鸥》使用戏中戏手法,讲述两个男女青年演员排演契诃夫《海鸥》的过程中发生的故事。他们分别遇到生活的挫折,最后男演员在演戏的过程中倒下去,送医院了;女演员也历经生活的磨难,但最后战胜了自己。这磨难就是潜规则的诱惑:一个话剧演员有机会演电视剧主角,但是要接受潜规则。最痛苦的一场戏,是那边打电话来问她想好没有,她回答说:"你为什么不让一只海鸥自由地在海上飞翔,为什么要无缘无故地把它毁掉?你问谁是海鸥,我是海鸥!"这是悲剧的顶点,好多观众在这个点上哭了。戏中戏演到《海鸥》的最后一段,男演员倒下了。之后我给契诃夫安排了最后一句台词,那真是契诃夫的话:"两百年、三百年之后人类社会的生活会多么美妙,多么富饶,但是再过一千年,人们还是会说,我多么痛苦!"这是契诃夫的最后一句台词,是对观众说的。这证明现代悲剧的存在。孙小宁写过一篇剧评发在《北京青年报》上,她说:"童老师是我尊敬的学者,和他交往的许多年,无数次听到他谈起契诃夫,但他依旧要说,我是看了这剧才走近的契诃夫,走近的《海鸥》。这让我再次确认,我们和一颗伟大心灵的相遇,并不从我们知道他阅读他开始,而是在我们内心也滋长出痛苦的时候。如此,弥漫在戏中的痛苦才能和我们接通,并让我们体认,这个活在十九世纪的人,就是现在代我们说出痛苦的那一个。"孙小宁的这席观后谈对我也有启发。

还有,现在我们的民间剧场演出大都是搞笑的戏。我要做个试验,看在民间小剧场里是不是也可以没有一个笑声。我这两个戏的演出过程中就没有一个笑声,倒有好多人哭。敬一丹看了《塞纳河少女的面模》之后对我说,她一直想忍住不哭,但还是哭了。我的另一部戏《秋天的忧郁》是喜剧。我写了正剧,写了悲剧,再写个喜剧。这个喜剧是有笑声的,但笑声也不多。也是为了说明即便是喜剧也不一定非得一堆的搞笑,把喜剧弄成笑料的堆砌。我的第四个戏是悲喜剧,已经写完了。我现在正在写第五个戏,是荒诞剧,是为了实现一个涵盖诸多体裁类别的剧本系列的初衷。第四个戏准备明年演,叫《歌声从哪里来?》。我也想实验一下。实验什么呢?1997年纪念中国话剧一百周年,我有一个发言,提出一个口号:"向曹禺前进"。许多人觉得这话不错。从俄罗斯的经验看,当今俄罗斯的重要剧作家无一不是契诃夫戏剧的继承者,而我们现在尽管都把曹禺视为20世纪中国戏剧的最高典范,但却没有一个剧作家说自己是在继承曹禺的传统,也没有一个剧评家说"某某剧作家继承了曹禺的传统"。这种反差太强烈,我的这个学术背景促使我敏感地提出继承曹禺传统的问题。实际上我写剧本就有学习契诃夫和曹禺的动机。要知道曹禺30年代就爱上了契诃夫的戏剧,《日出》的"跋"里有一段话是这样的:"我读毕《三姐妹》,合上眼,眼前展开了一片秋天的忧郁。"曹禺用"秋天的忧郁"来概括契诃夫戏剧的情调,非常准确,很了不起。我用"秋天的忧郁"做剧名,就鲜明地表达了我学习契诃夫和曹禺的戏剧精神的执着,尽管我未必真能学到手。研究俄罗斯戏剧,特别是契诃夫的戏剧,看看是不是在实践方面还可以有进一步的启发。比如契诃夫戏剧中的对白的独白化,就是两个人都在想自己的心事,所以对话贴得不很紧密,有独白的性质,有间歇停顿——这个就值得学习。我也把契诃夫戏剧的这个手段试着在自己的剧本中使用。比如说,1962年我还没有工作,中国布莱希特热刚开始,我在《文汇报》发表了自己第一篇写戏剧的文章,就是关于布莱希特的,文章的标题是《关于布莱希特戏剧理论的几点认识》。我们一开始接触布莱希特的时候,有个误译,把他提倡的戏剧翻成史诗剧。这个词对于欧洲人来说没问题,对中国人就存在问题了。布莱希特讲的实际上是"叙述性戏剧"。布莱希特的创新是把叙述性因素注入戏剧的机体中。史诗剧的译法没有把布莱希特戏剧革新最重要的一点表达出来。我1962年的文章使用了"记叙性戏剧"的称谓。我在写剧本的时候,就有意识地学习布莱希特的"叙述性戏剧"的理念,所以我的剧本中有好多叙述性的东西,用舞台语言把它凸现出来。20世纪五六十年代,戏剧理论发展到了一个重要新阶段,由于电影电视的竞争,戏剧要寻找出路,于是就有新的理论出来了。格洛托夫斯基标举的"质朴戏剧",或"贫困戏剧",它的要义是我们无法在机械能力上和电影电视抗衡,那么我们转向质朴,就是把电影电视所没有的而戏剧却独有的特长发扬出来,这就是演员和观众的交流。这个我们都认识到了,接受了,但我觉得还有一点没有引起注意,就是戏剧跟电影电视还有一个区别,戏剧可以有长篇独白。我们戏剧也可以把这个特长发扬光大。我的几个戏里都有长篇独白,第三个戏里有段独白长达十来分钟,导演怕观众接受不了,就把那个独白一分为三了。写这个戏的时候,我也是作为一个戏剧研究者的角色参与的,这样就有了理论联系实践的自觉。但我一开始没有认识到我写剧本的意义,一个搞评论的老朋友,北大中文系1961年毕业的,他打电话给我说:"老童,你两个剧本的价值超过你30年的戏剧评论。"我受到了震动,此话似乎耸人听闻,想想也有一定道理的。戏剧评论在80年代很有意义,现在戏剧导演自以为对新观念的理解和认识已经超过了搞理论的人,不需要搞评论的人写文章给他们讲道理了。他就跟我说,我有我的优势。我一想也对,我最大的优势是我有较大的自由空间。我写戏既不追求得奖也不追求票房,所以有这个自由。我本来要歇手了,他这么一讲,就促使我写了第三个、第四个、第五个戏。搞创作当然先要"情动于中",我其实搞研究也动情,我是心到哪里,脑也跟着到哪里。

我有的时候大而化之。很爱幻想,有时候爱讲一些别人没有讲的话,这既是长处也是短处。长处是能突破常规,短处是会冒犯一般搞研究的规范,我不写文学史一类的东西,我写的书叫《阅读俄罗斯》,讲对俄罗斯文学的认识,把我的点滴体会写出来,但是它不是文学史,也不是论文集。即便是写颇有学理的文章,也带着情感色彩,这就是我说的"有了心才有脑"。所以我给《俄罗斯文艺》写《道明随笔》,编辑说有些读者专看我的随笔,因为有情趣。我每天都要想点什么,记点什么。去年纪念托尔斯泰,有一个记者要和我谈托尔斯泰,谈他晚年的离家出走,心之所至,也是兴之所至,我就在札记本上写了一段托尔斯泰和耶稣的对白。

  11月23号:
  今天下午记者苏娅要来与我谈托尔斯泰,即兴写下这段对白:
  托尔斯泰作了一个梦,梦见耶稣基督来到他的跟前,扑通跪倒在他面前。
  托尔斯泰连声说:我的上帝,您快起来,否则我也要跪倒您面前。
  耶稣站起身来,托尔斯泰与他平起平坐,如切如磋地交谈起来。
  托尔斯泰:我猜对了,你不是神,而是人,有血有肉的人。是人们把你神化了。
  耶稣:这不是我的过错。
  托尔斯泰:那个关于你死而复生的神话更要不得。
  耶稣:为什么呢?
  托尔斯泰:一旦人们不再思考死亡,他们便坠入虚幻的迷思。
  耶稣:就是说天堂是没有的,地狱也是没有的,这就是你的想法。
  托尔斯泰:来世也是没有的,过去我相信过来世,现在不相信了。

耶稣:但世上有多少人因为相信有来世而摆脱了丧亲之痛,这说明,还是应该有信仰。

托尔斯泰:但建立在不信仰的基础上的信仰就是虚妄!

耶稣:这怎么理解?

托尔斯泰:你让人相信原罪,也就是相信人生下来就有罪,所以你的出发点是"不相信"人。而我呢,宁可相信中国古代哲人这样一个理念:人之初,性本善。人的道德使命是不断的自我完善,而无需拿天堂地狱的假设让人就范,因此,"相信神"就是"不相信人"。

耶稣:你毁坏了一个美丽的童话。

托尔斯泰:只有真理,才是美丽的。

长时间的沉默。

耶稣:你当真不相信上帝?你当真不相信天堂?

托尔斯泰:如果人人都是上帝,每个人的心中都有一个上帝,我就相信上帝。至于天堂,怎么说呢,我的这个雅斯纳雅庄园多么美丽,像天堂一般的美丽,但我也许明天就要从这里出走,一去不复返,我现在倒真是有点被逐出天堂的感觉,尽管我不相信天堂。

那天要谈托尔斯泰,我就突然想编一段对白,幻想一下托尔斯泰离家出走时的心态。我一天要用三个本子,这一本记录我每一天与创作构思相关的素材,可能是人物对话,也可能是突然降临的一闪念。人不仅要一日三餐,还要一日三思。在学术的想象过程中也常有创作的冲动。所以我是很异类的。我的学历非常低的,就念到大学三年级,这也促使我加倍努力,把自己的能量尽可能发挥出来。

问:正好就此请您谈谈求学经历,最初是怎么喜欢上俄罗斯文学,又是怎样跟戏剧结缘的?

答:我中学读过长春四中、张家港梁丰中学,后来转入江苏省立南菁中学。一次打篮球回到教室,一个同学跟我说,刚刚陈独为老师来说童道明这次作文很好。我第一次听到语文老师表扬我,突然觉得自己作文还行。高二我转到北京五中,语文老师从来不表扬我作文,我很失望。高三换了一位特级语文老师,叫李慕白,他是著名演员李婉芬的父亲。他欣赏我的作文,每次都把我的作文贴在墙上作范文。他跟别的一些中学老师不一样,并不欣赏华丽的辞藻,认为作文应该把一件事情讲明白,讲出内容,还要有一些真情实感。中学这段经历非常重要,因为我后来没有经历国内大学中文系的训练,直接到俄罗斯上大学,后来的中文写作，就靠中学打下的语文根基。我后来在《我的语文老师》的那篇文章里，表达了我对陈独为、李慕白两位老师的怀念。1955年高中毕业，我填第一志愿留苏，第二志愿清华，结果留苏考上了，在留苏预备部学一年俄文，准备第二年出去。留苏预备生只能考理工科。快出国的时候，北京俄语学院留苏预备部（现在的外国语学院）的人事部门问我是否愿意去学文科，我说愿意啊。1956年出去了1080人，是最多的一次，基本都是高中生，都去学理工科的，只有五个人去了莫斯科大学文学系，相当于北大中文系，就包括我。

莫大从二年级开始每学年写论文，所以我早早就接受了论文写作的训练。怎么写呢？每学年一开始，专修班的名目、指导老师、论文题目先公布，可以自己选。三年级我选了契诃夫戏剧班。当时我是被动的，因为放假回国，回校晚了，名教授带的班都没名额了。我那个班是一位讲师带的，只比我大四岁。容易做的论文题目也都没有了，只剩下"论契诃夫戏剧的现实主义象征"。那个老师其实很棒，他后来从莫大出来，成了重要专家，当过契诃夫学会主席。老师有句话，写论文就是在了解课题史的基础上向前走一步，他让我做的第一件事是去列宁图书馆查书目，把和论题相关的书名都记在卡片上，拿给老师看。老师很厉害，会告诉你哪本不用读，哪本要好好读，甚至告诉你要读第几章。那一年的训练非常重要。我对论文特别上心，把主要注意力放在这里，初稿出来后在同学之间相互传阅，俄罗斯同学都想不到我能写到这个程度。总评的时候老师说，你们别看童道明的论文还有语法修辞错误，但他的风格比你们都高。他给我打了优秀，评语说这篇论文是独立思考的，写得饶有趣味，不过里头有引文差错，这是不可允许的。现在我还这样，独立思考，饶有趣味，但引文还每每出现差错。临别时他找我谈话，说给我打高分不是因为我是中国人，希望我不要放弃对于契诃夫和戏剧的兴趣。这句话决定了我整个一生的人生走向和学术走向。后来搞俄罗斯文学的同行到俄罗斯去拜访老师，每次他都问是不是认得他的中国学生童道明。老师是1993年去世的，我写过一篇纪念他的文章，标题是《我的拉克申老师》。

我后来病休回国，四年级都没有念。我们归高教部留学生管理司管，我养好病之后，没有毕业，他们也不好分配，就每月给我25块生活费，说有单位要我就告诉他们，他们可以把档案转过去。我1960年回来，1962年黄佐临发表《漫谈戏剧观》，说世界上有三种戏剧观，它们的代表人物是：梅兰芳、斯坦尼、布莱希特。梅兰芳、斯坦尼我们都知道，布莱希特则鲜有人知道。《文汇报》到文学研究所找人写布莱希特，找不到人。我一个同学建议找我，我还真可以写，我看过他的作品，也接触过他的戏剧理论。我的文章不仅登了，还占了一整版，也拿到了平生第一笔稿费50元。不仅如此，文章还在《新华文摘》全文刊登，证明童道明虽然没毕业，但业务还是行的。我的老同学就帮忙乘机把我推荐给社科院文学研究所,终于收下了我。我从此就守着俄罗斯戏剧这摊做研究。

我1963年工作,1964年到安徽"四清",1966年"文革",后来到了干校。我带了薄薄一本俄文剧本《工厂姑娘》,到干校之后偷偷读,特别想翻译。我腰不好,请假三天到信阳看病,三天就把剧本翻译出来了。我后来说,"文革"时当知识分子很困难,但不当知识分子更困难。1981年北京外语学院出版社把剧本出版了。关于这些我都写进了一篇题为《一份译稿的诞生》的散文里。1972年干校回来后我也没有闲着,每天上午到北图看书,看了5年,每天看俄文的戏剧方面的书。看的时候没想到将来有用,只是觉得不能闲在家里,那个时候年轻人很少到北图看书的。在阅览室里倒能见到不少离退休的老人。当时北图还在北海旁边,文津街,离我在朝内大街的住家不远。"四人帮"一垮台,可以搞业务了,我头一篇就是《斯坦尼斯拉夫体系是非谈》,然后一篇一篇写。两年之后戏剧出版社找我出论文集。现在出书没什么,那个时候出论文集,我想都不敢想。集子编好之后,他们问请谁写序言,我听说王朝闻对我有篇文章挺欣赏,他们就去找,王老真给我写了序言。我是怎么知道的呢?我写完《斯坦尼斯拉夫体系是非谈》之后,写了《梅耶荷德的贡献》,发表在《文艺研究》上。编辑到我家里来说王老到编辑部去了,说这篇文章真好,对梅耶荷德大加赞许,我就知道王老喜欢。之前我没有见过王老,后来我把校样送去他家是第一次见面。也因为我对于梅耶荷德的介绍,结识了当时中国一些新锐戏剧导演,如上海的胡伟民、北京的林兆华。那时候写的文章篇幅很长,戏剧电影都写。那时候电影界思想解放,理论家们提出,电影跟戏剧离婚,甩掉戏剧的拐杖的口号,说电影是纪实性的,戏剧是假定性的。我就写了篇两万字的文章叫《论电影的假定性》,挑战他们的说法。因为这牵涉到一个基本艺术理论,即任何艺术都是假定性的,电影艺术也不例外,只不过假定性的表现方式不一样。比如说写信,舞台上不能用十来分钟写信,电影上写信写十来分钟也不行,还是要借助时间的假定性。这篇文章把我推进了电影评论界。你看,这是一张电影出版社寄给我的通知:"我们编写的《二十世纪中国电影理论文学》已选入您的《论电影的假定性》。"这是电影100周年要编一部中国人写的有代表性的电影论文集,收入了我的文章。还是戏剧帮了我的忙。研究戏剧假定性的时候,实际上我已经知道这个基本理论了,所有的艺术都有假定性,所以有充分的信心写这篇论述"电影的假定性"的文章。基本理论很重要。拿戏剧来说,最基础的理论大概就是亚里士多德《诗学》里关于悲剧的论述:"通过怜悯与恐惧,使这种情感得到卡塔西斯。""卡塔西斯"可作净化、陶冶、救赎解。这说明了悲剧的力量,也是从一个基本理论思维出发,我一再强调剧作家的悲悯情怀。

问:在这个过程之中,俄苏戏剧还是您的主要研究方向么?能给我们介绍一下这方面的工作吗?

答:契诃夫的剧本我基本都翻译了。我以为《普拉东诺夫》没有人翻,后来才知道汝龙翻过了。这个本子15万字,我翻译了两个月,后来演了。实际上我就是想让中国戏剧家认识到契诃夫戏剧的重要,所以写了一些文章,有的是用散文的方式。有一篇选入了好几本中国优秀散文选,叫《惜别樱桃园》。它可以算是我的"从心到脑"的治学理念的代表作。当时我到电影学院讲契诃夫戏剧,刚好三峡工程动工,讲到《樱桃园》时我说,什么是樱桃园?长江三峡就是樱桃园,所以人们纷纷去作三峡告别游,什么叫樱桃园?就是一个尽管是旧的但是毕竟美丽的事物。50年代北京要拓宽马路把北京的城墙拆了,我们都无动于衷,北京市民中就梁思成哭了。有人还批评他,说有的人身子进入了社会主义,脑袋还在封建社会。几十年之后我们如此怀念梁思成,觉得那个时刻他在精神上高于我们,他已经早早意识到北京城墙就是樱桃园。随着时代的前进,我们不得不与一些尽管陈旧的但是毕竟美丽的事物告别,这引起了我们非常复杂的情感,有惆怅,有无奈,但人类的进步恰恰在于人们越发意识到樱桃园的宝贵。与樱桃园依依惜别,是很美的人之常情。但50年代还没有这个意识。我发现当我把契诃夫笔下的"樱桃园"当作一个巨大的文化象征来讲的时候,学生听得很入迷,既然这样一些话能够让青年学生接受,何不把它写成文章让更多人看到,所以我回来就写了《惜别樱桃园》发表在《光明日报》副刊上。这里头有对樱桃园的全新解释,它是一篇学术性很强的文章,同时也是充满了感情的散文。要形成这样一个观念:真正的戏剧经典一定会随时代前进。为什么今天在世界范围内演出最多的经典戏剧是《哈姆雷特》和《樱桃园》?因为它们最打动现代人。以前怎么认识樱桃园的呢?就是樱桃园以前是属于贵族地主的,后来换到商人手里,反映了阶级的变动。这当然也是一个有道理的解读,以前学校里的老师也都这么讲。但这种以阶级斗争为纲的解读绝对不是具有充分说服力的解读。我想起了一件往事。两年前我去电影家协会参加一个座谈,北大传媒系的陆绍阳老师见我在座,就在发言中说了这样一段话:"几年前,童道明先生就坐在那个位子上说:'今天人们去看《樱桃园》难道是为了要知道俄国19世纪末、20世纪初的阶级变动?他们对这个就那么感兴趣么?显然不是。'这对我很有启发。"我常常把《樱桃园》与《哈姆雷特》相提并论,因为这是当今世界剧坛演出最多的两个戏剧经典,在新的历史时代,可以对它们作另一种解读。《樱桃园》是这样,《哈姆雷特》也是可作新的更具时代精神的解读。以前对《哈姆雷特》一直按照1795年歌德在《威廉·麦斯特的学习时代》中所作的解读,就是把解读的重点放在第一幕第五场的独白:"这是一个颠倒混乱的世界,倒霉的我却要肩负起重振乾坤的重担。"重大的责任落到一个扛不起这个责任的人的肩膀上。别林斯基也这么解读。但是从20世纪50年代开始,越来越多的戏剧家认为最重要的台词是第三幕第一场:"存在还是毁灭,这是个需要考虑的问题;默然忍受命运的暴虐的毒箭,或是挺身反抗人世的无涯的苦难,在奋斗中扫除这一切,这两种行为,哪一种更高贵?"就是人人都面临的选择,这就有了一种新的更能引起现代人共鸣的时代意义。我们肩头哪有那样重大的"重振乾坤"的责任啊,但是每个人都面临选择。这就是说,真正的经典是和时代一起前进的。今天高等学校讲解《樱桃园》《哈姆雷特》的时候,还可以按照原来的解读来讲解,但是导演和戏剧人要考虑时代精神,一定要有适应今天的解读。所以要告诉人们戏剧的美妙的本质内涵是什么。我有一次到郑州讲学,一个河南大学的老师跟我说:"童先生,我在北大进修时读你的那本《戏剧笔记》,当我在书的前言里读到'戏剧像一个女人有两个家,一个是娘家——文学,一个是婆家——艺术'这句话的时候,就决定一口气把你的书读完,读完已经东方既白了。"我说这的确是一个非常重要的理论观点,为什么戏剧那么有趣,因为它有两个家,它同属于文学和艺术,这是与小说和诗歌不同的地方,所以戏剧理论比小说、诗歌理论丰富得多,不断更新的可能性也多,原因就在此。老师几十年前让我不要放弃对契诃夫和戏剧,我可能起到的作用是让更多人对契诃夫和戏剧感兴趣。2004年我们搞了一个契诃夫国际戏剧节,很多人提出疑问,契诃夫不是小说家么,怎么是戏剧家呢?开过戏剧节之后,好多人真正相信契诃夫的确是个戏剧大师。2004年,我和王晓鹰导演到北京图书馆讲课,主持人说50年前,1954年纪念契诃夫逝世50周年,我们在这儿请汝龙先生讲契诃夫小说;50年后的今天,我们纪念契诃夫逝世100周年,我们请童道明、王晓鹰先生讲契诃夫戏剧。我那个时候听了还颇有感触。

问:除了契诃夫,您也介绍俄苏其他戏剧家么?还有,都有些什么因素造成了您的学术个性的形成?

答:除了契诃夫,我还积极地介绍世界级的俄国戏剧革新家梅耶荷德。中国的导演界尤其看重我对于梅耶荷德假定性戏剧理论的介绍。苏联戏剧界还有一个非常重要的人物,叫万比洛夫。"四人帮"垮台之后,我最早参与翻译的戏剧集就是万比洛夫戏剧集。我鼓励女儿童宁翻译的《青春禁忌游戏》也是这几年在中国演出最多的一个外国戏剧。

那么多年,我有一个不可磨灭的童年记忆。当时我还没有上学,还很小,夜里醒来看到妈妈不在身边,下床一看,见到妈妈在写字。后来知道妈妈是在写诗。妈妈写诗的时候,我还看不懂诗。我能够读懂诗的时候,妈妈已经不写诗了。后来有一年八月中秋,我在俄罗斯,我哥哥在安徽,妈妈在北京,妈妈写了首诗给我寄来,里面有两句我永远都忘不了:"一家分三处,两地都思娘。"妈妈是我最早的老师。妈妈给了我一颗善良的心。我是个不爱也不善写批判文章的人,我写的剧本里也没有一个反面人物。我写过一篇散文叫《看看天空》,描写我同年在江南水乡每年夏天纳凉看天的情景,现在城里孩子已经没有这样地看天的可能了,这是非常大的遗憾。我的长处是想象力丰富,善于幻想,这大概与我儿时常常"看着天空"有关。深邃的天空是启发儿童想象力的一本大书。还有就是,似乎天空也能诱导我"入迷"。我是非常"入迷"的人。比如我突然觉得自己可以写散文的时候,有段时间就入迷地写散文。我的第一篇散文是1994年给光明日报副刊写的随笔——《也算诗话》,三年之后的1997年我的第一本散文集《惜别樱桃园》出来了。这两年就入迷地写剧本,明年就要出本剧作集。在我的第四个戏《歌声从哪里来?》里,我让男主人公最后也有了写诗的冲动,我把女主人公定位为一个诗歌爱好者,让她说一句我很想说的台词:"普通的感情孕育孩子,不普通的感情孕育诗歌。"这透露了我心头也有些诗的冲动。诗歌一直也是我的一个神秘的憧憬,但我深知写诗是很难很难的,我不一定能成功。这也是我迟迟不敢动笔写诗的原因。

问:从契诃夫、俄罗斯戏剧开始,您对俄苏文学开始全面接触,后来写了《阅读俄罗斯》。我们想了解您对整个俄罗斯文学文化的认识。俄罗斯文化有什么特质?

答:我欣赏俄罗斯文学里的人道主义、悲悯情怀。这影响到我对整个文化精神的看法。我在《阅读俄罗斯》里有一篇讲俄罗斯秉性,指出俄罗斯是一个可以化激情为抒情的民族。当我们的八路军战士唱"大刀向鬼子们的头上砍去"的时候,红军战士在唱"夜莺啊夜莺,你不要唱,让战士再睡一会儿吧"。俄罗斯最有名的战争诗歌是西蒙诺夫的:"等着我吧,我会回来的,只是要你苦苦地等待。"他们的战争文学为什么这么吸引人?因为即使在充满刀光剑影的战争文学中,也有深深的悲悯情怀。俄罗斯有一个写卫国战争的剧本,前面的题词说:"如果要为每一个在卫国战争中死去的俄罗斯人默哀一分钟,那么就要默哀38年。"他们死去了两千万人,他用的是一种诗意的表达。我有一篇文章,题目就叫《默哀38年》。同样的含蓄,表达在60年代的诗里,叫《俄国人要不要战争》,诗中写道:"俄国人要不要战争?你们去问问白桦与白杨,去问问笼罩田野的那片宁静,你们去问问埋在白桦树下的那些士兵,他们的儿子会回答你们,俄国人要不要战争……"是那样的一种人道主义的表达。俄罗斯森林非常多,我写了一篇文章叫《无边的森林的摇动》,这是莱蒙托夫的一句诗。我也写到当年读列昂诺夫的长篇小说《俄罗斯森林》的情景。我是在1976年唐山大地震后的抗震棚里读完《俄罗斯森林》,读的是原文,时值 8 月,北京的抗震棚里燥热难熬,捧读列昂诺夫的小说,他时不时地把我带入俄罗斯森林的清凉世界。应该说,广袤的森林和寒冷的气候也造就了俄罗斯民族的偏重感性与感情的人文精神。俄罗斯没有产生黑格尔、尼采式的思辨力很强的思想家。俄罗斯的思想家也是最杰出的文学家,比如托尔斯泰和陀思妥耶夫斯基。

有一点走运的是,我 1956 年去俄罗斯的,1960 年回来。这将近五年的时光,我在沐浴着俄罗斯 19 世纪文学的人道主义的雨露阳光。我的青春年华在那里度过,感受这种人文关怀、悲悯意识。所以 2007 年中国话剧 100 年纪念的时候,有记者问我中国话剧缺什么,我说缺悲悯意识。

问:在我们的采访对象中,您几乎是唯一一个从事外国戏剧研究的。您能谈一谈新中国成立以来外国戏剧在国内的介绍吗?

答:还是说说新时期的情形吧。因为真正对外国现代戏剧的介绍是从"四人帮"垮台之后进行的。先锋戏剧的一位青年闯将牟森是从导演《犀牛》开始的,孟京辉的早期代表作是《等待戈多》。很有意味的是,我们还可以通过契诃夫跟现代派戏剧进行沟通。什么叫现代派戏剧?一般说 1950 年 5 月 11 日巴黎梦游人剧院演《秃头歌女》,就是现代派戏剧的开端。人们研究从 50 年代开始的西方现代派戏剧的时候,一个重要的研究发现,就是戏剧里没有传统的正、反面人物,戏剧冲突不是人物之间的冲突,而是人物与包围着他们的环境、社会的冲突,这是现代戏剧的一个重要特征。追根溯源,发现这种新型戏剧冲突就是从契诃夫开始的。如果没有现代派戏剧的崛起,人们就无法完全看清契诃夫戏剧的创新之处。契诃夫逝世半个世纪之后,人们才借助西方现代派戏剧的崛起看到他的这个特征。所以林兆华 1998 年的《三姐妹·等待戈多》标志着中国戏剧人对现代戏剧的认识的深化。汪晖很有眼光,看了之后破天荒地在《读书》杂志上讨论这一个戏剧演出,认为这个戏是那年中国知识界的一件大事。这个戏虽遭票房惨败,但是汪晖和余华等知识精英看了,而且都给予肯定。新世纪来临之后,中外戏剧交流便更多了。由中国国家话剧院主导,已经先后举办了"契诃夫国际戏剧节""莎士比亚国际戏剧节"和"易卜生国际戏剧节",我也积极参与了上述国际戏剧节。而在 2010 年 8 月北京人艺邀请莫斯科艺术剧院首度访华。他们带来的《樱桃园》《近卫军》《活着,并记住》三个剧目,得到中国戏剧界的高度评价,也展示了当代中国面向世界的胸怀。

问:可否借此请您对中国当下戏剧的情况做个总体判断?

答：和剧作家和演员相比，我们的导演远远领先了，导演的崛起是戏剧发展的关键。80年代开始导演的崛起，我们的导演有一个先天的有利条件，就是他们毕竟是中国人，多少知道中国的传统戏剧。实际上欧洲20世纪有远见的戏剧家，包括布莱希特、梅耶荷德，都意识到东方美学对于他们的帮助，意识到将来会出现东西方戏剧的合流。当今中国导演多少都知道我们的传统，又多少了解西方戏剧，从这个角度看，他们有可能比西方同行更有优势。剧本创作相对滞后，这表现为题材的同质化现象较为严重，还有就是我常说的悲悯情怀的缺失。而且还面临着商品大潮的冲击。然而中国当今还有不少坚守真正的艺术阵地的戏剧人，而且还有越来越多的青年戏剧人加入到这个队伍里来。我对中国戏剧的前景充满信心。

问：目前外国戏剧在中国演出的情况是怎样的？您如何看待中国导演对外国经典剧本的自由阐释？

答：这要看导演的水准和胆量。通常中国导演对外国戏剧的"改造"还在可容忍范围之内。比如，林兆华的《哈姆雷特》有个特点，几乎所有人物都要说哈姆雷特"存在还是毁灭"这句台词，因为他的理念是，人人都是哈姆雷特，所以也可以理解。还有就是把外国戏剧中国化，即转化为中国情景。我看到的易卜生的《娜拉》和布莱希特的《四川好人》都有这种情形，大家也能接受。

再说一下剧本翻译的问题。受到时代局限，外国剧本中有些台词翻译不准确。比如《海鸥》里男主角说："这就是我们的舞台，一个空的空间。"直译就是"空的空间"。但中国人到了60年代以后才有"空的空间"的概念，以前的译者都不敢这么翻，所以这句词都翻译错了的，这是时代的局限。1991年俄罗斯导演要来北京人艺导《海鸥》，演出剧本和原剧本是不一样的。因为一开场就是"我们的舞台，一个空的空间"这句台词。我说第一句就翻译错了。于是就让我来重译。还有些奇怪的错误。《樱桃园》里原文清清楚楚："新生活，你好！"但是都翻译成"新生活万岁！"我想这可能也是时代的局限。都希望把译文弄得更有"思想"的力度。北京人艺演出的英文剧本一般都由英若诚重译。他演员出身，他的译文更适合于登台演出。还有一个例子，彼得·布鲁克是以导演契诃夫的《樱桃园》和《哈姆雷特》出名的，他说经典戏剧应该十年重译一次，他的意思就是让经典戏剧的语言更接近于现代语言。我很佩服易卜生的译者潘家洵先生，八十多年过去了，居然现在没有人取代他的译本，剧本是20年代翻译的，50年代稍作修改，现在通行的还是他的译本。潘先生的译笔的确地道。如戏剧最后的两句台词："海尔茂：娜拉，我愿意为你日夜工作，我愿意为你受苦受穷。可是男人不能为他所爱的人牺牲自己的名誉。娜拉：千千万万的女人都为男人牺牲过名誉。"我看过北京某剧团的一个《娜拉》演出,女演员在读这句台词时,把"千千万万"简化成了"女人们",反而辜负了潘先生的生花译笔。

问:我们在法国人的一篇评论文章里看到有这样一种说法,称契诃夫是伟大的形而上小说家,可以这样理解吗?

答:可以这样理解。因为契诃夫的作品里有很多的"言外之言""象外之象",可以给形而上的想象提供可能的。而且他的人物有时耽于幻想,悬想两百年、三百年后的世界。契诃夫的小说和戏剧都充满诗意。《樱桃园》刚出来,有人批评他说,俄罗斯地主庄园里没有如此规模的樱桃园。但是契诃夫就给你一个樱桃园,一个意象,窗外是白色的花的海洋。现在纪念契诃夫诞生日的时候,俄国人就竞相种植樱桃树了。我在《阅读契诃夫》中所选的绝大部分是人文出版社两卷本里没有的,都是我自己翻译的,都有"译者说",说法有时候和别人不太一样,就想透过细节寻找"形而上"的人生体验。比如我选了《牵小狗的女人》,在"译者说"我这样写道:"小说写于1899年,这时契诃夫刚刚与《海鸥》中主演阿尔卡基娜的克尼碧尔一见钟情,这时契诃夫也已有了年华老去的自我感觉,因此我想,当契诃夫在小说中写'只是到了现在,他头发已经白了,他才真正用心爱上一个人'的时候,这不仅是他在给小说主人公做心理揭示,同时可能也是作者从自我出发的一声叹息。"因为这个小说写的是一个已婚男人跟一个已婚女人在雅尔塔相遇与相爱,两人在旅馆拥抱的时候,对面是一个镜子,他看到自己有白发了,然后就发出感慨:当他头发已经白了,才真正用心爱上一个人。小说结尾处,写到男主人公古罗夫送女儿上学之后还要去和情人幽会的情节,契诃夫说出了人无奈地过着双重生活的人生奥秘:"他有两种生活,一种是公开的,谁都能看到和知道的,只要他有这个兴趣,这种生活充满着约定俗成的真实和虚假……另一种生活是在暗中流淌着的,由于机缘的奇妙巧合,一切在他是重要的、有意味的、不可缺少的,是真正感应的、没有欺骗自己的,因而构成了他的生命之核的,都是要避人耳目的……他根据自己的经验来判断别人,便不再相信自己眼见的东西,而永远意识到,每个人都在秘密的掩护下,在黑暗的掩护下,过着他们真正的、最有意味的生活。"在引用了小说中的这一大段文字后,我在"译者说"里指出:"这已经接近于20世纪世界文学的一种重要题旨——人与面具的冲突。"斯坦尼斯拉夫斯基当年曾告诫戏剧人"不要在契诃夫戏剧的表面情节上滑行",丹钦科要求人们深挖契诃夫作品中的"潜质"。他们两位都希望人们能去领会契诃夫所描写的情节之外的更令人向往的东西。我是个喜爱契诃夫的人,我喜爱他,是因为不管他写这个或是写那个,在"这个"与"那个"的背后都有令我感到亲切的人物与思想。

问：您比较强调创新和创造，并且在学术创新和保持创造力方面达到了非同一般的境界，这是很不容易做到的。

答：一个了不起的作品，总能从中挖掘出新的东西，比如人与面具的冲突，比如精神与物质的冲突，现代人的痛苦就在这里，这就是19世纪经典作品的现代意义。我们以前的研究角度主要着眼在批判现实，在阶级的变动等社会学层面的东西。社会学的批评自然是不可抛弃的，但对于人的精神层面的人性分析也不可或缺。我2008年出的那本《阅读契诃夫》，就试图摆脱在契诃夫研究中的过于偏重社会学批评上的偏颇，这是我2009年写的那本契诃夫评传——《我爱那片天空》的继续。

还有一点，研究一个作家，最好达到似乎可以跟他对话的状态。契诃夫不在了，但我写这个人物的时候，好像我在与他对话。非常奇怪，一个并非契诃夫专家的俄罗斯演员对契诃夫的评说让我记得很牢，他说契诃夫留下20卷文集、两所学校、一片树林。两所学校指契诃夫捐助的农村小学，树林是指契诃夫自己栽种的树林。在写作《我是海鸥》时，我就利用了这"一片树林"。女演员十分痛苦的时候，对契诃夫说说："契诃夫先生，我有很多烦恼。"契诃夫说："我也有很多烦恼，怎么办呢？找个空地去种树。我种了一大片树林可见我有多少烦恼。"我觉得我对契诃夫有自己的理解，他既然说了，人们一千年之后还是会说"我多么痛苦"，就是说，契诃夫是很痛苦的。80年代，《北青报》记者红娟采访我，写了一句话我觉得挺有意思，她说童先生"研究的是活学问"。她说的"活学问"大概就是指我有时能触类旁通地说一些学理。对于一个研究对象，你深入理解之后就可以举一反三，用自己的语言来传达。这种语言不是纯学术的语言，而是讲自己很鲜活的感受。从心到脑，心的好处是不感兴趣的可以排除，研究跟自己的内心契合的对象。可以给自己的研究输入情感，可以给自己的文章加进温度，让读者读了更感亲切。

我最喜欢的外国作家是契诃夫，最喜欢的中国作家是冯至，这才可能请他们两人上舞台。我说过，写冯至的那出戏叫《塞纳河少女的面模》。我着重写冯老的晚年，写他晚年坦然面对死亡的生命风光。冯老的小女儿读这个剧本时痛哭流涕，我的剧本集的责任编辑张立坤女士也一边读我的剧本一边流泪，这说明我的"从心出发"的写作是有打动人心的力量的。

2010年1月30日，我在《新京报》上发表了一篇纪念契诃夫诞辰150周年的文章——《幸福的人首先是个自由的人》，文中有这样一段话：

> 坦白说，我真正爱上契诃夫，是在读过他这几千封信之后。读契诃夫

书简,能看出许多好处来,如他的沉郁顿挫的感怀、辞和气平的抒情。1904年1月8日,契诃夫给正在尼斯度假的作家蒲宁写信,结束全信的问候话却是:"请代我向可爱的、温暖的太阳问好,向宁静的大海问好。"记得当年读到这里我心里不住地对自己说:契诃夫真可爱……

那天正好要在蓬蒿剧场开俄罗斯文学学会举办的纪念契诃夫的会,会后首演我的《我是海鸥》。在剧场门口看见北师大的程正民教授,他抱病前来让我感动,他对我说:"我之所以来,是因为读了你今天发在《新京报》上的那篇文章——《幸福的人首先是个自由的人》。"

我现在想:做个学人,也应该首先是个心灵自由的人。

2011年第4期《国话研究》上刊登了资深导演林荫宇女士一篇文章,文中有一段话说起了我的剧本创作:"童先生做了一辈子俄苏戏剧与梅耶荷德理论的译介,70岁以后充当剧作家,艺术生命以另种形态自我延续,我为此喟叹,并受其鼓舞,有心仿效之。"读了同行写下的这样真诚的话语,我也感到了鼓舞。并且对生命有了新的感悟。对于文化人来说,生命与寿命是不可等量齐观的。寿命镌刻在墓碑上,生命流动在文字中。

访谈时间:2011年9月16日13时30分—16时
访谈地点:北京市潘家园童道明先生寓所
访 谈 人:王东亮、罗湉、史阳

心系天方　毕生追索
——仲跻昆先生访谈录

学术小传

仲跻昆，1938年2月生于辽宁省大连市。1961年毕业于北京大学东语系，曾于埃及开罗大学文学院进修。现为北京大学外国语学院阿拉伯系教授、博士生导师，中国外国文学学会理事，阿拉伯文学研究会名誉会长，中国中东学会理事，中阿（拉伯）友协文化委员会副主任，中国译协文艺委员会委员，中国作家协会会员，阿拉伯作协名誉会员。曾任北大东语系阿拉伯语教研室主任兼希伯来语教研室主任、北大人文学部学术委员会委员、外院学术委员会副主任等职。曾参加《阿拉伯语汉语词典》《汉语阿拉伯语词典》等语言工具书的编纂。为《中国大百科全书·外国文学卷》《东方文学辞典》《东方文学史》（副主编之一）等文学工具书撰写有关阿拉伯文学部分词条或章节。发表《阿拉伯现代文学史》《阿拉伯文学通史》《阿拉伯：第一千零二夜》等论著。译有（部分为合译）《沙漠——我的天堂》《难中英杰》《埃及现代短篇小说选》《本来就是女性》《一千零一夜》《库杜斯短篇小说选》《米拉玛尔公寓》《泪与笑》《纪伯伦散文诗选》《阿拉伯古代诗选》等小说、散文、诗集。2001年获"正大"奖教金；2005年获埃及高教部表彰奖；2006年专著《阿拉伯现代文学史》获中国高校人文社会科学研究优秀成果奖一等奖；2009年获译协"资深翻译家"荣誉证书；2011年获阿联酋谢赫·扎耶德图书奖之第五届年度文化人物奖（2010—2011）、沙特两圣寺之仆人阿卜杜拉·本·阿卜杜勒·阿齐兹国际翻译奖之荣誉奖、北京大学卡布斯苏丹阿拉伯研究讲席项目学术贡献奖、中阿（拉伯）友协的中阿友谊贡献奖。

采访人(问)：非常感谢仲老师刚从国外回来就接受我们课题组的访谈。这次采访，希望您向我们介绍一下新中国成立以来北京大学阿拉伯语语言文学这个学科的发展情况，以及您个人的学术道路，包括在从事外国文学翻译和研究方面的心得体会。我们就从您来北大读阿语专业开始吧。

仲跻昆先生(答)：我上北大有一定保送或推荐的性质，当时他们认为东语系多是小语种,觉得招来的人将来多是要搞外事的。我在大连上的高中,开始时没有想到要学外语,特别是阿拉伯语。大连的特点是没有经过国民党统治时期,日本人走了后苏联人就来了。那时候我的一个理想是做演员。我还有一个理想是当作家,搞文学。因为我小时候的教育不像现在这种应试教育,学生要成天拼命忙于应付考试、升学。那时候我喜欢读课外书,文学底子大概是中学那时候积累的。当时我功课可以应付,每天爱去书店、图书馆。我有好几个图书证,除了学校的图书证外,我还有中苏友协的图书证、旅大图书馆的图书证。那时候看小说很多,特别是苏联小说、儿童文学,所以就想做儿童文学作家。高中临毕业时,老师说上面有个项目,向北大东语系推荐人,说我挺合适的,于是我心动了,就报了名,还经过了统一考试,我们中学考进北大东语系的有6个人。分专业时是这样:东语系大大小小有十多个专业,那时候日语是热门,大家抢着报,但我是大连人,特别反感日本,大连在日寇统治时期叫"关东洲",比"满洲国"还要殖民化一些,它不属于"满洲国",而完全是日本直接统治,实际上和中国台湾、朝鲜的地位差不多。那时大连从小学就开始教日语,我妈妈在大连教小学,她的日语就挺好。我觉得我可以学别的,就是不能学日语。我先是想学"印度语",那时候还不知道是叫印地语,当时尼赫鲁搞第三世界不结盟运动,他算是领头人,中印关系也好,所以我第一志愿报的印地语,第二志愿才是阿拉伯语。虽然当时也知道阿语很难,但那时纳赛尔收回苏伊士运河,抗击"三国侵略",气势还挺壮;小时候读《天方夜谭》,对那片地方也颇有兴趣。每个人要填三个志愿,我不太想学太小的语种,于是把日语列在了第三志愿,这样就选上了阿拉伯语。我至今都不曾后悔,当时的选择是对的。中国有句话叫"男怕选错行,女怕嫁错郎",我的行当选得没错。现在是精力不够,如果可以从头再来,我还是愿意干这行。

问:您是北大阿拉伯语专业第一届学生吗?

答:我不是。咱们国家阿拉伯语教学最早是在清真寺经堂里,学员多是回民等穆斯林,除了学习阿拉伯语外,还学习《古兰经》《圣训》和一些宗教知识。直到1946年阿拉伯语教学才进入大学课堂。前段时间我去黎巴嫩访问就讲到这个问题——"从清真大寺到大学"。在阿拉伯语中"清真大寺"和"大学"两个词只是词尾差一个字母。当时阿语教学又分别在南、北两边进入高校:这边是1946年季羡林先生回国后在北大创建东语系,把马坚先生调到了北京大学;另一边是刘麟瑞、王世清先生在南京东方语专创设了阿语专业。他们这几位老先生都是20世纪30年代在开罗爱资哈尔大学学的阿拉伯语。他们都是穆斯林,不是公派,是靠一些民间资助去留学的。当时正是国内抗日战争,他们也回不来,在那里学的时间比较长。这拨人学习的优势是发音、语法不错,所以我们国家阿语后辈的基本功就比较正,发音、语法都比较好。他们虽然没有在国内接受过正规的高等教育,但学问上各有特点,有些人回来后到清真寺当大阿訇。当时把马坚先生派出去是为了翻译《古兰经》,也是出于宗教方面的目的。

后来院系调整把东方语专调到北大来。最初几届没培养出多少人才,毕业留校的就是陈嘉厚、邹裕池两人。我们入大学上一年级的时候,就是他俩教的。北大是我国最早开创阿拉伯语专业的,之后才相继在一些高校创设了阿语专业,直至"文革"前,发展到七八所院校,如当时的北京外语学院、上海外语学院、北京语言学院、北京外贸学院、北京第二外语学院、中国伊斯兰经学院、张家口军事外院(后改为洛阳军事外院)等。改革开放后,特别是近几年发展特别快,现在已发展到 30 所左右高等院校开设了阿拉伯语专业。

问:当时国内的阿拉伯文学研究情况怎么样?

答:在我国,长期以来,不仅因为受"西方—欧洲中心论"的影响,对东方文学的研究、介绍远不及对西方文学的研究、介绍,而且,即使在东方文学中,对阿拉伯文学的研究、介绍也远不及对日本、印度文学的研究、介绍。从阿拉伯文译成中文的工作虽早在 19 世纪就已经开始,但那时只是有些回民学者出自宗教的目的翻译了《古兰经》部分章节和蒲绥里的《天方诗经》等。1949 年中华人民共和国建国前,绝大多数的中国读者对阿拉伯文学的了解仅限于《一千零一夜》(《天方夜谭》)的片段故事,那是部分学者在 20 世纪初开始从英文译本转译过来的。中国著名的文学家茅盾先生于 1923 年从英文译的纪伯伦的 5 篇散文诗,冰心先生于 1932 年译的纪伯伦的《先知》,是我国对近现代阿拉伯文学最早的介绍。1927 年商务印书馆出版的郑振铎先生的《文学大纲》,全书上、下两册,共约 2200 页,对阿拉伯文学的介绍只占 25 页,算是当时我国对阿拉伯文学最全面、系统的介绍了。

总体说来,新中国成立前,阿拉伯文学基本没有多少翻译和介绍,更不要说研究了。解放后,20 世纪 50 年代末、60 年代初,阿拉伯各国人民的反帝国主义、殖民主义的民族解放运动风起云涌。为了配合当时中东政治形势,为了表示对兄弟阿拉伯人民正义斗争的支持,当时在我国出现了介绍阿拉伯文学的第一次高潮,翻译出版了一些阿拉伯文学作品。但多半是从俄文转译的。至于研究,几乎没有。

我的感觉是,阿拉伯人自己在过去很长一段时期也不太重视文学研究,像爱资哈尔大学把文学作为皮毛课,认为《古兰经》《圣训》和有关伊斯兰教那些经学科才是真正主要的东西。比如被认为是埃及最早的现代长篇小说《泽娜布》，作家是留学法国时写的，1914年发表的时候署名为"一个埃及农夫"，都不敢用真名，好像写小说挺丢人似的。阿拉伯传统文学以诗歌为主，现代小说是很晚才从西方引进来的。阿拉伯文学在很多方面和中国很相似，在古代，诗歌才是正宗，小说好像是被看作街谈巷议，不入流的。

《一千零一夜》在世界的名声很响，但在阿拉伯文学史中却不太当回事。被认为是当代权威的埃及学者邵基·戴伊夫十卷本的《阿拉伯文学史》，有五千多页，对《一千零一夜》的介绍只不过一页。他们还往往把它作为舶来品，因为它最早源起于印度、波斯嘛。有很长一段时期，在阿拉伯读《一千零一夜》在道学家们的眼里是犯忌的事，有点像《红楼梦》里贾宝玉、林黛玉看《西厢记》一样。1985年，《一千零一夜》在埃及竟被宣布为禁书，因为最早的全本出来了，爱资哈尔的宗教学者们说这是淫书，为此文学家们和他们打了一架。其实《一千零一夜》好像中国的市井文学，原是一些说书人的话本，其中有一些荤段子，以迎合市民的心理。既然当初是说书人的话本，到官府为上层讲可以，去集市、茶馆为下层讲也可以，内容混杂，既可以为官府歌功颂德，比如哈里发微服私访什么的，到了老百姓那里又可以说讽刺上层官府的段子。《一千零一夜》还影响到了欧洲，因为欧洲在文艺复兴前的中世纪是最黑暗的神权统治时期，而《一千零一夜》的人文主义思想很强。《十日谈》《坎特伯雷故事集》等一方面在形式上仿效《一千零一夜》故事套故事的框架式结构；另一方面在思想内容上也受其人文精神的影响，反对神权禁欲。

可以说，阿拉伯文学对于西欧的文艺复兴影响很大。西方说起自己的文艺复兴，就直接接上了希腊、罗马，可是怎样接上的呢？这就没有提。其实其间阿拉伯—伊斯兰文化起了很大作用。哲学方面也是这样，希腊时候是多神的，后来中世纪是一神统治，要把希腊的东西毁掉。阿拉伯则大力吸收，把希腊、罗马、波斯、印度的东西都拿来了，大力翻译，并予以修订、增补，承前启后，其中就包括哲学。

阿拉伯是游牧民族，缺少文化，所以他们很重视文化，重视吸收、借鉴他者的文化，所以很重视翻译。据说在阿拔斯朝，哈里发麦蒙曾建"智慧馆"，对著名翻译家译的名著、译稿有多重就用多重的黄金作稿酬。穆斯林的先知穆罕默德虽不识字，却很鼓励、奖掖有知识的人，比如抓到一个俘虏，若能教会十个人读书、写字，就把他放了。《古兰经》其实还是鼓励人们有知识的。在阿拔斯朝，有一个在皇宫教书的瞎子学者，与著名的哈里发哈伦·赖世德共进午餐后，发现给他端来脸盆和汤瓶，并给他倒水洗手的竟是哈里发本人。他们认为是国王统治老百姓，但真正能管国王的应当是有知识的人，所以他们对知识文化很重视。我这次到阿联酋领"年度文化人物奖"，奖项是以阿联酋的开国总统命名的。这位总统连任6次，直到2004年去世。2006年就以他的名义搞了"谢赫·扎伊德国际图书奖"。奖项总共9项，我得的是其中一项。这位总统在1977年10月有一段讲话，说："对钱财最好的投资莫过于将它用于造就几代有知识、有文化的人才。真主已恩赐予这个国家以福祉，让她有用钱财为科学服务的机会。我们不能错过这个机会，而应争分夺秒，使我们在获取科学知识并用以武装自己方面的步伐比在任何其他领域的步伐都要快。"

问：您在北大读书的时候，就上过文学类的课程吗？当时北大阿语专业文学方面的教学和研究情况是怎样的？

答：在"文革"之前，开设的基本上都是语言课。我那时还没有学文学课，只有课文中选了一些文学篇章。"文革"前我当教员后，印象中有两次文学课，一是马坚先生给60级学生按照黎巴嫩汉纳·法胡里的《阿拉伯文学史》讲过文学，这本书郅溥浩后来翻译过；再就是李振中也是给这个班讲了《阿拉伯埃及近代文学史》，"文革"后，他也是把这本书翻译、出版了。"文革"前基本上是教语言，很少讲文学。搞文学翻译会被认为是不务正业，无论是教员还是学生都不能弄。

当时运动一个接一个，从我进校时候起，又是"双反"，又是"反右""反右倾""批判人性论"……我的印象是运动多、劳动多。每个运动过后，钻业务的人，往往就成为运动中的靶子，挨批。你下棋、打扑克可以，看书、钻业务就往往被认为是走"白专道路"，只要是"专"，就往往被认为是"白专"。

我当年倒也没有怎么挨整。因为我那时在东语系课外搞编剧、演剧，算是政治宣传。东语系当年有两个有名的节目，一个是表演唱《人民公社十二月》，一个就是我编写《白宫丑史》，模仿木偶戏，拿活人演木偶，我演美国总统！那时配合政治形势发展编剧，内容要不断更新。我们自己造了一个木偶戏的框架，相当于一个小舞台，摆在大舞台上。演员做木偶动作，有人配音，有乐队伴奏，夸张、讽刺，往往一句台词出来，底下"哗"的一片笑声，喜剧效果很好。我们曾拿这个节目代表北大参加北京市的汇演，在人民大会堂的舞台上演出。后来这个节目还同北京市其他的优秀汇演节目集锦拍成了电影，叫《我们在毛主席身边歌唱》。

问：您还在阿拉伯国家长期学习和工作过，能谈谈您出国时的经历吗？

答：1972到1974年我去了苏丹，那时候咱们援外，江苏省支援苏丹修筑一条公路，建一座桥。修公路要找水源，他们找北京水源队帮忙去打井，北京水源队要找翻译，来北大要人，就把我要去了。那是我第一次出国，虽然明知苏丹是世界三大火炉之一，非常热，但是能够出去，在"文革"时期也算是享受了一定的政治待遇,说明受信任,政治上没问题,况且我还不是党员,能出去我很高兴。那是在苏丹北部,都在野外,的确很热,也很苦:这边洗衣服晾上,第二件洗好,第一件都干了;坐汽车下来后,裤子后面都是一圈白色的汗渍……

那会儿有时也买点小说看看,也有机会可以接触当地社会,对提高口头表达能力、口译水平很有帮助。除了这两年,1978 到 1980 年我还在埃及进修了两年,1983 到 1985 年在也门教书两年,其余都是短期访问。现在很多人给一两千美元都不愿出去。我们那时候在苏丹,除了保留国内工资 56 块外,每个月给 40 块人民币,不过不能换成外汇,得换成当地的钱。工人们出去就想买一块好表,但市场就是没有,只有半钢小罗马。后来我找到一个铺子,可以买"英纳格",带日历、周历,是从沙特走私来的。除了表,我还想买一台收录机。当时我对那种既能收音又能录音的机子羡慕得要死。咱们搞外文的,能有这东西该多好。不过在苏丹也没的卖,我拼命去找,后来有个苏丹人从利比亚打工带回台收录机,我就把所有零用钱都花上,从他手里买回来,这样我总算是带回来了"两大件"。

问:您什么时候开始正式从事阿拉伯文学的教学和研究的?

答:我最早一直是教语言,从基础课到高年级课,再到翻译课,我都教过。我个人比较喜欢教语言。要想真正搞好文学必须有比较强的语言功底。我搞文学一方面是依靠从中学到大学阅读了很多文学作品,另一个方面是在念书时打下的阿拉伯语言功底比较强。我喜欢文学,书看得比较多,既看阿拉伯文学作品,也看中国文学作品,还有诗歌,我也很喜欢。中学的时候,我就喜欢朗诵,记得大连中苏友好协会俱乐部每周搞一次文学活动还请我去朗诵,比如高尔基的《海燕之歌》、马雅可夫斯基的诗歌等;"文革"时期,我在干校文艺小分队编剧、写歌词。这些经历对我搞翻译,特别是翻译诗歌有一定好处。这是因为,诗人,或者说会写诗的人,翻译诗歌就好些,翻译出来的能有些诗的样子,否则翻译出来的诗歌读起来味道不对。

我毕业的时候写过一篇《毛泽东文艺思想在阿拉伯的影响》,好像是作为毕业论文,交上去之后也没有下文了,不知道到哪里去了,写那个东西还是下了不少功夫的。我喜欢上翻译是到了大学毕业后。最早翻的第一篇小说是叙利亚女作家伊德丽碧写的《最亲爱的人死了》,是描写阿尔及利亚反法殖民主义斗争的,给了《世界文学》。那是 1961 年,刚毕业就发表了,而且还在广播里广播了。那篇东西发表之后,因为《世界文学》没有阿拉伯文的校对或编辑,看我的东西翻译得挺好,后来有些阿拉伯文的稿件就找我去校对。我校了几篇东西,还没等到发表,"文革"就开始了。"文革"前,《世界文学》编辑部开过一个会,找了马坚先生和我,我和马坚先生坐一个小汽车去的。当时教研室分作语言、文学、翻译三个方向,三个方向都想要我。我做教员时翻译了伊拉克诗人鲁萨菲的一些诗,给马坚先生看了,他鼓励了我一番。

1985年,我开始正式搞阿拉伯文学。1978年到1980年我在开罗大学文学院进修,主要就是学文学,包括比较文学、古代文学、现代文学课,都去听。我有意识地一方面想搞翻译,一方面想搞文学研究。"文革"刚结束就可以出去进修,我们是改革开放后的第一批,机会难得,大家集中在语言学院考试,都想出去,好几百人去考,但考出去的不多,到开罗大学的只有6个人。当时在开罗大学是很苦的,第一年国内工资照发,一个月生活费、零花钱就10块人民币,吃住没问题,买书也包括在这里。第二年就给40块了。那时新章未立,旧章未废,知识分子待遇这么低,连买书都没有钱。

问:出国的经历对于您的文学研究和翻译工作应该有不少帮助吧?

答:是的。我在开罗有意识地接触作家,像陶菲格·哈基姆、纳吉布·马哈福兹、尤素福·伊德里斯、阿卜杜·库杜斯等一些当代有名的文学家我都去访问过。那时埃及最有名的教授的课我都去听,虽然生活艰苦,但是学业收获很多。埃及文艺和社会科学最高委员会秘书长尤素福·沙鲁尼先生曾提供给我一些书,我找一些作家可以要到一些书,再跑旧书店、小书摊能买些书,这样想方设法收集资料,利用闲暇时候积累资料,为后来的文学研究打下了基础。当时咱们国家派人参加开罗国际书展,我还想法托他们给学校图书馆买了些书,虽然得罪了当时的参赞,但还是做了些事情。我还利用在国外的机会搞了些翻译,《中国大百科全书·外国文学卷》就是那时候约我写了些词条的。

1983年到1985年我在也门待了两年。咱们在那儿帮助他们建立了两座技术中学,我那两年就在萨那技校参加教学工作。回国后正式让我搞阿拉伯文学。教研室原先是邴裕池负责搞阿拉伯文学,还有李振中。"文革"后以季先生为首,要打破西方中心论,搞了东方文学培训班,主要就是他们参加。1985年我回来后,李振中离开了北大,邴裕池去世了,阿拉伯文学这摊马上就落到了我身上。我回来时暑假有个东方文学史课,分四块——波斯、日本、印度、阿拉伯文学,马上就让我上马,去讲阿拉伯文学。季先生还要编《东方文学史》,我自然也加入进去搞。此外还有《东方文学辞典》。就这样,我慢慢自己有意识地走到文学这块儿来了。我利用北大的图书馆、东语系的图书室,还设法搞到了北图的图书证,可以不止借三本书,还可以延期的,于是常常一书包、一书包地背回来,用现在通行的说法叫"恶补"。1986年,我参加"烟台中青年翻译经验交流会",上千人都是搞俄文、英文的,搞法文的不算多,搞德文的有一些,搞东方语言的基本没有,搞阿文的就我一个。我说阿拉伯文学挺不错的,怎么会这样?人家说你们不介绍谁知道。编写《东方文学史》要分章节,负责的那个同志就说,阿拉伯文学有什么东西啊?!我很恼火,业内都不知道阿拉伯文学到底有什么。1987年我们正式成立了"阿拉伯文学研究会",推选刘麟瑞先生做会长,他其实是搞语言的,也退休了,但是资历在,我是副会长。后来刘先生去世了,我就被选为会长。我这边教阿拉伯文学,那边管阿拉伯文学研究会,所以搞阿拉伯文学我是责无旁贷。能指望谁?而且北大不搞,还找谁搞呢?所以也是被逼的,我做的只是在尽职尽责,因为我的职业、职务、责任在这里。而且我得搞诗歌翻译,为什么呢?搞翻译不容易,诗歌翻译更是不容易,但是阿拉伯就是诗歌大国、诗歌的民族,就好像中国,不谈李白、杜甫、白居易、《诗经》,还怎么能谈中国文学呢?

我的弱点是不会做组织、领导工作,不会发动群众,不会让别人给我做这个做那个,也不是我想包揽,是我不会领导人家。我当了一年教研室主任之后就说干不了,辞职了。《阿拉伯文学通史》这书上、下两卷,一共100万字,按理说应当组织一群人来写,自己当个主编,但我干不了。我觉得自己做学问的方法是化整为零,然后再化零为整:一个点一个点穿成线,再将线连成面,再成一个体。人家问我《阿拉伯文学通史》是什么时候开始写的,实际上我一直在写,然后把它串起来,就像下围棋,脑子里要有个全局,再一点一点地做。有时人家问我愿不愿意写个词条,写个分析什么的,我都愿意,最后把这些都用到我的书里。

问:也就是说,您从出国积累资料开始准备,由点到面,从此担当起文学研究的责任,最终完成了《阿拉伯文学通史》的编写,并形成了自己的治学理念?

答:最终是完成了《阿拉伯文学通史》这本书。不写成这个东西我可不甘心啊!最早在1985年之后,讲阿拉伯文学的担子就落在我身上。我们有本科生班、研究生班,所以要搞这些东西,如果不搞起来,自己就觉得没有尽到责任,即使现在退休了也不能逃避。你想,在我国,法国文学史有了,英、美、德语的文学史都有了,阿拉伯古今文学那么丰富多彩,却没有自己写的阿拉伯文学史,只有几本翻译的。有一本翻译过来的英国人写的《阿拉伯文学简史》,只写到18世纪,仅相当于阿拉伯古代文学史。郅溥浩翻译的那本《阿拉伯文学史》,只讲到20世纪50年代末,连马哈福兹都没有提。阿拉伯作协曾评选出105部20世纪最佳中长篇小说,那本文学史竟一部都没有提。而且那本文学史的现代部分,没有分国别、地区论述,基本上讲的都是黎巴嫩、埃及的文学状况。我觉得这对阿拉伯文学不尽公平,海湾六国有自己的文学,马格里布地区也有自己的文学,苏丹、也门、巴勒斯坦也都有。我写的文学史现代部分,除了总体论述外,还分地区、国别论述,书中对十八个阿拉伯国家的文学做了详略不等的介绍,这在他们自己国家都没有。还有可能囿于宗教、民族主义、西方中心论等偏见,他们写的文学史和我们的角度不尽一致。我写的文学史是我的观点,中国人的观点。

问:您编写文学史采用的是什么体例?另外,阿拉伯文学丰富多样,面对很多国家,既有分散性、特殊性,又有完整性、统一性,您编写文学史的时候是怎样进行总体把握的呢?

答:《阿拉伯文学通史》整部书分上、下两册。上册是讲阿拉伯古代文学史,内容是按照历史时期分。下册是讲阿拉伯现代文学史,从1798年拿破仑入侵埃及开始算起,那就像我们的鸦片战争。他们的所谓现代史其实是近代、现代和当代连着一起。现代部分,像我前面所说的,有一个总体的、综合的民族文学综述,讲述诗歌是如何发展的,小说又是如何发展的,然后再具体分地区、分国家写,实际是分为近代、现代、当代三个部分。主要内容其实我在另一本书——《阿拉伯现代文学史》里已经写过了。季先生主编《东方文学史》时,我是副主编,负责阿拉伯和西亚、非洲部分编务,所以阿拉伯文学部分从古到今包括古代埃及文学都是我写的。那时候我已经有想法,要把阿拉伯文学串起来了,就有意识地想方设法多写点儿,把阿拉伯文学史有关资料都准备好。所以说,我从参加编写《东方文学史》时就已经有了写《阿拉伯文学通史》这个想法。后来在《东方文化集成》丛书中,把《阿拉伯现代文学史》先写了出来,那本书是2004年底出的,得了"中国高校人文社会科学研究优秀成果奖"一等奖。古代文学部分当时我也有些讲义,脑子里已经规划了很久。现在用电脑写东西方便多了,能够便捷地把自己写的东西和各种资料组织起来。总体上我觉得自己能搞这方面研究,得益于有一个整体规划,不能东一榔头西一棒子的。

问:现代社会阿拉伯世界发生的事情较多,从文学、文化的角度我们应该如何去理解阿拉伯世界和阿拉伯文化呢?

答:阿拉伯和中国很相似,既有古老的传统,又有长期的殖民地、半殖民地历史。所有文化的规律都有传承、借鉴、创新这三步,古今中外都是这样,我们现在改革开放也是遵循这一规律。阿拉伯文学有自己的根底,比如它的诗歌发展和我们很相似,既有古代传统的东西可传承,又有现代西方的东西可借鉴。原来小说处于边缘,现在小说往中心走,几乎和诗歌打平手。中国现在诗歌的状况不如他们强,这些国家常常举行诗歌节、文化节,对诗歌还是比较重视的,小说则是第二次世界大战后发展很快。殖民主义文化对它的影响很厉害。原来的马格里布（西北非）地区是法国殖民地，黎巴嫩和叙利亚当年也是法国委任统治，法国的影响很大，他们接受、借鉴了法国、西方的很多东西，小说、诗歌都比较新潮，有些作家直接用法文写作，还得过法国龚古尔文学奖。海湾地区的现代文学则在逐渐崛起，小说现在进来了，发展相对慢些，好多小说都是20世纪70年代才比较成形、像样。有很多作品都是反映过去反帝国主义、殖民主义斗争的主题，这是很大一个题材，和我们很相似。还有反封建礼教的题材。

一些进步作家肯定要在作品里揭示、反对一些传统、保守、落后的东西，就像西方启蒙运动那样。有一个要注意的地方，就是阿拉伯这些国家当年共产党很活跃。纳赛尔这一拨人是民族主义者，共产主义者又是一种力量，还有穆斯林兄弟会，这三拨很长时期都是同路人，因为都反帝国主义、殖民主义。后来民族主义者当政，左打共产党，右打穆斯林兄弟会。但打过之后，这些势力影响没有彻底消除，很多进步作家在作品中反映和揭露社会的落后、阴暗面。我觉得一个真正的文学家不能只是歌功颂德，只讲光明面，而必定也要揭示社会的落后、阴暗面。因为"成绩不说跑不了，缺点不说不得了"，你揭示了现实社会存在的缺点、错误、阴暗面，统治者看了、接受了、改了，社会就会进步、发展，否则，长此以往，就会出问题。我写的文学史还有一个观点，就是要反映下层的状况和声音。文学应当是这样，无论诗歌还是小说，我都贯穿这条线，反映下层人民的社会现实。阿拉伯文学也是有左有右，当年苏联所谓的社会主义、现实主义对他们影响也很大，出现了很多左派作家。这些人即便当年被关进监狱，后来又被放了出来，他们的思想不会消除，有的写批判现实主义作品，有的借古讽今，都能反映这些东西。

问：您做了这么长时间的研究、教学、翻译工作，可否谈谈这方面最大的个人体会？

答：最大的体会是我觉得真正搞外国文学研究是很难的。我常常说这就好像演京剧、歌剧，因为要有唱功，有表演天赋，还要有武术、舞蹈功夫，必须全面发展。搞外国文学研究也是这样，中文功底要很强，学外文越往上很大程度要拼中文。外文更是要强，现在好多人中文很厉害，但外文不行，这样就会像是嚼人家嚼过的馍一样，终究不行。还需要有各种知识，像个大杂家，知识面要广。我觉得真正要搞外国文学研究需要下苦功，就像苦行僧，要能安下心坐冷板凳，而不是东抄抄、西抄抄。现在社会太浮躁了，很多人都过于急功近利。再就是搞外国文学应当是尖子。像我们研究东方文学的，我个人觉得不仅要通晓一门外语，最好还要懂两三门外语，才能搞得好。但真正要做到这点不太容易。要独立思考,特立独行,有自己的观点,有创见。当然可以参考、借鉴他人的观点,但绝不可以盲目地因袭、附和。

现在我总觉得应当有一些能塌下心来做学问的人。从国家来讲,眼光要看得远。文学、文化实际上是国家一个重要的"软件",花费的时间可能很长,但影响广泛而深远。比如当年苏俄文学在我国,像《卓娅和舒拉的故事》《普通一兵》《钢铁是怎样炼成的》等等,给我们留下很深的印象,对我们这一代人的思想意识价值观影响很大。所以国家应该对文学、文化、教育这些领域更加重视。现在我们在经济上已经赶超日本,成为世界老二了,可是我认为在文化教育方面还有不少差距,有待努力。

问:您在翻译方面有什么体会和心得呢?

答:翻译好像大家都讲"信、达、雅"是标准,但我觉得当时严复提出的这一标准是有它的背景的。比如"雅"的问题,那个时候书面语和口语是脱节的,是文言文,翻译后要修饰成典雅的文言文,才叫雅。而现在的翻译标准,我认为能真正做到信就够了。所谓"信"就是忠实。如果译文在内容、风格等等各方面都能做到信,即忠实于原文,让译文的读者能有与原文的读者一样的理解、体会,那才真正叫做"信"。做到"信"却不"达",这没道理。至于"雅",要看原文的风格,它雅你就雅,它俗你就俗。现在好多译作中小孩满嘴讲四字成语,或者乡下七十多岁的文盲老太太竟讲着知识分子的语言,这种"雅"到底是"信"还是不"信"?我认为翻译作品也要遵循什么人讲什么话,让人看起来很舒服才行。有些译作就是翻译味太足,让人看起来不舒服。我在翻译方面的原则:一是要对得起作者,二是要对得起读者。比如我翻译诗歌,尽力做到译出的诗句既要基本忠实原意,中国读者读起来还要像诗,有诗的味道。

访谈时间:2011 年 6 月 13 日 9 时 30 分——12 时
访谈地点:北京市马甸桥新风街 1 号院仲跻昆先生寓所
访 谈 人:王东亮、罗湉、史阳

新中国60年外国文学研究（第六卷）口述史

在迁徙中建树
在转型中收获
——郑克鲁先生访谈录

郑克鲁，1939年8月生于澳门，1957—1962年北京大学西语系法语专业学习，1962—1965年中国社会科学院文学所、外文所硕士生，1965—1984年留外文所工作（1981—1983法国巴黎三大访问学者），1984—1987年武汉大学法语系主任兼法国问题研究所所长（1985年任教授），1987年获得法国文化部颁发的文化教育一级勋章，1987年至今在上海师范大学任教，博士生导师。著有《法国文学论集》《法国诗歌史》《近代法国小说史》《法国文学史》（两卷）、《法国文学纵横谈》等。译作有《悲惨世界》《茶花女》《基度山恩仇记》《法国诗选》《巴尔扎克短篇小说选》《魔沼》《高老头》《欧仁妮·葛朗台》《第二性》《蒂博一家》等。主编《外国文学史》《新编外国现代派作品选》等。译著《第二性》获2012年傅雷翻译出版奖。

采访人（问）：郑先生是法国文学领域资深学者，在翻译和著作方面贡献多多，经历也非常丰富。20世纪50年代从北京大学法语专业毕业后，您在社科院外文所读了硕士，之后留下工作，80年代去武汉大学主持法语系工作，后来又来到上海师范大学任教，主持中文系工作并担任学校图书馆馆长。国内外国文学界像您这样走南闯北又处处留下坚实足迹的人并不多见。我们课题组很高兴有机会采访您，听您介绍一下各方面情况。

郑克鲁（答）：1957—1962年我在北大念法语，学制五年。1957年入校"反右"开始。"右派"分子都是高年级的，我们轮不到，我们是参加批判的。西语系"右派"比较多，大"右派"有好几个，四年级也有几个学生"右派"。北大政治运动蛮多。那时候大批判和教学结合，也跟社会上的形势结合。当时批判《红与黑》，我在中学没读过这部小说，也不懂，但就这样参加了。我们抽了几个人参加批判,宿舍在西南校门附近的 40 楼里,常在宿舍里开会。平时我的发言虽然是瞎批判,但还能归纳出几点,他们觉得我脑子比较清楚,就让我参加写批判《红与黑》的文章,命题作文。这件事夏玫带头,具体是我们写。我负责撰写和修改有关《红与黑》的历史背景,放在《红与黑》那个小册子的开篇,《光明日报》登了文章摘要。那篇东西现在还可以看,因为就是介绍历史背景,没什么大错。最后让我统稿,夏玫提出意见,我再修改,通过之后出书。

当时法语分成两个班,三十几个人,高中毕业生和调干生都有。有人都 30 岁左右了,经历蛮丰富,但是年纪大了,学习不如我们好。我们班写完批判文章,系里就知道我们写作能力不错。三年级我们在十三陵的泰陵下乡半年,系主任冯至和我们"同吃同住同劳动"。教授里有盛澄华,他和学生能打成一片,我们觉得他是老教授,其实也就 50 岁左右。1960 年是三年困难时期,我们去的地方种柿子和花生,有的柿子先成熟,不吃就烂了,我们学生用竹竿把大红柿子弄下来,太红的就烂掉了。劳动休息时吃柿子。花生也是一边挖一边吃,没人管学生。冯至他们是不吃的。虽然三年困难时期很艰苦,但是可能有柿子和花生垫底,回来后大多数人都没有浮肿,学校里学生浮肿的就多了。

学法语三年级是关键时期,我们二年级丢掉半年,是很不好的。1961 年,钱拉·菲利普主演的电影《红与黑》放映了。我发动另外三个同学一起写了篇八千多字的评论寄到《中国电影》,当时的权威罗大冈看了批准发表,《中国电影》就刊登了那篇文章。文章对电影进行了总体评价,比较了电影与小说,很有学术性,写得也比较生动。黄晋凯也是作者之一。后来大批判的时候,在全系大会上读我们班的稿子。黄晋凯普通话好,由他来读。一、二年级我在校刊当记者,其实我性格不太活跃,并不适合当记者。我一般不采访,只写文化生活方面的稿子,发表的文章不少。中文系有的人反倒不善采访,主编就让我主笔,还发表在头版头条。我干了一年,回来后主编写信表扬我,系里也了解我的情况。我那时候当了班长,宣委和组委都做过。也是很巧,毕业那年外文所招研究生,齐香老师就推荐了我。还有两个人想报名,一个是张英伦,他法文不错;一个是李宝源,跟我关系蛮好,也是我们四个文章作者之一,但他考得不理想。我和张英伦考上了。当时我和搞美国文学的董衡巽都单身,住一个宿舍。那时法国文学方面就两个导师,我喜欢古典文学,就跟李健吾。张英伦跟罗大冈。卞之琳是西方组组长,说年轻人当代的东西也要搞。社科院有本内刊,发表编译的东西,我们参加了编译。那时候在文学所,一面念书一面做这些事情。

问:您在北大读书期间都上过哪些老师的课?

答:一到三年级是齐香教精读课,桂裕芳和张冠尧是助教。四、五年级都是郭麟阁老师教精读课。文学史老师是吴达元和闻家驷。吴达元讲前面一段,讲到18世纪末博马舍。闻家驷从19世纪开始,主要讲19世纪,20世纪换成盖家常和一个郭老师合讲,讲过几节阿拉贡什么的。他们俩当时是文学方向在读研究生,一个跟着吴达元,一个跟着闻家驷。花两年时间学文学史恐怕国内是绝无仅有,却给我们学生打下了非常坚实的文学基础。我认为这是北大超越其他学校的教学课程,但偏偏是今日国内外语院系最成问题的课程,因为所谓的文学课其实仍然是语言课,老师是在讲解语言难点,而不是讲文学。中国文学史、语言语法作文都是中文系上。其他外语专业的老师也给我们上课。就是这样一个结构。北大的课程安排极好,中国文学史课不管怎么简单,就是不一样,现在的学校哪儿有啊。古汉语课也有,但是很简短,一年还是半年我记不住了。欧洲文学史课别的学校没有,是北大特色。也上过法国史,是历史系留苏回国的老师上,他们在苏联学的法国史。历史课不是太有趣,比较差一点,因为是年轻老师或者助教上,他们对法国史没有很多见解。张芝联已经是大教授了,只给历史系上课,不教我们。应该说给我们上课的都是最好的老师了。齐先生、郭麟阁先生都是中法大学留法的,这两个老师很棒的。这些老师都很优秀。齐香教学很好,郭先生有时候会请我们去对面吃锅贴,他自己很喜欢吃,然后给我们讲自己的经历,很有意思。他喜欢讲法语,整天背法语。

问:毕业后您就去了社科院外文所?

答:当时还叫文学所,1964年另建外文所。我去的是西方组,卞之琳是组长,法语有罗大冈老师,他1953年就去了,后来基本上就待在那里,不再回原单位北大西语系了。我去那儿以后反而没有机会写东西了,就是搞些翻译。有一本新办的刊物叫《现代文艺理论译丛》,由陈燊主持,还有郭家申,他们两个都是俄文的。我们找到合适的文章,比如阿拉贡的,翻译出来就登了,等于练笔。因为阿拉贡也是理论家,他写的东西不错,他也用历史唯物主义写东西,跟我们比较接近,很多东西现在看起来还是不错。包括加罗蒂,他的《无边的现实主义》很有名,现在也影响很大。但是那时候都作为反面教材来介绍。

问:当时外文所的导师是怎样指导研究生的学业呢?

答:外文所带研究生就是放羊,基本不管,开个书单让你去看,我们法文水平有限,哪看得完啊,《新爱洛依丝》你看得完么?只能看中文。哲学课就只听了艾思奇的一次讲座。最后每个人写了一篇文章交给副所长毛星审阅。英文请董衡巽上课。三年就这么走过来。我们是第一届研究生。当时的研究生也没几个人，有我、张英伦，还有高秋福，他是卞之琳的研究生，比我们低一届，后来是新华社的副社长。和我同届的还有唐弢招的两个，后来还有蔡仪的学生。那时候文学所的新人不是来自北大就是来自复旦，四川大学有几个，因为所长何其芳是四川人。其他学校的人是"文革"后才来的。研究生一共就招了七个人，"文革"前就这个状况。我们是文学所第一届，"文革"以前法语就不招了，"文革"后才招。当时的观念不一样，是带完一届再招第二届，他们只是开书目让我们看，也不怎么理我们，毕业写个论文就完了。我的毕业论文写的是福楼拜。学了三年，感觉没有入门，又有点像入了门。

进入"文革"后才成熟起来。"文革"之前我参加过两次"四清"，一次在通县，第二次是到安徽寿县。那里有个小村子，冯至、叶水夫他们都去了。干了大概八九个月，一开始还跟当地人同吃，后来撤出来自己吃了，冯至怎么能吃这个？那次是地委宣传部长跟我们去的，他们就派大师傅来做好吃的。通县生活水平不太差，有时候还给我们吃面条、烙饼、饺子都有的。我们给他们粮票，三毛钱。两期回来后就投入"文革"了。开始几年社科院闹得很凶，说是学校厉害，其实最厉害的都在社科院，那里有的是笔杆子，还有王、关、戚（王力、关锋、戚本禹）手下的人。比较厉害的是哲学所、历史所和文学所，这几个所笔杆子硬，比我们外语专业要硬。军宣队进驻以后连锅端，整个学部都搬到河南信阳息县，劳动半年，然后搞运动。林彪出事后，过段时间就回京了，那是一个转折点。

回来以后我们彻底轻松了，运动不搞了，我们这些学部的人就搞学术研究了。柳鸣九出主意说要写文学史，我和张英伦参加，那是 1970、1971 年。我们这个文学史是最早搞的，1979 年就出了，很厚的一本。柳鸣九比我们年纪大，也比我们有经验。他是 1953—1957 那一届的，和罗新璋是同学，他们那一届出了不少人才，"文革"前北大法语专业有两个班级比较突出，一个是 53 级，一个是我们 57 级。柳鸣九能写，写得早，也比我们写得多。冯至专门指导我们写法国文学史，我们把大纲拿出来一起讨论，也征求过罗大冈的意见。写得长同柳鸣九也有关，他不愿意写成小简史，要写大，不长不过瘾，我们就跟着写长了。柳鸣九主要写 18 世纪，我主要写 16、17 世纪。当时我们计划写两卷，写到 1917 年十月革命。现在这部书也只到 1917 年，分成三卷了，因为 19 世纪以后比较厚，就分成两卷了。

问：你们写文学史具体是怎么分工的呢？

答：我负责写中世纪至 17 世纪。金志平也参加了。中世纪有些部分不是我写的，中世纪张英伦也参加了，后来也是我修改的。柳鸣九 18 世纪写得特长，不成比例。他文笔好,一写就洋洋洒洒。篇幅长,自然也充分。第二卷也分工,当时我负责福楼拜、巴尔扎克、夏多布里昂和斯达尔夫人;柳鸣九写左拉、司汤达、雨果还有乔治·桑;张英伦写巴黎公社文学;后来郭宏安加入,负责诗歌,写了波德莱尔。主要部分就是司汤达、雨果、巴尔扎克、福楼拜、左拉,这几章写好就基本站住了。我写巴尔扎克,草稿出来后他们觉得还可以,给罗大冈和卞之琳过目。罗大冈专门给我来过信,卞之琳对巴尔扎克有研究,说我材料蛮丰富的。福楼拜研究得少,写得不理想。为什么巴尔扎克部分我写得还可以呢?我很早就开始看法文版《人间喜剧》,百分之九十都读完了,而且都做了很详细的笔记。我那时候有闲工夫,就一本接一本看,现在这样做很困难了。所以我那篇东西的主要部分发表了,还蛮受注意的。我的文章分两部分写,一部分是巴尔扎克的世界观,另一部分是他的艺术成就。投稿后,上海《文艺论丛》说我在艺术方面只写了三千字,过于简单。后来我扩充到八千字。我谈的那些问题可以说人家没有谈过。以前研究巴尔扎克就是思想、人物、历史价值,不分析艺术,我写到八千字应该说还是比较充分深入,是第一次写得那么长,算是自己比较满意的部分。

写完这个部分,我已经掌握了写作技巧。"文革"中我基本通读了巴尔扎克法文原著,很多作品虽然没有翻译过来,我也都知道好坏。1978年《世界文学》要复刊,我给他们一篇作品,说是还不错,没人译过。他们也发了一篇巴尔扎克的作品,那篇是马克思赞扬过的,不过没有我这个好看。《世界文学》复刊是要求蛮高的,外文所有个习惯,好稿子大家都传着看,我这篇稿子都被人看烂了。叶水夫是负责人,有一天指着稿子对我说,克鲁这是你的。陈燊说:"克鲁,你这是意译吧?"我说我译得还蛮忠实的。这就是那篇《长寿药水》。这是我第一次正经翻译小说。后来我继续翻译巴尔扎克,又译了 Le chef-d'œuvre inconnu,我翻成《不为人知的杰作》,当时我并不清楚新中国成立前有人翻译过。

辽宁文艺出版社来人找我,问我有没有译作,我说有《不为人知的杰作》和一个中篇,他们就都要了。之后,辽宁文艺出版社来找我,我提出可以办一期外国文学专刊,他们说好,我就办了一期《春风丛刊》。后来我去辽宁开会,建议给他们办译丛,就是《春风译丛》。《春风译丛》虽然有五六个来自外文所的编委,其实都是我一个人看稿。它属于辽宁文艺出版社,后来的春风文艺出版社。办了好几期,每本都印五万册以上,我既是主编,也是唯一编辑。我审完稿寄出去,校样做好后寄回来,我看完再寄回去。我有一个编辑部,编辑费寄过来后,六个编委六家人开两桌吃饭。那是1980年,孩子们都没吃过,很开心的。

后来1980年底,广西漓江出版社的刘硕良问我有没有稿子,我说有一篇《家族复仇》和一个短篇,他说不够,我就赶译了几篇给他。当时罗大冈推荐亚丁来找我,我就把他译的《巴黎的忧郁》也寄给刘硕良,亚丁翻译得不错,也出版了。后来我这边稿子用不完,除了法语,也有其他语种的,我一个星期去一两次外文所组稿,稿源比较丰富。我就问刘硕良要不要出译丛。以我这边的稿子为主,刘硕良自己也有稿子要加进去,那时候外国文学很受欢迎,出书容易。上海文艺出版社有我一个要好的同学,叫金子信,"文革"后编过三本《外国短篇小说选》,全是精华,影响很大。他经常到我那儿去,我们一聊就聊一个通宵。我们商量出诺贝尔文学奖丛书,他往上报选题。译文社听说这件事,说这是他们的出书范围,打报告给上海市宣传部,不让出。没办法,我就打电话问刘硕良,他请我们去南宁,和漓江出版社签下了协议,那是1980年下半年。我请冯至先生给我的论文集题字,他问我为什么,我回答说,您是所长嘛。冯先生其实很乐意给我题字,因为他很欣赏我写的巴尔扎克,还把打印稿要去一份。据说冯先生在外文所会议上还表扬过我,说我很快就出论文集了,二十几万字。但是1981年我去了法国,事情就坏了。上海文艺出版社规定,编辑不能在外面搞书,金子信就不敢署名。很奇怪他没有用笔名,也不让我署。我1983年回国后发现没有编者署名。1984年我去武汉,1986年在烟台开外国文学年会,刘硕良和一个副社长去了,找我谈判,说这套丛书就给刘硕良和社里了,译丛给我行不行。说实话武汉的环境不适合搞这种东西,出书这些事也就告一段落了。

问:当时您为什么去武汉呢?您从北京去了武汉,从写书译书的外文所学者转变成教书带学生的大学教授、系主任。在您主持武汉大学法语系工作期间,与法国大学开展了全方位合作,开办了著名的"中法文学博士预备班",目前国内大学法语系许多中年教师骨干当时都在预备班学习过,大多数后来都在法国读了博士回来。

答:我回来之前,武汉大学的法国人就撤走了。当时那里的人思想还比较闭塞,也缺人,只有叶汝琏是不够的。当地还有江伙生,两个法语副教授,另有一个搞法律的老教授。法国要帮中国建法国文化研究中心和一个杂志,设在上海和南京,政府都不同意,到武汉办就同意了。最早的研究中心设在了武大,把外地一些教授、副教授拉过去。后来法国人撤走了,校长刘道玉很着急。他是一个很开放的校长,特地去北京找我。当时张保庆是教育部西欧处的处长,我去巴黎的时候他当二秘,对我特别优待,也是他介绍我认识了刘道玉。当时我还是有些东西的,已经出版了《法国文学论集》。除了论文集,1979年出版了文学史,编过译丛,编了诺贝尔文学奖丛书,但是没署名,成果还是丰富的。刘道玉请我去武汉大学当系主任,同时兼任所长,后来就过去了。我1984年7月去武大,1985年1月左右和校长一起去了法国,和法国人签订协议,确定了武大法语系、数学系和法方的密切关系,他们派一个教师团来,组长是副教授,这个很少见,因为他们的教授、副教授不会常年出去。法方教师团由一个副教授带队,向全国招聘,法方还送给我们 10 万法郎的书,一年还有很多出国名额,法语系和数学系的年轻教师出去不少。后来进一步发展,我们两个系办了博士预备班。1986 年开始招第一届,户思社、王论跃,包括华师大的一个杨姓学生,复旦毕业的,他们都是第一届的,其他人我记不住了。博士预备班很好,后来不知为什么没延续下去,很可惜。我把这事办起来后,1987 年 7 月份我走了。这件事对中国法语学科建设影响很大,从此武汉法语学科也出名了。法国人有很多投入,法国汽车厂后来也建在湖北。武大后来藏书很丰富,也培养了一批人。最初的专家叫什么想不起来了,第二个是雅克·乃夫(Jacques Neefs),法国专家在师资方面发挥了很大作用,把法国那套教学基本上搬过来了,培养出来的学生底子绝对好,中国一般培养不出来。他们平常有三个常驻专家,有时候来三个短期的,上一个学期的课,培养很严格。我在武汉三年,1984 年到 1987 年。后来我就回到了上海。

问:从北京的社科院外文所到武汉大学法语系,算是第一次迁徙;从武汉大学又来到上海师范大学,算是第二次迁徙,并且不只是迁徙,也是一次转型,您进入了另一个专业领域:中文系背景下的外国文学研究。这一切是怎么发生的呢?

答:我先写信给复旦大学校长谢希德,她回信说欢迎我去,但是进户口难,只能先进我一个,我夫人要晚点进,我夫人不同意,没办法,就放弃了。后来我听吴元迈说朱雯要人,我就写信问要不要,他说要。我就跟刘道玉磨了一年,后来张保庆也劝他放我走吧,刘道玉才同意。当时他们没想到我会走,因为我 2 月份刚得到法国文化教育一级勋章,我不是干得不好,是在上升期走掉了。我之所以离开,除了因为夫人待不惯,也因为我总觉得武汉大学的环境同北京的社科院不能比。回上海前,华师大的何敬业热情邀请我去华师大;但调令都来了,我觉得不大好,就没去,还是到了上海师大,进了文学研究所,1987 年以来一直在上海师大。他们让我当文学研究所所长,这个研究所后来和中文系合并,我就成了中文系系主任,从 1992 年到 1996 年干了四年多。当时文学研究所是独立的,没多少人,很小的一个单位。

我们这里一个研究文艺理论的老师去山东开会,碰到教育部的徐挥。他在北大念的研究生,读过我参编的四大卷现代派作品选。那时候是 1992 年,徐挥跑到我家来,请我把全国的外国文学史教学大纲改写一下。我组织了一帮人,包括蒋承勇,搞了两年教育大纲。以前有一本是华中师范大学出的,这个大纲是针对中文系的。因为我是中文系主任,他们不把我看成搞法国文学的,而是看成搞外国文学的,我转型了嘛。我们蛮慎重,在台州那边开研讨会,把全国知名教授都请去讨论、修改,最后出版了大纲。

后来徐挥又找我,要我重写一本《外国文学史》。我就在全国组织作者。当时最有名的一套是人大和南开的,用了很多年,写得不错。我参考了一下,总结他们的优点,提出了自己的想法。撰稿人主要来自校外。这跟当年在外文所组稿很像,谁对这个作家有研究,我就找他写。因为我和外文所熟,能把外文所的专家都拉过来。外文所少数语种多,其他地方没有,有些小语种专家写文章可能不如中文系教师写得充分,但是第一手材料丰富可信,比如意大利语专家吕同六,谁能和他比呢。这件事我做了四五年。我提出不能直接用上课的讲稿,而是按我的要求分两部分写,第一部分是生平与创作,第二部分是代表作分析。生平与创作部分我要求的同别人不一样,不是仅仅从头到尾地讲一遍,而是要概括出作家的思想特点和艺术成就,总结出三四条;艺术成就也要总结出三四条。每条不能蜻蜓点水式的,说这个人手法生动细腻还不行,怎么生动怎么细腻要写出来,一个特点起码写三四百字。因为我写过文学史,知道该怎么写。一般人不注意这些问题,我写文学史的时候都专门考虑过。当时那么多人写莎士比亚、托尔斯泰,但我找不出完全符合这个标准的文章。我请人写,然后自己做些修改。文学史具体篇章编写不署名,我在编委和编写人员名单中标明撰稿人来自哪个学校,但不具体说明每个人负责哪个部分。对外文所的专家一般人不敢批,怕批错人。作品分析也要充分,两三千字讲不透,我要求五千字以上,要讲透彻。同样也要讲清楚思想内容和艺术特点。而且,除了每章开头的概述之外,第一编至18世纪,第二编19世纪,第三编20世纪和东方部分都各写一篇导论。导论充分吸取了大家的意见,用一条线把整部文学史串起来。我们这套书出版后,印数迅速上升,读者反映很好,觉得信息量大。我们这套书稍微厚了一点,最初近八十万字,后来增加到九十万字,分成两册。如果修改的话还是要压缩一下。应该说我的名字为人所知主要靠这本书,不是靠别的。我有些研究法国文学方面的书大家都不知道,因为销售量小。这套书的销量是每年六到八万套,有些省份基本就用它作教材。这套书后来得了全国教材奖。

问:也就是说,您来到上海师大中文系之后,翻译、研究和教材编撰都同时进行?

答:其实我在中文系有很大发展。我来之前中文系在走下坡路,以前的名教授退休了。第二年文科基地的事情来了,当年评审下来我们全国第二名,仅次于杭州大学。地方院校里排名第二,教育部奇怪了,专门来学校看看,我们到底行不行。我们当时十几个教授,不管你什么水平,没有教授搞专业行吗?我当时搞两件事,一个是创收,一个是学科建设。开会讨论创收是从我开始的。学科建设方面,建立博士点、硕士点很关键。后来一级学科我们有了,我们上师大最强的是这里,中文系有些名气,出了一大批人,一般都知道的。我到年龄后,去图书馆了。1996—1999 年我当图书馆馆长,实际管的时间很短,原来有个副馆长,都是他管,后来他退休了,我才具体管,引进新思路。现在我退休了,因为我研究生没带完,所以还留在这儿,这是我的办公室。虽然我当行政领导,但是我没有放弃研究和翻译,时间抓得较紧,所以不断有成果出版。随着《外国文学史》的出版,我在外国文学方面的成果也在增加。

问:您到这里之后的个人研究翻译工作进展如何?除了主持中文系和外国文学史编写工作,还有时间从事原来的专业法国文学的翻译和研究吧?

答:我到这里来仍然搞自己的东西。我翻译了很多作品,有的是来之前翻译完的,比如《蒂博一家》《康素爱萝》。《康素爱萝》是我和金志平合译的,我译了约40 万字,他译了 30 余万字。《蒂博一家》有 130 万字,我有点后悔不该翻译这么厚的书,有点浪费精力,主要是这本书价值不够,不是一流作品。到这里之后,中文系请我给学生开选修课,我就开了法国诗歌欣赏。以前我搞小说,诗歌不太熟悉,翻译过几首诗,但没有掌握窍门。后来去法国发现诗歌好,就有意搜集诗选,准备回来后翻译。正好要讲课写讲稿,我写了评论维庸的《绞刑犯谣曲》,八九千字,正好一次课讲完。还讲了龙沙的爱情诗,根据自己的分析把它分成三个阶段、三种类型。还有杜贝莱,我觉得他的诗写得好,甚至有些超过龙沙。我先把诗歌翻译过来再在中文系讲解这个诗人。我把法国最著名的诗人几乎都研究过了,陆续在《名作欣赏》上发表了八九篇文章。我假期有两个月时间准备,因有积累,一边写一边讲,来得及。译完诗歌我就给译文出版社,译了大概一万行。出版社觉得这个诗选太长,就分为两本,《法国爱情诗选》和《法国抒情诗选》。1990 年译文出版社总共出了五六本书,我一下占了四本书。我到外文所去,谭立德说,出版社是你开的吧,怎么老出你的书啊。我这个诗选出版经历了很多曲折,给过安徽文艺出版社和辽宁文艺出版社,都没有出,后来楚尘给我出了。他爱好诗歌,熟悉、喜欢法国文学。后来我申请到社科项目,就写了《法国诗歌史》,其中大部分章节都在刊物上发表了。这本书 1994 年出版,好像还得到了好评,搞诗歌的人觉得不错。接下来又申请了一个项目。我在武大曾申请了《20 世纪法国文学史》,离开武大后,因为教育部不给我经费了,我就算了。后来我写《现代法国小说史》,时间比较充裕,因为中文系主任不当了,图书馆管理起来还是比较自由的。到现在人家还说我是解放后最好的馆长之一。其实我花力气不多,大部分时间在家里写诗歌史,后来写《现代法国小说史》,有 67 万字,比较长,每一章写得还算充分。我和人家不一样,写大作家不是罗列作品,觉得那样是无限制的,没必要。我是概括这个作家写过什么,创作哪些方面的作品,主题分类,艺术成就也分类,这样一般万把字就写出来了。比如说尤瑟纳尔,我就评她的历史小说,重点评一两部,然后总述她的历史小说怎么写。那是能单独发表的论文。

问:可不可以这样认为,您是用文学批评的方法写文学史。

答:法国人写文学史都是这样的,没有人一本本罗列作品。比如纪德,卷帙浩繁,没法一本本谈。像我这样写纪德,都要两万多字。这样做有优点,虽然有时候有些作品评论得不够细致,但这是文学史啊。我这是新写法,和柳鸣九有所不同。那本文学史我写了巴尔扎克的五本小说,《欧仁妮·葛朗台》《高老头》《幻灭》等。这是一种写文学史的不同方法。

问:您直接参与了法国文学史和外国文学史的编写工作,后来又独自撰写了法国文学史和诗歌史,经验丰富。您对我国文学史的整体写作有什么看法和判断呢?另外,文学史都是前人写过了的,我们应该借鉴参考到什么程度呢?

答:我写的时候基本上很少参考国内发表的教材和文章,我有我的观点。但是体例方面是参考的,人大编的那本我觉得体例基本正确。文学史中巴尔扎克是比较重要的部分,我研究的也比较多。开会的时候,我把自己的样稿拿给大家看,一篇是概述的样品,一篇是作家评论的样品,大家看了都信服。主编有没有资格和能力,就靠这个。巴尔扎克我以前写过,又增加一些东西,给他的篇幅比较多,生平部分一万字,作品五千字。好在《高老头》比较短,四五千字也够用了,不过即使评论《高老头》,我也有新观点。当然,有些观点是大同小异的,对于资产阶级、没落贵族,这些肯定要写。但是我对《人间喜剧》的内容,尤其是艺术方面的分析比较独到。比如我提到他对吝啬的描写很细致,每个人物的描写都不雷同。再比如伏脱冷外形描写很突出,我引用两三百字的原文举例说明,这样能让读者印象深刻。写拉斯蒂涅克是写他的心理发展过程,所以说,《高老头》的艺术特点我也写了一千多字。

问:但是涉及选择和取舍怎么办?80年代法国新小说代表作家罗伯-格里耶来华访问,北大接待,当时郭麟阁先生在座,他编写过《法国文学史》。罗伯-格里耶讲完话之后,郭先生对他说:虽然你的新小说主张有些新意,但我还是不喜欢你们的作品,我的文学史给了巴尔扎克二十页,给你两页都不到。如此看来,文学史的取舍选择和编者本人的倾向有关系,比如郭先生肯定不喜欢现代新小说这样的东西。您是如何取舍的?

答：首先确定作家，比如我确定了60个，托尔斯泰、高尔基、歌德、巴尔扎克这样的一流作家，每人一万五千字，二流作家一万字，三流作家七八千字，最差的五六千字。现代派作家有这个问题，当时的形势还是对现代派有些看法的。我们那本书里涉猎已算比较多，选了象征派、意识流、存在主义、荒诞派等，但是没有新小说。为什么不要新小说？原因是外国文学史面对的读者是中文系学生，他们文艺理论水平和鉴赏力都高。如果每个作家都蜻蜓点水式地介绍，读者就会否定这个文学史的价值。新小说既不好读也不好评，罗伯-格里耶可能还好写点，但是也没有多少话好说。除了新小说，超现实主义也没有选，这显然很不对，但也是无奈之举。因为你不知道该选谁。你选布勒东的哪部作品？诗歌显然不合适，三四首足矣，也没什么好读的。艾吕雅的作品稍微多点，只能给法语学生讲。

我在武大的时候，邓永忠受到我的启发，写了篇关于《自由》那首诗的文章在《法国研究》发表。我是怎么分析《自由》的呢？我说，艾吕雅是超现实主义出身，后来转到社会主义现实主义，但是他的创作手法没有变，他的《自由》就是这样的写法。因为超现实主义就是意象的堆积，意象有理性的和非理性的，把二者结合在一起，这完全是超现实主义的写作手法。有些根本无法理解，虚无缥缈的东西，现实的和非现实的结合在一起，都是意象，这是超现实特点。艾吕雅可读性强一点，但不大好讲，《娜嘉》也蛮难懂，还有阿拉贡……总而言之不大好选。以前都讲阿拉贡的《共产党人》，到今天还有人称赞，其实那是他的失败之作。阿拉贡的诗歌很丰富，可是后来的小说用现代手法，非常艰涩，就无人评议了。其实他后期的小说有地位，前期的超现实主义作品比较简单，后期的比较复杂。

问：关于您的翻译，据说您比较满意的是《茶花女》？

答：不是我满意，是有人说比较好。许钧的博士生袁莉的毕业论文是比较《茶花女》译本，她认为我译得比较好。可能我的比其他版本要强一点，以前比较好的是王振孙的译本。当初译林出版社前任总编李景端请我重译《茶花女》，我同意了。我其实不太好意思，因为王振孙译过的，但是编辑让我译就译了。

问：您对名著重译怎么看？还有您自己翻译的时候注重什么翻译技巧？您似乎比较强调传神。

答：重译可以，有时候甚至是必须的。最初的译本总有不完善的地方，即使像傅雷这样好的译者，也有完善的空间。傅雷的东西我也重译过，发现他也有错。当然了，他的《高老头》译的是好。北京国际关系学院郑永慧写文章说，傅雷译的《卡门》有五十多个错。我觉得错肯定很多，但五十多处也未必，因为有些地方理解不同，毕竟历史也不同嘛。他早期的译文有点佶屈聱牙，成熟期可能是在《高老头》《欧也妮·葛朗台》之后，他掌握了翻译的窍门。但即便是傅雷翻译过的也还是可以重译，因为翻译技巧是无止境的，很难说有最好的译文。包括《红与黑》，有这么多译本。我原来教翻译课，选择伽利玛出版社的法文选本，节选重要段落，然后找比较有名的译本，放在那里给学生看，好坏一目了然，不是成心给人出洋相，的确有优劣之分，有的是后来译本好，有的不一定。比如《红与黑》就是张冠尧的译本比较好，缺点是过分意译，看到一句话马上用中国成语，我觉得好像不需要，过头了。不过这也是一种风格，看起来比较舒服。所以我编纂作品选的时候，有人向我推荐他的译本，我买来看，觉得是比较好。在尊重原文的基础上，汉化程度比较高，读起来会比较舒服，对普通读者尤其如此。其实有时候也不必过分，还是要忠实一些，比较类似的时候可以用中国的成语，但总归有差异。我觉得成语可以用，有时候能用得很好，但是不要大胆过头了。所以说重译可以，也有必要。

像诗歌，一个人译一个样子，基本上不可能重复。如果追求押韵方式相同的话译文更会不同。我主张诗歌翻译要注意介绍原文的形式，也就是要按原诗的押韵方式来押韵，例如十四行诗，押韵很严格，同时又多变，如果按中国诗歌的方式一韵到底，或者二、四句押韵，岂不是忽略了十四行诗的特点了吗。但是难点也就在这里，比如有一种十四行诗的前八句押韵方式相同，是按 abba，abba 的方式押韵的，你若按此方式押韵，就颇费周折。当然，我偶尔也有一两首诗译成一韵押到底，如《鸟儿的死》原诗无韵，如果也译成无韵，一点诗味也没有。译成一韵押到底却有点诗味。别人选诗，偏偏选中这一首。亚历山大体是 12 音节，有一种译法是用 12 个汉字来译，我赞成这种译法，因为字数少了无法译出来，譬如几个人名凑在一行里就不好办了。字数多了则会显得不精练，用 14 个字吧，是否会令人感到是两行诗呢？不过，12 个字是不是仍然多了？我偶尔用 10 个字去译，效果也不错。

至于小说翻译，问题同样复杂。简而言之，我主张带点外国味，虽然全盘汉化自有其优点。可是，今天的年轻人早已习惯欧化句子，外文也有很大提高，我觉得带点洋味也未尝不可，他们喜欢这样的译法，觉得能看出原著的特点。从《红与黑》的民意调查结果便可以看到这一点。郝运的译文保存不少欧化句子，却被评为第一名，而讲求汉化的译本并未受捧，不是很说明问题吗？这同样是一种介绍外国语言特点的方法，且有助于提高汉语的表达方法。须知汉语具有很强的吸收能力。况且保存一点外语句式也能反映外国小说的韵味和特色。

问：有机会请教过张冠尧先生为何重译巴尔扎克，他说不同时代的读者对语言有不同的要求，傅雷是给五六十年代的读者译的，新时代的读者有新的语言习惯和阅读习惯。

答：完全对。青年作家觉得傅雷的语言老，这是可以理解的。现在我翻译的时候，词汇都尽量用现代的，青年读者会接受，但有些词我还是有些犹豫不决。比如"给力"，我觉得我还没掌握住，所以没敢用；"立马"就用了，因为我认为主要是给年轻人看的，年轻人哪一个不说"立马"的？我敢用，是要跟上时代发展，语言变化很大，喜欢说"立马"的人不喜欢你说"马上"。其实傅雷用了很多口语化的词，我很吃惊，普通话口语化的词用了很多，这个东西有用的。所以翻译时我觉得不用这些词不行，就会显得过时。不跟上时代会有问题。

问：您翻译的选题一般怎么来的？《茶花女》是出版社约稿，《第二性》和《蒂博一家》也是吗？

答：《蒂博一家》是诺贝尔文学奖丛书需要，他们就请我译。说实话我也没读过，但知道它挺有名，就译了。《第二性》也是上海译文出版社约稿。"杜拉斯系列"让我翻译一本，我不译，因为杜拉斯就《情人》还可以，其他我觉得都不行。人民文学出版社让我译当代作品，我说不译，年纪大了，时间宝贵，当代作品一般未经过时间考验。

上海译文的周冉问我《第二性》译不译，我说可以。尽管书很厚，但我知道这本书好，经典啊，是波伏瓦最重要的作品，她的小说没那么重要。在我翻译的作品中这本书分量也很重，是一个很严肃的作品。写译本序的时候，我想参考人家的观点，看女性主义这方面怎么说。看了半天，发现人家说的都不行啊，跟这本书没法比。后期女性主义者都无法超越这本书，顶多某些部分写得更详细，比如妇女运动发展史，也就这样了。波伏瓦写几万字就够了，后人写几十万字也就是细一点而已，没有人超过她。她涉及的方面太多了，她的学识你怎么超过？她从小是优才生，从18岁左右开始考虑这个问题，在写作方面积累材料，很深刻，你很难超过她。以前的译本最好的是陶铁柱从英文译的，他的译本删掉了十分之一，但不是他删的。英文译者直接删掉十分之一，他又从英文直接译过来，所以英文的东西不能相信。

《基度山恩仇记》是我最早提出重译的，因为那本书删掉好多内容。他们那边好像就有这样的习惯。但他们也有成功的例子，比如有很多改编的诗歌。我知道英文译本不可靠，他们肯定有删节。所以尽管《第二性》难译，我还是接受了,我觉得很重要,恐怕以后很少有这样的作品给我译了。这是头一次有人从法文原版翻译这本书。

问:您的研究计划中有普鲁斯特评传,能给我们透露一下吗?

答:其实基本上已经写好了。一开始研究普鲁斯特也是因为讲课,我想讲普鲁斯特的意识流。我知道法国人不提意识流这个词,但我还是比较赞同英美人观点,说意识流是对的,它不是停留在心理分析层次,要高得多,用心理分析这个词是不够的。我分成五点讲,然后写成文字发表了。这是第一次。第二次外文所在扬州开年会,我参加了,我想谈风格,普鲁斯特风格最有名。我也参考了法国人的说法,但除了长句,他还有其他手法,比如连续使用形容词,长句的重点落在中心,等等,法国人都谈过,我把二者糅合起来写,他们看了也觉得可以,就发表了。还有一篇是一两年前发表的,谈他的美学思想,后来演变为另一篇文章叫《普鲁斯特的小说理论》,国内没什么人谈。我在学报上发表,以后人大复印资料和高等院校文摘都转载了,大家还比较感兴趣。因为普鲁斯特有名,但小说理论大家都不熟悉,觉得重要。我对他小说理论的评价有些是取自外国人的,但是也有我自己的观点。比如我分析他的哲学思想是客观唯心主义,尽管他是意识流作家,但他不是主观唯心主义,他也重视物质的,不仅仅是心灵的。恐怕法国人也没有这么分析他,至少我没有看到过,这可能是我的新创造。比较骨干的是这几篇,有些文章我知道还不太够分量,叙述方面我也写了一篇,不是很理想,但是太好的也提不出什么了。最主要的东西都有了,可以说比较学术性,这几方面别人还没有写过。最后成书的名字还没有定,我觉得薄了一点,放在那里不出,因为我想总有地方要。我给了北大出版社张雅秋两本书,《法国文学史教程》早出了,《20世纪欧美文学史》到现在还没出呢。说实在的,关于普鲁斯特,研究的人很多,但要写出一本书来还不容易,因为他的作品不多,《追忆似水年华》不好研究,不像巴尔扎克的作品多,很容易写出二三十万字的著作。

问:请您最后给我们谈一谈您对青年一代的希望和期待吧。

答:搞法国文学的人少了一些。现在法语系学生很少考研,可能是因为工作好找。笔译收入低,谁愿意做呢?我们现在翻译完全不是为了稿费,光靠稿费活不了。研究也很难,一个月未必写出来一篇论文。很多人翻译一次就不干了。花力气不小,稿费那么低,出书也不那么容易,这是一个大问题。博士生可能好一些,招博士生的越来越多,以前招博士生那么少,机会太少,好学生都不想来考了。北大好点。搞研究很难,都是一步步走过来的,我是先搞文学史,到五六十岁再发力,有积累了,敢写了。年轻人怎么写?没法写。不过肯定还是会有人继续搞的,不用担心。

访谈时间: 2011 年 10 月 13 日 14 时 30 分—17 时
访谈地点: 上海师范大学文苑楼 1401 室
访 谈 人: 王东亮、罗湉、史阳

译文社的成长和担当
——杨心慈先生访谈录

  杨心慈,编审,1945年11月生于上海,1967年毕业于军事院校英语专业。1968年12月复员,1975年从工厂调入当时的上海人民出版社编译室,开始从事编辑工作。1978年1月转入上海译文出版社文学编辑室。1978年5月至1992年,任上海译文出版社《外国文艺》编辑室英文文学编辑,担任过室主任助理、室主任。1992年至2004年分别担任上海译文出版社副总编、副社长、社长和上海世纪出版集团译文出版社副总编。译作有:《冤家,一个爱情故事》《什么是我的》《啊,拓荒者》《汤姆叔叔的小屋》《铁皮樵夫》《上当的情人》等等。其中《啊,拓荒者》获第二届全国优秀外国文学三等奖;短篇小说《砰、砰,你死了》获首届戈宝权文学翻译奖三等奖。2009年获上海版协颁发的"资深翻译出版人奖"。

采访人(问):杨老师,您好,非常感谢您接受我们的采访。您长期任职于上海译文出版社、《外国文艺》杂志,并在担任副总编、社长期间主持过外国文学翻译出版方面的重要工作。可否请您从个人经历开始,给我们介绍一下相关的情况?

杨心慈(答):我个人的经历很简单,我大学读的是外语,1967年毕业,然后到工厂锻炼,接受再教育。1975年调入出版社,当时叫上海人民出版社编译室。后来从老同志处了解到,"编译室"和时属人民出版社的其他"编辑室",如少儿编辑室、教育编辑室等不同,其他"编辑室"在"文革"前都是独立的出版社。少儿编辑室是少儿出版社,教育编辑室是教育出版社,而编译室是个新单位,是由"文革"中干校的翻译连演变而来的。翻译连大概成立于70年代初,由干校各单位中懂外文和从事译文编辑工作的同志组成。"文革"后,出版局恢复工作,各"编辑室"相继恢复原来的出版社。"编译室"也保留下来,转成独立的出版社了,就是译文出版社。我在译文社一直工作到退休。

问：您参加工作不久正好见证了上海译文出版社的成立,给我们介绍一下译文社成立的情况吧。

答：上海译文出版社成立于1978年1月1日,由"文革"中人民出版社编译室转变而来,而"编译室"由新闻出版干校的翻译连演变而来。据说翻译连是为了"文革"中"写作班"需要有"翻译机器"为他们赶译资料而成立的,由干校内各单位懂得外语的人员组成。其中大部分来自原上海文艺出版社外国文学编辑室,一部分来自"文革"前的上海人民、教育、少儿等出版社及作协等其他单位。

记得成立之前为了社名还征求过意见。新成立的社是个综合性的专业出版社,所谓综合性,就是出书范围很广,涉及外国文学和社科、外语教学和工具书等各大类;所谓专业性,就是出的书都与外语相关。考虑到出书的专业特色,有的同志就提出叫"翻译读物出版社",但大家觉得太一般。后来包文棣同志(笔名辛未艾,译文社成立后任副总编,后任总编)提议,鲁迅先生积极支持的《译文》杂志有过光荣的战斗历史,不如就称为"译文出版社",这个提议得到了采纳。译文社虽然是新成立的,但其成员大多是老出版、老编辑,所以实际上译文社是个"重新组合"的出版社。

问：译文社成立当年就推出了一批外国文学名著,这在全国是走在前面的,引起了很大轰动。

答：译文社成立之时正是全国书荒最严重的时期,那时,高考刚刚恢复,无论是莘莘学子还是普通读者,可以说都处于一种"饥渴"的状态下,急需也极需(精神)"食粮"。据老总编包文棣同志讲：当时上海市委宣传部长洪泽同志在一次大会上提出要重版一些世界文学名著,"'文革'以前出版的书,你十里挑一,挑不出好的,百里挑一总该有好的吧?"根据这一精神,社里迅速确定了第一批重印的书目,有《艰难时世》《斯巴达克斯》《红与黑》《奥德修记》《玛丽·巴顿》等等,每一种的印数都是很大的,像1978年3月出的《艰难时世》印数就达40万册。书一上市,单就上海而言,确实引起了轰动,新华书店门口都排起了长队,广大读者尤其是年轻读者竞相抢购。

译文社能这么快地重印,得益于从"文革"前的上海文艺出版社外国文学编辑室继承过来的大量纸型和存稿。这真要感谢过去领导的眼光和译者的不懈努力。我们的老社长孙家晋先生在《走过的路》中讲到这样一件事：当年("文革"前),他为翻译读物出版路子越走越窄向中宣部一位处长诉苦："如果欧美的古典一本也不出,那就只剩寥寥几本亚、非、拉作品和内部发行的'黄皮书'了。"

这位处长说:"古典总是要出的,一个时候出,一个时候少出或不出,那就只好看形势了。"还说:"有些好稿子,你们不妨先付些稿费,储备起来。"在当时的形势下,这位领导的意见态度真是太不容易了。后来孙公他们就是按照这个精神,对纸型和有关存稿、约稿作了很好的处理,积累下丰富的储备。这才有了译文社当时迅速推出的重印书。

问:这些名著应该和"三套丛书"有关吧?译文社包括其前身新文艺出版社也都参加了"三套丛书"的出版工作吧?

答:当然有关,而且有很大关系。译文社外国文学的编辑大部分来自"文革"前上海文艺出版社的外编室。20 世纪 60 年代初,文艺社外编室开始参加"三套丛书"的出版。

"三套丛书"是"外国古典文学名著丛书""外国古典文艺理论丛书""马列主义文艺理论丛书"的简称,它创始于 1959 年,是在中宣部直接领导下,经中国科学院文学研究所(1964 年外国文学研究所成立后,由外文所负责)组织"编委会"和"工作组"规划编审,由人民文学出版社负责出版(后上海方面加入出版)。编委会成员有:巴金、朱光潜、冯至、季羡林、卞之琳、戈宝权、叶水夫、钱锺书、罗大冈、杨绛、杨周翰、杨宪益、罗念孙、楼适夷、陈占元等等数十人,都是全国外国文学的权威。"丛书"的标准很高:要第一流的原著,第一流的译本。原著是大作家的一两本代表作,译者是两位编委推荐,全体编委同意的。出版原先是由人文独家负责的,后来上海了解到情况后,认为上海有过去出版外国文学的基础,应参与这项文化积累的大工程。当时市委宣传部白彦副部长为此事赴京"奔走呼号","穿梭联系",在他的带领下,在时任社长的蒯斯曛和社领导孙家晋的共同努力下,终于得到文研所和原出版局(现新闻出版广电总局)的同意,文艺出版社外编室也参与这项工程的出版工作了。

"三套丛书"开始的规划是:"名著丛书"为 120 种,"理论丛书"为 39 种,"马列理论丛书"为 12 种。经过协商后两种"丛书"由北京承担出版任务,在前者中上海分得 38 个选题,约占总数的三分之一。这里面包括荷马史诗《奥德修记》、弥尔顿的《失乐园》,惠特曼的《草叶集》,乔叟的《坎特伯雷故事》,盖斯凯尔夫人的《玛丽·巴顿》,勃朗特姐妹的《简·爱》《呼啸山庄》,梭罗的《瓦尔登湖》,高尔斯华绥的《有产业的人》,狄更斯的《大卫·考坡菲》,斯托夫人的《汤姆叔叔的小屋》,巴尔扎克的《农民》,司汤达的《红与黑》《巴马修道院》,赫尔岑的《往事与随想》,莫里哀的《喜剧六种》等等。然后两家出版社就各自分工开展组稿并制定出书计划。"文革"开始后,这项工作被迫中断。

1978 年 5 月,中宣部发文,批准恢复"三套丛书"的出版工作。经编委会再三研究,"名著"和"理论"两套丛书都减去"古典"两字,以避免古典和名著两个概念在含义上的重复。"名著丛书"的选题扩至 200 种,上海承担的品种超过三分之一;"理论丛书"的选题扩至 50 种,上海方面也开始承担一部分,如"别、车、杜"等。"三套丛书"的出版工作已于 1999 年完成,整个工程历时 40 年。

问:有人说"三套丛书"奠定了社科院外文所的学术地位,我们是否也可以说:这是新中国外国文学出版界的一件盛事,负责出版工作的人民文学出版社和译文社也功不可没,做出了重要学术贡献?

答:我想是的。"三套丛书"是一项非常重要的文化建设工程,也是新中国外国文学出版界的奠基工程。译文社能参与出版工作,是译文社的光荣和荣幸,既说明领导、业界对译文社资质的肯定,同时也赋予了我们社一种责任:坚持一流作家的出版,坚持高品位作品的出版。

"三套丛书"的出版时间跨度很大,这不是一代出版人能完成的工程。事实上,这项任务从开始到完成,不论是人文还是译文恐怕都历经了三代出版人。因此要做到始终如一保持高质量高水平是不容易的。在几十年时间里,不论外部环境发生什么变化,也不论出版社面临多大的经济压力,我们译文社都坚持把"三套丛书"作为重中之重,放在出版首位,给予人力和财力的充分保障,终使这项伟大工程得以圆满完成。当然对我们社来讲,能参与"丛书"出版的意义也是非常大的,不仅为我们社积累了丰富的外国文学出版资源,还为译文社建立了一支高水平的译者队伍、一支优秀敬业的编辑队伍和一整套保证一流图书质量的编辑制度。

问:高质量的出版作品凝聚着编辑的心血,译文社在编审制度的建设方面一直是有所追求的。冯亦代先生在译文社成立 20 周年纪念会上说过一句话,提到译文社同仁的质量意识,大意是:这样的一些人手里出来的东西是令人放心的。

答:不是纪念会,是纪念文章——《讲心里话并祝译文社成立 20 周年》。文章收在 1998 年我们社为庆祝建社 20 周年时编的一本书内(书名为《作家谈译文》)。

这是冯老对我们译文社的肯定和鼓励。许多年来,译文社的图书在读者中留下了良好的印象,出版社的口碑很好,读者认为这是一家对社会负责、传播优秀文化,对读者负责、图书质量优异的出版社,是他们信得过的出版社。译文社能赢得读者的青睐和好评,除了选题这第一要素外,图书质量也是很关键的原因。在这方面,我以为译文社的一些做法还是蛮值得肯定的:一个是社领导对图书质量的重视,在我的记忆里,从我进入译文社工作起,只要是社里开会,"图书质量"始终是社领导强调的重点之一。改革开放后,随着翻译读物出版社的门槛被打破,翻译图书的出版也越来越多。在这种情况下,社领导对图书的质量愈加重视,一再强调"图书质量关乎出版社的声誉,关乎出版社的品牌"。因此,质量意识成为了译文社全体同仁一个重要的出版理念,并已化为他们的自觉行动。另一个是出版社有一支优秀的主要语种齐全(包括英、法、德、俄、西、日、韩、阿等)的编辑队伍,同时建立起了一支优秀的译者队伍。编辑是一个社的根本,是决定该社能否成为一流社的关键。译文社的这支队伍老中青结合,薪火相传,不断苦练内功,提升自身的业务水平。译者尤其是优秀译者,则是翻译出版社的重要资源。这两支优秀队伍使译文社图书质量得以保证有了坚固的根基。

再一个就是有一套完善的审稿制度和建制保障。译文社从成立至今,坚持三级审稿制度,这也是"三套丛书"留给我们的"无形资产"。所谓"三审制",就是责任编辑进行初审,室主任和分管总编进行二审和终审。初审极其重要,是逐字逐句将译文和原文进行校对,发现疑问随时与译者沟通,商量解决,从而保证了译文的准确性。室主任二审时通读、抽校部分译稿;终审通读全稿。除了"三审制",还有一个重要的部门建制,那就是校对科。我们译文社的校对科在上海出版系统是有些名气的。校对人员,尤其是资深校对不单纯校雠,根据原稿核对校样订正差错,还能对稿件提出"质疑",供编辑阅校时参考、解决,帮助编辑避免了看稿时出现的疏漏,使书稿的质量得到了更有效的保证。应该说在当今出版社面对市场的情况下,仍能保留校对科是不容易的,也是明智的。

问:对出版社来讲,"三套丛书"是个取之不尽、用之不竭的出版宝藏,译文社在此基础上后来又出版了哪些较有影响的外国文学丛书呢?

答:确实,对我们社来讲,"三套丛书"是个资源宝库,是文学作品的出版核心。在"三套丛书"基础上,我们首先推出了两套书:"外国文学名著珍藏本"和"世界文学名著普及本"。这是为了满足不同消费层次读者的需求推出的,"珍藏本"高价格,既重阅读,也注重收藏;而"普及本"低价格,将名著普及到大众。

"珍藏本"好像是1990开始出版的,先出版了两种:《简·爱》《呼啸山庄》,大32开,用丝绸做封面,外加护封和封套,原先纸张都是定制的,都为米黄色,显得格调高雅,可后来无法坚持,因为当时我们的造纸业技术不过关,不能保证每批次的米黄色深浅一样,结果弄得印成书后从侧面看去颜色像夹花一样,只好仍改用白纸。这套书第一批共策划了15种,包括《神曲》《海涅诗选》《莎士比亚四大悲剧》《简·爱》《呼啸山庄》《巨人传》等等。"丛书"无论装帧、材料、印制都是比较讲究、豪华的。原先对"豪华本"市场还有些担忧,想不到试探性的头两本一出版,市场反应出乎意料的热烈。第一批"珍藏版"的总印数达 98 万,后来社里再接再厉推出了第二批,效果也很不错。

我们出版"世界文学名著普及版"丛书的目的性很明确,就是要用内容健康、情操高尚的名著去占领外国文学图书市场,抵制当时滥用于书市的格调低下、内容庸俗的非法出版物。为此,我记得当时制定了几条选书的标准:一是所选各书必须是名著;二是内容可读性要强,也就是说故事情节要吸引人;三是最好以前改编过电影或电视剧,已经有了相当的社会知名度和影响,而且尽量采用影剧照做封面;四是采取措施,降低书价,"丛书"用小 32 开本,新 5 号字体,封面简洁大方,彩色涂塑。这样"普及版"的价格仅为"珍藏本"的 30%,比大 32 开的标准本还便宜 45%。这套丛书的效果出奇得好,为译文社带来了双效益丰收,在 1993 年该套书创下过日销一万册的记录,这在当时是了不得的。

此外,我们以"三套丛书"为核心,规划出版了有关作家的选集、文集甚至全集。有乔叟、狄更斯、勃朗特姐妹、司汤达、法朗士、高尔斯华绥、契诃夫、普希金、托尔斯泰、赫尔岑、车尔尼雪夫斯基、别林斯基、杜勃罗留波夫等等。当然,我们后来在此基础上有了大幅度的扩充。现在译文社出版文集或系列作品的作家累计已达数百位。大作家选(文)集的出版既体现了我们对外国作家的研究成果和水平,也是一个出版社阵容、社会责任和担当的重要体现。"三套丛书"确实如你说的,是个取之不尽、用之不竭的出版宝藏,直到现在,译文出版社出版的"译文名著精选系列""译文文库系列""译文经典系列"……可以说都与"三套丛书"息息相关,都是在那个基础上不断延伸发展出来的。

问:印象中,20 世纪 80、90 年代,译文社还出版过"二十世纪外国文学丛书"?很受读者欢迎。

答:是的。同时还有"外国文艺丛书""现当代世界文学丛书",这和"三套丛书"一样,都是当年译文社外国文学的骨干工程。

"二十世纪外国文学丛书"是 200 种"名著丛书"的下延,所收作品比较全面地客观地反映 20 世纪历史的变迁、社会思想的演进,以及各国文学本身的继承和发展,都是经过历史考验,始终在本国乃至世界文坛上站得住脚的且影响大的优秀作品。这套丛书的策划可以说缘起于"三套丛书",因为"三套丛书"的出版开启了译文和人民文学这两个当时出版外国文学的主要出版社的友好合作。两社领导认为,时至 20 世纪后半叶,双方有责任、有能力也有可能继续通力合作,编选一套与"三套丛书"中"名著丛书"相衔接的大型图书。经过多次讨论、协商,决定丛书名"二十世纪外国文学丛书",选题亦为 200 种,统一封面设计,分工承担出版。我社出版的部分中有广大读者熟悉的《丧钟为谁而鸣》(海明威)、《喧哗与骚动》(福克纳)、《刀锋》(毛姆)、《魔山》(托马斯·曼)、《莱尼和他们》(伯尔)、《了不起的盖茨比》(菲茨杰拉德)、《百年孤独》(马尔克斯)等等。"二十世纪"和"名著丛书"一起获得了第一届全国优秀外国文学图书特别奖。

"外国文艺丛书"是我社主办的刊物《外国文艺》编辑部选编的。编辑部在编刊的过程中,为确定每期选题,向各方搜集并通过国内外外国文学研究、教育工作者的推荐和提供,积累了不少值得翻译介绍的适宜于以单行本形式出版的长篇或中短篇集的选题,足以编辑一套系统介绍现当代世界文学代表作的丛书,以反映第二次世界大战及战后的各国文学成果,于是就有了这套丛书。至今我还清楚地记得第一辑(出版于1980年前后)的书目:《当代美国短篇小说集》(收有贝娄、梅勒、卡波蒂等19位作家作品)、拉斯普京的《活下去,并且要记住》、卡夫卡的《城堡》、索尔仁尼琴的《癌病房》、辛格的《卢布林的魔术师》、加缪的《鼠疫》、特里丰诺夫的《老人》、马拉默德的《伙计》、伦茨的《面包与运动》以及《荒诞派戏剧集》(收有贝克特、尤奈斯库、阿尔比和品特的剧作)。

"现当代世界文学丛书"是在"二十世纪"和"外国文艺丛书"基础上编辑的,从1995年开始出版。当时中国已加入世界版权公约,因此这套书除极个别的以外,都是购买版权后出版的。最初规划30种,有梅勒的《裸者与死者》、波特的《灰色马,灰色的骑手》、别雷的《彼得堡》、里塞的《玻璃球游戏》、杜拉斯的《情人》、图尼培的《礼拜五》、怀特的《人树》、毛姆的《人生的枷锁》等等。其实这套书是开放性的,现在也已归入译文经典系列了。

除了这些骨干工程,我们社还出版了许多小丛书,如"美国西部文学译丛""法国当代文学丛书""外国诗歌丛书""外国文学名著及续集丛书""世界名著童话精选系列"……有的规模不大,像"西部译丛",一共只有7种,讲的都是美国早期开发西部的故事;有的是专门类的,像"诗歌丛书""童话精选系列"。其中"续集丛书"是有相当影响的,而且双效益俱佳。里面的作品有严肃文学的,也有通俗文学的,包括《简·爱》及续篇《藻海无边》,《理智与情感》及续篇《三小姐》,《蝴蝶梦》及续篇《德温特夫人》,《爱情故事》及续篇《奥利弗的故事》,《乱世佳人》及续篇《斯佳丽》等等。这项工作译文社一直持续到当下,有《相约星期三》及续篇《来一点信仰》,福莱特的《圣殿春秋》及续篇《无尽的世界》(该作席卷欧美销售书排行榜),曼特尔2009年获布克奖的历史小说《狼厅》及续篇《镜与光》。

问:说到《斯佳丽》,那是不是中国加入世界版权公约后购买的第一本外国文学作品?我国在20世纪90年代初加入世界版权公约,这在外国文学翻译出版方面是一个划时代的事件,译文社在版权购买方面似乎也走在前面?

答：应该是购买版权后出版的第一部文学作品，不过我们社签约购下版权是在中国加入世界版权公约前夕。1991年，美国通俗小说《乱世佳人》作者米切尔的继承人找了一位美国作家写了该作的续集《斯佳丽》，并广泛出售翻译版权，准备在当年9月25日在全世界同步推出各种版本，以引起轰动效应。我们社得知这一消息后很想出版，因为我们当时已经出版了全译本《乱世佳人》，便积极联系。当时，我们国家还未正式加入世界版权公约，但正在进行保护知识产权的谈判。如果按过去的做法，只要拿到原作找人翻译出版就是。但我们考虑到，随着中国改革开放的深入，中国要走向世界，加入WTO，那么加入世界版权公约是第一步，势在必行，因此必须按国际惯例办事，应该先买到翻译本版权然后再出版。

那个时候，台湾"中华书局"已通过大苹果版权代理公司用高价购得《斯佳丽》全球中文版版权，正急于找一家大陆出版社共同出版这本书，共同分担沉重的版税。"中华书局"总经理到上海找到了我们社。经过多次协商，我们社终于按正规途径和台湾中华合作，签下合约，争取与国际上同步出版（后来因台湾译稿的质量问题，修改费时颇多，未能赶上同步出版）。当时社里考虑的是：我们是一家专门翻译作品的专业出版社，将来出版的图书大部分都要购买版权，现在先把"连外国畅销书的著作权也尊重"的做法亮出来，有利于提高译文社在国际上的威信，对将来有好处；再说经济上也不一定会太亏本，即使亏一些，为出版社建立信誉，树立良好的形象也是值得的。

那时国内有8家出版社在抢出此书，他们派人买来原著，将它分拆成若干部分，分头赶译，有的还已发出征订广告。我们将此事经出版局上报给新闻出版总署和国家版权局，力陈保护此书版权的重要性以及会在国际上带来的影响。最后，新闻出版署和国家版权局决定并发文：我国虽然尚未加入世界版权公约，但由于译文社和海外出版社已签有协议，其权益应予保护。除译文出版社外，其他社一律不得翻译《斯佳丽》一书。这个消息在《人民日报》头版显著地位发表，在国际上造成极为良好的影响。外刊也纷纷发表消息，说上海译文出版社购买海外畅销书版权，在中国大陆出版社中开了先例，意义重大。《斯佳丽》出版后，取得了很好的社会效益，也创下了极佳的经济效益。

问：今年正好迎来《外国文艺》杂志发行第200期，在译介现当代外国作家作品方面，《外国文艺》发挥了不可替代的作用，也曾对80年代的中国文坛产生过不小的影响，某种程度上讲也推动了中国当代文学的建设。

答：1978年译文社成立后不久，社里就决定创办一份介绍外国文学的期刊，定位是作为已复刊的《世纪文学》的补充，主要介绍现当代世界各国文学的新作家、新作品、新流派,向国内读者提供各国文学的思潮和动态,这在当时的全国是第一份。我很敬佩当时社领导的远见卓识,敬佩当时两位主编汤永宽先生和任溶溶先生在决定选题时的魄力和眼光,因为那时十一届三中全会还未召开,不少思想禁锢尚存。《外国文艺》第 1 期是 1978 年 7 月出版的,主要内容有:日本"新感觉派"作家川端康成的两篇——《伊豆的歌女》和《水月》,意大利"隐逸派"诗人蒙塔莱的一组诗歌,"存在主义"大师萨特(法国)的名剧《肮脏的手》,"黑色幽默派"代表作家赫勒(美国)的《第二十二条军规》(选译)。介绍的四位作家、诗人中有三位是诺贝尔文学奖得主,这在过去是不可想象的。作家刘心武说,在距离《外国文艺》出版的仅仅两年以前,"如果有人正面地提到诺贝尔文学奖,哪怕仅仅是言论,那也是非常危险的事情,更遑论以文字在公开出版物上揭橥了"。虽说诺贝尔文学奖不是判断一位作家优秀与否的唯一标准,但它毕竟是一个不可忽略的具有世界影响力的奖项,是一个非常重要的参照,我国应当了解、容纳、借鉴甚至进入。《外国文艺》率先向读者打开了了解这一世界大奖的窗户。

在这一期上,同时还刊载了许多文学、艺术的信息、资料和现代派的美术画作。封面设计的构思也相当巧妙,利用了"外"和"文"两字的第一个拼音字母,其风格和刊物的内容十分契合。后来在很长时间里,这两个 W 成了《外国文艺》的招牌。尽管当时是内部发行,但刊物还是在读者中引起了极大的反响,受到热烈欢迎。

《外国文艺》从创刊至今已走过了三十多个春秋,出版的刊物已达两百期,介绍过的外国作家达七百余位。回顾起来,我们可以不无自豪地说,第二次世界大战前后以来当代世界主要国家的许多重要的新文学、新流派、新作品在我国就是《外国文艺》第一次介绍的。《外国文艺》是一个实实在在开向当今世界各国文学广阔天地的窗口,提供了大量可资借鉴的创作理念和手法,使国内学人、作家大大拓宽了视野,及时了解外国文学的最新理论和创新成果,对我国新时期文学创作的繁荣兴旺和丰富多彩的发展起到了强有力的推动和促进作用。不少作家和学者都对《外国文艺》在这方面的作用给予了很高的评价。

《外国文艺》能一路走到现在是很不容易的,离不开各级领导和相关友好单位的支持,离不开作、译者的支持和奉献,离不开读者的关爱和需求,当然更离不开编辑部几代人矢志不渝的坚持和努力。我深深怀念当年的《外国文艺》编辑部。

问:您主持编辑出版之余也用笔名发表了很多重要作品,最后给我们谈谈您的翻译工作吧。

答:惭愧得很,我的译作不多,只有不多的几种:《冤家,一个爱情故事》,80年代初在江西百花洲文艺出版社出版,后与辛格的另一部作品《卢布林的魔术师》合成一册收入译文社的"现当代世界文学丛书"。另外还有美国西部文学作品《啊,拓荒者》,美国当代作家安·贝蒂的《什么是我的》(与吴洪合译),《铁皮樵夫》和《奥芝国公主失踪记》(为"绿野仙踪"系列),《骗局中的骗局》和《上当的情人》(为"梅格雷探案"系列),斯托夫人的《汤姆叔叔的小屋》。另外还译过五十余篇短篇小说、散文和文艺论文,总字数也就两百万字左右。大多用的是笔名杨怡,偶尔也用晓渝、柯茗。

访谈时间:2011年10月13日8时—10时
访谈地点:上海大都市酒店
访 谈 人:王东亮、罗湉、史阳

第二篇
学 科 篇

为中国的少年儿童翻译写作
——任溶溶先生访谈录

任溶溶,本名任以奇,原名任根鎏。广东鹤山人,1923年生于上海。著名儿童文学翻译家、作家。1945年毕业于上海大夏大学中国文学系。1949年后历任上海少儿社编辑部副主任、上海译文出版社副总编辑。译著有《安徒生童话全集》《彼得·潘》《小飞人》等;著有童话集《"没头脑"和"不高兴"》、儿童诗集《小孩子懂大事情》等。曾获陈伯吹儿童文学奖杰出贡献奖、宋庆龄儿童文学奖特殊贡献奖、宋庆龄樟树奖、国际儿童读物联盟翻译奖等奖项。2012年被中国翻译协会授予"翻译文化终身成就奖"荣誉称号。

采访人(问):任老您好,非常感谢接受我们课题组访谈。这次访谈主要围绕您个人的求学过程和学术道路进行。您早年参加少年儿童出版社,后来又在上海译文出版社、《外国文艺》编辑部工作,同时在儿童文学翻译创作领域一直笔耕不辍。请您先介绍一下求学过程,以及是如何从中文系毕业后转入外国文学领域的。

任溶溶先生(答):我中学上的是英国人在上海办的雷士德中学,学校主讲英文,除了国文和地理用中文教,其他课程都是英文讲授,所以我在中学就过了英文关。中学期间读了《鲁迅全集》,对我影响很大,思想倾向进步。有个中学同学叫梁于藩,他是地下党员,后来去联合国工作了。当时党领导了拉丁化新文字运动,我们几个进步的同学就参加了,这对我帮助很大。关于这个运动说来话长,主要是想用拉丁字母拼音替代汉字。那时希望大家都很快学会拉丁字母,能够读书看报、写信写文章。参加运动对我最大的影响是提倡口语,这跟我后来从事儿童文学工作有很大关系。

因为读了鲁迅,我就喜欢上外国文学,看了很多翻译的外国小说。我小时候念过三年私塾，旧文学根底还不错，但总归觉得古文比较难，读古书很费劲。我念大夏大学时就特地选了中国文学系，因为觉得外国文学不用人家教，可以自修，还是读中文好。

读书的时候，我同时也学俄文。翻译家草婴是我在雷士德中学的同学，他很早就学俄文了。因为他俄文很好，我就向他请教，从字母开始学，他等于是我的启蒙老师。后来我又找俄国人教俄文。这样我就学会了英文和俄文。其实我也学过一些日文，但是当初出于抗日情绪，不愿意好好学，后来才学的，所以日语是半吊子。另外因为拉丁化新文字运动的关系，我对语言很感兴趣。这种兴趣不是天生的，是我跟随党从事拉丁化新文字运动的过程中产生的。当时就像搞语言工作一样，读了很多语言学方面的书，也学了外语。学会一种外语再学另一种就容易多了。后来我还学了意大利语，现在觉得学西班牙语也会很方便，因为这两种语言有很多相通之处。我懂了几门外文，又读了中国文学系，毕业后遇到一个机会：一个大学同学到儿童书局当编辑（儿童书局当时是私营的，很有名），他缺少稿件，知道我懂外文，就请我翻译些作品。1945年我从大夏大学毕业，大约1947年去了儿童书局。我去找国外的儿童书籍，在一个书店看到外国儿童书印得实在漂亮。我首先看到的是迪斯尼童话，是从美国运来的，彩色画页印得漂亮极了，和现在的一样，纸张色彩都很好。我就为同学翻译了不少童话书。我和地下党的关系很好，地下党员对我也很关心，特别是大翻译家姜椿芳先生。我当时并不知道姜先生是地下党文教方面领导人，只知道他人很好。他用苏联商人的名义办了时代出版社，出版《时代》杂志，后来也出书籍。他对我讲，既然懂俄文，就翻译些苏联儿童文学，我翻一本他就出一本。我觉得这可以解决生活问题，自己也有兴趣，于是专门翻译苏联儿童文学作品。

问：这么说，此前并没有有计划地翻译苏联儿童文学作品？

答：没有，我是从头开始的，成年人的文学倒是翻译过，比如我喜欢美国作家约翰·斯坦贝克的作品，翻译过也在杂志上发表过。后来儿童文学翻译成为我的兴趣爱好，也解决了我的生活问题。当时稿费不错的，比现在好。新中国成立前我开始给时代出版社翻译儿童书，我记得第一本书是《亚美尼亚民间故事》。翻译了几本就解放了。解放后我继续给时代出版社翻译。

问：我们采访孙绳武先生的时候，他也提到过时代出版社，能不能多介绍一些时代出版社和姜椿芳先生、孙绳武先生的情况？

答：可以啊。姜椿芳先生是地下党文教方面领导人，和苏联关系密切。苏联方面有一个叫罗果夫的人。在时代杂志社有孙绳武、陈冰夷、叶水夫、蒋路……这个出版社的好多人后来成为重要的翻译家。叶水夫和我同时开始学俄文的,他的夫人磊然也是翻译家。所以时代出版社翻译人才济济,新中国成立前后都一直在做翻译,也出书。当时有一本文学杂志叫《苏联文艺》,刊登小说和诗歌。姜椿芳先生翻译了很多诗歌,他的翻译很重要。我也译了不少儿童诗,走的是姜先生的路子,每个音节都和原文保持一致,原文几个音节翻译成中文就有几个音节,原文哪里押韵我就在哪里押韵,这是按照姜先生的路子翻的,一直到现在,他是我的引路人,我的贵人。我写过关于姜先生的文章。

我给时代出版社译了很多书,开了个头。解放后,出现两个情况,一是华东人民出版社也要出译著,因为我已经出过书,人家都以为我是专家了,就来找我翻译,我答应了。当时华东人民出版社社长叫叶籁士,也是我的贵人,他是建国后文字改革委员会的秘书长,语言学家。他们要做儿童书,又来找我,我也给他们翻译。另外,刚才说的儿童书局解放后由团中央接管了,叫新儿童书店。1952年,新儿童书店再加上商务印书馆、中华书局和大东书局的儿童编辑部门合并为上海的少年儿童出版社,领导出版社的是团中央,行政上由上海出版局管,但总的领导在北京。我本来也在人民出版社工作,编一本给工农兵看的文化刊物,好像叫《文化学习》,叶籁士同志跟我说要成立儿童出版社,我是搞儿童文学的,让我还是去少年儿童出版社,我就到那边正式搞儿童文学了。

1952年底,少年儿童出版社成立,我在那里一直工作到"文化大革命",成为"牛鬼蛇神"到干校去。到干校后又出了一件事情。周总理要全国翻译出版世界各国历史,上海的任务是非洲历史。为了完成任务,就在干校成立翻译连,所有翻译工作者、编辑都在奉贤干校,等于说把所有上海新闻出版部门从事翻译和译文编辑的人集中起来了。我翻译北非史,涉及阿尔及利亚、突尼斯、利比亚等国家。出版了好多本非洲史。后来这个翻译连又转到上海,成为上海人民出版社的编译室。当时上海只有人民出版社,其他都并掉了。

问:我们看到相关资料说上海解放初有很多小出版社,后来50年代公私合营整合了一次,"文革"时就剩下一个正式的出版社吗?

答:那个是"四人帮"爪牙领导的,别的什么都没有了。刚才说的私营出版社早都合并了,少年儿童出版社也合并了好几个大大小小的出版社。翻译连成为上海人民出版社的编译室。粉碎"四人帮"之后,本来编译室的人都要回到各自的出版社去,报社的人都回去了,但是很多出版社的人留了下来,因为遇到各种情况,比如人民出版社自己不想搞翻译了,干脆把翻译连变成上海译文出版社,很多出版社的人就留下来了。

问：以翻译连为班底成立译文出版社是哪方面做出的决定？

答：是出版局方面的领导。第一任社长是周建人的女儿周晔，后来她去北京了。之后换了两任社长，最后一位是孙家晋，和我同时退休的。我最近写了一篇纪念孙家晋的文章投给《文汇报》。本来我应该回到少儿出版社的，我的老领导陈向明希望我回去。可是当时我刚开始编《外国文艺》杂志，人手不多，回去不太好。译文出版社基本上就是过去的新文艺出版社，或者叫上海文艺出版社，或者叫人民文学出版社上海分社，那些老同志主要是这几个出版社搞外国文学的，比如孙家晋担任过社长，包文棣担任过总编辑，汤永宽担任过副总编辑……他们各有特点。包文棣对外国古典文学非常热衷，他自己翻译过《赫尔岑论文学》，是这方面的专家。汤永宽正相反，他要现代的东西。

问：这么说后来译文出版社和《外国文艺》的发展都和汤永宽先生有关？

答：是汤永宽把我拖进去的。我是搞外国儿童文学的，本来无所谓古典现代，两种都喜欢。当时汤永宽身边没人，拉我做助手，我们就一起创办了《外国文艺》。后来我们俩都担任副总编辑。汤永宽管大事，功劳都归他。我管具体编辑，文字、文章、和同事的关系之类的具体工作，我这个人只会做事情，不会出主意，决断力不行。后来成立大百科全书出版社，本来姜椿芳要我过去的，我感谢他看得起我。这回孙家晋跟出版局说这边没人了，把我留了下来。最近《外国文艺》两百期有份纪念刊物，我写了篇文章，《回忆我和〈外国文艺〉》，有关《外国文艺》的事情都写了。

问：您的文章把《外国文艺》的来龙去脉写得非常清楚。

答：后来有人问我，没有回到少儿社是不是感到委屈，我说在译文社获益匪浅。我认为儿童文学也是文学，一定要了解整个文学再看儿童文学才能比较客观，不会坐井观天自以为是，也不会自卑，所以我觉得搞外国文学得到很多好处。我读了很多本来不会读的书。像获诺贝尔奖的作家，出来一个我们《外国文艺》介绍一个。如果不搞《外国文艺》，我根本不会看。但是因为工作需要，有人得奖了我们马上就要介绍，组织出他的专集。所以我在《外国文艺》不但不委屈而且得到很大好处。

问：改革开放30年以来,《外国文艺》在外国文学研究领域起到很大作用,影响很大,冲破了禁区,发刊号也给人印象深刻,您能再给我们讲一下当时的情况吗?

答：我还是讲讲儿童文学。我翻译外国儿童文学分成两个阶段。第一个阶段从新中国成立前直到60年代初。那段时期我一直翻译苏联儿童文学,1962年出版了最后一本苏联儿童文学书。我们解放后一边倒,都介绍苏联儿童文学。我认为苏联儿童文学是有成绩的,介绍苏联儿童文学没有错,因为他们的创办人、领导人是高尔基,他是内行,所以出来很多作家都是很好的,后来领导儿童文学的人也都是有水平的,所以我们介绍了很多好作品。不过次要的作品我们也介绍了,因为我们一年要出二三十本,只介绍最好的作品数量不够。

从1962年到"文革",根本不准翻译书,和苏联也闹翻了,资本主义国家的作家我们又不介绍,所以没书可以介绍了,根本不出外国作品。

"文革"后我改变路子,介绍以前不能介绍的那些儿童文学,也就是资本主义国家的东西,那是在1977、1978年之后,《外国文艺》也创办了。"文革"前可以介绍经典的,比如格林童话和安徒生童话,也可以介绍共产党员的作品,如罗大里,别的就不可以。粉碎"四人帮"以后我介绍了瑞典的林格伦,影响很大,我后来就主要翻译获得安徒生儿童文学奖的作家。这个工作坚持到我退休。我现在关心外国儿童文学的介绍,我在《文艺报》9月26号发表的一篇文章中好像也讲到,意思是儿童出版社不要光引进国外的畅销书,畅销书有好书,但也有些好的儿童文学作品并不畅销,不应该不介绍。只要是好书都应该介绍,希望儿童出版社译文编辑多看外国书,眼见为实,不要只听人家讲或看网上介绍销路有多好。所以粉碎"四人帮"以后我着重介绍应该介绍的书。

问：经典和现当代都包括吗? 侧重在哪一方面呢?

答：经典肯定要介绍的,有些书这个那个出版社出过好多个版本,作者去世50年后就不用买版权了。这种书当然也应该出,但是对于需要买版权的著作,该买就得买。比如安徒生奖两年一次,明年又要有人得奖了,我希望编辑应该看看获奖作家的作品。也许不能出版,但是应该知道。

还有一个情况,本来我关心儿童文学有个便利,当时没有国际版权公约,我想介绍就介绍。现在不行,要通过出版社买版权,所以翻译的人都不那么关注了,因为看中了又不能翻。

问：在您翻译的儿童文学作品中,您本人比较喜欢哪几部?

答：这个自己说出来没意思。我认为文学作品和吃东西是一样的,青菜萝卜各有所爱,我喜欢的人家不一定喜欢,所以我不想说出来影响别人。

问：很多人都是读您翻译的作品长大的,对很多书印象深刻,比如《彼得·潘》《小飞人》《小鹿斑比》《木偶奇遇记》等。

答：各有所爱。我翻译的书五花八门,比如我翻译的林格伦的作品,他把儿童的顽皮写得很可爱,可是刚发表的时候还引起过争议,有人还反对。这个就要慢慢经过时间考验,现在大家都认可了。我喜欢《木偶奇遇记》,这跟我的个性有关,我喜欢热闹,比较轻松活泼的,看电视就要看快活的、大团圆的,不喜欢悲剧,受不了。

问：上次跟您电话联系时,您说起《木偶奇遇记》的出版和孙绳武先生有关,能给我们讲一下吗?

答：好的。"文革"刚开始,我什么工作都没有,整天就是被隔离,还没有去干校。我想学意大利文,本来就有这个计划,书也买了,是在外文书店订购的意大利英文字典,现在还在。外文书店说订购字典的只有我和巴金。想学意大利文是因为我翻译过意大利作家罗大里的《洋葱头历险记》,我很喜欢,所以决定学点意大利文,从原文翻译。我就把所有意大利文的书都拿出来读。上班的时候我读红宝书,因为《毛主席语录》有各种文字,我就拿意大利文版的《毛主席语录》读,没人敢说不可以读,我就是这么学意大利文的。日文是稍晚一点学的。粉碎"四人帮"后我经常在外面开会,遇到过孙绳武同志,聊天时我讲起学意大利文的事,我学的时候真想翻译《木偶奇遇记》,这是我从小就喜欢的一本书。孙绳武同志把这个话记在了心里,他回北京后突然寄了一本意大利文《木偶奇遇记》给我,里面有《木偶奇遇记》的第一版插图,很珍贵。他说我有兴趣翻译的话可以在人民文学出版社出版,我受宠若惊。翻译《木偶奇遇记》还有方便之处,因为有英文、俄文版可以参考。后来我在翻译当中才发现英文版有删节,所以我这个版本是最全的。因此我要感谢孙绳武同志,他给我的帮助很多,这是其中之一。

他这个人非常好,可惜没有机会见面了,我也不去北京,他也不来上海。他比我大6岁,94了。了不起。下次见到他时一定替我问候他。

问：我们还想请教一些翻译经验体会和翻译原则方面的问题。您同意出版《夏洛的网》的时候，《新京报》采访您，说原来译本有一些文言的痕迹，您的译本则接近口语，方便儿童接受。您是否主张儿童文学翻译要考虑读者情况，语言更清晰简明，贴近儿童阅读能力？

答：这个是很清楚的。原著是写给儿童看的，语言也很浅，我应该照样用写给儿童的浅显语言。我认为翻译的时候首先要"信"。"信、达、雅"是严复说的，他是用文言翻译的，一般人不容易读懂，所以要讲"达"，文言也特别注意一个"雅"。而我认为只要"信"就行了，原作什么语言就用什么语言，原文写给小孩子看的，翻译出来也要能给小孩子看。现在也可以讲"雅"，有些翻译工作者中文不够好，语言不通顺，所以要求要"达"要"雅"。其实都在"信"里面。原作通顺你也通顺，原作搞文字游戏你也要照样。我最大的本领大概就是对付文字游戏，我比较有办法，我喜欢文字游戏。有一本书我觉得无法翻译，就是《爱丽丝漫游奇境》，最好的译本是赵元任的，他是用游戏的态度翻译的，我认为这种书只能用游戏的态度来翻译，这里的文字游戏太多了。这本书还应该有更好的译本，我认为要重金奖赏翻译成功的人。它的文字尤其难译，英文里双关语很难的。比方说原文是：这很简单，简单得就像 ABC，但中国人又不说 ABC，我就翻译成：简单得就像一二一，这就是文字游戏。

当然现在有汉语拼音，我们也可以用 ABC，但是不普遍，而且中文里夹杂 ABC 也比较怪。现在的儿童很小就学英语，可以用 ABC，但是也很少在口语里这样讲。所以我讲汉语拼音 ABC 并不念 ABC，学过英文的人都用英文字母读法来读汉语拼音，这个没办法。

问：还有一个问题涉及您的儿童文学创作。您的创作是受到翻译的启发吗？怎么想起来自己创作儿童文学作品的？

答：可以说翻译的过程就是学习的过程。开始我没有想过创作，但不知不觉就在学习。比方说我翻译了很多儿童书，翻译之后常常觉得还不过瘾，我会想如果自己创作的话，可以怎么写。我觉得自己可以写得更好，所以后来把生活中看到的好的素材都用本子记下来。60年代没书可译的日子，也是我创作欲最旺盛的时候。没有书翻译了，我总不能一天到晚不做事，我就想创作，开始写儿童诗。诗歌发表以后影响很好，一些老朋友写信来说我写得好，就应该这么写。其中三个人我至今还记得：一个是贺宜，一个是金近，他是个童话家，还有一个是胡德华，她曾经是少儿出版社的社长，后来当妇联领导人，是胡仲持的女儿。因为受到了鼓励，我开始大量地创作，一直坚持到现在。那时候我主要写儿童诗,现在也还在写,后来出了两个集子:《小孩子懂大事情》和《给巨人的书》。50年代我也创作,创作能力还是有的,但当时精力都在翻译上,没有很好地考虑创作。没东西翻译的时候我就开始创作了,后来翻译创作两手都做。童话集《"没头脑"和"不高兴"》是50年代写的,属于早期的。我写儿童书还有一个原因,我这个人没有长性,热情一下子上来又一下子熄灭了,写一百万字不可能,我喜欢写短的东西。

问:您在翻译创作的时候,对读者是否有期待?您怎么看待儿童文学的价值、目的?您创作的时候只考虑儿童,还是也想到成人?

答:我主要想到儿童,儿童是否喜欢是我所想的。

问:您长期接触儿童文学,也自己创作,那您觉得外国儿童文学在外国文学中的位置是怎样的?

答:儿童文学和整个文学相比,是一门新学问。过去并不重视儿童,所以儿童文学的历史是很短的。《格林童话》是最早的,也不过两三百年。现在很多人看不起儿童文学,觉得没什么了不起的大作品。这也不奇怪,但是不能怪儿童文学,因为它历史很短,《木偶奇遇记》不过两百年,所以大作品恐怕要慢慢积累。儿童文学作者怎么写出好作品是个大问题。现在儿童文学作者在中国处境比较难。中国儿童文学作家我最佩服的人是张天翼,我非常喜欢他的作品,他是天生的儿童文学作家。

问:您作为外国文学工作者,在外国文学编辑出版、翻译和写作领域都有建树,三项全能,非常难得。

答:我看这样的人很多,很多前辈都是这样,鲁迅先生、巴金、茅盾都是又翻译又编辑又创作,而且他们更伟大。我是后辈,不能比拟。

问:您自己对外国文学十分热爱且一直与之打交道,您对后人晚辈有什么期待?

答:我期待的太多了。期待他们多出好作品,多了解外国的文学情况,把好东西介绍过来,因为介绍外国文学作品对我国文学创作很有帮助,可以借鉴。希望好作品越来越多,也希望译文出版社出的书越来越好,这是我的希望。我非常感谢你们的工作,很有意义。还有,所有翻译工作者都是有创作力的,但是这些创作力大家不一定都知道。要让老翻译家多讲讲。

访谈时间、地点：2011年10月12日15时—16时于上海
访　谈　方　式：电话采访
访　谈　　人：王东亮、罗湉、史阳

学贯朝韩学　情钟《玉楼梦》
——韦旭升先生访谈录

韦旭升,江苏省南京市人,汉族。北京大学教授,1928年10月生,日本侵略军飞机炸弹下的幸存者,南京大屠杀的逃脱者,在故乡度过小学、中学时代。1947年进入南京国立东方语文专科学校学习韩国语。1949年入学于北京大学东语系。1953年毕业,留校任教四十余年。曾兼任北京大学东语系教学与科研秘书、系东方文学研究室副主任、中文系比较文学与比较文化研究所教授、北京语言学院汉学系兼职教授、广西师大《中国研究东方文学丛刊》特约编委等。延边大学"朝鲜学—韩国学丛书"特邀编委,北京大学亚非研究所特约研究员,政府特殊津贴享受者。中国朝鲜—韩国文学研究会前副会长、顾问。

主攻朝鲜(韩国)古典文学和朝语(韩语)语法,着重研究《抗倭演义(壬辰录)》与《玉楼梦》,以及中国古典文学对朝鲜古典文学的影响。出版有专著、译著等等。曾赴平壤从事《壬辰录》研究,应邀赴美国、朝鲜、韩国、日本、澳大利亚、中国台湾等处参加学术会议、讲学并在韩国东国大学任课。2000年出版《韦旭升文集》,2005年获韩国总统颁发的"宝冠文化勋章"。

采访人(问):韦老师好!感谢您接受我们课题组的访谈。您是我国韩朝语言文学学科的资深学者,著述丰富,也见证了新中国成立后这一学科的发展历程,很高兴有机会聆听您讲述个人的学术道路,我们就从您最初的求学经历、在东方语专的学习开始吧。

韦旭升先生(答):我由高中毕业后1947年秋进入东方语专,本应该是9月份开学,但这一届学员开学晚了。1948年8月暑假期间我就被开除了,原因是参加学生运动。当时全国有很多学生被抓起来了,包括北京、天津、上海、南京各地的,在1948年8月19号的报纸上登了很长一份名单,上面就有我的名字。我被开除后在南京待不下去了,就去了上海。1949年4月南京解放,5月上海解放,我回南京,随即在6月初就理所当然地复学了。我学习的是朝鲜语,那时还不叫朝鲜语,叫韩国语。复学后我在南京待了一两个月,政治气氛很强。8月中旬,突然宣布东方语专整个儿合并到北大东语系。我们听了非常高兴,坐火车北上,车厢坐满了老师和学生,一共大约一百多人,老师估计二三十位,学生一百左右。那时刚解放,南方还在打仗,教职工有相当一部分去了台湾。"东方语专"全名是国民党教育部下属的"国立东方语文专科学校",当时南京共有三个专科学校,除了东方语专,还有国立药学专科学校以及国立戏剧专科学校,大学有国立中央大学、金陵大学。东方语专的学术底子不行,成立时间不久,虽然叫专科学校,但实际上是按大学的标准,要求高中毕业才能考,但又是三年制,所以是专科。东方语专有的语种包括印度语、菲律宾语、缅甸语、阿拉伯语、日语、越南语等,蒙古语和藏语在边疆学院。日语当时没有作为一个专业,而是第二外语,和英语、俄语一样作为二外。专业的具体名称叫韩国语科、缅甸语科等。学校学生三四百人,教员六七十人,后来因为政治倾向不一、学术底子不厚,有些人思想比较倾向国民党,国民党撤退也想撤退。国民党没有把学校搬走,有些学生和教员就离开了,有的跑解放区去了,有的就业了,有的跟着国民党走了。我们则来到了北大,当时还是在沙滩。

北大东语系本身很小,1946年成立时以季羡林为首,有金克木、马坚、陈信德等。专业有日语、印地语、阿语。东方语专来了后东语系一下子壮大起来,当时绝大部分都是东方语专来的。有缅甸语的陈炎(他比我大12岁,东方语专建校时他就在了,对东方语专的历史最清楚)、越南语的颜保、黄敏中,印地语的殷洪元等。

问:到了北大以后,教学等方面的情况怎么样?

答:来北大后,教学工作就走上了正轨,在北京先叫朝鲜语科,后来改叫朝鲜语专业。学生全部从一年级念起,开始系统地学习。按理说我应该三年级了,但因为新中国成立前没学好,全都从一年级重新开始。我原来的班上一共来了两个人,同班同学是许维翰。比我们低一级的同学也来了几个,有吉文涛、张佳玲等等。这就形成了北京大学第一届朝鲜语专业。东方语专来的一共8人。还有两个新生,一个是贺剑城,还有一个是刘毓纕。后来贺剑城任过东语系书记,刘毓纕当过北京外国语学院党委副书记。他们是在北方从高中毕业生中拨调过来的。

后来朝鲜语专业每年都有新同学,我们从一年级开始念,第二年下面就又有了个年级。最初是调干生,组织决定抽调政治可靠、有培养前途的学生。不仅是朝鲜语,其他专业也是这样,后来才正式招生。

东方语专韩国语科的老师有权泰钟,后来他回韩国了。北大这边的老师有马超群和李启烈两位,也是从东方语专来的。他们不是语言学科班出身,不是研究语言学的,教学质量不太高,在语法方面讲得不够条理分明。我们在三年级时,去延边大学借读一年。根据北大和延边大学的协议,朝鲜语专业学生在三年级时,可以到延边大学学习一年。那里是朝鲜族大学,95%以上都是朝鲜族。到延边大学就有了朝语环境,那里的老师也比较正规,给北大班配的是比较好的老师,但理论方面也不太系统。这一年听力、口语、写作能力都提高了。那里有一些课全部用朝语讲,跟同学们的接触也多了,有的同学在那儿谈恋爱都是用朝鲜语。

四年级我们回来了,从朝鲜教育部聘请了一位金日成大学的语言学教授,三十多岁,叫柳烈,对我影响非常大。柳烈人很热心,又有学问。大学四年级听他的课,毕业之后又跟着他,他上主课,我上辅导课,根据他的课堂内容辅导学生,就这样成长了起来。我的朝鲜语语法系统知识基本上是柳烈先生给的,他相当于我的导师,对我的语法学习方面起了决定性作用。他是科班出身的语言学家,后来离开我们这里后调入朝鲜社会科学院语言研究所成了骨干研究员。

在文学方面给我影响较深的是李应洙先生,他是根据我们与朝鲜政府之间互派学者的协议来的,和柳烈一个性质。他来得稍晚,是1956年。他原来学哲学,后来改行搞文学,每周要针对我们年轻教师讲两次课,还包括了延边大学的两个老师。我当时二十多岁,文学方面他是我的启蒙者。

问:在李应洙先生执教之前中国有人专门进行朝鲜文学的研究吗?

答:没有。他教出了我国汉族人中第一批从事朝鲜文学研究的人。两千年中韩文化关系史上,我国从来没有从朝鲜半岛正式请人来开课讲朝鲜文学。当然东北朝鲜族地区是有些学校开课,但这与汉族大学专门从朝鲜请来讲学的不一样。

我最初的教学和研究主要是语言方面。一方面当时是文学课还没有开,另一方面东语系主要听外交部的,政治第一,要为外交部培养翻译人才,文学课没怎么开,大家也不重视,做研究也是研究翻译规律。李应洙先生来之后我听他的课,但是由于我担任的工作较多,时间不够,学得不够深、透。真正把文学搞起来还是改革开放以后,虽然以前也教过两次文学史课,也编过油印本的文学史教材,但到50岁以后才真正搞研究。最早出的书是语法书。1971年从鲤鱼洲干校回来,安排了教学任务,1972年或1973年开始编《朝鲜语实用语法》。我和延边大学的老师许东振合作。我们两个分工,各写若干章节,一半对一半。写作过程中还互相讨论,发挥各自的长处。他是朝鲜族,我的朝语不如他流畅,但是怎么表述才能让汉族人更好地掌握朝鲜语,他不擅长,而我在教学中有经验,所以可以互相补充。

我承担的部分是对中国汉族人学起来比较难的地方。中韩建交后这本书改名为《韩国语实用语法》,这也算是时代特征。编书的时候正逢"左"得最厉害,需要在例句里加入很多"左"的东西。比如一个例句"人民军一进去,敌人纷纷逃走了",出版社说这不符合毛泽东思想,因为要打歼灭战,不能让敌人逃走。后来"批邓、反击右倾翻案风",又说我们没有一个例句是批判邓小平的。我非常反感,不愿加这样的例句。他们就派人专门到北大东语系找我,当面要我加三句四句。加了不久"四人帮"倒台了,书还没有印,但可能是预感到过一两年邓小平肯定要出来,于是他们又赶紧让我把有关邓小平的例句立即去掉。这样折腾了两年,商务印书馆跑无数趟,就是为了这样的例句的问题。

后来改革开放,"四人帮"倒台,眼看朝鲜语可能受到重视,外研社愿意出书,商务印书馆比较保守,说暂时不再重印,外研社拿去,越卖越畅销,重印了有十版。中间大改过一次,加了很多新东西,叫《新编韩语实用语法》,列为"十一五"国家级规划教材。

另外一本《韩国文学史》也列为"十一五"国家级规划教材,是由《朝鲜文学史》改名而来。由北京大学出版社出版。我1981年开始写《文学史》,1983年完成初稿。《韩国文学史》字数比较多,四十万字,北大出版社最终让删成三十五万字出版。

问:您的《韩国文学史》包含了哪些历史时期?

答:按中国古代文学史的写法,写到清末就结束了,剩下应算近现代文学史了。朝鲜的历史与中国情况类似,我也就写到朝鲜封建末期,大致于1910年韩国亡国之前为止。李氏王朝最后十三年改了国号,本来叫朝鲜王国,1897年开始改为大韩帝国,受日本怂恿,不为中国附庸,改为独立的帝国,国王改叫皇帝。"大韩民国"一词正是从"大韩帝国"来的。文学史写到这个时候以前,没有涉及现代,也没有现实的政治问题。当然我也是有意识避开,没有讲现代。教学时的讲稿里有些现代的内容,涉及一些政治问题,但没有编入书中。

问:看您另外还有一本专著《〈壬辰录〉研究》。《壬辰录》在韩国也是一部重要的文学著作吧?

答:《壬辰录》被称为韩国的《三国演义》,讲朝鲜军民抗击日本的经过。1592年日本发动大规模侵朝战争,占据朝鲜大半,这时朝鲜请求明朝万历皇帝援助。

明朝分"主战""主和"两派,后来主战派胜利,战争打了七年,把日本打退。明朝一出兵,局势大变,虽然没有完全驱除日寇,但把他们赶到了东南部的釜山一带。1592年是壬辰年,《壬辰录》讲的是战争前王室腐败,日本很快占领首都汉城,国王逃到义州,派使臣过来请求,痛哭流涕,请"天国"——明朝——派军。明朝一过江把平壤收复,那仗打得很漂亮。用类似《三国演义》的手法讲如何打仗、中国如何出兵,甚至有的版本还写到关公显灵帮助打败敌军。《壬辰录》写了很多朝鲜义兵,最英勇的是李舜臣,他是首屈一指、空前绝后的民族英雄,是朝鲜的岳飞。

《壬辰录》写了朝鲜如何受侵略,义兵怎么抗击、斗争,中国怎么配合,最后把日本打败,还写了朝鲜派人到日本受降的过程。历史上实际是日本撤兵,小说写的则是投降,还有一个僧人作为义兵领袖去日本受降,他非常有才能,去谈判投降的条件等,这就不一定是历史了。虽然是有人去做过交涉,但并非是真正的受降。它的写作水平相对简单,篇幅也较短,无法和《三国演义》相比,但是在军事和政治上很有意义。朝鲜亡国36年,从1910年到1945年日本统治期间,这本书被列为禁书,老百姓偷偷在家中、田间传阅,所以在整个民间它的政治价值很大。在《文学史》中它仅仅是一个章节,而我把它作为一个专题来研究。我在平壤从朝鲜语翻译成中文,根据平壤人提供的版本。它也有汉文本,汉文本和朝文本历史人物基本一样,但故事情节不一样,所以是不同的两本书。汉文本是朝鲜人借给我的,我在金日成大学的宿舍中看,把它复印了,分章标点,进行整理,把朝文本翻译了,再加上我的研究,合在一起叫做《抗倭演义》研究》。这个研究是在1983、1984年《文学史》写完之后进行的,当时我写完《文学史》就去了平壤,为此专门研究了九个月。

问:在您的学术生涯中,哪些老师对您的影响最为深远?

答:要说影响大,一位是柳烈,一位是李应洙,第三个就是在朝鲜金日成大学的申龟铉先生。这位先生是知名的文学教授,一级水平的教授。当时我研究《壬辰录》,住在金日成大学,大学派他来帮助我,他比我大14岁,非常热心,也非常人性化,每个星期都亲临我宿舍。我住在留学生单间,他看得懂中文,每次都来看我写的稿子,作出评价并赞扬、鼓励我。我总想他比我大这么多,应该是我去他那里求教,但是上面规定必须到外国人宿舍指导。他倒是没有对我提很多新意见,只是提出,他们朝鲜的规矩是每篇文史哲文章必须引用金日成的话,且是大段地引用。不知道现在怎么样了,1983年那时是这样。于是他建议我引用金日成的话,我说不光引用金日成,也要引用毛主席的话,他这才恍然大悟,意识到失言了,忘记我是个外国人。后来他见到我,三番五次要收回这个话,说是不但要引用毛主席还要引用周恩来的话。

这个老师是个纯粹的学者,后来跟我很熟了,我还去他家里,当时去他家里还要金日成大学外事部批准,还派人专门陪我去。我很尊敬他,也很怀念他,可惜他去世了。

问:您刚才提到读书期间得益于两位朝鲜专家的启蒙,这次去朝鲜又得到这位文学教授的帮助和指导,我们觉得朝鲜的政治制度比较特殊,但在学术上还是有很多专门的人才,他们的文学研究方面与韩国相比有什么不同吗?

答:我觉得跟韩国比,朝鲜有自己的优点或长处。朝鲜重视理论,马克思主义给它提供了一个高度和一个世界观,使得他们观察问题深,把问题和社会结合起来,避免了片面化、繁琐化。但缺点是教条化、程式化。韩国的好处是重视资料,理论分析不怎么深刻,但是重视考证,资料搜集很多,所以我们从韩国也得到很多益处。就语言研究来说,这是没有阶级性的学科,我比较倾向于朝鲜的研究风格,韩国研究显得标新立异太多,特别个人化,有些混乱。

问:您还写了一部跨学科的专著《中国文学在朝鲜》,这是探讨中国文学对近现代以前的朝鲜文学的影响吧?

答:是的,主要是概述和影响研究。韩国人做过类似的研究,朝鲜则很少。韩国的研究是一本书对一本书,或者具体针对某个作家如李白之类。我的研究则是综合性的,比如说作品的主题思想影响,中国古典文学主题怎么影响韩国古典文学主题?中国的人物描写在韩国怎么出现的?同样一个人物在韩国有什么变化?增加或删除了什么?风格、体裁、主题、人物、用词等吸收多少汉语词句?我把这些问题一章章分别论述。不分时代,从古代一直到封建末期他们停止使用汉文、完全用朝鲜文写作时为止。

朝鲜历史上也搞科举,必须用汉文应试,不能用朝文,所以汉文学影响很大。他们发展本民族文学中,最大的营养来源就是中国,这个民族吸收能力很强。比如把中国的作品拿去之后,照着样子写五言、七言诗,让人都看不出是朝鲜人写的,甚至还用汉文写小说。这方面的文学成就很大,成果很多。虽然其语言是汉文,但是内容、情感、思想都是他们自己国家的。另一方面,他们把汉文拿去后,影响了自己的国语文学,也就是朝语文学。国语文学后来发展起来,带有很多汉文学的成分,用词、风格、主题都受中国汉文学的影响,只不过是用朝鲜文写作的。我在书中就打乱了,不管是汉文文学还是朝文文学都合在一起,按照主题、人物、风格、体裁等分章。按体裁来说,四言诗有一些,主要还是五言和七言,词只有个别人写。这对他们要难一些。他们历史上词人只有几个,但几乎人人都写诗,元曲对他们毫无影响。以这个为例,我就论述了对于汉文学,它吸收什么?为什么要吸收?又没有吸收什么?这又是为什么?别人还似乎还没有按这种鸟瞰性的思路写过。

问:如您所言,在我国的朝鲜语言文学研究中,延边大学的地位比较特殊吧?

答:它是民族大学,以朝鲜族为主,也吸收了一些汉族。在研究朝鲜的历史、文学、哲学这些方面,有一定的专长,因为是同一民族,收集资料很方便。他们研究朝鲜就好像研究自己家的事。文学研究的著作出了不少,有些专题研究还是很深的。

问:您还翻译过《玉楼梦》,这也是受到中国文学影响的朝鲜文学经典作品吗?

答:我把《玉楼梦》比作是韩国的《战争与和平》。这个比他们国内自己的评价还高,我是客观评价,没有抬高它,是他们还没有发现自己名著的高度。通过与其他国家相比较,可以发现它的文学价值比较高。它不像《红楼梦》。《玉楼梦》写恋爱之事、贵族家事的纠纷,也有大段关于战争、政治的。它的背景是中国明朝。韩国有很多小说都是这样,比如李朝时期的很多小说就是以中国为背景的。这些小说把舞台设在中国,虚构的人物也在中国,朝代不是明就是宋。《玉楼梦》写的是明朝的事,因为朝鲜自壬辰战争之后,君臣上下、朝野之间十分感激明朝,仇视清朝,在政界,国王、臣子都密谋过反清复明。明灭之后中国人改服装,他们看了非常难过,有很多游记作品中都有这样的内容。他们对明朝的感情非常深,反映在文学上,就是很多小说把舞台设在中国,写中国和国外打仗,总是中国打胜,"外敌"暗指的是清朝。《玉楼梦》中穿插了很复杂、细致的爱情故事。成书是在19世纪,那时好像《红楼梦》还没有传过去产生什么影响。中国作品传过去一般要经过50到100年,我们过时了它那儿才时髦。这本书内容很丰富,朝野中忠奸斗争非常深刻,与之类似的作品有一大批,其中篇幅较长、境界最高的就是《玉楼梦》。

朝鲜的文学史有专门章节从爱国主义角度讲《玉楼梦》,其他方面的描写不提或少提。韩国没有专门列章,只是提到。我认为《玉楼梦》应当是排第一位的,不过朝鲜自己一般都提《春香传》,家喻户晓,比梁祝在中国还要有名。为什么呢?《春香传》其实很单薄,属于民间文学,《玉楼梦》篇幅庞大,思想深刻,情节动人,是纯粹的文人文学,但它毕竟写的是中国,所以不太受重视。《玉楼梦》基本使用朝鲜式汉文写,中国人读大部分能懂,有些不太懂,里面加了很多朝文。我既是翻译,但又不完全是翻译,因为里面有很多是汉文写的。

现在韩国人的汉文水平越来越下降,《玉楼梦》这样的书原文只有文科学者或受过有关专业训练的研究生才能看懂。现在80岁以上的学者还有少数人可以用汉文写作,写汉诗、文章,我看到过他们写的五言、七言抒情诗,但60岁以下就没人写了。

问:朝韩语这个学科比较特别的地方是在专业建立时,朝鲜族老师在专业发展史上发挥了很多作用,这一点和其他专业不太一样。

答:本民族母语的人担任语言教学任务,这在其他语言专业比较少,我们有这个天然条件,他们确实起了不少作用。那时教研室中朝鲜族的老师占了差不多一半,他们教了不少学生,优势是母语熟练,语言比较地道,特别是朝鲜语口语和书面语差别很大,口语、视听课都是他们上。汉译朝也是他们开课,因为他们的应用能力较强,语言表达自然。缺点当然也不可避免,毕竟是母语应用已极为习惯了,反而在向汉族学生的教学中不知道该怎么解释语言现象,就好像让我给外国人讲解中文的种种语言现象,我也会感到无从下手。所以学生反映,反而是汉族老师讲课,能够说透让学生感到困惑的问题。

问:您在翻译、研究时,选题都是自己选择的吗?您翻译了不少文学作品,在翻译时您遵循什么原则?

答:我在文学史和语法上的研究是实际教学工作的需要,教学中就有这些计划。其他一些,比如《壬辰录研究》等,都是自己选择的。那些由组织上规定的东西也需要自己去具体掌握,比如编写语法教材,到底怎么写读者才能欢迎呢?这就要自己揣摩,上面并不干预,哪些重点渲染,哪些忽略,文学史也是这样。翻译的问题,我觉得核心还是能否翻译得让中国人容易懂。朝鲜文中有很多汉字,却是按照朝鲜方式排列的,看着很别扭。要使译文能够为读者接受,同时也不改变基本内容,就应该不受其拘束,以读者能否看明白,能否领略其境界为核心。

问:获得"宝冠文化勋章"的《韦旭升文集》是一部六卷本、260万字的巨著,可以说是您个人学术生涯的总结,但文集的出版也是中国朝韩文学研究领域的盛事,刚才咱们谈到的这些论著和译著都收入文集了吗?

答:文集是2000年完成的,此前材料分散在各个地方,我把手头能收集的都收集起来,由中央编译局出版。自己做了努力,但还不满意,研究还不够深透。我起步较晚,50岁才开始研究文学,是从改革开放,70年代末、80年代初时开始,这也是时代造成的。"文革"之前、"文革"期间,我们受到很大的压力和限制。学外语的搞翻译很自然,但当时翻译却是禁忌,被称作"白专道路""名利思想",所以不敢搞。当时我的学生高宗文在上海译文出版社让我翻点东西,还签订了合同,但要下手的时候,我考虑再三,看别人被贴了大字报,压力很大,只能是放弃了。

搞教学问题不大,但进行学术研究也有不少压力。学术研究如果搞得太深,和教学的关系远了,就有被扣帽子的危险,说你想走"专家道路",想"成名成家",至少这不是鼓励的话,但也不至于像翻译那样成为众矢之的。除了思想限制,当时还有时间上的限制,开会、行政、社会工作都花了很多时间,没有时间让你做研究。

到80年代思想解放,这些束缚和禁区都没了,以前自己不能联系出国的,要由上面指定,改革开放之后就自由多了。所以说,改革开放之前都是准备期,我没有出什么东西,最后文章出版都是80年代之后。我这种情况在那个时代环境中很普遍。

文集的六卷是这样分配的:第一卷文学史;第二卷《壬辰录研究》;第三卷比较文学,以《中国文学在朝鲜》为主,有些单篇的论文;第四卷是一般的论文,包括少数与哲学相关的,再加上两个韩国中篇小说《谢氏南征记》《九云梦》。《九云梦》写的是一个男的谈恋爱,最后功成名就成为驸马,是个非常美的幻想式故事。它是17世纪的作品,那时一般不敢写这些东西,是一个地位很高的文人用朝鲜文写的,当时他们自己又把它翻译为汉文。《谢氏南征记》写妻妾之间的矛盾,妻子逃到湖南,所以叫"南征",也是以中国为背景,这是为了避免文字狱,因为如果写成国内的事情容易引起争议,把舞台设在外国怎么写都行,不会得罪人,这样的例子韩国特别多。第五卷是《玉楼梦》;第六卷是翻译和语言学研究两大类,包括语法研究、翻译研究,翻译的作品包括诗歌和小说。

文集出版后不久,2001年初在北大举办了首发式,韩国大使送了花篮,前第一任驻韩国大使张庭延也参加了。韩国人在韩国举办的叫"《韦旭升文集》出版纪念会",把我找去参加,这是在2001年12月12日,参加者有不少韩国文学研究界的权威和名流。有几个比较著名的、搞中国文学的韩国老学者也参加了。韩国学术院副院长车柱环也参加并发表了热情洋溢的演说,中国驻韩大使也来参加,并用朝文演说。一些留韩的中国留学生也与会了,搞得很隆重。

问:最后请您说说对于晚辈后学有什么期待和建议吧。

答：我有一个想法，搞外国研究，对象国的资料固然很重要，作品很重要，语言必须过关，这是毫无疑问的，但是还有个条件就是理论基础。它牵涉到整个文章的逻辑思维和论述深度。尽管你全文可能引用很多小说片段，谈文学问题，但要有理论功底才可能顺畅，才容易发现问题、展开问题、得到比较完善的结论。如果没有理论只有资料，往往写不出像样的东西来。我自己是这么做的，得益于此，但不敢说建议年轻人一定这么做。

对我而言，研究朝鲜是一种工作需要，我的岗位专业在此，但我特别在学生时代，真正热衷的是两样东西：一是政治与哲学方面的理论学习，二是文学艺术爱好。

理论学习明显对我有好处，新中国成立前偷偷看由地下党传来的毛泽东的《新民主主义论》《论联合政府》等，又看了《大众哲学》等，这些为我培养了理论基础。到北大后我把业余时间都花在看理论上，教学本身并没有要求看这些，是我自己特别喜欢，一下课就一头钻进图书馆看。当时朝鲜语是应付着学，临考时多复习几遍，考试成绩也不错。

我把三卷《资本论》看了两卷半，后来身体不好，感冒还吐血，不敢再使劲，就停止了。列宁、斯大林和毛泽东的书能读到的也算是都读了。当时没有人要求，是我自己喜欢，比如毛泽东的《中国革命战争中的战略问题》、列宁的《俄国资本主义的发展》，都非常喜欢。写这著作时列宁才二十五六岁，不容易啊，他的《黑格尔逻辑学摘要》对我影响很大，他为摘要加的评论精彩极了。我等于是在他的指导下读了黑格尔哲学。恩格斯的《反杜林论》《自然辩证法》《家庭、私有财产和国家的起源》，费尔巴哈的《德国古典哲学的终结》我也都看了。在我二十二三岁的年龄还不能都看懂，看了一遍能够知道个大概和总的框架，怎么论证、怎么引用材料。我侧重于整体把握，"好读书不求甚解"。最后看的是黑格尔，《精神现象学》没有中文版只能看英文的，还有《逻辑学》等。这些爱好后来证明帮助很大，让人能一下子找到问题，把逻辑关系看清楚。现在想来我看的理论偏重马克思主义和德国古典哲学，其他的没有看太多。亚里士多德、柏拉图等接触得少。现在有很多新学派我都不了解，现在的年轻人应该看得更多些，阅读得更为广泛，提高理论修养。

我本来在中学、小学就喜欢文学，中国古典和外国文学，很喜欢托尔斯泰、巴尔扎克、狄更斯、莱蒙托夫、普希金，不太喜欢马雅可夫斯基。后来研究朝鲜文学，并不完全是直接比较中国和韩国的文学，而是从世界角度来看问题，就容易看出问题。举个例子，《玉楼梦》中的音乐问题：我非常喜欢古典音乐，就发现《玉楼梦》和其他国家的作品不一样，对音乐作用强调如此之高，用音乐推动情节，加强对人物的描写和对情境的描写；此外还有政治作用、教化作用，而且全都表现得自然。能达到这样程度的音乐描写我还没见过。《红楼梦》《战争与和平》也有一些涉及音乐的地方,但是不像《玉楼梦》里面集中和众多。

  读理论书的作用是让你看问题时不是仅仅盯着一点,而是从很宽广的角度去看,这样才容易看出问题,容易发现作品的特点,优点和短处,以及从哪方面去论述。"书到用时方恨少",我在沙滩红楼当学生的时候,去旁听哲学课,教授说了一句话:"为学当如金字塔,又能广博又能高",这对我一辈子影响都非常深。

  以上我讲的理论学习问题和提到的一些具体书名,纯属我个人实际的切身体会和真实的感受,并不是建议年轻人这样去做、去读那些书。我没有这个权利。现在的年轻学生思想很活跃,接触的东西多种多样,比我那时更多更丰富,我想他们会根据自己的实际处境和本身的情况,做出更好的抉择,取得比前人更多更好的成就。

访谈时间:2011年6月17日星期五14时—17时
访谈地点:北京天通苑韦旭升先生寓所
访 谈 人:王东亮、罗湉、史阳

坚守印度文学
心系东方世界
——刘安武先生访谈录

刘安武,湖南常德人,1930年出生。1949年秋入湖南大学中文系,1951年春入北京大学东语系印地语专业,1954年冬被派往印度留学,1958年夏回国被分回北京大学任教至今。曾任北京大学东语系东方文学研究室主任、东语系学术委员会主任,中国印度文学研究会副会长、会长,现为名誉会长,教授、博士生导师。主要著作有《印度印地语文学史》《普列姆昌德评传》《印度两大史诗研究》《印度文学和中国文学的比较研究》等。主要译著有《新婚》《如意树》《割草的女人》《普列姆昌德短篇小说选》以及《国王与王后》等泰戈尔剧本10种。2004年11月被中国译协授予"资深翻译家"称号,2005年1月起任北京大学人文社会科学资深教授。

采访人(问):刘老师好!谢谢您接受我们的访谈,我们在《学路回望》上看到过您的访谈,当时的课题背景是北京大学外国语言文学学科发展史。这次访谈的课题背景是"新中国60年外国文学研究",范围有所不同。我们想听您谈谈新中国成立以来印度语言文学这个学科的发展和您本人的学术成就以及在学科建设等方面的贡献。就从您的求学历程和专业选择开始吧。

刘安武先生(答):这次我只谈北大,不涉及其他单位。不是不敢说,是说不全。印度学学科包括语言、文学、社会、文化各个方面,光凭口头几句恐怕难以概括全面。

我的观点是,搞外国文学的人,一般都应该是中学就对文学感兴趣的。不感兴趣的话,就很难在外国文学方面钻进去,就会格格不入。我呢,从小学开始接触中国武侠小说,慢慢对中国文学感兴趣。所以我大学报考的中文系。说来话长,我被调入外语学科,还深为可惜呢!1951年2月,我在湖南大学中文系读了一年半了,那时候新中国刚成立,要开展外交活动,需要一些人懂外语。团中央和教育部发文,从大学一、初二年级或高三抽调一批人,培养广义上的外交人才。所以我们其实不是调来从事外国文学的,根本没有开文学课。新中国成立前第一次接触外国文学还是法国的《茶花女》。那是1943或1944年,我上初一、初二,夏康农的译本刚出版,翻译得真好,人家送我一本,我如获至宝,看了两遍。现在我还记得开头,还可以背几句。那是我第一次接触外国文学,如果我不念中文系而念外国文学,很可能挑选法国文学。

这样我到了北大东语系印地语专业了。我们共十二个人,第一个学期是金克木先生教我们,这委屈了他,他的长处是梵语和印度古代文学。从第二学期开始就是外教授课。我们的外教是个非印地语专业大学毕业生,自己对语法也不太熟悉,就像我们不熟悉汉语语法一样,那个外教也不熟悉印地语的语法。他讲课没什么条理,没有教学经验,是个左派进步青年。他人很热情,讲课常闹笑话。他上课解释"鬼",怎么比划中国学生都不懂,最后就说:"鬼,就是可怕的神。"我们就记住了。到后来遇到"鬼"的地方用"可怕的神"都讲得通。比如过去的神怪小说,某某碰到一个鬼,鬼对他怎么说就怎么说,把"鬼"用"可怕的神"代替也说得过去。后来一查字典(那时候没有汉印词典),都是英汉汉英字典,发现原来这是"鬼"的意思,不是可怕的神。外教讲课不精确,抽象的东西说不准,就用英语。新中国成立前英语没有真正过关,中文系期间也念了英语,读还行,说不好。我从中学起倒不讨厌外语,但成绩平平,时间都用去看中国文学了。

所以要说学印地语,我们是第一批来学的。我们的语言功底不算强,因为其他地方没有这个专业,不开设这门语言,也没有个比较。梵语是古代语言,有研究价值,没有实用性。学梵语很难,比学中文还难。印地语语法和词汇很多是从梵语过来的,但是简化多了。从文学来说,新中国成立前中国读者知道泰戈尔,是从英语介绍过来的,其他就很少。金克木先生和季羡林先生都是解放后翻译的,比如季羡林翻译的《五卷书》《沙恭达罗》《优哩婆湿》,一直到后来的《罗摩衍那》。大家对季先生的精神是佩服的,了不起,大家认为金克木先生的《云使》翻译得真好,语言、味道都传达出来了。金克木1962年写《梵语文学史》很不容易,是个大贡献。印度文学研究就是从他开始的。

我们这个学科起步晚,主要是金克木、季羡林他们带头。可惜到现在梵语正式的教材也没有出来,语法书和字典都没有。设想,一门外语学科,最起码的教材、语法、字典都没有,怎么办?人家不可能自学。全国只有北大有梵语教学。因为它的需要不是那么迫切,不搞学术研究则用不上。每次招生都要动员学生报这个志愿,一辈子学这个语言,和社会相距太远了。一些搞梵语研究的人,精神真是了不起。

所以我们这个学科或专业开设比较晚,新中国成立前大家只知泰戈尔,不知其他。印地语言专业成立后,就可以直接从印地语翻译重要作家作品了。通过印地语还可以翻译梵语的重要资料文献,因为梵语的重要作品都有印地语版本,梵语相当于古汉语,印地语相当于现代汉语,当然两种语言的差别很大。中国人借助字典还是可以懂得古汉语的,印度人不行,印度文科大学生毕业后可以一句梵语也不懂。在印度,研究梵语著作相当于我们研究古代《尚书》《易经》,比我们研究的人更多,还有人用梵语创作。他们圈子内部交流挺多,大学都有梵语系。他们国家也不是很提倡这个学科,但也不削弱这个学科。用梵语交流很麻烦,其他国家很难参与,所以学科发展比较慢和窄。

问: 北京大学印地语、乌尔都语和梵语这几个专业都是什么时候开始正式招生的?

答: 印地语、乌尔都语、梵语这三个专业很早就在一起。我刚来是两个专业——梵语和印地语。我离开北大去留学的那年(1954年)开始招乌尔都语学生。现在系里的李宗华,1955年派到印度学乌尔都语,1959年回国分到我们系。梵语是从1960年开始招第一个班,学制五年。我认为培养梵语专业的人才,应该少而精,从本科抓起。

我们那时候上课,主要是外教,班里12个同学。后来我去印度留学,1954年11月到1958年5月。我在2月份入学,三年之后的11月份离开学校,是新中国第一批赴印学习的留学生。当时印度总理尼赫鲁访问中国,在文化交流方面,达成了两个协议,一个是交换留学生,一个是互派文化代表团。事情办得很快。从印地语专业中选了两个人,我是其中一个,另外一个刘国楠很遗憾1987年就去世了,当时准备一个星期就启程了。走时教育部官员和印度驻华使馆的官员还欢送,那边印度教育部的官员在机场迎接,这说明中印双方对交换留学生的重视。1955年,我国又派了十位学生去印度,有学印地语的,有学乌尔都语的,还有学历史、物理和医科的。

问: 在印度留学期间,学业进展顺利吗?

答: 国内给我们提的要求是提高语言水平为主,其实选修的课程和看的书都是以文学为主,我们选修了一些课程,但是我的重点都在现当代作家的作品上,印度校方根据我们的要求,给我们配备了辅导教师。一个星期辅导两三次,一次两个钟头,我们有什么问题就都问他,给我们解决了知识上的实际问题,我们的收获比课堂上还大。我们也选修过文学史课,印度大学的文学史讲得和我们期待的不一样,他们不注重文学作品的内容分析,老师对诗歌感兴趣,就拼命讲诗歌,有些内容听来并不觉得很好。当然现在可能很不一样了。

问:您在印度留学期间已经目标明确,开始有计划地进行文学方面的学习,这样做是为回国后的教学科研做准备吗?

答:其实,学好语言后将来做什么是不明确的。要学好语言,多读文学作品是自然的,我们新成立的专业谈不上文学研究。1958年回国后赶上"大跃进",我们要开文学史课。谁开?让我来开。我5月回国,9月就开文学史课。我硬着头皮承担了下来,水平如何,可想而知。当然,也幸亏当时"逼"了一下,课开出来了,几次以后,水平也提高了一些,我编成了一本讲义——《印度印地语文学史》。"文革"后人民文学出版社孙绳武问我要去看看,后来就出版了。

我觉得搞外语的人翻译文学作品是有必要的。如果不翻译,语言掌握上会有缺陷。所以对搞外语的人来说,外国文学作品翻译应当算作研究工作的一部分,应当重视、鼓励。至于研究方面,也要看各人对作家、时代、流派的兴趣而有所不同。学校评定职称,科研成果只算论文,我觉得不妥,应该也算上翻译。不过,外国文学热潮80年代之后就过去了,现在不是很兴盛了。像南亚语系的一些作家,在本国名气很大,可是作品翻译过来后不一定能引起人们很大的兴趣。

问:那么印地语文学大致是个什么发展状况?它有哪些比较鲜明的特点呢?

答:印地语文学从梵语文学发展下来,历史有一千年左右。对外国人来说,它的古代作品其实都是对更古老作品的改编。印度史诗《罗摩衍那》《摩诃婆罗多》,还有《往事书》,就好像我们改编《三国》《水浒》一样,改编作品很多。所以印度两套史诗的人物、情节被反复改写,不厌其烦地改,听众、读者也接受,有人接受了之后自己又改写。你看印度著名史诗《罗摩衍那》,各个历史时期都改编过,题目有的还叫《罗摩衍那》,有的名字改了,还有一本叫《罗摩功行录》。这本书在印度的影响甚至超过了《罗摩衍那》。你能想象吗?在我们看来,改编作品是一种发展,但发展的内容未必都好。但是印度人能接受。你问印度人最好的作品,他不会说是《罗摩衍那》,他会说是《罗摩功行录》。奇不奇怪?作为一个外国人,你怎么看待这个现象?原创的作品或嫌粗糙,但是更接近人类的社会生活。改编的作品完全神化了。原创故事里的人物还是半人半神,到了改编故事里就完全是神了,成了道德典范。没有喜怒哀乐,为什么人们更欣赏?后来我们也问老师,为什么《罗摩衍那》不如《罗摩功行录》受欢迎呢?他说,老百姓是出于对宗教的虔诚思想。印度人改编古代作品的传统比我们更早,我们的传统是随小说、戏剧发展而兴盛起来的,《水浒》《西游记》《红楼梦》成书后算原创作品,改写特别是部分改写者很多。说来有趣,《西游记》里面有好多印度的因素。《罗摩衍那》里面悉多被抢,《西游记》里面也有类似的故事,一个魔王把王后抢走了,要她成为他的夫人。在这个问题的解决上,印度不像中国。古代人不是都很重视贞洁吗?一个魔王那么大的本领,把一个女子抢走了,她还能够保持贞洁吗?老百姓也不忍看她被侮辱,所以《西游记》里面紫阳真人来了之后,给了王后一件衣服,衣服穿起来以后她浑身都是刺,碰到她就会被刺。印度怎么办?它没想到这个办法,但也没让她遭侮辱,通过别的途径也表达了贞洁的思想。后来罗摩不是不相信悉多的贞洁,而把她抛弃了吗?在改编版本中,我觉得这个办法比较笨拙,因为男主角罗摩完全就是神了,他就把妻子的真身隐藏起来,被抢去的只是幻影。而幻影也没被侮辱,为什么呢?幻影很像人,通过一个使女一次次地蒙蔽了魔王,躲过了被侮辱的厄运。《西游记》里面有很多印度成分,把中国道教的一套神怪系统和印度的相结合了。

我后来因为要写《中印文学比较》,看了一些中国的明清志怪小说、笔记小说。你们可能对印度文学没有什么兴趣,这些小说我是越看越看不完,越看越多,印度的很多民间文学,像《五卷书》《佛本生故事》流传很广,中国文人也记载了许多故事表达轮回、报应的思想。

这个题目很大,我关注了好几年也不好说全面。掌握了材料,要系统比较两国文学,要有比较全面丰富的资料。要做好这件事情,需要十年八年才行。

问:您一直在研究印地语文学史,后来集中研究了作家普列姆昌德。这位作家在印地语文学中处于什么样的地位?

答:印度人说他的地位相当于我们的鲁迅,他的作品在中国很火热了一阵子。他的作品主要是十几本中长篇小说,三百余篇短篇小说。现在短篇小说大概有三分之一已经翻译过来了,长篇、中篇小说也大部分过来了。他和鲁迅一样是1936年去世的,他是1880年出生,比鲁迅早出生一年。

因为我开始讲印地语文学史的时候,普列姆昌德是现代文学的重点之一,把他当作进步作家,所以介绍他花的时间比较多,行文篇幅比较长。他晚年和一些作家共同成立了印度进步作家协会并任主席。他还是传统的甘地主义思想,但是容忍马克思主义思想体系。他当过印度进步作家协会会长,和政治保持一定的距离。三四十年代,马克思列宁主义在全世界流行,他的行文之间并没有马克思列宁主义的话,但是对苏联抱有同情。对苏联保持同情算是一个倾向,各个国家都有,就是有多有少,印度有了几十年了。现在印度进步作家协会还在活动,但是不太容易维持下去。而且领导进步作家协会的,都是比较有名望的人、大作家、大思想家。

问：北京大学东方文学教研室在学科历史上十分重要，您能给我们介绍一下东方文学教研室的建立过程吗？

答：首先，东方文学研究室是季羡林先生在1978年倡导建立的，而且季先生是主任。那时候东语系与俄语系、西语系、英语系联合起来出版了《国外文学》月刊。当时也正值学术解禁、鼓励学术研究的时候。俄语系、西语系"文革"前就有文学教研室，相继恢复了。我们东方文学教研室是新建的，比较晚。这三个外语系（当时英语系还没有独立出去）之前是各自管各自的，互相不怎么来往。"文革"之后因为共同需要，联合编辑出版《国外文学》。由于形势所迫我们还是逐渐融在一起，而且关系还比较好，大家共同维护这一片园地。

《国外文学》在全国算什么地位我不敢说，不很清楚。当召开"外国文学学会"的年会或理事会的时候，我们北大几个外语系的十多个理事和与会者有几天议论《国外文学》和联合起来进行学术研究的机会，大家都有要求，可是谁来牵头呢？季先生当时还是副校长，具体事务他是不会参与的，所以，校内还没有谁能把这些人组织到一起。开完会之后，大家一走了之，大家发表的意见，没有人专门来听取，更没有人牵头。所以我觉得我们的刊物和我们学校的外国文学研究与我们学校的地位还不太相称。应该办得更好一点。

问：《国外文学》刊物成立之初是个什么状况？世界文学研究中心的成立也与这份刊物有些关系吧？

答：当时设了五个常务编委，每个系一个。刊物定为月刊，一半篇幅刊载研究论文，一半篇幅刊载翻译作品。后来就改了，没有翻译作品了。北京外国语学院（现在的北京外国语大学）的《外国文学》刊物是发表少量论文，大部分是作品翻译，而且配上作家介绍、评论，研究性的东西比较少。他们的刊物中，东方的比较少。我们的刊物由季先生提倡，早期东方的内容不少。

世界文学研究中心是从各系外国文学教研室演变、过渡而来的。我是最初参加的几个人之一。《国外文学》由几个常务编委和一般编委组成，主要是现在已经去世的陆嘉玉。他算是常务编委中的常务，所有文章都要他过目，起最后统稿的作用。其他除我之外，还有俄语的李明滨、西语的范大灿，英语一直没有人单独负责，范大灿是西语和英语系未分开时候的代表。主编一直是季羡林先生，后来是李赋宁先生。

问：东方文学研究室后来做了哪些工作？

答：我们以各个文学研究室的名义招过两三届研究生，后来都合并到世界文学研究中心去了。到我退休之前研究生招生就中断了。当时我们为什么要办东方文学进修班呢？因为外界有这个要求。我们常常参加外国文学报告会、研讨会的时候，经常发现一些问题。比如我听到有关印度文学的一些观点，其实根本就不准确。你提出来他说自己没错，不知道是从英语还是俄语资料七拐八拐梳理出来的结论。我们希望在这方面有所改进，所以1984年让一些教东方文学课的老师来进修一个学期。其实也是一种交流：比如印度讲八到十个钟头，阿拉伯讲八个钟头。进修教师听了之后多少了解一些，缺点是没有综合性地讲东方文学，都是压缩了的国别文学史。一部分人觉得不能满足需求。为什么呢？他想在某个方面了解更深。但是那些要回去讲课的人呢，他就希望越多越好，所以有几个后来就以国内访问学者的身份再来北大进修一年，有的甚至两年。参加过进修班的人，直到退休前还在讲授东方文学的人数不多，但都是各个学校的领军人物。他们回忆起来都还很怀念这个进修班。

问：您对东方文学倾注了如此多的心血，能否为我们谈一下东方文学这个学科的整体发展情况？

答：我们的很多课题都以"东方文学"来命名，但事实上，现在没有人强调东方文学了。长期以来是季先生最强调东方文学了。但实际上东南亚文学、南亚文学、西亚文学也可以是独立学科。但我的深切体会是，东语系现在不存在了，一个系变成了七个，学科也分了，彼此之间不属于一个学科了。我们原来给中文系上课，是俄语系讲俄语文学，西语系讲欧美文学，东语系讲东方文学，但没有人讲整个的世界文学，都是各讲各的，而且东方文学也分成几片，几个人各讲各的，就不受中文系的欢迎。在我经手的时候我就很苦恼，希望能培养一个综合性的教师，他了解全部的东方文学，又懂得重点、一般。我就设想，如果这个人不是学某种东方语言出身，听了东方各种语言的文学史课程，他讲课时可以有的地方能讲得充分，有的地方能一笔带过。魏丽明就是这样的教师，在她前面有一个张某，他第一次讲课从头到尾几十个小时我都听了，不错。讲了几次之后他申请出国进修一段时间，到以色列去做研究，以色列给他终身教职。他走之后，我们就留下了魏丽明，正好魏丽明也愿意。后来她上课我也听了几节课，效果更好，她现在除了给本科生开课外，还开研究生的专题课，也在培养接班的教师。

问：最后想请您谈一谈您主编的 24 卷《泰戈尔全集》。

答：河北教育出版社经营有方，计划扩大业务，准备出版十几位大作家的全集，其中包括《泰戈尔全集》。出版社负责人找到我，让我主编这套全集。我说我不是研究泰戈尔的，也不懂孟加拉语。他们说没关系，译者可另找懂孟加拉语的人。除我之外，他们还找了社科院外文所的倪培耕和中国国际广播电台的白开元，于是我们三人作为主编开始工作了。

这套《泰戈尔全集》里我自己翻译的不多，只有十来个剧本，主要是其他同志的翻译，译者有二十多位。我们的观点是尽量从印地语和孟加拉语翻译，这样更接近原文。印地语和孟加拉语是姊妹语言，有一半词汇都一样，所以从印地语翻译的真实性远远超过从英语翻译，除非这个英语是泰戈尔本人写的。英译的除了冰心翻译的《吉檀迦利》，其他我们都用新译取代了。

对泰戈尔的评价各式各样。我觉得从人的本性来说，他是个了不起的人物。他作品里面有很朴实的思想。你要是说他迷信，那是误解了他，他是印度文化的体现。他那个时候来中国访问，有些中国人对他不太礼貌，认为他是来传播错误东西的。他气量比较大，不太在乎。你看看甘地，他的思想之所以伟大，在于他宁可受到委屈，以德报怨。就印度和中国相比较，印度独立基本没有流血，但我们的革命牺牲多大啊！在非战争时代，有人煽动和发动"文化大革命"，就死多少人，这在印度是不可想象的。两国的文化差异很大。他们那个民族比较平和，倡导非暴力，不提倡斗争哲学，尽量用善良来引导人民。

问：说到这里，您研究印度语言文化这么多年，能否对印度文化做个整体评价？

答：这个不太敢说。印度文化博大精深，你从任何一个角度看，也只是看到一小部分。它的语言很分散，历史也很长，不统一，各种宗教、各种矛盾也比较多。你最多只能说对印度某一部分比较了解，这就算是不错的了。

从学术研究来说，印度是一个没有经过太多开采的富矿，还大有可为。现在一谈到印度文化，可能想到它的两大史诗、18 部往事书。18 部往事书加在一起相当于汉字几千万字，两大史诗有几十万行。幸亏现在都有中文译本，要从原文看完两大史诗，要用几年时间。现在方便了，只要你决心钻进去，你一定可以满载而归。

访谈时间：2011 年 4 月 19 日 9 时—11 时
访谈地点：北京大学中关园刘安武先生寓所
访　谈　人：王东亮、罗湉、史阳

传承薪火　耕耘译坛
——桂裕芳先生访谈录

桂裕芳，1930年9月生于湖北武汉。1949—1952年就读于清华大学外文系，1952—1953年就读于北京大学西语系。1953年毕业后留校，从事法国语言文学的教学和研究工作，任教授、博士生导师。曾受聘为巴黎高等师范学院客座教授，联合国教科文组织翻译审校，国务院学位委员会外国语言文学学科评议组成员。主要译著有：《变》《爱的荒漠》《追忆似水年华——在少女们身旁》《梵蒂冈地窖》《窄门》《恶心》《自由交流》《童年》《写作》等。主编《莫泊桑小说全集》，选编《洛蒂精选集》与《世界中篇小说经典·法国卷》等。1991年，译著《追忆似水年华》(合译)获第一届全国优秀外国文学图书奖一等奖，译著《爱的荒漠》(独译)获第一届全国优秀外国文学图书奖二等奖；1993年，获法国教育部颁发的文化教育荣誉勋章(Palmes Académiques, Officier)；2004年，因在法国文学译介方面的突出贡献获中国翻译家协会颁发的"资深翻译家"称号。

采访人(问)：多谢桂老师接受我们的采访。您是北大法语专业最资深的教授，早年分别在清华、北大就读，全程见证了新中国成立以来法语语言文学这一学科在北京大学的发展历程。今天采访您，想请您结合个人的经历和见闻，谈谈这一学科的发展情况以及您个人的治学道路和翻译成就。

桂裕芳(答)：先从家世说起吧。我父亲是大夫，西医，我母亲当过职员和教师，有一段时间教英语。我们是住在武汉。那时和教会有些关系。他俩都毕业于教会学校。武汉有教会中学、教会大学。我上的圣希理达(St. Hilda)中学也是教会学校，是在1945年抗战结束以后上的。我父亲在抗战刚开始保卫大武汉的时候就去世了。他很辛苦，买了一大栋房子，结果日本人来了。他为此很伤心。不久突发脑溢血就去世了。我母亲带着我们三个孩子孤身从武汉坐轮船到四川,投奔我父亲在四川的弟弟桂质柏。他是四川大学图书馆学系的,是中国第一届图书馆学博士。那时候的教授很有钱。所以我们投奔他。他自己有几个孩子,但是资助我们也还可以。后来过了一段时间,成都大轰炸,他就带着我们全家跑到峨眉山去了,因为四川大学也搬到那里。我们在峨眉山住了一年。我在那里上了一年学。过了一年他又调到武汉大学去,我们也跟着去了。武汉大学那时候在乐山,乐山大佛脚下,那时候包括朱光潜等很多老师,都到了四川乐山的武汉大学。以后我就在武汉大学附中读高中,读了两年,第二年的时候抗战胜利。胜利的那一天,正好我妈妈下班带我们看电影。那时候那地方还有电影院,很好吧?其实是很简陋的电影院。看了一半,银幕上打出"日本无条件投降"字幕,观众都高兴得发狂。我们从电影院跑出去买了四川人用的火把,在大街上满街地叫"日本投降啦"。我们想马上买船票回老家武汉。那时船票很难买。先坐车从乐山到重庆,在重庆等船,等了两个月才拿到船票。船位也就是甲板上的一小块空间。这就到了武汉,回到圣希理达中学上学。毕业后,学校向金陵女子推荐学生,因为金陵女子大学来学校提前招生,就像我们现在提前招生一样,几位老师在一个房子里先面试我们,并告诉我们还可以报考别的学校,但是先拿了一份我们的档案回去。

我确实还想报考别的学校。因为我父亲去世前留了一份遗嘱,他希望我们儿女中有人可以继承他的事业。我哥哥不会继承的,因为他喜欢演戏。我想我来继承吧。我就报了湖南长沙的湘雅医学院,就是现在湖南医学院的前身。但是我没考上。我就去了金陵女大。但是我待了两周就不喜欢那个学校了,我就跳到金大去了。因为金大也录取我了。虽然它的全称是金陵男子大学,但是那个学校里也有女生,所以我就到那所大学去了。金大校风比较朴实。我在那里先修英语,但是他们的英语课起点太低,我觉得没什么意思。所以也没有兴趣继续学下去。

当时正好是淮海战役期间,南京城里一片恐慌。后来南京所有的学校都发出通知,鼓励学生回原籍,在原籍的大学就读。无论是哪个大学,成绩怎样,只要将来返回南京,你的学历都会得到承认。因此我就回武汉了。我可以回武汉大学上课,但是我不想。正好我有一个朋友的妈妈在武汉大学教英国文学,她家的藏书很多,我就想,那我就在家看小说吧。我就每隔一段时间去她家借书。她家离我家很远的,在珞珈山,我每次骑车二十多里路去借小说。

后来武汉解放了,清华到武汉招生。清华是第一个来招生的。我不想回金大,就报考了清华,于是我就来北京了。

问:您是怎样选择外语专业,后来又怎样与法语、法国文学结缘的呢?

答：为何选择外语呢？因为我喜欢看外国小说，觉得看小说很有意思，自己又对文学有兴趣。所以我就来清华读外语了。当时的专业就是英语。然后第一学期就学了第二外语——法语，跟吴达元先生。

学习法语完全是出于偶然。一个是对法国文学有一点记忆，读过一本叫《苦儿漂流记》的文学作品。还有好多文学作品，比如《三剑客》《冰岛渔夫》，我都觉得挺好的。反正我在清华学英文，法语也学一点。当时清华外文系只有英语专业，德语、法语、俄语，都是二外。但是到了第一年的下半学期还是第二年，就分出了俄语组、法语组，谁都可以选。英语还是最大的语种。于是我就正式学法语了。

正式学法语，并不觉得很困难。因为那时用的课本是美国大学生学习法语的课本，语法什么的根本用不着讲，只要背单词，背动词变位就可以了。这样有很多时间看小说。我在清华学了三年，但是实际学习时间并不长。第二年开始就有很多很多的运动，抗美援朝宣传队啊，"打老虎"啊。"打老虎"，你们肯定都没有见过。就是把学生拉到城里去了，住在市委分的房子里，参加"打老虎运动"。所谓"老虎"，就是贪污腐化分子，更主要是偷税漏税的人。我那个小队主要是针对为外地进京的商用马匹钉马掌的生意人。那时在北京西单再过去一点、宣武门外那里，钉马掌的很多，铸铁的也很多。我们到那里去参加运动。有几位当地工会的老师带着我们，这是名副其实的社会实践。

问：当年在清华大学教授法语的除了吴达元先生还有哪些老师，学生有多少？

答：法语组的学生就四五个人。但是也有旁听生。80年代担任北大校长的丁石孙，当时就来听我们的课，也有数学系的其他学生来听我们的课。我昨天还在清华碰到一个当年听过清华法语课的数学系的人，他跟我讲起法国文学来头头是道。旁听生有些课可听可不听，完全自由。我们这个班太小了，学校不给安排教室，吴达元为了鼓励我们，他就在清华大图书馆下面的副系主任办公室里为我们上课。我们围坐在两张方桌子旁，他坐在另一边给我们上课。

师资方面，除了吴达元先生，教过我们的还有陈定民和盛澄华。陈定民教我们很少一段时间。盛澄华教我们的时间更短。由于老师不够，就从世界和平委员会借调一位董姓的老师过来，大概三十多岁。后来又请来了齐香和罗大冈先生，他们从国外回来以后在南开任教，再从南开调到清华。

课程方面，基础课主要是齐先生教。齐先生教了两年，罗先生教了一年多。齐先生教的课应该是二年级上、下学期和三年级上学期。罗先生好像是之后接着教的。对我自己的学业来说，是吴先生给打下了牢固的语言基础，罗先生在文学方面给了很大启发。罗先生教的课不多，但注重培养语感，每次讲课都特别强调词汇之间微妙的区别。之前他上课都用法语讲,后来清华、北大、中法大学等学校的法语学生合并成立一个大班以后,他就没法用法语讲课了,因为学生的基础不同。

问:您说的是1952年院系调整的时候?您当时从清华来到北大,参与见证了学科发展变化方面的这一重要历史事件。

答:是的。当时我们都不愿意来北大。因为清华本身有一个传统,学习生活都很愉快,学校对你照顾得非常好。比如去图书馆书库借书特别方便,条件很好。另外,清华当时的人文学科名气很响,国内领先。很多大师都在清华。我们接触的不多。英语的有一些,比如钱锺书和杨绛当时就住在清华。朱自清当时已经去世了。当时我们也不太知道什么叫大师,也不太明白怎么学。冯友兰也住在清华。但是作为学生,我们太年轻了,不知道怎样接近他们,向他们学习。

不过,院系调整也加强了北大的外语专业,那时的北大西语系是最强最强的时候,因为把所有好学校的师资都结合在一起了。尤其是英语最强。清华的人、燕京的人、北大的人,我都叫不出那些人的名字来,将来你看那些人的名单,个个都是了不起的。他们是最强的。法语也算是强的,不过规模比英语稍微小一点。但它的来源比英语多一个,还有一个中法大学。当时在北大的法语名师,除了来自清华的吴达元、罗大冈、齐香、盛澄华,还来自老北大和其他学校的闻家驷、陈占元、郭麟阁、曾觉之、沈宝基等等。

问:经过院系调整,您来到北大不久就留校任教了?

答:是的,当时的情形是:教授名家汇聚,青年教师断层。每个青年老师都要订立一个培养计划,五年内达到博士或副博士水平。当时所谓青年教师主要是徐继曾、叶汝琏和我,他们已经毕业了,我刚毕业。1953年。就我一个留校的。也就是从这一年开始北大法语专业开始正式招生,一届15—20个人,直到"文革"也没有中断。

课程安排方面,一般像郭麟阁肯定是教高年级,闻家驷肯定是教诗歌,齐香教基础课,罗大冈已经到社科院去了。那时候社科院就在我们学校里面。当时是中国科学院社会科学部。吴达元教基础语法课和一部分文学课,比如《罗兰之歌》等。那时候北外还没有文学课。吴达元除了在这里教文学以外,还去北外教文学课。反正每个人都有一个文学专题课。因为教基础课的老师不够,齐老师介绍杨维仪老师来任教。杨老师语言水平非常高,她在国外念中学,后来主讲基础语言课。后来又从广东中山大学请来了李慰慈。她在北大待了两年,我们一起合作,后来她又调回广州了。

这些老师里面,我受益最多的是吴达元老师和齐香、罗大冈老师。吴老师对博马舍特别有研究,翻译出版过《费加罗的婚礼》。有一次我们全系的人在他的带领下,到城里的青年艺术剧院看这个戏。这是根据他翻译的剧本,征求了他的意见制作的。他也一直担任西语系副系主任,另外还负责《欧洲文学史》法国部分的撰写。可以说与法国文学有关的工作都是他在主持,算是解放后北大法语的第一代学科带头人。

后来我主要和齐香老师一起教基础课,齐老师到三年级,我也到三年级。至于怎么分工,另行商量。有时候是平行班。两个班的话,杨老师也进来,徐老师也进来。再行分工。齐老师在学生里的口碑是最好的。因为她对学生非常关心,真正的关心,也非常耐心。另外她语言抓得很紧,很细节的地方也抓得到,对学生也很严格。遇到考得不好的学生,她会很细致地和他们讲怎么会出现这些问题。所以直到现在还有很多学生从国外打电话给我,让我转告齐老师的儿子,说很怀念齐老师。

可以说,是这一代前辈老师奠定了北大法语专业扎实的学风以及严谨认真的教学风格。并且,也确实培养了很多人才,比如当时国内只有北大和北外有法语专业,而北外没有文学专业,北外的法语文学要请北大的老师去教。所以很自然的,新中国培养的第一批法国文学翻译家和学者都是北大出来的。这是北大的一大贡献。

问:50年代、60年代的政治冲击对专业教学和研究影响大吗?

答:"反右"运动对师生的冲击比较大。当年西语系老师里面的"右派",三个人都是入党积极分子。两个英语的,一个法语的。法语的是叶汝琏,英语的是一个姓黄的老师和一个姓董的老师,现在这三个人都已经去世了。学生里也有被打成"右派"的。我觉得很可惜。有一个班的学生"右派"特别多,还都是成绩特别好的学生。

"文革"的时候都不上课了。有一部分老师去江西鲤鱼洲的前劳改农场劳动,有一部分老师在北京附近农村"闹革命",体弱多病的齐老师也跟着"教改小分队"下乡接受改造。具体谁去鲤鱼洲谁留在北京,我们也不知道是以什么为标准分配的,跟海外背景似乎没有太大的关系。反正给你画个勾你就去了。

"文革"后期,开始招收"工农兵学员",第一批学生入学时间是1970年。当时的教育方针是"工农兵学员""上大学、管大学、改造大学",所谓"上、管、改",我们教员则是被改造的对象。他们的学习基础不一样,有些学生学外语很困难,但也有一些学得还不错,后来成为国家外事部门的人才。

当时给他们安排的教学完全是教语言,没有上文学课。但不管是老师还是学生都是下了很大的工夫,一天三段,上午、下午、晚上。他们也很用功,很努力。当时他们的宿舍在未名湖湖心岛正对面的红四楼,每天走过的时候,都看见他们在那里学习。他们还是很不错的学生。那时有些人就觉得"工农兵学员"没有办法承担外语工作。但是我觉得他们还是能胜任的。会一门外语,再放到一个具体的领域,军事、经济、外事等,都可以逐渐胜任的。

1977、1978 年恢复高考,一切走上正轨。之后,北大法语专业的本科、硕士、博士培养体系也逐渐建立起来,一切按部就班,走上了健康发展的道路。

问:您从 20 世纪 80 年代初开始陆续发表翻译作品,有的译著已经成了经典译文,在中国译协 2004 年表彰的一百多位"资深翻译家"中,您可以说是译介法国文学的代表,柳鸣九先生在一篇文章中也称您为北京"译界六长老"之一。现在请您给我们谈谈从事文学翻译方面的情况,比如什么时候开始从事翻译。另外您翻译的书籍涵盖很多领域,却对现当代法国文学情有独钟,我们想知道这些选题都是您自己提出的吗?

答:我第一本翻译的书是罗马尼亚的,具体什么名字,我记不得了。大概是 1957、1958 年的事了。做笔译工作则更早,是齐香先生介绍我去做的。那时我刚刚做助教,收入不多,四十几块钱,不怎么够用。齐先生说,有个刊物需要法语翻译。那刊物每个月出一期,是世界保卫和平委员会的,在王府井那边。编辑每个月给我一篇,什么内容都有,一会儿讲舞蹈,一会儿讲柴可夫斯基,他给你一篇就翻译一篇,然后寄给他,他就给你寄钱,然后也出版。60 年代中断了。其实我在翻译上也是有所偏好的。比如,我翻译理论性太强的著作不太在行,我觉得太别扭,还有太文雅的也不行,因为需要文字特别讲究。我主要翻译某一类作品,那种文字一般的,另外也是我喜欢的作品。

选题方面,一般是出版社找我约稿,通常我自己也比较喜欢,比如普鲁斯特《追忆似水年华》的第二册《在少女们身旁》,写得真是好,特别好。属于完全由我自己推荐的有萨罗特的《童年》和布托尔的《变》。这都是我喜欢的书,我喜欢的书有同一种倾向,都是比较清新的语言,表达一种复杂的、不断变化的思想和感悟。

问:您的翻译实践集中在法国现当代小说领域,最早翻译的是莫里亚克的几部作品,包括《爱的荒漠》。

答:莫里亚克是一个重要的现代作家,他的作品侧重描写人的心灵的不同层面。

人不是一个整体,心灵有各种层面,对心灵的各种层面,他把握得很好。我翻译了《爱的荒漠》,还有《苔蕾丝·德斯盖鲁》,这是我个人喜欢的。我还喜欢他的一本书叫《母亲》,这是他开始出名时期的作品。这本书译者不是我,是杨维仪老师,我可以说参与了翻译工作。这本书讲了母亲的各种各样的爱。可以很爱儿子而嫉妒媳妇,后来还让媳妇死去了。媳妇死去了以后,她嫉妒的对象应该没有了,可是这个时候,儿子想念媳妇,认为天空中的太阳没有了,就把母亲视为仇人,后来他母亲就死了。情感层面的往复纠葛,爱恨交织,是莫里亚克着力描写的,他的作品总是有这种主题,《爱的荒漠》也是这样。

这个作家本人我也很喜欢。是个很正派的人。他是个天主教徒,在战后,他写专栏,他写专栏时都站在底层人民的立场上。他说他出身于资产阶级,但是觉得自己应该是一个左派。在贝当政府成立的时候,他批判这个政府,颂扬法国文化,他觉得法国不会亡国。当时形势很危险的,戴高乐在伦敦的时候,他的"自由法国"的外交部长向莫里亚克喊话,说"自由法国"寄希望于他。

概括起来说,他的作品里对爱恨、家庭、心理描写都细致入微,在语言上也很简短,很经典。

问:再和我们谈谈布托尔小说《变》的翻译吧,这本书已经成为现代小说经典,很有独创性。

答:70年代末那个时候,有一位法国专家在北外和北大兼课。她是我头一次见到的有过接触的法国人。兼课的时候她就给我们年轻教员上课,让我们每两个星期交一篇作文,到她那里去,到友谊宾馆,她给我们讲评。有一次她就跟我们讲:"最近出了一本书,这本书啊,刚翻开的时候是主人公刚乘上巴黎—罗马的火车,过了几百页、二十三个半小时以后,车上没有发生任何事,他还没有走出车门,正准备下车。"我就觉得这本书特别的奇怪,所以就想找来看,国内没有,正好有位老师从瑞士回来,恰巧买了这本书。我借来看了以后,觉得很有趣:小说居然可以这样写,完全从视觉角度入手,专注回忆—梦想—期望等思想波动和心理变化。这本书让我感觉到真实,感觉到它写出了人的存在的复杂性、思想情感的复杂性,感觉到人的思维跟他的表达方式、跟外面的世界整个地掺和在一起。

主人公往返于罗马和巴黎的情节很有意思,这个情节发展成他生活中的两座城市和他生命中的两个女人之间的关系。小说在叙述方式上也大胆创新,一般小说都是第一人称或者第三人称叙事,我以前从来没读过这种第二人称叙事的小说。如此一来,好像把读者和人物的距离拉近了,读者有着强烈的介入感。这样的写作手法很吸引人,促使你一直想读下去。另外,书中对动作的描写和景物的描写也都特别细致。我翻译完了以后,在法国特别拜访了作者,他住在尼斯海边的一处僻静所在。他特别喜欢音乐,那是个黄昏,他关着灯,正坐在那里听音乐。

问:您也主持翻译了《莫泊桑小说全集》,包括他所有的小说吗?

答:所有的小说,长短篇都有。是和河北教育出版社合作的。那时候这家出版社要创牌子,就列了个清单,哪些书要进行翻译,其中就选择了莫泊桑。这是个很大的工程,但是并不复杂,也不完美。因为时间很紧,人手不足,所以找了几个研究生,在外面找了几个原来北大毕业的学生,这几个研究生水平还不错,但是他们忙着找工作,心不在焉,所以统稿太累了。统稿的时候还得拿着原稿进行校对。

所有的作品都是重新翻译的,以前的译本没有编辑收入进来。但是,重新翻译的质量未必比以前的译本好。以前的译本有的是找很有经验的名家翻译的,而现在有的是由新手翻译的,他们没有经验,编辑整篇改动也不可能,只能在译稿的基础上进行加工润色。这样品质未必比原来好。当然几个长篇我是找比较有经验的老译者朋友翻译的,译文没问题。但是短篇比较赶时间,很不完美。后来出版社说,你们只翻译小说全集还不够,还是出作品全集更好。我说,首先时间不够,其次他主要的功绩是小说,他的游记之类的,就算了,你们另外找人吧。

问:阅读您的翻译文字,感觉到准确或者说精准,可以说毫无隔阂地完整再现出原文的风貌,比如您翻译的普鲁斯特《在少女们身旁》这段文字:"在这种时期,悲伤虽然日益减弱,但仍然存在,一种悲伤来自对某人的日日夜夜的思念,另一种来自某些回忆,对某一句恶意的话、对来信中某个动词的回忆。"又比如您翻译的杜拉斯的《写作》中这样的话:"你找不到孤独,你创造它。孤独是自生自长的。我创造了它。因为我决定应该在那里独自一人,独自一人来写作。事情就是这样。"这样的时刻,我们忘记是在读译文,我们忘记了译者,感觉就是在读普鲁斯特,就是在读杜拉斯。能给我们谈一下您的翻译体会和心得吗,比如您是以什么样的翻译标准要求自己的?

答:我觉得就是忠实。忠实于原文的风格。原来提翻译的"信、达、雅",我觉得就是一个"信",忠实。没有"信",什么都谈不上。如果原作者就是不要"达",那你何必要给他"达"呢?如果原文不"雅",何必要让它"雅"呢?

像杜拉斯的作品,短句很多,重复很多,作为译者,你必须得重复,因为它本身有个韵律、节奏问题。而普鲁斯特喜欢长句子,蜿蜒曲折,连绵不断,有时候半天没有一个句号,翻译起来也要尊重他的语言风格,在中习惯允许的范围内传译。《变》的句子也很长,记得作者布托尔本人说过:他写这本书,就是要打破人们对法语的一些误解。一般人们认为传统的法语就是很短、很清晰的句子,不会有很长的句子。所以他有意在句法上突破,写的句子特别长,后来甚至发展到探寻文字与音乐乐谱之间的关系……

当然,译者自己是有判断和好恶的,在翻译过程中也不是完全无动于衷,但是这些个人情绪思想变化,你不能加进去啊,不能带到译文里去。那样做的话,就好像译者要对原文加以说明似的。我觉得没有必要说明。既然原作者没有说,你就没有权利去说。中文的习惯当然要考虑,你不能翻译出中文没法读的东西,必要的时候,在忠实于原文的前提下,当然得加一点东西,或者分一分,加个句号、逗号什么的。

概括起来,我的想法是:首先要注意的,并且在翻译过程中自始至终都要注意的,就是要忠实于原文。你看他的语言是哪个层次的语言,比如比较华丽的语言,那就翻译得比较华丽;原文是简单的语言,你也要用特别简单的语言进行翻译。我觉得这个应该做到,翻译不能添加太多的东西。所谓忠实,不仅仅是有一是一,还要从语言的层次上符合原著。

除此之外,我觉得也没有什么经验之谈。我是有自知之明的,哪些类型我可以翻译,哪些不行,我自己知道。理论类的我就不行,我在理论性方面的词汇积累不够。像徐继曾先生翻译的东西,我就做不来。我翻译的东西都不是理论性的,都比较注重形象思维,而不是抽象思维。

另外,还有一种情况是,翻译到某些比较专业的内容的时候,译者可能自己也不一定完全理解或者理解不透,这种时候,一是要做足功课,查询必要的专业资料,另外就是期待阅读的奇迹,也就是说读者的理解。比如我翻译过一本讲艺术问题的书,说实话其中有些内容我到现在也不完全懂,因为作者本人可能就是在吸毒后的半迷糊状态下写出来的,有些东西很诡异。但是有一个喜欢这种艺术的人,我送了他一本样书,他觉得挺好,我不知道为什么他会觉得这个好。可能作者和读者都是做艺术的,他们之间心有灵犀。这样的情况,就像我们去翻译数学方面的书,译者自己不是太懂,但是把公式往那儿一列,数学家自己就懂了。文学翻译和技术翻译有时候是相通的。

问: 您认为您上一辈的翻译家,和您这一辈的翻译家,比较起来彼此有哪些不同的侧重?另外,您对后辈从事翻译的青年有哪些期待?

答: 这个我倒没有想过。最近我看了林纾的《茶花女》,他不是不懂法语吗?当时是编译、改写,但是效果也很美,中国读者也觉得非常好。我觉得翻译的好坏很难有一个绝对的标准。傅雷的东西当然翻译得很好,他的中文基础很好,但是据说里面加了很多东西。不过只要他把重要的主题和情感都传译出来的话,也不必苛求。这就是传播另外一种文化的载体,只要能把那种文化的所思所想表达出来,我觉得无可厚非。我觉得不一定非得有特别的范本,一切都以此为准。就我自己来说,我刚才说的,我比较重视语言层次上的忠实原著。

至于后辈年轻人,我是抱有希望的,真的。你们处在比较开放的时代,接触的面也比较广,应该抓紧机会,广泛接触其他学科,包括语言学、哲学、社会学等等。另外,还是应该多看原著,要有语感,语感来自阅读。我读书的时候泛读很多,我教学生的时候也让他们多泛读。以前外面的人都说北大外语专业的毕业生都是有后劲、有厚度的,因为有比较广泛的阅读和知识积累,应该把这个传统发扬下去。

访谈时间:2011 年 1 月 13 日 14 时—17 时
访谈地点:北京大学中关园桂裕芳教授寓所
访 谈 人:王东亮、罗湉、史阳

沉潜波斯文学
沟通世界文明
——张鸿年先生访谈录

张鸿年,原籍河北省永清县。1931年12月生于山东省临清,北京大学东语系教授,曾任北大东语系波斯语教研室主任,北京大学伊朗文化研究所文学组负责人,中国外国文学研究会理事,获国务院颁发政府特殊津贴。1956年毕业于北京大学俄罗斯语言文学系,1960年结业于北京大学东语系波斯语言文学专业,1986年在伊朗进修。长期从事波斯语言文学的教学和科研,1996年退休。出版了《波斯文学史》(1993年)、《波斯语汉语词典》(编写组组长,1981年)、《中国百科全书》词条"波斯文学""伊朗现代文学"(1983年),以及《简明东方文学史》波斯文学部分(1987年)、《东方文学史》波斯文学部分(1995年)、《列王纪研究》(2009年)、《波斯文学故事集》(1983年)、《蕾莉与马杰农》(1986年)、《列王纪全集》(2002年)、《果园》(1989年)、《波斯古代诗选》(1995年,编选者,译者之一)、《蔷薇园》(2002年)、《鲁拜集》(1989年)、《四类英才》《伊朗文化及其对世界的影响》(2011年)、《中国史纲》(汉译波)、《中国故事》(汉译波)、《中国伊朗关系史》(汉译波)等近二十部专著、译著和多篇学术论文。1992年获伊朗德黑兰大学国际波斯语研究中心文学奖,1998年获伊朗阿夫沙尔基金会第六届文学历史奖(国家级奖),2000年伊朗总统哈塔米授予"中伊文化交流杰出学者奖",2004年获中国翻译家协会"资深翻译家奖",2005年入选伊朗国家文化交流名人堂。2011年,获中国人民对外友好协会和伊朗伊中友好协会授予中伊友好贡献奖。

采访人(问):张老师好!感谢您接受我们课题组的采访,我们在《学路回望》中看到过您的访谈,那是在"北京大学外国语言文学学科史"的框架下进行的。这次我们是在"新中国60年外国文学研究"这一项目背景下对您进行采访,侧重点略有不同,我们希望您能从时代见证和个人贡献两个方面多跟我们讲讲,也让未来的读者能了解到您的丰富经历与学术人生。我们首先就从求学经历和专业选择开始吧。您原先是学习俄语,后来是如何转到波斯语,成为最早一批波斯语的学生和教师的呢?

张鸿年先生(答)：我在北京待了60年，小学四年级就在北京上了，初、高中都在北京。小学在方家胡同小学，很有名，老舍曾经做过校长。中学上的是北京一中和五中。初中三年没有好好学习，就是打篮球，当时算是高个儿，1米82。打到了高中曾经备选中国青年队，但后来生病没去成。1949年到1951年上高中，当时刚解放，各种政治活动非常多，几乎没工夫坐下读书。后来我生病了，高中毕业得了肺病，1951到1952年就去天津养病一年。

1952年考大学。按我的水平来看，我都是考不上大学的，因为我的理科一塌糊涂。赶上1952年大招生，学校大开门。我们班五十几个人，华侨、退伍军人和调干生占大部分，应届毕业生只有4人。当时高中生很缺乏，国家发通知，适龄青年想考大学，任何单位不得阻拦。

我本来想考师范或者中文。当时学俄文风气很盛，和现在学英文差不多，虽然没有像现在英文这么普及，但老老少少，很多人都学。后来我看了北大俄语系的招生简章，它说前两年和中文系合班上课，我想干脆学两个专业也好，就报了俄语系。当时学俄语的很自豪，甚至于西语系和中文系的学生课余都跑到我们宿舍来，向我们学点俄语。当时学俄语受到重视，也确实需要。传说刘少奇讲俄语是第四座大山，要搬掉。我初、高中没学好，上大学了，感到失去的时间要补回来，所以念书很用功。那是最平稳的四年，虽然批判胡风啊、俞平伯啊，但是没影响我们的学习，那时政治运动还没有太冲击教学，就是开开会听听报告。1955年肃反有震动，开了些批判会也就过去了。1957年就不行了，坐不住了，所谓没有平静的书桌了。1952年到1956年这四年是相对平静的，像我这样的学生，本来考不进大学的，由于念书时间比较多，所以弥补了一些。

我1956年毕业留校，自己很不满意，想到外面去。我很羡慕人家分到人民文学出版社或者文学研究所，自己却留校做政治工作，不安心。教了一年书，也做了点政治工作，1957年调到东语系波斯语专业，帮助专家搞教学，因为专家懂俄语，需要翻译。我不懂什么是波斯语，完全是服从分配，就是完成任务。刚开始工作时比较困难，波斯语用阿拉伯字母拼写，圈圈点点多，分不清。而且我晚来了两个月。所以我来东语系很偶然。我到东语系开始工作很困难，人家已经学了两个月，这两个月很重要，教字母语音什么的。我请班上的同学给我补补课。后来找到一本苏联的波斯语教材，用俄文编写的，对我来说就驾轻就熟了。在那儿待下来其实心里并不安定，想回俄语系，因为两种文字很不一样，我对东方文学、对波斯文化也不了解，心里浮躁。这一年很匆忙也很痛苦地过去了。后来我参加了一些教学工作，慢慢也能看波斯语报刊和书籍了。

我1960年波斯语结业。直到1965、1966年都是有教学工作的，当然还是帮助专家，我自己也参加一点。专家是三个人，照顾两个班，一个班19人，一个班 12 人。一个班是学了两年英语或俄语调来的,是外交部选送来培养高级翻译的,5 年毕业,研究生待遇;另一个班 1960 年正式招生,19 人,我做辅导员。整个波斯语创立的时候就三个专家,中国老师就我一个,也是第一个。直到"文革"前,从苏联和阿富汗留学回来几个人。中国以前懂波斯语的很少,北大有一个,历史系邵洵正教授在剑桥学的波斯语,搞蒙古史的必须懂波斯语。后来季羡林先生请他教课,他说教不了,因为他不太熟悉现代波斯语发音,他学的是公元 9 世纪以后的波斯语。

问:您同时作为学生和教师,亲身经历和见证了我国波斯语言文学学科兴起、发展的历史过程,能否给我们介绍一下当时的情况,包括师资配置、招生规模、课程设置等等情况?

答:第一个班是 1958 年,学生都分配到外交部或军委,现在也都退休了。1960 年正式招生。1962、1963 年从阿富汗回来一位曾延生老师。后来又从苏联回来一个,现在调走了。1964 或者 1965 年叶奕良老师从阿富汗学习回来了。现在北外刚开波斯语专业,上外、北外、洛阳外院都有波斯语,新疆有些班,当时只有北大有波斯语专业。本来东语系留下三个人,一个是张殿英,后来做政治工作去了,成了东语系书记;还有一个,"反右"时学不下去,就清理了,劳改了,后来到云南教英文去了。

最初招生计划是五年两届。到了"文革",1966 或是 1965 年招了一届。"文革"时就串联武斗,后来有的回炉,大批人没毕业就散了。1960 年那届毕业了。1968 年毕业的那届学生,实际上五年只学了三年,有两年都在搞"文革"。1970 年该毕业的那个班,1966 年刚入学就遭散了,那些学生很优秀,经过严格筛选的,入学作文、墙报水平都很高,可惜了。有些学生很痛苦,到专家住的宾馆门外徘徊,想继续学,后来这些学生都很有成就。虽说我还是教了一些书,但大部分时间就搞政治运动了。

"文革"开始之后,我调到外文局待了四年,翻译《毛选》。我觉得搞外文的还是应该把外文学好。《毛选》翻译对我来说太重要了,算是在外文局补课了。当时我刚刚打个基础,教了几年课,口语还可以,但阅读、翻译就不行。出版对语言要求很高,尤其是汉译外。那时候我们俄语系的老师说过,水平高低关键就看汉译外。我把外文局的工作当作政治任务完成的,但是对于提高业务也帮助极大。我举个例子,比如我一去就把七届二中全会的稿子交给我,从头至尾,直到出书都要我一个人负责,要签名的。当然主要还是靠外国专家,我负责核对中文,我看了十七遍,还不算查资料什么的。到第十遍以后,我看中文就完全可以把外文写下来,每看一遍都要签名,错了就是政治问题,人家外国人译,我拿译稿对中文,一方面看俄文翻译,再看英文,再看波斯文,所以对我三种语言的提高都有好处。像波斯文看到第十遍就知道了,就像下盲棋一样。到第十七遍发稿定稿,书印好后,第十八遍还要看了签名才发。这段经历对我太重要了,扎实的语言很重要,在外文局四年相当于在国外留学,语言学习和实践得到很大锻炼。外文局回来后,1971年我开始独立教课,编教材,因为过去的教材都不能用了,要教日常生活、拉练还有"上管改"等内容,所以要重编,自己打字跑印厂,拿来发给同学,还要做生活辅导员,给同学们买饭票什么的都干,那时候主张"师生打成一片"。

当时波斯语班招收一届工农兵学员,只招了一个班,都是小学程度,说是初中三年毕业,其实初一就开始大串联了,没上啊。教这个班很困难,比教正常的高中毕业生困难多了,而且客观上还有很多限制,一开始就得对初学者教很难学会的"毛主席万岁"。除了这一届,"文革"期间一直没有招生,直到改革开放后,1982年重新正式招生,一切走上正轨。

问:在北大东语系中波斯语专业是什么地位?当时是怎么想到要建立这个专业的?

答:东语系领导和季先生一直想建两个重要的专业——土耳其语和波斯语。土耳其语到现在都没有建立。季先生他们一直在想,因为这两个专业太重要了,没有这两个专业东方就缺三分之一。1957年正好从国外派来三个专家,波斯语就建立了。季先生他们很高兴。波斯语有了,和阿拉伯语并列了,从文化和文学上讲,波斯不比阿拉伯差。季先生让我别回俄语系,说我这个专业太重要了,我当时不懂。不懂得伊朗从文化、政治、社会上有多么重要。伊朗在世界很有影响,还有文学上也非常繁荣,古代阿拉伯文学跟波斯文学不好比。波斯建立起帝国萨珊王朝和完整的政治体系和文化体系的时候,阿拉伯的古莱氏族,也就是先知的家族只有十七个人能念书写字,差太远了。阿拉伯的第一部语法和词典都是波斯人编写的。毕业教课后,季先生让我考虑考虑文学史怎么办,写不出自己的就翻译,因为我们太需要了。后来开东方文学课的时候,波斯、印度、阿拉伯、日本文学四部分是重点,在课程计划中各占十六小时,比例最大。其他东方国家的文学课,都是八小时或四小时。季先生很有战略眼光,经常催我搜集些俄文材料。俄国人研究波斯文学很深入,他们的东西现在看都是不落后的,因为当时塔吉克、乌兹别克都是他们的加盟共和国,这些地方都是波斯文明影响的地区。当时波斯帝国很大,从河中地区到波斯湾,信德河到地中海,包括巴比伦、亚述等地方都它被征服了,一直到北非,波斯帝国横跨三大洲。

问：改革开放以来,波斯语言文学专业迎来了新的发展机遇,您本人也开始了大量的翻译和研究工作,具体的研究方向、课题的选择都是怎样形成的呢？我国学界包括青年学生通常对波斯语言文学缺乏具体了解,而您长期从事波斯语言文学的教学和翻译,并且著有《波斯文学史》,您是从对文学史的兴趣出发,继而开始比较全面的翻译和研究工作吗？

答：不完全是,语言教学占据了大部分精力。季先生组织编写全国文科教材,觉得波斯文学史不能缺,写不出就翻译。我觉得自己不在行,翻译都未见得合适。改革开放之后,我也开始讲点文学史了。印度、阿拉伯、日本都上文学课,也逼着我去讲。除了给全校开东方文学课,还要去北京市业余大学、党校去开课。那是1982年以后的事情。所以1982年系里提出任务,《国外文学》杂志要介绍东方各民族文学,我这块也是重点,要尽量多写,能写多少写多少。1982年《国外文学》杂志一、二、三期连载波斯文学介绍,我写了三万多字。因为没有基础,写得很累。平常名著也读过,但是要论文学史上的地位,文本分析,还得从头学起。磨了几个月,写了三万字,就算有一个粗粗的框架,很不成熟。后来东语系开设东方文学研究生班,让我去讲课,学时比较多。同时从王一丹老师那届开始,也要上文学史课,学制一年,164学时。这就得从头开始备课,对学生对我都是学习的过程。那是正式课程,需要一个字一个字地去琢磨,必须写下来。一节课1500字,两节课3000字,一百多个学时,后来整理整理就成书了。1986年伊朗有位教授觉得应该培养一些懂波斯语言文化的中国人（这个教授比较有名,地位相当于郭沫若这样的学者）,他来信请我去德黑兰大学作访问学者,我就去了半年。当时恰逢两伊战争,比较艰苦,我被安置在高级宾馆里,也是一种礼遇。我把文学史讲稿带去了,同时听三位教授的课,和本科生、研究生一起,边听边学。下课后我把笔记跟自己的讲稿进行比较,辅导的时候虚心请教,听同学老师发表意见。他们特别帮我安排在德黑兰大学大百科编写处的办公室,小型图书馆非常实用,所有名著随便取阅,随时提问,太方便了。那半年期间,我的语言文学都大有提高,对作家作品、生平研究都有帮助。回国后经过两三年的加工,1989年北大出版社定了东语系出版计划,1991年《波斯文学史》就出版了。2001年《文化集成》要重印,季先生让我再增补些内容,我就在伊朗人帮助之下,增加了一章伊斯兰革命后的文学,当然比较简单,因为资料不是很多。

问：您编写文学史采取了哪种体例？

答：既按照朝代时期,也分出流派。古代,萨珊安息时期,资料上比较薄弱。后来就不按朝代了,之后有三个风格：从伊朗的东方开始,转到西方,西方转到南方,各方分别有几个大作家,按照地理和创作风格发展。几个重要大作家,从鲁达基开始,到菲尔多西的《列王纪》和海亚姆的《鲁拜集》。西部诗人是哈冈尼和内扎米。南部是萨迪和哈菲兹,最后回到东方。各方诗的风格又不同,东方原始、朴实、平易,西方比较华丽,南方在东方和西方的基础上,最为成熟,达到最高峰。歌德就十分佩服哈菲兹。波斯诗歌发达,散文不发达,他们说诗歌是国王,散文是农夫,地位不一样。所以我就没有在一起叙述,重点讲诗歌,另加了一章波斯散文,也是从头到尾的叙述。波斯文学从10世纪到15世纪这500年很繁荣,可以说是高峰时期。

1905年到1911年立宪运动,出现了第二个高潮,文学和人民生活结合。古代更多是风花雪月,1905到1911年间兴起立宪运动,近似我们的五四,更趋向现实主义,作家来自民间,写的也是社会问题,跟我们的白话文运动几乎同步。因为都有反封建的要求,也可能受到了俄国革命的影响。

问:这种结构和体例是否借鉴了伊朗同行的一些文学史书籍?

答:没有。他们都是按照时代或者朝代叙述的。现在你们问我,我才意识到,应该说我的结构布局有一些根据,不自觉地这样下来了。散文部分我就没与诗歌同步写,而是专列散文一章。这种体例是在写的过程中慢慢形成的。时期上分为两大块:古代和立宪运动。古代诗歌包括三个时期、三个地区,后来又加上散文。

后来社科院几个同志写了现代波斯文学史,这是作为东方现代文学史的一部分。那套《波斯经典文库》的翻译者共有七人:军委一个,文化部一个,外文局一个,社科院两个,北大两个(我和王一丹),就这么几个人。1997年到2002年,湖南文艺出版社出的《波斯经典文库》收录了波斯六大诗人不同朝代的主要作品,一共18本。这是在《波斯文学史》之后中伊文化交流史上的一个大工程。

出版社最初想出一套阿拉伯经典文库,一套波斯经典文库。后来阿拉伯文库没做成,所以就特别重视波斯经典文库了。我们几个译者很识大体,整个协作工程很让人感动,最后用了五年半完成。这套书在中国影响不算大,在伊朗影响却很大。伊朗颁发了国际优秀图书奖,伊朗驻华文化参赞在江泽民访问伊朗时请两国领导人签字,书由两国国家图书馆分别保存,伊朗有专门的颁奖仪式,我们还去人了。伊朗很重视,因为这对于他们来说相当于我们的唐诗宋词整个全有了,所以他们特别重视。据我了解,把这么多波斯诗人的诗集中翻成汉语,以前还没有过,等于是填补了空白。以前都是一些分散的作品,最早的像郭沫若翻译海亚姆的《鲁拜集》,胡适也翻译过一点,都是从英文译的,新中国成立前的个别介绍星星点点,解放后介绍得多点,但仍属个别。《世界文学》介绍了波斯第一位诗人鲁达基,他被称为"波斯诗歌之父"。1958年介绍萨迪的《蔷薇园》。我们这套书成了系列介绍,虽然只有7个译者,但能找到的主要诗人都翻译了。举例说吧,《列王纪全集》,12万行,6万个联句,至今中国是第7个把全文翻译过来的国家(另有德文、英文、意大利文、法文、拉丁文、阿拉伯文译本,俄文译本尚缺一卷,因为二战时期被打断了,现在或许补齐了)。所以这套书应该说真是补充了一个空白。这套书很贵,800块钱一套,开始我觉得卖不出去,现在据说都卖完了。有人想再版,但据说版子坏了。现在细看起来,译本应该说还有很多值得改进的地方,不过普通读者如果想了解一下伊朗文学还是可以的。比如史诗,宋丕方老师和我翻译,太大的错误不会有,因为我们一到五卷对了俄文,第六卷对了英文,每到犹豫的时候一定要对外文,没外文根本翻不了。这套《波斯经典文库》后来获得了全国外国文学图书奖,我们译者获得文学翻译一等奖,出版社获得图书出版一等奖。

问:在这个系列里,《列王纪全集》分量很重,您从1983年就一直从事这方面的研究。您的《列王纪研究》已经出版了,可否谈谈它最吸引您的地方和它的文学价值?

答:《列王纪》创作于10—11世纪,写的是开天辟地、宇宙洪荒到阿拉伯人入侵。根据我粗浅的了解来看,这是世界级巨著。与印度、希腊史诗相比,《列王纪》内容并不算少,规模不小,比希腊史诗要长。内容毫不逊色,只是我们对它了解不够。它的思想是"三善",也就是古代琐罗亚斯德教(也叫拜火教)的善思、善言、善行。实际上拜火教徒不同意被称作拜火教,这个称呼把他们的信仰范围缩小了。他们不光拜火,也拜自然各种现象:水、天、山等。但现在全世界都这样叫。他们自称琐罗亚斯德教,提倡善思、善言、善行。《列王纪》整个思想都可以归为善。具体到史诗里,古代写的列王(50个国王)的善就是对人民善;及至波斯帝国与其他民族冲突,善就是抵抗外族。前者是统治阶级和本民族人民的关系,后者是统治阶级和外国统治者的关系。抵御外国,善待人民,这个思想在古代是进步的。另有其他很多具体的思想,比如提倡事情不能做绝,要考虑各个方面,类似中庸。作者通过故事讲哲理,也常常撇开故事发表精彩深刻的感想,有很多插入语,表达一个大诗人对人生、社会、自然现象的感想。他不仅是伊朗诗人,还是世界诗人。他把民间传说加以搜集整理,涉及范畴包括日常生活、民俗、战争、社会、人际关系、统治阶级和人民的关系、自然现象……所以他不仅是诗人,更是思想家、哲学家。《列王纪》的鲜明特色就是有明确的人生哲理和为人之道的论述。在讲述历史的同时,作者把思想贯穿在人物中,比如一个人物牺牲了,他就会发表感想。有时则完全撇开叙述内容,由一个因由引出感慨,比如看到一棵树生机勃勃,就讲到人也要像树一样长得笔直,自然地发表出哲理性极强的论述。

问:对于您的其他译作,您最满意的是海亚姆的《鲁拜集》吧?

答:研究者对《鲁拜集》的看法不一样。因为海亚姆不仅是诗人,而且是世界知名的数学家,还是哲学家和医生。他去世50年后,人们才发现他是诗人。有13首诗确定无疑是他的作品,另外66首有可能是他的,收他的鲁拜最多的版本有上千首,因为他出名了,所以伪托之作非常多。他生活在11世纪到12世纪之间,作品里有些模糊的反伊斯兰教色彩,后来反伊斯兰的伊朗人就伪托是他的诗。有些很激烈反对真主的诗歌质问真主:你为什么把人创造得满身缺点;还有的骂教长比妓女还下贱,口是心非……这些都伪托是他的作品。有的研究者说这些不能说是海亚姆的诗,研究时暂且称为海亚姆的诗。鲁拜就是四行诗,像我们的绝句。有人研究说绝句是从那里传来的,也有人说他们是从我们的绝句学去的。没有确切证据,很难知道到底谁影响了谁。中国和波斯交往密切,绝句又很容易使用,很多国家都有类似的形式。

问:是不是也是因为菲茨杰拉德的翻译,加之海亚姆确实很重要,所以使得英语世界的人都知道他了?

答:对。菲茨杰拉德的翻译是海亚姆走向世界的起点。在哲理方面。确定无疑的13首诗的风格就是人生短暂,人生几何,对酒当歌的意思。比如看见地上的草,它可能是从一个美人的尸首上长出来的,将来我们也会变成这样的草;看见一个酒壶,可能是混合前人骨殖的泥土做的。你喝酒的时候接触酒杯的唇,可能是亲吻一个美人的唇——这种就是循环往复、物质不灭的思想。我翻译的出了三本,一本是文津出版社出的,一本湖南文艺出版社出的,一本台湾出的。台湾出的特别好,很精致,艺术性很强,我非常喜欢。《鲁拜集》原著是十一个音节,四行,处理的时候我没有管音节,念出来通顺就行了,但押韵注意了,1、2、4押韵,跟我们的绝句一样。这是波斯最古的诗歌形式。

问:海亚姆的诗非常有名,因为菲兹杰拉德的英译,也因为胡适、闻一多等人的一些汉译,您对前人的翻译怎么看,您自己的翻译理念是什么?

答:我写过一篇文章在《文汇读书周刊》发表,谈的就是这个问题。我比较了一下,比如海亚姆的诗虽然翻译得不多,但四个大师都翻译过:郭沫若、闻一多、徐志摩、胡适。闻一多有专文评郭沫若的译本,认为他的翻译是空谷足音,就是说很难得,但是说海亚姆的味道没有翻出来,他改正了郭沫若的翻译。胡适翻译了一首,徐志摩认为不行,加以改正。这方面可以参考《鲁拜翻译漫谈》和《文汇读书周刊》上的文章。他们四个翻译的是同一首诗,很有意思,就是要比赛。他们是从菲茨杰拉德的英文诗转译的,其实已经脱离了海亚姆了,转译是不行的。海亚姆在西方有些被夸大,说他的诗是《圣经》之外翻译最多的,不过影响确实比较大。菲茨杰拉德翻译的时候只学了三年波斯文。他自己提到就是意译,自己理解消化,再用英文诗表达出来。他翻译了101首,其中五十多首大致贴合原意;有四十多首离得比较远,进入了引语,相当于他是读了之后自己创造的;还有两首是别人的诗他拿来了;另有两首是他自己写的。但是他的译本影响很大,比忠于原著的译本影响大,因为他本人也是英国诗人。

问:您是直接从波斯语翻译的,做的是贴近原典的工作,和郭沫若等人的情况完全不同。您翻译的时候是否有自己坚持的一些原则和理念?

答:我没有什么翻译原则理念,非要说有的话就是忠实原文,这是翻译的第一个责任。在忠实于原文的基础上要读得顺口,符合汉语习惯。要说原则的话就这两点。"信、达、雅",雅可能达不到,起码要信、达吧。一般我翻译要找外文,否则不敢翻译。像海亚姆的诗,苏联出了一个很好的校对本,它那个叫科学翻译,就是不一定要美,但要绝对忠实,在忠实基础上略有加工,所以对我来说那是非常好的参考。

问:我们知道诗歌翻译很难,有人说诗歌就是不可翻译的,诗歌就是"在翻译中丢掉的东西"。但也有译者很自信,甚至认为译作可以高过原作,您怎么看?

答:我觉得有些夸大了。英国人也认为菲茨杰拉德的译作高过海亚姆,伊朗人很生气,我就用波斯文写了篇文章,在伊朗杂志上发表了。我也比了一下,不可能,不要说语言了,菲茨杰拉德在思想上就不见得比得上海亚姆,怎么可能超越他呢?现在汉诗外译很少人做,很难做,有些可以翻译,有些不能翻译。诗里有故事比较好翻译。我曾跟几个伊朗专家讨论过这个问题,比如陆游怀念唐婉的诗,那个是可以翻译的,但是也很难,红酥手的酥就很难翻译。

问:《列王纪》这样的史诗是不是像其他史诗一样是民族文化的源泉,在民族成长史上起到很大作用?是否有利于我们理解伊朗文化内核,包括当今伊朗政治文化现状?

答：那当然了。存在两派观点。一些人否定《列王纪》，说国王有什么好，我们就是推翻国王的。这些人不懂文化，10世纪创作的《列王纪》宣扬伊朗文明、民族精神，国王更多是一个代号。另一些人比较开明，认为菲尔多西写出了伊朗的精神。应该说开明派和大多数知识分子提起菲尔多西不亚于我们提起孔子，是民族精神的象征。他是哲学家，阐述得非常全面：人际关系、人鬼关系、天人关系、统治阶级之间的关系、父母子女关系等，道德传统全包括在内，12万行，太长了。这是波斯民族文化最精彩的体现。《列王纪》也进入了伊朗课本，是教育的一部分，今天也如此。第一流和第二流诗人提起菲尔多西，都尊称他是哲人。海亚姆也是哲人。他们确实是两座丰碑，很了不起。但是海亚姆在国内没有菲尔多西地位那么高，海亚姆在世界上比较有名，他的作品甚至比《列王纪》地位还要高。我去伊朗的时候是两伊战争时期，海亚姆是不敢卖的。我去书店找，店主从书架后面给我拿出来，因为有人说海亚姆有反伊斯兰教的倾向。

问：一般读者对波斯文化了解不多，如何把握波斯人、波斯文化、伊朗人，从哪些角度理解比较好？您长期从事波斯语言文化的研究和翻译，能否给我们概括介绍一下波斯伊朗文化的特质？

答：伊朗民族环境比中国复杂。中国比较封闭，伊朗是亚非欧枢纽，交通要道，也是当今矛盾冲突的焦点。从文化上讲，所有宗教都在那里汇集：摩尼教、琐罗亚斯德教、佛教、基督教的天堂地狱说就是他们先提出来的，琐罗亚斯德教的天堂地狱啊，人死后，过那个区分善恶的桥啊，终审啊被基督教接过去了，伊斯兰教也有同样的传说。伊朗在地理位置上是中心，伊朗人善于经商，很会精打细算。另外，整个世界没有一种文化不进入它的国土，而且他们善于吸收，最早和希腊关系非常密切，常年战争（比如伯罗奔尼撒战争）。海亚姆就是希腊哲学专家。它是各种文化的融合体，加工之后再传播出去。基督教即景教，是不同政见教派传到伊朗，然后东传。中国伊斯兰教有浓厚的波斯色彩。还有佛教，当时几个高僧都是从阿富汗那边来的，当时阿富汗属于伊朗，16世纪才分出去。所以世界几大宗教与伊朗关系密切。虽然宗教文化占主导地位，但非宗教文化也非常发达，吸收了印度和希腊的文化。他是"二传手"，是各种文化学术宗教的中介。我们翻译了一本《文化简史》，他们对于希腊哲学、印度数学、阿拉伯宗教学的叙述是世界一流的。印度数学都是从那里传到西方，后来阿巴斯王朝的时候，它和阿拉伯有点不分了。西方人说是阿拉伯人的政府是完全按照伊朗的萨珊王朝构建起来的。阿拉伯人是贝都因人，草原民族，就是部落，没有国家体制，没有税收政策，没有文化，文明发展程度不高。阿拉伯人到波斯完全接受了波斯那套文明和政治体制,税收政策用的都是波斯文,而且由伊朗人收税、记账,连帽子、衣服都是波斯的。后来波斯人接受了伊斯兰教,但他们只接受了属于伊斯兰教内的少数派,即什叶派。跟埃及、沙特的教派都不一样,他们是逊尼派,伊朗是什叶派掌权。中国穆斯林是逊尼派,但是带有浓厚的什叶派色彩,所以教派之间矛盾不激烈。

问:关于欧洲的文艺复兴,也有种说法认为实际上不是阿拉伯人而是波斯人保留了一些古希腊罗马文化典籍,促成了欧洲的文艺复兴……

答:对,比如西方人把阿维森纳称作"点燃了文艺复兴之火的人",他是伊朗人,伊朗地方王朝首相、名医、大学者。比鲁尼也是伊朗人,世界级大学者。阿维森纳是10—11世纪的人,与比鲁尼是同时代人。当时阿拉伯已占领了伊朗,但他的文化一二百年都没上去。波斯人文化很高,很快掌握了阿拉伯语,用阿拉伯文写科学、宗教著作,不计其数。很多人不了解,总是提阿拉伯。以前波斯和古希腊经常交战,交流频繁,保留的肯定也多。阿拉伯的古代文化不行,没有史诗。伊斯兰教进入阿拉伯之前叫黑暗时代。有一个著名的阿拉伯故事,情节类似《罗密欧与朱丽叶》,还是波斯人给他写的。阿拉伯人只写了个小故事,波斯诗人把它拿过来,写成八千行的爱情叙事诗《蕾莉与马杰农》,情节类似,但比《罗密欧与朱丽叶》早几百年。作者是西部诗人内扎米,俄国人说没有把他列入世界第一流诗人,是不公平的。波斯是个诗歌民族,在南方有两大诗人墓,我亲眼看到许多人排长队抢着献诗,高声朗诵或是低声吟唱。还有很多自费出诗的人。伊朗的叙事诗很繁荣,在叙事中也抒情,语言美极了。还有哈菲兹也是世界一流诗人。

问:您在波斯文化研究方面有独到的优势,可以同时借助俄语和英语,后人大概很难超越了。再给我们介绍一下您翻译的《蔷薇园》吧。

答:《蔷薇园》很有名,是伦理道德教育的名篇,被看作全世界穆斯林道德教育的一个课本。13世纪的时候,萨迪用简单的故事来弘扬伊斯兰道德。早在明末,中国伊斯兰教就用《蔷薇园》来教育穆斯林。就是用很简单的故事引出几句诗来。但这部作品在当地对人民的教育影响很大,相当于启蒙普及伊斯兰教。萨迪比海亚姆晚一点,被称为至圣先师、道德完人。"波斯经典文库"这套书里就是《蔷薇园》和《果园》卖得好,《果园》是诗体的蔷薇园。有个伊朗人访问新疆回来跟我说,那里自己翻印《果园》,伊斯兰教的主要思想、道德都在里边。故事非常简单,文字很好,而且便于普及宗教。

问：最后请您谈一谈在治学方面的总的体会，对年轻教师学者有何期待？

答：我只谈一点吧，不要急于求成。从我自己这些年看，"文革"前上面急急忙忙地催，后来又有职称压力，老是在赶。我觉得赶和做学问是两码事，做学问千万不能急于求成。一定要沉稳，厚积薄发。不妨搞一些小的练习曲，先做练习曲将来再做乐章，或者先做素描，或者多写小题目的文章，这样积累得越多将来越能成画、成章。这就是我最大的体会。如果我再有十年的健康，再看一些书，我会写得比现在更好一些。当时是没办法，形势逼得紧。要对得起自己的教学、科研，要有自己的思索，出来的东西要有质量，那是不容易的。我看过一本荷兰人写的书，我们越往东方去寻踪东方文化，就越感到文艺复兴植根于东方，是这样的。哈菲兹、萨迪、海亚姆，更早的鲁达基，著作影响都很大。波斯有很多大学者，像阿维森纳这些。波斯是几大文明的交汇点，所以我把它比作排球的二传手，他们的文化是很高超的，也很重视文化，到现在某些方面还是比我们强。

访谈时间：2011年5月7日星期二上午9时—12时
访谈地点：北京大学中关园张鸿年先生寓所
访 谈 人：王东亮、罗湉、史阳

着意耕耘　定有成果
——沈石岩先生访谈录

　　沈石岩(笔名罗加)，浙江绍兴人。1933年出生。北京大学西方语言文学系西班牙语语言、文学教授。1979—1999年任中国西班牙、葡萄牙、拉丁美洲文学研究会副会长、会长。1957年毕业于北京外国语学院德西法文系西班牙语专业。1962—1965年在古巴哈瓦那大学文学院进修西班牙语国家文学。长期从事西班牙语言、西班牙文学等教学和研究工作。主要著作有：《二十世纪欧美文学史》(合著，西、葡、拉美文学分支编委)，《中国大百科全书·外国文学卷》(合著，西、葡、拉丁美洲文学分支编委)，《欧洲文学史》(新编，合著，编委)，《埃切加赖》(20世纪文学泰斗丛书)。译有埃米里奥·罗梅罗的《秘鲁新地理》(商务印书馆，合译)，巴西作家格拉西利亚诺·拉莫斯的《枯竭的生命》，佩雷斯·加尔多斯的《玛利亚内拉》，诺贝尔文学奖获得者米·阿斯图里亚斯的《危地马拉的周末》，诺贝尔文学奖获得者何·埃切加赖的《伟大的牵线人》，诺贝尔文学奖获得者奥·帕斯的《超现实主义》，邦巴尔的《树》，米·埃尔南德斯的《人民的风将我托起》，赫·戈·桑托斯的《静思姑娘》(合译)等。

采访人(问)：沈老师好！非常感谢您接受我们"新中国60年外国文学研究口述史"课题组的采访，今天想请您谈谈西班牙语语言文学学科的发展以及您个人的治学道路和学术贡献，我们先从您的求学经历和专业选择开始吧。

沈石岩先生(答)：我于1953年从北京汇文中学毕业，我们专业的赵德明教授和我是校友，他比我晚几届。我在汇文中学从初中到高中读满六年。我在初中学的是英文，高中时因为解放了，要向苏联学习，就改学了俄文。毕业之后，因为平时很喜欢文科，就报考了当时的北京外国语学校，也就是现在的北京外国语大学。外国语学校成立于1941年，听说解放后从张家口迁到北京的。我毕业那年，正逢外国语学校开始从高中毕业生中选拔学生。当时外国语学校直属外交部管辖,外交部要求它为新中国培养未来的外交人员。那时有些院校有政治审查之类的手续。但是因为我们那批高中毕业生里面工农家庭出身的学生可以说是凤毛麟角,一般来说有产家庭出身的多一些,所以政治审查的标准主要看报考学生的政治表现等。当时外国语学校负责招生工作的老师到各个中学了解毕业生情况。他们认为符合其条件者,就动员他们报考该校。汇文中学就动员我去报考。前来招生的杜老师对我说:"为什么要招你们去?因为新中国成立后,旧有的国民党外交官都不便于使用了,我们要培养自己的外交官,我们很需要你们来报考。"解放后我积极参加学校组织的各项活动(诸如抗美援朝的宣传活动,报名参加军事干部学校等),并在高中三年级时加入了中国共产党。当时自己打算报考文科院校,但是哪所院校尚未考虑好,学校就动员我,希望我能够报考北京外国语学校,于是我就把它放在报考院校的第一志愿。

问:请您介绍一下大学期间学习西班牙语的情况吧。

答:北京外国语学校最初的校址设置在中医研究院西苑医院旁边的、俗称"西苑大院"里,即中直路100号颐东苑。我们这批1953年入学的学生是它招的头一批高中毕业生。在此之前,外国语学校也招过学生,但他们是1951年响应党的号召,报名参加军事干部学校的"参干"学生。我入校一年以后,北京外国语学校迁到现在的魏公村附近的西三环北路,改称北京外国语学院。1959年与俄语学院合并。1980年后直属教育部领导。1994年更名为北京外国语大学。而当时只有四个语种两个系,即英文系和德西法文系。我报到时才知道,在没有征求考生意愿情况下,我被分配在德西法文系西班牙语专业,这多少有点象"乔太守乱点鸳鸯谱"了。其实当时我对西班牙一无所知。我祖父告诉我,在很早以前的旧中国,西班牙不叫西班牙,而被称之为"日斯巴尼亚"(我觉得这个叫法却很贴近于西班牙语的发音),但这个名称过去我从来没有听说过。

其实北京外国语学院的西班牙语专业当时还没有成为一个系,它是1952年末才开始筹办的。它和我们北京大学西班牙语系一样,都是从无到有,从小到大,逐年扩大才形成今日的规模。它使用了两个办法创办这个新专业:一个途径是从法语教师中抽调人改学西班牙语,然后再来教。北大也是从法语专业抽调了几位老师改学西班牙语,然后开始教赵振江教授这个班的。这是因为法语、西班牙语属于同一个语族,它们比较相近嘛。另一个途径是从社会上物色西班牙语人才。当时受命参加筹备这个专业的是柳小培老师(后曾担任西班牙语系系主任)。他是从该校法文组抽调出来的党员教师。他会同懂西班牙语的、国民党起义外交官王甦老先生一道创办这个新专业。

与此同时,还从北京外国语学校法文组(那时还不叫法语系)抽调两位教员改学西班牙语。其中一位是越南华侨岑楚兰,她是我的启蒙老师。另一位叫肖振吉。由于我在中学留校工作了一段时间,我迟报到两个月,错过发音阶段的学习,是岑老师帮我恶补发音课,然后跟班上课的。

此外,学校还请来孟复先生任教。我称他为恩师,因为他不仅传授给我西班牙语知识,还教我如何做学问、做人。他不仅懂西班牙语,还擅长英语,是一位很有学问的教师。后来他担任德西法文系西班牙语教研室主任。孟先生开过三门课:西班牙文学史、翻译课(中西文互译)和语法课。岑老师讲西班牙语语言基础课。我本来对西班牙及其文学一无所知,但是孟先生讲授的西班牙文学对我影响很大。他曾在外交界工作过,口才好,讲课生动活泼。他所传授的东西,是我以前从来没有听到过的,所以很喜欢学,认真整理笔记。北京外国语学院原来的培养目标是培养外交人才,所以其课程设置都是为此目标服务的。它的课程设置和课时比例安排上与北大西方语言文学系完全不同。

我们要学"国际关系史",这是一门必修课,实际上就是苏联外交史。当然"联共党史""中国革命史"也都是必修的。国际关系史是由外交学院的石磊教授讲授。当然,主修课程还是西班牙基础语言的训练。此外中文课也是必不可少的,并且要求学习三个学期。总之,西班牙语的语言基础是在北外打的,与此同时我的汉语水平也跟着巩固提高了一些。但是我觉得还是应该寻找机会多听听其他我感兴趣的课程,诸如西方文论方面的课程。但是当时没有这个条件。

高年级的语言课程都是由外国人讲授。他们是从苏联聘请来的三位西班牙语教师。他们是在1939年西班牙内战中共和派战败后逃到苏联,并由苏联培养成才的西班牙知识分子。因为新中国需要培养西班牙语人才,我们国家通过党的关系请他们到中国从事教育事业。一位叫梅连多,讲授语法课,另一位叫玛利亚·莱塞阿负责高年级的西班牙语语言课。这是一对西班牙夫妇。还有一位叫卡尔沃的精读课老师。她后来被调到外交学院任教。他们都具有苏联副博士头衔。总之,我的西班牙语基础都是由上述这些中外老师帮助夯实的。

通过这些年的学习,从对西班牙语的一无所知,到逐渐认识到它在世界人民交往中的重要位置(它是联合国的六个工作语言之一,除了西班牙本土外,还是美洲的18个共和国的人民所操持的语言)。同时也逐渐亲身体会到我所学的这个语言的特点,即毕生献身于反对专制体制的西班牙著名作家、历史学家、卓越的演说家埃米略·卡斯特拉尔(1832—1899)在接纳他为西班牙皇家语言科学院院士的大会上热情洋溢地赞扬的西班牙语的溢美之词:"西班牙语来自不同而交错的根源,具有多样而和谐的音调;拟声富有音乐性,可以使人对不认识的字也能猜出它的涵义;柔和之处有如最轻柔的乐曲,而洪亮之处又如震耳欲聋的巨雷……它有灵活自由的句法,可以构成无数的搭配,而使每一个作家都能独创一格而不致损及文学的完整。"在学习、教学工作过程中我也体会到,西班牙语词源复杂,词汇异常丰富,地道的民族成分繁多,而句法又十分灵活,大有回旋余地,当然也带来难以驾驭的难处,从而也引发了自己深入挖掘的浓厚兴趣。

我于1957年毕业。那年由于"反右派"的关系,几乎半年没有上课,我们的外语学习时间实际上也就是三年多一点(其中还包括1956年中共召开第八次党代表大会期间,我被借调到八大的翻译处西班牙文部服务月余)。在这三年的时间里基本上没有太受政治运动的干扰,达到夯实语言基础的目的。毕业分配时下达了用人单位名单,告知哪些单位要人。我们班25位同学就互相协商。名单里的用人单位基本上都在北京,只有一个外地名额,是厦门大学南洋研究所。其实大家都想留在首都工作,我也一样。但是我很喜欢教学或者科研工作,于是在协商的基础上,我报名去南洋研究所了。可是下达的最后分配名单里取消了南洋研究所,而是换上了北京大学的"外国留学生中国语文专修班",它相当于现在的北大"对外汉语教育学院"。于是我就被分配到北大来了。

北京大学从北外四个语种两个系的毕业生中录取了10名。西班牙语毕业生只有我一个人,而英语、德语、法语专业的毕业生就相对多些。我们的任务主要是教留学生汉语,需要时在生活上对他们加以关照。当时讲西班牙语的留学生很少,因为新中国刚刚诞生不久,尚缺乏正规的外交渠道交换留学生,即使有一些,那也是通过兄弟党或进步组织送来学习的。这时我已经清楚知道自己的未来目标是从事对外汉语教学工作。在这方面多亏北京外国语学院给我打了一个良好的基础,而北大使我扩大了知识面。那时候北大的学习环境良好,学术气氛相对而言还是比较宽松自由的,我可以根据需要随意选课旁听。像林焘先生的汉语、朱德熙先生的语法、高名凯先生的普通语言学都使我获益良多。留学生班的领导也鼓励我们去听课,这也是教学互补。此外我还听过当时作为北大西语系学生必修的"中国文学史",尽管没机会听到"欧洲文学史",后来我还是找到教材自学。所以我觉得在外国留学生中国语文专修班工作期间,我从北大汲取了不少滋养。对我来说,西班牙语的基础是在北外打的,而北大使我的基础又更加牢靠一些,知识面更广阔一些,可以说,受益匪浅。

我前后教过古巴、墨西哥、智利、哥伦比亚、巴西等国的留学生,也教过非洲留学生。我在外国留学生中国语文专修班工作到1960年。其间1957年下放到门头沟区斋堂乡火村大队劳动一年多。

1960年我的命运又发生了转变,因为根据教育部的指示,外国留学生中国语文专修班要从北大分出去,我们这些教师都要跟着迁出北大。现在的北京语言大学就是以这个专修班为基础而扩建的高等院校。它先搬到北京外国语学院的西院,后来才迁到原矿业大学旧址那里,直属教育部管辖。而这时正好赶上美国后院着了火。1959年1月1日,古巴卡斯特罗夺取了政权,古巴革命成功,国际形势发生变化。可能当时北大的校系领导考虑到作为一个西方语言文学系不能够没有联合国六个通用语种之一的西班牙语专业。从这方面考虑,再加上国际形势的变化,决定设立西班牙语专业。所以就从法语教研室把蒙复地("文化大革命"中自杀)、刘君强两位法语老师调出来改学西班牙语。随后又把我留下,调到西语系。并于1960年招进第一届学员。当时我们这个教学小组被安排在法语教研室。

问:新成立的北大西班牙语专业当时就你们三位老师吗?

答:当时还有一位女老师,叫周蕙莲。她是菲律宾华侨。美西战争之前菲律宾曾经是西班牙殖民地。她也懂西班牙语,她的发音很好,于是把她也调来教西班牙语。当时就这么四位老师。我到西语系报到时,赵振江、赵德明两位老师就已经在这个班上学习西班牙语了。实际上他们已经在法语专业学了一年多的法语,由于需要让他们改学西班牙语,所以他们比1960年入学的西班牙语班的同班同学的年龄稍大一些。段若川老师也是北大将她送到外国语学院西班牙语系代培,因为那儿是新中国西班牙语教学发源地嘛。代培之后才回到北大教书,而赵振江、赵德明两位教授是由北大自己培养出来的西班牙语教师。当时他们虽然是学生,但是比我到西班牙语专业还略早些时日。

古巴"7.26"运动1959年取得政权后。1960年在哈瓦那宣布和新中国建交,并且驱逐国民党政府驻古巴大使。两国建交后,古巴答应为新中国培养西班牙语人才。所以我到西语系担任教学工作没有多久,又被派往古巴进修学习。这是1961年年底的事情。我在古巴哈瓦那大学进修了三年西班牙语和西班牙文学。先在该校的教育学院,后又转到文学院听课进修。我主修西班牙文学,副修拉丁美洲历史。学满三年回国。

与北京外国语学院西班牙语专业一样,高年级的课程都是请外国人来讲授的。其中一位叫巴勃罗·杜契斯基的教师系俄国血统的阿根廷人,与我们中国教师合作,我们双方配合得很默契。我们中国教师从外国教师那里学到不少有益的东西。

1960年入学的第一届西班牙语学生的学制是五年。因为当时师资匮乏,在这届学生入学后就没有再继续招生。一直到1964年才招进第二届学生。这批学生有的来自普通中学,还有的来自外院附中或外国语中学,后者的西班牙语水准较高,所以就被分为甲、乙两个班,以便有针对性地进行教学。由于教学工作需要,赵振江老师、段若川老师就都提前毕业了。赵德明老师被派往智利留学。1965年我们招了第三届学生。他们都是高考成绩优秀的学生。这个班由段若川和我搭档一起来教。但是教了没多久,爆发了"文化大革命",就停课闹革命了。等于说,我从古巴回来后也没有怎么正儿八经地教书。

问:您主要承担过哪些教学工作?什么时候开始的文学研究?

答:我从古巴回国后,一直担任西班牙语教研室主任一职。后来当英语专业从西语系独立出去,单独成为一个系以后,德语的孙坤荣老师、法语的王泰来老师和我组成这个新西语系的系领导班子。若干年后又换届,形成以法语蔡鸿滨老师为系主任、德语张荣昌老师(主管研究生教学工作)和我为副系主任的新一届的系领导班子。但是这个班子没运作多久,蔡老师因健康原因就辞职不干了。在这种情况下,我除了负责原来分工的、主管本科生教学工作外,蔡老师分工的那摊子事,就又落到我的头上了。因为系行政事务过多,我分担的教学分量就不像以前那样多了。我辞掉教研室主任一职以后,西班牙语教研室主任一职由赵振江老师接替。我这个阶段主要偏重于西班牙文学课,还有"西班牙语应用文"等。后来还为研究生开过一些专题课。

我全力以赴地研究西班牙语国家文学是从"文革"结束、"四人帮"垮台之后,参加编撰《大百科全书·外国文学卷》的编撰工作时开始的。人民文学出版社的王央乐、外国文学研究所的陈光孚和我,我们三人参加了《大百科全书·外国文学卷》中的西班牙、葡萄牙、拉丁美洲文学分支编写组工作。我们参与了从立大纲、选条目、约稿件,到最后审稿定夺等具体工作。我们了解了谁翻译过什么作品,谁熟悉哪些资料,谁善于写某个条目,通过这项工作就把国内西班牙语界对文学感兴趣的人士团结起来。从而我们认识了全国高等院校、出版界、科研机关的不少业内人士。他们基本上都参加了这项巨大工程项目。可以这么说,《大百科全书·外国文学卷》使得我们这些,特别是在北京的热爱西班牙、葡萄牙、拉丁美洲文学的人彼此认识、沟通。当中国社会科学院外国文学研究所借助改革开放的东风决定成立各个语种的文学研究会时,我们就在这个基础上顺理成章地成立了挂靠在外国文学研究所的西葡拉美文学研究会。

问:请您谈谈西葡拉美文学研究会的情况吧。

答:1979年10月在南京大学成立了中国西班牙、葡萄牙、拉丁美洲文学研究会。这标志着我国对西班牙语、葡萄牙语地区的文学研究、评论和介绍工作有了一个新起点,同时也成为近数百名会员之间、会员与文艺界、出版界人士之间相互联系和交流的纽带。

在这个会上王央乐先生被选为会长,外国文学研究所陈光孚和我为副会长。这个研究会成立之后,它对推动文学研究起了很大的作用。在外国文学研究所下属的各个语种分支研究会中,据说我们研究会还是比较活跃的一个。这是因为大家比较热心、团结。另外也跟当时的改革开放的大好形势有很大的关系。改革开放之后,特别是1985、1986年之后出国访问人员大增,特别是文化界。他们出国后发现当时世界文学焦点都集中在拉丁美洲。他们不明白,为什么拉丁美洲这个又穷又苦的地方会成为世界文学的焦点,怎么又会出现了魔幻现实主义、结构现实主义、新巴洛克主义。这些出去的人员中有作家、文艺界的领导,出国后增长了见识、扩大了视野。回国后就想更加深入地了解详情。出版社也看到了商机,找我们研究会合作、约稿。所有这些都鞭策我们研究会大力开展翻译研究工作。说老实话,当时的聚焦点主要集中在拉丁美洲文学这一块,而对西班牙、葡萄牙文学的关注尚未达到这一高度。当时云南人民出版社打算发行一套独具特色的出版物——"拉丁美洲文学丛书"。我们学会觉得这是个双方合作的好机会。其实我们和他们在1986年之前就曾经合作过,但缺乏长远眼光,出书也不够系统。1986年我们双方开始签订合同,成为合作伙伴。我们策划、约稿、审议,他们出版发行。我们陆续推荐了45部作品(包括魔幻现实主义、结构现实主义、新巴洛克主义具有代表性的作品),除了诗歌、散文、戏剧外,还是以小说作品为主。有了这个平台,促进我们的会员们去翻译、研究,也培养出诸多译者、学者。这套丛书被列为"国家八五重点图书"。我们研究会之所以搞得比较活跃,除了依靠诸多合作的出版社的平台外,还严格执行会章的规定,基本上做到每四年举行一次换届选举,几乎每年都能召开一次学术研讨会,讨论拉美文学或西葡语文学的发展现状,各地会员前来交换意见,大家各有所获。有了这么一个研究动力和研究环境,使得西葡语文学研究得以深入开展下去。

问:你们研究会确实做了很多事。合作出版的系列丛书不仅很多青年作家特别愿意看,从中寻找灵感,我们作为普通读者也喜欢看,可以说拉美文学在80年代形成一股热潮,持续很久。

答:除了我们研究会与云南人民出版社合作出书外,我们的会员也积极参与与其他出版社合作出版文学作品。其成果有黑龙江人民出版社的"西班牙文学名著"丛书,而"葡语作家丛书"则是由澳门文化司署资助、花山文艺出版社出版的一套介绍葡萄牙文学的丛书。后来又有一套名为"妇女文学丛书"。这是我在《西班牙文学史》中提到过的一批当代女作家,特别是小说家。人民文学出版社为配合西班牙文化年而设计出版的一套丛书,西文叫"半边天",而中文称之为

"她世纪丛书"。这已经是2000年以后的事情了。

再补充一点,就是改革开放以来,西葡语文学作品之所以在国内产生影响,这与我国出版界人士的远见卓识和巨大决心是分不开的。他们看到了世界上使用西班牙语、葡萄牙语的二十多个国家和地区所具有的重要性,意识到这些国家在文学创作上取得的辉煌成就并不逊色于其他文学大国。出版界朋友的积极态度大大鼓舞了翻译工作者的热情。我们研究会也成为各家出版社在制定翻译西葡语文学作品计划的参谋和作品的推荐者,与出版界朋友始终保持着密切和良好的合作关系。我国出版界为推动西葡语国家的文学作品的翻译、评论和介绍工作的开展起了不可估量的作用。

我粗略地统计了一下,仅在研究会成立后的八九年时间里,国内出版了254种西班牙语国家的文学作品(其中西班牙49种,墨西哥43种,哥伦比亚38种,智利32种,阿根廷26种,秘鲁18种,委内瑞拉14种,古巴12种,乌拉圭12种,尼加拉瓜6种,危地马拉、洪都拉斯、哥斯达黎加、玻利维亚各一种。此外,还出版了42种葡萄牙语国家的文学作品(其中葡萄牙13种,巴西29种)。换句话说,平均每年出版近三十种西班牙语国家文学作品,近五种葡萄牙语文学作品。在这个阶段有关这两个语种的文学作品的评论、介绍文章发表了近一百八十篇。由此可见,西葡语国家文学作品的翻译、介绍和评论工作在短短的几年里蓬勃发展,取得了很大的成就,并在中国的文艺界和读者中产生了深远影响。

1989年在西班牙、葡萄牙、拉丁美洲文学研究会成立十周年之际,我们出版了一部论文集:《世界文学的奇葩——拉丁美洲文学研究》(旅游教育出版社出版)。这个集子可以说是一面小小的镜子,从中反映出这十年来我国西葡拉美文学研究工作者的一丝辛劳。翻译、介绍外国文学很像是在移花接木,俗话说:"人挪活,树挪死",可见移植之艰难。但是西葡拉美文学之花毕竟在中国土壤上开花结果了。这与花匠们的精心培育与辛勤劳动分不开的。

正如中国社会科学院文学研究所前所长刘再复先生在《笔谈外国文学对我国新时期文学的影响》一文所指出的那样:他认为:"在'五·四'现代文学中,拉丁美洲文学几乎没有什么影响,但是,在新时期文学中,特别是1985年之后,以加西亚·马尔克斯为代表的拉美魔幻现实主义作品和巴尔加斯·略萨的结构现实主义作品则产生了巨大影响。"接着他指出,上述两位"作家们的成就和他们作品的陆续传入,刺激了一些作家对父辈文化的反省,激发他们寻根的热情,使我国当代的文学创作带有更浓的文化性"。他还强调说:"这两年,文学创作界的'文化热'思潮显然与拉丁美洲小说的冲击有关。拉丁美洲小说还给我们的作家一种启示:任何一个有创造性的作家,都应当有自己所理解的'文学',都应当有自己一套新颖的、对世界的认识方式……,总之,遥远的大洋彼岸传来的文学信息使我们作家在心灵获得更大程度的解放。"

问：研究会 1979 年成立的时候您担任副会长，1986 年换届到 1999 年您一直担任会长，团结大家积极与出版社合作，组织编写多种译丛，可以说在研究会中发挥了很大作用……

答：也不能说作用很大。我们研究会挂靠在外国文学研究所。外文所的陈光孚先生、林一安先生都先后担任过学会的常务副会长。他们为研究会的工作，可以说是呕心沥血。尽管在一些问题上看法各异，存在分歧，但是在协商之后，我们还是能够以大局为重，统一行动。我们研究会的活动之所以办得比较活跃，如此红火，除了我们借助国际上风行一时的拉丁美洲文学热的这股东风外，还与研究会先后的几位秘书长（诸如江志方、赵德明、丁文林等先生）的精心策划与事无巨细的琐事安排有关。

我们看到，在上个世纪——20 世纪在我国出现过两次翻译、介绍外国文学的高潮。第一次是在五四运动时期，特别是在鲁迅先生提出"拿来主义"的主张之后，老一代的外国文学工作者（其中有不少人，本人就是创作家）有选择地翻译、介绍了许多优秀的外国文学作品。这些作品的涌入对新文化形成具有巨大影响，而那个时代的作家们也从外国文学作品中汲取了有益的经验。而第二次高潮就出现在粉碎"四人帮"之后，进入改革开放的新时期，其规模之大，范围之广，影响之深至少可以与五四运动时期相媲美。可以看出，这两次接受外国文学影响的高潮都给中国文学界带来繁荣景象。而我们研究会正好借助了天时地利人和的有利时机，在第二次高潮中有幸参与了这一翻译介绍工作。为什么我后来热衷于搞西班牙文学，这与孟复先生对我的影响有关系。可惜孟先生英年早逝。这本《西班牙文学简史》（1982 年）是他身后由四川人民出版社出版的。我的师母李葆芙女士送给我一本，可能是她知道我喜欢西班牙文学。

问：能给我们多介绍一下这本书以及孟复老师的情况吗？

答：这是西班牙语学科中最早的一本文学史。可惜的是，孟先生只编写到"1898 年一代"的作家，而活跃在 20 世纪文坛上的西班牙作家没有涉及，但这在当时的历史条件下已经很不容易了。孟先生的英文、西班牙文的根基十分雄厚。可以说他是创立我国西班牙语专业的奠基人之一。

我们说早在 20 世纪初，我国就已经有了《魔侠传》译本，其实与其他国家相比，并不算早，仅与我们的邻邦日本相比，我们同是东方的文化大国，都遇到与西方语言有着相同的语言、文化差异，但是日本早在 19 世纪就已经有了《堂吉诃德》的日文译本，1927 年，即《魔侠传》出版五年后，又出版了第二个日文译本，至于西方的德国、法国、英国、荷兰等国在《堂吉诃德》出版不久的 17 世纪里，不仅在很短时间里翻译介绍了这部作品，甚至有的国家的《堂吉诃德》译本竟多达十多种甚至二十多种。而我们直到 30 年代才由傅东华先生从英文转译了《堂吉诃德》上册。开始是在报刊上连载，几年之后方集结成册。解放后，1955 年我国响应世界和平理事会的号召，在北京举办了"世界名著《草叶集》出版一百周年、《堂吉诃德》出版三百五十周年纪念大会"，著名学者、专家还在各大报刊上发表了介绍评论文章，在全国范围内形成一个不大不小的塞万提斯热，从而扩大了塞万提斯在中国的知名度。但是从出版书籍角度上看，当时仅有两家出版社出版了塞万提斯的作品，即人民文学出版社 1959 年出版的傅东华的从英文转译的《堂吉诃德》全译本和上海新文艺出版社 1958 年出版的祝融先生翻译的《惩恶扬善故事集》(即《塞万提斯全集》里的《警世典范小说集》)。祝融即我们研究会的前理事祝庆英同志的笔名，可惜她仅仅从这部被视为《堂吉诃德》一书的补遗的、含有 13 个短篇小说的、塞万提斯的另一部名著《警世典范小说集》中选译了五个短篇。当然有了总比没有强。新中国成立之前，中国读者除了西班牙作家、"现代小说之父"的塞万提斯的《堂吉诃德》外，对西葡语国家文学的其他作品几乎一无所知，这个领域对于新中国从事西语、葡语语言文学的工作者来说是一块尚未开垦的处女地。从英文转译的《堂吉诃德》全译本的序言是孟先生撰写的。

问：正好借此机会请您介绍一下《堂吉诃德》在中国的翻译情况，以及《塞万提斯全集》的出版情况。

答：直到"文化大革命"期间，杨绛先生才开始从西班牙文原著翻译《堂吉诃德》。据说杨先生的其他外语也很好，西班牙语是她在外文所工作时开始学习的。我想杨先生翻译的时候也会去参考她所熟悉的其他外语译本。在西班牙古典文学作品中，杨先生主要翻译了《堂吉诃德》和流浪汉小说《小癞子》。她不仅翻译了这两部作品，而且还对它们进行过深入的研究。她的译文我拜读过。当然，在西语界对目前已经出版的译本有不同的看法。有人认为董燕生教授的译本比她的好，甚至还有人说，杨绛的译本中有错误，等等。其实书中不当之处，在后来再版的修订本中早已得到修正。在傅东华译本和杨绛译本出现之后，特别是到了 90 年代，从原文翻译《堂吉诃德》的中文译本就多起来了。我们前面介绍过，这种现象并不奇怪，而且也很正常。除了杨绛和董燕生的译本外，还有孙家孟、张广森、唐民权、刘京生等人的版本，差不多也多达十余种了。我们是否可以这么看，杨绛先生的译本中文水平确实很高，有些用词与译法处理得十分巧妙。在董燕生的译本中，可以看出西语理解准确，基本上没有误译之处，他的译本更贴近于读者大众的阅读习惯。总之，每位译者都有自己各自的风格，何况有的版本在再版时，对不当之处都进行过修正。

关于《塞万提斯全集》，情况是这样的：人民文学出版社策划于1996年一次出齐一部八卷本的中文版《塞万提斯全集》，以此纪念塞万提斯（1547—1616）450周年诞辰。出版社找研究会和我商量此事。我们当然大力支持。当时国内只晓得《堂吉诃德》，而对这位"现代小说之父"的其他著作知之甚少。正好1992年我以访问学者身份到西班牙出差，出版社委托我去西班牙文化部图书总局陈述该社出版《塞万提斯全集》计划及其具体事宜。我带着他们写的介绍信，以社外编辑身份代表人民文学出版社与对方商谈出版事宜。该局领导大力支持中国在纪念塞万提斯450周年诞辰之际发行中文版《塞万提斯全集》的计划。这套全集终于在1997年按原定计划面世了。

我觉得我们西班牙语专业从1953年年初创办到1960年北大开始建立这个专业，它的发展过程还是比较缓慢的，培养介绍翻译文学作品的队伍更慢。50年代西班牙语的文学翻译作品出版得很少，这也符合中国的实情，因为建国后，1953年，才初建西班牙语专业，培养西班牙语人才工作刚刚起步不久。50年代末期与60年代初期培养出的西班牙语的人才尚满足不了外事交往、研究单位的需求，更谈不上形成一支西班牙文的文学翻译队伍。所以这个时期的西班牙语文学作品从其他语种转译也是必然的。就像鲁迅先生所说的那样："中国人所懂的外国文，恐怕是英文最多，日文次之，倘不重译，我们将只能看见许多英美和日本的文学作品，不但没有伊巴涅支，连极通行的安徒生的童话，西万提斯的《吉诃德先生》也无从看见了。这是何等可怜的眼界。……我们现在的所有的都是从英文重译的。连苏联作品，也大抵是从英法文重译的。"

尽管鲁迅先生关于在无直译的条件下，主张重译（即转译）的这段话是针对二三十年代的中国文坛情况讲的，但是也很适合解放后的五六十年代的西班牙语的文学翻译情况。到了70年代，那批解放后培养出来的、业已人到中年的、爱好文学的西班牙语毕业生，尽管从1957年到1978年的20年来，我们这批30年代出生的人都经历了"反胡风""反右派""大跃进""反右倾"、社会主义教育"四清运动"，直至长达十年的"文革"灾难的洗礼，贻误了许多的大好时机。但是他们在各自的工作岗位上中西文水平得到极大的提高，特别是在改革开放的大好形势推动下，天合、地利为他们创造了显示文学翻译才干的条件，七八十年代他们应出版单位的要求，翻译了大批现当代的作品和通俗畅销作品，从文学翻译角度上看积累了大量的经验，为90年代翻译西班牙古典作品作了准备，我们不妨将七八十年代视为为翻译难度极大的西班牙黄金世纪的古典作品所经历过的练笔阶段。（我并不是说当代的文学作品就会那么轻而易举地翻译出来,特别是那些新巴洛克主义流派或全无标点符号段落的新小说,并不会让译者轻松。)西语界今日业已拥有一支阵容整齐、经验丰富、实力雄厚的文学翻译队伍,所以今日翻译出版《塞万提斯全集》自然是水到渠成的事了。从中可以看出只要不再胡搞瞎折腾,着意耕耘,定出成果。

问:您说北大"文革"前培养的西语人才很少,北外有,上外有。可是之后的拉美文学有这么多工作要翻译,有很多人才在做,很了不起。这些人专业背景都很可靠了,学西班牙语出身,后来也从事相关的工作。但是翻译质量上会不会有些参差不齐呢?

答:我们常说"十个指头还不一般齐呢"。在翻译质量上出现参差不齐的现象有时也是在所难免的。大家都懂得"慢工出巧匠","欲速则不达"的这个道理。如果翻译过于追求快,译者就不能反复研读原著,也就无法把原作的艺术意境展示出来。因为一部优秀的译文会使读者阅读的时候能像读原著一样得到启迪、感受到美的享受。此外,为我们出书的资深出版社,他们首先考虑的不是如何把为争夺版权所支出的天价买断费用快速捞回而迅速组织翻译队伍,突击出书,以便独占图书市场获得巨大的经济利益,而是以保证翻译质量为先,在精选译者方面,还是严格把关的。因为他们谁都不希望砸自己的牌子。所以从总体上看,随着翻译经验的不断积累,再加上我们的译者都能自觉地遵守"三个对得起"(对得起原著,对得起读者,对得起自己)的译德标准,严格要求自己,从整体上看,在翻译质量上最后还是有保障的。

前面我们曾经谈过,在20世纪我国出现过两次翻译、介绍外国文学的高潮。五四时期的作家大多数是通过直接阅读原著(或其他文字转译本)来接受外国文学的影响的。集作家、翻译家于一身的大家也不乏其人。而在改革开放新时期出现的一代作家与五四时期作家的社会经历与生活条件不同,他们主要靠阅读外国文学译著来间接获得国外文学流派发展的信息。因此,保证中文译本的翻译质量显得尤为至关重要。正如刘再复先生所言,在新时期"由于我国整体性文化建设的巨大进步,新时期翻译出版的外国文学作品的数量之多是空前的,真是令人应接不暇。毫无疑问,外国文学工作者对新时期文学的发展,是立下很大的功劳的。"我们研究会的会员们有幸在这新时期的接受外国文学影响的高潮中略尽一点微薄之力。

其实塞万提斯对翻译有他自己的看法,在《堂吉诃德》下卷里,他借助堂吉诃德之口说:"任何两种语言之间的互译,都好比是反面观赏弗兰德斯挂毯,图案倒是都能看见,可是被乱七八糟的线头弄得模糊不清,不像正面那么平整光滑……当然我不是说干翻译这一行有什么不好……"塞万提斯这段话,一方面证明翻译工作的艰辛所在,同时也是对那些滥译、乱译者的抨击。在该书上卷的第6章里,塞万提斯就抨击了西班牙人,赫罗尼莫·乌列阿上尉翻译的《疯狂的罗兰》,指责他使原诗的"韵味大为减色",认为他是在"自找挨骂"。固然诗歌是有其不可译性,但是并不等于不能译,什么是翻译?实际上翻译就是对原作的解释,解释的好坏,取决于译者的译德和译才。就是我在研究会探讨翻译选题问题时,与同人们常常念叨的三个对得起:对得起原著,对得起读者,对得起自己。塞万提斯并不是对翻译工作蔑视、否认翻译工作,将它一棍子打死,对好的译作他也是大加赞扬的,书中他提及的两个译本的译者,他认为"他们精美的文笔简直使得译文和原著难以区分"。我认为,塞万提斯将翻译形象地比喻为"弗兰德斯的花毯翻到背面来看"的这种现象,只要我们大力提倡、推崇译德,不断提高译才,我们会将弗兰德斯的花毯的背面,变成名扬中外的苏州"双面绣",即不管从哪面看,它既逼真又传神,达到"简直和原著难分彼此"的境界,这应该是办得到的。

　　据我所知,参加《塞万提斯全集》翻译的译者中,有的早在学习西班牙语期间,只是出于爱好西班牙语文学,就曾翻译练笔,或者原来根本没想发表,只是为了愉悦自己而已。如果借用汽车驾驶界的朋友常用的术语"磨合"两个字来形容的话,他们已经"磨合"了十几年或几十年,积累了大量的感性认识与翻译经验。但这套全集的出版,对某些译者来说,多少有些"老来喜得贵子"的感觉,因为有的译者在这套全集出版之前,业已退休。这多少又与塞万提斯创作生涯中的某些遭遇有类似之处。塞万提斯几经创作上的失败,终于在1605年,58岁时发表了他的传世之作《堂吉诃德》上卷。他临终前的生活,与以前别无二致。尽管他的名字受到敬重,他的作品在欧洲各国的首都得到赞扬,他却依旧是个穷诗人。1616年,对文学界来说,这是一个悲惨的年头,在这一年里,世界文坛上的两颗光彩照人的彗星陨落,莎士比亚死于斯特拉夫城的农舍里,在同年同月同日塞万提斯也在马德里的破旧寓所里与世长辞。在他逝世前四天,1961年4月19日,为《贝雪莱斯和西吉斯蒙达历险记》写完了献词后才封笔,他逝世之前的1613年到1616年,这短短的近三年里,他拖着病弱之躯,紧张从事文学创作,笔耕不止,发表了《警世典范小说集》《帕尔纳索斯之旅》《八个喜剧和八个幕间短剧》《堂吉诃德》下卷以及《贝雪莱斯和西吉斯蒙达历险记》五部作品(其数量占这八卷本全集的一多半以上)。真可以说,塞万提斯有一个硕果累累、光彩照人的、达到天才之巅的晚年,在他生命的最后三年里,他下笔如神,将他一生中酸甜苦辣的生活积淀,犹如汹涌澎湃的黄河之水从天而降,全部倾泻于纸上。这也是水到渠成的必然结果。

　　总之,今天经过这么多年的培育和努力,我国西班牙、葡萄牙语文学翻译队伍终于成长壮大起来,形成一支不容忽视的文学翻译新军。

问:您自己也翻译过一些著作,能否给我们介绍一下?

答:一般来说出版社来找我时,只要我认为题材合适,我的业余时间允许,就会接受翻译任务,并签订合同。1992年漓江出版社"获诺贝尔文学奖作家丛书"主编刘硕良先生约我翻译1904年诺贝尔文学奖得主西班牙剧作家埃切加赖的作品并要求附上具有学术价值的前言介绍。对这位作家我情有独钟,便欣然接受。于是便利用在西班牙访问的有利时机,收集、阅读了有关这位剧作家的大量资料。他一生写了五十余部剧作,我从中选了三部具有代表性的作品。回国后,由于教学和其他杂事繁多,无法在限定的时间内自己单独译完这三部剧作。于是便请丁文林老师与我的学生孙海清(现在美国任教)分摊翻译任务。于是我们三人各自承担翻译一部剧作,最后由我统稿。这三部剧作最后定名为《伟大的牵线人》于1995年出版。后来外国文学研究所前所长吴元迈先生受四川人民出版社的委托,编撰一套"20世纪文学泰斗"丛书。他向我约稿,于是我便与他讨论"泰斗"一词的含义以及入选的标准。并与他探讨了诺贝尔文学奖获得者的泰斗级别问题。在他首肯后,我便推出一部类似于章回小说形式的、有关埃切加赖生平轶事的《埃切加赖》(2001年)。埃切加赖曾经三次被任命为西班牙王国的财政大臣。在其任上努力拯救自1898年美西战争失败后陷入重重危机的西班牙财政,仅用一年时间,治理整顿就富有成效,为西班牙的繁荣发展做出贡献。他既是银行家、数学家,又是剧作家。这位两院院士——西班牙语言科学学院院士、西班牙自然科学学院院士创建了西班牙国家银行。他的生平极其具有传奇色彩,其肖像被印在流行于西班牙的纸币上。

此外,我翻译了一些其他诺贝尔文学奖获得者的作品,有阿斯图里亚斯的《危地马拉的周末》、帕斯的文论《超现实主义》。《超现实主义》很长,翻译的难度很大。我在文论知识方面是个瘸腿,为此译作花费了不少精力。此外我还编写了一些东西,比如《二十世纪欧美文学史》(北大出版社出版)。我承担了西班牙、葡萄牙部分的撰写工作。后来又参加了李赋宁先生为总主编的、三卷集的《欧洲文学史》(商务印书馆出版)的全部工作。我们六位新编《欧洲文学史》编委会的成员经历了历时数年的撰写与编校工作,最终于2001年使该书出版问世。该书是全国哲学社会科学"八五"规划重点项目。我在其中还负责撰写了西班牙、葡萄牙文学部分。

问:您上大学以来,经历了中国西班牙语语言文学学科的整个历程。北外是国内西班牙语教学的发源地,您在那儿读过书,您也见证了北语的成立,北大的西班牙语专业您属于创建人之一。后来又主持西葡拉美文学研究会的工作。可以说,您对这个学科非常了解,一路参与并见证它的发展。您能否谈谈本学科的经验教训。

答:我的想法也许不一定对。北大外文系和北外都是传授外语的教学单位,但在教学上还具有各自的特色。北外虽然业已不归外交部管辖,但他一直比较强调语言实践能力的培养,而且也偏重于这方面课程的设置。当然北大的西方语言文学系和东语系过去也都为外交部培养过外语人才。但是作为综合性大学外语系所具有的重视文学的特点不应减弱。语言实践能力是基础的基础,这没有问题。不懂语言就没法研究外国的文化和文学,仅靠第三者的翻译是无法进行全面研究的,只有自己去看、去体会。综合性大学的北大具有学科齐全的这个得天独厚的优势,应充分利用。我在北外打了语言基础,在北大扩大了知识面,享受到北大综合性学科的资源,听老先生讲学,增长了我的知识,扩大了视野,可以说,裨益终身。所以外语系(过去称之为西方语言文学系、东方语言文学系、俄语语言文学系,现在统称为外国语学院,不叫外国语言文学院)原有的特点不能遗弃。当然首先要把基础语言夯实,因为这是未来工作的手段、工具,但也要看到,北大外文系的特色在别的外语院校还真是少见。

另外,我还有一个看法,我们是学外语的,但是中文也相当重要,因为你总是要把外国的东西介绍给中国或把中国的东西宣扬出去。如何重视或提高学生现有的中文水平至关重要。赵振江教授曾经讲过这么一件事,有一次前外交部长李肇星陪一个拉丁美洲代表团到北大参观。他利用代表团成员还没有走出临湖轩的时候,他把赵振江拉到一边,语重心长地嘱咐道:"北大西语系一定要把学生的中文抓好,现在分来的大学生写的中文报告,汉语都不太灵光。"当然李肇星不仅英文底子好,又是"诗人"外长,中文也不错,他要求的也许高一些。但是他认为,现在的外语系学生的汉语是软肋,这可能是不争的事实。搞外语的绝对不能忽视中文。中外两种语言犹如人们的两条腿,不管缺了那条腿,都会变成瘸子。

问:现在回顾个人的学术道路,您觉得主要的体会是什么?

答:由于历史原因,我们这代七十多岁的人走过不少弯路,是瘸腿(至少我是这样),有些东西还是后来恶补的,虽然课是补了,但是还是觉得不够,比如宗教知识很欠缺,碰到这种问题不知如何处理才好。西方文艺理论也很欠缺。虽然以前在日伪统治时期被迫学过日语,后在中学学过英语、俄语,但是中学毕业以后就再也没有太多的机会接触它们了。除了西班牙语外,都难以达到得心应手的程度。像我们院里的一些前辈老先生,他们在当时生活的环境里除了掌握其所传授的专业语言外,至少能通晓另一门外语。这样他们接触的资料会更多,眼界比我们更开阔。回头再看我们的译作或写出的其他东西,总会发现一些硬伤。这不是客气话,也不叫疏忽,而是客观存在。我们只有不断地学习提高才能补上这个缺口。

现在学生们的学习条件比以前好多了。在过去,仅以西班牙语的学习条件而论,我们学习的时候没有一本可用的工具书,后来才找到一本1915年中国驻墨西哥、西班牙代办公使谭亦豪编写的《吕宋华文合璧字典》(当时国内把西班牙叫大吕宋,菲律宾叫小吕宋)。在这本书之后,西班牙天主教的传教士们为了传教方便,在1931年西班牙传教士路易斯·玛利亚·涅托编写了一本《班华字典》。后来他在上海又出版了一本《华班字典》。1943年另一位西班牙传教士伊格纳西奥·伊巴涅斯用福田方言编了另一部《班华字典》。尽管名为字典,但它们收入的词量极少,一般的常用词很难找到,但是没用的或很少用的词反倒有,如"连珠屁"。上述书籍均用词陈腐,很多解释似是而非,甚至无法理解,谬误极多,无法适应学习、工作需要。后来我还找到高桥正武编著的《西和辞典》(1958年版),收入的词量不算少,虽然其释文为日语,但是至少有点汉字穿插其中可供解惑时参考。1959年才见到收集词量有限的《西汉词典》(商务印书馆发行),直到1982年才出版了北京外国语学院编著的《新西汉词典》。这是国内第一部中型的西班牙语工具书。听力材料也极其匮乏,如果有人说,咱们去听外电广播,那简直是"痴人说梦"了。当时的学习条件一直是很差的,当然也是在逐步改善。

我的体会,学习另外一种语言,在有条件的情况下必须到当地的语言环境里去生活一个阶段,对语言会有完全不同的感受。作为访问学者我出去过几次。有一次是利用教委的奖学金去西班牙收集资料。我带着为编写《西班牙文学史》的目的去收集资料,目标明确,收益颇大。在收集资料方面,现在也比我们那时候方便多了,从电脑里就可以调出需要的资料。当然这是时代进步的体现。我们那时候在国外收集资料也是困难重重,找到之后只能挑选出最重要的复印带回,有不少只得割爱舍弃。不过出去看看还是大有益处,但出去要有目的,知道自己应该做什么。学习外国语言如果不去当地生活一段时间,对运用这门语言的熟练程度和感性认知就是大不一样。

问:关于西班牙文学研究,您最后还有什么补充的吗?

答:关于西班牙文学,我再说几句。现在市面上有北大出版社出版的两部文学史:《西班牙文学史》和《拉丁美洲文学史》。仅从它所涉及的文学发展脉络的时空跨度来看,目前还没有其他版本超过这两本书的。最早的版本是我的老师孟复先生的《西班牙文学简史》,后来的是董燕生教授的《西班牙文学》。这部作品简明扼要,脉络清晰,只是略嫌篇幅短了些,这是由于出版社限制字数所致。此外,还有上海外国语大学张绪华教授的《20世纪西班牙文学》。后来就是我编写的《西班牙文学史》(2006年出版)。2007年北大王军教授出版了一部专著:《20世纪西班牙小说》("21世纪西班牙语系列教材")。该书作者将西班牙小说置于西班牙百年历史发展不同阶段的宏观背景中进行剖析,详尽地阐述了这个欧洲现代小说发展的策源地——西班牙在小说创作领域所取得的长足进步。另外还有外文所所长陈众议研究员的专著《西班牙文学——黄金世纪研究》(译林出版社)以及他与王留栓合写的《西班牙文学简史》("外国文学简史丛书",上海外语教育出版社)。从上述作品中可以看到西班牙文学研究的发展现状。

访谈时间:2011年1月6日星期四14时—17时
访谈地点:北京大学民主楼104室
访 谈 人:王东亮、罗㴑、史阳

建设学科 承前启后
——李明滨先生访谈录

李明滨，北京大学教授、博士生导师。1933年12月生，台湾台北人。1957年毕业于北京大学俄罗斯语言文学系，留校任教至今。曾任北京大学俄文系系主任、俄罗斯学研究所所长，中俄比较文学研究会会长，普希金研究会会长，北京大学世界文学中心副主任。曾受聘兼任国家教委高校外语专业教材编审委员会委员，教育部高校外语专业教学指导委员会委员。长期从事俄罗斯语言文学、俄罗斯国情学、比较文学与世界文学的教学和研究。主要著作有《中国文学在俄苏》《中国文化在俄罗斯》《中国与俄苏文化交流志》《俄罗斯文化史》《俄罗斯文学史》《俄罗斯文学的灵魂——托尔斯泰》等，主编高校教材《苏联概况》《独联体国家文化国情》《20世纪欧美文学简史》和《世界文学简史》（获评北京市精品教材）等，译著《陀思妥耶夫斯基夫人回忆录》等多部，发表论文约150篇。参编曹靖华主编《俄苏文学史》（三卷本，该书第一卷获国家级优秀教材特等奖）。为享受国务院政府特殊津贴专家，俄罗斯科学院远东研究所荣誉博士，并获俄罗斯联邦政府"普希金奖章"及"高尔基奖"荣誉证书。

采访人（问）：谢谢李老师接受我们课题组的采访。我们读了您在《学路回望》上的精彩访谈，那是在北京大学外国语言文学学科发展史框架下进行的。此次访谈则属于"新中国60年外国文学研究"课题范围。两次访谈的侧重点有所不同。我们准备从"史"的角度入手，希望听您多讲一些学科发展以及个人学术贡献。先请您谈谈当初的求学经历，可否从您台湾籍的身份讲起？

李明滨先生（答）：我的家族早年从福建去了台湾，到我是第十一代。现在在台湾淡水乡下五个村子里还有我的族人。淡江大学近旁有一家农场是我们家族祖产，现在租了出去，用租金设立了两种奖励，一种奖励老人，60岁以上奖励金戒指、金项链……90岁以上是钻石；还有一种奖励年轻人，考上台大、政大、文化大学、淡江大学等学校,均有不同级别的奖金,奖励10万或20万。我的曾祖父是清末举人。甲午战争失败后,清廷割台,1895年,他率我族人抗击日军登台,所以被称作抗日举人。

问:那么说是从您父亲这一辈回到大陆来的?

答:当时没有两岸的概念,就说福建人和台湾人,所以我两边都有亲人。到了台湾的族人要回来认祖归宗。厦门郊区的同安县马巷李厝也有举人李应辰故居,是中举时回乡来建立的。定居这边的人呢,则要申请回台湾探亲,去淡水乡下。李氏家族最早是从北方南下福建的。两岸一分离,我变成了台籍。我在台湾有户口,在台北县。但是我上学是在这边。我父亲来往两边经商,算是第一代台商,只是过去没有这个称谓。其实就是来回水陆运输。那时候也没有多大的海轮,就是机帆船,比郑和的船要小得多。后来到1948、1949年,两岸断绝了往来。

问:后来您从厦门考到北大经历了怎样一个过程?为什么选择俄罗斯语言文学这个专业?

答:当时其实思想比较简单。我1953年参加高考,正好是苏联在咱们国内最有威信的时候,人们说"苏联的今天就是我们的明天"。我看了很多关于苏联的报道介绍,有了这些前提,慢慢才去研究文化,另外曹靖华这些前辈老师对我也是有吸引力的。但是最主要还是受到苏联文学的吸引。咱们国家很多现代作家也说自己受到苏联文学的感召。1953年,那是头一次全国高考招生,全国各地有名额分配的。当时没有"高考状元"的说法,但能够考来北大的极少,所以在我们厦门是一件大事。1952年是新中国成立以后第一次招生,但没有覆盖全国,1953年开始覆盖全国各省。

当时我们眼界不宽,我喜欢现代文学,想考厦大中文系。结果我一个学弟带我去拜访厦门大学中文系的老系主任郑朝宗。郑朝宗对我说:"开什么玩笑?读中文系怎么能读厦大?你就应该报北大!"这么一来,我报考了北大中文系,俄文系第二志愿。结果俄语需要人就弄到俄语系了。当时国家政策如此,国家很缺人才。我从福建到北京来,路上走了7天。没有铁路,先从厦门岛过海上陆地,到福州,走闽江逆流而上一天一夜,先到南平,再到建阳,一天到建瓯,一天到上饶,好不容易才接上火车。当时进校第一周教育我们热爱专业,其实根本不需要动员,我们这些人千辛万苦才抵达,哪里会不爱专业?当时没有不爱专业的人。加之的确受到时代的感召,深感社会主义苏联的道路走对了,我们要加紧赶上去。说到底都是为国家,没有什么个人因素。我到了北京三年都没有回家,一是经济上不允许,来回路上得花多少钱!二是路上住宿、转车都很辛苦。到了四年级之前,不知道毕业后分配到哪里去,说不定一派遣要好几年才有机会回家,所以和家里商量,才回去看了一趟。

问:您1953年至1957年在北大俄文系读书,然后就留校了。留校是因为学业比较优秀吧?

答:应该是这样。我进校的时候,俄语是大系。52级一个年级已经有60个人。我们那级76个人,分成4个小班上课,不然坐不下。第二年我们年级选拔了十个人要在二年级出国留学。后来走了八个,有两个人没走成,一个是我,一个是韦永华。她是北大学生会文化部长,全校知名,会唱歌。组织上通知我,你们两个人论考试成绩是排在最前面的,但是因为都有港台或海外关系,不符合绝密条件,所以都不行。但是组织上说,那些留学的人回来都要进外交系统工作,我们俩肯定去不了。但他们走了我们倒好了,为什么呢?因为学校需要教学骨干。后来,我留在了北大,她去了同济大学外语系。

问:50年代也是北大俄罗斯语言文学学科发展的黄金时期,您先后作为学生和老师经历了这个阶段。能不能给我们大致介绍一下当时各方面的情况,比如师资配置、招生规模、课程设置,以及研究成果、外教等方面的情况。

答:当时连校长马寅初的顾问都是苏联人。我们系主任曹靖华也有办学顾问,是一位俄罗斯文学专家,叫卡普斯金。他既是专家,又是俄语系系主任顾问。起初还有过一位女专家鲍罗金娜当顾问。顾问起什么作用?从培养目标、教学大纲、课程设置直到每门课的教案,都要他们指导,有的就由他们提供。当时全校开展普及俄文的高潮,组成了以马寅初校长为首的"俄文教育普及委员会",大家都学,拿俄文版的《联共党史》作教材。所以俄文系三、四年级学生白天自己去上课,晚上出来当小先生,教这些老先生们俄文。校领导们都在学,包括江隆基、周培源(周好像是教务长,江是副校长)。全校风气如此,当时所有非俄文系学生都要学两年俄文,当时叫大学俄文。北大俄文系专门编了一本《大学俄文》教材,商务印书馆连续出了11年还是13年,每年印一版。1958年以后,为了帮助各系学俄文的人更快地读懂专业书籍,我们的教学作了细化。当时有两种做法:一种是突出"四会"——听、说、读、写,打宽基础;一种是与专业结合,比如物理系就有物理系的俄文课本。我们俄文系编了五套结合专业的教材:数、理、化、生、地,这可是全国绝无仅有的。为了让学生看这五种专业教材时查字典方便,我们又编了五本《专业常用词字典》。每一种字典都要把该学科最基础的课本找来做卡片,就所有单词做卡片,一词一卡片,然后再核查每个单词的重复率,再筛选两圈,一圈3000个词,一圈5000个词,出现率最高的就选入字典。字典也是5本,数、理、化、生、地,商务印书馆出版。还有一本是给文科用的常用词词典。你掌握了这3000词,就能读通《联共党史》的俄文版,能够读通一般的《真理报》。

师资方面,北大俄文系可以说是得天独厚。办学开始集中全国最雄厚的教授队伍。当时号称六大教授:"曹、李、魏、田、王、龚",曹靖华、李毓臻、魏荒弩、田宝齐、王岷源、龚人放。还加一个张秋华,当时称老讲师,属于高级知识分子待遇。王岷源英、俄语都通,当过胡适校长的秘书,他夫人张祥保是英文教授。龚人放还在,龚先生编的《俄语文学翻译词典》至今还是独一无二。六大教授本身的威望摆在那里,他们都是语言、文学兼备,或者文学家能教语言。曹、李、魏本身都有文学创作。

问:我们还想了解一下当时课程设置的情况,很希望您以教学和教材问题为切入点,谈一谈北大俄罗斯语言文学这个学科乃至整个外国语言文学学科的学科建设问题。

答:全国总体来说,关于当时的外国文学学科,现有材料大多总结有多少翻译、研究和论著。这是应该的。但是教学怎么样?教材怎么样?历来都是空缺。翻译、研究(论著)、教学三者比较来说,其实教学更重要。北大把教学放在中心位置,这很可贵。为什么呢?一个学科能否成立,一般要有三个标准:一要有学者领头,最好是学者群,没有的话有一两个也可以;第二要有成果,科研和教材成果;第三是否已列入高校课程,这是主要的。只有这样才能人才辈出,薪火相传。所以北大有这个优点。这三点标志一个学科是否成立。到了80年代,曹靖华创立的俄苏文学学科终于建设完成,因为三个条件都具备了。

那么回到课程设置。当时外国文学学科建设经历了三个阶段。

第一阶段是在50年代,从刚解放到1956、1957年,在实行"大跃进"之前。那是探索阶段,探索该怎么做。比如说,外国文学在国内叫作西洋文学,在北大叫作欧洲文学,讲课的内容也是自由式的,讲故事。因为我们的前辈都是留学生。他们都从两大史诗讲起,从古希腊罗马讲起,像毛泽东主席说的"言必称希腊"。我们三个外语系包括李赋宁先生,也是从那讲起。他们不大讲分析和归纳。但是50年代中期开始引进苏联教学方法,它就重视归纳。所以梳理成体系是苏联的教学方法。我做过一个统计,苏联自然科学家得到诺贝尔奖的不是13就是11个。冷战时期,两大阵营对立,西方在全盘否定苏联的时候,却不得不承认它的自然科学成就。之所以有这样的成就，我觉得很大原因在于当时苏联很强调基础教育和基础学科的建设。其实我觉得丁石孙校长的办学思想受其影响，他规定所有教授都不能脱离本科生教学，教授必须上基础课。我觉得这是从 50 年代继承来的。

在这第一阶段，课程设置可以说已经成形了，东、西、俄三个外语系的学生都要学习语言、文学、理论这几门基础课，包括高名凯的"普通语言学"，杨晦（建国后中文系第一任系主任，五四运动的学生领袖）的"文艺学引论"，以及"欧洲文学史""中国文学史"等。这是大致的探索阶段，第一阶段。

第二阶段从 60 年代开始，从此开始规范外国语言文学这个学科的教材。60 年代初开始全国实行"调整、巩固、充实、提高"八字方针，中宣部和教育部联合管理文科教育，提出来大学要保证"两才（材）"——人才和教材。人才不能空讲，要培养真的，这是学科成立与否的关键。所以想出各种办法，趁老一代还在，培养"带头人"，对号入座。俄语系吴贻翼就跟田（宝齐）先生对号入座。田先生是理论语法专家，《俄罗斯语法史》是他写出来的，有点像李赋宁先生的《英语史》。从那时开始，教育部就有了统编教材的规划，北大就受命开始编写欧洲文学史，作为全国文科通用教材。由北大西语系杨周翰、吴达元、赵萝蕤主编的《欧洲文学史》（上、下册），是国内外国文学教育划时代的著作。教材是部属各大学派人来写的，撰稿人要满足两个条件：一个是本身知识丰富，一个要有教学经验。

编写《欧洲文学史》可以代表这第二个阶段。这段功不可没，贯彻了打好基础的原则。现在说的"通识教育"其实我们早就有了，那时不这么叫而已。就是最基本的都要有。那么什么符合基础知识？哪些作家写入史，哪些不写？莎士比亚占多少字？这都得讨论。有的上万字，有的不行，5000 字，有的只有 500 字。我参与其中，我知道详情。我们编写组成员定期住在北招待所，每半年讨论一次，写出来还要改。后来下册写完以后，"文化大革命"爆发，就搁置了。1977 年恢复高考以后立刻打印初稿成册，开始征求意见。当时由主编杨周翰、责编蒋路带我们三个年轻人——西方文学是罗经国，俄苏文学是我，还有一个我记得好像是武汉华中师大的周乐群……我们带着征求意见稿，到各地高校开座谈会征求意见。许多问题都是反复讨论，颇费斟酌，譬如，为什么欧洲文学史里没有写《基督山恩仇记》？当时有过争论，结论是畅销书不等于经典，这部教材应该把文学经典放在首位。《欧洲文学史》另一个重要优点在于它是一部信史，秉承司马迁史料翔实可信的原则，而不是编者乱发议论。所以当时我们编者不作多余议论，只有夹叙夹议。总之，《欧洲文学史》的编写和出版，具有划时代的意义，也是北大前辈学者对中国外国文学教学工作的一大贡献。

第三个阶段是改革开放以来，学科建设趋于成熟，教材编写也是丰富多样。

比如《外国文学史》教材就至少出现了两套：一套是南开大学朱维之先生编的，一套是中国人民大学赵澧先生的《外国文学史简编》。南边也有好几个，更分散一点，四川、上海各有一套。另外，也相继成立了外国文学研究和教学方面的专业团体，一是冯至先生牵头倡办的"外国文学学会"，是一级学科，研究得比较精比较广，都是专业人士参加。还有一个是杨周翰参与创始的"全国高校外国文学教学研究会"，吸引了大量高校教师尤其是各中文系主讲外国文学的教师参加。它比较有活力，适应广大教师需要，每年一次年会，出一本文集。它现在挂在高等教育委员会下面，属于二级学科。冯至先生原是北大西语系主任，和本校有很深的渊源，杨周翰先生是西语系教授。季羡林先生在两个学会都发挥了很重要的作用，后来一直被推举为会长。他们长期兼职主持这些学会，也是北大的光荣。

  说起北大的外国文学教学和研究，我觉得它的制高点在于全局意识和综合发展，不仅仅偏向翻译、研究或者教学。记得新中国成立初期刚设立外国文学课程的时候，各高校中文系纷纷成立外国文学教研室，尤其是俄苏文学。杨晦说这不是开玩笑嘛！北大外国文学课程只能让三个外语系来开！所以，长期以来，只有北大、复旦两所学校的中文系没有成立外国文学教研室。不过复旦这两年有了，北大还是没有。这个思想是有一贯性的，强调讲授外国文学的人应该精通外文，掌握第一手材料。后来80年代初北大成立比较文学专业的时候，吴祖湘说：我主张中文系一、二年级先学好外文，不然搞什么比较文学？你等别人翻译过来再跟中国文学做比较？此外杨周翰和季羡林先生倡议建立"世界文学研究中心"，就是为了弥合中文系不懂外文、外文系不懂中国文学的缺陷，把两方面的人才汇合起来。世界文学中心成立后做了两件事：第一件事是招研究生，也贯彻了这个思想，要求中外文都好，补外文系不重视文学的欠缺。李赋宁、杨周翰和我们这些中年人都来讲课。当时张玉书不赞成世界文学挂靠在西语系，就安排在俄语系，由我主管，情况我比较了解。世界文学专业招收了十几届学生，很多学生毕业后都是国内高校外国文学领域的骨干教师。第二件事就是编了一部《二十世纪欧美文学史》。张玉书、我、孙凤城、沈石岩还有很多老师都参加了。一共四卷，涵盖了欧美包括拉丁美洲文学，是最新最全的一部著作。后来四卷本不方便使用，由我主持编写了一个简本，就一卷。

问：世界文学这个专业的成立，以及《国外文学》杂志的创办，都关系到北京大学整个外国语言文学学科的建设，其中尤其涉及学科内部的跨系合作等问题，而您是主要的参加人和直接见证人，能否多给我们介绍一下当时的有关情况？

答：我在《20世纪欧美文学简史》前言中讲了一些我们北大世界文学专业的来

龙去脉。应该是70年代末吧,成立了外国文学学会。开会的时候他们就发现,外国文学学会主要就是翻译家,多半来自各校外语系。中文系外国文学方面的一大部分人都没有被邀请。另外,在中文系教课的许多老先生其实都是归国的留学生。比如南京大学的张月超、南京师大的许汝祉、厦门大学中文系主任郑朝宗。后来酝酿在外国文学学会之外再成立一个高校外国文学教学研究会,是"天南海北"十大院校共同提出的。什么叫"天南海北"? 就是天津两所——南开大学和天津师大,南京两所——南京大学和南京师大,还有上海两所——复旦和上外,北京就多了——北大、北师大、人民大学、北京师院。"天南海北"十大院校共同发起成立了高校外国文学教学研究会。研究会成立后面临着协调外国文学教师队伍里一个很大的问题——专业背景(外语系出身和中文系出身)分离的情况。当时的情况是,外语系的教师不怎么从事研究工作,研究也不对路,外文系科出身的学生也是这个问题,会翻译不会研究,尤其不大去写研究文章。反过来呢,中文系的人对外国文坛动态不了解,虽然能做研究、会写文章,但苦于没有第一手资料。所以希望北大开设一个世界文学专业的研究生班,应该是我们响应了社会上各个方面的呼声而提出的建议。这个建议得到当时主管文科的沙健孙副校长的积极支持,于是就在1986年成立了北京大学世界文学研究中心,成员来自东、西、俄、英四系和比较文学研究所,中心主任为张玉书,副主任有我、刘安武、陆嘉玉等几位。

  至于《国外文学》杂志,是更早之前季羡林先生首先提出创办的,在季老看来,咱们北大应该在全国外国文学学科领域发挥更重要的作用。那时候他当副校长,提出办一个外国文学杂志。办刊方针、人员配备、机构准备他都有完整的设想。办刊的方针很简单:要显示北大的实力。他很明确。他说我发现改革开放以来,怎么老先生的文章都外流了? 不知道去哪儿了,咱们北大这地方藏龙卧虎,但是没有机会让他们表现。所以最早的办刊方针是让北大这些名家的文章不要外流。再有一个方针是培养新人,为我们北大推出新一代名家创造条件。有这两条方针,那么刊物性质应当是翻译和评论并举,各占一半。国内亚非文学方面的文章、作品实在太少,北大东语系有很多学有所长的人才,却没有组织、没有地方发表研究成果,当时多是英美俄苏杂志,很难发表亚非文学方面的文章。他没有明讲这一点,但我们都懂。所以方针就是要集中北大力量。有这个杂志,不但翻译,连信息报道也要突出,要办得生动活泼。他说,我们老长途跋涉到各地开通报信息会,不如用杂志报道北大有什么学术活动,发表了什么研究成果,请了什么外国学者来讲学。因为当时外界认为北大学术活跃,我们就要通过杂志给人家看看怎样活跃。发挥老一辈的作用,培养新一代名家,办成北大自己的杂志,办刊初衷非常明确。第一任主编是季羡林,副主编是杨周翰。

当年办杂志、设立顾问是一种风气，聘请兄弟单位外来学者名流组成顾问班子，一方面表示杂志尊老敬贤之情，另一方面也是希望靠这些名家来拉抬杂志的地位。季先生却不流俗，他提名担任《国外文学》顾问的人选几乎全部来自北大。顾问里只有冯至和罗大冈是来自社科院外文所的，但他们最早也是北大的。反过来，外文所请的所外兼职研究员也只有北大的两位——季羡林和杨周翰。季先生不仅关心顾问委员会的组成，也在意编委会人员的组成，编委会有四个人，东语系有两个——卞立强和刘安武，西语系是范大灿，俄语系是我。季先生跟各个系打了招呼，说系主任最好不要来。因为文章登不登有时候很难说，免得他们为此苦恼，另外系主任根本无心管杂志。当时季羡林不是系主任，是副校长即将卸任。俄语系主任武兆令和张秋华先生让我去参加，我当时连副系主任都不是，只是俄苏文学教研室副主任。

那么，为什么叫《国外文学》而不叫《外国文学》呢？一是避免重名，二是更广泛，也要包括海外华侨华人、外国人写中国的小说。季羡林和杨周翰他们看法很一致，主张五湖四海。杂志办了十年之后增加了乐黛云，增加了"常务编委"，加上季羡林的系秘书叫李铮。1980年出第一期，后来到了80年代中期有一次大整顿，要归功于季羡林和编辑部主任陆嘉玉。正好北大党委组织部借调陆嘉玉一段时间，期满之后，季先生就去要人，要设一个专门的编辑部主任。这样陆嘉玉就成了编辑部主任、主编的代表，后来陆嘉玉全权负责，运作各个方面。后来商品大潮冲击，许多文学杂志难以为继，依赖刊登商业广告寻求出路，《国外文学》没有这样做。办刊经费就成了问题，最初是由各系出钱。后来办不下去了，才有一个系的系主任提出愿意承办，条件是他们必须掌握主导权。陆嘉玉向季羡林汇报，听说季先生发火了，他说你告诉他，主编不是花钱就可以随便买到的。还说，我副校长、系主任都可以辞，唯独主编绝不辞。后来陆嘉玉传达决议由常务编委会负责筹集办刊经费，此事让学校社科处知道了，才提出以后由社科处拨款，每一期拨两万元，于是90年代初起增加了社科处副处长朱邦芳当编委，负责联系经费方面的事情。

问：您曾经说过，一百年来俄国文学在中国的传播经历了四次高潮。这四次高潮与北大俄文系的学科建设以及曹靖华先生的贡献密不可分。可否给我们详细阐释一下您的观点？

答：第一次高潮在1921—1927年，受十月革命和五四运动的启发。北大开创俄文学科则始于1919年。新中国成立后，中央、教育部要曹靖华来北大，就是要建立俄文学科。现在说白了叫俄文系，其实刚设立时叫俄文学系，都有个"学"字。德国语言文学系、德文学系、西文学系……都是"学"。举例来说，早年蔡元培校长时代的俄文学系不像后来的俄语系只重俄语,它设置有五门课:实践、翻译写作、语法、地理、历史。前三门与俄文有关,另外两门与俄文没什么关系。这就是俄文学系。一开始蔡元培时代就是那样,任何一个学科都是那样:北大没有物理系,北大是"物理学系",跟物理配套的有哪些哪些科目……这个传统从何而来?既是我们老祖宗固有的,也有后来苏联的影响。为什么说我们借鉴了苏联呢?苏联很注意学科配置,都是这么命名的。所以说历史学系不是历史系,学科配置不一样。从这个角度来说,曹靖华并非来北大建立俄语系,而是来全面建立俄文学系,全面学习俄罗斯语文各科目,但又突出文学方向。

问: 曹老来建立俄文学系的时候已经是第三次高潮了?

答: 应该是这样。以前他们只是探索。1937—1949年间的第二个时期其实被国民党当局给打乱了,分散了,来不及形成真正的高潮,进程非常缓慢艰难,多以翻译为主。到50年代曹靖华时代,条件完备了,学科配置都有了,出现了第三次高潮。那也不是靠一个人的力量,而是得力于全国综合性大学都推行学科配置。这是借着院系调整建立的,否则我们还要花半个世纪走完这个过程。曹靖华的时代也经历了一个过程。最初是引进苏联的教学大纲、课程设置、教学方法,毫不含糊地全面继承,专家提的每条建议都认真记下来,有的还要上报教育部副部长钱俊瑞那里。那时候教育部长好像是马叙伦,主管是钱俊瑞。本来曹靖华坚持不当系主任,只想搞业务。钱俊瑞说如果曹靖华同志不当,那么北大就不要设这个系。曹老只好来当了。上头整个把着这个方向,需要曹老的威望和号召力,比如在曹老的主持下,全国翻译工作第一次会议1956年在临湖轩举行,请来了那个时代一批重要的翻译家。当时全面继承苏联,但是对怎样继承,曹靖华已经比较清醒。比如说,俄国文学还要设专门化课程、专门化方向。什么叫专门化方向?就是说你的博士是文学博士,但是你的专门化是托尔斯泰研究,这就叫专门化。曹靖华说不能这么做,请问我们是北京大学还是莫斯科大学、基辅大学?当时系主任顾问是基辅大学教授,他听了曹靖华先生的话,也表示同意。中国人研究俄国文学应该侧重整体布局、大的方向,不必过于专门化。他很风趣地反问:难道安娜·卡列尼娜有几根眉毛也要数吗?研究她穿着黑裙子上下楼梯怎么走?总之,当时比较重视归纳系统理清脉络。

虽然如此,其实主要还是引进苏联的那一套。比如培养目标——培养普通劳动者。当时全国都一样,要培养能文能武、有知识的普通劳动者。当时没有专家、工程师、教授这些名称。后来到了调整巩固阶段,才慢慢提出俄语语言文学的翻译、教学高级专门人才,还是不敢提专家。但是后来调整了,咱们加上了中文写作课,否则翻译都读不通。中文写作课都请中文系教师来开,俄语系自已不能开。再补充一点，有了曹靖华时代的基础，到了 80 年代之后，我们的教学人才和教材都配套了。比如说文学史就有《俄国古典文学》《苏联现当代文学》两本。改革开放后，我们花了大概六七年时间成立"苏联当代文学教研室"，主要做了两件事——拾遗、补缺。拾遗，就是纠正"文革"前后把苏联当代文学一盘否定的做法，把原来认为好的苏联当代文学捡回来，不好的不要。补缺，就是补中苏论战二十年中断的内容。我当时是研究室负责人。我和李毓臻、杜凤珍主编了一套"苏联当代文学研究资料丛书"，改革开放初期就连续出了九本。那时刚恢复高考，我们用新资料写成了《苏联当代文学概观》，办了两届全国年轻教师进修班，总共 107 人。所以现在当年进修的学生遍布全国各地高校，曹靖华先生还跟他们一起照过相。我们做的另一项补缺工作，就是协助曹老主编《俄苏文学史》三卷本，补足了现当代部分，这是国内唯一的俄苏文学通史。这部著作获教育部全国优秀教材奖，国务院全国优秀教材特等奖。特等奖全国只有六部，北大占了三部，曹靖华一部，丁石孙一部，还有廖山涛的《拓扑学》。我们完成了曹靖华创建学科的初衷，教材和人才都配套了。由此，北大占到了国内同行的前列。

问：我们看到您的一篇演讲，题目是《二十世纪欧美背景下的俄罗斯文学》。其中开阔的思路给人印象深刻。您能否简要阐释一下俄罗斯文学的特质，尤其是中俄文学相比较看来，有哪些方面的异同？

答：应该说有两点：民族性和民主性。俄罗斯的比较文学有一个理论：类型学。相同类型的文学才会彼此引进和促进。并非国内缺什么文学就引进什么，不同类型它引进不了。我们引进后现代、现代很困难，成不了主流。但是我们引进俄罗斯文学比较容易。这叫类型比较。它代替我们创作了我们的社会应该反映的东西。俄罗斯文学有自己的优点。70 年代苏联文学中就有科技方面的作品出来，也就是我们讲的"新人"，包括反贪题材。它就是要借鉴生活、反映生活、"干预"生活。我们很容易接受它。从这点来说，俄罗斯文学的确有它眼界开阔的地方。因此，它的爱国主义和关心民众两种题材，也就是民族和民主题材，我们就容易接受。而且民主主义和民族主义我们也很需要。巴金就讲过，我们很喜欢看契诃夫的作品，仿佛他写的就是我们身边发生的事情。别国文学也有被接受的，比如现在引进的拉丁美洲文学。可是成功的有多少？可能没有那么多。俄国的当代文学都能对我们起作用。包括特权阶层题材，人家 70 年代就写出来了。有一次我们做了苏联改革科技时代的文学报告，听众听了很高兴，感觉非常生动具体，说原来苏联社会是这样的！我们好多都要跟着走啊！苏俄文学的整个大气氛、忧患意识，都与我们对口，所以说是同类型文学。

另外文风的影响也比较大。他们注意写实,但不是那种特别深入细致的,不像巴尔扎克那样只顾自己讲,一个人就可以写厚厚一本。中国人喜欢让人物行动,用行动表现内心。你看屠格涅夫对中国影响很大,他的长篇小说都不长。他没有那么多的白描"他怎么样,他怎么样"。所以我们过去作家的长篇多数都不长。托尔斯泰那些议论中国人不喜欢,碰到议论我们都跳过去。托尔斯泰本人曾经把《战争与和平》中的所有议论集中起来放在第四册(后来又恢复原貌),出了一版没有议论的,因为他感到读者会讨厌。

我觉得苏联现当代文学对于思想和道德情操的培养也有用,这是不可否认的。现在有人说《钢铁是怎样炼成的》是毒草,我认为这种说法不对,比较偏激。这本书对人生、理想、友谊、爱情、同志关系都有教育作用,比较真诚,比较实在,容易打动中国读者。现在改革后的苏联文学在中国流行不起来,因为它自己变了,它学习西方,搞一些阴暗的心理。当然不能说阴暗的心理都是西方的啦,不能怪罪西方。当代苏联文学也在赶潮流、跟风。失去了激情,尽写些很琐碎的题材,它不能激动人了,在中国也就不流行了。以前就可以,至少还有人生理想。不必整天把"爱国"挂在嘴上,但是人总要向上、要进步,是吧?莫斯科大学语文系主任沃尔科夫教授很简练地说:"批判现实主义和肯定现实主义,主要差别就在于对个人发展持什么态度。"对压制、阻碍个人发展的社会条件加以如实描写并实行暴露和批判,就是批判现实主义。对激发、促进个人发展的社会条件加以歌颂就是社会主义现实主义,换种说法叫肯定现实主义。我个人理解,批判现实主义作品一般引人同情、催人泪下,肯定现实主义则是激发人们思想感情奋发向上的。过去这种小说不少,但是如今少见了。这跟他们作家对生活的理想不同有关系。

问:您是新中国成立以来最早从事中俄比较文学研究的学者之一,也与乐黛云老师等一起为中国比较文学学科建设做出过重要的贡献。您发表过《中国文学在俄苏》《中国文化在俄罗斯》《中国与俄苏文化交流志》《俄罗斯汉学史》以及《中国文学俄罗斯传播史》,都有很重要的学术价值。能否以您本人在比较文学、海外汉学等领域的研究经历为例证,给年轻老师介绍一下如何开拓学术视野、发掘新的研究课题、保持学术青春,在治学的道路上不断发挥学术生命力和创造力?

答:其实我自己也是工作需要催我上马。开始很不自觉。80年代初,当时需要有人参加乐黛云筹划组建的比较文学中心。王瑶先生要举办鲁迅先生诞辰100周年活动,要我查查俄国人有没有研究鲁迅的,如果有就选一个,请他来参加上海会议。我读了俄国的四本专著,发现谢曼诺夫那本《鲁迅和他的前驱》最好。我就跟乐黛云、王瑶先生说了。王先生听了我的介绍,说此人讲出了中国人没讲的话。我们都说鲁迅向俄罗斯、向果戈理学习。谢曼诺夫说不对,鲁迅很了解中国文学,他实际上是向中国的前辈作家学习,越过章回小说向六朝小说、短篇小说学习。我把谢曼诺夫这本书翻译了,不到十万字,乐黛云推荐到湖南文艺出版社出版。国人往往有成见,认为外国人研究中国文学未必能超过中国人。其实,在作出简单判断之前,不妨先保持一份好奇,了解一下比如他们是怎么研究《红楼梦》《聊斋》这些名著的。对比研究比较实在,文学关系也容易入手,我个人不搞诗学理论,喜欢跟具体材料打交道,就慢慢一篇篇写出中国某作品在俄罗斯这样的文章来。这个应该说和前辈的启发和引导有关系。比如,90年代初,萧克将军主持编纂《中华文化通志》时,编委会成员汤一介先生通知我说,他为我保留了《中国与俄罗斯文化交流志》这样一个项目。100本的书目在《光明日报》公布,公开征求作者投标,其中《中国与俄苏文化交流志》这一本是汤先生决定由我来写的,没有征求别的作者。这就是说,我的某些特长被前辈看中了,慢慢踏进了这个领域。

问:俄罗斯的汉学研究有什么特点?总体说来,俄罗斯学者是如何理解中国文化的?

答:应该说它的特点是从研究中国国情出发来研究文学。比如,俄国研究《史记》并不是因为它文学性强,而是看中其中的史料价值,比如关注《史记》里面怎么描写匈奴,甚至可以把它看成中国古代西北少数民族研究史料。同样,对于中国诗词,他们也不是从纯文学的或者理论的角度去研究,比如研究唐诗宋词格律方面的艺术性问题,他们肯定不如中国学者。但是他们可以选择研究杜甫、李白那个时代的社会。汉学家艾德林,为了研究陶渊明,弄清楚陶渊明怎么能写出这么多诗来,来到九江,来到陶渊明故乡,一住三个月。所以学术开拓也是中外互相启发的。因此我提倡不仅要研究俄罗斯语言文学,也要研究"俄罗斯学"。不能就语言研究语言,就文学研究文学。国情、文化背景始终是第一位的。我们的前辈就主张"治俄文,穷俄事",提倡开阔视野。

问:借着这个话题,您可否对青年学者,以及未来要从事外国文学研究的人说几句?

答:研究外国文学,采用什么方法论是首要问题。我认为,综合研究是必要的,不能偏用某一种观点。文化背景、国情背景的研究尤其重要。譬如我是从文化背景的角度来讲俄罗斯文学史。俄罗斯文学兴起的时候,我们唐诗的兴盛时代已经过去,俄罗斯文学可以说很晚才起步。那么,怎么一下子,到了19世纪变成鲁迅说要向俄罗斯学习?因为它用18世纪一百年时间跨过了西欧文学三百年历史。到了现代,俄罗斯文学比我们进了一步。我们要向它学习。它能走那么快,为什么我们不能?如果这么讲史,无论是中文专业还是俄语专业学生都会比较欢迎。真正讲文学史要脉络清楚,分成几个大的时期。俄罗斯古代文学很快过去,近代文学从18世纪末、19世纪才开始,却有一百年的辉煌。当然20世纪继续保持这个势头。比如无产阶级文学,俄罗斯有,别的国家没有。你可以攻击它教条主义、保守……但是你没有啊。你不研究社会主义、现实主义则已,你一研究它就是范例,或者叫典型。你可以不向它学习,但是你没有,别的国家也没有。巴黎公社的无产阶级文学有多少?现在找起来很困难。但你要找当代无产阶级文学,在苏联俯拾皆是,高尔基就是最大的一个代表。有人提出要给苏联文学唱挽歌,我说那倒不必唱,因为作为一个历史时代,它是客观存在。事实可以分析,经验可以汲取,但历史没法否认。当然,文学要有国力作背景。苏联解体了,国力不如从前,文学也不太时兴了。但俄国正在经历一个调试过程,正在探索和总结。俄国人如今很重视中国研究,因为中国已经振兴,重新崛起了。现在有6卷本《中国精神文化百科全书》在俄国出版了,大概6000多页,从2006年开始,到2010年完成,是在很困难的条件下编出来的。内容涵盖哲学、宗教、历史,甚至军事思想,艺术、文学更不用说。文、史、哲、经、政,从史料到思潮的变化都有。这很了不起。这套书出版后作为国礼送给胡锦涛主席。咱们有俄罗斯年、俄语年,可是这样的鸿篇巨制我们还搞不出来。所以说俄国人眼界开阔。又比如俄罗斯科学院世界文学所编写出《世界文学史》9卷本,80年代就写出来了。现在有人要组织翻译它。这些治学经验都值得我们学习。

另外,外国文学治学方法里头,田野调查方法也是值得推荐的。五四运动新文学开始,去文言,兴白话,但是中国有没有白话文文法?没有。第一个写出《现代汉语语法》的是俄罗斯人,叫龙果夫。他怎么能在50年代写出来?就是作田野调查。他得到王力、吕叔湘他们的肯定。王力写过《中国汉语语法纲要》,很多例句根据是引自《红楼梦》。咱们中国的治学比较严谨,重视文献,以书为证。他们呢,作田野调查,重实践,从现实生活里提取例句,终于得到了中国语言大家的承认。再比如说俄国汉学家李福清研究孟姜女的故事。我们中国人怎么研究孟姜女?研究有没有孟姜女?她有没有哭长城?长城哭倒了没有?没有,就断定那只是传说。李福清不然,他把孟姜女作为一个文学现象:什么时候开始有孟姜女故事的?后来怎么样?先后有多少传说,多少戏剧?包括墓碑、拓片。他把孟姜女作为文学现象研究。顾颉刚跟钟敬文老先生夸赞李福清,说他有些想法中国人想都没想过,他提出的一些问题很有意味。把中国从先秦至今的历代典籍、所有民间戏剧、口头传说全部搜罗起来,看看孟姜女故事是怎么演变的,这样得出的结论比较好:第一,中国民间文学的特点是经久不衰,一千多年来没有衰落过;第二,凡是民众喜爱的能够流传的民间故事都有许多表现形式,这是外国没有的。一个孟姜女哭长城的故事居然能写出四五十万字专著。包括《古诗十九首》有哪几首牵涉到孟姜女他都给你找出来。这是他60年代研究的。这个方法就是综合研究,何止是田野调查。再比如,季先生说怎么可能有人面兽身,经书里没有,纬书不可信。李福清说,我从季先生的话中受到启发,去查纬书,大有帮助。研究民间文学,经书找不着,纬书却可以证明中国人物形象有从兽形到半兽形、到完全人形的变化。他说中国民间文学人物形象有这个过程。所以说,俄国汉学家因为有开阔的视野,才有创造力。

问:最后,能否请您用一两句话概括一下自己的治学道路和学术贡献?

答:我热爱自己所从事的俄罗斯语言文学研究和教学工作,又因为工作原因接触到俄国文学研究之外的其他领域,包括比较文学、世界文学、外国文学史,也经历了北京大学外国语言文学学科发展史上的几个重要事件,比如世界文学中心的成立和《国外文学》杂志的创办。我们这一代人承前启后,为学科建设和学科发展做出了自己的一些贡献。而真正做到"建功立业,造福桑梓"的,是曹靖华、季羡林、杨周翰这些前辈,他们永远是我们学习的榜样。

访谈时间:2010 年 11 月 8 日上午 10 时—12 时 20 分,2010 年 11 月 18 日 14 时—16 时
访谈地点:北京大学外文楼 217 室,北京大学民主楼 104 室
访 谈 人:王东亮、王辛夷、罗湉、史阳

传师道　辟新路
——陶洁先生访谈录

陶洁，1936年9月生于上海，1954年入北京大学西方语言文学系英语专业，1958年留校任教至今。1979—1981年在纽约州立大学纽波兹分校做访问学者，1986年赴美国做富布赖特访问学者，1990和2001年两次做美国洛克菲勒基金会在意大利贝拉齐奥研究中心的访问学者。曾任国家教委外语教材评审委员会委员、外语教学指导委员会英语组委员、中国外国文学研究会副会长、全国美国文学研究会副会长。多年来教授英语和美国文学，著有论文《1982年的美国小说》《沉默的含义》《海明威的使命感》《两部美国小说在中国》，散文《米切尔并未"随风飘去"》，译著《紫颜色》《雷格泰姆音乐》《国王的人马》《圣殿》（获2000年鲁迅文学奖优秀外国文学翻译奖）等。与人合作编写过《英语学习指南》《美国文学选读》《美文50篇》等。负责"九五"国家重大社科研究项目《二十世纪外国文学史》的美国文学部分。现正在撰写专著《福克纳研究》。

问： 感谢陶洁老师接受我们课题组的访谈。我们读到过您在《学路回望——北京大学外国语言文学学科史访谈录》上的精彩访谈，我们这次访谈的框架背景是"新中国60年外国文学研究口述史"，更侧重文学教学和研究层面，非常希望您结合自己的学习和教学经历给我们介绍一下新中国成立以来北京大学英语语言文学这个学科的发展情况，特别是有关前辈名师们的一些信息，之后希望您再谈谈自己从事英美文学翻译和研究方面的心得体会。

答： 我是1954年进北大的，学英语可以说是阴差阳错。我在上海念第一女中，高三毕业的时候几个好朋友说去北外念书，我很高兴也要一起去，他们却说我家庭成分不好，不能去，因为当年北京外国语学院是保密单位。我本来想考山东大学中文系或者历史系，一气之下也要去北京，也要念英语。所以我报考了北大，然后就来了。来了以后也很滑稽，因为解放后不知道哪年取消了英语，北大许多英语老师都去俄语系了，后来要教英语的时候那些老师又全都再回来。我正好赶上中学没有改学俄语，一直学的是英语。来北大之后选专业，当年虽然可以报自己的志愿，但是最终学什么由国家决定。当时很多人愿意学法语，觉得法国文学很浪漫，所以有人没有分到法语专业就哭。我其实就是赌气去的，所以什么专业都愿意。他们问我愿不愿意学英语专业，我说愿意啊，因为我也没有想过学别的语种，所以我就学英语了。

那个时候英、德、法一年级都在一个大班，一起上课。1954年我进大学的时候没有文学课。当时第一件重要事情是纠正发音，八个星期就是发音。因为我小学念的是教会学校，在上海初一念的是美国教会学校中西女中，所以我的发音带美国音，都要纠正。课本是北大老师张祥保、周珊凤编的，里面也没有文学。基本上一年级没有文学，但学生都是学过英语的，所以起点比较高。二年级用的是苏联大学的英语课本，是苏联教法，要学复用字什么的，就是学了一个比较有用的词会连带教相关的各种用法，也没有什么文学。但有一些课文跟文学有关，我印象很深的是有篇课文选自德莱塞的《嘉莉妹妹》，叫《寻找工作》("Hunting for a Job")，还有马克·吐温的《竞选州长》。80年代后我到美国去，美国专家很奇怪，中国人怎么这么熟悉这些东西。其实它们成为教材主要是内容上对美国持批判态度，被选中的是思想性而不是文学性。记得苏联教材里还有萧伯纳的剧本《奥格斯特斯干了他应该干的》，这并不是萧伯纳的名著，但里面有两句话我印象很深刻，是将军对士兵说的："你呀，不是来问问题的，你的任务只是干然后死。"("Yours not to reason why, yours but to do and die.")我觉得现在也是这样，不能对领导提意见，你就（直接去）干就完了。后来我们也用过这个剧本教书。那个时候因为对苏联一面倒，所以我们的课本有苏联人推崇的德莱塞、马克·吐温、萧伯纳，不知道为什么没有念过杰克·伦敦，在中国杰克·伦敦一直很红，因为列宁表扬了他。但那些东西也不是当文学读的。

三年级我们有了翻译课和作文课，也忽然有了很多选修课，这就是文学了。有一门选修是温德（Robert Winter）教我们英诗。他从西南联大的时候就开始教英诗，我们第一次看见他就是他来教英诗。我还选了李赋宁先生的文学批评，他完全是教古典的，从柏拉图讲起。那时候所有的课都只教到19世纪，因为20世纪不好评论。现在可能就叫古典文论。还有很多，我记得后来去公共外语的杜秉正先生教拜伦。每个老师都有自己的课。李先生讲课的方式和讲精读差不多，但他讲完以后要我们写一个复述，把他讲过的东西用我们自己的词重新讲一遍，也等于复习了一遍文学批评。然后他像改作文一样改作业，当年李先生最著名的批改方式就是，你写得好他给你一道曲线，挺好就给两道曲线，得到三条曲线就是最高奖励了。李先生讲课深入浅出，给我留下深刻印象。

我觉得温德英诗讲得很好，他没有课本也不拿教案，完全凭脑子讲，这点就很吸引人。第二他左手写字。而且懂音乐，他讲诗歌的节奏感，美在什么地方，他不分析主语在什么地方，因为这些东西我们一二年级就学会了。温德有这个本事，他让你读的时候就觉得真的很美、很好，我想这就是我在北大最初受到的文学的熏陶。另外还有一个张谷若先生，我们叫他张恩裕，他教我们作文，朱光潜先生教我们翻译，杨周翰先生教英国文学史（他到四年级教我们精读），文学史跟温德教的有重叠的地方。当时讲文学史都要运用马列主义，杨先生不太讲马列主义。杨先生就是讲史，有时候好像讲故事那样。三年级的时候还有一门课是李先生的古代文学，讲希腊罗马。那时我们很崇拜他，因为他刚从国外回来没多久，穿西服打领带，当年我们都觉得李先生、杨先生很帅，杨先生虽然穿中山装，但是很有文人风度。温德，我在文章中也提到，其实后来赵萝蕤先生告诉我那是他用了一辈子的例证，不过我们当时听到的时候还是感受得到诗歌的语音层面和语义层面相结合的效果。比如，他讲《失乐园》，有一段是一群人要杀往乐园，里面有一个词叫"riverberate"，意思就是"雷声滚滚"。他把词写在黑板上，然后念得很慢，让我们想象那车铃铃马萧萧的感觉，我们觉得讲得真是好极了。三年级才正式有文学课，可是三年级下学期开学没多久就"反右"了，所有选修课都停了，因为选修课被认为是资产阶级文学。李先生有句名言：每搞运动，莎士比亚就乖乖地鞠着躬出去（bow out），运动一停，他又乖乖地回来（bow in）。三年级的时候张谷若先生给我们上课，他提的都是文学的书。教作文的时候，他先给我们看很多相关文章。比如要我们写春天，他会发很多讲义，都是描写春天的，然后再叫我们写，那些东西有点文学味道。其实我们当时不知道他是翻译家，以为他就是教作文和翻译的老师。朱先生教翻译，我想不起来他用的是什么材料，他讲的可能比较多的是散文或者从里头摘一段，既不是文学也不是政治，他讲的对我有很大启发。朱先生常讲要"提纲挈领"，说不管句子有多长，都要把最重要的先提出来，其他都是次要的。他还老跟我们讲，现在用得也很普遍，就是在翻译里头不许用"当……的时候"，要用就用"在……的时候"，因为"当"已经指那个时候了。这种东西他讲了很多。我那时候知道他是搞美学的。因为我小的时候家里书箱里就有他的《给青年的十二封信》，但那时他很低调。三年级开始"反右"，四年级就没有任何文学和选修课了。

四年级主要是杨先生的精读课，那时候他把精读和作文放在一起了。1958年以后朱先生离开了英语系，被赶到了哲学系，是在四年级教我们课教到一半时被调走了，我们不知道为什么，也没有人告诉我们。后来我才知道因为历史问题。他到了哲学系不知道做了什么，反正不让他上课了。但我印象很深的是他离开西语系前，在全系大会上跟一位年轻人辩论人性论。他认为人性中有共同的地方，如母爱。当然他受到批判。我认为他讲得有道理，但不敢说。我觉得他很有勇气。

　　到了四年级我们一大任务是批判"右派",再就是劳动,我们去修十三陵水库,学校里的朗润园,还有海淀校门边上的41楼,都是我们参与劳动修的。老师和学生一起劳动。我印象很深,我们在朗润园大家一起拉石辊子碾地,都累得要死,杨先生说有那么累么?我们就很奇怪,后来发现他的绳子是松的,没有拉紧,我们也不好意思说,后来回到宿舍就大笑。那时候师生关系很好,可以叫李先生给我们唱京戏,叫杨先生给我们讲几句苏州话。那时候老师们还常常演戏给学生看,我进大学第一件印象深刻的就是他们演《傲慢与偏见》,温德演贝纳特先生,俞大纲先生演贝纳特夫人,周珊凤先生演小女儿凯特,他们演得好极了。那个时候我们还看不太懂英文本,但是确实记得第一句话,关于结婚的那段话:这是一个普遍的真理,一个单身的男子一定要找一个单身的女子。然后我们都去找这本书看,《傲慢与偏见》从来不会当课本来念,但是我们看过译本。还有温德和当时有个美国人叶文茜演的《罗密欧与朱丽叶》,阳台上那一段,叶文茜在台上,温德站在台下。还有张恩裕先生介绍我们扩大英语阅读,让我们多看多读,他说你看不懂《傲慢与偏见》没关系,但可以看翻译成英文的俄罗斯文学,因为那里的英文比较容易。我就是听了他的话看了英文的《战争与和平》和英文的很多屠格涅夫小说,不一定是苏联翻译的,可能是英国人翻译的。但是当时没有人介绍美国文学要看什么。即便我们念过德莱塞也没有人给我们推荐德莱塞。前辈学者中没有人专攻美国文学,他们学的都是古典的。那个时候李赋宁先生研究的是英国作家乔叟。他发表的文章分析乔叟作品中的词汇,我当年看过他那篇文章,觉得很奇怪,里面提到《坎特伯雷故事集》里关于马的形容词有多少种。可能李先生不能赞美歌颂《坎特伯雷》,所以他用这种做法,好像是属于文体研究范围。

　　后来我毕业留校了,从前北大要留一个人在英语系不知道要进修多少年然后让你教泛读,可是1958年"大跃进",我就上讲台了,我是"大跃进"的产物,而且我四年级一毕业就教二年级,和张祥保先生合作。当时班上有归国华侨,后来成了Radio Beijing的播音员。那年的学生进来前也都学过英语的,所以我上课很紧张,他们也公开宣布不会叫我老师,因为我们就差了两年。那个时候政治已经很重要,所以教的东西不能强调文学,但我们也想了一些办法,用现在的话讲就是"钻政策的空子"。那时候一开学上来一定要教政治的,我们就教《北京周报》,那时候不断地教改,甚至有人提出要用党校的方式培养学生,当时是政治第一,不敢讲文学。张祥保先生很聪明,她跟我说所有基础语言都是一样的,不管你去学政治还是别的,基础语法和词汇都是一样的。所以我们学《北京周报》的时候主要就是学语法,我们也用复用词。我每个星期要编99个句子。最近张先生还跟我以前的一个同事讲,陶洁那时候蛮听话的,因为我每个星期要编三个练习,第一个是复用词练习,每个词编三个句子,张先生强调句子一定是要在日常生活中用得到的。第二个是成段翻译练习,这个成段翻译必定是从《人民日报》选来的。我要看《人民日报》,找那里生活气息比较浓的故事,然后想方设法把那些复用词填进去。所以虽然学的都是政治性文章,但是学生学到的不一定都是政治词汇。我把《人民日报》翻译成英文,把复用词放进去,然后根据英文我再把它翻译成中文。第三个是针对学生错误编的语法练习。之后我们就开始学习口语了,找好几个剧本让学生念。这也很冠冕堂皇,因为我们政治已经学过了,前八个星期学《北京周报》,后头我们要学点口语,我们用了好几个剧本,肯定跟文学有关。有萧伯纳的,还是我推荐的,因为我想起来二年级时念的那个剧本很有意思。当时选剧本是为了口语教学,而不是文学教学。

我大学四年级毕业的时候,"大跃进",要向党献礼。本来大家都读《简·爱》,可是运动一来就说《简·爱》提倡个人主义,应该批判。我们就想批判看过的书。我们一个班分成两组,一个组搞语言,就是商务印书馆的《常用词习惯用法字典》,我们都提出来有些字我们分不清楚它们的区别,大家写个纸条放在那里,统一起来,最后是吴兴华编的。我当时参加的是文学组,还和朱光潜先生合作写了一两篇文章。我的文章是批判《呼啸山庄》,写完后朱先生给我改。他不说批判得对不对,就是帮我看,还跟我说一定要有例证,否则没有说服力,另外要突出中心思想,还叫我话不要说得太满,太绝对,太概括一切。其实他这是在教我如何写论文。我这一代人都觉得很幸运,当年有那么好的老师教我们。文章当年还印成了小册子,但出版社没有公开发表,朱先生的名字肯定没有,有没有我的名字我也不知道。当时批判了《简·爱》《呼啸山庄》,其他就不记得了。每个学生有指导老师。当年我的毕业论文本来要跟俞大絪先生写《傲慢与偏见》,结果毕业论文取消了。虽然没有文学课,但这些书我们都是知道的,也自己去看了。课堂上不讲,但可以自己看,图书馆可以借,完全开放,但是学生不可以进书库。60年代以前进书库也不难,借书也不难,你就把纸条搁上去,现在的办公楼礼堂边上的档案馆过去是老图书馆,那是燕京大学的老建筑,和美国大学图书馆的布置基本一样,一张大桌子,中间一个台灯,椅子也都是太师椅,很舒服的,开架的杂志报纸什么的都挂在边上。我1958年曾经挨过一张大字报,说我不好好念书,因为我一进图书馆先看杂志,那时候也要抢图书馆的。从书库到柜台有个笼子一样的东西上下升降,书到了它就"叮"的一声响。1962年以前北大还是很宽松的,尽管美国文学不讲,英国文学史还是讲的。赵萝蕤先生讲英国文学史,她和杨先生一个讲上学期一个讲下学期。但是她很快病倒了,课也就没有了,也没有换个人来讲。真正称得上文学的就是李先生的古典文学、杨先生的英国文学史,还有就是选修课,文论啊、诗歌啊这些,然后基本上就没有了。1958年之后更不敢想文学了,我自己都批判《呼啸山庄》,哪儿去念文学呢。到了 1961 还是 1962 年开始,苏联卫星上天了,美国也有卫星了,然后周恩来有个讲话,好像说现在成天搞斗争,不做学问,我们的卫星什么时候能上天之类的话。还有知识分子广州会议,对知识分子松绑,陈毅他们都讲过知识分子也是工人阶级这句话。

从 1958 年开始教员就下放劳动,那时候每学期至少一个月教员要和学生一起下乡劳动,所以没有多少时间上课,我们就想尽办法让学生多学。1962 年突然又抓学习,要严格把关,不让不好的学生升级。我们太听党的话,太认真,我们班上真的让学生留级了,法语的郭麟阁先生就很聪明。我那时候是考试一打铃就抢卷,但郭先生还让大家念,而且多数还是给 5 分,我们就给学生不及格,让他们留级。后来"文化大革命",我为此挨批,说我对工农学生进行阶级报复。那以后又开始松动了一点,当时我们上课当然也要教《九评》,"反修"了嘛,所以要拿《九评》当教材。

"文革"时教工农兵学员,我是在鲤鱼洲农场教的。一开始我拒绝上课,因为我对批判我的那些话心中有气。我对他们说我是资产阶级知识分子,不能教工农兵,要腐蚀他们的。连里(也就是系里,那时是部队编制)给我办毛泽东思想学习班。每天早晨 8 点钟要去学习毛泽东思想。第三天吃早饭的时候,有个人问我,你还不想教吗?我说我不教,教不了。然后那个人就跟我讲,要是人家说你,人民给了你知识你不肯还给人民,你怎么办?我一想这个帽子好大呀,所以一开会我马上宣布我愿意教,我要把人民给我的知识还给人民。当时要用毛泽东思想来指导英语教学,我跟吴柱存先生合作,我们谁都不会用毛泽东思想来指导教学,后来吴先生说他来教第一节课,特别有意思,他就讲旧社会知识分子怎样苦,讲到一个地方他就喊:Long live Chairman Mao,等到下课的时候学生们都会说这句话了。第二天是我上课,我想 Long live Chairman Mao 已经是最简单的了,别的都太难,我想我还是教 abc 吧。后来连里就给我们介绍在北京的教员们的经验,介绍他们怎么用毛泽东思想指导教学,我觉得那些人真的很聪明。讲复合元音时就用毛主席的对立统一规律来解释。当时在鲤鱼洲一起工作的还有一个老师,他偷偷跟我讲,有时间解释这些东西,还不如叫学生多练几次发音呢。不过后来他们向周恩来汇报,周总理很巧妙地讲了一句,不要把毛泽东思想庸俗化。所以后来就不那么强调毛泽东思想了,因为真的是没法指导我们的教学。但是我也用了,当时有学生不知道什么叫定语,我就说,咱们学毛泽东语录吧。"领导我们事业的核心力量是中国共产党",我问学生主语是什么,他们说对了,"核心力量"是主语,我就告诉他们"的"以前的所有东西都是定语,我那时很得意,还能用毛泽东思想教点东西。

那个时候不可能学任何文学的东西。当时商务印书馆要我们编一套教材,我们也想过不要全是政治。我就去北大图书馆借书。法语的王庭荣老师以前去那里借《九三年》，结果图书馆的人问他为什么要借这种黄色的东西。我去借书时想趁机偷着借本文学书，图书馆的人警惕性很高，我不记得自己借了什么，反正他们都问我为什么要借。我说不出什么道理，他们觉得这些书思想性不好，就拒绝借给我。当时做什么都强调政治，强调思想性。自从有了工农兵学员以后，听写错了几个都不能说，也不能给分，那是拿业务压政治。我们在鲤鱼洲第一次评教评学很"失败"，那些学生都是农村来的，都说我们这些老师好得不得了，农村老师要打学生的，我们那时候都要到学生的帐篷里教他们念书，一天绝大部分时间就是跟着这些学生。后来到了北京，学生轮番去吃午饭，我坐在那里回答问题，等学生们都吃完午饭要睡午觉了我才回家做饭。

工农兵学员也培养出一些外语人才，他们都很感谢我们给了他们安身立命的本事。因为"四人帮"被打倒之后，他们学的外语马上在当地就有作用了。当时一上来念《北京周报》对这些学生也是很困难的，张祥保就讲，这是一条沟，跳得过去的人英语就学好了，跳不过去就翻船了，永远都学不好。我有个学生一学英语就头疼，想睡觉，三年下来还是没学会英语。他们都是部队来的。有个学生英语学得很好，但回到部队管分房子什么的，也没用上英语，很可惜。但到四川去的那拨人个个都用上了，所以说，也培养了一些外语人才。

问："文革"结束以后又开始有文学课了吧？您是什么时候开始从事美国文学的翻译和研究的呢？

答："文革"结束以后也不是马上就有文学。1979年我去美国，李先生让我去学文学。本来去的时候，罗经国是搞文学的，我一直教二年级基础英语，三年级搞什么我不知道。但那时《世界文学》找我翻译，是一个美国19世纪黑人作家查尔斯·契斯纳特的作品，用黑人语言写的。我先得把黑人语言翻译成正规语言再翻译成中文，很难的。当时这个东西全国都广播，因为那是很早出现的美国文学作品。有一篇叫《可怜的山迪》（"Poor Sandy"），还有一篇叫《警长的儿女》，讲的是一个美国白人警察有个黑人儿子，最后他得把这个黑人儿子抓起来，结果第二天他到监狱时男孩子已经自杀死了。有人把这个故事编成剧本广播了。我印象很深，都过了两三年，弟弟忽然告诉我在火车上听到我翻译的东西了。在这以前我们做任何东西都不能署名，只能署"二年级教学小组"之类的，也从来没有稿费。那次是宗璞找我翻译的，有了我的名字，我父亲很高兴。从那以后人家就来找我翻译了。那本原书是在清华图书馆找到的。李文俊当时主编《世界文学》杂志，也找我翻译。《警长的儿女》讲的是种族矛盾，很重思想性。作者最初在美国发表的时候没有说出自己的黑人身份，当年美国北方也有些作家同情黑人写黑人问题，所以很多人一直以为作者是白人。等到很成名了他才暴露身份。我 1979 年到美国,他们开欢迎会,问我看过哪些美国文学,我就想到这本书,美国教授不知道这个作家。因为 1979 年文学研究还只关注经典,没有扩大到少数族裔、妇女文学。后来他们找了一个专门搞美国文学的人才知道。当时我觉得中国怎么老翻译、研究人家不重视的人呢,可是现在要研究美国黑人文学一定会研究这个作家。当时我丈夫倪承恩的朋友叶廷芳在外文所,要出福克纳评论集,其中有些文章他们觉得很难翻,就问我愿不愿意翻。忽然有机会可以做这些事情,我没多想,就说可以,结果拿来一看真的很难。所以我到美国后就想去看看福克纳到底是什么人。到美国之前我翻译了两篇关于福克纳的评论文章,当时我感觉,没看过书却要翻译书评真是难,后来我没看过作品就不敢贸然翻译了。我走的时候本来想去美国学 teaching English as a second language,就是语言教学方面的,李先生认为将来应该有人研究美国文学,让我同时念一些美国文学。其实北大老师历史上都是搞文学的,但是环境迫使他们不能谈文学、教文学。那个时候可以讲这个话了,所以李先生跟我讲,还是去念美国文学吧。

问:正好想了解一下您去美国做访问学者的情况。

答:我在美国先选了教学方面的课,越听越觉得没意思,因为他们讲的主要是怎样让移民生存下去。很多教学法在我看来都不灵。比如说把 ABCD 用各种颜色代替,这不是让 26 个字母变成 52 个字母了么,我觉得这种做法很繁琐。还有让大家坐成一圈,头一个人讲,我要打一瓶酱油,老师就告诉他英文怎么说,这确实是以学生为中心。过去我们是像江青说的那样,以教员、课堂和课本为中心,后来指示我们要以学生为中心。我们当时不知道怎么以学生为中心,就不断到学生宿舍去辅导。到了美国我忽然明白什么叫以学生为中心,学生要学什么就教什么。但这种方法,第一个人肯定学会了,到最后一个人肯定学不会了。所以我确实对教学法不感兴趣,选了很多文学课。出国前,李先生要我学美国文学;杨周翰先生告诉我基本功最重要,应该选修本科生的课。我也确实选了,发现美国学生阅读量很大,两个星期要念完《失乐园》。我觉得最好还是把中国的教学法和美国的自由讨论结合起来。我去选文艺理论,永远不知道老师今天要讲什么,因为刚讲没三分钟,学生提个问题,他的话题就跟着学生跑了。跑了一圈就下课了,我还没有明白他要讲什么。所以我觉得美国教学法不见得那么好。在美国老师很容易做,他可以随便讲,计划性不很强。还有美国老师很容易使用学生,让研究生准备点东西,每个人讲一段,最后他再讲几句,这堂课就完了。我觉得其实中国的教学方法还是很不错的。

那时候我就学文学了。确实他们那儿开放图书馆我觉得很好。我一向都有看闲书的习惯,有时候随便拿一本书翻翻也会有启发。他们的图书馆任何书都可以看,不像北大看书就很麻烦,尽管我最后达到了级别,获准进入书库,还是觉得进图书馆不是那么开心的事,手续繁杂。当时我选了福克纳、南方文学、妇女文学。很滑稽的是,妇女文学课上学了华裔女作家汤婷婷的《女战士》,美国学生就很起劲地问我的看法,我唱了一通反调,说一点都不觉得这本书好,里面讲的中国历史完全不符合事实,他们吃惊地看着我,没想到我还有这么多不同意见,我说我讲的是真事。后来有一个年轻人告诉我作者不是写中国,是讲一个华裔美国人如何了解中国文化,谈两种文化冲突下成长的艰难。我说要是这样的话我还能接受。那时候念了好多书,学了两年就回来了。在美国的时候我请了一位美国南方文学专家推荐福克纳的东西,因为李文俊要我打听打听。他很高兴,后来就帮忙编了一本《福克纳中短篇小说集》,文联公司出版的,这是我在美国做的。

问:您正式开始集中精力开展翻译研究是在回国以后吧?翻译选题和研究方向都是怎么确定的呢?

答:回来后我还是教二年级,还是教学为主。后来怎么会搞文学呢?其实是很滑稽的一件事。人民文学出版社的编辑胡其鼎是倪承恩在北大的同学。还有一个老先生叫孙绳武。胡其鼎先去看王式仁,要他推荐东西翻译,但遭到拒绝,然后到我家,我也拒绝,说我不会做这种东西,我现在还要教书。他发火了,说从来都是译者求编辑,现在编辑求你们你还不干,口气里好像我们很不识抬举。他说你出去两年不是白学了吗?讲了一通。我说我不会做这种事,他说你不会做难道还没读过吗?后来我说那试试看吧。然后他就提要求,首先思想性要好,但技巧手法上也不要老一套现实主义的。当时我在美国看了一本书,作者现在算是后现代作家,但那本书故事性还是很强的,我后来翻成《雷格泰姆音乐》。当时孙绳武和胡其鼎合作出了一本外国文学杂志,因为孙先生忘了登记,一两年后就成了非法刊物,被取消了。当时他还是登了我翻译的作品。他让我先写内容提要。这个作家崇拜德莱塞,对社会是批判的态度。我就写了给他们看,他们觉得可以就让我翻译了。

当时我家很热闹,朋友们听说我从美国回来都来看我有什么东西可以推荐。当时其实政治还是很强的。我印象很深的是上海译文出版社社长,我忘记他叫什么了,反正他眼睛高度近视的。那时候我带来的书就在房间里堆着,一大堆,我们拿小板凳坐在房间里,他就让我推荐思想性好的书。我推荐了一本黑人作家的书,叫《看不见的人》(*Invisible Man*),现在译林好像要翻成《隐身人》。其实我觉得那本书里写的就是视而不见,隐身人好像也并不完全符合他的原义。我跟他推荐了这本书。老先生就皱着眉头说，别人也向我推荐了，不过听说里头有黄色的东西。我说要是这本也不能推荐那我也想不出什么了，不过我也给他一堆名字。

我翻译《国王的人马》倒不是编辑来找我的。我在美国读这本书，觉得这个人和有的领袖人物太像了，就是苦出身，但是一旦有权了就不得了。所以我就推荐了这本书。当时湖南文艺出版社总编杨德豫知道这本书，马上就叫我翻译。那个时候我们不会用性描写这些字，我问胡其鼎，那些黄色东西怎么办，他说你把它全翻出来，我们来处理。所以我就全翻出来，最后处理的时候被删掉了。之后他问我还有什么，正好有个美国朋友给我寄来《紫颜色》，说这本书在美国很红。现在研究生、本科生拿《紫颜色》写论文的特别多，它属于当代女性文学。有人说翻译的好是因为我是女性，用女性主义来翻译，我很不赞成，翻译怎么会有女性主义或者男性主义呢？我完全不同意这个观点。台湾还有人打电话要跟我谈谈这个问题。选材的时候我确实有女性主义意识，美国朋友把书寄来的时候，我一看写的是一个女性如何独立，就想起我妈妈1958年后参加工作的事。但我在翻译上面没有女性意识。他们拿我的译本和另外一个男性译者的译本比较，所有我翻译得好的地方他们说是因为我的女性意识。我没看过那个译本，但从文字本身来看，那个人没看懂原文，但我也不好意思去贬低人家，我就老强调这跟女性意识、男性意识没有关系。翻译就是要理解原文，而且要把原文里头的内涵翻译出来。后来听我的一个学生告诉我，这就是文化批评。我说这不是真正的搞翻译，没有人能够用理论来指导翻译。难道女人写的书一定只能由女性译者翻译吗？我觉得不通，但他们很强大，我完全对付不了。

另外，关于《雷格泰姆音乐》，还有个笑话。他们第二年就请了这个作家来，孙绳武把那本外国文学杂志送给了他。作家一看大怒，说我们没有买版权，所以一件开心的事情就变成了一件尴尬的事情。1986年我去美国纽约采访了这个作家，向他道歉，不过他也很后悔，说中国人对他这么好，他还要发火，然后推荐我翻译他另一本书，讲美国最早的苏联间谍。当时我就想，这个人真是很符合中国人的思想，那本书我没有翻译，我翻译了他别的东西，因为我觉得中国人对那本书不会感兴趣的，没人愿意看苏联间谍。胡其鼎也跟我讲，不要搞德莱塞那样的书了，不要很现实主义，一定要有现代手法。但当时我在美国念《雷格泰姆音乐》的时候，教授也没讲这是后现代，后现代在中国主要是王宁搞起来的，他说中国第一本翻译过来的后现代文学作品就是这本书，但我推荐的时候并没有想过这些问题。我在美国念书的时候也没有强调理论，理论就是理论课的时候讲，但也没有拿理论去套一本文学书。《雷格泰姆音乐》的手法别致，故事性强，批判美国社会，性描写也可以删掉，样样都符合，就翻译了。我的《雷格泰姆音乐》发表了两次，杂志上一次，后来又出书了。当时胡其鼎老跟我说这本书出得好,因为有张守义的插图,他是人民文学出版社很有名的插图家,不是老给人家画插图的。可惜,这本书很快销声匿迹了。但那时候我开始有一点名气了,胡其鼎让我写一篇1982或1983年的美国文学概述类的文章,我说我从来没写过这样的文章,写不出来。他说你写不出来你还没看过么?他就拿了人民文学的施咸荣写的大概是1981年美国文学概述,让我参考。我就写了一篇,胡其鼎说我模仿的痕迹太重了。等于我就这么上了这个轨道。但是到了1984年,可能因为"反精神污染"之后,《紫颜色》和《国王的人马》销路很不好了。

我觉得《廊桥遗梦》翻译出版之后外国文学翻译方面开始比较开放。这本书是资中筠翻译的,我觉得书名翻译得很好。我在美国的时候看到这本书,译林杂志老让我写评论文章,我就分析了它为什么这么红。那时候我老老实实翻译了《麦迪逊桥》,看了《廊桥遗梦》之后我说这个人中国文学的底子真好。我因为念中学以后就解放了,所以中国文学的课很少。新中国成立前电影名字翻译都很好,什么《出水芙蓉》《魂断蓝桥》,你从这些名字都想不到英文是什么,而且很吸引人。我大约是1990年去美国的时候无意中看到这本书的。资中筠是中美关系专家,她写美国外交史这种专业书的时候可能觉得很苦闷,就翻译这个来消遣。所以我觉得翻译也要有一点天马行空,我们有时候太忠实于原文,太拘谨了。齐香就认为傅雷翻译的东西不够忠实于原文,但你看的时候还是觉得他的译文很好。我曾经看过北大专门搞语言学的高名凯教授翻译的《普通语言学教程》,我们上课都听不懂他讲什么,那时候也买不到这本书,我觉得他打击了我对语言学的兴趣。后来我发现高名凯教授翻译莫里哀,我就到图书馆去看,我看不下去,可能很忠实原文,但我完全没有兴趣,没有一种快感。我就觉得大概大语言学家翻译的东西都不能看,就像鲁迅的译文也不能看。

问:您自己在翻译中一般采取什么处理方式,更忠实于原著还是更考虑译文可读性?

答:我还是比较忠实,但这忠实指的是原文的精神,而不是词句,要把原作家在字里行间甚至字面背后想要表达的东西传译出来。我很怕别人挑我的错儿,我觉得准确很重要。当年倪承恩说,你放心好了,没有人会注意陶洁这个人的。但我还是很谨慎,并且我觉得不了解文化也无法准确翻译。记得当时翻译《国王的人马》,里面有很多有关踢足球、打棒球的东西,我到处问人家这到底是怎么回事,我对这些文化背景不了解。当年编辑乱改也很有意思,一个人的名字我查不出来,只好音译,他完全改成意译了,叫牵马的人,我莫名其妙。后来我到了美国马上查资料,原来这是一个很有名的20世纪初还是19世纪末的足球运动员名字,所以完全不了解这些的话就很难办。

问:福克纳的翻译研究是怎样开始的?

答:起因就是李文俊让我翻译的那篇东西,我觉得太难,所以到美国去就决定一定要选这方面的东西。当时看的时候确实觉得他和别的作家不一样。董衡巽研究海明威,他问我为什么那么喜欢福克纳,我觉得福克纳比海明威深刻得多。海明威的基调总是生存压力或者死亡主题,但福克纳写出各种各样的人,以及人性的不同方面,后来董衡巽被我说服了,说我讲的有道理。以前我没有看过这样的小说,就像《红楼梦》也是写大家族,但不光写儿女情长,也写家族的败落及其对里头的人的影响。福克纳不仅写这些,也写种族矛盾、母子关系,各种方面,所以我觉得福克纳确实深刻。李文俊问我有没有办法出一本福克纳作品集,我就找了这个教授。后来还不断地去看他的书。当时我们想出书,向各个出版社推荐,与刘硕良所在的漓江出版社以及安徽出版社等有联系。最后出版社都说要我们搞一笔钱来就出书,我们没有。最后只有译文出版社愿意出。这几本书是我提议的,包括福克纳各个时期的作品,最后一共搞了七本书,现在变成八本了。李文俊是最重要的译者,翻译了四本。他找我的时候已经翻译了前两本,《喧哗与骚动》和《我弥留之际》。福克纳的书很难翻译的,他翻完《押沙龙,押沙龙》后得了一场大病,就是因为太累了。要把一个东西翻好不是那么容易的,所以我不相信翻译的什么等同理论、对等法。我觉得这不是理论问题能解决的。

问:国内翻译和研究福克纳主要是您和李文俊老师吧?中国最早介绍福克纳是什么时候?

答:30年代就开始了。我曾经写过一篇文章叫《福克纳在中国》,登在上外出版社出的《比较文学》。从70年代开始,美国福克纳的家乡每年有福克纳年会,因为福克纳活着的时候很多人看本人,死后都去看他的房子和坟,有很多人打听关于他的这些问题。所以后来那个地方的密西西比大学英语系决定举办这个会,每年一次,而且每年都有一个主题,请一些专家讲。但是从来没有中国人去过。我为什么一定要去呢,因为我很愤怒,那个帮我们编《福克纳中短篇小说集》的美国教授去讲"福克纳在中国",问我好多问题,我当然都老老实实回答他,然后他就去讲。后来李文俊在什么地方看到了就告诉我,我觉得他很坏,在剽窃,而且这个人一贯如此。他前些日子又问我《国王的人马》什么的。但是美国另外有一个福克纳专家,是美国大使馆派来讲学的,我跟他有交流。有一次他叫我写一篇文章,说有个幽默杂志让我写福克纳的幽默,我就写了一篇英文的,他居然给登了。后来有一天他跟我说,又要开年会了,要我写文章。其实那个年会的主题是福克纳的短篇小说,跟中国毫无关系,他给我的文章起名叫《福克纳的短篇小说在中国》,然后我就去讲了。

因为这篇文章我做了好多搜索工作,发现当年我有一本新中国成立前谈美国文学的书,我爸爸给我的,那里面引到《现代》杂志,我就到北大图书馆找到了那期杂志,1935年出的,主编叫施蛰存,那一期是关于美国文学的,其中一篇是赵家璧写的讲福克纳的。其实你看《现代》杂志也可以了解一点历史,不是老讲上海左翼文学、抗战文学这些派别吗?但施蛰存写了卷首语,说他办这个杂志不想卷入任何党派。他那一期美国文学专刊对美国文学评价很高,说美国是一个新兴的国家,所以它的文学冲破了一切束缚,是最有新生力量的。那里头登了福克纳的短篇小说,还有福克纳的照片,我看得很起劲。我很奇怪怎么后来就没有了。我到上海,施蛰存是我父亲的朋友,但我从没见过他,我妈妈知道他住在什么地方,我妹妹就陪我去了他家。我问他,赵家璧的文章怎么出来的,他就哈哈大笑,他说其实中国很长一段时间内研究外国文学的文章都是借鉴外国的文学评论书籍,并不是中国人完全自己想出来的,要说真正自己研究发表文章,可能还是这几十年中国人真的有了自己的想法,因为最早依据的都是美国的或者英国的书。施蛰存跟我讲提到两个人的名字,我后来发现一个是英国的很有名的评论家,一个是美国的,是最早评论福克纳的人。他说赵家璧搞到了这本书,所以写了文章。英文不是人人都看得到的,所以他那篇文章里其实都是那本书里的东西。如果没看过原著怎么可能写得出那样的文章呢?我后来也发现,"四人帮"打倒后有人介绍美国文学,我觉得似曾相识,后来想起来了,《纽约时报》书评周刊上有的,我还特意到图书馆找来看,后来我想这破除了我的迷信。然后我去看了赵家璧,问他为什么后来不搞了,他吞吞吐吐地说福克纳的东西太难了。这是真话,因为你如果不是像李文俊那么喜欢是不会翻译它的。实在太难翻译了,所以我很佩服李文俊,把这些东西翻译出来很痛苦的。1935年之后《现代》杂志停了,后来抗战了。后来据说40年代美国新闻总署和中国要联合搞一套书,不光是福克纳,但没有成功,不了了之了。

问:您能给我们介绍一些美国文学研究会方面的情况吗?

答:我刚把相关资料寄给了金衡山,他要写新中国美国文学研究60年。这个事是山东大学原来的校长吴富恒搞起来的,我去山东参加吴富恒百周年纪念会,在他们发的文稿里看到了这些资料,后来我把资料给了金衡山,所以我现在没有了。记得资料上说,60年代山东大学就成立了美国文学研究所,而且是周扬要求成立的。因为60年代一方面要统编教材,另一方面要了解国外,所以就找了一些人,在山东大学和南京大学成立了文学研究所,北大那时候可能只成立了文学教研室。山东大学就是美国文学,南大是英美文学,而且还是以英国文学为主。周扬成立这些所就是为了有人能向他报告国外搞文学是什么样的。吴富恒是哈佛大学出来的,所以他对美国文学很熟悉。另外他"文化大革命"前就当了副校长,所以他肯定跟上面的联络比较多。"四人帮"一打倒,他就恢复了研究所,并且联系各地学者成立了美国文学研究会。他是首届会长,我们系的杨周翰先生是理事和副会长。后来杨先生不想研究美国文学,就派我去开会,替代他的工作。但美国文学研究会跟全国外国文学研究会是各自独立的,不像其他研究会都从属于外国文学研究会。如果你们想更多了解美国文学在中国的情况,尤其是研究会的情况,应该找山东大学的郭继德,因为他在美国文学研究会一直跟着吴富恒。他在纪念大会上讲话的时候都掉眼泪了,而且他有当年美国文学研究会刚成立时的那块牌子,那时候他们出的那些杂志他也都保留着。很多东西都是吴富恒叫他做的,比如说他写美国戏剧史,研究奥尼尔,很多都与吴富恒有关。

访谈时间:2011年10月21日9时30分—12时
访谈地点:北京大学承泽园陶洁教授寓所
访 谈 人:王东亮、罗湉、史阳

徜徉阿语文学 一生不懈追求
——郅溥浩先生访谈录

郅溥浩，汉族，1939年8月31日生于四川成都。1959年毕业于重庆第二十中学（今育才中学）高中。1959年9月在北京外国语学院学俄文。1960年9月至1964年4月在北京大学东语系阿拉伯语专业学习。1964年4月至1967年3月在大马士革大学进修。1987年至1988年在开罗大学进修。中国社会科学院外国文学研究所研究员，曾任东方文学室主任、所职称评审委员会委员。曾任中国阿拉伯文学研究会副会长。中国作家协会会员。曾是北京大学东方文学研究中心特聘教授。"突尼斯全国翻译、研究、文献整理学会"会员。主要成果：专著《神话与现实——〈一千零一夜〉论》《阿拉伯民间文学》（合著），长篇论述《阿拉伯现当代文学》《中国文学与阿拉伯文学比较研究》（合著）、《中国阿拉伯文学交流史》（合著）。论文集《解读天方文学》（收论文、文章40篇）。译著《阿拉伯文学史》、长篇小说《梅达格胡同》《一百零一夜》（阿拉伯马格里布民间神话故事集）、《一对殉情的恋人》（故事集）、《努埃曼短篇小说选》（合译），选编、参译《阿拉伯短篇小说选》，与人合译《一千零一夜》《天方夜谭》多部。翻译《阳光下的人们》《小耗子》等中、短篇小说约30篇。参加《中国大百科全书·外国文学卷》编撰并写词条数十条。在阿拉伯报刊上发表文章多篇。被中国译协授予"资深翻译家"称号。

采访人（问）：郅先生，您好！感谢您接受我们课题组的访谈。您是我国阿拉伯语语言文学研究领域的资深学者，著述丰富，译著《一千零一夜》更是广为流传，也见证了新中国成立后这一学科的发展历程，很高兴有机会聆听您讲述个人的学术道路，我们就从您最初的求学经历开始吧。听说您最早学习的是俄文？

郅溥浩（答）：我1939年出生于四川成都，祖籍山西太原，1959年在重庆第二十中学（现在的育才中学）高中毕业，被选为留苏预备生，通过高考到北京外国语学院学习俄文。一年后中苏关系紧张，好多人都没能去苏联。当时，中国社会科学院的前身中国科学院哲学社会科学部,根据毛主席要加强对外国情况研究的指示,成立了很多研究所,如美国所、日本所、拉美所、亚非所等等,把我们接收过去学习外语,算是代培生。以后就留在不同的所工作。1979年,中国社会科学院正式成立,胡乔木任院长。"文革"中学部很有名,各派之间打得也很厉害。好在我当时在国外学习几年,没有参加初期的运动。

我1960年9月开始在北大东语系学阿拉伯语,二年级的时候就定在了社科院外国文学研究所工作,以后方向是研究阿拉伯文学。我们由北大替社科院代为培养。北大学习期间,老师有马坚、刘麟瑞等知名学者。二年级的老师仲跻昆刚毕业,别看是我老师,比我才大一岁半,后来我们很熟了,阿拉伯文学研究会也是我们在搞。论研究成果的数量来讲我们俩比较多。我学习了三年多阿拉伯语,四年级刚上两个礼拜,社科院就派我去叙利亚大马士革大学进修,为时三年。后来也派了一些高中生去,当时请家庭教师教课,对语言提高很大,包括叙利亚著名诗人、作家赛拉迈·奥贝德都教过我们。他1972年来北大参与阿拉伯语教学,写了很多关于中国的东西。我当时收益很大,翻译了一些在叙利亚学习到的短篇小说,后来在国内发表。当时一位叙利亚学者翻译了中国的《阿诗玛》,后来我在写《中国阿拉伯文学交流史》时都用上了。马坚是知名学者,后悔那时候没有向他学得更多。二年级他教阿拉伯文学,教材是黎巴嫩学者法胡里的《阿拉伯文学史》,那书内容很丰富,对我影响很大。我去叙利亚后首先买的就是这本书。1971年林彪事件后我们都从干校回来,夫妻两地分居,没什么事干,我决心翻译这本书,断断续续花了三年时间(因为有时还要搞运动),总共48万字,后来由人民文学出版社出版。这本书很多阿拉伯语系都列为培养研究生、博士生的重要参考书。这本书对于了解阿拉伯文学很重要,古代部分讲得很详细,近现代文艺复兴过程也讲得较好,但现当代文学讲得不多,这应由国别文学史来做这件事。后来本书在宁夏人民出版社重版,我又根据自己对阿拉伯现当代文学的了解,增加了8万字,作为补充,总算相对全面了。

问: 在我国阿拉伯文学研究的早期发展史上,长期在北大任教的马坚、刘麟瑞等穆斯林学者发挥了重要作用,能给我们多介绍一些这些学术先驱们的贡献吗?

答: 现在回想起来,马坚对中国的文化、教育、文学、宗教都有很大贡献。我在穆斯林办的网站上发表过关于他的文章《一代风范时代楷模》,阿拉伯语的《今日中国》也全文刊登了。他是穆斯林,《古兰经》最早的译者。

我跟其他几个人合作写《中国阿拉伯文学交流史》,是南京大学钱林森教授主编《中外文学交流史》中的一册,我写了二十多万字。其中谈中国阿拉伯文学翻译研究的先驱者,我提到了马坚、刘麟瑞、纳忠、纳训。纳训就是最早翻译《一千零一夜》的回族学者。马坚出于宗教原因去埃及艾资哈尔大学学习,除了学习语言和宗教,还把《论语》翻译成阿拉伯文出版了。这在30年代很不简单,中国那时候还没几个人懂阿拉伯语。早期有三十多位穆斯林学者去埃及学习宗教,客观上对中阿文学交流起到先驱作用,不仅把《论语》等中国东西翻译过去,也把一些阿拉伯宗教哲学作品翻译过来。像纳训,学习期间就开始翻译《一千零一夜》,把鲁迅、曹禺、朱自清的作品都翻译成阿拉伯文。数量虽然不多,但是已经起步了。他们还起到一个作用,就是最早把阿拉伯语经堂教育引入高等院校。1948年前后,马坚调到北大;刘麟瑞是南京东方语专的,后来也到北大东语系。他们都是北大阿拉伯语的创建者。他们最早搭起中阿文学交流的桥梁,最早把阿拉伯经堂教育引入高等学府,这两个作用是很大的。解放后他们地位不高,"文革"中又受到冲击,现在回过头来看人家的作用真是不能忽视。现在全中国的阿拉伯语教师,他们的渊源差不多都来自于北大的马坚、刘麟瑞。北外、上外好多教师都是他们的弟子。50年代只有北大有阿拉伯语教学。1960年,纳忠在外交学院开设阿拉伯语,后来并入北外,以后上外、洛阳军外也开设了阿拉伯语专业。改革开放后阿拉伯语很吃香,现在全国二十多所学校开阿语课,上课的都是年轻老师。我还在广外上过课。那时候马金鹏、王世清、陈嘉厚、邬裕池没有马坚、刘麟瑞他们著名,也教过我们。还有一些青年教师也教过我们。在他们的教育之下我们学到不少东西。上外有个朱威烈,独创一番天地,曾是中东研究所所长(现为名誉所长)。在穆斯林居住地区一说是马坚先生的弟子,会受到格外的欢迎。马坚在穆斯林中很有名。《古兰经》他最早翻译了八卷。改革开放后出版了全译本。他的译本得到沙特阿拉伯宗教基金部认可,是最权威的版本。

问:当时马坚老师他们兼两种身份,既是宗教界人士,又是学术名家。

答:马坚先生的这两种身份突出一些。他的一些介绍伊斯兰的作品还受到毛泽东主席的好评。除马坚外,刘麟瑞也在埃及学习过。他最大的特点是发音好,阿拉伯人说他是金嗓子,声音清脆圆润,我形容是"大珠小珠落玉盘"。他女儿刘慧写过《刘麟瑞传》。她说很遗憾没有把他爸爸的发音录下来。但当时他教过我们语音课,那珠圆玉润的声音对我们是有潜移默化的影响的。他撰写了许多阿拉伯语语法、修辞的书,还跟阿语界的陆孝修合译了埃及作家谢尔卡维的长篇小说《土地》,20世纪50年代初就把阿拉伯文学从原文直接介绍到中国。还翻译了毛泽东诗词,巴金、茅盾的作品,对中阿文学交流也起到了促进作用。

问:您对文学阅读和文学研究的兴趣是什么时候开始的?

答:我很早就对文学感兴趣。高中时候就读完了《水浒》《三国》,也看了些外国作品,数量不算很多。高中读的有些书你们都想不到的,比如德国的《群神会》,讲纽伦堡审判罪犯的过程,不记得是怎么得到这本书的。大一我对古典文学很有兴趣,躺床上看《红楼梦》。高中时我想学历史、哲学,后来搞了文学,觉得也可以。社科院后来大调整,把不适合的人都调走了或重新分配了,也有人自己觉得干不了。我们这些人留了下来,还算不错。确实不是谁都能搞研究的。我们身在专业机构,时间还算充裕,加上自己努力,相对来说成果还算不少。

问:您当时是代培生,是不是从上大学开始,直到留学期间都特别关注文学,因为方向早就定下了?

答:是的。当时我们想学文学也没资料,只好先学语言。阿拉伯语很难,不是人人都适合学。有些同学学得很好,可是有些广东同学发音比较困难,读不出来,只好转科去学越南语,也有学不下去走了的。

  来北大之后出国学习,重点针对阿拉伯文学。我们有个家教是巴勒斯坦人,他带我们读短篇小说,遇到不认识的单词就讲解,效果很好。学习期间我把一些作品翻译成中文,如《第三个孩子》后来就发表了。我 1964 至 1967 年留学,1967 年快回来的时候,"文革"已经开始了。我被使馆文化处借去三个月做宣传工作,把我们的反修小册子硬寄送给人家,"输出革命"。有些机构把册子退了回来,我们就去找有关方面交涉。后来留苏学生到红场捣乱,被军警驱赶。事件之后我们决定去苏联使馆抗议。那时候宣传"文革",演"毛泽东接见红卫兵"影片给使馆的客人看,还把大学阿拉伯学生请到使馆,引起叙方警察注意。1967 年 3 月我回国,因为在使领馆工作过一段时间,回来后没有直接回社科院,在外交部使领馆部参加外交部的运动。这样我凑合了两年,回到社科院,1970 年跟社科院下干校,在河南息县。

问:您下放劳动的时候应该没有机会做翻译和研究吧?

答:没有。那时全国文化单位都下放、劳动。我们那时候身体还好,干起活来很卖力气。一年多后就主要搞运动了。"文革"中学部有些人与王、关、戚有联系,因此运动也呈现复杂性、特殊性。所谓的"五一六"份子特别多。当然后来都平反了。但也有熬不住自杀的。我 1967 年前在国外,没有参加过两派斗争,回来还参加了专案组。后来军队接管,劳动就少了。林彪事件出来后,中央觉得我们都下去不合适,于是 1972 年都调回来了。那时候"文革"还没结束,有工宣队,跟"四人帮"江青他们的。后来运动也搞不下去了。我 1968 年结婚,婚后两地分居,回京后没事干,1973 至 1976 年我就断断续续翻译了三年《阿拉伯文学史》。我觉得值得自豪的是"文革"期间没有完全虚度,翻了本有用的书。

"文革"结束后我们步入正轨,开始搞研究了。当时北京有个外语学校,撤销了,几个学阿拉伯语的人来我们所。当时东方室有四个搞阿语的:我、伊宏、李琛、程静芬。大家后来在阿拉伯文学研究、翻译方面还是作出了很多贡献。

问:您在社科院外文所开始系统研究阿拉伯文学的时候是否得到过前辈专家学者的指导?另外,您翻译的《一千零一夜》是目前我国通行的译本,您本人也写过专著研究,能给我们介绍一下这部经典著作在中国的翻译和传播情况吗?

答:除了马坚、刘麟瑞、纳训外,直接的还真没有。马坚、刘麟瑞、纳训是起步者。我们国家早期的阿拉伯文学交流、介绍、翻译作品除了马坚、刘麟瑞、纳训的成果,就是解放后翻译了一些苏联、东欧学者对阿拉伯文学的介绍,数量有限。还有郑振铎先生编撰的《世界文学大纲》中对阿拉伯古代文学的介绍。他主要是根据英文资料。人民文学出版社、作家出版社等等从俄文翻过来的一些作品,早期译者有秦水、秦星等,都是秦城监狱的一些懂俄文的犯人翻译的,比如《台木尔短篇小说选》或者其他一些东西。也有个别作品是从英文、日文转译的。

《一千零一夜》的翻译从 20 世纪初就开始了,因为它毕竟有名,西方早就开始研究了,对中国肯定有影响。中国很重视这部作品,从英法文转译过来的比较多。因为西方人有时候把《一千零一夜》翻作《阿拉伯之夜》,所以有些人就据此改译作《天方夜谭》。"天方"指阿拉伯,那一块黑石,"天方之国"。这个译名相当不错,都成了中国的成语了。当时好多学者翻译《天方夜谭》,比如周作人很早就开始翻译《侠女奴》,就是《阿里巴巴与四十大盗》。他说当时年轻,在水师学堂学习,看了作品后忍不住痒想翻译,可见这部作品对当时的青年很有吸引力。另如叶绍钧(即叶圣陶)为奚诺译的《天方夜谭》写的长序,简直就是一篇最早研究《一千零一夜》的文章。

解放后转译《一千零一夜》的就少了,通常采用纳训翻译的三卷本,很流行,后来是六卷本。纳训和纳忠都来自云南纳家营,相传是阿拉伯人的后裔。过去有在元朝做官的人叫赛典赤,相传是穆罕默德的后裔,留下的回族十三姓中就包括纳姓。中阿交往的通道分陆路和海路两条。唐宋以来,泉州阿拉伯商人势力很大。明朝朱元璋把少数民族叫色目人,当然也包括阿拉伯人、波斯人。因为他们势力太大,朱元璋一度歧视防范他们。他们逃的逃,跑的跑,把姓改了。从福建到海外的很多中国人都是阿拉伯人后裔。许多阿拉伯人与汉人通婚,把阿拉伯文化、文学都带了过来,这是有据可查的。唐朝有一个故事叫《板桥三娘子》,讲的是一个女人在庭中让小人耕地、种麦、磨粉,把饼分给大家吃,变成牲口。《一千零一夜》中也有一个几乎完全相同的故事。应该是阿拉伯商人把这个故事带到中国来,中国人又把故事写成这个样子的。中国文学与阿拉伯文学的交流还有不少例子,如大鹏鸟的传说、女儿国的传说、树生小儿的传说等等。丝绸之路和海上贸易是中阿文化、文学交往的桥梁。

后来学阿语的人多了,《一千零一夜》出现了好几个全译本。由于工作单位的便利,向我约译《一千零一夜》的出版社很多。以我名字打头翻译的《一千零一夜》译本(选本)有十余种之多,如译林出版社、燕山出版社、漓江出版社、光明日报出版社的等等。其畅销程度远高于全译本。我们的版本盗版特别多,说明我们的翻译站住了。现在仍然还有出版社来约稿。

纳训翻译《一千零一夜》的时代,国内风气使然,把色情部分全部删除。后来的一些译者,比如李唯中就保留了这些部分,只对最露骨的文字作了处理。有些学者在网上说,中国翻译文学作品(包括《一千零一夜》)时删去了很多色情部分,他们觉得不应该。中山大学教授吴文辉开会时曾说,《一千零一夜》这样宏大的民间文学居然会没有色情描写,他感到疑惑。听了阿语界的人发言后才知道是删掉了。在 20 世纪五六十年代,纳训的版本不可能保留色情部分。现在我的译本中,有些不文雅的部分未加处理,有些读者家长就向出版社反映,说孩子会好奇,不该原样翻译。我们的意见是,这是古代民间文学,是免不了的。有段时间《一千零一夜》在埃及因色情描写被当做禁书,但是很多作家表示抗议,说这是文学遗产。如果担心影响青少年,完全可以出删节本,但是不能清除,否则就不是遗产了。其实中国古代文学也有这种内容,《一千零一夜》里的描写比中国差远了。

翻译《一千零一夜》的时候,我出于评职称的考虑,要写一部专著。阿拉伯文学在中国最有名的莫过于三样:一、《一千零一夜》,二、纪伯伦,三、马哈福兹(诺贝尔文学奖获得者)。前两者影响更大些。冰心 20 世纪 30 年代翻译了纪伯伦作品后,纪伯伦在中国就非常有名。纪伯伦早期痛恨封建制度和其他丑陋的社会现象,之后信仰尼采和暴力,宣布上帝已死。那信仰什么呢?他最后还是要找出一个与原来上帝不同的上帝来。他最后走向对人类的泛爱,写出《先知》等作品,深含哲理,普世价值更为人们喜爱和接受,加之水晶般的文字风格,得到很多中国作家的认同。《一千零一夜》的知名度更是毋庸置疑。我最近发现女作家任晓雯写了一篇小说《飞毯》,一个女孩子裹着毯子,跳出去要飞,就摔死了。因为她家穷困,后来哥哥贩毒,短时间有好转,但他不久就被抓捕。女孩子身有残疾,想摆脱这个世界,《阿拉丁神灯》《辛巴德航海》是她的最爱读物。作品还是很有深意的。这是阿拉伯文学直接进入中国文学家创作的一个例子。

后来我选择了《一千零一夜》为研究对象,因为它这样有名,我国却没有一部研究专著问世。我在国外搜集了一些资料,加上自己研究,写了它的成书过程、主要故事母题、类型、表现商业内容、对性的描写、在民间文学中的地位、世界性影响,特别是与中国文学的联系。我在两个方面有新意:一、发掘其民间故事母题,并与世界相同母题比较;二、新的经济发展对故事内容的影响。这在某种程度上突破了西方的研究。在母题方面,如"救蛇得报""羽衣姑娘(天鹅女)""负心人被变成动物""猴魔与女郎"等等,中国的文学故事中也有很多。这样的比较,可以说明世界文学间的彼此交流、影响,特别是与中国文学的关系,就更有意义了。西方对《一千零一夜》的考证性研究很多,但社会学研究较少。我们受到社会发展史观的影响,很愿意研究它,尤其是经济社会观念变化对爱情故事的影响。从8、9世纪到16世纪,爱情故事流传广泛。早期有很多王子公主的美好爱情故事,后期就发生了变化,商人和市民的爱情故事产生较多,且观念也在发生变化,如产生了私奔,已婚女人爱上了年轻商人,甚至王妃不顾宫廷禁令与商人相恋,等等。这时把爱情的因素看得很高。这种故事国内外的研究都很少。我的研究主要在这两方面有点创意。我的《神话与现实——〈一千零一夜〉论》是中国第一部,也是唯一一部研究《一千零一夜》的专著。我用这本书为国内未来的研究打下了基础,我也主要因这本书评上了研究员。

中世纪阿拉伯世界产生了一大批民间文学作品。除《一千零一夜》外,还有一些重要作品也翻译过来了,如《卡里莱和笛木乃》(同时也是文人文学)、《安塔拉传奇》《也门王赛福·本·热·叶京》(节译)等。我本人译了一部《一百零一夜》,是阿拉伯马格里布的民间神话故事集。还有一部作品叫《一千零一日》,来源不甚明朗,《图兰朵》的故事就产生于此,戈齐、席勒、布莱希特都改编过。传到中国后,张艺谋把它改写了,因为图兰朵表现残忍,中国人想把它改成体现争取婚姻自主的精神,把图兰朵塑造得美丽、善良。也有中国人不同意,认为这是误读了图兰朵以及西方人创造图兰朵的本意,一个如此霸道的公主其实代表了中国封建专制的残忍。尽管是围绕着《图兰朵》的争论,但客观上也是对阿拉伯文学的一种深化。我在《中阿文学交流史》中对此作了介绍。

问:请谈谈您的另一部著作《解读天方文学》吧。

答:那是一本论文集,收入了我的四十篇论文、文章。我早就想出本论文集,后来找到西北地区的宁夏人民出版社,他们出版了很多与阿拉伯文化有关的书。我写信给当时的副社长哈若蕙,编辑回信说,出学术论文、书籍需要三万块钱资金,我就出资把书出了。书做得很好,书前有16幅彩图,包括我与阿拉伯作家,与季羡林、冯至等的合影。这是我多年来写的东西,其中一些论文我觉得还是有质量的,如《纪伯伦作品中的"狂"及其内涵的延伸和演变》,最早发表在北大的《国外文学》上。主要分析、梳理了纪伯伦思想发展、演变的脉络,分为大我和小我、孤独感和挫折感、上帝的位置、对人类的泛爱……也提到他和鲁迅有类似之处,都受到尼采影响,都是从小我过渡到大我,甚至和高尔基也有点相似,虽然走的不是同一条革命道路,但是殊途同归。又如《马哈福兹小说的象征性》《马杰侬和莱拉,其人何在?——关于原型、类型、典型的例证》等,都还是有自己的独特见解的。本书被列为宁夏百部进入校园的社科书籍的一种。

马哈福兹的小说《我们街区的孩子们》出版后,引起很大争议。宗教界人士反对之声尤甚。尤其他得诺贝尔文学奖之后,争论更加炽热。论文集中也收了我写的一篇文章《获奖之后的挑战——围绕〈我们街区的孩子们〉的争论》(原发表在《世界文学》),不仅谈到了双方争论的情况,还分析、论述了作品的内涵和意义。他以各个先知为象征对象,描述了一部人类发展史、生活史、苦难史、奋斗史。并以老祖父杰巴拉维象征神。后来象征科学的阿拉法特在探索神的秘密时,老祖父被吓死。阿拉法特的弟子们想要使老祖父复活。当然,复活后的杰巴拉维——神,不会是原来的样子,而是一个符合现代社会的人性的神。在马哈福兹死后一年,埃及政府才允许本书的正式出版。

诺贝尔奖颁奖词说得很干脆,这些人物寓意神、摩西、耶稣、穆罕默德。但马哈福兹自己并没有承认。

马哈福兹获奖前,中国就至少翻译出版了他的十部小说。我本人在1987年翻译出版了他的长篇小说《梅达格胡同》(上海译文出版社)。这是一部反映第二次世界大战期间开罗一条小街中人们生活的情景的作品。塑造的各式各样人物各有特色,栩栩如生。表现了当时埃及普通人民群众的艰难生活,以及社会中存在的落后、愚昧、不公、丑恶现象等。

《中华读书报》曾经调查过一些中文译作,马哈福兹和纪伯伦在中国还是颇受欢迎的。马哈福兹一生写过50多部作品,好多人把他的《宫间街》《思宫街》《甘露街》三部曲与巴金的《家》《春》《秋》相比。不少人写过这方面的论文。马哈福兹得诺贝尔奖不容易,一方面作品中的普世价值西方可以接受,一方面他支持与以色列和解。他觉得谈判是一种出路。马哈福兹写过小说《卡纳克咖啡馆》,讲纳赛尔时期权力中心情报机关对人们的迫害,人民群众没有自由怎么跟外国打仗。这电影在中国上映过。我在《外国文学动态》上也写过介绍文章。

后来我在埃及学习时很关注"埃及60年代作家群"。那时候中东战争埃及惨败。中东国家过高估计自己,纳赛尔就认为消灭以色列是几个钟头的事情。后来以色列发动闪电战,把埃及空军百分之八十都炸了。埃及惨败之后好多年轻人进行反思、写作,认为输给以色列不仅是在战场上,更是国家内部的问题。就像我们的大墙文学、寻根文学等,用历史影射现实。这些作家不同于老一代甚至包括马哈福兹这样作家,他们受到法国新小说流派影响,运用意识流、时空跳跃、没有主题……我注重搜集了相关资料，在《文艺报》上发表过文章。吴元迈主编、译林出版社出版的《20世纪东方文学史》，在阿拉伯文学中，我也把这些写了进去。论文集中也有一篇《在艰难中崛起、创新——记埃及六十年代作家群》。

问：研究阿拉伯语文学与研究其他语言的外国文学不太一样，通常研究某一语言的外国文学是针对一个国家或几个国家，而研究阿拉伯语文学要覆盖十几、二十几个国家，面对古代文学或许问题不大，针对现当代文学该如何从整体上进行把握呢？

答：这就要把阿拉伯民族及其文学既作为整体研究，也要把阿拉伯各国的现当代文学进行国别研究。20世纪初以后，特别是第二次世界大战后，阿拉伯国家纷纷独立建国，从那以后，各自的文学就发展起来，像埃及、黎巴嫩、伊拉克、叙利亚这些国家，在古代文学传统的基础上，现当代文学发展十分繁荣，取得很高成就。从20世纪70年代起，马格里布（即阿拉伯西方）、海湾国家文学也蓬勃发展，同样取得很高成就。

阿拉伯古典文学很丰富，尤其诗歌，可与中国匹敌。由于有一定难度，国内翻译的不算多。也有有些研究，同样不太多。我写过《一千零一夜》研究、《卡里莱和笛木乃》研究，也写过悬诗研究、麦阿里诗歌研究。但总体上，我们对阿拉伯诗歌的研究还较弱。翻译的东西有一些，但也还不够。

我们对阿拉伯现当代文学翻译、研究较多。但也有缺陷，就是注重埃及、黎巴嫩、叙利亚、伊拉克等文学大国较多，对马格里布、海湾文学虽然也有关注，但程度不够。偏重于小说较多，对诗歌、戏剧、民间文学重视不够。这种现象现多少有所改进。

过去为了支持阿尔及利亚斗争，我国从法语翻译了许多阿拉伯文学作品，比如穆罕默德·狄布的《大房子》（三部曲），后来他们独立后就用阿拉伯语写作了。现在马格里布国家进行阿拉伯语化。主要用阿拉伯语写作，也有用法语写作的，主要是一些居住在法国的作家，如摩洛哥的塔哈尔·本·杰伦的《神圣的夜晚》，获得了龚古尔奖。

问：这么说北非的法语文学也属于你们关注的对象？

答：那基本属于法语研究对象，《世界文学》的金志平做过一些研究。但北非的法语文学也属于阿拉伯文学。作品反映的主要还是阿拉伯的事，或作家们作为阿拉伯人在异国的感受。所以我们有时还是要关心用法语写作的阿拉伯作品。

这些作品不少已译成中文,或译成阿文,给我们的了解、研究提供了方便。现在国内用法语、英语研究非洲文学的人越来越少了,快成绝学了。以后怎么办?像南非得诺贝尔文学奖的女作家戈迪默、尼日利亚的索因卡都很重要。阿拉伯的法语文学的研究者也基本没人了。

再顺便谈谈。过去对海湾国家也重视不够。我在阿联酋访问,认识了阿联酋作协主席,我翻译过他的两篇短篇小说,在《世界文学》发表。他们起点很高,把文学看作"无声的良心"。林丰民翻译过科威特王室女诗人的诗集《为爱而歌》,序言是我写的。有几个科威特女作家很有名。莱拉·奥斯曼的作品《蝴蝶无声》反映社会问题,表现曾经视为禁忌的男女性问题,大胆描写了女性压抑。这些地区宗教禁忌很严,像描写男女性方面的作品会受到干涉,作家还会因此遭到迫害,甚至监禁。但许多作家包括女作家还是勇敢地写作。海湾文学还有一个特点,就是反映石油带来的繁荣背后的深层社会问题。这是不同于其他阿拉伯国家的文学的,很值得我们重视。

问:最后请教一下您在翻译工作中的体会。

答:我们懂得阿拉伯语,在阅读、研究的同时,发现自己喜欢、感兴趣的作品(短篇小说、长篇小说、诗歌)肯定有翻译的欲望。比如我翻译马哈福兹的小说《梅达格胡同》时就联想到老舍的《龙须沟》,因为反映社会问题,塑造的人物各式各样。另就是国内的需要,这是我译《阿拉伯文学史》的动因。还有就是作品在阿拉伯文学中的地位和影响。巴勒斯坦作家格桑·卡纳法尼的《阳光下的人们》(中篇小说)在现代阿拉伯文学中很有地位。我一口气读完这篇小说,深受感动。出于对巴勒斯坦革命斗争的支持,我就着手翻译它。作品讲三个不同年纪的巴勒斯坦人流亡到各地,生活苦难,为了寻求出路想偷渡到所谓的"黄金之国"科威特,他们藏在运水的空闷罐车偷渡。由于天气炎热,时间过长,他们全闷死在里面。小说最后借司机之口说:"你们为什么不喊啊!为什么不敲呀?为什么? 为什么!?"这是对巴勒斯坦武装斗争的呼唤!我还翻过格桑·卡法尼的另一篇小说《重返海法》。

后来我还翻译了一些短篇小说,比如埃及作家台木尔的《小耗子》,曾在多家电台播出,还绘成连环画。我还译过埃及作家苏莱曼的中篇小说《不谐和音》,作品反映东西方文明冲突带来的悲剧。除长篇小说外,我总计译过30篇左右中、短篇小说。

问：中国当下的阿拉伯文学研究大概处于什么样的状况？

答：之前我还要说一下我前两年出的一本书《阿拉伯民间文学》。原发表在《东方文化集成》的《东方民间文学概论》中。后扩大为一本书（约18万字），丁淑红为本书增加了部分内容，是我与她的合作。本书对阿拉伯民族作为一个整体时产生的民间文学作了全面、系统介绍，对一些重要文学现象、文学作品、各种民间文学体裁、样式作了叙述，对阿拉伯民间文学的世界性影响也作了论述。本书初步填补了阿拉伯民间文学研究的空白。

阿拉伯文学研究的队伍比我们当年要壮大一些，但还不算强大。现在的硕士、博士生读书期间写了很多阿拉伯文学方面的论文，但阿拉伯语就业情况比较好，他们毕业后一旦离开研究工作，也就不再继续。当然做研究也不容易，要花工夫。现在二十多所学校设有阿拉伯语专业，但有些水平不是太高。北大有一些真正搞文学的老师，北外、北二外、上外、经贸大学也有。不少人的文章、专著很有水平，研究在深化。专著数量也逐年递增。有好几个国家项目。还有一些中文系的老师，这些年也有不少有质量的专著问世。虽然现在面临着种种问题和困难，但阿拉伯文学研究这个阵地一定要坚守下来。由于版权限制，最近的文学翻译作品比较少，人员交流倒是不少，这也是好的方面。仲跻昆得了阿联酋、沙特阿拉伯的奖项，这也是一个好的开端。

访谈时间：2011年5月27日星期五14时30分—17时
访谈地点：中国社科院外文所会议室
采 访 人：王东亮、罗湉、史阳

第三篇
学思篇

中国比较文学的历史使命
——乐黛云先生访谈录

乐黛云（1931— ），贵州人，1952年毕业于北京大学中文系。北京大学中文系现代文学与比较文学教授，博士生导师，北京外国语大学兼任教授；曾任加拿大麦克玛斯特大学、澳大利亚墨尔本大学、荷兰莱顿大学、美国斯坦福大学、香港大学、香港科技大学访问教授。1990年获加拿大麦克马斯特大学荣誉文学博士学位，2006年获日本关西大学荣誉博士学位。历任北京大学比较文学与比较文化研究所所长、国际比较文学学会副主席，现任北京大学跨文化研究中心负责人、中国比较文学学会会长。主编中、法合办《跨文化对话》杂志。曾开设"比较文学原理""西方文艺思潮""马克思主义文论在东方和西方""比较诗学"等课程。著有《比较文学原理》《比较文学与中国现代文学》《比较文学简明教程》《比较文学十讲》《中国知识分子的形和神》《跨文化之桥》《当代名家学术思想文库：乐黛云卷》《跟踪比较文学学科的复兴》、《乐黛云散文集》、《透过历史的烟尘》、《绝色霜枫》，《中国小说中的知识分子》（英文版）、《比较文学与中国——乐黛云海外讲演录》（英文版）；主编《跨文化个案研究丛书》14卷、《中学西渐丛书》9卷、《迎接新的文化转型时期》2卷、《跨文化对话丛刊》28卷等。

采访人（问）：乐先生好。您在学科选择上的情况与众不同。其他人是选择已经存在的学科，您则是一手创建了中国比较文学学科。学科创建的经历应该与您早年的学习、工作经验密不可分。可否请您从求学历程谈起。

乐黛云先生（答）：我研究比较文学其实很偶然。我父亲是贵州大学外语系教授，教外国文学。家里很早就订《新月》杂志，我每期都看，所以从小就喜欢外国文学。我中学就读过《简·爱》《咆哮山庄》……当时比较流行的童话故事《水婴孩》《彼得·潘》令我印象深刻。希腊神话从初中就开始看。因为父亲教外国文学，家里中国书比较少，所以我最喜欢外国文学。中学时《飘》刚翻译过来，我就和妈妈一起看。后来俄国小说看了很多，屠格涅夫的《前夜》，讲俄罗斯革命女性怎样奋斗，对我很有影响。1948年考大学，我只报考外语系，北大、南京的中央大学和中央政治大学都录取了我。可是我向往革命，一定要上北大。父亲不同意，说你刚18岁，兵荒马乱的，一个人跑那么远。那时候北京快围城了。可我坚持要来。妈妈比较支持我，给了我七块大洋，我就来到了北大。当时沈从文先生教大一国文。录取时他看了我的作文，觉得我可以来学中文，就把我录取到了中文系，所以我没有去外语系。

那时候任课老师对我影响很大，一个是沈从文，他教大一国文包括作品、习作，有时候还要写一点古文。沈从文比较强调写好现代汉语，所以两个礼拜一篇作文，对我来说是很好的锻炼，中文基础打得很好。还有一门现代文学作品选，是废名教的，他的作品是非常好看的。一年级授课的都是全系最拔尖的老师，对于什么是中国文学，怎么学中国文学，对我影响深刻。还有一门说文解字，是唐兰教的，老先生嘛，也是拔尖的，所以古汉语基础打得也很好。还有中国哲学概论，是哲学系齐良骥教的，也是比较好的教授。当时一年级配备的都是名师，都愿意教好人、培养人，并没有觉得一年级不重要，随便教一教。所以我中文基础打得比较好，加上过去比较喜欢外国文学，阅读量也比较大，就有了一个基础。可是后来没怎么念书：大学四年，第一年迎接解放，打腰鼓到处宣传；第二年抗美援朝，1950年参加土改，一下乡好几个月，那时候才我19岁，因为1948年11月加入地下党，就当了工作组组长；第三年，也就是1951年土改回来以后，半年里还念书，准备毕业论文，研究丁玲，属于现代文学；第四年有很多政治运动，"三反"什么的都开始了，后来调我做中文系系秘书，作为杨晦的秘书跟着到处乱转，根本就没怎么念书。1952年燕京、清华、北大三校院系合并，人人都要了解、做工作，来了人给什么待遇，分哪个教研室……花了很多时间。

问：院系合并期间，中文系调整变动大不大？

答：变化很大，把清华的吴组缃、燕京的林庚都并过来了，重要学者都集中到北大。北大中文系很多人则分发出去了，其实他们水平未见得差，连杨振声、废名都弄到吉林大学去了。中文系主任杨晦能留下来，大家都不服气。废名，到长春后既没有写作，也没有教很多书，后来眼睛就瞎了。我去看过他一次，他根本就看不见我了，摸着我的手老泪纵横，心情可以想见。沈从文也出去了，没有什么研究，在故宫博物院搞了个服装史。杨振声先生出去之后也很快去世了。还有一位到内蒙古大学的叫萧雷南，是搞古代文学的，根底很好的，到那边之后也是郁郁寡欢。本来希望他们加强外地教学力量，其实并没有，因为他们在那里也遭到排挤。所以我觉得院系调整是教育革命的大失败，很多人本来可以发展得很好,都被迫中断了。在这种情况下我就是写毕业论文的半年念了点书,其他时间大都在搞政治活动。

问:您毕业论文的指导老师是哪位?

答:杨晦。他很注意政治课程,自己开设了一门《共产党宣言》,每周两个晚上把学生们找来讲《共产党宣言》,逐字逐句地读。我们风雨无阻,很自豪,但是其实也没学懂。当然现在看起来《宣言》译得也有缺陷,不过文笔很好,读后很感动。同时艾思奇、何干之也来上《中国革命史》《政治经济学》。所以这几年主要打下了一点马列基础。知识基础也就是中学时代读过一点文学作品,然后是1948—1949年的旧大学轨道,打下了中国文学的简单基础,也学了一点哲学概论,康德、黑格尔是那个时候知道的。我觉得旧大学一年级的基础非常好,我一生受用不尽。

1954年我请假回贵阳看妈妈,没有等申请批准就走了。两周之后学校十万火急催我回来,严厉批评我一顿,说我在阶级斗争最火热的时候逃避,所以把我调到校刊待了两年。先是副主编,后来做了主编。当时校刊是小报,在那儿也挺有意思,访问了很多底层人(北大校工、受排挤的教授),文章也在报纸上发表了。

1956年知识分子脱帽加冕,周总理说建设中国还是要依靠知识分子,所以把学问比较好的、真正念书的人都弄回系里去了。我也回去了,还当选为学习标兵,因为我没有放弃学问,在校刊也写点小文章,研究些鲁迅之类。回去之后大家都是一股热情,提出"向科学进军"。杨晦先生进行教学改革,把中国文学史变成一条龙:第一年教先秦,第二年教魏晋南北朝和唐宋,第三年是元明清,就是戏曲小说,第四年是现代文学。这四段延续到现在,一直是中文系的基本课,每个人都要念。不过那时候不是分四年,有时候两年,每个学期一段。王瑶先生教现代文学,我是他的助教。本来我毕业后一直跟着他,要跟他学现代文学,他说学现代可不简单,很容易犯错误——评论一个作品,作者若是活着,他不承认,你就没辙了;即便作者不在了,他的家属否定你,你也没办法。他说你还是做古代比较好,因为古人不能从棺材里爬出来告诉你是怎样的。可当时我要革命,觉得学现代文学比较合适。后来王瑶先生不教课了,让我教。所以我一开始就教四年级现代文学史,虽然艰苦,倒是把现代文学从头到尾好好念了一遍。那一年书真是实实在在地教了,我的学问打底子也是在这个时期。那个时候也感觉到现代文学史中有很多问题,比如说鲁迅和国外文学、《摩罗诗力说》、摩罗诗派、拜伦、雪莱等都不能提。

解放后中文系文学教研室留校了八个助教,文章很难有发表的机会。学报只有老资格才可以发。所以我们想自己办个杂志。策划者之一,中文系共青团支书取名叫《当代英雄》,当时也是有点狂妄。那是1957年5月,我当时是中文系教员党支部书记,觉得应该让年轻人有机会发文章,能够接上班,所以应该办这个刊物,于是就找老师捐款。找到了王瑶,他非常敏锐,说刊物赶快停,不能办了。5月16号停刊,我记得很清楚。当时"反右"马上就要开始,满城风雨,可是我们很傻,觉得不会有什么问题。当时参加《当代英雄》同仁刊物的有我,教员党支部书记,一个进修教师支部书记,还有一个研究生支部书记,都没有想到会有什么问题。大家看都是支部书记,头头脑脑,还能有什么问题,所以都参加。

本来一直没有问题,直到"反右"快结束了,1958年2月深挖细找,说北大当时的校长江隆基右倾,结果把我们挖出来,说我们是一个反革命集团,《当代英雄》是跟党争英雄。因为我是发起和组织者,就成了头头,打成了"极右派",开除公职党籍,一个月发16块钱生活费,下乡去劳改。我1957年11月请的产假,1957年12月生孩子,孩子满月后我就变成"右派"了。其实刊物并没有出来,只开过两次会,定过一个选题计划。那个选题计划可能有点问题,因为有两篇定性的文章,一个是对《延安文艺座谈会上讲话》的再探讨",作者其实是杨晦的研究生,一个支部书记的毕业论文。他主张重新考虑艺术和政治,提高和普及的关系,说艺术为政治服务不能出好作品。不能只以普及为基础,提高也很重要。就这么两点意思,还都没写出来,不过报告了一下。当时初生牛犊不怕虎,我们觉得讲得很对,都很拥护。还有就是进修生支部书记刘群要写一部小说叫《司令员的堕落》,也只有题目和提纲。刘群是《人民日报》派来进修的红小鬼,他16岁参加革命,给司令员当了十几年勤务兵,那个人后来堕落了,最后被开除党籍。当时两个"极右派",一个是我,一个是团支部书记,因为他当时号召一起办这个刊物,负责具体组织、开会。

我成了"右派",1958年在门头沟下乡三年。孩子刚一岁,老汤(汤一介)的爸爸是副校长,他说他就这么一个孙子,跑去找校长,后来给了我八个月假喂奶,八个月一天都不差就让我下乡了,一下就是三年。那三年倒还挺有意思,门头沟山区的农民很质朴,对我们都挺好。当时有下放干部,有"右派",都在一起劳动,我们很卖力,一点不偷懒,很听话,所以,和老乡的关系都很好。我特别记得过春节,下放干部都回家过节了,"右派"里表现好的可以回家,不认罪的表现不好的不能回家。我不认罪,从来不肯说自己反党反社会主义,所以就把我留下了。当时还有另外几个"极右派"留下来,我们就在一起过年。年三十,生产队长送来很多好吃的东西,饺子什么的,他说你们也是人,也过年吧。吃完以后老队长让带大家唱唱歌,高兴高兴。我带大家唱了很多歌,教大家唱了《祖国歌唱你的明天》,大家学会了很高兴。可等下放干部回来,有人告密说我只歌唱祖国的明天,不歌唱祖国的今天,说我不老老实实服从管教,又把我批了一顿。现在想想觉得很有意思,虽然都是"右派",但人和人是不一样的,当时看不出来。

三年之后回来,正好是"四清",接着就是"文化大革命"。1963、1964年学校里的学生还上了点课,1965年"四清",下放,又不怎么学习了。回来后我恢复公职,是以资料员的身份回去的,不能当教师了。人都是因祸得福,资料员就是给古典文学老师的讲义作注释,当时诗词、古文没有注释不会教,学生也看不懂,所以就交给我这个任务。那时候袁行霈教李白的诗,他挑出来几首,我做注释,我古文基础也不是特别好,就翻了很多书,查各种各样的注解,然后挑一个我觉得比较好的写下来。李白、杜甫,唐诗里所有比较拔尖的人物我就都看了,而且把注释一个字一个字地啃了一回,这很难得,平常教学不会那么在意,可是这个要弄错了一个字就是政治问题,我可不敢,每个字都得有出处。我的古汉语原本比较薄弱,通过一年注释工作,对注疏作了基本训练,对我非常有用。

问:所以从纯学问的角度,您教现代文学史过了一遍现代文学,作注释又把古代文学过了一遍。

答:对,所以是因祸得福。有人很奇怪,我当了那么多年"右派",学问还没有放下。当"右派"的时候我自己抓得紧,三年劳动,开始是背大石头修水坝,养猪修猪圈,那时候下放干部自己开伙吃饭,要喂几只猪过年杀给大家吃,可是没有粮食,让我想办法把猪养大,这很困难。后来老乡让我多打猪草,赶猪上山,山上有很多玉米白薯。我每天带着猪往山里走,还很高兴,觉得挺浪漫。门头沟西部有很多核桃林,底下间植白薯,扒拉扒拉还可以捡到白薯。最妙的是核桃树上很多松鼠,满山都是,它们把核桃弄下来攒在窝里冬天吃,有时候还能发现核桃,挺好玩的。所以我也不觉得艰苦,拿一本英文字典,唱唱歌,背背单词。字典很小,能揣兜里,否则给人家看到就不行了。我把字典从ABCD一直背下来,所以英文没有放弃,还是记得很多单词,知道很多解释。偶尔也背背拜伦的诗。有人很奇怪我当了"右派"三年,东西都没有丢,还能捡起来,也没有像很多人那样颓废。反正我就这样过来了。

后来"文革",乱糟糟的,整老汤,我是死老虎,没有油水可榨,该交代的都交代了,该惩治的都惩治了。我们就劳动,在北大附小抬石头,基建,抬土,一直到鲤鱼洲。中文系是7连,外语系9连,好多人都在,包括钱锺书。那时候我表现不错,劳动很卖力,身体也好,在伙房做事很努力。我就是这样,不管做什么都一定要尽量做好,不是说要为了怎样,只是心态比较平和,没有怨天尤人,身体也不错,锻炼出来的。在那里他们觉得我还可以,让我当了"五同"教员,同吃、同住、同劳动、同改造思想、同学习,带了一大帮工农兵学员。我1969年到鲤鱼洲,1972年回来。1970年招第一批工农兵学员叫草棚大学。在各个地方招,但主要是当地的。那时候工农兵上大学是大事,我身体好,就派我和校医院的乔大夫走到南昌去接他们。鲤鱼洲离南昌很远,一路上我们还高高兴兴地唱歌,把工农兵学生接回来。我教了他们两年,教鲁迅、普通写作课什么的。那时候不念外国文学,只有中国文学。

1971年之后"文革"基本搞不下去了,大家都回来了,鲤鱼洲的人1972年回来的,工农兵学员在那儿造反,说我们是来上大学的,你们这儿一没图书馆,二没名教授,让我们学什么。那时候工农兵学生谁也不敢惹,他们一造反谁都很害怕,赶紧让他们回来,转成了北大的正规学生。"五同"教员也跟着回来了,所以我在鲤鱼洲只待了两年。回来后带学生到石家庄报馆等报社实习、写作,一路讲点鲁迅、现代文学和写作。

1978年或1979年招了第一批西欧留学生,来自丹麦、瑞典、英国、美国。我那个班二十几个学生,有来中文系学习的,也有历史系来旁听的。让我开中国现代文学课,一是我过去教过,二是其他人不愿意去,怕出娄子。外国人提点问题怎么办,哪句话说得不对就是政治问题。再有中文系一般都不会英语,我好歹会两句。一去就教了三年,跟他们关系很好。1978年我算是正式恢复教职。我教他们现代文学,不可能像当时那样只教"鲁迅走在金光大道上"那几本热门的书,人家就会认为现代文学就这点东西,所以我也讲了巴金、老舍、曹禺、徐志摩、闻一多这些不让讲的老作家,主要想把线连贯起来,学生也很欢迎。两年现代文学史,时间很长,他们学得也很扎实。他们都是汉语毕业之后才来上北大的,现在都是汉学家、大使,罗马尼亚的学生是大使了。

这两年我越来越感到离开整个世界语境,专门讲中国现代文学的发展是讲不通的,哪个作家也脱离不了外国文学的滋养。当时很奇怪鲁迅对尼采的评价为什么那么高,看郭沫若翻译的《查拉图斯特拉如是说》,登在著名杂志《创造周报》上,多期连载;再看茅盾《论尼采》,一共是六期连载,登在学生杂志上面。我就很奇怪,不是说尼采是帝国主义走狗之类的吗,可为什么他对中国的影响这么大。所以我看了很多尼采的书,感觉到讲现代文学无法离开20世纪语境。1979、1980年我写了一篇文章叫作《尼采与中国现代文学》,反应特别好,说是方向性突破,因为当时没有人敢把中国文学和西方的反动思想家联系起来,当时说尼采是希特勒的"思想智囊"。这么一篇很偶然的文章,1981年北大评社会科学奖,给我评了一个奖,可能是二等奖,是最早的一批。《文学评论》也登了我的一些文章,《〈蚀〉和〈子夜〉的比较研究》也评上了奖。茅盾的三部曲和另外一些书都受到西方很大的影响。比如说三部曲把女性分成两种类型,一种是浪漫的、解放的,一种是守旧的、温婉的,它也吸收了西方很多东西。《子夜》更是这样,它和左拉的《萌芽》都是讲工人运动,描写有很多类似的地方。所以我很自然地走上了这么一条路,觉得现代文学吸收了很多西方东西,同时也尽量表现中国现状。《子夜》讲的是上海大都市,资本家怎么赚钱,和西方有很多对应的地方。仔细研究这个问题也挺有意思的。

问:您50年代教中国现代文学已经开始考虑一些外来因素,此时教留学生的课就想得更全面、更透彻,可以说,因为自己的阅读兴趣和问题意识,您当时已经进入了比较文学研究领域……

答:是的。特别是我在1978、1979年编了一本欧美学者论鲁迅的翻译集,我翻译了一篇,也请人来译。那本书影响很大,因为大家觉得过去的鲁迅研究已经很难突破了,看到国外怎么做研究,好像打开了一扇窗户,这其实也属于比较文学。

1981年哈佛燕京学社来招人,其实我英语基础不好,可是《尼采和中国现代文学》很有名。当时我的留学生里有一个叫舒衡哲(她是犹太人,当时是威斯理安大学的副教授,最近写的《鸣鹤园》很有名),她向哈佛燕京推荐我做访问学者。我是第二批,第一批是社科院朱虹。可是我当时没有信心参加这个interview,觉得自己英语不好,而且来人专门要考察《尼采和中国现代文学》是不是我写的,所以提的问题全部关于尼采。中国文学我还可以勉强答上来一点,尼采方面我英语不会表达。我觉得没戏了,没想到一共取了5个人,我是其中之一,就去美国了。当时政治上我是摘帽"右派",没有真正平反。1978年平反了,就算没问题了,当时问我要不要恢复党籍,我要恢复。我写了一本书 To the Storm,我口述,我的一个朋友卡洛琳记下来。后来,这本书成为美国一些大学讲"文化大革命"的参考资料。常有学生写信问我为什么还要留在共产党内,是不是还想做官。其实我想的是中国真正有理想、有能力的人大部分还是在共产党内,共产党的组织力和动员力无可代替。到哈佛待了一年,一下子扎进比较文学系了。那边接收我的是哈佛燕京学社,可是我选择的所有课程和接触的人都是比较文学系的。系主任是西班牙人,讲《比较文学概论》。我坚持听课,可是听不懂,就用录音机录下来。一个星期两次课,我花三天听懂讲稿,一个字一个字地弄懂,看他指定的参考书。书念得很艰苦,基础不好,不如人家比较文学系出来的。

补充一点,去哈佛以前,1979年左右,在天津一次会上已经提出了比较文学的想法,李赋宁、杨周翰、季羡林先生认为比较文学应该发展,但只是提了一个名字,没有下文。我没有参加会议,他们回来后,建议在北大建立一个组织,团结大家做这方面研究。1980年成立了北京大学比较文学研究中心,是一个民间虚体组织,没有钱也没有什么人,会长是季先生,副会长是杨先生和李先生,我是秘书长。张隆溪也参加了,他是杨先生的硕士生。他没有念过大学,杨先生直接看上他,是他恩师,很不容易。

问:倡议这个比较文学中心的主要就是杨先生、李先生和季先生吧?他们自己的学术关注范围也与比较文学有关吧?季先生的研究不可避免地就会有比较,文学关系、语言、佛经,本身就离不开比较。其他两位先生的情况能给我们介绍一下吗?

答:杨先生很早就关注了,写的东西不少,《攻玉集》《七巧板》都是比较文学著作。两本书里有的文章是70年代的,有的是80年代后的。出国以前他的一番话对我影响很深。他让我出国要小心,研究外国文学的人一定要有一个中国人的灵魂,哪怕研究外国文学,都要用中国人的眼光、视野和灵魂去研究,否则永远无法超越别人,因为外国人研究外国文学一定比我们细致全面,有他们自己的文化根基。我一直在关注中国人应该如何研究外国文学的问题,现在中国文学和外国文学是在不同的系科分开来研究的,结合起来研究就是比较文学。

金丝燕是法语系毕业的,是比较文学第一个助教,她在法国生活了将近20年。我问她,在法国20年,你比钱锺书和陈寅恪他们对法国和法国文化的了解是否更深?她说不一定,因为人家来的时候有中国文化的底蕴,知道哪个是该拿的,哪个是急需的,哪个是不该用的,知道怎么鉴别欣赏。现在她正在申请翻译《文心雕龙》。总之,必须有中国文化的底蕴才知道要什么、拿什么,哪些该发展。现在比较文学的观点比较深入人心,我们超过外国学者的地方就在于你有中国文化底蕴,可以发展创造。

对我影响最大的是,我在哈佛一年,伯克利正好有研究员位置,研究中国文学,他们让我去,我就去了。正好1983年杨先生去讲学,讲莎士比亚的《暴风雨》。我担心这个题目在美国会不会受到欢迎,可是他完全用中国方式,讲中国生死观、道家、孝道、家庭关系,用庄子观点来讲,效果特别好,挺轰动的,到处都请他去讲莎士比亚的生死观,就是用中国的观念,讲他哪一点是进步的,哪一点是有缺陷的。从那以后我更加觉得比较文学应该从中国出发。杨先生讲得真是很好,英文又好,我当时很感动,特别佩服他。可惜杨先生去世太早,1989年就去世了。

我和李赋宁先生是朗润园邻居,他对我大的启发是告诉我研究外国文学不能离开外国文学自己的谱系。他最反感讲外国文学就是讲现代派、后现代派,这都是后来的东西,如果不了解怎么来的,你就不能了解人家的来龙去脉。他本人就研究英国文学的根本起源。现在我也觉得不能光看现在,回到原典很重要,要看发展脉络和我们有哪些不同,这样比较文学的面就会扩展得很宽。

几位先生对我的影响都很大,更不用说季先生,每一步都是他扶着我走过来的。1985年成立比较文学学会,很有意思,36个学校共同发起,各交200块钱,在深圳大学成立。我回国想搞比较文学,可是北大中文系很难接受,不少人说我中国文学不通,外国文学半拉子,所以搞比较文学。有些话直接传到我耳朵里。老伴也劝我别搞了,还给我写了首诗:"摸爬滚打四不像,翻江倒海野狐禅",说是对我的概括。他说我英文不太好,外国文学基础不够,中国文学古代部分也欠缺。还是搞现代文学,或者就抱定一本书,把《文心雕龙》研究透了。可是我觉得中国需要比较文学,可以把文学研究方法整个打开,我牺牲了就算了。1990年评博导,比较文学当时没有博士点。我想如果接受现代文学博导头衔,比较文学以后就没戏了,我就说不申请,等比较文学博士点建起来再当博导。等了三年,我觉得值得,好歹我把比较文学博士点成立起来了。

问:北京大学比较文学研究所是什么时候正式成立的?

答:1985年成立,杨先生当所长,我是副所长。1989年停顿了,那年杨先生又去世了。杨先生从1985年开始是国际比协副主席。我觉得非常对不起杨先生,我们要给他出一本英文集子,杨先生自己用英文写的,王宁编的。其中有一篇批判欧洲中心论的长文非常好。什么都弄好了,交给了出版社,从1989年到现在还出不来。原来说没钱,我就问程朝翔能不能给点钱,他一口答应,还找了杨先生的外孙,上海师范大学文学院长孙逊,说好那边出一万,这边出两万。结果出版社竟然找不到书稿了。这是我的心病。我在杨先生那儿受益很多,可是没有为他做什么。

当时,比较文学在北大发展不起来,中文系不肯接纳,英语系更进不去。正好北大支援深圳大学,李赋宁先生兼任深圳大学外语系主任,我兼任中文系主任。那时深圳大学刚成立,非常艰苦,很多人不愿意去。校长是清华张维教授,他很支持我,待遇也很好,给房子,我都准备扎根深圳了。香港、台湾1965年就开始成立比较文学博士班,成果很多。他们无私捐给我们一个比较文学资料室,应该说深圳也是中国比较文学的一个起点。我们深圳大学编了一套"中国比较文学丛书",出了8本,这在中国是第一套;后来又出了一套"中国文学在国外"丛书,也出了8本。1985年,在深圳大学成立了中国比较文学学会,有36所大学参加。杨先生那时是国际比协副主席,大家都支持,国外很多名人都来参加了成立大会。除学会之外,我们还办了比较文学讲习班,请了很多中青年教师、研究生甚至本科高班生,总共二百多人。国外专家都去讲课,用最新的知识武装了中国年轻人。讲习班开了一个月,类似黄埔一期。在深圳做了一段之后比较有规模了,各个学校也开始要研究这个问题,觉得挺有意思,36个学校,还有二百多学员回去后开始做起来。直到 1990 年,北大,主要是名誉会长季先生说,光在深圳不行,提出让我回北大再成立研究所。我在深圳兼中文系主任 5 年,做了很多事情,开拓了一些东西,也多亏了当时的深圳大学校长罗征启同志思想十分开明。

问:季先生很有战略眼光,能想到什么时候发展哪些学科……

答:他一直在想这个问题,很想把北大做好。他是一个组织者、领导者,当了几年副校长,做了很多事情。他当时是副校长,比较文学学会成立也是他的功劳。当时要挂靠民政部,民政部不接纳新学会,没办法,季先生找到老朋友胡乔木,通过体改委特批,否则深圳不敢开这个会,季先生起了关键作用。回北大后,我在深圳还兼了一两年。我 1983 年开始招硕士,最早的硕士伍晓明现在也在做比较文学,写过《重读孔子》《读鲁迅的〈过客〉》等。1985 年北大在季羡林先生的支持下,已经有了比较文学研究所,后来(大约是 1986 年或 1987 年)获得了教育部正式批准。开始没有挂在中文系,是独立的,有 15 个编制,决议都有,那时候还叫比较文学研究所。1990 年改为比较文学与比较文化研究所,因为比较文学定义为跨文化的文学研究,这样就摆脱了简单的比较两个字。1990 年正式批了比较文学与比较文化研究所,一切走上正轨。学会三年开一次年会,今年在上海复旦大学开第十届年会。1989 年杨先生去世后我担任比较文学学会会长,也当了 5 年国际比协副主席,后来和孟华一起进入比较文学学会的理事会。主席只能当两届,我退了之后就接不上了,今年刚由英语系的周小仪教授接任国际比协副主席。

问:进入 90 年代蓬勃发展期,您自己的研究工作也逐渐展开,有很多课题,发表了很多论文。

答:90 年代后写的比较多。当时还有一个过程,刚开始"比较"两个字很坏事,很多人作 X 和 Y 的比较模式,比如莎士比亚与汤显祖的比较,加之很多人底蕴不够,看起来就很浮泛,不能这么发展下去。所以我们在《读书》杂志开了一个会,《读书》杂志发表了很多对这个问题的探讨,到底应该怎么个比较法。季先生也说 X 和 Y 的方法是不能让比较文学提高一个层次的。

现在的世界比较文学一共经历了三个发展阶段,第一阶段以法国学派为主,通过实证文学关系、文学的传播、文学的迁移,做一些实证性的关系研究;第二阶段是二战之后,以美国学派为主,没有实际接触和传播关系,可是有主题的对应,比如爱情和政治的冲突,可以通过一个问题进行不同研究,也有很多人做；现在进入第三阶段，这是一个跨文化和跨学科的文学研究阶段，以全球化的多元文化发展为背景，更注重后殖民时代的文化和文学特点。

为什么说中国应该是第三阶段的主导力量？因为中国比较文学不是照搬外国的。杨周翰先生在意大利讲学，说中国比较文学并不是舶来品，有自己的三个特点：一、中国比较文学不是课堂中产生的。中国比较文学的开始是社会、国家政治的需要。当时大量西方文化涌入中国，而中国文学正好处于一个转折期，五四运动的实质是向国外吸收很多东西来改变国家现状，满足我国文学发展的需要。当时外国文学进来后，各种杂志、报纸、通俗小说反响很大。我和王向远教授合写了一本书叫《中国比较文学一百年》（后改名《比较文学研究》），从1901年开始，科举制度废除，虽没有比较文学的名称，但做的却是比较文学的事情。所以它是和中国社会和文学发展的需要结合在一起的，不是某个人的主观想法。二、中国比较文学一开始就是跨文化的，不像西方欧美都是从希腊罗马的文化发展起来的。中国最早的比较文学可以追溯到印度的佛经翻译成中文，特别在翻译上各种观念的交换，后来还有像王国维的"红楼梦研究"之类，不是在单一文化圈里发展的。三、中国比较文学较少认同研究。法国研究在这方面很多，就是我哪一个方面跟你是一样的。中国一开始就是从对比对照来讲的，"你是这样，我不是这样。"林纾翻译一百多本法国小说却不懂法文，是跟人家合作的，世界上绝无仅有。每本小说翻译完了他都会发一番感慨和议论，比较优劣。其实林纾每篇译稿的前言，即便是片言只语，也都是比较文学的早期原生态作品。这就是杨先生总结的中国比较文学的三点不同，后来的比较文学就沿着这三点发展下来。X 和 Y 的比较模式与这种传统不一样，既没有跟社会联系，也没有很好的跨文化眼光，所以季先生提出这种方式应该有个了断。所以《读书》杂志开会，发表文章，基本控制了这种普遍在做的 X 和 Y 的研究模式。那时候主题学、文类学研究开始发展起来，关系史研究也一直有，这一直是比较文学研究的重要内容，关于文化的旅行、传播，很多东西是很丰富的。现在大家都同意跨文化视角，因为文学关系研究也是跨文化的，大家都可以接受。有一些人强调文学关系史研究是比较文学的核心部分，也有些人认为比较诗学最重要。现在比较所不少老师都做比较诗学，因为比较诗学是比较文学理论的基础，也是将来发展的重要方向。当然关系史也要研究，但是从理论上讲，将来比较文学的发展就是比较诗学的研究。

问：关系史研究可以说是比较文学的一个很重要的实证的部分，X 与 Y 的文本比较也有人在做，那么现在跨文化研究具体怎么进行呢？以您自己的学术成果给我们举个例子吧。

答：第二阶段的主题学和文类学研究，主要是没有实际交叉关系的研究。我写过几篇关于平行研究的文章。比如希腊神话中的启悟主题，就是一个人如何成年，到外面去寻找金羊毛、金苹果之类，经过历练以后再回归，人就成熟了。这个主题是否在世界上普遍存在呢？中国文学有没有呢？其实也是一样的。比如《红楼梦》中青埂峰下的顽石，就是不满意那样的生活，要在大观园花花世界，经历繁华，绕了一圈，再回归到青埂峰下。《西游记》也一样，孙猴子在花果山做猴王挺舒服，却要大闹天宫，经过八十一难取经，然后回归到原来的地方，他就成熟了，修成正果。所以这个主题是全世界共通的，可是又有不同的表现。这就是一般所说的"启悟主题"，启发觉悟，回归本体。各种主题很多，比如爱情和政治主题也是很广泛的。我们曾和法国学者合写了一套丛书，现在还在继续出，对象是大学生、中学教师，学术性不是特别强的。我们找了一些大家都关心的主题，比如金丝燕写《梦》，叶舒宪写《情》，汤一介写《生死》，我写《自然》，都是一个中国人写，一个法国人写，合在一起，翻成中文和法文双语。这书在法国出版后销量挺好，中国没有太引起重视，因为这些事太小了。比如说"情"，很难找到真正对应的法文单词。热情、激情，跟中国的"情"都不一样。找两个人写"情"，一对比，法国人的情都是很激情的。这套书出了十二本，这是直接实践跨文化交流。后来这套书翻译成意大利文，意大利、法国都在出。最近出了四本，汪德迈和汤一介一起写了《天》，一本叫《童年》，法方作者是著名汉学家施舟人，中国作家是刚获得茅盾文学奖的张炜。

现在发展到第三阶段，最突出特点是跨文化、跨学科的文学研究。很多问题要从文、史、哲、社会科学等各方面讨论，在学科和文化的打通基础上来做。

问：正是在这个阶段非专业人士开始觉得不好把握了。学术研讨会如果是跨文化主题，就无法归类，因为无所不包。跨文化到了这个阶段，有没有制订一些基本规范模式？老师如果指导比较文学的学生做这方面研究，如何着手准备呢？

答：这个第三阶段刚刚开始，理论和经验都尚待积累。我的初步认识是首先要有跨文化的观点，以平等心态应对不同文化，尽量扩大自己对不同文化的知识和理解。其次必须是文学研究，离开了文学研究，就不再是比较文学。意大利罗马大学的阿尔曼多·尼兹教授指出今天的比较文学"是一个非殖民化学科"。他从改变人类精神世界的高度出发，把比较文学分为两个层面：第一个层面是"对于摆脱了西方殖民的国家"来说，"比较文学代表一种理解、研究和实现非殖民化的方式"，也就是要靠比较文学的理论和实践，彻底挣脱过去殖民思想的束缚；第二个层面是"对于我们所有欧洲学者"来说，比较文学"代表一种思考、自我批评及学习的形式，或者说从我们自身的'殖民'（体系）中解脱的方式"。他特别强调作为长期生活在殖民地宗主国的欧洲学者,"必须确实认为自己属于一个'后殖民的世界',在这个世界里,前殖民者应学会和前被殖民者一样生活、共存"。尼兹教授认为,要做到这一点,绝非轻而易举,首先要抛弃数百来殖民体系形成的西方人傲视他种文化的优越感。这是"一种自我批评以及对自己和他人的教育、改造,就像希腊文化中的'苦修'(askesis)"一样,尼兹教授说:"作为欧洲人,我们必须超越那种贫乏而又激进的对欧洲中心主义的批评,将其转化为比较文学意义上的批评。这就是说重视非欧洲人对欧洲中心主义的批评……因为不能仅靠我们的力量,以我们的哲学传统下的心理状况为基础就能实行这种苦修,相反,只有通过比较,倾听他人,以他人的视角看自己之后才可能实现。通过这些(比较)手段我们最终才会向他人,也向我们自己学习那些我们永远不能通过别的方法发展的东西。"

二战后,很多新独立的民族国家建立起来,但是在精神上依然处在被殖民状态。也就是说,它们在精神上,或者无意识中会依赖过去的殖民文化价值观,而较少发掘自身传统文化的固有价值,更谈不上在这个基础上与他种文化对话,使传统文化现代化,以致自身的文化仍然被他人所操纵。这种现象也就是佳雅特里·斯皮瓦克在《后殖民理性批判:通向正在消失的现在的历史》一书中激烈批判的来自"占支配地位的全球资本"对于前殖民地的新一轮殖民剥削并使殖民地人民无法发出声来。这也是她在谈到比较文学时一再提出的后殖民时代必须关注"强势文化对新独立文化的随意'挪用'以及后者如何才能终于从精神的殖民中得到彻底解放的问题"。

我认为这就是比较文学第三阶段的根本出发点,即充分揭露殖民体系的不公,警惕它以另一种形态复活,并设法弥补它所造成的人与人之间的鸿沟,特别是"南北之间"的鸿沟!大家协力通过文学,来建设一个非殖民文化的新的精神世界。

我现在在北外招了五个研究生,第一步就是让他们先看中国诗学,从《文心雕龙》开始,《二十四诗品》《诗品》,一共五本中国文学必读书。然后从亚里士多德《诗学》到后来比较重要的理论一共五六本。这是传统的读物。现代主义和后现代的基本书也要看。

问:就是说先要有比较诗学基础,了解中西诗学的不同。

答:对。比较诗学是比较文学的基础,这是文艺理论的汇通,也要了解很多作品。入学时,设想你已经看过相当多作品,我们规定120本中外名著,你先勾出来哪些是看过的,哪些没有看,搞清楚哪些书必须要补,因为你不能脱离文本,否则理论也是空的。一年级多半让大家读书,写读书报告,讨论某个专题。比如"悟",西方是怎么看的,中国是怎么看的,得有一个把握。也有一些关系研究,比如《文心雕龙》在西方的传播和理解。跨文化文学研究,必须是跨文化的,也必须是文学研究,比较文学的定义就是跨文化、跨学科的文学研究。具体研究对象就根据个人喜好。有人特别喜欢理论,也有人特别喜欢文本分析。都可以,现在很多东西都可以做,比如文学和自然科学,控制论、系统论,加上热学第二定律,这是最好玩的。比如关于钱锺书先生做的拉奥孔中诗与画,诗与雕塑,现代派的诗和现代派的画。钱先生做的是跨学科研究,也是跨文化的,因为不同文化对"通感"有不同的解释,他举了很多中国文学的例子。所以第三阶段首先是跨学科、跨文化的文学研究,既是关系研究又是平行研究,既包容又超越。

问:现在中国比较文学有这种思想和主张,在国外也是这样吗?

答:这在前面已经谈过了。目前哈佛大学比较文学系主任达姆罗什很赞成这种想法,他现在提得最多的是世界文学概念,什么是世界文学,什么是比较文学。这是我们一直不大说得清的。他跟歌德、马克思都不一样,他认为现在世界文学就是不同的文学通过一个民族文学反映出来,比如美国黑人作品有世界性,世界上的人都能欣赏它。对中国人来说,它是世界文学作品,可它本身又不是世界文学作品,是中国人接受后加以解释和解读以后的作品,他认为那就叫作世界文学。所以他认为世界文学就是比较文学。他说过去谈比较文学是一个圆心,圆心周围的人和事物跟你进行比较;现在讲世界文学是两个圆心,一个是本国文学,一个是他国文学,二者是椭圆形关系。他认为世界文学和比较文学的不同就是,一个是圆,一个是椭圆,一个只有一个圆心,另外一个有两个圆心。其实就是后现代的思想,不断变化、互动的。所以他认为实际上世界文学和比较文学是重叠的。这只是一个观点,还有很多疑问,可以继续研究,具体操作会有很多问题。(此处有删节)最近,他有两本书出来,一本叫《什么是世界文学》。另一本是他编的《新方向,比较文学与世界文学读本》,大家可以参考。

问:在您看来,现在国内比较文学代表性的趋势和倾向是什么?

答:这个问题没有很好地总结过,很难说。我想很重要的趋势是把中国推向世界。这个大家很重视,可是怎么推向世界就是个问题了。我不赞成大谈软实力,一说软实力人家就觉得是个政治概念,等于是要用你的"实力"征服世界,不是文学了。可是政府强调这个,资助最多的也是这个。我认为研究走向世界,不是仅凭主观愿望,而要了解人家觉得你到底什么东西好,什么东西有用,希望你对他有什么启发,这是自我和他者的关系。

问:我们说软实力是非要端给人家,其实还要考虑人家是否需要。

答:对,人家不但不一定需要,还可能反感。前年我在斯洛伐克开会,好几个人跟我说,他们不缺少汉语教员,孔子学院在抢他们的饭碗。而且很多政策也有问题。比如一个捷克人认为,汉语教学需要去边远地区,布拉格那种繁华地区已经足够了。可是负责人认为必须要去有代表性的地方才行,去山区没用。从比较文学第三阶段世界文学与比较文学的关系来看,我认为在文化和文学领域,还是以不提软实力为好,有些说法,如"21世纪是中国人的世纪",这类提法也不妥,总有"中国中心论"的文化霸权意味,让人家很反感,结果更走不出去了。

我觉得在比较文学发展的第三阶段,首先是要深入了解我们自己的文化,有深入的文化自觉,并对之加以当代诠释,努力参与世界文化对话,让人们感到中国文化确实对他们有用、有益。

其次,我们必须坚持全球文化的多元化。经济和科技不能不讲全球一体化,但是文化不可能一体化,法国学者莫兰讲复杂思维,他说我们要争取的不是单边主义、文化一体化的全球化,而是多元文化共生并存的全球化,我觉得很有道理。他讲得很尖锐,也批评了我们的"软实力"。

第三,要做到文化多元共生,就要正确对待"自我"和"他者"的关系,我们常常期待把"他者"变成"自我",所谓"打通思想","我打你通",希望别人变成和自己一样,意见不同就会吵架。可是,我们最需要关注的是他者与自己的相异之处,这样才能互参互动。另外。还有一个话语问题,必须要有一个共同话语才可以交流。可是共同话语从哪里来?现在有人说中国害了百年失语症,许多概念都来自外国,没有自己的话语,所以这一百年发展都不足为训。我反对这个提法,因为不可能把这百年倒转,不能把百年来这么多工作,包括从王国维到钱锺书都否定了。他们都是用外来概念写作的,可是也有创造和贡献。从中国文化中发掘我们自己的概念,用自己的话语,重新建立中国文化话语是对的,可是怎么建立?没有对话就不可能有话语。话语是在对话中逐渐形成的。

问:我们比较关注比较文学和当代文艺思潮的关系问题。

答:对,最后还有一个后现代思潮转型的问题。比较文学过去多与后现代思潮相结合,反对本质主义,反对大叙述。其实后现代思潮在中国已经起了很大作用。它至少在一定程度上把人从绝对权威和绝对独裁中解放出来,有了独立思考,自由生活的愿望。但是后现代思潮也使得社会零散化、分离、孤独,众声喧哗,无所适从。因此有了建构性后现代主义的出现,希望把大家重新凝聚起来,多元共存,形成不同的文化共同体。使冷漠的、互不关心的、专注于追求物质功利的人重新聚合。这一派理论在美国加州很盛行,这就是我们常常说的新人文主义,也称之为"第二次启蒙"。第一次启蒙是指法国大革命时期,解放个性,最后发展成物化和异化。要解决这个问题,就要第二次启蒙。这一思潮的核心人物柯布教授认为中国文化在这方面可以起很大作用。例如中国传统文化历来强调有机整体,不像西方一开始就讲分类、区别、分离。西方现代医学就是把病原体和病体分开,将纯粹的和不纯粹的分离开,消灭不纯粹的,这是西方文化一个最基本的东西。而中医的阴阳辨证治疗方法强调的却是对立面的统一,阴阳协和,一起工作,中医寻求的是平衡而不是分离。西医的治疗方法是分离,摧毁行动者,把行动的癌细胞分离出来,加以摧毁。中医则讲个体和整体的协调,互相制约,和平共处。

建构的后现代思潮以怀特海的过程哲学作基础,他们认为这种哲学与中国前现代文化的生生之道,变异和不确定的混沌思想等都能契合相通。因此很重视中国文化。他认为西方的过程哲学提供了一种机缘,使中国这种直觉的、整体的思想可以和西方的哲学成果结合在一起,出现跨文化发展的新阶段。我觉得这个路数很对。他们的思想我当然也没有研究透彻,可是我觉得在我们面临的后现代转型中,中国文化可以起很大作用,做出很大贡献,提供丰富的资源。

总之,世界面临精神衰败的大问题。无论中西,大家都很难振奋。过去有很多文章谈到对欧洲梦和美国梦的批判。美国梦重在功利赚钱,欧洲梦很难摆脱沉重的福利负担和移民问题。中国以其数千年的文化底蕴和数百年的革命经验是否可以对解决世界问题有独特的、新的贡献呢?我认为从事比较文学,也就是跨文化对话的文学研究最根本的目的,就是要对人生、对人类精神的复兴有所建树。共同开创一个新的、互助共生的文化全球化。

我现在讲的第三阶段和新人文主义都是不成熟的东西,因为这是一个新的学科思想,没有切实研究过,也没有认真做过。

问:听您讲完我们觉得比较文学很有希望,很有发展前景。另外也觉得很难凭空提出一些东西,还是要深入阅读一些古典文学文论,从中有所发现。

答:就是要回到原典再出发。正如老子所说的"反者道之动",孔子所说的"反本开新"。李赋宁先生经常跟我们这样强调。

访谈时间:2011年5月23号9时30分—12时
访谈地点:北京大学民主楼法语系会议室
访 谈 人:王东亮、罗湉、史阳

新中国60年外国文学研究(第六卷) 口述史

传承经典　解放阅读
——张中载先生访谈录

张中载,北京外国语大学英语系教授、博士生导师。1933年1月生于浙江宁波,1950—1954年北京外语学院英语系毕业,1954—1957年研究生班毕业,1957至今在北京外国语大学英语系任教。1973年作为访问学者在英国学习,1983—1984年作为访问学者在澳大利亚进修,1988—1991年,在美国马萨诸塞州州立大学英语系讲授"20世纪英国小说""现代中国小说"。现任北京外国语大学欧美文学研究中心主任,全国英国文学学会名誉会长。发表著作《托马斯·哈代——思想与创作》《当代英国文学》《20世纪英国文学——小说研究》《文苑散步》《张中载选集》等,其中《托马斯·哈代——思想与创作》荣获1994年"国家教委人文社会科学优秀科研成果奖""全国高校外国文学研究会优秀科研成果奖"。《当代英国文学》为1992年"哲学社会科学国家重点研究课题"。《西方古典文论选读》《20世纪西方文论选读》为教育部推荐全国"研究生教学用书"。编著10部,教材10部,论文及文章百余篇。

采访人(问): 张老师对我们这个项目比较了解,您参加过"新中国60年外国文学研究"项目论证会,也发表了《新中国60年哈代小说研究之考察与分析》一文,给我们这个项目予以具体支持。非常感谢您接受我们"口述史"课题组的访谈,今天想请您结合自己的学习和工作经历谈谈北京外国语大学英语语言文学这个学科的发展情况以及前辈名家学者的贡献。之后,请您谈一谈个人的研究方向、治学理念、科研成果等等。

张中载(答): 北外英语语言文学这个学科的发展史还是很值得一谈,因为它跟北大有相同也有不同。北外当时的背景是1941年抗日军政大学成立外语大队,当时先是有俄语,后有英语,这两个专业,所以我们的校史是从1941年开始算的。当年从延安过来的现在在北京的有三所大学,人大、北京理工大学和北外。实际上当时在延安的时候就已经在为解放后执政做准备了。随着解放战争的发展,学校从延安到石家庄再到北京,到北京后就在西苑。进京以后开始是归外交部管,等于是一个干部学校,北京外国语学校,后改成北京外国语学院,然后是北京外国语大学。这样的背景导致它的教学要符合外交部的需要。新中国成立后需要大量的外事干部,当时又归外交部管,因此北外叫"外交家的摇篮",培养了大量的外事干部,比如仅参赞、大使就有两千多人。当时因为有这样的目标,所以它对口、笔语的实践比较重视,学生语言基本功很好,发音、口语、表达比较好,但跟北大这样的综合性大学比起来有个弱点,就是综合能力和素质不如北大。

师资队伍方面,1949年建国前后这个阶段到1952年院系调整,从国外留学回来一批人,像许国璋、王佐良、周珏良,他们跟李赋宁、杨周翰是一批的,陆续从国外回来,一部分到北大,一部分到社科院,一部分到北外。实际上后来在中国或者说在北京,搞外国文学最强的就是这三家。冯至、钱锺书他们都是在外文所。许国璋、周珏良、王佐良本身都是在国外学文学的。后来许国璋研究语言学了,因为需要所以才改行,实际上他在英国牛津留学的时候学的是17世纪的英国文学。周珏良是在美国,王佐良是在牛津,都是学文学的。还有初大告,他是剑桥毕业的,资格比王佐良他们都要老,是北外英语系第一任系主任。师资队伍的骨干就是这一批从英美回来的先生,还有从解放区过来的一些外国人(像柯鲁克夫妇,他们是40年代进入解放区的),其中有英共、美共、加拿大共产党等进步人士,在解放区待下来,新中国建立后就到学校教外语,相当于专家。这样有四五个外国人,他们和从国外回来的这批先生构成了师资的主要力量。再加上1949年以前大学毕业的,甚至工作过的一批人。1949年,北外向全国招生,招来的学生都是二十五六岁,像陈琳这一批,新中国成立前已经大学毕业了,进校后又学习了不长一段时间,后留校任教,或派到其他部门去工作。他们等于是第一批年轻老师,教他们的就是这一批外国人和许国璋他们,那时学生和教师的年龄差距大概10岁左右。

我们是第三批。这三个梯队是非常清楚的。1950年抗美援朝,国家号召知识青年参军,因为当时解放军进城的时候都是"小米加步枪",要跟美国打仗的话,必须要有现代国防军,农民出身的在文化程度上就不够了。所以当时的中央军委和政务院(现在的国务院)号召全国青年踊跃参军,抗美援朝,保家卫国。我当时正好高中毕业,1950年的时候17岁,全国一大批高中生、大学生参军,人数相当多,在这个背景下成立了海军学院、空军学院、装甲兵学院、防化兵等等,学员都是从中学和大学出来的这些人,都是当时文化程度相当高的。当时我体检是空军的条件,但我因为身高太高不符合标准,开喷气式飞机是限制身高的,要1米73以下,我将近1米80,所以后来就到北外来学习。当时到北外来学习的将近600个学生,主要是从南方来的。

北外第一批正式学生应该是陈琳那一届,在北京已经解放,但共和国还没成立的时候,在已经解放的地区招生,所以他们现在是离休干部身份。我们是第三批,这一批是人数最多的,当时来了以后都不知道要干什么。我是从浙江宁波过来的。我们这一批构成了当时北外最大的一个学生群体,主要的学员就是这一批。后来这一批人主要都进了外交部,因为学校归外交部管。这就是当时主要的背景。

我们在这样的环境学习,等于是干部,一切都是国家供给的。后来当然就是正常招生。我们当时等于是供给制,分配工作也是国家统一安排。我们当时是绝密专业,上着课突然某个学生就不见了,被调到使馆或者其他什么地方去了。有规矩不准对外讲到哪儿去了,到了工作岗位也不准跟学校联络,半军事化的管理。这有一个好处就是学生的训练很严格,到什么程度呢,练发音练到嘴唇起泡,每人准备个小镜子放在口袋了用来检查口形,就是这种魔鬼式的训练。所以当时外交部说北外出来的学生纪律等等各方面都过硬。教学方面因为对口是外交外事,所以强调实践能力,除政治上有要求,综合的文化素质方面不如北大。北大学生可以选各种课,学生可以听别的系的课,北外就没有这个条件,它的优势就是实践能力强,口语很漂亮。

我们当学生的时候尽管很强调实践,但是用的精读和泛读教材基本都是文学作品,因为好的语言都在文学作品里,所以我们当时大量阅读的东西都是文学作品,我估计比现在的本科生读的还要多。现在因为电脑什么的,吸引他们的东西特别多,看电影、玩游戏等等。我们当时的文化活动除了体育活动以外,就是每星期六看一场电影,电影完了跳个舞,星期日一天假,下午4点以前要返校,很严格的。没有其他的文娱活动,可以完全集中精力学习。当时读的文学作品一种是原著,一种是简易读物,有大量阅读。精读教材从苏联进口,后来我们自己编。因为大量阅读的都是文学的东西,对学生的语言的质量还是有好处的。

文学真正进入本科生和研究生的课程,是在改革开放以后的80年代。实际上王佐良先生在去世以前一共出了专著四十多本,其中大部分都是从80年代开始出版的。我在80年代初就开设了20世纪英国小说这门课程,在全国是第一次。过去20世纪英国文学在我国外国文学研究领域是一个禁区,因为20世纪要么是现代主义那一批,比如乔伊斯、伍尔芙这一批,当时卢卡契认为现代主义是资产阶级的,所以批判,还有一批左派作家后来都右倾了,二次大战前苏联发生大清洗,西班牙内战国际纵队没有得到苏联的支持,苏德签订秘密条约,这一系列事情使当时西方很多左派作家开始反苏,因此建国初期在向苏联一边倒的形势背景下，很多西方左派作家的作品也不能读了。我是从 80 年代开始给研究生开设"20 世纪英国小说"课程。

问：您怎么想到要开"20 世纪英国小说"这门课呢？

答：我觉得 20 世纪英国文学在我国是个空白。当时全国的外语院校讲授的都是 17、18、19 世纪文学，老一代学者在国外学的也是 17、18、19 世纪文学，对 20 世纪也不熟悉。另外，20 世纪许多作家作品没有定论，也经常涉及一些敏感话题。这种情况下，我就想尝试一些突破。我给研究生开过四门课，英国现代主义小说、英国当代小说（这两门都是 20 世纪的），另外还有西方古典文论、西方 20 世纪文论、还有一门给全校本科生和研究生开设的古希腊罗马文化。后来我 1988 年到美国麻省大学访学，那边请我上课，我主要开两门课——英国战后小说和中国现代小说。我在美国教了三年，英国战后小说也是那边没有的课，很受学生欢迎。中国现代小说也是应他们英语系的要求开的。我在那儿现编教材，选了沈从文、鲁迅等人的作品，包括鲁迅的《祝福》。

问：在此之前应该有一些准备工作吧？包括您本人的一些积累等，毕竟如您所说，在 80 年代之前北外没有专门开过文学类课程。

答：因为 80 年代是大批量开设文学课，实际上从 50 年代已经开始有研究生班了。研究生没有学位，因为当时学位制度还没有恢复。我在北外读过研究生班，当时王佐良他们已经开始开文学课了，莎士比亚、乔叟等等，只给研究生开，本科没有，本科只是阅读课里有文学的东西，但没有专门开文学课，研究生有语言学和文学的东西。我念了三年左右的研究生班，1954 年本科毕业后，从 1955 到 1957 年，将近三年研究生班，都是王佐良、许国璋他们教的。大概 1956 年的时候曾经招过硕士班，钱青他们从英国回来念的就是文学。所以有这么一个积淀。到了 80 年代大量文学课程就开始了。到了 90 年代，北外和北大——北大英文系以外我不知道——就跟英美大学的课程设置基本一样了。可以选的文学课有二十多门，从中世纪一直到当代，就比较齐全了。80 年代末、90 年代初就开始请外国专家来讲课，比如我们请了哈佛大学世界知名的研究弥尔顿的 Barbara Levotsky 教授来我们学校讲了一学期课。外国专家不断到来，师资力量、教学内容也随之发生很大变化。

问：您个人的学习经历和专业训练与研究方向的选择也有很大关系吧？

答:当然有关系,但最初还是很曲折。我是50年参军,然后到了北外,到北外后分配语种,我被分去学英文,毕业后上研究生班,后来改成高级翻译班,因为当时没有到国外留学的条件,跟西方关系很差,没有派留学生,只能自己培养,给国家领导人做翻译,就选了一批学生到高级翻译班。在此期间,学校的隶属关系发生变化,北外由外交部换成教育部领导,大概是1958、1959年。外交部想把高级翻译班留下来,高等教育部不同意,就闹到周总理那儿去,总理说不要留尾巴,要给就一起都给。这样原来的高级翻译班就改名为师资班,上的都是研究生的课程,我们的身份就从原来外交部的干部变成教师了。

起初60年代我教书的时候,当时一批老教师要带弟子,培养接班人,我成了许国璋的弟子,他搞语言学,当时开的课程是词汇学,王佐良带一个弟子搞文学,这几个老教师一人收一个作为接班人,这个接班人培养跨过了我们上面那一批教师。所以起初我是搞语言学的,后来改换门庭研究文学。1973年到英国去游学,当时"文革"还没结束,当时英国文化委员会邀请了中国十几个人到英国留学,到牛津、剑桥这些学校去听课,从那时起我觉得我还是应该搞文学。回来以后1983到1984年我又到澳大利亚去,当时准备在那边念博士。但后来学校不同意,所以就回来了。但在英国和澳大利亚学的东西都是文学,所以后来就转向文学,投奔到王佐良门下。

从澳大利亚回来后我就开课了,开的英国文学课。这样从教学方面就比较正式地走上了教文学的道路。后来1988年到美国麻省大学研究的也是文学方面的东西。一开始我主要的兴趣是18、19世纪的英国小说,因为本科生的时候就对18、19世纪的英国小说有兴趣,后来延伸到20世纪的英国小说。

我的第一本专著就是《托马斯·哈代——思想与创作》,这是中国第一部哈代研究,但严格说来1937年李田意曾经写过一本,那本书叫《哈代评论》,但实际上没有评论,只是一个介绍,但还是应该说是中国第一部哈代专著。真正意义上的评论哈代应该是我这本书,87年出的,比较全面地评论他的思想和创作。是真正的评论和研究。这本书后来在1994年国家教委召开的第一届全国人文社会科学研究成果评奖会上获二等奖。

问:您是怎样对哈代作品产生兴趣的,主要的研究思路是什么?

答:我当学生的时候就对哈代很有兴趣,后来研究哈代后我才发现中国读者对哈代的了解只限于他的小说,尤其是《苔丝》拍成电影后就更有名了。研究之后我发现他还是个非常伟大的诗人。他写了将近一千首诗,而且他的诗在20世纪对很多现代派的诗人影响很大。所以在世界文坛上哈代不仅是伟大的小说家还是个伟大的诗人,对英国整个一代诗人都影响巨大。所以我觉得应该全面了解哈代,除了评论他的小说以外对他的诗也应有足够分量的评论。另外他还写了一部史诗剧《列王》。这个史诗剧曾在伦敦上演过,但因为叙述宏大,上演很难,国内对他的诗歌和史诗剧了解甚少,因此我给他的诗方面的评论就比较多。选了60首诗,有的是原文,有的我自己翻译出来了。

另外,我研究了哈代小说的创作思想,有人说他是悲观主义,因为他的小说基本上都是悲观的结局,但他悲观他自己也反对。中国作家中唯一见过他的是诗人徐志摩,他在英国留学的时候见过哈代。前几年我跟陶家俊合写了一篇关于徐志摩和哈代见面的文章,题为《论英中跨文化转化场中的哈代与徐志摩》。最近我又和他合作,写了一本书《认识哈代》,里头扩展了研究范围,还没有出版,大概30万字左右。这本书和第一本专著不同点在于采取了新视角,比如跨文化视角,从徐志摩当时介绍、评价哈代以及中英文化交流方面研究哈代;也尝试从女性主义的视角解读他的作品。

关于哈代的研究,我最近还在陆陆续续写些文章,去年《外国文学评论》约我写一篇文章,我就写了一篇《被误读的〈苔丝〉》。后来收入人民大学《复印报刊资料》。这篇文章也是用一种新的观点来谈《苔丝》。因为原来国内外评论界评论《苔丝》的时候一般只侧重社会对苔丝的迫害,说她是一个时代的牺牲品,这个延续了很长时间。但我这篇文章主要谈苔丝本人的问题。我的资料比较多,有的是19世纪英国报刊的资料。当时在英国的农村,实际上男女之间发生性关系是很普遍的,因为在农村里没有多少文娱活动,做爱就成了一种娱乐,跳完舞之后就去睡觉,贞洁观不是很强。实际上维多利亚时代城市生活是非常腐败的,当时每60家(户)里头就有一家妓院,现在的比例是每6000家里有一家。所以实际上维多利亚时代娼妓业是非常发达的,城市上层人物腐败,农村里也比较开放。原著中哈代对苔丝的陈旧思想的批判过去往往被忽略。我引用原文,说明苔丝也有自身的问题。她沉溺于过去那段经历,被诱奸以后连做梦都在谴责自己的罪过。我这篇文章里就写苔丝本人陈旧的思想如何是造成了她的悲剧的一个因素,这是跟其他的评论的不同之处。我用大量的证据说明如果她本人能摆脱创伤记忆,那么悲剧可能就不会发生。2006年,在美国开了一个学术研讨会,专门讨论苔丝被奸污的问题,探讨到底她是被奸污还是自己认可半推半就,我在这篇文章中也讲到了。原著这一段讲得很暧昧,表现出来的是她既有点反感同时也有点愿意,事后又耿耿于怀,造成了悲剧,所以后来新婚之夜她向她的丈夫坦白,坦白以后事情就无可挽回了。苔丝所处的时代,男权中心思想占统治地位,男人可以在外寻欢作乐,女人就不可以。所以我的这本新书可以说尝试用女性主义视角评论这部小说。

实际上,在出版《托马斯·哈代——思想与创作》以后,我就把哈代研究搁下了。1991年我从美国回来后,北外英语系正好要开必修课《西方古典文论》。

原来请的一个美国教授,在寒假的时候突然来电说他来不了了,但我们的必修课已经公布了。从柏拉图讲起,必须得开,我们文学组组长钱青就让我开,我说我在美国研究的不是文论,是小说,她说你就准备准备吧。我寒假先把前两三讲的讲稿写好,然后一边上课一边写讲稿,这样就上了"贼船",开始搞文论了。西方古典文论教完又教 20 世纪西方文论,教完这两门课之后就编出这两本书来,《西方古典文论选读》和《二十世纪西方文论选读》。后来这两本书被教育部选为全国研究生通用教科书,现在很多大学都在用。这样我就转到文论这方面,后来又编了《西方文论关键词》,销量很大。最近又主审了《约翰·霍普金斯文学批评指南》,这是西方比较权威的一本书,1500 多页,200 万字,也用了差不多八九年的时间,去年 3 月出版的。这样我就从 80 年代初研究 20 世纪英国小说和哈代转到西方文论。

问:西方文论的教学和编著是遵循怎样的选材原则呢?各语种的经典论著都有可靠的英译本吧?

答:我从国外的文论选集如 Hazard Adams 主编的 *Critical Theory Since Plato* 及 Hazard Adams & Leroy Searle 主编的 *Critical Theory Since 1965* 中选一些重要文论家的重要的文章的精华。比如亚里士多德的《诗论》,很长,全部阅读学生也受不了,就选里头的精华。选编的文本都是英文原著或英译本,因为面对的是英语专业的研究生。我编的《选读》包括作者介绍和内容提要,有注释,比较实用,国内大学选用得比较多。译文选的都是比较权威的英文译本。这个教材是针对硕士的,现在很多大学也把它列入考博士必读书目。

问:我们在您的著作《文苑散步》里看到一篇题为《当代文论的是是非非》的文章,能给我们介绍一下这篇文字的主要内容,以及您对当代文论的总体评价吗?

答:现在在学界可以说有两派,一派轻视文论,重视文本,一切从文本出发;另一派比较偏重于文论,轻视文本。我的意见是这两者不可偏废。应该是先把文本处理清楚了,文本是根本,文本都没搞清楚就去搞文论怎么行?但文本的解读没有文论的支撑也是不行的。比如说我们过去当学生的时候读《简·爱》,我们说不出个道道来,可现在读的话有后殖民主义的解读,有女性主义的解读,等等。前者如改写的《简·爱》,就是吉恩·瑞斯的《茫茫藻海》,他以阁楼上的疯女人(改名科斯韦)为主人公,把整个故事重写。因为牙买加来的人不是纯种的白人,是有色人种,而简·爱是纯种白人,这里就有两个不同的女性了。一个是简·爱,一个是被关在阁楼上的来自英国殖民地的疯女人,这就可以有一种后殖民主义的解读。当然也有女性主义的解读。在新中国成立初期或者50—70年代是不可能这样读的。再比如《鲁滨逊漂流记》从殖民主义的视角去解读,过去也没有,过去说它是冒险故事、荒岛文学,现在的解读就是从18世纪英国的海外扩张的角度来看待鲁滨逊,另外这里有一个种族的问题,"星期五",他的命名权也在白人手中。思想方面的开阔和进步导致新的理论出现,而新理论又为文本解读开辟了新天地。现在的博士生要写论文的话肯定要用新的理论来解读文本。所以这两者是不可偏废的。而且20世纪是一个文论的世纪。过去,文学评论被认为是文学创作的寄生虫,被认为没有创造性。现在创作和评论已经是平起平坐、并驾齐驱了。这是一个时代的变化,不能忽视。

也正是因为有这样的想法我才编了这几本书,开了这两门课。硕士生或博士生如果没有文论的东西怎么写论文啊?怎么解读文本啊?现在有很多经典改写,改写其实是基于对过去很多经典著作的重读,而重读就是产生于不同的理解和解读。比如莎士比亚的《威尼斯商人》,过去我们读的时候就骂那个威尼斯商人,犹太人,要割掉人家胸上一磅肉,因为欠了债,到期未还,按约要割掉胸口上一磅肉。莎士比亚的戏剧里头有一个白人女法官,大家读的时候就觉得她很英明。她说你割那一磅肉的时候不能多一点或少一点,不能带血,因为契约里没说带血。这就有点强词夺理了。这里就涉及反犹的问题,也同时涉及履行商业法律的问题。所以原来解读的时候是把威尼斯商人作为反面人物来理解,现在的解读就不是这样了,因为这里有反犹的问题,还有法学观点的问题,还有白人至上的问题,还有宗教的问题,等等。这些问题就不是我们50年代的时候读《威尼斯商人》能读得出来的。

总体说来,现当代文论给重读经典提供很多不同视角和理论支撑,而且让人开阔眼界。过去我们读西方这些文学作品说来道去就是阶级斗争、压迫、种族歧视,现在比这个广阔多了。所谓"是是非非"就是理论争论,我的主要观点就是这两者都应该重视并结合起来。

问:您比较关注经典重读的问题,具体是从哪些角度思考这个问题呢?

答:经典的重读从现象的角度说的话实际上是在新时代对经典有了不同的读法。从思想上来说的话实际上是打破过去那种一元化的思维方式。因为中国社会封建的时间很长,留下的祸患就是崇拜权威,一家之言。"文革"的时候有一篇文章登在《人民日报》头版上,说毛主席的话一句等于一万句,毛主席的话是绝对真理。这实际上就是原来封建社会的一种流毒,而且谁敢说毛泽东说错了话?他的话就是圣旨。我在谈这个问题的时候好像在谈文学,实际上是让学生不要盲目崇拜权威。

在大学里原来从蔡元培开始就主张"自由之思想，独立之精神"，这是大学的灵魂。这实际上是所有的大学，不管东方西方，都应该有的。没有这个东西，一个国家、一个民族要有创造性的发展是不可能的。因此我在上课的时候跟学生讲，笛卡尔有一句话："我疑，故我思；我思，故我在。"一开始就是"我疑"，到了大学这个阶段，学生应该要不断怀疑，要提问。我给学生讲亚里士多德和柏拉图的时候就讲，在他们的学园里，老师和学生是肩并肩在花园里边散步，边对话，一问一答，辩论，是这样的教学方式，叫"逍遥派"教学方式。过去中国是师道尊严，学生不能反对老师的观点，这就不能碰撞出智慧的火花。

　　所以我觉得经典的重读实际上是挑战经典，挑战经典就是挑战陈规。也可以说是解构权威解读，解放每一个读者，使读者拥有自己独立的见解。这个见解是对是错让后人去说，重点是你有跟权威不一样的解读。比如《圣经》，过去《圣经》只能有一个读法。今天也不能随意解读《可兰经》，在伊朗不是出了一件事吗，英国作家拉什迪写了一部《撒旦诗篇》，当时我正好在美国，这本书一下子就卖光了，我去书店都买不到，当时是 1988 年。因为作者亵渎了真主安拉，伊朗宗教领袖要判他死刑。所以他当时就藏起来了。英国人为了保护他花了两千万英镑，后来他逃到美国去了。

　　《圣经》起初只能有一种正统的解释，现在对《圣经》可以有不同的解释，而且现在还在重新翻译《圣经》。我举个例子，有一个叫 John Hanson 的美国浸礼会牧师重新翻译《新约》，把原来圣经里"男人当各有自己的妻子，女人当各有自己的丈夫"，翻译成男人和女人都当各有自己的伴侣，为同性恋结婚打开了门户。原文是希腊文，Hanson 把它篡改了，与时俱进了，这在过去可以被认为是大逆不道，但现在的人就有这个胆量挑战过去权威的读法了。又比如《白蛇传》，现在有各种版本。从原来的妖化，到仙化，到人化，现在再发展，就是台湾一个很有名的舞蹈编剧叫林怀民，他把《白蛇传》改编成白蛇和青蛇抢许仙的故事，变成三角恋了。原来小青是白蛇的丫头，是帮助她的，现在变成她的情敌。又比如《孟姜女》，李锐夫妇把它改写得完全走了样，原来是孟姜女"千里送单衣"，到了长城发现丈夫已经死了，就把长城哭倒了；现在是孟姜女去看丈夫，一路走来碰见了好几个男人，像《廊桥遗梦》一样经历了好几次浪漫史，到了长城发现丈夫死了，当然也很悲哀，后来就走了。这当然也可以说是胡闹，糟蹋原来的经典。但这其中也有一定的道理，至少说明原来的东西已经审美疲劳了，要陌生化，要消除审美疲劳，因此进行重新创作。

　　消解、重写经典现在虽然有争议，但你得允许它存在。当然经典还在那个地方，改写的东西能否站得住，就让后人来检验，让时间来检验。如果不行也就昙花一现就完了，如果行就流传下来了。实际上很多经典都是经改写后的经典，并非一开始就是经典。《洛神赋》就是被曹植改写的屈原的《离骚》里的《洛神》,还有歌德的《浮士德》,取材民间的《浮士德》,原来有德国版本也有英国版本。《水浒传》《三国演义》等经典小说也都是从民间话本改写过来的。

问:关于"误读"这个话题,您也有些独到的见解,能和我们分享一下吗?

答:这跟改写这个话题差不多。改写的目的是为了让熟悉的东西陌生化。我写过一篇关于乔治·奥威尔的小说《1984》的评论,当时王佐良先生是《外国文学》的主编,当时苏联还存在,80年代,思想还没这么解放,王佐良看了我的这篇文章后说写得很好,但他不敢登,太敏感了,风险太大,要等适当的时候再发。压了一年多,才登出来。我说的误读也好,重读也好,都是鼓励学生打破原来的一元化思维,要有独立思考,目的不但是文学上的,也谈不上是政治上的,而是一种思想上的。不要听人家怎么说你就怎么说。改写就是在误读的基础上改写的,因为读出了不同的东西,英国一个叫安吉拉·卡特的女作家读原来17世纪的意大利作家佩罗的童话,里面完全是男权主义思想,她要反对这种思想,让读者有另一种阅读可能,她就改写了《小红斗篷》,我们中国叫《狼外婆》。

误读又跟解构主义有关,解构主义在60年代很盛行,虽然后来衰落,但在历史上还是起了一定作用。80—90年代我在美国的时候和留学生一起读《人民日报·海外版》,有一天头版是《扫黄取得辉煌胜利》。留学生就把这个解构了。这原来是一个正面的表扬,本来说的是辉煌胜利,我们解读的结果就是"黄"现在普遍很严重。耶鲁大学的哈罗德·布鲁姆提倡误读,我把一个博士生送到他那儿去读了一年,我有这么一个想法,从思想上使学生扩大视野,因为我们的社会上的知识精英如果都是唯唯诺诺,听从权威的说法,这个民族就没希望了。

在国外大学里,是鼓励学生跟教授争论的,只要你说的有道理我就很佩服。我在美国上课的时候,美国学生和中国学生很大的不同就是美国学生爱提问题。教师讲课的过程中,他们举手提问,你可以不马上回答他,等到讲完一段后再回答,但你必须回答他们的问题。有的学生肯定是在考我,因为在美国上课有几道关要过,比如期末的时候下学期的课程表就出来了,学生可以选课,放假以前就把下学期的课选了,我的课程表里登的就是英语系"ZHANG ZHONGZAI",人家一看这个名字就知道这是外国人的名字,课程叫"战后英国小说"。你是中国人,人家不一定选你的课,这是第一道关。如果人数不到规定的25人,这门课就取消。本科是这样,研究生人数要少一点。上课以后试听一个星期,"add or drop",可以补报也可以取消,一个星期听下来觉得你的课没意思,签个字就可以取消了。有的原来没登记,听了之后觉得不错,也可以登记。最后统计下来,不超过25个人就取消,这是第二道关。第三道关就是上课。上课的时候学生老问问题,有的显然是考你。我有一次上课有个学生说:"我昨天读书读到一句莎士比亚的名言,但我不知道这是哪个剧本里的,您是否正好知道?"这明显是故意要考我,因为我上的课不是莎士比亚戏剧。还好,我还真碰巧知道,因为李赋宁先生答辩他的关门弟子,叫黄必康的博士,他要答辩的是莎士比亚。李先生要我参加答辩,我说我不是研究莎士比亚的,李先生说:你不是搞英国文学的吗?不会不懂莎士比亚。我只好从命。于是碰巧知道了那句话。当时那美国学生要问的更多我可能就出洋相了。这是第三道关。第四道关是最后的评估,打 ABC,不达标的话下学期就不请你了。所以在美国教书还是碰到了很大的挑战,尤其是一个非英语国家的外国人。所以我说要敢于问问题,敢于有不同的思想。像胡塞尔和海德格尔,师生在学术上发生矛盾是很自然的事情,不奇怪。中国应该鼓励这个。一方面应该尊师重道,这是比西方好的一方面,但另一方面也要鼓励解放思想。

  我的思想的着眼点,谈经典的重读也好,误读也好,都是有这个目的的。实际上就是独立之精神、自由之思想如何体现在教学上。不是专门去鼓吹这个思想,而是要在教学当中渗透这种思想,让学生发扬这种精神。通过教学来启蒙、鼓励学生做到这一点。这个比传授知识更重要。

问:我们感觉您所关注的学术问题是与教师这个职业、与如何教育学生有关的,我们也注意到,您的教学和研究中隐含着一种对学生和青年的关怀和寄托……

答:我觉得有一点就是我这个人很爱国。我小时候经历过抗日战争,我父亲当时在中央银行工作,为了不做亡国奴,在浙江沦陷以前他就把全家人带到四川去了,抗战八年我都是在四川。远征军招兵的时候我才十几岁。经历了这个以后我觉得中国的整个近代史备受屈辱,所以我觉得民族要复兴的话青年这一代的教育很重要。新中国成立以后又经历了这么多政治运动,"文革"十年动乱。很多事发人深省。人的思想不能被囚禁起来,所以我就想到教学。光讲"自由之思想,独立之精神",你讲不了多久,呼口号式的讲没意思,学生也不爱听。通过学术问题,启发学生,这是一种最佳的办法。这也就是"授人以鱼,不如授人以渔"。怎样去开动脑筋,解放思想,探讨问题,这是最重要的,比传授知识更重要。

问:我们已经谈到了您在专业领域的研究,以及与传道授业、关注青年有直接关联的学术主张。我们也注意到您还写过不少散文、杂文,表达出一种超越专业和学科领域的人文情怀,能最后谈一谈这方面的个人体验吗?

答：我喜欢写一些杂文、散文。《文苑散步》汇集了近年来我写的小文章。就以《秋天想起了王佐良》这篇文章为例吧。王佐良他们这一代人学问很好,像李赋宁、杨周翰、赵萝蕤、周珏良、许国璋……而且他们关系也都不错。我觉得他们从英美带回来的不仅是学问,还有做人,很人文。比如说,周珏良先生喜欢喝酒,我们到他家去的时候,他家有洋酒,威士忌,每人一小杯,坐在沙发上,一面喝一面聊学术问题。王佐良先生当时住在清华,但他每星期只回去两次,当时没有双休日,只有星期天,他就星期三和星期六各回去一次。当时我们住的是筒子楼,同在一层,经常见面。晚饭后一起散步几乎成了惯例,我们有六七个人。那时候北外的西院四周基本没什么建筑,都是田野,一望无际,能看见西山的落日(现在都是建筑群了,变成了水泥森林)。我们一面散步一面谈天说地。其实是三代人在一起散步,很有意思。这种师生关系,这种人文关怀现在好像在淡化。在世俗的东西的冲击下,人与人的关系好像变得冷漠了。金钱、物质方面的东西变成追逐的对象了。当年大家生活都不宽裕,唯一让人感到不愉快的就是政治运动,没完没了,一个接着一个。如果没有政治运动的话,大家会生活得很好。比如许国璋老师喜欢散步,有时候跟许师母在散步途中每人买根冰棍,然后就坐在马路牙子上吃冰棍。他可以跟补鞋子的人聊天,补鞋的人说他是大教授,他则说你有你的专长,我有我的专长,都是一样的。那时候,大家有这样的对话、这样的来往,给我留下深刻而美好的印象……

访谈时间：2012 年 6 月 19 日 9 时 30 分—11 时 30 分
访谈地点：北京舞蹈学院张中载先生寓所
访 谈 人：王东亮、史阳

外国文学研究要有中国意识和主体意识
——吴元迈先生访谈录

吴元迈,安徽歙县人,1933年12月12日生,1960年6月毕业于列宁格勒大学语文系,同年11月7日分派到中国科学院文学研究所工作。1986年被授予"国家有突出贡献中青年学者"称号。1991年担任博士生导师和社会科学院研究生院教授,同年起享受国务院颁发的政府特殊津贴。1991—1998年担任外国文学所学术委员会主任。1991—1997年担任全国外国文学学会常务副会长。1991年至今担任国家社会科学基金外国文学评审组组长。1987年起担任全国马列文论研究会副会长,2000年起至2012年任会长,现任名誉会长。1998年任9届全国政协委员。2002—2007年任中共中央"马克思主义理论研究和建设工程"《文学理论》编写组主要成员。2006年被授予中国社会科学院荣誉学部委员。此外,曾任中国作家协会理事(现任名誉委员)及对外文学交流委员会副主任、《外国文学评论》杂志副主编及主编、中国中外文学理论学会会长和中国社会主义文艺学会副会长等。

主要著作有《苏联文学思潮》《探索集》《现实的发展和现实主义的发展》《文学作品的存在方式》《吴元迈文集》。主编《苏联文学史》(三卷本,担任副主编)、《20世纪外国国别文学史》(十卷本)、《20世纪外国文学史》(五卷本,获2007年国家图书出版政府奖一等奖)。

2013年1月承担中国社会科学院"学部委员创新工程项目",撰写个人专著。

采访人(问):吴先生好!非常感谢您接受我们课题组的采访,我们希望您能从时代见证和个人贡献两个方面多跟我们讲讲您的丰富经历与多姿多彩的学术人生。首先请您回忆一下求学过程,您是怎样进入外国文学研究领域的,当初是怎么选择学习外语专业的。

答:说到我的求学过程,它既简单又复杂,因为时代、生活地区和家庭境况的关系,选择性很小,基本随机遇而行。我出生在皖南山区徽州(现为黄山市)的歙县白杨乡。这是一个交通十分不便的穷乡僻壤。孩子们长大后,一般都到杭州、上海和苏州等地当学徒。这是"徽州人的人生之路",也是"徽帮"的传统之路。进入学龄阶段,我起初在白杨小学上学。由于父亲早逝,家境日益困难,母亲为了生计,去了距家20华里的深渡镇。在深渡镇读小学期间,有一天我发现外婆家二楼有好几个布满灰尘的木箱,我好奇地打开一看,原来都是书,琳琅满目,有《康熙字典》和《说文解字》,以及高尔基等作家的作品。我见后十分高兴,如获至宝。事后才知道它们是二舅父的藏书。他曾参加北伐,30岁出头便因肺病英年早逝。在新安江下游的"千岛湖"形成之前,深渡部分地区大搬迁,这些书籍全给他们卖了。我知道后非常伤心,狠狠地说了他们一顿,责怪他们不懂书的来历和意义。

深渡同白杨老家大不一样,有水路和公路通往杭州,生意兴隆,热闹非凡;文化生活和小学教育,也是老家不能相比的。深渡小学是个三层的楼房,大门上有一个"四角亭",上面安装着很多随风而动的风铃。在那时的条件下,它是很现代的。小学老师基本是从杭州、上海、南京来到这个后方,一边从事抗日救亡运动,一边在小学当教师。杭州等地的报纸杂志,小学也有不少,五年级开始教英语。抗战胜利前夕,深渡已发电照明,有些人家还不时放留声机听歌听戏。一句话,深渡对于我,简直成了个"新世界"。

小学即将毕业时,往何处去,便成了我人生之路的第一个拐点。亲戚们四处忙着托人给我在城市找学徒工做,在他们看来,这是我唯一可能的选项,也是我们徽州青年人进入社会的一条传统老路。正当大家为我谋生而犯难的时候,老天却赐我一个良机:深渡竟然办起了"歙县深渡简易师范学校",即一所初师性质的学校,不收学费,连饭费等都不要。这给我继续上学打开了希望之门。

1949年,古老的中国大地天翻地覆,一个由共产党领导的新中国由此诞生。之后我的命运便同共产党紧密相连。不久,我校被合并到歙县县城的安徽徽州师范学校初师部。初师毕业后,又考入它的高师部。1953年秋,转眼之间我即将高师毕业,再次面临我人生之路的拐点。往何处去,这次我显得十分平静,不像小学毕业时那样茫然,因为我清楚知道毕业后的出路是当小学老师,也听说我毕业后内定为某某小学的教导主任。这同我的向往和愿望一致,高师毕业前,我们在小学进行了一个多月的教学实习,对小学产生了深厚感情,曾希望毕业后回来教书。我记得1954年端午节前后,上海留苏考区的作文题目是"生活中最愉快的一件事",我写的就是关于这次小学教学实习的有意义的、愉快而难忘的经历。

然而,形势往往比人的愿望强。与此同时,有的老师给我们透露了一个不可想象的信息,说本届高师毕业生中要选一批人去考大学,大家以为这是天方夜谭。过了一段时间,学校发表正式公告,并按高师三年的考试成绩,排出一张20人的高考大名单,我则名列首位;公告同时要求大家填写专业志愿表,我不假思索地写上了物理学。我们一边紧张地复习功课,一边激动地等待高考时间。但等了好久,仍无下文。学校领导便让我们回家去复习和等待高考。当我回到外婆家的次日,翻开《安徽日报》一看,我的名字赫然出现在安徽师范学院中文系的录取名单中。在兴奋不已的同时,也有点惊讶:以前几次上学都是一路考过来的,上大学倒反而不考了。从上中学到上大学,我与师范学校结下了不解之缘。

安徽师范学院位于浩瀚的长江之畔、美丽的芜湖狮子山上,学了近一年,机遇又从天而至。1954年4月,安徽大学及其师范学院的领导派人找我去谈话(那时安徽师范学院在体制上并未同安徽大学分开,我当时还担任安徽大学学生会主席),要我好好复习功课,准备参加留苏考试。安徽大学选派了14个人参加考试,他们是农学院、林学院等的一些年轻老师,以及我们师范学院中文系的两个大学生。经过留苏考试,安徽大学农学院两个年轻教师和师范学院中文系我们两个大学生,共4人被录取,10人落榜。幸运之神又一次同我交手。

1954年8月的一天,我们一行四人,启程去北京俄文专科学校留苏预备部报到。但此时南方连日大雨滂沱,水灾严重,从芜湖到南京的铁路不通,只好坐船到南京对岸的浦口,从那里坐火车北上。没有想到长江大浪滔滔,我们宛如一叶扁舟行驶在江中,十分惊险,幸好平安到达浦口,上了直往北京的火车。这是我第一次去北京,一路上思绪万千,心潮起伏。在北京留苏预备部学习结束前,学校进行专业分配,我被分到苏联基辅大学哲学系,虽然我自报新闻系,但不感遗憾,我对学哲学也有兴趣。

基辅依山傍水,如诗如画,人民朴实好客。它是苏联第三大城市,也是乌克兰首都、斯拉夫的历史名城。没有想到的一点是,基辅大学哲学系的很多课程,慢慢地改以乌克兰语授课,这同苏共20大后乌克兰加盟共和国的民主和民族进程的加速相关。乌语同俄语差别较大,我们只学过俄语,无法听懂,经过多次同中国使馆反映情况及其同苏方的交涉,终于同意我们转学到列宁格勒大学。现在回忆起来,还真有意思:随着情况不断变化,上大学是一波三折,仿佛"走马灯"一样,几度变换大学也几度变换专业:安徽师范学院中文系、北京俄语学院留苏预备部、基辅大学哲学系、列宁格勒大学语文系俄罗斯文学专业——这就是既幸运又复杂的上大学历程。

问:您确定具体的研究方向是什么时候?

答:在列宁格勒大学期间,遇到个好老师,他叫杰尔卡奇·萨姆伊尔·萨姆伊拉维契。他命运多舛,我到列宁格勒时,他刚从监牢里被平反出来。在语文系苏共的一次支部大会上,我第一次见到他,高高的个子、长长的头发,不修边幅,显得比自己的年龄苍老,但十分平和。我作为中共党员,根据大使馆那时的决定,第一次参加了苏共的党组织生活。杰尔卡奇平反之后,依然是先前的副教授职称,同语文系其他老师比较,比如同普罗普和布尔索夫、日尔蒙斯基和梅拉赫等,他名气不大,后者不仅是系里的知名教授,也是全苏甚至世界的大学者。他教授"19 世纪末期俄罗斯文学史"大课。同时一星期有两晚开设普列汉诺夫文艺思想的专门课。我在国内从鲁迅的介绍和评论中了解到,普列汉诺夫是俄国第一个马克思主义大家,也是第一个俄国文艺理论家批评家,在文艺领域建树巨大。于是我对他的专门课很感兴趣。第一堂课听下来,我觉得他学识渊博,讲得也很精彩,对同学和蔼可亲,给我留下深刻印象。后来,我每年的年级论文,都由他作为指导老师。他对我的论文写作,总是认真提意见并修改;不仅鼓励我,也指出我的不足和毛病,其中包括俄语写作上的问题。他对此经常微笑着说,我写的那两个句子,他虽然理解其意思,但俄语绝对不能如此表达。从此我明白,以祖国语言的表达方式来表达外语的含义,这是老外们学外语的通病。大学毕业论文也由他指导,题目为"普列汉诺夫论十九世纪俄罗斯现实主义文学"。毕业回国后,我继续普列汉诺夫的研究,1962 年发表的第一篇论文,便是普列汉诺夫论文艺的形式美,这是我针对国内的讨论和争论而发的。可以说,我的学术研究是在杰尔卡奇老师的指导下出发和前行的,是他将我引上了漫漫的人生学术之路。

对于我,杰尔卡奇老师是永远的和难以忘怀的。基于 60 年代中苏两国关系急转直下,回国后已不可能同苏联老师、同学联系。物极必反亦必变。到了 80 年代中期,中苏关系有所松动,两国学术界开始互访,迎来了两国关系新的曙光。1986 年 11 月初,我应苏联科学院远东研究所和世界文学研究所之邀,在离别苏联 26 年之后,第一次有机会重访它,我心中最想见的第一人,自然是杰尔卡奇老师。

11 月的一天,我终于来到久违的列宁格勒,满怀兴奋与激情,沿着熟悉的涅瓦河岸,尽情领略两岸看不厌的风光,漫漫走向母校列宁格勒大学语文系大楼。我向人们说明来意后,才知道现在正在举行杰尔卡奇的追悼会。这晴天霹雳,使我目瞪口呆,泪如雨下,怎么也不敢相信这是真的。本以为今天是我们师生久别重逢之时,殊不知却成了我们永别之日,怎么老天会做出这无情安排。我立即奔向他的灵堂,久久站在老师遗容前,不愿离去。千思万绪一齐向我袭来,心想是我来晚了;又想到这几度风雨、几多岁月都过去了,今天能够万里迢迢来到母校,能同恩师最后一见,并同他夫人第一次相识,这不也是我们师生最大的缘分。

问:您学成回国以后的情况是怎么样的?

答：1960年6月中从苏联启程回国，全体归国留学生集中在北京外语学院学习了好几个月，主要学习国内外复杂多变的形势。中苏之间的紧张关系，在苏已有传闻，至于国内经济困难之严重，则始料不及。之后，我被分配到中国科学院文学研究所工作。同年11月7日，我们十个来自不同国家的留学生一起去文学所报到。我被安排在苏联文学研究组，组长是戈宝权，副组长为叶水夫。戈宝权主要职务是中苏友协副秘书长，平常很少到组里来，当时只见到叶水夫及其他同事。几天后，全所为我们举行欢迎大会。待一切手续办完后，按国家规定，留学生回国后，享受一个月探亲假。当我从皖南歙县老家期满返所时，戈宝权组长已在文学所正式上班。听同事说，他在中苏关系问题上犯了"错误"，不再担任那边领导，行政级别下调三级。1961年阳春三月，工作刚刚开始，根据所领导指示，文学所派出包括我在内的各个研究组及编辑部的10多个同事，在戈宝权领导下，同中宣部秘书长童大林领导的一批文艺界人士一起，前往农村搞整风整社，这"社"即人民公社。青年时代起，我就阅读戈的著述，在我心中他是个大学者大人物，这次能在他具体领导下工作，自然感到荣幸和高兴，同时又为他突然罢官下放，产生了一丝说不出的感伤。下放地点是河北省涿县高碑店公社张八屯大队，一边劳动锻炼一边整风整社。大约一两个月后，文学所下来的那十多个同事基本都回去了，最后留下戈组长及兴万生和我三人，坚持了近一年时间。那时正处于我国三年经济困难时期，乡下工作和劳动的条件，尤其困苦艰难，主要是食物缺乏。对于我们三个，更重要的是，我们都经受了考验，完成了任务。戈宝权平易近人，任劳任怨，关心同志，通过一年的劳动锻炼和工作实践，我向他学习了不少东西，也了解到他的许多不平凡的经历。这是我第一次同戈在一起，1964年在安徽寿县参加"四清"运动时，我和他又分配在人民公社一个生产大队，继续在他领导下工作，又一次共同度过一年时光。这两次的朝夕相处，休戚与共，使我们成为忘年交。

话再说回来。从河北乡下回所后，组织上分配我从事苏联文学动态工作，收集苏联修正主义文学材料，供上面参考。参加这一工作的共四人，大体分工是：钱善行负责小说，童道明负责戏剧，王守仁负责诗歌，我负责文艺理论。每天我们阅读苏联报纸杂志。与此同时，文学所创办了一个内部刊物《外国文学动态》，除主要介绍报道"苏联修正主义文学"外，也介绍报导世界各国"修正主义共产党"领导下的文学。这个工作一直延续到"文化大革命"发动。

问：很多人都觉得"文革"时期我们跟外面比较隔膜，其实你们一直在做《外国文学动态》。从事这方面的工作对于当时外国文学领域的流行趋势都了解得很快，会有很多积累吧？

答:是这样。我的任务是搞苏联文学动态,并通过对苏联文学动态的收集,了解了苏联对世界其他国家文学的评论及交流的状况,以及其他国家的文学动态和状况,的确积累了不少材料,为后来社会主义新时期我的文学研究准备了一定的条件与基础。举例说,1979年1月我收到陕西有关方面的邀请,到西安参加陕西青年作家会议。不知他们从什么地方了解到,不久前我曾在保定的河北师范学院、杭州大学和上海华东师范大学谈过外国文学。这次西安会议期间的东道主,作了同样安排。我向他们介绍了法国文艺理论家和批评家加洛第,在一次西欧批评研讨会上他关于卡夫卡创作的新观点,他提出的"无边现实主义"的历史背景,以及他同苏联世界文学研究所所长苏契可夫的几次争论。长时期以来,卡夫卡和毕加索等文艺大师,往往在世界各地被看成"颓废主义者",加洛第在《无边现实主义》一书中,第一次认为他们是现实主义大师,苏奇可夫对他的这个表述表示不同观点。我同时提到了法国作家阿拉贡的"开放现实主义"和德国作家布莱希特的广阔的现实主义观点,以及他人的"第三现实主义"观点;谈到了苏联文艺学中的新变化,一些具有重要意义的学派诸如审美学派、价值学派、符号学派等的兴起和作用,以及苏联文艺学中系统分析和历史功能研究等的提出;也谈到苏联文学转折时期的那些代表性作品,诸如肖洛霍夫的《一个人的遭遇》等。与会者听后反映说,"文化大革命"刚刚过去,能够说出这么多令人耳目一新的外国文学,使他们感到十分惊讶。其实,他们并不了解我多年断断续续地在搞文学动态。在那时的文学所除了《外国文学动态》外,还有陈燊主持的内部出版的《现代外国文艺理论译丛》,正是它们构成了我这几次发言的基本来源。这些原来都是作为修正主义和资产阶级意识形态的破烂货,如今却成了新鲜、有益、有价值和发人深省的东西。此外,1964年《世界文学》杂志从中国作家协会转到外国文学所后,我才看到,他们同样办了一个更高一级的、供少数领导阅读的内部《外国文学动态》和"特刊",内容非常丰富。

人们知道,从1962年起我国公开停止出版当代苏联文学作品,改由人民文学出版社出版一套内部的外国文学丛书,因为每一部书的首页都是黄色的,又被人称为"黄皮书"。其中收入的作品有苏联特瓦尔多夫斯基的《山外青山天外天》和爱伦堡的《解冻》等;西方文学作品有《在路上》和《麦田的守望者》等,共数十余部。谈到《外国文学动态》这个文学所内部刊物,我特别要谈谈何其芳所长。那时在《外国文学动态》发表稿件,是给稿费的,这是何所长作出的大胆规定。现在想起来,在反修防修、反帝反资产阶级的急风暴雨的阶级斗争时期,对一个内部刊物发稿费,同时允许我们年轻人可以不坐班,这一切谈何容易。何所长尊重劳动及创作规律,这是那时一般领导人想为而不敢为的。我在文学所那不长的几年里,何所长两次同我谈话,主要内容是年轻人如何做科研等。我曾写过一篇文章,他看到后,还作了一些修改,并退我再思考再修改。可见他对年轻人之关心。对于我,何其芳是永远的。

问:正好说到外文所,您一直在里面的研究机构、研究室工作,后来也担任所长。您给我们介绍一下这个机构本身吧。

答:大约在60年代初,中央外事小组向中央领导打报告,根据当时形势,提出加强外国研究。毛主席看后表示赞同,之后又批示成立世界宗教研究所和世界经济研究所、世界历史研究所和外国文学研究所等。这是外国文学研究所成立之缘起。后经中央宣传部和学部领导决定,由北京大学西语系主任冯至学部委员担当任首届所长,同时决定将文学研究所的几个外国文学研究组——西方文学研究组、苏联东欧文学研究组和东方文学研究组划入外国文学研究所,将中国作家协会所属的《世界文学》杂志及其全体员工划入外国文学所,这是外国文学所的基本构成。之后外文所领导又把苏联东欧组划分为两个研究室,即苏联文学研究室和东欧文学研究室。进入改革开放的社会主义新时期后,1981年新建了文艺理论研究室、丛书丛刊编辑部和1987年新建的《外国文学评论》杂志编辑部。这是外国文学研究所成立和其机构演变的概况。

1964年9月国庆节前几天,外国文学所所长冯至召开全所大会,在宣布外文所正式成立的同时,突然发出"集结号"令,要求全体员工立即打起背包,于三日之后,前往安徽寿县参加"四清运动",即一场"以整党内走资本主义道路当权派为重点的"运动。近一年的时间后,该运动结束,我们返回北京。接着便是众所周知的十年"文化大革命"。可以说,外文所的研究工作是从改革开放的新时期起步的。

问:"三套丛书"是什么时候出版的?前不久看到一篇陈众议老师的访谈,在他看来,三套丛书的出版非常重要,可以说奠定了外文所的学术地位。

答:我只能谈谈大概情况。"三套丛书"创建于1959年,那时我还没有走向工作岗位。它是中共中央宣传部领导的文艺领域中的一个大工程,也是我国社会主义文艺领域事关百年大计的一项基本建设。由文学研究所所长何其芳负责组织实行,由我国文艺界、学术界、外国文学界、教育界和出版界等一大批享有盛名的代表人物担任编委会编委,诸如巴金、何其芳、冯至、钱锺书、季羡林、朱光潜、杨宪益、蔡仪、卞之琳、李健吾、罗大冈、戈宝权、金克木、田德望、叶水夫、包文棣和杨季康等;编委会下设工作组,负责一切日常性工作。"三套丛书"即"外国文学名著丛书""外国古典文艺理论丛书"和"马克思主义文艺理论丛书",计划分别出版120种、39种和12种。丛书经历了半个多世纪的风雨路程,"文化大革命"期间被中断。从1958至1964年已出版36种。改革开放后的1977年6月24日,中国社会科学院党组向中共中央宣传部请示恢复出版。1991至1998年我担任外文所所长期间,曾有一两次在上海和北京参加三套丛书工作会议,出席会议的一般是外文所叶水夫等,以及北京的人民文学出版社和上海的译文出版社的负责人。三套丛书创建之时,外文所尚未成立,但当年编委中有不少后来都成为外文所成员,其中罗大冈、戈宝权和叶水夫等还曾先后担任工作组召集人。据我所知,80年代后工作组的外文所成员基本是叶水夫及陈燊和董衡巽等。"三套丛书"最后分别出了153种、22种和12种。

其实,外文所除负责组织了三套丛书外,1977年开始组织自己的《外国文学资料丛刊》,由陈燊任主编,当时决定选题120种;后又出版"20世纪欧美文论丛书"。此外,1957年由文学所创办的"文艺理论译丛",在60年代分别改名为"古典文艺理论译丛"和内部"现代文艺理论译丛"出版。1983年,外文所恢复出版"文艺理论译丛",但在出版3年之后,因为出版社的问题,未能继续下去,于1993年改由社会科学文献出版社出版《世界文论》丛刊,一年四期,钱善行任主编。1987年《外国文学评论》杂志创建,张羽任主编,我是三个副主编之一,但主要工作还是文艺理论研究室主任。外国文学所曾经出过11集的《外国文学研究集刊》,因《外国文学评论》杂志创立,便不再出版。

问:我们现在想请教一下另外一个问题,就是新中国成立60年以来俄苏文学与文论研究方面的情况,另外也希望您介绍一下中苏关系、国际关系的发展对学术研究工作的影响。

答:新中国一成立,由于当时国际形势的需要,对苏联实行"一边倒"政策,在文化和文艺等领域也不例外。我写过《中国外国文学研究50年》一文,叙述过这方面的某些情况。关于向苏联一边倒,要历史地看。新中国成立,西方国家并不承认它,也不仅仅是西方的那些大国。其实,这个"一边倒"或中苏蜜月时期,其时间不长,1956年苏共20大后,中苏两国的意识形态激烈争论开始,这就是历史上我国著名的"九评"。从此许多苏联书籍不再翻译出版,能够翻译出版的,只是那些符合我们观点和口味的东西,如苏联作家科切托夫的小说《叶尔少夫兄弟》等。

解放后第一个十年,我国俄苏文学的研究文章很少,基本是介绍性的,要不就是翻译苏联的。相反,在解放以前国民党统治的那个时间里,俄苏文学研究却发表了一些不同于苏联观点而且具有独立见解的著述。这种现象的产生,也许是50年代俄苏文学研究者认为,苏联是"老大哥",需要向苏联"一边倒",因而不好或不便表现同苏联相左的观点。现在看来,自然是不必要的,也是不成熟的。同期英美文学研究则与俄苏文学研究有所不同,前者还是发表了一些有意义、有价值的文章。这可能同新中国成立前外国文学主要是研究英美文学有关,同时它的基础厚,造就出了一批各有特长、有修养的学者。但从外国文学研究的整体看,无论我国的西方文学和东方文学研究、无论文艺学与外国国别文学史研究,仍然大批翻译出版苏联的著述,尤其是在文艺学和文学理论领域,曾翻译出版各种不同的此类著作和教科书。这是时代的使然,而且当时有一种不成文的、未能表现出来的观点:凡是苏联的就是先进的、社会主义的和马克思主义的。这虽然片面简单,但却难以避免。例如那时出版的"文艺复兴"这部小书,便译自苏联的大百科全书,其实欧美各国这方面的重要著作很多。再说,包括"英国文学史"在内的外国文学史著述,很多都译自苏联。但这里有一种情况应该估计到,那时在我国懂意大利语或西班牙语的人,凤毛麟角,有不少东西不得不从俄文转译,而在派往苏联的留学生中,就有几位是学这些语言或古希腊文的,因为那时与这些国家并没有外交关系。

现在人们提出一个问题,怎么看待苏联著述的翻译,它们在新中国起了什么作用?毫无疑义,随着那个时代的一去不返,提出这个问题十分自然,从学术史的角度看,也是一个应该思考和探讨的课题。至于怎么思考和探讨,可以仁者见仁,智者见智,进行讨论。但总不能由于时过境迁和苏联的解体,以"翻烧饼"的方式来处之:一反从前,凡是苏联的就是教条主义的、庸俗社会学的、影响很坏的。其结果只能是,从一种简单化走向另一种简单化、一种片面化走向另一种片面化,而未能走向全面和真理。对待历史,不采取历史主义,或对具体情况不进行具体分析,那是不可能解决问题的。同时应该看到,这些问题的产生是一时的、阶段性的还是长期的、恒久的;是局部的,还是全部的;是坚持不改,还是有所修正。歌德说得好:"理论是灰色的,生活之树常青。"也就是说,观点、理论、观念往往落后于生活,未能同生活齐头并进,这是经常发生的事。但依我看来,随着生活的发展和变化,世界文学和世界文论总是变化着和发展着的,本质上是一种动态的文学和动态的文论,是永远在变的,并非一劳永逸。

究竟应如何看待苏联文学和苏联文艺学,目前众说纷纭,涉及的方方面面,很多很多。但基本看法是两种;一种是持历史主义的态度、具体问题具体分析的态度,认为苏联的译著在我国基本起了好作用。例如,对我国人民文学出版社曾经翻译出版的苏联科学院世界文学研究所的1870—1955年的《英国文学史》,虽然时间过去数十年,中国社会科学院外国文学所英美文学研究室的何成,在2011年《改革开放30年英美文学研究》一文中仍然如此写道:"前苏联研究单位撰写的在我国影响很大的英国文学史的译本也得到再版,在教学和研究领域中发挥了重要作用",参见《外国文学在我国社会主义精神文明建设中的地位和作用》一书,译林出版社2010年,第111页。1984年,四川人民出版社翻译出版了苏联师范学院的教科书《20世纪外国文学史》,该书"译者的话"写道:这本书比较全面系统地介绍了19世纪末20世纪初欧美各国的文学发展情况,可供高等学校教师、学生及广大文学爱好者学习外国文学时参考。我个人也曾著文认为,20世纪60年代人民文学出版社翻译出版的苏联学者里夫希茨编辑的那套4卷本《马克思恩格斯论艺术》,对于我们了解马克思主义创始人的文艺思想,其历史作用和意义不能低估,因为这是世界上第一次编辑出版马克思、恩格斯的这类著作,西方一些国家也曾翻译出版。这本书在我国培养和教育了我们一代人。

另一种与之对立的看法是,认为苏联文学和文艺学"僵化,充满教条主义和庸俗社会学","中国文艺深受其影响";它们"老是那些党性和人民性、集体性和阶级性、反映论和意识形态论"等。毋庸置疑,这是历史上存在过的事实。可是,有哪个国家的文学和文艺学能完全避免教条主义和庸俗社会学的问题,能始终同生活齐头并进?这种观点并不全面,他们把苏联文学和文艺学的动态画面变成了静态画面,未能看到它的变化发展。实际上,苏联从20世纪50年代中期起,在经历了文学"解冻"思潮后,发生了根本性变化,它高举起了人道主义和人性的旗帜,并主张回到它们的全部涵义上。这不仅在创作实践中出现了诸如《一个人的遭遇》和《山外青山天外天》、《热的雪》和《这里的黎明静悄悄》等一批以普通人、平凡人、小人物为主人公的作品,既关怀他们的遭遇与命运,也表现他们的心灵美和同情心。其中的《一个人的遭遇》更是划时代的。它发表于1956年12月31日和1957年元旦的苏联《真理报》,那时同我住在一个房间的三位苏联同学,是一边听广播一边流泪,说他们好久没有见到如此震撼人心的作品了。苏联评论界则认为这是苏联当代文学的"开始"。上面提到的作品在中国的命运虽然坎坷,但在改革开放后,不仅均有了译本,也为中国读者所熟悉。在苏联文学理论方面,也表现出多样性和多元化的格局,学派纷呈,令人耳目一新,诸如审美学派和价值学派、符号学派和对话学派的著作,它们在改革开放的中国也有了一些译本,但某些重要的、有代表性的著作至今仍未翻译出版,这个中原因,可能它们同文学作品在市场的销售情况有所不同。然而,如果缺少这些文论著作,可能使我国读者对苏联文论造成一种残缺不全的印象,也会影响我国读者对苏联文论的完整评价。懂俄文的也许知道它们的存在,但并不尽然,我读过懂俄文的学者写的那些阐述苏联文学理论批评史的著作,有的并没有提及它们;不懂俄文的读者,那就无从得知。但它们却是苏联文艺学发展进程中一个不可或缺的重要环节。例如,1962至1965年出版、苏联科学院世界文学研究所阿布拉莫夫等主编、有10多位知名学者参加的三卷本《文学理论——基本问题的历史阐述》,这是苏联60年代一部文学理论集大成的代表作,也是一部综合研究文学史与诗学的大著。第一卷即第一个阐述的基本问题,它论述了语言和形象、形象思维与逻辑思维的关系,认为形象思维和逻辑思维在语言的内在形式中互相交接、互相影响;这两者的互相反映构成了形象的基本内在结构;又说,形象使作品的形式和内容互相统一,同时提出形式具有内容性的命题。第二卷即第二个基本问题,论述了文学的种类和体裁,认为"人民史诗"在古代有神话史诗、英雄史诗等四种体裁类型;小说则是"新时代的史诗";它的"独特性在于它的未完成性"等。第三卷即第三个基本问题,对一些大作家及风格问题进行研究,指出风格不可能单独存在,它同性格、环境、结构和情节融合在一起,其特点在于发现新世界,在于它的多样性等。我们知道,50 年代中期之前,苏联的主流文学理论的确像西方所评论的那样,是一种"内容美学",语言和形式、文学种类、体裁和风格等,全不在他们的视野之内,它们几乎由非主流的形式主义和结构主义等所探讨研究。这部《文学理论》在出版三十多年后,俄罗斯世界文学研究所的同仁于 90 年代开始补充修改,并将它改为四卷本,把"文学过程"作为新编第一卷出版。"文学过程"作为俄罗斯学者的独创术语,虽然在 60 年代的书中已经提到,但没有新版本阐述得那样完备。新版明确把人类文学理论的发展分为四大时期或四大过程,即"人与自然融合""人与神融合""希望和幻想"与"幻想的失去"等。无论如何,苏联的这部文学理论,至今仍然没有过时,值得我们注意和重视。

此外,苏联还出版了一部多卷本的个人专著,这就是洛谢夫教授以毕生精力、历经艰难才完成的八卷本《古希腊罗马美学史》,它以古希腊罗马文化为广阔背景,涉及哲学、历史学、语言学、逻辑学、心理学、文学艺术等领域。国内有的文章已评论过,我在此便不再阐述。关于这些至今没有中文译本的苏联文论著作,我在 2000 年曾写过一篇文章,题目为"把历史的内容还给历史",这是我援引的恩格斯的一句话,意在说明:没有翻译的那些苏联著述,毕竟是客观的历史存在,应该属于"历史的内容",也应该将它"还给历史"。如果缺少它们,苏联文论在我们心目中将永远是不完全的、不完整的;中苏两国的文论比较、两国的学术交流史,也将难以进行。

现在我有一个想法,可以探讨 20 世纪世界文艺学格局中的苏联学派问题,它既不同于西方学派,也不同于东方的印度学派或阿拉伯学派。它具有自己的特色和传统、自己的重点和关切、自己的表现方式和术语体系、自己的代表人物和代表著作。苏联学派在 20 世纪世界文艺学之林中,应该占有一席之地。

问:您现在能否给我们介绍一下您个人的治学经历,包括主要的研究方向和学术成果,您说回国后您的主要科研工作是编写《外国文学动态》,后来的研究方向侧重文学理论……

答：关于《外国文学动态》，从走向工作岗位，断断续续地做到"文革"发动。其实在"文革"结束后，我所苏联文学研究室还编辑出版了一本《苏联文学大事记》，我在其中作了两年。任何学科都是行进中的、动态的，其中"动态"研究是必不可少的。总的说来，我的研究方向基本是两个方面：一是文学理论，一是俄苏文学。起初我研究的文学理论主要在俄苏文学领域，同时也关注并参加中国文学界的一些理论问题的讨论和争论。搞外国的，如果不同中国联系和结合，其目的性就不明确，也很难作出优秀成绩。1981年，冯至所长高瞻远瞩，创立了文艺理论研究室，我即从苏联文学研究室调出，加入它的队伍，从此我的理论研究范围有所扩大，包括外国理论及外国文化的某些热点问题。我总是把外国的文学理论看作中国的"他山之石"。我到"文艺理论研究室"后，并没有完全离开俄苏文学研究。其中有一个具体情况，那时叶水夫继冯至之后任所长，并主编社会科学基金重点项目三卷本《苏联文学史》，他让我参加，并担任副主编。更加意想不到的是，1991年社会科学院领导任命我为外文所所长和党委书记。面对全所工作，我考虑到外文所的主要任务和主要力量在于研究外国国别文学，也意识到外国文学除了国别研究外，还应该重视外国文学自身的整体研究，以便更好地集中外文所力量，发挥其优势。我以为这是我作为所长的任务之一。正是基于这种认识，我先后组织并主编了两套书：一是青岛出版社出版的、国家社会科学基金重点项目、10卷本"外国国别文学研究丛书"；一是译林出版社出版的、国家社会科学基金重大项目、5卷本《20世纪外国文学史》。在我看来，文学理论研究、文学史研究、国别文学研究和外国文学整体研究、国别文学史研究和断代外国文学史研究，既息息相关、息息相通，也互相渗透、互相促进，它们之间并没有"万里长城"相隔。把它们孤立起来，加以绝对化，并不利于个人和学科的成长与发展。外国文学领域内这种跨学科研究应该是外文所学术发展的重要方向之一。同样，外国文学研究领域各个研究单位同高校有关研究单位之间的通力合作和优势互补，也应该成为外国文学研究的大方向之一。而5卷本《20世纪外国文学史》就是这种认识和思考的实践，它由我和北京大学的陶洁、南京大学的王守仁出任主编，有十多个高校的数十位知名学者参加，并于2007年获得中国图书出版政府奖一等奖。

问：可否就此谈一谈目前外国文学研究领域里文学史研究方面的情况？我们也很想了解一下这方面的情况。

答：近五年来，在外国文学史研究中，最值得重视的是作家的学术史研究，即作家的研究之研究，这是外国文学领域刚刚开辟的新的视角和方法，并取得了可喜成绩。这种研究目前有两种类型,一是中国社会科学院外国文学所陈众议主编的大型的《外国经典作家学术史研究》,分3批编辑出版,第一批8本书已完成,如歌德、塞万提斯、肖洛霍夫、左拉等。一是中国人民大学梁坤主编的多人参加的《外国文学名著批评教程》,于2010年北京大学出版社出版,由20个国内作者分别阐述20个外国经典作家。

除此之外,这些年里外国文学领域大概还出版了36本外国文学史,数量很多,除个别著述外,它们大同小异,基本上是同水平重复,新的见解和新的材料均不多见。在作品和理论研究方面,除少数外,基本也是同水平重复,有时甚至是低水平重复。原因可能是多方面的,有两点值得注意:第一,学术创新虽然号召了多年,但依然说得多、实践得少;没有看到创新本身是十分艰难的事情,非一日之功,如果不安下心来,进行系统而深入的思考,占有第一手材料,全力以赴地去做,那是不可能出好成果的。第二,人文学科的现行评估体系,显得过分的量化,重数量而不重质量,常常不管成果的含金量,只看写出了多少著述。十年树木,百年树人,未能坚持"质量第一"。

问:您对21世纪我国的外国文学研究有何期待?

答:我觉得现在中国研究界,包括外国文学领域在内,面临着一个难得的历史机遇。可以比较和回顾一下:19和20世纪之交,是西方的学派、流派、思潮风起云涌的时代。而20、21世纪之交的世界文坛,既没有新流派和新学派,也没有新的代表人物。面对如此截然相反的状况,该是我们进行反思总结、提出自己创见、拿出自己话语的时候,因为我们已不用像三十年前那样,辛辛苦苦地、前赴后继地去追赶外国尤其是西方的,那一个又一个的文学浪潮,一个又一个的创作流派,以及它们那"走马灯"式的文艺理论批评的模式或样板。现在既然没有新东西可供追赶,我们就可以冷静地坐下来,反思过去、终结现在、探讨未来、发展自己。

我们国家的经济发展正在从粗放型走向集约型、转变发展方式,"GDP万岁"的时代已经过去。在学术上同样应该提倡质量第一。同时应该坚持两条:一要有中国意识,二要有全球意识。两者不可或缺。

问:您提到过把马克思主义文艺理论向前推进,提出理论研究的时代性问题、学术理论与中国实际相结合的问题……这些问题是否可以说是同样的问题呢?

答:可以说是同样的问题。内蒙古大学刘文斌等两人在《高校理论战线》发表了一篇关于我的文章:《把马克思主义文论推向前进》。事前我对他们说,你们最好不要写,等我死了再写。最近在《文艺报》有一个座谈会,题目是"马克思主义思想和当代文学"。我有个发言,分两个部分:第一部分,用马克思主义文艺思想来分析当代文学,是必要的;第二部分,马克思主义文艺思想也要在当代文学的发展中丰富自己、发展自己。这两者不可分割,相辅相成。因为很多的东西,马、恩生前并未产生,例如现代主义和后现代主义等。所谓"推进",就是要在马克思主义的基础上推进;所谓发展,就是要根据生活实践和艺术实践来丰富、来发展。

至于说如何面对21世纪,我在一次会上的发言,就是谈这个问题。特别要利用当前世界文坛的历史机遇,即没有新流派、新学派、新的代表人物的今天,我们不必像前几十年那样去追赶西方。应该拿出具有中国气派、中国意识的创造性的东西。机会真的难得,不知道西方何时又会在文学领域发展出新的东西,不然我们又得去追赶西方和外国的新潮。

问:除了刚才提到的《20世纪外国文学史》这部书,您觉得在您的学术成果中最有意义、最具代表性的著作或论文包括哪些?能否谈一下您主要的学术思路?

答:其实《高校理论战线》2010年第三期刘文斌的文章讲到过。后来有一个观点,收在2006年吉林大学出版社的《文艺意识形态学说论争集》里。我在文章中谈到,在文艺本质的探讨上,不能把一个层次、一种规定、一个维度等等绝对化,例如意识形态、审美、价值、符号、文化等等。不能非此即彼、非彼即此,马克思说得好:具体之所以具体,因为它是"许多规定的整合,因而是多样性的统一"。但是,构成文艺本质的成分,又并非同等重要,其地位、意义、价值,将随着文艺的发展和时代的发展而变化发展。有时突出了一些成分,有时又突出了另一些成分,例如阶级斗争时代主要是阶级性、集体性、意识形态性等等;和谐社会时代主要是人道主义、人性、文化性、审美性等等。

问:您一生致力于外国文学研究工作并曾承担重要的科研管理工作,经历丰富,视野开阔,对今天从事这个工作的学者以及有志于外国文学研究事业的青年,您有哪些期待?

答:我个人没有什么特别的东西可谈,外国文学的许多前辈们已经讲得十分全面,十分精彩,如冯先生、季先生等。我以为:1. 年轻人在打专业基础的时候,表演艺术家盖叫天说过的一句话值得注意,"慢就是快";2. 写文章要从事实出发,有一分资料说一分话。3. 外国文学研究要有中国意识和主体意识,学习外国永远是重要的,但不能被外国人牵着鼻子走。4. 专业知识要开阔一些,人们常说:

文、史、哲不分家。

问:您是我们采访的第一位先生,您对中国整个外国文学研究情况有着宏观的把握和理解。最后,请您给我们这个口述史课题提些建议。

答:我的意见是:无论是口述史还是回忆录,真实是生命,一定要实事求是。

访谈时间:2010 年 10 月 19 日上午 9 时—11 时 20 分
访谈地点:北京市海淀区昌运宫吴元迈先生寓所
访 谈 人:王东亮、罗湉、史阳

新中国60年外国文学研究（第六卷）口述史

推石上山的脚步
——柳鸣九先生访谈录

柳鸣九，1934年生，湖南长沙人。1957年毕业于北京大学西语系。中国社会科学院外文所研究员，中国社会科学院研究生院外文系教授，中国法国文学研究会会长、名誉会长，中国作家协会会员。学术专著有：三卷本《法国文学史》（主编、主要撰写者）、《走近雨果》等三种；评论文集有：《论遗产及其他》《采石集》《法国二十世纪文学散论》等十种；散文集有：《巴黎散记》《巴黎名士印象记》《翰林院内外》《且说这根芦苇》等六种。翻译与编选有：《雨果文学论文选》《磨坊文札》《局外人》《梅里美小说精华》《萨特研究》《新小说派研究》《尤瑟纳尔研究》《马尔罗研究》《法国浪漫派作品选》《法国自然主义作品选》《法国心理小说名著选》《法国短篇小说选》《法国散文选》等三十多种。主编项目有：《西方文艺思潮论丛》（7辑）、《法国二十世纪文学丛书》（70种）、《法国现当代文学研究资料丛刊》（10种）、《外国文学名家精选书系》（80卷）、《雨果文集》（20卷）、《加缪全集》（4卷）等，其中四项获得国家级图书奖。2000年被法国巴黎大学选定为博士论文专题对象。2006年获中国社会科学院"终身荣誉学部委员"称号。

采访人(问)：柳先生，您好！非常感谢您接受我们课题组访谈。无论是以建国60年还是改革开放30年为时间段，考察我国外国文学研究方面的学术史，都是无法绕过您本人在法国文学译介和研究方面的作用和贡献的。能否从在北大西语系读书或更早的经历开始，首先介绍一下您是怎样走上法语语言文学这条研究道路的？

柳鸣九先生(答)：既然你们的访谈问题，基本上是按时序的先后，那我就从我的原本讲起。我的出身条件与我走上外国文学研究的道路，两者之间即使不说是格格不入，也是颇有差距的，我不是书香门第出身，根本没有半点家学渊源，我的父亲是一个厨师，我的家庭随着父亲的谋职而辗转各地，本来我能得到正规的教育就已经很不容易了,但由于我父亲对文化的仰慕,对儿女教育的重视,我居然从初中到高中上的都是当地最好的学校:南京的中大附中、重庆的求精中学、长沙的省立一中。可以说我受到了很完整很优秀的中学教育,这三个学校都有非常好的文化教育的气场,在这样的气场中别说是努力学习,即使只耳濡目染,也可以使一个人受益无穷。是的,我的家庭没有什么家学可以继承,但我从父母那里继承了对文化的敬畏、仰慕与渴求,这倒是一份可贵的精神遗产,有了对文化的敬畏与仰慕,才会有强烈的求知欲,才会有勤奋的求学态度,这样我才考进了北京大学西语系。而且这种对文化的仰慕,可以说使我后来成为了一个文化至上主义者,对优秀文化充满了激情与礼赞,也使我比较善于从各种精神文化中发现它的可贵价值,即使它也有一些杂质,只要它是一个真正的精神文化产品就行,谢谢上帝,我的草根出生,使我在文化上没有那种目空一切、恃才傲物、玩世不恭等毛病,我觉得这对于一个文化人是很重要的。

　　至于我是怎么开始走上法国文学之路的,似乎没有什么早慧必由的原因,仅仅是因为我从中学起就比较喜欢文科,文科成绩也比较好一点,被公认为是文科生,在中学我就独立办过一份小型的油印的"文学刊物",也长期是班上黑板报的"主编",算是我最早的编辑生涯吧。考进了北大西语系,分专业时,因为觉得中学已经学了英文,想在大学再多学一门外文,所以选择了法文专业,这才开始走上了我文化学术的道路,仅此而已。

问:经过1952年院系调整之后的北京大学西语系可谓名师云集,1953年经第一次全国统考入学的一届学生更是得天独厚,接受了比较完整的专业训练,为未来的职业生涯奠定了坚实的基础。能否结合当时法语专业的课程设置,给我们谈一谈前辈名家在教书育人方面的一些情况,以及对您个人选择学术道路的影响?另外,北大四年的科班训练,是否有一些可谓受益终生的收获?

答:北大四年的生活带给我最大、最具体、最明显的变化,当然要算是把我造就成了一个有专业文化、有专业技能的人,这是我日后获得职业工作岗位、获得"饭碗"的基础,也是我建立并发展毕生志趣、积攒我的精神劳绩与文化成果的最初基础。我在北大学的是西语系法国语言文学专业,其培养目标是法国语言与文学的教学人才与研究人才。应该说,西语系的专业教育还是很成功的,至少是很全面的、完备的。首先,课程的设置很科学、很扎实,既然是培养某一外国文化的专门人材,打好该国的语言与文化的基础当为重中之重。因此,我所在的专业,法语课程的分量是很重的,整个四年没有一天没有法语课,每天少则三四节,多则七八节。从语法、语音、精读、泛读、笔译直到口译,授课教师都是当时国内最优秀、最资深的语言文化专家,绝大多数都曾长期留学法国,获得名牌大学高学位者比比皆是。一年级，由吴达元与齐香任我们的主课教师，给我们的法语打基础，吴是著名的法语语法家，他的专著《法语语法》一书是国内高校外语系的一本著名的经典教科书，他在课堂上的教学既得法又严格且严厉，"严师出高徒"，这大大有助于给我们打下坚实的法语语法基础，而由于法语这种语言具有规律性强的特点，在语法上打下了扎实熟练的基础，也就等于具备了这种语言重要的基本功。齐香是游学海外多年后归国的语言学者。法语语音学与法兰西谈吐艺术是她的所长，其发音之准确，语调之优美，即使是法国人也深感钦佩。跟着他们两位当助手的则是年轻教师桂裕芳，也就是后来译有《追忆逝水年华》与《变》的著名翻译家，有他们三位每天对我们进行法语强度锤炼，整整一年下来，坚实的基础也就打下了，虽然在课堂上没有少见吴达元先生严厉的脸色，但学生的确是获益良多，终生受用。

　　从二年级到四年级，法语主打课是精读，读的全是法国文学名著中原汁原味的经典篇章，授课的分别是三位对法国语言文学有专深修养的资深教授：李慰慈、李锡祖与郭麟阁。李慰慈的讲课以细腻深入见长，能加深你对原著原文的深透理解。李锡祖是一位我难忘的老师，他的幽默、他对同学的亲和态度与他天马行空像自由和风一样的讲课，使我觉得他在骨子里最具有"法兰西风格"，虽然他老穿一身不起眼的布料中山装，而不像吴达元那样从来都是西装笔挺，头发严整油亮……李老师长于词汇学，每讲一个词，他总远远地从词根讲起，直讲到由此而来的种种结构上形态上的变化、延伸以及时代历史所增添的内容。如此根茎蔓延，枝叶恣长，一个个词就成了一簇簇文化景观，深使青年学子受用。郭麟阁则学养深厚，绝活多多，他写得一手典雅的法文，他用法文写过一本《法语文学简史》，可惜时运不济，迟迟未能出版，出版后又影响不大，他的迻译本领也甚是了得，善于把中国的成语译成法文，北大西语系的《汉法成语词典》就是在他的主持下编写出来的，他在课堂上还有一绝，能闭上眼睛随口就背诵出法国古典主义名剧中大段的篇章，其记忆的功力使我等深感叹服……除了主打的精读课始终贯彻四年外，到了三、四年级又增加了泛读课与翻译课，精读课以提高同学们的外语准确的理解力与精微的语言修养为目的；而泛读课则是培养与锻炼同学快速的阅读能力，当然所读的全是有一定难度的文学原著，而且愈到后来愈难。教这门课的是法国语言文学界的资深教授曾觉之，他以渊博的文史学识见长。翻译课则是三、四年级的重点课程之一，专门培养与锻炼学生的翻译能力与技艺，前后由陈占元与盛澄华两位教授分别执教，陈占元是中国翻译界的元老，曾参与鲁迅与茅盾创建中国第一家文学翻译杂志《译文》的工作，早就有不少译作问世，盛澄华则是著名的纪德专家，卓有成果的译者与研究者，在法国文学界以其富有才情、成名甚早、风流倜傥而闻名。此外，还有口译课，由陈定民教授主持，他更是一个鼎鼎大名的人物，建国初期，他一直是国家领导人会见外宾时或政府涉外高级会谈中的首席法语口译,但可惜的是,他因为政治外交出访任务出差而经常缺课。

既然是以培养外国语言文学的教学人才与研究人才为目标,西语系的教学设置中当然有很大一部分文学史专业课程。首先,文学史课程从一年级就开始有了,一直贯穿到四年级,头两年是全系各专业都要学的欧洲文学史课程,讲授者是李赋宁教授,后两年则是各专业自己的国别文学史课程,我们法文专业学的是法国文学史,授课老师是闻家驷。李赋宁与闻家驷都是西语系的名教授,享有很高的声誉,李赋宁既是造诣专深的英美文学学者,又对整个欧洲各国文学有广博的修养,他毕生最主要的学术成就是他所主编的三卷本《欧洲文学史》,在建国后半个多世纪里,这要算外国文学研究领域里最令人瞩目的一部学术巨制了。闻家驷作为西语系资深教授的名声当时似乎不及他作为闻一多之胞弟的名声那么大,他后来则以雨果诗歌的译者与《红与黑》的译者而享有盛誉。他们两位都是高水平的文学史教授,讲课很是精彩,叙述准确,评论中肯,剖析精到,立论稳当,颇有经典论述之风。同样是为了给学生打下专业文学史有深度的基础,还设有另一门课程,那是陈占元教授的巴尔扎克专论,安排在四年级,每周也有两节课,课时篇幅不小,把巴尔扎克这位法国文学引以为骄傲的作家放大加以呈现与评析。由于陈占元曾游学巴黎多年,在法兰西文学氛围里浸染已久,学养深厚,他的视点、评叙、材料与阐释都透出那种文学原汁原味的自然气息,而不同于建国初期在外国文学领域里占主导地位的苏式庸俗社会学的观点与论述。这三门课都是我当时特别感兴趣的,学得也很用心,也很努力,这肯定对我多年后的工作是有所影响的,在今天看来,我毕竟在编撰法国文学史方面还算得上"有所作为",我应该怀念我的先师、先行者对我的启蒙与启迪。

在冯至系主任的主持与领导下,当时的西语系为了培养出一批批既有国别语言文学的精良专业水平,又具有广泛的文史学科基础与修养,真正能适应、胜任研究与教学工作的人文学科人才,的确在课程的设置上下足了功夫,至少是作出了最全面、最周全的安排,似乎是要在把这批学生送出校门之前,使他们得到最完整的装备,真正"武装到牙齿",除了以上两大板块的专业课程外,还设置了不少配合性、补充性的课程。众所周知,文学的产生与发展都是在一定的历史框架里进行的,因此,历史不可不学,不仅要学专业语言文化所在的国别史,如法国史,而且还要学中国历史,这大概是为了防止西语系的学生产生"言必称希腊",甚至"崇洋媚外"的倾向。再者,不同的文化是需要加以对照比较的,特别是从事外国语言文化的人,面对外国的语言文化,需要有本民族的文化知性与文化意识,为此就要学中国文学史,特别是五四以后的中国新文学史;还有在中国从事外国文化工作必须经常通过自己本民族的语言文化的技能与修养,因此打下良好的汉语写作能力至关重要,汉语写作、汉语修辞课程的设置也就很必要了。

总之,我们也有幸享受了应有尽有的文史大餐的服务。当然更不能忘记的是,西语系要培养的是"有政治觉悟"的"又红又专"的人才,而不是"白专"人才,于是,政治课就成为了贯穿四年的一条"红线",每年都有一门重头课,马列主义哲学课是为了培养学生有唯物主义的科学的进步的世界观,政治经济学是为了使学生们通晓从剩余价值学说到阶级斗争学说的政治社会理论;新民主主义革命史与党史则着力教育学生牢牢树立"只有共产党才能救中国"的理念,促使学生树立感恩、报恩的责任感……总而言之,西语系的课程堪称全面、丰富周到、稳妥、经得起推敲,这份课程设置与教学大纲显然是一批既精通中西语言文化又尊崇社会主义革命路线的教育专家煞费苦心的杰作。为了将青年学子喂大喂壮,他们不仅设置丰富如"满汉全席"般的佳肴大餐,而且让每一道大餐都由技艺高超的名师掌勺,中国现代文学史有王瑶,汉语修辞写作有杨伯峻,中国历史有田余庆……早在50年代,他们也都是北大著名的教授了。

有如此明确的培养目标,如此周全扎实的教学内容,如此强大高质量的师资队伍,西语系培养出来的外国语言文学人才,一般都具有这样几个强项:外语阅读理解能力较强,特别是文学阅读与理论阅读的能力强;笔译水平较高;历史社会与人文文化知识较为丰富。因此,以就业而言,往往在教学研究、编辑出版与文化交流等领域占有明显的优势,其中不涌现出一些优秀出色的文化工作者那才是怪事呢。

至于北大对我学术道路的决定性影响,说来不好意思,我是在北大这个强大的气场里面,形成了根深蒂固的成名成家的志向与决心。上北大使我倍感骄傲自豪的是,它作为中国精神文化的摇篮,曾经汇集了我所崇拜的思想文化先贤:从蔡元培到胡适、到陈独秀……他们已经构成了近代中国文化学术史上的光辉一页。而从我们进入学校的第一天起,又发现自己的眼前就是当代中国学术文化难得一见的群星闪烁的风景线。开学典礼的那天,学校的领导与各系的系主任都列坐在民主楼大礼堂的主席台上,被一一介绍给入学的全体新生:校长马寅初,鼎鼎大名的经济学家;副校长汤用彤,著名的国学大师;教务长周培源,国际著名的物理学家。还有一批系主任,经济系的陈岱孙、化学系的黄昆、地质地理系的侯仁之、历史系的翦伯赞、中文系的杨晦、西语系的冯至、东语系的季羡林、图书系的向达……无一不是闻名遐迩的学术权威、文化大家,坐在台下的我,翘首远望,目不转睛,盯着台上一个个现实的活生生的名家大师,的确有些心潮澎湃……于是,这一场开学典礼,对我来说,就成为了一场洗礼、一个激励、一次升华,它在我凡俗的躯体中,点燃了星星的一点"圣火",立志成名成家的"圣火",我之所以夸张地称之为"圣火",是因为它在我此后的生命中,毕竟带来了一点"光"、一点"热",如果我的作为,有些还算得上是"光热"的话。

从我入北大后的感受来说,名家榜样的激励远远不止于入学典礼上,它几乎无处不在。一进入到系里,高年级同学就津津乐道向我们新生介绍本系的名学者、名教授的阵容,在我的印象与比较中,我们西语系似乎比其他系更为"星光灿烂",除了冯至外,还有朱光潜、田德望、杨周翰、李赋宁、吴达元、闻家驷、张谷若、吴兴华、盛澄华以及原本属于西语系、即将调入文学研究所的钱锺书、卞之琳、杨绛、潘家洵……这些人在青年学子心目中之所以闪闪发亮,要么是曾经在国外的名牌大学里获得了高学位,要么就是在著书立说、传学布道上已有令世人瞩目的劳绩。从这些活生生的榜样里,我开始形成了这样明确而凡俗的人生观:成名成家是最有价值的人生之途,而成名成家的核心就在于要有自己过硬的"本钱"。何谓"本钱"? 按我的理解,那就是文化学术实绩,就是一本本论著,就是一部部作品,就是"本本"。在燕园如此强大的名家名师磁场中,我不仅很快确定了自己的人生努力的方向,而且几乎无时无刻不感受这磁场的魅力与感染。在未名湖畔,我经常看见陈岱孙绕湖散步,他轩然不凡的气宇、清高矜持的神情、悠悠自得的状态,使我对名师名家的精神意境有了具体的感受,产生了执着的向往;我也经常看见骑着自行车的周培源风驰电掣在办公大楼与各个教学楼之间,特别是他上车与下车时的快捷麻利动作,使我对名家的高效风格有了最初的概念与榜样;我也经常看见朱光潜,不是夹着书本去教室讲课,就是在体育馆附近慢跑或打太极拳,总之一身布衣,一点也不引人注意,但他那种布衣大师的形象,一直刻印在我的脑海中,成为日后仿效的参照……现在看来,这是我最初对名家风度的感受,从这些感受出发,我才有对名家风度的向往与仿效以至自己身体力行,从我起初在未名湖畔、在燕园之内的感受里,我至少把脱俗不凡、潇洒清高、高效有为、布衣低调认定为名家风度的基本元素与模仿目标,而没有把抽烟、喝酒、熬夜、高谈阔论、写诗、着洋装或有意不修边幅视为名士风度的入门课,就像北大那时有些天才少年那样……我对名士风度这样粗浅、朴素的认定与选向,使我终身受益不少,至少我从朱光潜那里学来的慢跑习惯,并坚持了数十年,总算到七十八岁还有精力为出版社主编两大套书系……

北大燕园是一个丰富而神奇的气场,不同的人可以从这里吸收到不同的精神营养,在这里有的人立下了报效国家的壮志,有的人形成了服务社稷民生的宏愿,很不好意思,我只形成了成名成家、做一个学者的志愿,思想境界不高,现在八十岁了,也没法再拔高自己了,我讲的是大实话。

问:大学毕业之后,您先后在蔡仪领导的文学研究所《古典文艺理论译丛》编辑部和文艺理论研究室工作。1964年中国社会科学院外国文学研究所成立后,您调入外文所西方文学研究室,从文艺理论研究转到国别文学研究。这期间有哪些比较难忘的经历?是否可以说,在文艺理论研究方面的积累和实践,也为您后来善于从全局和整体的层面开展文学研究提供了某种准备？

答：由著名美学家蔡仪主编的《古典文艺理论译丛》，创办于 1955 年，以翻译介绍外国文艺理论经典的名著名篇为任务，编委基本上都是搞西学的大学者大名家，如朱光潜、钱锺书、季羡林、杨周翰、冯至、田德望、陈占元等，可谓名家荟萃，至于译者也都是高水平的专家学者。这是一份学术性高，具有开创性、开拓性与系统性的刊物，创办后，就在学术文化界理论界深受欢迎，成为 20 世纪五六十年代影响巨大的刊物，每一期的出版都使读者翘首以待。大学一毕业就分配到这样一个单位工作，是我的幸运，我负责欧美片的联系工作与编辑工作，每一次与编委、与译者联系工作、打交道，都是我受教益的机会，这份工作对我来说就是学业上、业务上的进修。不仅如此，我在文艺理论翻译方面也得到了很好的锻炼，我身在《理论译丛》的编辑岗位上，蔡仪所允许并鼓励的翻译实践当然只限于古典文艺理论的翻译，他深知此类名篇巨制的读解之难与迻译之难，要求译文必须忠实准确、精益求精。正是在他的允许与鼓励下，我翻译了不少古典文学理论名篇，如费纳龙的《致法兰西学院书》、莫泊桑的《论小说》、斯达尔夫的《论莎士比亚悲剧》、达文的《〈人间悲剧、哲学研究〉导言》、左拉的《论小说》、雨果的《论莎士比亚的天才》等，并且都在《古典文艺理论译丛》上发表了，当然，这些译文都是按蔡仪的规定、经由该刊专家编委严格的审校后才获准发表的。不论怎样，这成为我最初的学术平台，在这里，我最初得以在理论文化界"混了个脸熟"。也正是在蔡仪麾下的几年中，我还完成了以理论名篇《〈克伦威尔〉序》为重要内容的一部译稿《雨果文学论文选》，算是我进修西方文艺批评史的答卷之一，只不过这部译稿被压了两年后又遇"十年浩劫"的阻隔，直到 1980 年才被列入了著名的"外国文艺理论名著丛书"得以出版。

这时期我也向理论文章写作这个领域踏出了第一步，事情是这样的：那是在我走上编辑工作岗位仅半年的时候，正值《古典文艺理论译丛》1958 年第二辑出版问世，这一辑集中译介了西欧 18 世纪的美学理论，主要有狄德罗的《美的根源及性质的研究》与《论戏剧艺术》、康德的《美的分析论》、黑格尔的《论美为理念，即理性与感性的统一》以及菲尔丁的《关于现实主义创作的理论》等在美学史、文艺批评史上赫赫有名的理论名篇。这一辑以其厚重的分量立即引起学术理论界的关注与重视，《人民日报》直接与蔡仪联系，希望他提供一篇对该辑的评介文章，篇幅不少于四千字。蔡仪没有把任务交给我的两位革命老大姐，而是交给了我。这文章不好写，要把这一辑中理论名篇的价值与意义写出来、写准确，你至少得研读得比较深透。我总算交了卷，文章很快就发表在《人民日报》理论版较显著的位置上。稿费也很快就到手了，天下第一家党报毕竟气派大，付酬标准相当高，足比我两个月的工资还多。我揣着这笔丰厚的额外收入走进中关村新开的一家西式饮食店,在一个清雅的角落要了一杯牛奶、两块美味的点心,算是对自己的犒赏。这是我生平第一次喝到的一杯牛奶,点心也特别甜美,总共却只花了我不到一元钱。我走出这个饮食店时,心满意足,觉得自己真是"幸福的人"……对这件事,我一直保持着一份美好的记忆,要知道,一个穷小子二十四五岁上生平的第一杯牛奶绝非"小事",其来龙去脉、与之相关的人与事,他是不会淡忘、不会"忘恩"的…… 总之,我在《古典文艺理论译丛》编辑部得到了蔡仪的提携与重用,有了很多实际锻炼的机会,在实践中摸爬滚打,而随时又得到名家的指点与教诲,现在想来真胜过念了两年研究生。

还有一个特殊性,那就是《文艺理论译丛》编辑部是从属于蔡仪所领导的文艺理论室,我实际上是属于研究人员的编制,除了我要做一部分编辑工作外,蔡仪还给我规定了研究工作的专题方向,那就是西方文艺理论批评史,因此,我得以在这个方向下进行了比较系统的进修与积累,在文艺理论室好几年里我这个专业方向一直没变过,这对我后来的文学史研究工作也是一个基础,因为搞清楚了文艺思想、思潮的发展变化,很有益于对整个文学史过程的掌握。

这期间,另一段比较重要的经历是,我参加了蔡仪的《文学概论》的编选工作,这本书是当时周扬领导的全国高等学校文科教材编选工作的一部分,我独立负责了其中一章的编写,全国高等学校文科教材的编写工作都集中在中央党校进行,为期长达两三年,工作条件与生活条件都很优越。对我来说,这既是文艺理论的全面进修,也是理论批评工作的实践。正如你们所言,这一段工作对我后来善于从全局或整体层面开展文学研究提供了重要的准备,当然,我在理论思维、理论概括、理论表述的能力上也颇有增进。

问:1978年10月在广州召开了全国第一次外国文学工作会议暨中国外国文学学会成立大会,您被邀请做了关于西方20世纪文学艺术总体评价的长篇大会发言,引起了很大的共鸣和反响。那篇发言的具体题目和大致内容是什么?是在什么样的背景下酝酿和产生的?从"新中国60年外国文学研究"这样的范围考察,它发挥了什么样的作用?对我们今天从事外国文学研究工作有哪些启发意义?

答:1978年对中国来说是一个重要的年份,这一年发起了"实践是检验真理的唯一标准"大宣传、大讨论,可以说这是中国改革开放的舆论信号,我还不算太愚钝,从大讨论一开始我就处于亢奋的状态:一是我觉得它从根本上动摇了个人崇拜式的思想桎梏,中国很多事情也许就会有转机。二是我明确感觉到这场讨论对我个人来说完全是一次真正的机遇,一次可以有所作为的机遇。既然这是意识形态领域里一定程度解冻的信号,而我又在这个领域里摸爬滚打了很多年,当然就会得到施展一番的空间与余地。至于施展什么,几乎与此同时,我就已经胸有成竹了,我决定在西方20世纪文学的评价上有所作为,具体针对的目标就是苏式意识形态的日丹诺夫论断。

日丹诺夫是斯大林时期的意识形态总管,在位多年,权威很大,在他一个著名的政治报告中,对西方20世纪文学进行了全面的批判,斥之为反动、腐朽、颓废。由于日丹诺夫在苏共中央的权威地位与他这篇政治报告的重要性,更由于我们建国后一开始就"向苏联一边倒""向苏联老大哥学习"的政治路线,他这篇演讲很早就译为中文,被当作思想文化工作的指导原则,在中国获得了"准文件"的经典地位。当年在研究所里,领导上印发给我们大家的"文件汇编""学习资料"中,就常见它赫然在目。在涉外文化工作中,日丹诺夫的敌视立场得到效仿,日丹诺夫的戒律与准则得到了虔诚的遵循,日丹诺夫的批判语言,广泛得到了重复与引用,日丹诺夫论调还不时得到人们自觉的阐述与发挥,当然是作为恭恭敬敬的"学习心得"。于是,直到七八十年代末期,西方现当代文化有生命力的"蒲公英"种子虽然在世界上各个地域已经广为传播,并且得以生根发芽,但在中国只发现了坚硬如花岗石的土地。在这里,有政府的意识形态部门以及文化出版机构的严格掌控,西方现当代先锐、先锋的理论思潮被拒之门外,西方20世纪种种时尚的文化产品完全被禁止引进,西方现当代经典的文学艺术作品不允许翻译出版,即或偶尔有所出版,也仅仅只是作为"供分析批判的反面教材"或"内部参考资料",并且往往加上了批判性的按语或说明,如某个很有声誉的出版社翻译出版了萨特的《存在与虚无》,出版社就没有忘记在"前言"中宣称作者是"帝国主义的代言人"。当然,全国仅有的两家有权出版外国文学作品的官方出版社也翻译并公开出版过一些"外国文学作品",但都是当时社会主义阵营中一些文化活动家半是时政宣传、半是文学的作品,或者是少数有文学成就的左翼作家如阿拉贡、亚马多等人政治色彩浓厚的社会主义现实主义的作品,而真正具有广泛社会影响与经典地位、将进入文学史的作家作品则几乎无一入选……这便是当时的文化状态,而其理论形态与理论指导原则就是日丹诺夫论断。

我从古典到现代,对西方20世纪文学认知得更多以后,就对日丹诺夫论断深不以为然,早就心存反意,我深感如果不把日丹诺夫论断这只拦路虎请走,西方现当代文学研究是没法搞下去的。"实践检验真理"的讨论开始后,我觉得时机到了,就开始着手要做一篇"翻案文章",重新对西方20世纪文学作公正的评价,于是,我就闷头开始做这件事。当时,我既是外国文学研究所西方文学的一个研究室的主任,也是全所性的研究刊物《外国文学研究集刊》的实际操作者,因此,我在写"翻案文章"的同时,也利用《外国文学研究集刊》这个平台,组织了其目的性一目了然的重新评价西方20世纪文学的笔谈。我做这一切所领导都看在眼里，实际上也得到了他们的默许，那时他们正在中宣部与社科院的领导下，以外国文学研究所的名义，准备在这一年的十月召开全国第一次外国文学工作会议，并借此成立全国性的外国文学学会。将近9月的一天，所长冯至招我去他的办公室，交给我一个任务，在这次大会上作一个关于西方现当代文学的重点学术发言。这无疑是大大的重用，对我来说，是一次极为重要的机遇，我可以把向日丹诺夫冲击、重新评价西方20世纪文学的这一件事做得有声有色。为此，我进行了充分的准备。

第一次外国文学工作会议于十月在广州召开，这是建国后外国文学界前所未有的一次全国性的盛会。

会议开得很有气派、很隆重。虽说是由外国文学研究所出面，但上有中宣部与中国社会科学院的大力支持，从旁协作的又有：对外友协、作家协会、外文局、各出版单位以及各重点大学的有关院系，主办单位与协作单位阵容如此强大，实为后来国内单一议题的文化学术会议所罕见。意识形态领导部门的大员纷纷莅会到场，也证明了这种支持与重视，而且来的都是学者型的高级领导，记得有：中宣部的首脑、文艺批评权威周扬、中央编译局副局长、资深翻译家姜椿芳，中国社会科学院副院长兼秘书长、著名小说《钢铁是怎么炼成的》的译者梅益，等等。我之所以特别没有忘记他们几位，是因为他们的文化学养的确与这次学术盛举很是靠谱，相得益彰，而不是常见的那种领导"内行"的"外行"。

会议规模甚大，与会者约有三百人之多，文化学术会议达此规模者，似乎只有全国作家代表大会曾经有过或有过之，除了少数工作人员与新闻媒体的列席人员外，全是来自全国各地的外国语言文学工作者，不外这样几种人：研究机构的学者、高等院校的教师、编译机构与对外文化交流机构的工作者，以及报纸杂志编辑、出版机构的从业人员等等，浩浩荡荡，洋洋大观。中国有这样一支齐全的涉外文化大军，不失为一件值得自诩的事。

特别令人瞩目的是，在与会的人群中有声望的名流方家比比皆是，他们基本上都来自一些著名高等学府与权威的学术文化机构：来自北京大学的有朱光潜、季羡林、金克木、李赋宁、杨周翰等，来自社科院研究所的是冯至、李健吾、罗大冈、戈宝权、陈冰夷、叶水夫等，来自南开大学的有李霁野等，来自中山大学的是梁宗岱、戴镏龄等，来自中央编译局的是杨宪益、叶君健等，来自复旦大学的有伍蠡甫、杨恺深等，来自北京外国语大学的有许国璋、王佐良……来自上海的译界有草婴、辛未艾、吴岩、方平等，来自山东大学的是吴富恒、陆凡等，来自人民文学出版社有楼适宜、孙绳武、绿原等。除了这些文化学术界的高端名流外，则是各单位、各高等院校的党政负责同志与已经在学界文坛崭露头角的业务骨干。名家聚首、精英荟萃，其密集程度如此高者，在我所见识过的全国性的大型人文文化活动中，唯有作家代表大会稍有过之……

任何高规格的会议都少不了郑重其事的仪式性的程序，内容不外是主办单位的开幕词，各上级机构领导同志的讲话以及地方有关方面、有关机构的祝词贺信等等，广州会议自不例外。不过，会议的组织领导不愧是学术文化工作的行家里手，这些讲话都相当短小精悍，并非长篇累牍的大报告，安排得也很紧凑，因此，整个仪式部分只占用了半个上午的时间，仪式走完之后，次日上午便开始大会发言，这是广州会议的主体部分。大会发言并非自发性的，而是高度有组织有准备的安排，但一共只安排了三个。一个是人民文学社总编辑孙绳武汇报建国后人民文学出版社与上海译文出版社外国文学作品的情况，因为直至当时，国内只有这两家官方出版社有权从事外国文学的出版，它们所曾经出版过的外国文学作品也就是国内这个方面出版工作的总和。第二个发言是当时的华中师范学院《外国文学研究》的主编周立群汇报部分高校文科院系举办的一次"资产人道主义问题"学术讨论会的情况。第三个发言就是柳某的"重新评价西方现当代文学的几个问题"了。孙的发言基本上是对外国文学出版物分门别类的概述与有关的统计数字，周立群的发言则基本上是一次客观的学术动态汇报，两个发言的篇幅都不长，加在一起也只占用了半个上午的时间。剩下来的足有一个半上午约五、六个小时的时间都给了第三个发言，难怪不得冯至先生在最初布置任务的时候就允许我的大会发言可以"讲得充分些"。实事求是地说来，广州会议的"重头戏"就是这第三个发言了。

整个发言共分五大部分。

第一大部分是提出问题，一开始就尖锐指出了这样一个不合理的文化现象：在中国，现当代西方文学被视为"一个陌生而可怕的领域"，"不能公开出版，图书馆里很难找到，大学讲坛上更是从不讲授"，而其原因，发言者则归于日丹诺夫论断，虽然也扫了一扫"四人帮"文化专制主义的余孽。对立面明确之后，以下四五个小时就完全是对它进行辩驳与冲击了。"名不正，言不顺"，如此不客气的发难当然需要有大理由，理由多着呢，而且都十分堂正，《共产党宣言》中的"世界文学"论、毛泽东的三个世界划分论、"国际统一战线"论、"四个现代化需要引进借鉴"论、"知己知彼"论、"无产阶级在文化上有世界胸怀"以及"中国在当今世界事务中的地位"等等。以所有这些名义来请走日丹诺夫这只拦路虎，当然是马克思主义大雅之堂上的正经事、义举。

第二大部分是对日丹诺夫论断中"反动"说、"腐朽"说、"颓废"说的一一反辩，是对西方20世纪文学艺术的社会性质、社会意义与社会作用的全面评析与认定，是对西方20世纪文学艺术的总体评价与总体认识。发言者深知，日丹诺夫论断难免没有以"帝国主义是资本主义的反动垂死阶段"这一著名学说为本依。既然这一学说属党国要事，发言者自然要小心翼翼，不予触犯，但总可以大谈马克思在《政治经验学》导论中所提出艺术生产与一般社会发展不平衡的规律吧,总可以特别强调要以马克思主义关于"一分为二"的辩证方法来对待西方20世纪文学吧,这就足够揭示出日丹诺夫论断的偏颇与谬误了。如果发言仅止于这些抽象的理论,也搞不定日丹诺夫论断,当然也没法吸引面前济济一堂的饱学之士、学界精英听下去,所幸这位发言者操持过《20世纪欧美文学大纲》的编写工作,也开始主编了多卷本的《法国文学史》,他的演讲卡片里装了大量的文学史史料,何况,他一直有心成为一个通晓文学史的学者,而告诫自己不要成为只靠马列主义经典作家的引文吃饭的"空头理论家"。

他先从"20世纪西方文学领域中作家的社会活动、政治表现"开论,既然中国的社会主义文艺学从来都特别讲究"政治标准第一"。在他看来,政治、社会活动中有"良好的"进步的表现的作家简直就"成批成军",不胜枚举,他索性上溯到无产阶级登上了历史舞台的19世纪后期,为那些一直被否定、被批评的"恶魔诗人""颓废派诗人"也讲了些好话,又为后20世纪的现代派诗人在政治上正了名,还为那些曾经作为"同路人"的一大批欧美作家如马尔罗、萨特、加缪等等评功摆好。至于很多对资本主义社会持传统批判立场的现实主义作家更是"功不可没"了,在他看来,革命导师恩格斯早在19世纪后期就已经对这种批判倾向表示了感谢。

为什么在资本主义制度下能出现如此多的"贰臣逆子",而不像社会主义制下几乎全都是歌功颂德的臣民?发言者又深入到"从作家在资本主义社会的阶级地位来看"这第二个层次,在这里,他免不了要做些社会阶级成分百分比的调查(虽然是大略的统计,但实属言之有据),以众多的实例,指出了出身于小资产阶级甚至社会下层的作家占有大得多的比例,这就决定了对社会制度"冷眼旁观"持批判态度的占"大多数"。讲到这个层次还嫌不够,还需从根本上论述作家在西方现当代社会中的地位变化,对此,发言者考察了18世纪以后稿费制度的发生发展,考察了写作成为了社会生活中的一种自由职业,从而可以见出,一方面作家在经济上摆脱了对当权者的依存关系,另一方面相对独立的经济地位也派生出"忠于作家的良心""伸张正义""捍卫自由"等一系列作家职业道德规范。

从道理上讲清楚大量"贰臣逆子"的必由后,又进入到第三个层次,即"从西方现当代文学的思想内容"来做进一步考察,以下就是洋洋洒洒一大篇为西方现当代文学"评功摆好"的赞赏演讲了。从世纪之初的反战文学,到稍后出现并长久不衰的批判现实主义文学、30年代至40年代的反法西斯文学、抵抗文学,一直到战后的存在主义文学、新现实主义文学、"愤怒青年"文学、"黑色幽默"等等,为整个20世纪的西方文学描绘出完全不同于日丹诺夫论断的积极进步的形象,还它以本来的面目,展示出其中蕴含的诸多有助于人类向前发展的社会意义:它对社会弊端的揭示与批判、它主持正义的呼喊、它对社会公正的召唤与追求、它对战争与暴力的反对、对独裁与专制的抗议、对自由理想的向往、对纯朴人性的赞赏、对善良与人道的歌颂……可以毫不夸张地说,这一番振振有词、言之有据的论说,恐怕要算建国后学术文化领域中第一次对整个20世纪西方文学全面的推崇性的善评。

长篇发言的第三大部分是"如何看待西方现当代文学思想基础",进一步对文学的精神内核作了深层次的考察。虽然发言者认为二十世纪曾产生过若干错误甚至是反动的社会哲学思潮,并对文学领域也不无消极的影响,但指出20世纪西方文学基本上还是继承、发扬了人类历史上进步的思想传统,特别是人道主义传统,并闪耀出了新的灿烂光辉,达到了新的高度。对此,他除了对一般层面作出概述外,还特别选择了卡夫卡、萨特、贝克特这三个在思想与艺术上具有现代派特点因而不易被中国读者理解的重要作家进行了比较专深的论述,对他们的代表作《变形记》《审判》《城堡》《存在主义是一种人道主义》《艾罗斯特拉特》《墙》《厌恶》《等待戈多》等一一作了比较深入细致分析,着力于剥除它们现代派哲学词汇的外衣与荒诞不经的外表形式,而见出其动人的人文主义的光彩。客观地说,如果这位发言者在第二大部分力图展示出自己在文学史方面的知识的话,那么在这第三大部分的演讲词里则力图追求精到的论析能力与闪光的思想火花。

长篇发言的第四大部分是"如何看待西方现当代文学的艺术性"。与日丹诺夫论断针锋相对,发言者视西方20世纪文学为人类的又一艺术高峰,它继承了过去时代文学的优秀传统并推进到新的水平,如写实传统因自然主义与心理学的引进而有了新的高度与深度,浪漫主义传统因表现主义、象征主义的贡献而有了新的活力与面貌。他还力挺20世纪文学在艺术上超越传统的创新成就,对荒诞派戏剧的表现方法、意识流小说超时空的描写、表现主义的意象化艺术表现都一一作了正面的论述与推崇。

长篇发言最后一大部分是:"坚持历史唯物主义,掌握正确的批评标准,对西方现当代文学进行科学的评价。"这既是对日丹诺夫偏颇谬妄批评方法的全面批驳,也是对国内一贯过"左"批评论调的系统反思。在这里,发言者对两个批评原则作了比较透辟的论述:一、"应该从西方作家当时当地的历史条件出发,而不应该从我们的主观要求与愿望出发";二、"应该把作家当作作家要求,而不应越出作家的职责去加以要求",还对"求全责备""晚节不好""色情下流""颓废消极"等等常见的批评棍棒的不合理性一一进行了论析。

发言一完毕,我就感受到了成功的滋味:从走下讲台那一刻起,整整一两天之内,人们有些上来握手祝贺,有些表示认同肯定,有些表示赞赏称道,有些表示关怀鼓励。使我最为难忘的还是朱光潜当着周扬的面对我的称赞,那是在我发言的第二天,周扬莅临大会与学术名流见面的时候。他进入大厅,仍有昔日王者般的气派与优雅，大家列队欢迎，相当热烈。在这种名士大儒济济一堂的场合，我当然对自己的斤两有自知之明，所以自觉地缩在人堆里，但朱光潜看见了我就主动把我拉出来，向周扬介绍说："这是柳鸣九，他昨天在会上作了一个很好的学术报告"，只不过，周扬当时对此没有任何反应……

之所以成功，除了是因为这的确是一个有主见、有理论、有史料、有系统、有爆发点的报告外，恐怕主要是它讲出了在座很多有识之士想讲却还没有敢讲或还没有来得及讲出的话。要知道，他们都没有少受日丹诺夫论断的压抑，因此，乐见有"出头鸟"打鸣，也就不禁报以掌声了。广州会上我所感受到的热情，其实就是一定族群在一定时际的一种宣泄。

几乎是从广州会议的讲台上一下来，我的那篇发言稿就被《外国文学研究》的主编捷足先登、大包大揽地预签了独家发表权。这是当时国内唯一一家外国文学评论刊物，由华中师范学院主办，至今已红红火火办了三十年，也算是国内高校系统的一家重点期刊。我从广州回到北京后，将发言成文定型、调整润色为一篇将近六万字的大文，后由该刊1979年的前三期长篇连载。如果说在对日丹诺夫的发难中，广州会上的发言是我射出的第一支箭，那么《外国文学研究》上的这一篇长文就要算是射向日丹诺夫论断的第二支箭，至于我在1978年通过《外国文学研究集刊》所组织的"笔谈"，由于分别刊载的第一、二、三期直到1979年9月以后才陆续出刊问世，倒成为了射向日丹诺夫论断的第三支箭了。

也正是在广州会议期间，我与参加了会议的上海文艺出版社社长郑鍠达成了协议，由该社出版我的第一个论文集《论遗产及其他》，其中的主打文章就是对日丹诺夫论断发难的这篇长文。后来，论文集于1980年出版。初版一万三千册，两年后又获再版加印，达到一万八千册，算是那个时期一本颇受欢迎的书。

这就是1978年我以"实践检验真理"的讨论为时机，针对日丹诺夫论断的所作所为。我不能说，在这一年的广州会议以前，国内完全没有公开的对西方20世纪文化文学的翻译介绍，但从广州会议之后，对这个领域文学的翻译、介绍、讲授、研究、评论方才欣欣向荣、蔚然成风却是明显的事实，毕竟国内外国文学工作领域里的精英，从高等院校的教学骨干到出版社、文化文学期刊的社长、总编、负责人，都在广州盛会上得到了他们所需要的讯息。

但是就在我的"三箭齐发"之后不久，日丹诺夫忠实信仰者的反击与清算就降落在我的头上了。广州会议的第二年即1979年，全国外国文学工作第二次会议，也是外国文学研究所主办的外国文学学会第二届年会在成都召开，规模亦相当盛大，只是气候乍暖乍寒，风向有了变化，在这次大会上，领导上安排了一个革命大批判发言，该发言高调宣称："批日丹诺夫，就是要搞臭马列主义"，其锋芒所指，当然是广州会议上的那个发难者。

在成都会议上,我没有作任何声辩,我深知,此种高调一方面是出于某种个人的"理论利益""学术文化利益",另一方面是由于对国门外的文化学术真实状况孤陋寡闻,愚昧无知。因此,我决定:"进一步让事实说话",其具体作为便是开始主编"法国现当代文学资料丛刊",进一步提供客观史料,其中的第一集便是由我自己编选的《萨特研究》。

1981年,《萨特研究》出版问世,该书对这位在中国一直被侧目而视的作家作了全面客观的译介与实事求是的评价与推崇,出版后大受欢迎,成为了一代知识精英的必读书。

1982年,"清污"风风火火在全国进行,萨特首当其冲,《萨特研究》成为批判对象并被禁止出版,同时挨批受冲击的还有其他西方现代派的种种文学艺术。在"清污"中纷纷出手的理论家,仍是日丹诺夫论断的老信徒。

1985,雨过天晴,《萨特研究》被解禁再版重印,"法国现当代文学研究资料丛刊"亦"春风吹又生",我编选的《马尔罗研究》(1984)、《新小说派研究》(1986年)、《尤瑟纳尔研究》(1987)得以陆续出版问世。最后,至90年代中,这个丛刊因出版困难而停止,总共出版了十种。

为了对"清污"中被涉及的西方现当代文学思潮流派再一次进行重新评价,我开始主编"西方文艺思潮论丛",该论丛于1987年开始陆续问世,计有《未来主义、超现实主义、魔幻现实主义》(1987年)、《自然主义》(1988年)、《意识流》(1989年)、《二十世纪文学中的荒诞》(1993年)、《20世纪现实主义》(1994年)、《从现代主义到后现代主义》(1994年)、《存在文学与文学中的存在》(1997年),一共七大卷。

为了对西方20世纪文学作进一步大规模的"文化积累",我开始主编巨型的"法国二十世纪文学丛书",该丛书的第一批书七卷于1986年出版问世,此后,惨淡经营,坚持不懈,终到1999年出齐十批书共七十卷,成为国内规模最大的一套国别文学丛书,深受中国文学界、文学创作界的重视与欢迎。在此过程中,我撰写了七十万字的评论,后结集为两卷集《法国二十世纪文学景观》(《超越荒诞》与《从选择到反抗》)出版……

为了扩大与深化对外国文学的系统积累,我在国内一批学有所长的外国文学学者的合作下,于90年代又开始主编"外国文学名家精选书系",从1997年问世到2008年,基本上已出版七十卷共约五千万字,其中西方20世纪文学部分占有三分之一强,包括一些在中国曾备受争议的作家,如《萨特精选集》《劳伦斯精选集》《卡夫卡精选集》《里尔克精选集》《乔哀斯精选集》《王尔德精选集》与《阿波利奈尔精选集》等等。特别是我主持编译的四卷本《加缪全集》,要算是此过程中的最重要的成果。

1978年到2008年,我走过的历程大抵如此。从某种意义上来说,我在学术文化上相当大一部分作为是从1978年开始的,构成了我学术文化的"近代史"的起点与开篇,其中的重点与贯穿始终的主线清晰可见,那便是对西方20世纪文化的说明与展示。

回顾这三十年走过来的道路,难免不深感其不平坦,如果再加上80年代中到90年代初我前后三次极不公正地被拒在"博导"队伍之外的逆境,那就应该说道路实在是坎坷之至。所幸,从这一趟行程中,留下了一些实实在在的卷帙,对于"会思想的芦苇"这样一个脆弱的个体来说,这也许就是存在意义的唯一了。

问:1980年8月您在《读书》杂志上发表《给萨特以历史地位》,1981年您主编的《萨特研究》出版发行,对80年代初中国兴起的"萨特热"产生了直接影响。有媒体称您为中国"萨特研究第一人",您自己喜欢"为萨特办文化入境签证"这样的比喻,我们想了解的是:事过三十年之后,您对萨特的理解和评价是否有所改变?我们应该怎样解读当年的"萨特热"?从今天人们的一些文学阅读选择来看,萨特的作品在经典性或永恒文学价值方面看,是否比不上加缪的《局外人》和《鼠疫》?

答:我1980年发表在《读书》杂志上的《给萨特以历史地位》与1981年出版的《萨特研究》一书,都致力于对萨特作为思想家、哲学家、文学家与社会活动家作出正面的积极的评价,为了使萨特在思想文化上堂堂正正地进入中国,我讲的为萨特办"文化签证"的比喻就是这个意思。因为萨特在1955年作为统战部的客人就来过中国一趟,但谁都知道统战对象往往并不是思想文化上被认可的对象,事实上我们的意识形态领域对萨特的思想文化一直没松口,还是日丹诺夫式的立场。因为老论断、老思维模式、老语言是现成的,拿来就可以用,用不着自己费力气,更不会有任何政治风险,这是日丹诺夫论断在中国思想文化界根深蒂固的一个客观原因。我要在思想文化上为萨特办"正式签证"就要费大力气,首先自己要吃透萨特的方方面面,然后使他中国本土化,用中国的语境全面准确地展示出真实的萨特,我"给萨特以历史地位"的大声疾呼与全面介绍萨特的《萨特研究》一书基本上做到了这一点,其中最核心的就是给了萨特的"自我选择"哲理及其在他文学创作中的表现给予公正的、正面的、合情合理的评价。我的作为在当时的确有很大的影响,曾被有关方面视为"精神污染",而在全国范围里面受到了批判。但是萨特的"自我选择"哲理以及我所做的哪怕很肤浅的诠释,却正好投合了改革开放初期人群中个体人自主精神、选择精神的社会需要,试看今日之社会,有几个人不说"自我选择"这句话,不见得这些人都读过萨特的论著与作品,但萨特的"自我选择"的哲理有助于释放个体人的主观能动性的能量，这是不争的事实，一种哲理吻合了社会的需要，这便是"萨特热"的真正根由。我当时不知道影响有这么大，后来才知道在改革开放中崭露头角的精英，很多人都是从萨特的哲理中出来的。至今，我对萨特哲理的评价，特别是对他的核心哲理及其文学表现的评价，没有什么变化，也用不着有什么变化。

不过，我在萨特逝世二十周年的时候，曾经指出，世事如沧海桑田，萨特作为一个社会政治活动家，在当时当地的社会政治事件与极左思潮中投入得太执着、太淋漓尽致，没有给自己留下一个作家最好应该保持的适当距离，没有采取一个思想家最好应该具有的高瞻远瞩的超然态度，倒把自己的阵营性、党派性表现到再鲜明不过的极致程度。因此，当他所立足的阵营与政派在历史发展中露出了严重历史局限性而黯然失色，甚至成为历史陈迹的时候，人们就看到了萨特振振有词、激昂慷慨所立足的基石、所倚撑的支点悲剧性地坍塌下去了，看到了他在那个地方所投入的激情、岁月、精力、思考、文笔相当大一部分皆付诸东流，萨特的十卷文集《境况种种》中一部分内容就是如此。

至于萨特与加缪的比较，这个问题很有意思，但展开讲很费口舌，我只简单讲两点意思：一、对不同作家与其比较他们的优劣与胜负，不如指出他们各自强有力的方面与各自的软肋。二、虽然我对萨特与加缪都唱过赞歌，但我个人肯定更喜欢加缪为人的格调与他的西西弗哲理，喜欢西西弗哲理中的坚毅精神与悲壮情怀。

问：由您担任主编和主要撰写者的三卷本《法国文学史》是中国外国文学研究学术史上具有里程碑意义的著作，我们"新中国60年外国文学研究"项目组负责外国文学史研究子课题的同事会专章讨论它的价值和意义。您把这三卷本文学史与《法国二十世纪文学史观》称作"我的主课作业"，我们很想了解您个人对自己"主课作业"的理解和评价。

答：我把文学史工作作为我的"主课作业"，一是因为它在我一辈子的业务工作中所占的比重很大，最早我在文艺理论研究室的几年，明确的业务进修方向是西方文艺批评史，调到了西方文学研究室，我参加了《欧美二十世纪文学发展史纲》的编写工作。这项任务是当时周扬交给外国文学研究所的，强调为"研究所生死存亡的大事"，整个项目由卞之琳挂帅，我作为史纲编写组的学术秘书，协助卞之琳操持常务工作。这个项目后来由于"文化大革命"的来到而中断，只完成了一个六七万字的纲要，但给我打下了认知西方20世纪文学的基础。再后来，就是"文化大革命"后期开始的三卷本《法国文学史》的编写了，我虽然是主编和主要撰写者，但还有郑克鲁、张英伦等同志参加合作。更后来的两卷本《法国二十世纪文学景观》，则是由我一个人撰写的。总之，文学史的工作在我一辈子的学术研究活动中一直贯穿始终,这是我把它称之为主课作业的第一个原因。第二个原因就是文学史的研究工作一直是我业务活动的基础,很多事情都是从这里派生出去的,有了文学史研究工作作为基础,我主编一大套一大套的丛书就是得心应手、轻车熟路的事了,我对日丹诺夫论断发起的冲击,没有文学史研究工作作为基础,那是不可想象的。

　　文学史的资料与文本浩如烟海,我面对着这样一个大海,深感个人能力的有限,个人写下的关于文学史的文字,虽然有好几本书,但只不过是一份作业、一份答卷,且留待后人评说吧。如果一定要我自己说点评价,我只能说因为是多卷本国别文学史,论述的范围是全面的、细致的;论述的深度也算"还行",最主要的是所言都是自己的看法与分析,没有编译外国人论著的痕迹,而是中国人自己独立的总结与评述。没有辜负钱锺书、李健吾等先贤的鼓励与首肯,三卷本《法国文学史》于1993年获得了国家图书奖提名奖,那是建国后第一届全国图书评奖,积累多年,参评的图书共有五十余万种之多,故此奖得之不易。

问:除了《萨特研究》之外,您也主编策划了多种作家选集和大型丛书,并亲自参与具体章节的翻译和撰写,而且选题范围也并不局限于法国文学。这是些造福学界和读者的重要工程,主编的威望、影响、号召力在其中固然发挥着重要的作用,但是从选题策划到出版发行通常是一个漫长艰巨的过程,需要付出很多的心血和劳动,能否结合某套具体的丛书比如70卷的"法国二十世纪文学丛书"("F·20丛书"),跟我们分享一下作为主编的辛劳和喜悦?

答:在文化界我也算是一个著名的编书匠,的确编了很多选本、文集、丛刊以及大型丛书,多得叫我自己也感到不好意思,但是这些编书工作其实基本上都是我的文学史研究工作的派生物、副产品,没有文学史研究功底的人,要编这些书是不可想象的,选什么作家、作品以及如何归类、概括,对他来说都是难题。但对研究、撰写文学史的人,情况就完全不一样,他把整个文学史都摸透了,对作家作品都了然于心,编起书来自然得心应手、水到渠成,只要加上独特的视角与闪光的切入点,再加上组稿约稿以及具体编辑工作,一个选集、一套丛书就可脱颖而出,这就像是做好了一个大蛋糕之后,要把它切成不同的块片,再摆成一个个拼盘,相对来说也就是一件比较容易的事了。当然,独特的视角与闪光的切入点是灵魂。

　　但是,从编书的意图来说,只有很少数的编书项目是我自己主动要搞的,如《法国现当代文学研究资料丛刊》十卷与"F·20世纪文学丛书"七十种,是为了再一次证实我的反日丹诺夫论断的文学观,是为了提供出颠扑不破的文学经典与有代表性的文本。有些编书则是为了表现我独特的学术见解与别具一格的知识性，如我主编的《世界心理小说》十三卷、《撒旦文丛》多卷与《盗火者文丛》十卷。其他大部分丛书、丛刊，包括《雨果文集》二十卷、《加缪全集》四卷、《世界短篇小说精品文库》十八卷、《外国文学名家精选书系》八十卷，基本上都是应出版社的聘请邀约而主编的。既然人家对你有充分的信任，把你当作一个"知名品牌"而诚邀固请，那何乐不为？何况我作为一个布衣学者、草根学者，在社会地位上与经济上都没有清高摆谱的本钱，说得坦率一点，这也是我编书的利益驱动。不过，不同于一般"编书匠"的是，我比较注重编书工作中的学术含量，除了要求选题的全面、准确与精当外，还特别要求必须冠以有分量的学术性的编选者序，因此，我编的书在口碑上"还行"，共有四项先后获得了"全国图书奖"与"中国图书奖"。

至于"F·20丛书"，的确是一套很有开拓性的丛书，影响也比较大，特别受到了中国文学创作界一些名家才人的重视，我断断续续花了十多年，才完成了七十卷的，个中有很多辛劳和喜悦，辛劳主要是在选题上，主编要先行一步，先搞清楚要选择介绍哪些作品，这件事就得靠笨功夫，饭要一口一口地吃，书要一本一本地读，选题才能定下来。另一种辛劳，则是写序，七十种除了极少数的几种外，全部的序都是出自主编之手，写得有些苦，不仅在内容上要言之有物，有助读者对法国20世纪文学有较深层次的了解与认知，而且在文笔上也追求行云流水的风致，我个人的才情并不高，如此勉为其难，也是自作自受。

问：我们注意到，您也翻译了一些重要的法国文学作品，在选题上有些个人偏好吗？您对文学翻译有哪些个人体会？对时下比较热门的翻译学有什么看法？

答：在学界，我要算是弄翻译相对较少的一个，原因很简单：能量守恒，在这方面花的精力与时间较多，在那方面能投入的也就较少。对于天才也许例外，至少对我这样的智力平平的人完全如此。

到如今能够勉强构成四五个"点"的，只有雨果、都德、梅里美、莫泊桑与加缪，总共一百来万字。雨果我只译过一本文艺评论集，都德、梅里美、莫泊桑、加缪也只是各一两个小说集。

翻译这些作品都有当时的具体原因，有的甚至是被逼译出来的，真正我所喜欢的作家与作品，那就是都德的《磨坊文札》，我喜欢他那种平和自然的风格，富有感情与情趣，而又蕴藉柔和不事张扬的笔调。在我未译过的作家作品中，我最喜欢的是卢梭的《忏悔录》，我喜欢它面对人世的坦诚态度与因人世变化的苍凉感，我多次动笔翻译，但都因为时间不够而放下，但它的面世态度对我自己的为人做事一直颇有影响。当然，加缪的《西西弗神话》更是我心仪赞赏的作品，我尊崇其中那种执著而悲壮的精神境界，我立志做一个推石上山者，我知道，我也只能是一个推石上山者。

我没时间多搞翻译，更没有时间与精力去研究翻译学，我觉得我在翻译方面只是小打小闹，敬奉"信、达、雅"三个字就足够了。

问：您担任过十几年的法国文学研究会会长职务，我们至今还记得您任期内非常有创意的那次"'六长老'半世纪译著业绩回顾座谈会"以及 2002 年那场规模宏大的"首都文化界纪念雨果诞辰 200 周年大会暨雨果文学创作学术讨论会"，以您的经验看，这样的学术团体究竟应该发挥怎样的作用？它的领导者应该在哪些方面有所作为？

答：谢谢你们还记得上述两次活动，这两次学术活动情况很不一样。前一个座谈会只有清茶一杯，没有摄像留影，没有隆重的宴会，原因很简单，法国文学研究会很穷很穷，得不到什么经费，但也不能无声无息、毫无作为。因此，那一年我就设计出了"'六长老'半世纪译著业绩回顾座谈会"，说实话，任何物质条件都没有（清茶一杯，也只是普通茶叶），只有我的一份敬老尊贤的诚意，创意就是来自诚意，诚意只要真挚，朴素清淡的会议形式也能打动人，当然主持者也得拿出一份亲切动人而非官样文章的开幕词，因此，用自己的心去写一篇礼赞文章，成为了我唯一要下工夫去做的。不过，平时早有敬意、早有诚意，写这样一篇开幕词，也无须下什么特别大的工夫。雨果纪念大会则不同，规模宏大，排场豪华，但同样也是法国文学研究会囊中羞涩的另外一种结果，恰逢一个伟大作家诞生二百周年这一个"节气"，法国文学研究会总该有动作、有表示吧，法国文学研究会虽然有自己的挂靠单位，但挂靠单位的经费僧多粥少，在分配上，还有这个倾斜，那个讲究，法国文学研究会从未得到过眷顾，想在一个像样的场所举行一次雨果纪念大会，只好自己去凑钱，这就不是简单的诚意能解决问题了，那就得多打电话、多跑腿、多调查研究、多费口舌、多下笨功夫，最后总算联合起二十来个单位共同来举办。场面当然是"大大的"，在国际饭店的宴会厅举行，参加的不仅有法国文学界的著名学者，而且有不少首都文化界的名流。总之，挂靠单位并没有拨多少款，经费全靠"化缘"解决，只不过要放下身段，使出"全身解数"，也可以说功夫不负苦心人吧。

我在会长任内十多年，基本上就是这么惨淡经营过来的，在人文精神滑落、物质功利主义张扬的社会条件下，办人文科学的研究会是很不容易的，要办得有影响、有口碑就更难，只能靠自己的诚意、创意与下苦功来进行坚守，这是我的体会心得。我坚辞法国文学研究会会长一职已有十多年了，为了不给后来者添乱，我再也没过问过研究会的任何事情。"对于学术团体应该发挥怎样的作用"，"领导者应该在哪些方面有所作为"这样的大问题，请恕我这个退休老头不再说三道四了。

问：整整三十年前，20世纪80年代初期的时候，国内大学法语专业的学生在研习着您的《法国文学史》，学术界在热议着您的《萨特研究》，而文学青年和更多的读者在争着读您的《巴黎对话录》。从文化传播的角度看，学术散文覆盖的范围更为宽广，影响更为深远，但不是每个学者都有作家的文笔，写出的文字被广大读者所喜爱。就我们所知，学术散文、文化随笔在您的工作中占有相当的比重，几个文集将近百万字，且多与外国文学有关，深受读者欢迎。能否给我们介绍一下这方面的情况，顺便谈谈与读者的互动？

答：中学时，从语文课本中读到了徐志摩的《我所知道的康桥》，在此之后，它那种精致的文化内涵、潇洒的神韵与绝美的文笔就一直不断地"润"着我那混沌初开、尚未脱离愚顽、智商不高的悟性，它慢慢地营造着一个人的精神向往与文化追求。我后来心仪国外的文化，投考北大西语系，实与此多少有关，其时，居然形成了一个朦胧的人生理想：但愿能获得如此这般的文化修养，将来能写出些许如此这般的文字……

徐志摩的青春年华是在康河上泛舟度过的，而我的则是在高音喇叭声中度过的，其后的岁月还更为酷热，更似"惨不忍睹"。直到1981年，我年已46，都一直关在国门之内，还没有见过心仪已久的国外文化文物一眼。如果是愚昧无知，倒也罢了，心里没有饥渴的对象，就不会有饥渴之苦了。但我在大学里的专业，恰巧是外国的语言文化……在那么漫长的岁月里，我辈同龄人充满了向往与期盼的精神文化生活，往往都是望梅止渴的。比如，在阅读中沉醉，从背诵贝多芬第六交响乐的第二乐章的优美旋律中自得其乐等。

终于到了1981年秋，根据中法双方关于学者互访的协议，我得以第一次去到向往已久的文化之都巴黎。于是在短短的三个月里，我如饥似渴、狼吞虎咽地享用着法兰西文化大餐：到处参观访问，手里握着一支笔，拿着一个笔记本，背着照相机，不断地观赏，不断地记录，不断地拍照，街上没有一个游客像我这般贪婪、如此功利……我那毫无半点观光者潇洒休闲劲的样子，着实有些可笑。

1981年出访巴黎的时候，除了要为写文学史收集资料外，的确怀有我的"徐志摩康桥情结"，想写点关于名胜、文物、景观的东西，这便是《巴黎散记》一书的来由，但我要求自己不要限于"到此一游"式的浮光掠影、舞文弄墨，而要写出一点有历史感、有认知深度的东西，如：关于巴黎圣母院、罗丹博物馆、卢浮宫、圣女贞德广场的文字，写得倒还"言之有物"，有实感，有哲思。也有一两篇曾经荣幸地被选入了中学语文教材，但说实话，有学者的实诚，而无诗人的灵性，也少画家的色彩缤纷。总之，少了徐志摩那份才情，在他跟前，我只是一个文化散文写作的"矮子"。

　　至于我的《巴黎对话录》（又称《巴黎名士印象记》）则不是我预订计划的结果，由于法国外交部文化技术司接待我的礼遇甚高，愿意主动安排与一些知名作家与文化人的见面，我本着机会难得、何乐不为的态度来做这件事。我所见到的的确都是20世纪后半期仍健在的大作家，如西蒙娜·德·波伏瓦、玛格丽特·尤瑟纳尔、埃尔韦·巴赞、阿兰·罗伯-格里耶、娜塔丽·萨洛特、米歇尔·布托、米歇尔·图尔尼埃、索莱尔斯、皮埃尔·加斯卡尔等，幸亏我在见他们之前也算是一个"有准备的人"，毕竟写过文学史，为了西方20世纪文学对抗过日丹诺夫论断，身上也有点故事，有点时间积淀，如：《萨特研究》事件等。因此，在他们的面前，我还勉强算得上是个对话者，对他们有一定的认知，能提出比较在行的问题，且不乏自己的见解可发表，双方有讨论问题的自由空间。总而言之，这些对话都还算是"言之有物"，与他们的见面也就不仅仅流于简单的、仰慕性的礼节性拜访。而且，大概是得益于我对心理学的兴趣，也由于我在现实生活中喜欢当一个"静观者"，多少有些观察力。因此，在这些时间并不长的会面中，我对对方的性格总有一定的敏感与洞察，何况法国人喜欢自我表现，由此，我的访谈文章中得以有若干有趣的性格观察与描绘，这是真正属于我自己的东西，出于这个原因，我后来把这本书称为《巴黎名士印象记》。

　　我的学术散文与文化随笔中还有一大部分是写国内西学界的名士大儒的，如：朱光潜、钱锺书、李健吾、冯至、卞之琳、杨周翰、梁宗岱以及吴达元、郭麟阁、闻家驷等等。从我求学与工作的环境来说，我几乎可以说是在这些名士大家中间泡大的，几乎每天都感受着他们的气场与磁场，我很熟悉他们，从他们那里我得到的教诲多多、启悟多多、感慨多多，正如有人所评"更识大儒真形态，皆缘身在学林中"。这些人文领域中的名家，既有自己鲜明的个性，也有时代社会的典型性，我觉得自己既然有就近直接观察与见证的条件，那么，把这些人文知识分子代表人物在特定条件下的存在状况、文化作为、精神心态、言行方式、性格表现等等记述下来，就是我应该去完成的"一桩精神文化的使命"，这就是《翰林院内外》一集与二集的由来，我没想到的是，这两本书给我带来的读者远超过外国文学界的范围。

问：在我们所访谈的学界前辈中，您是为数不多的在理论探讨、文学史撰写、专题研究、丛书编辑等多方面都有重大建树的学者，我们知道一个人的精力有限，要完成您到目前为止所完成的那些工作，需要非凡的毅力、体力和创造力，我们很想知道您的秘诀是什么，这一切是怎样成为可能的？面对正在从事或有志从事外国文学研究工作的青年一代，您有哪些希望和期待？

答:我没有什么成事的秘诀,说得简单一点,就是要舍得下笨功夫,舍得投入时间,我的劳绩基本上都是用劳作与时间堆出来的,我这一辈子几乎没有度过一个完整的假期,没有作过一次纯粹的旅游,基本上没有节假日,没有星期天,几乎每天都在工作。说实话,我的生活质量是极其极其低下的,但是为了保证我的身体能正常的运转,使我不至于被神经衰弱、低效所拖累,我每天都要花一定时间去进行体育锻炼,基本上做到了风雨无阻,在这方面我还算是一个有毅力的人。当然,我做事也比较讲究效率与得法,久之也就熟能生巧,不过,毕竟是一辈子劳动强度不小,而且,还要应付多次不公正待遇与意外打击而形成的沮丧与难受,血肉之躯怎能不受损伤?因此,时至今日,我已经是白发苍苍、老态龙钟了,在我身上老年病可谓"应有尽有",而我的同龄人满头青丝,健步如飞者比比皆是,所幸我离老年痴呆症似乎还颇有距离,至今还能凑合应付若干精神劳务。

访谈时间:2013 年 4 月—6 月
访谈地点:北京市劲松九区 902 楼柳鸣九先生寓所
访谈方式:笔谈、面谈
访 谈 人:王东亮、罗湉、史阳

文学探索　美学追求
——叶廷芳先生访谈录

叶廷芳，中国社会科学院研究员、博士生导师。1936年生于浙江衢州，1961年毕业于北京大学西方语言文学系德语专业。留任助教后，于1964年进中国（社会）科学院外国文学研究所，从事德语文学研究至今。先后任文艺理论研究室副主任、中北欧文学研究室主任、外国文学研究所学术委员；兼任中国作协、剧协会员，外国文学学会理事，全国德语文学研究会会长、名誉会长，中国环境艺术学会理事，第九、十届全国政协委员，苏黎世大学荣誉博士。主要著作有《现代艺术的探险者》《卡夫卡——现代文学之父》《现代审美意识的觉醒》（论文集）、《卡夫卡及其他》（论文集）、《美学操练》（论文集）、《美的流动》（随笔集）、《遍寻缪斯》（散文集）、《不圆的珍珠》（随笔集）、《信步闲庭》（散文集）等；译著有《迪伦马特喜剧选》《溺殇》《卡夫卡传》《假尼录》（合译）与卡夫卡作品等多部以及编著《论卡夫卡》《卡夫卡全集》《德语国家散文选》《德语国家短篇小说选》《德国书话》《外国名家随笔金库》《外国百篇经典散文》《外国文学名著速览》等四十余部。此外有相当数量的散文、随笔和有关戏剧、建筑与艺术方面的评论文字。

采访人（问）： 叶先生您好！感谢您接受我们课题组访谈，能否先给我们讲讲您是怎样走上德语语言文学研究道路的？

叶廷芳先生（答）： 我是1956年考入北京大学西语系的，进校时英、德、法先不分专业，后来大家再填志愿划分，我选了德语。因为冯至先生既是德国文学的专家，也是中国文学的专家，更是著名诗人。我就想往文学方向发展，跟老前辈学习。文学当然不能自己选，但我遇上一个机会，1958年中宣部负责人文科学方面的副部长周扬重视外国文学，视野比较广，自己也是翻译家，他指示西语系主任冯至要加强外国文学的教育。于是，从爱好文学的同学中抽出一部分专门成立了"文学专门化班"，这个文学专门化班正是从我们那时候开始的。当时我们是三年级,从55、56级两个班中调了10个人出来。那时同东德有文化教育交流协定,每两年按教育协定派四个专家来。北大原来在新中国成立前就有三位老的德语专家,加起来一共七个。其中一个叫汉斯·马奈特专门负责我们这10个人的文学教学。中文系调来一位教授,叫钱学熙,就是雕塑家钱绍武的父亲,教我们文艺理论,朱光潜教我们美学。两年后即1960年下半年冯至又把系里一些擅长文学的教授们集中在外国文学教研室。所以那时外国文学教研室阵容很强大,冯至、朱光潜、钱学熙、赵萝蕤、闻家驷、杨周翰、吴达元等一共三十来人。老西语系的文学教研室就是那时成立的。那个文学班到1960年下半年,提前一年把我和孙坤荣调出来到文学教研室。英文、法文也有提前调出来的,我记不清他们有没有文学班,估计也有。不过我们力量强一些,因为是冯至亲自指导的。

问: 文学班的培养方式有什么特点呢?

答: 用的教材比较偏重文学方面,由外教选一些文学的教材,冯至也选一些,他教诗歌的阅读。教文学的老师有时生活上也跟我们一块儿,还一起到长城等地游览,进行口语训练。在一起时文学气氛比较浓。也跟出版界有约定,希望他们支持,像《世界文学》杂志有意识地发表我们翻译的东西。当时我们的翻译还不成熟,都是两三个人一块儿翻的,互相校对。然后冯至亲自帮我们校改。这是一个很好的机会,三年级时就开始发表文学作品,而且是在冯至先生亲自指导下翻译的,为此还起了个集体的笔名叫"德三",就是德语三年级的意思。

当时在"大跃进"的形势下,要求写当时还没有的德国文学史,冯至先生联合其他一些老师和高年级同学撰写德国文学史,赶写出了中国第一本《德国文学史》。主要是冯至先生写的,19世纪以前的都是他写的;19世纪以后有高班的研究生,还有其他的德语教授如田德望、杨业治参加,分为上、下两册出版。这本文学史现在看来不很理想,但在当时没有的情况下也是一个成绩。后来出版了,署名是冯至先生,但他自己不太看重这本著作,因为是匆忙赶出来的,没有花太多时间。但冯去世后,出《冯至全集》时还是收进去了。那时政治运动多,"反右"斗争北大是个中心,"大跃进"也导致学习受到很大的干扰。两年后国家实行"调整、巩固、充实、提高"的政策,1962年高教部又发了指示:学校不能擅自留人!这样我们又"回炉",就把五年级学完了。我1956年入学,照理1961年毕业,1960年提前一年出来工作,工作两年以后又回去读了一年,最后算工龄时比较麻烦,就算我1961年毕业了。1958年高教部调原铁道部副部长陆平来北大当校长,替换了马寅初。那时候学校提出"以党校标准办大学"的口号,比较"左",想把五十几到六十几岁的老教师都替换下去,给我们年轻人开会就明确讲：你们要快快地成长起来。我们花九牛二虎之力，备一堂课要一个多月，每个字都写下来，其实效果也不太好，就是照本宣科。我教的不完全是德语系的文学课，还包括中文系的欧洲文学史。老教授和我们青年教师各讲一部分。1964年冯至被调到社科院，那时候叫中国科学院哲学社会科学部，增设了一个外国文学研究所。当时我正好考上了冯至的研究生，但因病住了一年医院，误了高教部规定的报到期限（6个月），没有报到，一年以后高教部说不能报到了，如还想读研究生须重考。正好冯至说我不用当研究生了，直接跟他去外文所，去那儿也不用上课，专做研究。这我求之不得，就高兴去了。冯至从西语系带走两个人，还有一个是英语专业的陈焜，他是调干的，资格比我老，本来是冯至的秘书。因为周扬比较信任冯至，点名让冯至担任《欧洲文学史》和《中国文学史》的总主编。《欧洲文学史》是西语系的老教授和部分青年教师编的，主编是杨周翰、吴达元、赵萝蕤。《中国文学史》是中文系的师生们编的。何其芳是文学所所长，何其芳也很信得过冯至。冯至编两本文学史时，是直接受中宣部管的，陈焜负责中宣部和北大间的联络。冯至是在北大的时候负责两个文学史的，走的时候两本文学史也完成了。那时候要发表一篇文章很难，很少有地方让我们年轻人发表文章。在北大我还没有发表过正式的论文。我的毕业论文写的是瑞士19世纪最有名的小说家叫戈特弗里德·凯勒的一部中篇小说集叫《塞尔特维拉的人们》，我研究这本书的艺术特色。书是德语教研室主任田德望教授翻译的，我觉得他翻得很好，很喜欢，后来毕业论文就是田德望指导的，写完后他还挺满意。那篇论文有两万多字，可惜在"文革"中被一个收发室的人拿去当废纸卖了！

杨业治教授德语很好，连德国老师都说："听他讲德语是一种享受。"他的文学也不错。但他只教过我一年的德语，没有教过我文学。

我大学时第二外语想选英文，因为中学时学过，而且是班上学得最好的。但文学教研室主任杨周翰他不让，他让我选俄语。我问为什么？他说，第一，俄语文学资料丰富（因为那时候我们拒绝西方的东西）；第二，观点正确，因为它是受马列主义指导的，比较保险。现在回忆起来那时候的人是很奇怪的。杨周翰教授是西方培养出来的，结果他也是向苏联一边倒。选了俄语后我没了兴趣，虽然学得也不错。但经过"文革"荒疏，最后把俄语忘了，英文也没继续学，中学学的大部分也都忘了。如果当时能让我继续学英文的话，至少现在还能用。那时在那种形势下，中国学术界受到了看得见和看不见的影响，损失实在太大了！

"大跃进"期间，我们西语系的同学搞了一个项目叫"中国文学翻译史"，约写了三十多万字，内部铅印了出来，16开本。但我们德语专业同学没有参加。当时全系都在搞"大批判"。我们德文学生也想搞，想批歌德，"抓大家伙"。幸好被冯至制止了。他说我们要是批判歌德的话是会伤害德国人的民族感情的，歌德是他们的民族骄傲啊。我们当时对冯至还是很尊重的,别的老教授可能不敢说这话,但冯至毫不犹豫地阻止了我们,所以我们就没搞大批判。英文、法文的同学大批判搞得比较热闹,记得法文专业重点批司汤达的《红与黑》,英文专业好像批《呼啸山庄》和《简·爱》。

三年困难时期,五年级的同学还下去劳动了一年,在十三陵农村。冯至也跟着下去了。那年很冷,回来后冯至先生说,他的皮带松了两个扣眼,体重减了20斤!

问:您能介绍一下后来到外国文学所工作的情况吗?个人的研究方向是怎样确定下来的?

答:1964年我到这儿——现在叫中国社会科学院外国文学研究所,当年它刚从文学所分离出来,但因为正面临一个政治运动,即所谓"社会主义教育运动",简称"四清"。每人参加一年;分两批:第一批去安徽,第二批晚一年,1965年到江西,我去了。去江西前,那时让我参加编辑新创刊的一份内部刊物,叫《现代文艺理论译丛》。1958年文学所曾经创办了《文艺理论译丛》,主要是古典文学方面的。当时中央主管文艺的周扬还是比较有眼界的,虽然公开说西方文学我们不宣传,但他觉得内部还是应该交流,要传递信息,所以指示在内部发行。

到了"文革"的时候,外国文学所"左"的气氛没北大那么重,连冯至也这么说,他在西语系时没什么权力,主要由总支书记掌握,他是作为一个符号在那儿摆着。到这边来他觉得有些实权了。冯至先生积极性也比较高,响应号召。1964年的时候他就跟着大家到安徽"四清"。我那时候弄《现代文艺理论译丛》才知道卡夫卡在西方影响很大,"异化"问题西方讨论得也很多,而我在北大的时候一无所知。但周扬当时显然知道,所以在改革开放后他让王元化、王若水等人写异化问题,有点那个情结,因为在60年代没有搞清楚,他认为值得关注。可惜又遇到一股政治歪风,即所谓"清除精神污染",他又不公正地挨了整。这是后话。"文革"前我编辑《现代文艺理论译丛》就要订西方的外文杂志,我从西方报刊上看到了一些关于卡夫卡的评论,那时候东德也注意到卡夫卡了。苏联、东欧在1957年以前对卡夫卡也是一无所知。1957年捷克共产党有一位政治局的委员,是一位文艺评论家,叫保尔·雷曼,他第一次评论了卡夫卡,主要还是从肯定的角度写的。1959年苏联才开始关注卡夫卡。到60年代初民主德国和苏联都研究起卡夫卡来了。

那位捷克的政治局委员写的那篇文章当时我看到了。后来俄国有个叫扎东斯基的科学院院士,写了一篇三万多字的长篇文章,叫《卡夫卡真貌》,把他认为的卡夫卡正面、反面的东西都写了进去,这个对我的鼓励很大。1964、1965

年的时候作家出版社奉命(估计也是奉周扬之命)出了一套内部丛书——我们这儿搞理论,他们那儿搞作品,把我们认为是西方颓废派的作品翻译了,包括《麦田守望者》、卡夫卡的《审判及其他》,就是《诉讼》和另几篇短篇小说的合集。

后来我为什么又研究迪伦马特呢?迪伦马特当时也有一本剧作叫《老妇还乡》,作为"反面教材"列入"黄皮书"(反面内部读物的俗称)。但我觉得写得很生动。我想一旦有机会我也要把它翻译出来。"文革"中我没有翻译卡夫卡,只是看到了上述译本。从干校回来后,何其芳想翻译海涅的诗歌,于是让我教他德文,我俩关系很好,经常去逛旧书店。当时通县有个北京市外文书店的仓库,有两百多万本书要清理,非常便宜,我们在里面发现了卡夫卡的作品,我就买来,其中一本送给冯至,想让他看看到底有没有价值。那时我才开始接触卡夫卡的长篇小说,迪伦马特也是那时候开始关注的。本来我在北大教书的时候教的是海涅,我年轻的时候对诗歌有点兴趣,想研究海涅。后来觉得卡夫卡和迪伦马特很新鲜,就想把他们的作品译出来。正好那时候"文革"结束,胡乔木当社科院院长,他很有眼光,有一个指示通过冯至传达,说不要老是搞研究的研究、死人的研究,要搞些新鲜的、原来没有研究过的东西。我一想,正好卡夫卡没有研究过,于是就放下研究海涅的计划,将卡夫卡提上议事日程。当时《世界文学》杂志也想"突破禁区",发表一篇有代表性的卡夫卡的作品,作为"重评西方颓废派"的突破口,让我和李文俊、张佩芬夫妇来完成这一任务。三人经过讨论,决定由我负责起草论文。后我写了《卡夫卡和他的作品》一文,加上李文俊译的《变形记》一起发表在 1979 年《世界文学》第一期上,立即引起很大反响。冯至先生当时看了论文后兴奋地说:"想不到在这样短的时间里把这样一位复杂的作家写得清清楚楚。"

1978 年我还译了迪伦马特的代表作之一《物理学家》,那时我担任《世界文学》编辑,不愿在自己编辑的杂志上发表,就寄到上海的《外国文艺》,他们很快就发了。接着我在《外国戏剧》1979 年第 3 期发表了《别具一格的戏剧家迪伦马特》的长文,更引起戏剧界的很大兴趣。人民文学出版社外文部主任孙绳武马上约我干脆译一部迪伦马特的戏剧集,我欣然从命。于是又一口气译了两出,即《罗慕路斯大帝》和《天使来到巴比伦》。为了赶时间,我又请老同学张荣昌译了一出《法兰克五世》,同时收了一出现成的,即人民文学出版社老编辑黄雨石先生"文革"前为"黄皮书"从英文转译的《老妇还乡》,一共 5 部剧作,集成《迪伦马特喜剧选》交付出版。1981 年秋我乘赴德访学之机,带着这部译作专程去瑞士拜访迪伦马特本人,受到他亲切热情的接待。他在一个美丽的湖边设午宴款待。在长达四个半小时的就餐期间,我们进行了广泛的亲切交谈。回国时,即 1982 年初,国内的"迪伦马特热"正热气腾腾:首先,上海戏剧学院由张应湘执导,率先上演了迪氏的名作《物理学家》。接着,实力雄厚的北京人艺也已组成了强大阵容,正着手排练迪氏的另一名剧《老妇还乡》(该剧演出时改名为《贵妇还乡》)由著名演员蓝天野执导,著名演员朱琳和周正分别饰演男女主角,第一轮就演了33场。这年夏天,上海戏剧学院邀请我去该校讲学,并加演一轮《物理学家》。同时邀请蓝天野去观摩。不久,我的论述迪伦马特的戏剧美学论文《现实是以悖谬形式出现的》,更引起戏剧界的热烈反响。1987年,当时的中国青年艺术剧院(即今天的国家话剧院的前身之一)也跃跃欲试,要排迪氏剧作,该院领衔导演陈颙征求我的意见,我建议她排练《天使来到巴比伦》。后此剧在民族文化宫演出,也受到公众的热烈欢迎。《人民日报》《中国文化报》等媒体都发表了热评文章。90年代初,林兆华工作室上演了迪伦马特的成名作《罗慕路斯大帝》。2002年新成立的国家话剧院上演了我根据迪伦马特1979年的定稿本翻译的《老妇还乡》。此外天津人民艺术剧院、解放军艺术学院等单位也上演过这出戏;中央戏剧学院还演出过迪氏的《流星》《弗兰克五世》等剧;至此,迪伦马特迄今已有7出戏在我国被搬上舞台,是改革开放以来外国当代戏剧家在我国被演得最多的剧作家。2005年香港浸会大学邀请我去作了一个《迪伦马特在中国》的报告。2009年台湾艺术大学邀请我去那里做了一次题为《迪伦马特戏剧艺术的美学特征》的报告。

问:您1978年以后开始系统地发表研究成果,主要围绕两个作家,卡夫卡和迪伦马特,是吗?

答:对。关于卡夫卡的第一篇文章发表后,我马上翻译了卡夫卡的另一篇著名短篇小说《饥饿艺术家》,恰逢当时备受好评的新版大型文学月刊《十月》约我写一篇论述卡夫卡的文章,我就写了《卡夫卡及其〈饥饿艺术家〉》一文,连同译文同时在该刊发表,又博得文学界好评。当时执行文化政策的官员表示:对于现代派文学作品"艺术上可以借鉴"。其潜台词是思想内容应该拒绝。虽然我内心对官方这种未经研究就先入为主地进行划线和限定不以为然,但为了免遭政治狙击或麻烦,先探索一下现代派的艺术奥秘也不是坏事。于是我花了几个月工夫,写出了《西方现代艺术的探险者——试论卡夫卡的艺术特征》一文,约15000字,概括了卡夫卡艺术表现方面的七个特点,投给《文艺研究》杂志,马上得到采用,发表于该刊1982年第6期上,获得更广泛的好评,连一些比较正统的文学批评家看了后都认为,卡夫卡的创作态度是严肃的。

但好景不长:30年政治运动的惯性并没有随着改革开放而停止。1983年秋,一场叫做"清除精神污染"的运动像一股黑旋风一样席卷而来!人们又战战兢兢。领导从中宣部开会回来传达:这次运动不轻易对个人搞大批判。但这几年写了鼓吹现代派文章的人,必须自行进行清理,自我消毒,一周后交稿。对此我内心翻腾得厉害:"文革"中甚至"文革"前违心话已经说得不少,难道还要继续说下去不成? 然而,对于一个学者来说,自己打自己的嘴巴,是多么可耻啊! 一个星期过去了,同事们都以应付的态度交了稿,而我却还一个字都未写! 第二个星期领导(所长)不得不亲自来催稿了! 我也不得不谎称:"我比大家写得认真,还需要一些时间。"到第三次来催的时候,我干脆说:"卡夫卡的问题实在太复杂了,没有两三个月写不出来!"这位与我同姓的所长瞪着眼睛看着我,最后无可奈何地走了。以后再也没有来催过我。后知,这场运动因上层改革派反击才持续了29天! 我算侥幸地闯过来了! 此后顾虑渐消,胆子愈大。除继续探索卡夫卡的艺术特征外,也对他的思想特征进行归纳,并于1986年写出了平生的第一步学术著作《现代艺术的探险者》:在这部著作里我把卡夫卡看作人类现代文明异化现象的揭示者和和警告者,同时又是现代艺术的探险者和它的殉难者。

那时候只是模模糊糊感受到现代主义艺术的一些独特的味道,不是一开始就有前人的先例存在,对它是通过摸索、渐渐感悟弄出来的。而作者的有些表现手法和技巧也是经过了一些实验、探索取得的。因为艺术探索不成功的可能性很大,牺牲很大,所以叫"探险",它的意义也不亚于科学探索。我试用这个"探险"二字好像颇使读者感兴趣,这本书好像还被评为当年最受欢迎的三十部著作之一。《卡夫卡——现代文学之父》是1992年出版的,但这本书没有多少新的贡献,因为八九学运的结局让我几年之内情绪都不能平息,也不想搞什么东西,只是不断有出版社约我撰写或编选这些东西,所以卡夫卡的作品到现在我已经编了十几本了,其中较费工夫的无疑是河北教育出版社出版的《卡夫卡全集》的编纂及其总序的书写,它前前后后总共耗去了我约两年的时间。

90年代前期对卡夫卡的研究当然也还是有所进展的,主要是对卡夫卡的精神层面或人格结构的研究。这要归功于一位青年学子的推动,他叫黄卓越,当时是北师大的博士生。他主动要求我与他合编一部题为《20世纪艺术精神》,遴选十几位西方具有经典地位的现代主义作家,同时约请十几位相应的中国专家,各写一篇三四万字的长文加以评论。黄先生还动员我亲自写一篇关于卡夫卡的长文,作为全书的"压轴之作"。那时我正与一位朋友翻译卡夫卡的书信日记,我从卡夫卡的大量书信日记中,发现这位时代的痛苦者的精神人格非常丰富而复杂,是个人格的多面体。结果我以此为主题撰写了一篇四万余字的论文,并接受了黄卓越事先给我出的一个题目:"掉入世界的陌生者"后该文在外文所评选科研成果时获一等奖。本来在社科院也可能获奖的,至少有三位评委提议,结果临投票时有一人提出疑问:"看这题目好像是从外国来的!"结果落选。接受这一教训,后结集时改为《论卡夫卡的精神结构》。

90年代前期,在卡夫卡研究方面,还对卡夫卡的荒诞艺术和艺术表现中的现代神话性质作了一番探索,写了两篇论文。

90年代后期,在完成《卡夫卡全集》的编纂工作以后,打算梳理一下卡夫卡的美学思想,拟用三五年时间写出一本书来,并为此领了一项国家科研基金。不想接踵而来的各种社会工作打乱了它！一是本专业的德语文学研究会的秘书长和会长先后落在我肩上,而德国文学史上一些顶尖级的大家的百年性的纪念日又恰恰相遇在这十几年间,如1996年的布莱希特40周年忌日纪念,1998年他的100周年诞辰纪念,1999年的歌德诞生250周年纪念,2005年的席勒200年的忌日纪念,2009年的歌德、席勒分别诞生260与250周年纪念。这类纪念日,你想偷懒点,花不了多少精力,可是你若想认真点,就得花十倍甚至几十倍的精力！而我选择的是后一条路。如对布莱希特的纪念,三年内办了两次,两次都举行了大型学术研讨会。尤其是布氏百年纪念,不仅举办了大型国际学术研讨会,而且还联合中国话剧院演出布氏的《三个铜子儿的歌剧》,效果自然非同寻常。但这需要多少精力,只有我知道。再如歌德席勒的三次纪念日,不仅举办了三次大型国际学术研讨会,而且还举行了两次有300名各界社会名流参加的大型纪念会。单单为这300名社会名流,你就得发出600人的邀请。而这600人的姓名、地址、电话都是由我,也只能由我才开得出来！此外这些活动的一个关键问题即经费问题,每次都是由我凭个人关系亲自向外单位去讨的。而每讨一笔钱,光凭一次电话或一封信是不行的,往往还要亲自去跑,过一道一道关口才行。唯一的报偿是,德语文学研究会及其所属的歌德学会成为挂靠在外国文学研究所的九个专业学会中举办这类大型活动最多的一个学会。二是额外的社会工作。1998年初全国政协换届,我成为第九届全国政协委员,5年后又连任了一届。有关部门的这一安排没有使我多么惊喜,却使我十分意外。因为我一向对仕途没有追求,以无党无派为自在。但既然上头作了这一安排,我也没有理由拒绝。既然领了这个名号,我就不应做个空设的政治花瓶,而要积极的参政议政,在有利于国家和人民的前提下,尽量提出一些建设性的建议或批评。但坚持这一态度,是要付出大量的时间代价的！这个代价还不在于每年参加例行的"两会"和外出考察,也不在于每年都要写几份提案或反映"社情民意",而是你有了这个身份后,远远近近的人都想通过你反映他个人或群体的诉求,甚至所在地区的居民委员会也以为你是本地居民与政府间的"联络员",大事小事都来找你反映情况或转达材料。这是个烦死人的事情,你很难坐下来安心做学问。而课题不能按时交稿,又造成很大的思想负担,尤其当主管部门来催你交稿的时候。偏偏我们这一代学者又特别不值钱,既没有秘书,又没有助手,工资又低,借本书,寄封信,甚至买菜也得亲自跑！

与卡夫卡的研究、翻译平行进行的还有一件工作,即为了给卡夫卡爱好者和研究者提供一部深层资料,从1980年起我就着手编选一部国内外研究卡夫卡的材料,后题为《论卡夫卡》。从起始到出版历时8年,实际花的时间共约两年多。这是我的迄今所编的四十余部编著中耗时较多且较认真的一部。所选篇目不仅包括西方不同学派的观点,还包括东西方两种不同世界观的不同见解,而且还包括了最早即1916年那极个别慧眼识珠者的超前眼力。选出初步篇目后我曾把译稿带往德国征求国外同行的意见。经过他们一一认可了我才放心。因为比起他们我们毕竟还是初学者。1988年该书由中国社会科学出版社出版后,广受欢迎,是在国内卡夫卡研究界被引用最多的一部资料集。2008年,南京大学一个专门研究机构发布了几条消息,即各学科被引用最多的前十名学者,我居然被排在外国文学学科前十名的第5名。我想八成是这本书的"功劳"!

提起我的第一次出国,这里有一段插曲。本来1979年有一次破冰机会,有两年进修时间。当时我都准备好了,快走了,突然接到社科院通知,说我这个身体条件不能出国。于是罢了念,死了心。后来有一次跟钱锺书先生聊天聊到这件事。他听了大为不平!说:"这真是岂有此理!新中国成立前潘光旦一条腿走遍世界,你一只手难道还不如他一条腿?"后来我见到冯至,说到出国的事情,我就把钱锺书的话传达了一下,冯至倒是同意钱锺书的意见,说对一个有困难的人应该想办法帮助、支持才是,怎么反而进行阻止!?后来冯至先生就想办法给我弄到了一次三个月的考察机会,就是上面提到的1981年那一次。这次考察虽然也遇到了令人伤心的插曲,但经过这次破冰之旅,后来就没有人再以这个名义干涉我出国了。就是第一次考察期间我有机会去瑞士看望了迪伦马特,幸好那时看望了,我第二次去瑞士时想见他,结果在我到前20天他去世了!第三次去瑞士的时候我就只能见到他再娶的那个妻子,即电影导演凯尔女士,到她家时,他的偌大的"三合一"空间——工作室、会客室和图书室——已变得空空如也!只有大门前一只迪伦马特生前喜爱的鹦鹉在唧唧呱呱地迎接我。东西已经搬空了,都捐给瑞士国家图书馆了。该馆辟了两个大展室,用来陈列迪伦马特的全部文学遗产。这是履行迪伦马特生前与该馆所签协定的结果。

问:您对戏剧文学也比较关注,专门研究过布莱希特的戏剧美学。

答:对,我从童年时期起就对戏剧发生兴趣。从初二假期起我就在本村组织"农村剧团",物色本村一些男女青年,表演我自编自创的一些简易的剧本,自然,"导演"也由我自己充任。在周围村庄演出后,很受群众欢迎。我的戏剧爱好即由此开始。

80年代以来由于迪伦马特成了我的研究对象之一,我也很关心戏剧,包括国内的戏剧,尽量利用我的外国文学(包括戏剧)鼓励和推动国内的戏剧改革。

关于布莱希特研究，当时国内的主要布莱希特研究者都将布莱希特仅仅看作社会主义现实主义作家。我认为布莱希特有社会主义现实主义的一面，但是又有西方现代主义的一面，或者说，美学上他是现代主义的。作为马克思主义的信奉者，布莱希特一生都将他的文学创作、戏剧理论和舞台实践服膺于下层阶级的政治启蒙，他的中心口号是"将戏剧赶入贫民窟！"因而他是坚持社会主义方向的。但他所使用的艺术方法（其核心是"陌生化效果"）是现代主义的，他的美学著作的代表作《戏剧小工具篇》就是与"模仿论"的代表者亚里士多德的《工具篇》唱反调的；在剧艺学上他是与属于现实主义范畴的俄国斯坦尼斯拉夫斯基的"体验派"泾渭分明的，因而成为20世纪欧洲两大戏剧流派之一，而且代表了新的时代潮流。正因为布莱希特有这样的两重性，所以他在两个世界都受到欢迎：社会主义阵营欢迎他的马克思主义立场，西方欢迎他对于现代主义戏剧美学的贡献。

卢卡契与布莱希特在30年代的争论，这个论争我很重视，80年代就写了一篇三万字的长文《不同的审美观压倒了相同的世界观》；90年代又写了一篇《近代欧洲文学史上革新派和古典派的三大论争》。革新派不把某一个时代产生的文学现象或美学风格当成永恒不变的美学法则，它时时要革新。古典派则习惯于将现在认为最理想的某种艺术风格，当成永恒不变的美学训条，要求人们永远遵循。这个观念法国最强固。卢卡契的美学观点与19世纪以前的欧洲古典主义（它在欧洲统治了约两个世纪）属于同一种审美思维。他觉得19世纪的批判现实主义是人类艺术的高峰，不能超越。于是20世纪出现的现代派即现代主义文学和艺术，就成了"非文学"和"非艺术"的了！而布莱希特则相反，他认为现实主义要跟随时代的发展而不断扩充其概念的边界，所以后来法国的著名文学批评家、叛逆的法共中央政治局委员加洛蒂写了《无边的现实主义》：各种风格都可以用在现实主义中。故布莱希特责难卢卡契：你不能让艺术的发展只到1900年为止，以后就不再发展了！那样做是"削足适履"，是束缚艺术家的创新精神的。布莱希特的观点太精彩了！他毕竟是创作家，是艺术实践者，这样的人才真正懂得什么是艺术。而卢卡契是理论家却不是一个创作家。按照马克思主义观点：理论来自实践；文学理论来自文学创作。创作是第一性的；先有创作，而后才有相应的理论。在理论上卢卡契无疑是20世纪最出色的一个马克思主义文学理论家，可惜他不懂得创作，特别是不重视、不理解现实中正在发生的划时代的文学变革，这使得他那些从书本到书本获得的马克思主义理论成了对牛弹琴的教条；他的以巴尔扎克、托尔斯泰为最高典范的批判现实主义理论成了僵化的模式。你可以说他们是到他们那个时代为止的最高典范，但你不能说最高典范可以指导未来。因为一个时代有一个时代的审美风范和评价标准。惯于用现成的或固有的审美法则来衡量或要求未来的创作实践，这就是古典主义。对于卢卡契和布莱希特的争论,我把它概括为:卢卡契是马克思主义文艺理论的权威,但他只知道在马克思恩格斯艺术视野之内来阐述马克思主义,而布莱希特则是创作实践家,他善于在马克思恩格斯的艺术视野之外来探索什么是马克思主义,这是新鲜的、活的马克思主义。这两人美学观点的分歧与争论对我们极有启示意义。

布莱希特是 20 世纪西方最大的戏剧革新家,也可以说是西方戏剧革新的一面旗帜。关于他我还写了一篇文章,叫《立足于时代的艺术革新家》。文中我把布莱希特哪些属于社会主义现实主义的美学观点列出来,列了六条;我把他跟现代主义相通的地方也列了六条。这个主要是针对同行中某些人的观点的。他们只愿意把布莱希特与社会主义相联系,而不承认他跟现代主义有什么相干。以上的两个六条驳斥了这个看法。另外此文还对布莱希特理论中一个关键性术语 Das epische Theater 与上述同行进行商榷。这个术语上述同行译成"史诗剧",而我与多数同行包括冯至都认为应该译为"叙述剧"。史诗的名词在英文或拉丁文里都是 Epik,德文则是 Epos,都可译作"史诗"或"叙事文学";两种不同文字的形容词都是 episch,"史诗的""叙述的",或是"叙事的"。我认为翻译这个术语不能光从字义着眼,而应从布莱希特戏剧革新的要义出发:史诗的概念或涵义,包括宏大的主题、重大的历史题材、波澜壮阔的气势等等,是一种典型的"宏大的叙事"。而布莱希特所追求的戏剧与此恰恰相反,通过对一个事件(不一定是重大事件)的客观说明或暗示一个道理;它恰恰是要解构"宏大的叙事"! 纵观布莱希特整个创作风格都是简洁的、素朴的。他的诗歌创作风格也是这样。你如果到过他的墓地,对他的这一特点必定会产生更强烈的印象:整个坟墓仅一块约 60 公分高、底宽约 40 公分的三角形的粗糙矿石,石面上仅有"Bertolt Brecht"的名字加生卒年! 因此他在剧作法上不主张采用史诗体的宏大叙事,不主张写重大题材或帝王将相,说写一个普通人比帝王将相更能令人感到平易亲切。若把 episches Theater 译成"史诗剧"的话,那就会导致对布莱希特整个戏剧美学的误解。因此要搞懂布莱希特,必须对整个西方现代主义的哲学和人文思潮有所了解,而且对这一思潮的美学特征亦应有所体会。幸好近三十五年来,我因一直主要致力于几位现代派作家如卡夫卡和迪伦马特的研究,亦注意对整个现代主义的关注,所以明白布莱希特在哪些地方浸润了现代主义。

除了研究迪伦马特、布莱希特,我还关注戏剧的舞台实践。因为一出戏光有戏剧文学即剧本是不够的,还必须通过舞台演出才算最后完成。我因翻译介绍迪伦马特、布莱希特而受到戏剧界的关注,戏剧界常有人叫我去看一些戏剧演出,参加一些讨论,这样我跟国内一些戏剧家包括先锋派的剧作家和导演接触比较多,他们也想通过我了解一些西方的东西,我也通过他们了解一些舞台实践,所以戏剧演出看的就比较多。这三十多年来我大致算下来看过三千个戏了,各种讨论也参加过几百次了。所以这方面对于我研究外国戏剧有好处。另外建筑界、美术界有好多活动我也参加。这样我根据这些艺术实践和思考写了很多文章在报刊发表。近来我把这些文章没有结集的部分又选了一些集成一册,题为《美学操练》,已由北大出版社出版。它们是我对上述具体的戏剧、艺术、文学活动的美学体悟和思考的结晶,也可以说是我的审美思维训练的过程。

我后来还有一个发现,就是布莱希特还跟巴洛克有关。我写过一篇文章《巴洛克的命运》,概况性的,两万来字。后来写了另一篇《西方现代文艺中的巴洛克基因》,一万多字。这两篇也是我多年来关注巴洛克的一个成果。我有两次出国用的是别的名义,实际上做的是考察巴洛克的文学和艺术。因为我觉得巴洛克文学对 20 世纪的文学影响相当大。20 世纪的文学某种意义上讲可以说是 17 世纪巴洛克基因的复活。这个基因是野性的基因,它不是官方的、讲规范的,而是违背当时艺术规范的、自由的创作。当时的规范是文艺复兴的传统,后来把这个传统绝对化,于是产生刻板化的"古典主义"。而以南欧为中心的巴洛克思潮的兴起恰恰违背以法国为中心的古典主义思潮。有人说巴洛克是对文艺复兴的背叛,说它背叛了文艺复兴的光荣传统。所以尽管巴洛克风格的建筑不断地在建,绘画也不断在画,音乐中出现了像巴赫这样的大家,文学上也有巴洛克的强烈表现,如德国的"流浪汉小说"《痴儿历险记》,都是成就很高的巴洛克风格作品。但是艺术史家、文学史家们一直不愿从正面肯定它是一个值得肯定的思潮。一直到 19 世纪 80 年代,有一个叫沃尔夫林的瑞士艺术史家写了一本书叫《文艺复兴与巴洛克》,他说按照他的研究,恰恰是巴洛克继承了文艺复兴的"艺术创造精神"。这部著作,尤其是"艺术创造精神"六个字使我备受启发,后来我写了对于中国传统的继承与批判问题。中国人所谓的继承传统都是在形式和风格上继承前人,这是重复前人,是没有前途的,是个会导致"误国"(吴冠中语)的误区。所以我后来写了一篇文章叫《艺术家与匠人》,不断地重复前人、重复自己乃是匠人的习性,而艺术家的天性是创造,不断推陈出新。后来我参观梵蒂冈圣彼得大教堂的时候,特别是它的广场,回来之后以歌颂的语气写了一篇文章叫《啊,巴洛克》。

后来我发现不懂得巴洛克很难理解 20 世纪的文学,包括德国文学。你看布莱希特,他的好多作品都有巴洛克艺术的特征,他写《大胆妈妈和她的孩子们》,直接用的题材就是《痴儿历险记》的作者格里姆豪森的小说《女骗子大胆妈妈和她的孩子们》。他的《三个铜子儿的歌剧》这部歌剧,用的题材直接来自英国巴洛克戏剧家约翰·盖伊写的《乞丐的故事》。另外人物特征方面,《大胆妈妈和他的孩子们》的女主人公的做派都是巴洛克文学作品中的做派,流里流气的。还有《高加索灰阑记》,里面写叛乱之后出任新法官的一个痞子,他坐在法官椅子上,却把脚放在椅背上。这都是巴洛克的人物特点,貌似痞子,但心地很正直。还有柏林爱乐音乐厅那个很奇特的建筑,1963年建的,没有一个墙面是正儿八经的矩形,都是不等边的。里面的座位排列都是一块一块的,大大小小,也不等边、不对称,现代艺术中"不对称"的美学原则就是从巴洛克风格延续下来的。所以懂得巴洛克才能领悟到20世纪的艺术特征和美学奥秘。不然你看那些歪歪斜斜的东西都会以一种否定的眼光去看,懂得了巴洛克你就会觉得这是一种美。我关于巴洛克的研究应该说是在90年代后期以后。1996年我到德国的几个月才开始考察巴洛克的风格。之前只是关注了一下,没有研究。

问:您对巴洛克的研究打通了文学与美学两个领域,从《现代审美意识的觉醒》《西方现代文艺中的巴洛克基因》这样的篇名也可以看出作者研究文学艺术问题的独特视角,您的研究从文学走向美学,走向艺术。

答:《现代审美意识的觉醒》是对前期研究的一种总结,那本书既反映了西方现代艺术的觉醒,也反映了我自己对现代艺术审美的觉醒,也有整个中国80年代的觉醒。这本书是我第一部论文集。我后期对巴洛克的发现,都已经是90年代后期了,1995年以后的事情,《巴洛克的命运》是1997年发表的。

  关于美学,我认为,美学是艺术最后的升华,美学统帅各种艺术。美学是一个统一体,音乐、绘画、舞蹈、雕塑、文学,你领悟了一个领域的美,就能触类旁通,就能有助于感受文学以外领域的几种美。所以我经常也在艺术界某个场合发个言,我经常把文学的东西融入到那个领域中去,把文学、艺术、美学打通。我在研究巴洛克之后对德语文学领域倒没扩大多少新的研究范围,更多的还是在艺术范围之内。后来我对文化、艺术遗产、文物保护这方面比较关注。比如我经常强调废墟的美,因为我国还缺乏废墟文化,缺乏废墟美的意识,而废墟美的缺席对文物保护是个灾难。像圆明园遗址这样震撼人心的废墟,很多人看不出她的美,而看作一块荒地,因而主张重建圆明园。这简直是笑话!此外我对建筑也比较关注,算是对文学艺术领域审美关注的一个自然的延伸。这方面很快会有一本专集出版。

问:正好借此机会请您谈一谈在圆明园遗址问题上的学术主张和美学观点。

答:关于圆明园,说来话长:在我年轻的时候,曾在北大待了8年。其间每有朋友来访,我往往就陪他们去与校园仅有一墙之隔的圆明园遗址去溜达。每当我看见西洋楼那残破的遗迹我就无限感慨,想着有朝一日祖国强盛了,总要把她重修起来,让她象征祖国的复兴,并宣告帝国主义的徒劳!

但 1981 年我在德国访学期间,在参观海德堡那座有名的古堡遗址的时候,发现一座被毁的碉堡斜倚在一垛厚墙上,觉得很碍眼,就对陪同我的那位德国同行说:"这个模样让人看了多不舒服,用个吊机把它扶直多好!"他不无震惊地说:"哦,这怎么可以!这是文物呀,而文物就应当保持它的历史原初性。"我立即为自己对文物的无知而感到羞愧,同时又为自己的灵性受到启悟而感到兴奋。这个"历史原初性"成为我的文物意识开始觉醒的初蕾,也是我的废墟美学意识萌生的开端!此后凡看到有人在古建遗址上大兴土木都很警觉,都要想一想它的必要性和可能性。同时也对以往那些拆除古建现象特别是北京城墙、城门的拆毁——当时自己也是认可的——进行反思,引起巨大的心灵震动,感到原来对文物的认识和感知一直处于懵懂之中,现在才开始走出误区。第二年即 1982 年,以宋庆龄为首的 1500 多位社会贤达联名发表宣言,强调保护圆明园遗址的重要性和迫切性。这使我既兴奋,又有所保留,因为宣言有明显的复建意向。这时,"历史原初性"的警语开始在我心中鸣响。认为,像圆明园被帝国主义蓄意焚毁这样惊天动地的事情应该留下历史的证据,而最好的证据当然莫过于这座遗址本身,它是敌人的"作案现场",理应完整地保护它的现状才是!

约在 1986 年的秋天我到南方去开了一次会,看到了新建的黄鹤楼。我想,为什么要新建呢?造出来也不过如此,要是没有黄鹤楼人们就可以发挥各种想象。其实想象也是一种美,一种再创造的过程。不久我就在《光明日报》上发表了一篇文章,叫《废墟也是一种美》,引起广泛兴趣。

后来复建圆明园的事情越闹越大,及至 90 年代中期,有个房地产开发商甚至在北京市政协提案,要求用房地产开发的办法集资重建圆明园。这项建议得到不少市政协委员的支持,而且还得到一些专家学者和个别文物权威的支持。这引起我的震惊和忧虑。我想,美的产生是一次性的,一个时代产生的美不可能在另一个时代再生。于是我立即写了一篇文章,题为《美是不可重复的》,在《人民日报》上发表,想对这股"复建"思潮进行阻击。北京市政府是倾向于接受那个提案的,见到有人强烈反对,并得到人民日报的支持,就有些却步了,好几年未见行动。

1998 年,我被安排为全国政协委员。我首先想到写一个提案,反对复建圆明园,并征集了 49 个人的签名,几乎都是社会名流,包括社科院三位院长、副院长。提案可能起了一定的作用,后来北京市折中了一下,决定复建十分之一。我觉得这也不行,比例虽小,但是绝对数很大,面积将近 520 亩,琳琅满目、金碧辉煌的新建筑势必冲淡人们的凭吊情绪。若非建不可,也要用低矮、灰暗的现代型建筑。打个比喻的话,应该拍一部"黑白片",不要"彩色片"。鉴于两派观点相当悬殊,我建议把复建问题放一放,等国民的文物意识进一步觉醒再来讨论。利用开会的间歇,我在两三天之内征集了 43 位委员的签名。递上去以后,北京市派了有关的四个单位来和我沟通,他们分别来自北京市规划设计研究院、圆明园管理处、城建局等四个单位。有人声称北京市的这个规划已经经过国务院批准了,不能更改了。我反驳说:"批准了又怎么样!?当年拆古都北京的城门与城墙不也是最高领导批准的吗?这说明,在全国人民的文物意识没有普遍觉醒以前,无论谁,无论官多大,都有可能在误区里行动,不自觉地犯错误,这是科学,是对错问题,不是地位高低问题。"

后来我写了一篇文章《历史见证还是文化遗存》,是要一个假古董,还是要一件历史的见证?圆明园的废墟是无价之宝,见证了我们中华民族最后那段苦难历史,是一本非常生动的活的历史教科书,而北京作为一个有着三千年历史的古城,也需要有这么一个废墟见证它历史的古老,她的辉煌与灾难。圆明园建园三百周年时,圆明园学会的一位常务副会长,原北京市建筑设计院的院长,他火了,说圆明园那么多年都不作为!后来我跟《人民日报》讲,我又要发文章了,叫《不要触动那片苍凉的废墟》。《人民日报》改动了某些字眼,把我的口气变得更加强烈,说我很愤怒,云云。复建派受到了阻击,一时也不敢有什么动作了。但那位常务副会长还想跟我辩论,于是《光明日报》辟了一个整版,一人一半,各自论述了一番。

原地重建不行,异地仿建总可以吧?浙江农民企业家徐文荣想出新招,要在东阳市的横店,复建圆明园,并在北京钓鱼台举行隆重的新闻发布会,民主党派负责人许嘉璐、文物保护专家罗哲文、清史专家王道成均被邀出席助阵。主事者们竟异想天开地宣布,将集资140亿元用来回收圆明园文物。我立即通过媒体采访指出:此举荒唐且违法!圆明园文物乃无价之宝,只有政府核准的专门机构才有权来行使这一严肃的回收职能。否则圆明园文物的回归岂不经过你争我夺,导致四散流失?在这个问题上,我与我的争论对手汪之力先生倒找到了共同点。我们求同存异,在央视的一次采访中指出:横店的"复建"之举,作为影视景点则可;作为"圆明园重建"则不可!横店回收圆明园文物的企图是非法的!与此同时,北京的圆明园管理处也发表声明:圆明园作为一个文化品牌是独属于北京的,任何地方不得盗用。横店集团重建之梦最终成了一枕黄粱!

其间《光明日报》也举行过一次小范围座谈,除了我和北大的一位教授、海淀区一位人大代表以及国家文物局负责人单其翔先生被邀外,圆明园管理处也有三位负责人在座。单其翔先生因事未能出席,但他写来的书面发言也反对在圆明园遗址上重建!之后人民日报副刊以整版篇幅发表了反对重修的谢辰生和我与主张重修的汪之力与王道成的文章。谢辰生的标题非常醒目:《就让圆明园遗址静静地躺在那里》;我的题目也很鲜明:《民族苦难的大地纪念碑》,也是应该"静静地躺着"的。

2002或2003年在清华大学举行过一次圆明园遗址保护问题的国际学术

研讨会,法国有五位文物保护专家与会,其中有的是联合国教科文组织遗产委员会委员。他们一致认为,保护圆明园遗址以不动为原则。2009年秋,苏黎世大学人文学院院长、瑞士著名文物保护专家兼德国文物保护协会的顾问洛克教授来中国访问。期间我陪他参观了一整天圆明园遗址。事后他来信写了三条意见:一、圆明园遗址是震撼人心的;二、这是世界级的遗产;三、保护圆明园的最佳方式就是让它赤裸裸地保留在那里。这跟我的观点完全一样;和全国文物保护协会名誉会长谢辰生、文物局局长单齐翔的观点也完全是一致的。

然而无论我们这些知识分子怎么讲,那些握有权柄的人却不听:今天修一座桥,明天建一个亭。而那些被毁的古桥和古亭的废墟已经成了宝贵的文物了,具有了另一种价值。你重修了,岂不是把圆明园遗址新的生命又杀死了!?

我认为保护圆明园遗址的当前首要任务是发掘、清理、清点,让圆明园的古建废墟之美更为蔚为壮观地显现出来,培养我国国民的废墟文化意识,增强文物保护观念。第一步是把圆明园所有40景古建筑的墙基轮廓描绘出来,并覆以某种色彩的石子。以此为起点开始申遗工作。故此我认为2010年国家文物局把圆明园列为全国12座考古遗址公园之一是完全正确的和必要的。目前圆明园遗址公园管理处的全部工作必须围绕"考古遗址公园"的定位展开,否则容易走入误区。

瑞士苏黎世大学2008年授予我"名誉博士"是考虑到我这些工作,说我比较早地把两位欧洲现代主义文学作家介绍到中国,促进了日耳曼语言文学在中国的发展,同时说我在国内有争议的热点文化问题上积极参加争论,表现了"勇敢精神、先锋精神和正直品格"。

问:您能否结合自己的治学经验和体会,谈一谈对青年一代的希望和期待?

答:从事学术研究,我觉得首先要确立战略方向,确定近期的和长远的目标。这就是说,在确定课题的时候,首先要选择那些空白的,而你又有信心填入些新内容的项目;或者那里虽然有人耕耘过但还欠深入,或者人家搞得不对,需要予以匡正或重来的地方。总之,选择的目标要么具有开拓性,要么具有创新价值。

其次要处理好"点"与"面"的关系。这最初是冯至先生教导我的方法。他说:你若要研究某个作家,就不要仅仅限于这个作家,还必须研究他的时代和思潮以及他所属的流派等等。他讲的就是"点"与"面"的关系,是一种"微观"与"宏观"的关系。这是一种互动的、相辅相成的辩证关系。几十年下来,甚觉他说的是至理名言。只有做到了"点"的深入,即对某个具体作家的深入解剖,又对他所属的流派或时代思潮获得普遍的把握,你才会明白,这个作家在多大程度上影响了他的时代,而这个时代又在多大程度上造就了这个作家!因此,除了卡夫卡、迪伦马特、布莱希特这些个体的作家以外,我对整个现代主义思潮及其在各个艺术门类的表现都比较关注,仅戏剧演出,30年来我至少观看了1000出,并参加了至少500次的相关讨论!各种美术展览和讨论我也参加过无数次,甚至也参加了诸如2005年中、德油画家在武夷山举行的创作联谊活动和2007年中德油画家在厦门举行的展览活动等。也曾先后两次与文学界的朋友联合建筑界共同举办"建筑与文学"笔会等。这些活动以及相关文章的书写,我都视之为对我的审美灵犀的训练,以激发我的现代审美意识的觉醒,从而有利于掌握现代艺术语汇,进入现代艺术语境。故从20世纪80年代中期起,我就通过《中国戏剧》杂志呼吁:"我们的审美意识要进入现代语境。"接着我就开始梳理现代主义文学的一些基本特征和大的走向。其走向我归纳了这样五点:一是文学中哲学的成分明显加强了,甚至可以谓之为"联姻";二是审美视角大大改变了,普遍向内转移;三是人的"内宇宙"打开了,以"潜意识"和"无意识"为特征的"现代神话"取代了传统神话;四是风格走向多元,呈现真正"百花齐放"的局面;五是艺术表现手段普遍更新。这种更新,我把它们归纳为10条(此略)。经过这样一番梳理和概括,加上对历史上"巴洛克"审美风尚的初步研究,则我自己感觉到我对西方现代文学的概览,对它的来龙去脉,从横的和纵的方面看,都是比较清晰的。那么卡夫卡等这些个体在现代主义文学谱系中的定位也就心中有数了。

三是善于将各种知识相互联系,力求有所发现,有所创新。如果我们的研究老是在前人和他人的基础上不断重复和添加,搞"研究的研究"(胡乔木),而没有质的飞跃,那么我们就是吃白饭的了!随着知识的积累和丰富,思考能力的增加和信息的碰撞,头脑中总会撞击出一些思想火花,这种火花就可能是某种学术创见。别人读克尔凯郭尔的《勾引者的日记》都把它作为一部爱情小说来读,而我看到的是哲学在"勾引"文学,因为我从这本书中看到的一系列美学新观点都是20世纪的美学先兆!因此我给这部小说的中译本写的序言的题目是《传递现代审美信息的春燕》。这完全得益于我对20世纪现代主义文学的美学特征的了解。同样基于这种了解,当我研究了一番"巴洛克"文学、艺术以后,我快就断言:20世纪的文艺,某种程度上是17世纪"巴洛克野性基因"的复活,并很快看到了卡夫卡、布莱希特、迪伦马特以及格拉斯等人与巴洛克的缘分,并发表了论文。这都是新的发现。

再如,在认定了现代主义思潮中哲学与文学的互相追求和"联姻"的现象后,看到了双方如何将某些哲学概念成功地变成美学手段和范畴,如paradox(悖论、悖谬、佯谬等),并成为悲喜剧艺术或"黑色幽默"的一个诀窍或法宝。这个我也专门写了论文加以详论。

又如"平民美学"的概念也是我提出的,论文曾被《新华文摘》转载。流行音乐、波普艺术等等占了那么大的文化娱乐地盘，不给予美学上的价值认定行吗？我从欧洲启蒙运动打击贵族势力，提倡平民意识，到浪漫主义竭力让下层百姓当主人公，不再让他们成为舞台上的"渣子"等，一路下讲来还是有说服力的。

四是注意对自身的学者精神人格的铸造和修炼。一个学者应该意志坚强、视野开阔，胸怀博大。一个学者不应有党派观念、狭隘的民族主义、狭隘的爱国主义这些东西，而应以人类利益为最高坐标，站在时代制高点说话，唯真理是求。我自己喜欢用三种动物的特征来规范自己的精神人格，即虎的勇气、鹰的视野、牛的精神。

五是坚持精神操守，勇于社会担当，为社会的公平、公正、自由、民主而大呼猛进！

访谈时间：2012年6月25日10时—12时
访谈地点：北京劲松小区叶廷芳先生寓所
访 谈 人：王东亮、罗湉、史阳

"呼唤堂吉诃德归来"
——董燕生先生访谈录

董燕生,北京外国语大学教授,博士生导师。1937年生于北京,1960年毕业于北京外国语学院(今北京外国语大学)西班牙语系,留校任教至今。1984至1987年担任西班牙语系主任。1980至1981年在西班牙马德里大学进修。1989至1990年、1998至1999年两次在西班牙马德里自治大学任教,教授汉语和中国历史、文化课程。2007至2010年担任"亚洲西班牙语学者协会"主席。主要科研成果为著作《西班牙文学》《西班牙语句法》《已是山花烂漫》,论文《西班牙语口语的句法特点》《翻译工作者的光荣和职责》《迈向语法体系的完整性和明了性》《论翻译:准确和生动》《为什么我们呼唤堂吉诃德的归来?》《论"堂吉诃德"的汉译问题》等,译著《总统先生》《堂吉诃德》《塞万提斯全集》第一卷等,教材《西班牙语》《现代西班牙语》(1—6册,前3册与刘建合著),主持编写国家社科基金重点项目《当代外国文学纪事:1980—2000》西班牙文卷等。教材《西班牙语》获1992年国家教委优秀教材二等奖,2000年获西班牙国王胡安·卡洛斯授予的伊莎贝尔女王勋章,2001年译著《堂吉诃德》获中国作家协会颁发的第二届鲁迅文学奖全国优秀文学翻译彩虹奖,2002年《现代西班牙语》获教育部颁发的"全国普通高等学校优秀教材二等奖",2009年获西班牙文化部颁发的"西班牙艺术文化奖章",2010年获西班牙知名品牌联合会颁发的在华友好使者奖等。

采访人(问):董老师,您好。感谢您接受我们课题组的采访。首先请您谈一谈当初如何走上了西班牙语文学研究的道路吧。

董燕生先生(答):我这一生好像有很多重大的转折都是偶然性造成的,也许人人都是如此吧。对文学的兴趣我倒是从小就有,喜欢看书。当然小时候爱看可读性比较强的小说。我父亲也比较重视这方面的培养。那时候我们家住在乌鲁木齐,当时叫迪化。那地方比较闭塞,但我父亲从上海、北京给我订了《小朋友》《儿童世界》等很多图文并茂的儿童杂志。解放前的那些杂志的质量相当不错,现在有些杂志都未必能赶上当时的水平。所以兴趣恐怕就是从那时候培养起来的。上中学的时候也还保持着阅读的兴趣,但兴趣面更扩大一些。初中时就已经开始考虑自己的未来,瞎想也加上遐想,因为那时候刚解放,宣传要为祖国好好学习,做出贡献,在这种气氛下,好像有很多雄心壮志。

上高中的时候兴趣好像比较集中在文学上了。那时候跟苏联的关系相当密切,大家都怀着很浓厚的憧憬想象这个国家,所以当时就对苏俄文学相当感兴趣。当时学校有志愿者,学生可以到图书馆服务,帮图书馆管理员出纳书籍。我很感兴趣,也去参加这个工作,这样就方便接近图书馆里的藏书。就着这个机会我读了大量的俄罗斯的文学作品,像普希金、莱蒙托夫、车尔尼雪夫斯基……不过由于自己无知还闹出个笑话,我给我父亲写信说我最近读了契诃夫的什么书,柴霍夫的什么书,我父亲给我写信说这是一个人,译名不同而已。所以当时想高中毕业后报考北大俄语系,第一是北大的名气,第二是我个人的爱好。可是因为当时的外语学院主要是培养外交官的,招生都是派人到各省尤其是省会城市去观察,要根据条件在各地中学选人。学生本人都不知道,我自己也不知道。后来老师找我谈话,说是外语学院那边来了老师,看上我了,问我愿意不愿意报考外语学院。我一想也行,反正外语学院也有俄语系,就这么报考了外语学院了。

到了外语学院要报志愿,我原来想报俄语系,跟我一块儿去的同学说想报西班牙语,我说那我也学西班牙语吧,别的系我谁都不认识,到西班牙语系还有个人做伴。就这么一个偶然性就决定了我的一生。学了西班牙语之后,对这个语言就发生了兴趣,而且对它的文学也开始感兴趣了。在这之前我知道西班牙有《堂吉诃德》这部世界名著,也看过一些中译本,觉得挺有意思。西班牙语学了大概一年多一点,我就开始看原著了。先看比较简单的,图书馆有西班牙文学作品的简写本,慢慢过渡到比较复杂的。三年级的时候我就开始看《堂吉诃德》的原著了,有时一边看一边咯咯笑,对塞万提斯式的幽默颇为欣赏,更加引起我对文学书籍的阅读兴趣。当时到外语学院说要当外交官,我想大概也不错,可以到处逛逛见见世面,但也只是一种随大流的心理,大家怎样我就跟着走就是了。总而言之,我是一个很缺乏主见的人,只是随着年龄的增长,这毛病在程度上大大减轻了。

毕业的时候学校让我留校当老师,我觉得也挺好的,就留下了。一开始就觉得津津有味,因为那时候我跟学生的年龄差不多,所以完全能打成一片。而且我每天都在想今天的课要怎么上能更精彩一些,让学生更感兴趣,每天因为这事都感到很兴奋。有时候自己也编一些东西,听力材料什么的,然后觉得这也很有意思,等于自己在创作一样。我当学生的时候我们有外籍教师教我们作文,我自己用外文写的作文很受老师欣赏,这个对我的鼓励也很大。老师经常打满分,我现在还保留了一些当年老师给我改的作文。我的老师现在已经去世了,前几年来的时候我还给她看,她高兴极了,说这个你还保留着,我说这是我的宝贵的财富,一定要保留着。在大学当教员期间我从没想过搞文学或当文学翻译,因为:第一,教学工作很繁忙;第二,当时有一种压力,说凡是要往文学翻译方面发展的就叫资产阶级名利思想。这种帽子在空中悬着,一不小心就掉到你脑袋上。我这个人胆子也比较小,仰望这支达摩克里斯剑,我也就不敢有非分的想法了。反正我教学工作也搞得津津有味,其实也无暇旁骛。改革开放以后,大概八几年就有人来找我了,叫我翻译一些东西,刚开始领导不让我们参加这些工作,说这是资产阶级名利思想,不能搞。后来慢慢有些放松,人家来找我们,我们答应了。

第一次翻译是跟很多人一块儿合作的,叫《拉丁美洲短篇小说集》。这是我和我的同事们的第一部翻译作品,也不会选材,碰到什么就翻译什么,现在回过头来看当年选的未必是很有代表性的作品。在这期间,不仅是翻译,我也开始着手编教材,因为很长时间我们的教材都是临时凑的,我记得我当学生的时候教材都是油印的,临上课之前才能拿到几篇散发着油墨味的油印的东西。

问:我们也正想了解一下您当时做学生的时候还有您当老师的时候北外西班牙语语言文学这个学科的总体发展情况,包括为学科建设做出过重要贡献的前辈学者比如孟复老师的情况。

答:孟复好像是当时国民党驻智利的外交官。原来他是学英语的,因为外交官的工作而学了西班牙语。新中国成立以后他也像很多老知识分子一样,本着爱国的热情又回来了,于是就把他派到西班牙语系当我们的主任。但他不幸在"文革"当中逝世了,年纪很轻,大概五十多岁。"文革"时对知识分子是很歧视的,按说他那样的身份应该给他很好的医疗,但是没有,他住在一个很大的病室,没人管他,据说因为看护不到位而去世,否则不至于。其他教师都是刚刚毕业的学生,我的老师顶多比我高两三届。孟复老师是建国以后研究西班牙语的第一代人。其他学校也没有西班牙语专业。北大的西班牙语系也是外语学院的毕业生建立的,而且北大还派老师到我们这儿进修,比如段若川老师就是我的学生,她是在北大学了法语后又被派到我们这儿学西班牙语的。

问:也就是说北外的西班牙语专业在我们国内的位置是相当高的。

答:等于是个工作母机,各个单位的西班牙语的奠基人都是北外出身的。说到编教材,我当学生时是什么样,当老师后还是什么样。我们觉得临时找、临时打印,这样很辛苦,没有固定教材不行。我就有个想法,干脆自己编一个教材好了。这样至少有充足的时间备课,把教学质量提高一些。这事反正没别人愿意干,因为编教材是一个非常吃力不讨好的事,原因很明显,一个人编,几千双眼睛盯着看,学生也好老师也好,他们是反复多少遍地看这本书,所以毛病是看得清清楚楚。错误是难免的,尤其是刚开始的时候还年轻,语文水平基础是刚刚打的,也没那么坚实,所以毛病肯定很多。没人愿意干,我自己又愿意胡思乱想编一些东西,于是我就动手做起来。

编教材就成了我的专业,到现在我还在干这事,最近我还要重新编一部新教材。刚开始是油印,后来是商务处出了一套书,六册,那套用了很多年。编那套教材的时候,教育部,那时候叫教委,还组织了个班子,把各个学校西班牙语系的骨干教师集中在一起审查。审查的首要条件是思想性,不仅课文要有思想性,你说的每一句话,每一个练习,每一个例句都得要有思想性。你想这个教材有多难编。我们只好选红军的帽子、小八路什么的,就这样用了好多年。改革开放之后,有学生跟我说,老师,这个教材是恐龙时代的教材了,不能再用了。我一想也是,于是我和我的一个学生,现在是我们系主任,又编了一套,他们叫作蓝皮书,《现代西班牙语》,外研社出的。改革开放以后我们已经见过很多外国传进来的教材,本来我提议说这套教材印成大开本,彩色插图的,活泼一些。出版社不同意,说成本太高,学生买不起。于是就出成这样。教材的适用范围基本上是全国高校的西班牙语专业,尽管没有机构或领导下命令大家必须使用,但因为没有别的教材,不仅是国内的,连国外的华侨,说是都人手一册。几年后出版社提出另外再出一套新的,按照现在国际通行的办法。这是他们提出来的,不是我提出来的,我说行啊,于是我现在就在干这个事。

编原来那套教材的时候学生的情况还深深地印在我的脑子里,其中不少人的接受能力是很差的,不知道你们有没有这样的体会。我们当时接触的学生,尤其是60年代,极左思潮泛滥,强调阶级出身,要招工农出身的学生,而且被片面解释为越是偏远、落后地区的学生,政治觉悟就越高。很显然,这些地区的中、小学教育基础很差,不要说外语,其他的方言都没听过,普通话都不会说,当然更不用说外语了。我曾经遇到过这样的学生,老师问,你举个动词的例子,他想了半天说,飞机。飞机会动啊。还有个学俄语的,过去我们外语学院出的笑话都出在那几年招的学生当中,"我们热爱毛主席"这句话,毛主席是直接宾语,在俄语里要用第四格,宾格,他说毛主席怎么能是第四格呢?应该永远是第一格。老师说俄语只能这样,他就说老师反对毛主席,这种笑话多得很。我还有一个学生在课堂上提问说,中国话说的是我吃饭,我打你,我父亲,全是我,怎么到了西班牙语还分格,你再怎么跟他讲主格、宾格、与格、属格,他愣是瞪着俩眼看着你,好像你在跟他说希伯来语。所以当时的教材编得非常幼稚,考虑了学生的接受水平。连语音都是问题。开始只能教跟汉语非常相近的音素。只要跟汉语差的比较远的音素,你得费九牛二虎之力,清浊音、大舌音等等一系列的问题。困难极了。语法就更不用说了,教定语从句如临大敌,一到这个项目的时候所有的教员都把神经绷得紧紧的,学生理解不了,因为汉语没这个结构,接受不了。所以开始的课文都不是按照交际的原则进行的,而是为了教发音、性数配合,专门造出来从来没人说的话,但是简短易学呀。这是桌子,这是椅子,那是板凳什么的,平常没人这么说话。所以很多人对这个书提出批评,但是他们不知道我们的苦衷,我们是因为没有办法才这样。

这次改编的时候我就摆脱这些了,因为我发现现在上来的学生接受能力比过去强多了,当然他们有他们的问题,他们分心的事太多,但他们接受能力强,知道的事也比较多,也有一定的外语基础,至少学过英语。所以有些东西一点他就明白了。所以我现在改编的时候,尤其是第一册,变动比较大,跟原来相比是面貌全非。一开始就从交际的对话,从实用性的角度着手。原来那套教材学生已经很不满意了,我去别的学校做讲座,有学生提问说,老师你们这个教材怎么跟给托儿所的孩子用的一样。

现在修订的这套新教材今年9月份就要拿出第一册来。我现在紧张得很。现在是这样,我负责编课文,因为第一册的课文没法选,都得自己编,你要是选外国的儿童读物,就会出来好多生词,因为七八岁的孩子母语词汇已经相当丰富,而且给孩子们讲的故事中必然会冒出大量动、植物名称,对咱们的学生来说负担太重,没法选,只好自己编。我编课文,另外一个年轻教师给我配练习,然后我还要看、改,有时候不行我还要全部推翻自己重来。弄好以后叫一个外国人再看一遍,他也要做很多修改,当然,他改的时候会给我造成很多问题,比如我的学生这个语法现象没学过,这个词汇没学过,他不管,给你来一大篇非常难的东西,我有时候给他打电话说你这个课文四年级学生也看不懂,让一年级学生怎么学啊?所以我还得跟他交涉,要用最简单的话,又要说得自然,两个人商量怎么说,所以非常困难。

问:教材中文学材料占多大比例呢?北外西班牙语专业的文学课多不多?

答:原来商务的版本,尤其是到了第三册以后,开始逐渐有些文学的材料。后来我发现,到了二、三、四年级都有专门的文学课,有大量的阅读,我就把文学的分量大大缩减了。增加了一些知识性的东西。尤其是从第四册开始,增加了当今世界上全人类都关注的环境问题、贫富差距问题、国际关系问题等,选了一些这方面的材料,因为学生将来是要接触这些问题的。文学的内容就让给将来的文学课了。

我这学期就给三年级上西班牙文学,就上一个学期,紧赶慢赶只能上到《堂吉诃德》,往后没时间上不了了。下学期别的老师再上,就是拉美文学了,因为西班牙语还有拉美问题。一学期上西班牙文学,一学期上拉美文学,很困难,没办法,就这么设计的。使出吃奶的力气讲到《堂吉诃德》,中间还要简化很多东西,我给学生说,我的讲课内容是精选了又精选,好比西班牙文学史是一条山脉,我在一定高度上画一条水平直线,凡是在这条线上面的山峰,我们要触及,在这条线以下的山峰就不管啦。

问:您的第一部译著是《拉美短篇小说集》,后来还有其他的翻译工作吗?

答:外文出版社还跟我们联系过让翻译一些中文的东西。我费了好大劲翻过《聊斋》,没出,稿子也丢了。还翻过陆文夫的《美食家》、王安忆的《小鲍庄》,还有莫言的《红高粱》,等等。这些小说我都翻过,也付给我稿费了,但是我从来没见过书。原因是这样,一般来说,责任是双方的,西方世界对咱们的偏见很深,这是首先一个出发点,然后咱们自己也不争气,咱们建国30年以来的文学基本上是宣传,标语口号式,概念化的,意识形态先行的东西,他们接受不了。他们已经形成了根深蒂固的偏见,中国的文学就是宣传,所以咱们的文学要想打入世界市场恐怕还要在很长的时间做出很大的努力。当时对外宣传的指导思想就十分欠妥,往往是声色俱厉地强加于人,而不是与人家平等交流,而且翻译质量也大有问题。那时候,咱们的一些对外的杂志,调门特高,没法读。有些出版物出来以后外国人说,这西班牙语真奇怪,我一点都看不懂。很多外文出版物都是适得其反。弄到最后是人家把咱们拒之于门外。

问:可是80年代以后的一些作家作品在西方也还是有一些影响的。

答:英语、法语还可以,西班牙语到现在为止没有像样地往外推过什么东西。第一,没有像样的译者,比较理想的做法是在中国人里找几个两种语言水平都比较高的人,再找一个外国人,中国人给他提供一个毛坯,但这个毛坯也要相当有质量,错误百出也不行,然后由外国人来润色,而且这两个人还要在一块儿商量。他给你改了,可能把你的原意歪曲了,不是那个意思了,你要跟他商量。

这个情况跟法国不一样。法语人才已经积累了半个多世纪了,再说法国本身有很多汉学家。我在西班牙教书的时候很多人连西班牙语的"汉学家"这个词是什么东西都不知道。现在他们的汉学研究才刚刚起步,还不能指望他们担当这样的责任。所以西班牙语现状就是这样。所以要把中国的东西介绍出去还得走一段相当长的艰苦的道路,不是那么容易的。有人来找过我,让我翻这个翻那个,我说我倒是很感兴趣,愿意做,但是我现在手脚都被捆着呢,动不了,要上课、编教材,还要修改研究生的论文。我虽然办了退休手续了,但还是照样上课。现在我的领导都是我的学生,他让我帮帮忙,我说我不是二十多岁的小伙子了,是七十多岁的老人了,他说老师您身体挺好的,我也不好拒绝。

问:请您给我们介绍一下您翻译《堂吉诃德》的一些情况吧。

答:在《堂吉诃德》之前我还翻译过一个比较重要的东西,《总统先生》。云南文艺出版社搞过一套丛书,那时候中国作家不是对拉美的爆炸文学都很感兴趣么,有个总的题目,叫国家八五重点图书,出了一大批拉美的文学著作。委托我翻的《阿斯图里亚斯》,1936年的诺贝尔奖,有两个译本,一个是人民文学出版社的,另外一个人翻译的。我这个是八几年翻译的,但印刷质量很差,印刷错误不少,现在也没办法了。我看了一遍,每一页都能找出错误来。

  之后就是《堂吉诃德》了。我不是说我的生活当中充满了偶然性吗,《堂吉诃德》也是偶然。好像是1994还是1995年的时候,漓江出版社的一位编辑找北大的赵振江夫妇,想委托他们俩翻译,他们就把他介绍到我这儿来。那位来人一提出他的想法,就把我惊呆了,因为我从来没想过这事,我心想这都是大手笔啊,我一个普通的西班牙语教员,怎么敢动这样的东西?因为那时候已经提出知识产权的问题了,出版社要出这样的东西只能自己找译者,不能用别人的。当时《堂吉诃德》已经有一些译本了,新中国成立前后都有,出版社要有自己的译本必须另外找译者。当时我愣了半天,才说,要不这样,你给我一段考虑时间。他给了我一个月的时间考虑。于是我利用这一个月,第一看原文,第二对照当时的译本,看我能不能至少不低于当时流行译本的水平,那我才敢接受,如果在他的水平之下,差得很远,那我就不能接受这个任务。看过以后,我有信心了,因为我发现当时流行的译本(杨绛)毛病太多,有明显的错误。首先她比我翻的字数少了十几万字,几乎是一个中篇小说的篇幅,原因是,塞万提斯的时代是巴洛克时代,巴洛克的风格特点就是喜欢堆砌一大堆东西,同义词、近义词,第一是炫耀词汇量,第二炫耀思维的精细,有些排列是递增或递减,同一个概念分出层次来,跟汉赋似的,有一种音乐节奏感,这是它的很重要的特点,翻译的时候必须把这个都体现出来。到了她那儿,因为碰见一大堆同义词,光要在汉语中想出这么多同义词来就要费好大劲,我就说看看我们的老前辈是怎么处理这个问题的,结果到她那儿,原文中七八个同义词被简化成两三个,其他的全烟消云散了。

  那个译本中还有一些档次很低的错误,比如"法拉奥内",其实是法老,法老已经进入现代汉语语汇了,译者不去查字典,因为英语、法语这个单词是ph开头的,西语是 f 开头的,看不出来,于是音译。你要说法老,那中国绝大部分受过中等教育以上的人都能知道是什么,要说法拉奥内,就不知道是什么了。又比如"阿西米亚",其实是亚述,汉语已经固定成亚述了,不管它离原来的发音有多远,只能翻成亚述,翻成别的不知道是什么。又比如英语里的 parent,在西班牙语里(pariente)指的不是父母,是亲戚,父母是用父亲这个名词的复数表示,在塞万提斯那个时代已经是这么用了,她凡是看到 parent,都翻成父母。还有语法、词汇的错误就更多了。

看到流行译本这样的情况,我就想我至少不会犯这些错误。于是我就接受了。这样才翻译的《堂吉诃德》。后来不知道为什么,漓江没出,让给浙江文艺出版社了。最近,漓江出版社又找到我,跟我签了一个合同,不光是《堂吉诃德》,还要出个译文集。说到签合同,话题也很有意思。我曾经给跟我联系的几家出版社提过意见,指出,合同明显是出版商拟定的,对作者和译者明显不利,简直就像杨白劳的卖身契,不仅稿酬低得可怜,而且合同文本中的大多数权益都在出版社一方,而作者和译者似乎只有义务。据说汝龙翻译过很多契诃夫的东西,50 年代的时候,他得到的稿费可以用来买一套四合院。如今,恐怕连一个缩小数千倍的模型都买不来。

浙江文艺出版社出版了我的《堂吉诃德》,等他们这个过期了,刘硕良又在长江文艺出版社出了一套,然后还出了一种精装本。当时是塞万提斯学院要一套这样的书,准备来了客人送,国内来访的官员、知名人士什么的。现在长江文艺出版社的合同也到期了,七年到期,刘硕良又来找我,说漓江准备再出一本。所以我这个版本大概已经在三家出了,浙江文艺、长江文艺,现在是漓江。

还有个问题值得一提,那就是译者群实际上是一个弱势群体,权益经常受到侵犯,而且苦水只能往肚里咽。有一次,学生拿出来一个《堂吉诃德》译本,样子怪怪的,我说我怎么没见过。一看,原来出版社又出了一种简装本,可是我连知道都不知道。我既没有能力又没工夫跟他们打官司,只好认了。翻译的经过就是这样,也是很偶然的。

问:我们注意到您也发表过一些关于翻译的文章,探讨译者的荣耀与职责,还有翻译的准确性、生动性等问题。我们通常读到一些翻译感想的时候,看到有人谈译者的辛苦、译者的职责,很少有人谈译者的荣耀。您提出这个问题的时候是怎么想的呢?

答:我是这么想的,一个民族的语言能锻造出现在这个丰富多彩的面貌,在相当程度上有翻译的一份功劳。就拿汉语来说,中国历史上经过了几次翻译高潮,这几次高潮都对汉语产生了深远的、重大的影响,很明显地改变了汉语的面貌,不能不说有译者的一份辛劳。比如,佛经的翻译,就深深影响了汉语。我们现在口头说的很多话都是从佛经里来的,我们自己都不知道。一些概念、说法、语汇,比如刹那,万劫不复,苦海无边回头是岸,放下屠刀立地成佛,等等。据有些专家说,自从佛经翻译以后,汉语词汇的双音化明显突出了,因为过去都是单音词,这样使得语言更灵活丰富了,更口语化了。第二次翻译高潮是明末清初一直到民国跟西方文明接触以后的翻译高潮,这对汉语的影响就更大了。大量新鲜的语汇、概念涌入到汉语中。而且很多是通过出口转内销的方式来的,绕到日本又回来,日本人从咱们的老祖先那儿找出东西来翻译西方的概念,中国人一看觉得很容易理解。咱们现在的军事、文化、哲学、化学、物理、民主、专政等等全都是这么来的。汉语的语汇大量地、成倍地增长。还有语法也发生变化。很多语法现象是从西方语言借鉴过来的。比如我们现在说"基本上""理论上""实践上",全是西方语言里的短语形式。还有很长的偏正结构,前面很长的修饰语加上一个中心词,这个在古代汉语里很少用的。还有倒装句、条件句、时间句、让步句等等把从句放在后头,这在古代汉语里是不行的,从句一定放在前头。

  这些都使汉语的面貌发生了天翻地覆的变化。应该说这都是译者的功劳,尤其是优秀的译者,对一个民族语言的形成起了很大的作用。所以我说荣耀,不光是语言上,他还给国人带来新的思想和观念。没有译者,这些思想和观念是进不来的。正因为荣耀,所以译者的责任也很大。因为既然有这样一顶荣耀的帽子戴在头上了,你就得名副其实。不能忽悠人,不能狸猫换太子,不能欺骗人。

  所以我讲,翻译首先要忠实。什么叫忠实?我经常给我的学生讲,就是要忠实地反映原文的三个方面:第一,原文说了些什么,奈达说过,你的译文一定要说原文所说的一切,你的译文一定不能说原文没有说的一切。就是说你不能增也不能减。第二,原文是怎么说的。这就牵扯到作家的风格问题。同样的话,我可以以很庄重的语气说出来,也可以以很诙谐、戏谑的口吻说出来。这些在你的译文里都要反映出来。不能人家是开玩笑,你板着个面孔说出来,或者人家很严肃,你弄得很随意。还有我刚刚说的把同义词、近义词缩减也不行。第三,他为什么这么说。提出这一条的原因是,大手笔的作家有时候会玩弄语言游戏,这是为了达到特定的目标。比如在《堂吉诃德》里就有,一个侍女跟她的女主人聊天,说理想的情人需要具备哪些条件,她列举了大概二三十个形容词,这几个形容词是怎么排列的呢?他们的首字母是按照字母表的顺序排的。你怎么办?我后来发现,除了我,几乎所有人都是照原样翻译之后来了一个脚注,这就兴味索然。

人家作家之所以让这个小丫头这么说话,就是想告诉你这个小丫头伶牙俐齿,很会说话,头头是道,巧舌如簧。我就没照着这么翻。这个地方就是所谓的变通了,翻译除了忠实之外还要讲变通。我把这些形容词都找出以"心"为词根的形容词,像"热心""爱心""关心""尽心"等等一大堆"心",这就说明这个孩子伶牙俐齿,我尽管没有一个字一个字照他那样翻译出来,但是我达到了塞万提斯要达到的目的。他的目的就是这个,没有别的。这就是三个方面。如果一个译者能够在这三方面比较忠实地反映原文的面貌,这个译者就尽到责任了。达到这点很难。

我经常做这样的比喻,如果原文是一条直线,那么译文就是以这条直线为轴,上下摆动的一条曲线。好的译文是摆动幅度不那么大,波峰不是很高波谷也不是很低,否则就是上穷碧落下黄泉,两处茫茫皆不见了。摆动幅度越小越好,但是完全成为直线不可能,再好的翻译也不可能跟原文一样。我可以说,我的曲线摆动得很柔和,也许还比直线好看一点。但再创造也不能瞎来,必须符合我上面说的三个条件。比如我刚才说的按照字母顺序排的例子,那就是再创造。

当然,翻译中能做到再创造是很有难度的,这需要对原著的通透理解,也需要了解为什么作者要这样写,他的目的是什么。如果你能转一个弯还是能达到他的目的就行了,因为这时候作者并不在乎他的每一个词是什么意思,而是在整体上营造某种特殊的效果。塞万提斯就很善于这样做,比如他经常搞一些文字游戏:堂吉诃德的侍从桑丘是一个目不识丁的农民,而他本人却是一个文化水平很高的人,经常说一些文绉绉的话,桑丘听不懂,就乱附会,于是就出现了喜剧效果。遇到这种情况,如果死板地直译,不仅笑料消失得无影无踪,甚至还会叫译文读者不知何所云。有一次,堂吉诃德说,我从一个魔法师那里学来了一个偏方,可以治病,只要喝了我这个偏方什么病都能好。桑丘问你的偏方是谁告诉你的?堂吉诃德说那个人叫菲尔布拉斯。桑丘听不懂,便鹦鹉学舌地重复了一遍,结果走了样,在西班牙语里听起来非常可笑,如果音译出来绝不会有这个效果。我稍作变通,译成"肥也不拉屎",出自粗人桑丘之口,十分贴切,还保持了原来的滑稽劲儿。这样的东西《堂吉诃德》里比比皆是。

问:有研究者指出,《堂吉诃德》是真正意义上的第一部现代小说,欧洲小说的鼻祖。您也是这样认为吗?

答:《堂吉诃德》对整个西方现代小说的影响是很大的,确实可以说它是欧洲小说的鼻祖。因为在《堂吉诃德》之前的小说,第一,人物刻板化、平面化,但《堂吉诃德》中的人物随着情节的发展在不断变化。这是符合生活现实的,人都是在不断变化的。第二,原来的小说中的人物没有个性化语言,所有人说话都是一个腔调,都是作者的口气,虽然在《堂吉诃德》之前在西班牙已经出现了注重人物个性化语言的小说,但没有《堂吉诃德》这么到家。他的人物是根据自己的身份、教养、心情,在不同的情况下说出不同的话。农民说的是农民的话,堂吉诃德这样的骑士说的是符合他的身份说的话,教士说出来,又是一种口气的话,妓女说出来又是另一种口气。这个在翻译的时候也都是要讲究的。《堂吉诃德》给欧洲现代小说奠定了基础。还有一点,过去的小说要么是神仙鬼怪,要么是王公贵族,从《堂吉诃德》开始,平民百姓可以堂而皇之地进入小说,从这几点讲,它是当代小说的鼻祖。

问:我们看到您发表过一篇文章题为《我们为什么呼唤堂吉诃德归来》,能在这里跟我们说一下"为什么"吗?

答:堂吉诃德是一个说真话的人,不会拐弯抹角、闪烁其词,更不会趋炎附势。堂吉诃德是一个真诚的人,心里怎么想就怎么说,我这个人比较欣赏这种人。我跟我的学生说,一个人,要做到正直、正当、正派。做到这三个正,就不愧于这一生了。当你死的时候,周围认识你的、跟你接触过的人,只要说一句,世界上又少了一个好人,有了这句评价,你这辈子算没白过。我欣赏堂吉诃德,就是因为他是正直、正当、正派的人。呼唤堂吉诃德就是从这个想法来的。

我觉得当代整个世界有一种浮夸、虚假的风气,还有过度追求物质享受,这样的风气对人类社会的发展非常不利。人的物质生活越来越丰富,可是精神世界越来越贫乏,我觉得这是很危险的趋势。堂吉诃德经常说,我们其实靠空气和草也能过日子,但是他脑袋里想的事情很多,追求的非常高尚,包括他的爱情,他的心上人是现实中没有、只存在于他想象中的女人,把各种各样的美德都集中在这个"举世无双"的美人儿身上。我在那篇文章里说,一个社会如果没有理想的光环照耀的话,早晚会堕入万劫不复的深渊。

问:您是针对现在的情况有感而发,但是不是在塞万提斯本身的创作中也有这样的构思和意图呢?他塑造出来堂吉诃德这个人物是否也寄托了某种理想?

答:他肯定对当时的社会也有不满,当时的很多现象跟我们当前的情况很相似。他原来是为了嘲笑骑士小说,我想他可能开始是这么个想法,但是作家有些生活体验和人生观、世界观是潜移默化的,不知不觉就会渗透到作品中。巴尔扎克实际上是个保皇党,但不知不觉在他的作品中却反映出某种民主倾向,就是这样,有时候他自己都不知道怎么回事,他把他的人生感悟不知不觉地移植到他的作品中。我想塞万提斯可能也属于这种情况。塞万提斯这个人也是在当时的条件下具有高尚理想的人,按照当时的标准,高尚的理想就是忠君报国,他确实是这样的人,参军,打仗,被俘,被俘后还尽量帮助自己的难友,赎朋友们出去,自己最后才出去的。他的人格不高尚吗?而且到临死的时候他都很潦倒,看样子他的婚姻生活也很不幸,因为根据各种各样的传记来看,他临死时身边只有一个外甥女陪着他,他姐姐的孩子。生活非常穷困潦倒,据说有一个法国外交官参观了塞万提斯故居之后说,当时的西班牙王室难道就不能从他的国库里拿出一小笔钱来,让这个伟大作家的生活更体面一些吗?《堂吉诃德》的第二部好像是在他死后才出版的,具体日期我不记得了。他写第二部是因为第一部出来后影响很大,有人冒名顶替也写《堂吉诃德》,他很生气,于是又写了一部,咬紧牙关也得写出第二部来。

问:您的翻译经验和体会很值得学习,我们感觉您的翻译实践是和您的翻译理念融为一体的,您刚才讲到的那些翻译原则也完全可以在教学中应用,启发青年学生。

答:《堂吉诃德》之后我就再没有什么机会搞翻译了,教学任务越来越重。要是有空闲的话,我倒是想搞一点中翻外,我很感兴趣,但现在做不到。不过要是没这个经历的话翻译课我是上不了的。看别人的翻译理论没用处,讲不透,而且翻译理论本身是很玄的,我的看法是,翻译纯粹是靠直觉,或者说在很大程度上,就是靠对两种语言的掌控能力,和自己的艺术直觉。还得靠经验,有时候只可意会不可言传,想把它归纳成理论很困难。所谓的翻译技巧,那都是因人、因事、因情况而异的。什么词性转换,长句变短句,都不能一概而论,都要看具体情况,每次都不一样。我很少给学生讲翻译理论,首先我自己不信那些东西。我刚才讲的那三点是总的原则,这个原则怎么贯彻就得靠一点一滴自己的积累。我给学生上翻译课主要是让他们做作业,然后改作业,根据作业当中出现的问题我再来借题发挥。

别看忙,我的床头老是堆着一大堆书,每天我都得看,包括中文、外文的杂志。从事翻译工作的人,必须兴趣广泛,广积薄发。而且,在一定程度上,翻译比创作还难。闻一多不是说过吗,翻译是带着镣铐的舞蹈。我并非贬低写作,但是作家至少可以绕开自己不熟悉的东西,只写自己洞察了解的。搞翻译却没这个活动余地,明白也罢不明白也罢,人家作者这么说了你就得想方设法译出来,而且还得让译文读者看得懂、听着顺。所以作为译者如果不是眼观六路耳听八方,天文地理多少都知道点,成为一个杂家的话,很困难。多少都知道一点,不必很深入,对将来的翻译帮助很大。

访谈时间:2012 年 5 月 14 日 15 时—18 时
访谈地点:北京世纪城董燕生老师寓所
访 谈 人:王东亮、罗涵、史阳

会通学科
熔"义理辞章"于一炉
——严绍璗先生访谈录

　　严绍璗,北京大学教授,北京外国语大学荣誉教授。北京大学(国家重点学科)比较文学与比较文化研究所所长,北京大学教育部人文社科研究重点基地"东方文学研究中心"学术委员会主任。国际中国文化研究学会名誉会长,中国比较文学学会副会长兼任学术委员会主任,中华日本学会常务理事,全国古籍整理与出版规划领导小组成员,国家宋庆龄基金会孙平化日本学研究奖励基金专家委员会主任。

　　1940年9月出生于上海市,1959年9月入学北京大学中国语言文学系古典文献专业,1964年7月五年制本科毕业,留北大任教师,从见习助教达于教授至今。在北大曾担任中国语言文学系古典文献专业副主任、主任,北大古文献研究所副所长与国际汉学研究室主任。1990年转入比较文学与比较文化研究所,1998年任比较文学与比较文化研究所所长至今。期间曾担任北大中文系学术委员会委员14年,其中4年担任学术委员会主任并兼任北大人文学部学术委员会委员。

　　1985年5—11月应邀担任日本国立京都大学人文科学研究所日本学部客座教授,此为新中国第一个在日本文部省正式注册的国立大学教授。1989—1992年分别担任日本佛教大学文学部和日本宫城学院女子大学日本学科客座教授,讲授"中日文学关系史""日本汉学与中国学研究""日本神话研究""日本中世五山文学研究"等课程。1994—1995年应邀为日本文部省国际日本文化研究中心客座教授,这是日本国立中央研究机构第一次由中国人出任客座教授。2001—2002年应邀担任日本文部科学省"日本文学研究资料馆"客座教授(文部省俸一等),组织并主持"日本文学中的非日本文化元素"读书研究班,2009—2012年担任香港大学现代语言与文化学院荣誉教授。

　　1998年以来至今当选为中国比较文学会副会长兼任学术委员会主任,2001至2005年出任"国际比较文学会东亚研究委员会"主任,2008年北京外国语大学授予严绍璗"荣誉教授"称号(日本学研究),2009年当选为由14个国家的"中国文化研究家"组成的"国际中国文化研究学会"第一届主席团执行主席,2013年1月辞任被授予名誉会长。21世纪以来曾参加国家社科基金"外国文学项目指南"出题,并担任国家社科基金、教育部人文社科研究、北京市人文社科研究多元项目的评审专家。2007—2008年"中日历史问题会谈"中为中方专家组成员。

一直从事以中国文化为基本教养的"东亚文化"研究,由对象国的"汉学"和"中国学"的研究达于对象国本体文化与本体文学的研究,最终进入"跨文化"研究的学术体系,在50年的学术作业中体验和积累"多元文本细读"与"观念综合思考"互为犄角,相互透入的"新知识生产经验",逐步形成了以"多元文化语境""不正确理解的中间媒体"和"变异体生成"的具有内在逻辑的理性观念,并以"多层面原典实证方法论"作为实际操作手段,组合成一个"自我学术理念系统",被称为"文学的发生学"。

撰著出版《比较文学与文化"变异体"研究》《日本中国学史稿》《日藏汉籍善本书录》(3卷)、《比较文学视野中的日本文化——严绍璗海外讲演录》(日文版)、《日本藏汉籍珍本追踪纪实——严绍璗海外访书志》《中日古代文学关系史稿》等14种学术专著,主编《国际中国文化研究30年(1979—1909)年鉴》《北京大學20世紀國際中國學研究文庫》《北京大学比较文学学术文库》等15种,发表中文论文130余篇,日文论文20余篇,译文10余篇,学术札记和随笔50余篇等。

曾获得北京大学人文社科研究成果第一届、第二届、第四届优秀成果奖,北京大学"顶新"教学奖,改革开放三十年北京大学人文社科研究百项精品成果奖,中国比较文学会首届优秀图书著作一等奖,亚洲太平洋出版协会(APPA)学术类图书金奖,北京市第十届哲学社会科学优秀成果一等奖,国家教育部第五届人文社会科学研究优秀成果一等奖。2009、2010年获"北京大学人文社会科学研究优秀工作者"称号,2011年获日本第23届"山片蟠桃文化奖"(每三年在世界的"日本文化"研究者中评定一人。山片蟠桃,18世纪日本哲学家)。自1993年起获得由国务院授予的"为中国高等教育事业做出贡献政府终身特殊津贴"。

采访人(问):严先生,您好! 感谢您接受我们课题组的采访。您毕业于北京大学中国语言文学系古典文献专业,后来进入比较文学研究领域,在日本文化和中日比较文化研究领域卓有建树。请您先谈谈学术道路的选择吧。

严绍璗教授(答):2010年我70岁那年,钱婉约教授在《人民日报》上撰写一篇文章称《严绍璗:圆融与超越》,同时《光明日报·新闻人物》上也有记者柳霞做的一个报道,题目叫《严绍璗:为学术开门挖洞》。两篇文章的标题很耐人寻味,它们很精炼地概述了我一生的学术道路,而且还含有对人文学术现状与发展的某种思考。"圆融超越"和"为学术开门挖洞",内含的意思就是在现有的学科界限内,严绍璗的学术可能找不到一个合适的"固态的定位"。他们觉得假如要对我50年来从事的人文学术的作业的归属做一个"属于什么学科"的判断的话,似乎有些难度。在人文学术眼下划分的几个学科内,例如在中国文化和古典文献,在国际汉学和国际中国学研究,在日本文学和日本文化研究以及在比较文学与比较文化研究这样四个学科中,都有严绍璗活动的学术踪迹和学术身份。

关于"我的学术道路"的判定,这两年正好发生了一件有趣的事情,或许可以说明人文学术"学科分类"面临的难题和对某些学者的学术认知的复杂吧。2007年中华书局出版了我的《日藏汉籍善本书录》(3卷)本,这是我自己在"中国文化研究""日本中国学研究""日本文化和文学研究"并最终达于"东亚古代文明共同体研究"这样几个层面的思考中,为寻求"原典性文本"而先后花了25年左右的时间,在日本断断续续地对我国自上古以来到17世纪中期进入日本而被保存至今的文献典籍进行了相对全面的调查,收录并甄别得到了约1.08万种文典,尽自己的能力综合记述了它们在文化史意义上大致的来龙去脉。这380余万字的文本,目的是为了寻找和建立对上述各个领域研究的基本的"事实源点"。任继愈先生和袁行霈先生为这部书作了《序文》,启功先生题签书名。北大和清华的同仁以他们的学术感知,分别为这部书举行了"学术研讨会",称此书的编撰与出版不仅是对一个作者、一个学校、一个学科具有积极的意义,事实上它为人文学术的研究提供了一种新的思路。老前辈徐苹芳先生说:"这部书提示我们,人文学术的研究是多学科连接的,它事实上展示了一个'国学'文化研究者应该具备相应的国际文化的修养,走出国门,扩展视野。"乐黛云教授说:"这部书的价值绝对不仅仅是一个文献整理,也不仅仅是一个目录学著作,实际上最根本的这是我们当前最有用的一种文化关系的研究史。"她把此书定位为"一部难得的杰出的比较文学著作"。此书刚刚上市新华社发了消息,该社《瞭望》杂志做了专门的采访和报道,当年5月下旬中央电视台希望以此为主题制作"东方时空/东方之子",我谢绝了,自知只是做了自己喜欢做的作业,不值得有这样的美誉。2008年3月28日日本文部科学省直属国际日本文化研究中心特地在日本京都举行了"严绍璗先生著《日藏汉籍善本书录》出版纪念"的祝贺会,国际比较文学会会长川本皓嗣、日本东方学会理事长户川芳郎等十余位名誉教授出席了会议。这是日本国家人文研究机构第一次为一个中国人的一部著作举行的"出版祝贺会",他们认为这部《书录》的编撰成功,"为推进日本文化研究增加了助动力"。但也有先生发微博、出文章,说这部书完全是外行做的,劝诫我说还是做"中日关系研究吧",显然表示对我在学科界限上"严重越轨",情绪激动达于愤懑。他们责问"中华书局竟然也出这样的书",言下之意是一个"外行"做了一本"糟透了的书"。但意想不到的是,此书出版三年后即2010年年底,日本"山片蟠桃文化赏"评审委员会以全票同意发表公告称"中华人民共和国人严绍璗先生以《日藏汉籍善本书录》为代表的一系列著作,表述了对日本文化的杰出的研究⋯⋯决定授予第23届'山片蟠桃文化奖'"(日本对国际日本文化研究唯一的奖项/每三年评审一人)。

围绕着我这部书的评价和争论,实际上涉及一个很深刻的问题。推究这些不同的评价则在于阅读者由于知识量的不同,学术视域宽窄的不同,核心就在于如何为这部书所具有的"跨文化学术意识"进行"学术定位"。现在通行的学科分类是以独立的"单一学科"的概念来规范学业的,但我的学术观念和具体的学术作业就像这部书一样,实在无法让它在眼下的"单一学科"的某个范畴内就范。

其实,近代关于人文学术的"分类"所造成的"壁垒"常常会使"不安分"的学人陷入尴尬的境地,梁启超先生当年对于自己的《新中国未来记》做了一个自嘲式的自评,他说自己这部书"似说部非说部,似稗史非稗史,似论著非论著,不知成何种文体,自顾良自失笑"。研究梁启超的学者很多,但谁也没有能把他定格在哪个单独的"一级学科"里,更不要说能用"二级学科"把他框住的了。

总之关于我的学术身份、学术道路和学术作业,只有在我说清楚自己究竟如何穿通在这些学科领域之中以及自己在这些领域中究竟做了哪些实际的学业,大概才能让人明白,我自己的学术身份或许也只有这样才能够得到真实的求证。所以我非常感谢诸位在我们开始谈话的时候第一个问题就是关心我一生中"学术道路的选择"。

问:您说得很有意思,您说到关于您的学术身份、学术道路和学术业绩,只有在说清楚自己究竟如何穿通在这些学科领域之中以及自己在这些领域中究竟做了哪些实际的业绩,大概才能让人明白。那么,我们就沿着这样的思路请您谈谈您如何"穿通"在相关的学科中建立您的基本理路的?

答:我的学业的第一个学科是"中国文化和古典文献学",现在说起来则是"经典的国学"了。知道我这样的"学术出身"的人看到我眼下的学术作业,总是觉得有点"匪夷所思"。但这个中国经典文化的基础性教养确实是我的全部学术的基础,可以看成是我走进"人文学术研究"这个广阔的天地的最根本性的起点,50年来我在几个学科内的学习思考和研究表述,都与之具有密不可分的关联。在这个意义上应该说,中国经典文化是我后来发展为对多学科兴趣的学术生存之地和立根之地。对我而言或许可以这样说,正是我在北大接受过良好的中国文化教养,才使我有可能跨越"国学"的范畴而走向更加宽阔的文化领域,这是北大给我的恩惠。

1959到1964年的五年中我们接受了42门课程的训导,北京大学当时集合校内外可以称之为"最著名"的学者如游国恩、魏建功、王力、林庚、冯钟云、吴组缃、张政烺、田余庆、邓广铭、顾颉刚、郭沫若、吴晗、侯仁之、启功、史树青、席泽忠、王重民、向达、阴法鲁、冯友兰、张岱年、林焘、朱德熙等教授组成的宏大的教学阵营为我们20来个学生讲授《中国古代文学史》《中国古代通史》《中国古代哲学史》《中国经学史》《中国古代文化史》《敦煌文献发现与研究年史》以及《现代汉语》《古代汉语》《文字音韵训诂学》《目录版本校勘学》和相关的如《论语研究》《孟子研究》《左传研究》《史记研究》《淮南子研究》《昭明文选研究》等等。现在回头来看这张"课程表",应该说北京大学和中文系高瞻远瞩,为养成中国文化的新一代研究者费尽心思,依托中国人文学术界最精粹的阵容,组织了一支很强大的教学队伍,实践了当年马寅初校长倡导的"北大主义"!

"文革"前的北京大学也有过一个"读书的时代",这是一个真实的存在!正是这样的氛围养成了我基本的"人文追求"和"人文道德",装备了自己基本的"人文知识"。在20世纪的"文化大革命"中,在北大这样一个特定的场域中,形势当然很严峻,但我们这些人既不是革命的动力,也不是被革命确定的必须要打倒的具体对象,只要不存心借用"革命"来捞取自己的私利,一般还是有"空隙"可以做些"不用张声"的自己喜欢的作业的。先是我和陈宏天、杨牧之几位东奔西走,请教郭沫若、赵朴初、李淑一诸位,编写了《毛主席诗词注释》。后来又与孙钦善、陈铁民两位一起断断续续编著了一部《关汉卿戏剧集》,1977年"文革"一停就由人民文学出版社出版了。我自己还依据平时读到的一些野史笔记又撰写了一本《李自成起义》,1975年也由中华书局出版,1982年又重印了。与此同时,我还利用能借到的材料和从父亲那里得到的旧文本抄录了一些关于欧洲传教士和日本学者对中华经典文本翻译和研究的资料。现在有些年轻的朋友对我表述的这一段经历心存怀疑,觉得不可思议。其实,全面审视这一特定时空中多元层面中的知识分子的生存状态,情况是极其复杂的。比如1969年12月,当时国务院还向北京大学下达了研制每秒100万次的大型计算机的任务,现在的杨芙清院士当时参加了这一课题并且成为她后来迈入世界计算机前沿的起步。又比如我们中文系汉语专业的李一华等四位老师在70年代初期就一直参与王选先生关于"计算机排版"中"解析汉字"使之"数字化"的工作。复旦大学的"杰出教授"章培恒先生"文革"一结束,他编著的《洪升年谱》就蜚声学界,他对我说:"这书的不少材料其实是在'文革'中弄成的。有一段时间中'革命派'要'斗我',我就出来站站;'斗争会'结束了,我就回去继续做我的书,既是一种排遣,也是一种乐趣。"这是中国人文精神养成的知识分子特有的生存品格,我和他们相比,只是得其一隅而已。

至于我为什么会关注欧洲在华传教士对中华经典文本翻译的资料以及日本学者对于中国古文化研究的材料呢?这就要回到我的专业本位上来说了,从当年做学生的时候起接触到了丰厚的中华文化,就有了点想法,总想弄清楚这么丰厚的中国文化在"世界文化的发展中到底有什么作用呢?""世界究竟是怎样看待中华文化的价值意义的呢?""它们是怎样传到世界上去的呢?"……这些都是年轻人快乐的"自问",抄录这些材料,就是回答这样的"自我质疑"的一种热情吧。当社会狂潮"对文化进行革命"的严厉的时代,我们仍然依凭自己在北大受到的教育,依据自己的判断,尽自己的能力做点作业,这些都是出于"喜欢",现在理性地想想,其实这就是北大给我们的教育呀!

我用这样冗长的篇幅来谈论我生活中第一个"文化场域"的生存形态,是为了说明我与当代大多数的"外国文化研究者"的文化历程多少有点差异,却与老前辈们的学术轨迹有些相似。我自己关于"外国文化"的一系列观念的形成与这个"文化场域"的教养实在是有着内在的联系呀。

现在回过头来看,这种在"文化自娱"中的"自我质疑"或许事实上就是正在把自己引向未来的一个新的学科领域的起点,即开始从中国文化经典的学习中无意间发展到了关注中国文化在世界的传播,就是逐步地走近了"国际sinology"研究这个领域吧。

问:您说到自己逐步地从中国文化研究走向一个更加宽阔的文化领域的内在的动力在于自己不断地"自我质疑",正是不断地"自我质疑"开始把自己引向了"未来的一个新的学科领域"。这是一个非常有意思的推动学术发展的命题,能否稍稍对我们做一些阐释。

答:回想起来可能中学时代阅读了像《十万个为什么》这种书,养成自己头脑里对看到的事物常常会问"为什么"。到了大学阅读的面多起来了,接触到了这么丰厚的中国文化,对于"中国文化与世界关系"的多种疑问时时而生,有的可以"求解",有的也只能"自问"而已,或许以后有机会"求解"吧。当时中国的政治势态造成在文化研究领域中表面上对像"sinology"这样的学术淡漠得很,但在北大的老一辈先生中其实不少人的内心还是很关心的。像 1962 年为纪念"敦煌文典发现 60 周年",魏建功和阴法鲁二先生为我们组织了历时一学期的"特别讲座",其中有相当的分量是由王重民先生讲述欧洲斯坦利、伯希和对敦煌文典的盗窃以及引发的欧洲和日本对敦煌文典的"关心"。1963 年 5 月北大中文系邀请了苏联中国学家波兹德涅娃博士来系访问,并在杨晦主任的主持下以"欧洲学者的汉语言研究"为题向全系师生做了讲演,这是全国大学唯一的了。我自己在三年级的时候从图书馆中借得一本由日本中国学家内田智雄翻译的法国学者葛兰言(Marcel Granet)撰著的《中国古代的祭礼与歌谣》(*Fêtes et Chansons anciennes de la Chine*,日文本题名《支那古代の祭禮と歌謠》,日本弘文堂书房 1938 年版),这是一部研究《诗经》的著作,后来知道可以说这是欧洲中国学史上第一部以"文学文化学和社会学"的观念来解析《诗经》的著作。我自己边阅读边从日文翻译成汉文,饶有趣味。此事最早被专业秘书吴竞成老师到我们宿舍来辅导时发现,他对此很有兴趣,还报告了魏先生。魏先生特地到

32楼宿舍来看看我的"译本"。他很亲切地对我说:"这样的读书方法很好,你们上了《诗经》的课,再看看欧洲学者、法国学者是怎么理解《诗经》的,哪些有启发、有意思的,哪些他们搞不明白说得莫名其妙的,这样自己的眼光就大了,既复习了功课,又练习了怎样把握外国人的观念,不过这个书是法文原本的,现在你读日本的译本,还得留心他们是不是做了手脚。"魏先生又说:"20年代我在北大当学生的时候,钱玄同先生教我们汉语音韵学课程,他用的就是瑞典高本汉的《古代汉语》,高本汉使用英文写成,我们就跟钱先生一起读他的英文本。"我们听得很神奇,原来魏先生年轻的时候,北大中文系还用欧洲人写的英文书当作教科书的,这真是了不得呀!1964年7月我毕业后留在北大当助教,想来大概就是副校长兼任古典文献专业主任的魏先生看到我在这方面还有些学术知识和兴趣吧。我留校就职报到的第三天魏先生便安排我做一件工作,即叫我参与"启封"16年前被"中国人民解放军北平市军事管制委员会"查封的原"燕京—哈佛学社"编纂与整理的中国文献资料,这就是美国sinology的一个层面啊!依据档案说,当时国务院副秘书长兼任总理办公室秘书长的齐燕铭向北大建议在1964年的"古典文献专业毕业生中留一两个年轻人,乘着中方老人还在,把这些被封存的'燕京—哈佛学社'的材料打开来看看,究竟他们做了些什么,对我们有什么价值?"于是魏建功先生就提出"把严绍璗留下吧!"许多人不了解魏建功先生。魏先生作为在新中国建立后北大中文系的第一任主任,年轻时在进入北大"国学门"(中文系)之前,就在"北大预科"先是学习了俄文,继后又学习了英文。他在1936年出版的《古音系研究》这部我国近代"汉语音韵学研究"的划时代著作中梳理了欧洲学者从法国的中国学家沙畹(Chavannes)开始经由伯希和、马百乐、高本汉等等所从事的"汉字古音"研究,并且把这样的学术关系一直连接到近代中国留欧学者李方桂、罗常培诸位,这就和北京大学接上了关系。这是中国学术史和文化史上建立起来的第一个国际学术界对中国汉字音韵研究的系统,为中国学术界提供了汉语研究的"新视野"和"大视野",从而初步建立起了我国学界与"欧洲中国学"研究相互连接的通道。魏先生内在的"文化构成"的这一特征和形态,确实很经典地体现了我国五四新文化运动中造就的"新知识分子"的基本模式。此后接手魏先生担任中文系主任的杨晦先生,他不仅是五四当日北大游行中的骁将,更是一位研究马克思主义文艺理论主要就是阅读德文版原著的先生。他这样"依据原典"认识马克思的理论从而引导出的观念,在"文革"大规模开始前就已经被批判为"修正马克思主义的文学理论"了。他在批判会上拿来涉及与他相关论说的马克思的著作,有德文版、俄文版、英文版和中文版几种,杨先生告诉批判他的诸位,他的观念来源于德文版的马克思著作,诸位批判他的观点却是依据中文版的马克思的著作,而中文版则又是依据俄文版来的,杨先生说"俄文版对马克思的论说不诚实,中文版不知道为什么就这样将错就错"。我们这些助教这才明白,原来杨先生的观念论说依据的是"源文本的马克思主义",而"批判他修正马克思论说的那些人"却是读了"二手货"或"三手货"的文本或真的连什么文本也没有读过的"扬声器"。

从"学科界限"的意义上说,北京大学中文系中被人叱责为"封建余孽"的先生则是在中国近代学术史上关注和构建欧洲汉语音韵研究体系的第一人;被指责为"修正马克思主义"的先生竟然是专注于德文版马克思原著的理论家,而且他们恰好就是"文革"前17年中我们中文系的两任主任。这样的文化状态现在几乎无人提及,实在是可惜又可叹的! 这些先生们的观念和行事必定会影响他们的学生。我觉得我的学术道路和学术理念,正是在他们的"影响酵素"中发酵的一个小小的结果。

为了说明白自己的道路与先辈学者们这样的"影响酵素"相关,我得说两个小故事。1959年冬天我当时大学一年级上学期结束,系办公室发现我和同班同学吕永泽修读的"英文课"本来应该编班在"公共外语"一年级上学期的,却错编在"公外"三年级上学期了,原来两年半的英文,我们半年修业及格完成了。当时魏先生知道这个"小小的差讹"之后,对我们两人说:"你们现在还有四年多的时间,再去学一门日文吧,日本人接受了中国大量的文化,他们搞了我们很多的东西,不知道他们做了什么,我们将来是一定要有人把它们弄清楚的,你们去学日文吧!"遵循魏先生的教导,开始读第二"公外"日文了。后来我慢慢地明白了魏先生心里一定关注着一个层面,就是中国文化在外传以后,例如在传到日本以后,在与日本极为复杂的社会文化关系中到底发生了什么,我们是必须要把它弄清楚的。依据魏老先生的指示,我走进了北大的公外日文班,由东语系陈信德和魏敷训两位很优秀的老先生教授。此前我学过英文,学过俄文,跟着家长学过些许的法文,这一次意外的"外语转业"却将在冥冥之中引导我几乎一生的学术事业。

1971年的夏天,我从江西"五七"干校回北大总校,在未名湖边的花神庙那儿碰到了杨晦先生。杨晦先生当时还顶着"资产阶级反动学术权威""反革命修正主义分子"一堆帽子,可是杨先生似乎毫不在意这些,忽然问我说:"你那个日文现在怎么样了?"我心里一惊:"先生竟然还记得10年前系里本科一年级的学生读日文的事!"我回答先生说:"日文还马马虎虎吧。这次去了江西一年半,带了《毛主席语录》和《毛泽东文选》,都是日文版的。"他笑笑说:"你这很好!"又问道:"你那个英文怎么样了?"还没有等我回答,就接着说:"有时间的话再学点法文什么的,外文这个东西,别看现在没有用,将来是一定会有用的!"这是我们中文系"师生的对话",在当时的条件下先生最关注的却是一个年轻教师一定要把握好"外国语文",他一定觉得把握好"外国语文"就是掌握好"中国文化"与世界连接的"视野"与"工具"。在那样一个"非常的年代"里,先生在对我的教导中显然表现出他对生活的坚定的态度,我意识到他瘦小的身躯中燃烧着的是对于民族文化未来的希望!我在北大受到的就是这样一些老前辈的教育,他们的精神意识慢慢地就这样深深扎根在我自己的思想观念中。当我们成长之后,才真切地感觉到"北大是多么神圣!"

上面说到自己 1964 年留在北大做助教的第一项工作就是参加开启 1948 年被封存的"燕京—哈佛学社"的资料,这是新中国建立以来我国学者第一次与"燕京—哈佛学社"的"见面"吧。虽然这件事情不久后就被停止了,但它对于我心中长期朦胧的追求即想要知道"中国文化"与世界关系的"学术质疑"却有了一个小小的启蒙。我在"文革"中插空抄录的这些欧洲与日本的"中国学"材料也就是对这一个"启蒙作业"的一种"自在行为"的继续吧。

1971 年以后北大从"文革"初期的那种混乱局面开始进入所谓"新秩序"的框架之中,招收了新的学生,在形式上"上课"得到了复原,教师们一边教学,一边批判自己的"资产阶级思想";学生们一边读书,一边创建"社会主义新大学"。于是北京大学就成为教育领域中的一个"新"典型,不断地有世界各国人士被安排来参观访问。

生活真是充满了辩证法,我从鲤鱼洲回来一个月左右,校、系领导叫我参加学校的"外事接待"。记得 1971 年 8 月 24 日是我第一次接待"外国人"的开始。当日北大的周培源教授、周一良教授接待了"日本第十届青年访华团",我则尾随其后。一整天的时间里回答了他们提出的各种问题,比如"文化与革命的关系","历史文化是不是创建共产主义社会的最基本的敌人","中国文化对日本历史有着深刻的影响,在日本未来的发展中是不是也要'文化大革命'呀",等等。此后的 6 年多的时间,我与一些先生如周培源、黄辛白、段学复、黄昆、李赋宁、魏建功、冯仲云、宿白诸位参加接待过大约近两百批外国各界人士,其中以多元的知识界人士为最多。这段经历对我的思想精神存在着二重性的影响。一个层面是我们对话的"口径"都只能是依据当时"两报一刊"的主流话语。在这个意义上说,我们自己都是"特定时空"中"主流话语的工具"。但是在另一个层面上说,因为接待的外国知识界人士比较多,他们的思想方式、提出的各种问题、他们对于中国历史与文化的再认识,对我的精神思考事实有很大的启示。对我后来进入"国际中国文化研究"领域在不知不觉中具有一定的助推作用,我当年接待的这么多的外国访问者对于"中国历史和中国文化"的许多看法和质疑,事实上就构成我的"国际中国学"观念的直接的资源之一。为了"对付"这些外国人的访问,有关方面也特地允许我们在图书馆内阅读一些当时"不开放"的相关的书籍文献。于是我就利用这个机会,阅读了一些相关的"文化经典",比如 19 世纪末期和 20 世纪日本著名的哲学思想家、文史学家的著作,对"日本中国学"和"欧洲的中国研究"填补了不少的知识。在关于国际对中国文化研究的一些层面,改造和丰富了自己的观念与知识结构,慢慢地形成了一些新的文化视野,意识到"中国文化在世界上存在着多元的理解",为后来走向新的学术层面提供了把握"多元文化"的一些条件。

　　生活中有些事情正是不期而遇。1975 年"日本政府文化使节团"访问中国,使节团团长吉川幸次郎特别要求单独会见魏建功先生和我两个人,据说因为他 20 年代在北大留学的时候魏先生是指导他的助教,至于要见我,是因为 1974 年"北京大学社会科学访日团"访问日本时候,在他的讲演场合与严绍璗有过直接的"对话"。我国有关领导同意了他的要求。当时中方出席的还有后来成为我国外交部部长的唐家璇先生,日方陪同的则是著名的女作家曾野绫子。吉川先与魏先生先聊了一会儿就对我说:"严先生去年访问日本,记得我当时问你贵国在五四大规模批孔之前,日本近世时代已经有一位开始从'实学'的立场上批评儒学'空疏'的学者,你知道他是谁的时候,你站起来告诉我,此人应该是安藤昌益。我很感动,因为我知道我们现在的日本人,包括许多中青年的知识者,他们已经不知道安藤昌益这位前辈了。中国北大的一个年轻的老师对日本'思想史'方面竟然还有这样的把握,我感到有些吃惊。"吉川由此说了他的一个提议,他说:"日本在发展学术层面中对外国学者专门设立有一种'国际文化交流基金',严先生如果觉得有需要,我可以协助你申请这一基金,比如可以到国立京都大学专门从事你的研究。"吉川幸次郎一生据说招收过一百多位"博士生",但只有 11 个人在他手里获得了"文学博士"学位,我当时觉得在"日本文化研究"这一学问上能够得到他的肯定,心里有种不由自主的"满足感"。虽然如此,但我当时头脑还是很清醒的,立即意识到"我个人怎么能够答应日本特使的邀请呢",于是谢过他的好意,告诉老先生"这几年我的课程比较多,等我安排下来,再请吉川先生协助吧。"我以为事情就这样过去了。三年后即 1978 年日本驻华大使馆文化专员前野直彬(东京大学教授兼任)通过我国外交部新闻司要求和我见面,转达吉川幸次郎的设想,说:"吉川先生建议由他本人和严先生,还有我前野,三人合作共同研究并撰著《日本中国学史》的时机已经成熟,先生如果能够参加,这将是日中学术史上一件很有意义的事情。"我在请示之后接受了他们的邀约,这是中日文化史上"老中青"三辈人的合作,对我个人和我国学界关于"日本中国学"的把握应该会有一个很好的推进吧。这一次的邀约经北大、教育部和外交部批准即将进入具体实施阶段,但不幸的是由于吉川先生去世,前野教授归国不久也患"脑溢血",于是《日本中国学史》的研究作业只剩下了我一个人,我决定在以往十余年自己做的功课的基础上,独立完成《日本中国学史》,表述一个中国研究者对日本学术界"阐述中国文化的观念"这一学术谱系的解析和与价值的评价。

我自己在人文学术中的思考虽然不成体系，但随着"文革"结束，国家推进"新文化发展的时代"的到来，我就积极地把自己的理念和手中已经积累的这些资源转化为自己的学术。1977年7月起在中文系常务副主任向景洁先生积极的支持下我编辑发刊了不定期的《国外中国古文化研究》，先后刊出14辑。这是由我一个人编译，一个人编排，凭"个人交情"请系里打字员打印蜡纸，系里出钱铅板印刷封面，我自己油印内瓤的一个"非法出版物"吧。但很高兴的是，不仅学术界的一些朋友常常来索要这个薄薄的小册子，有些内容也被国务院的专业性简报转载了。也就在这个过程中，我开始了《日本中国学史》研究撰写作业，作为它的前奏，1980年在中国社科院的支持下，由中国社会科学出版社出版了我编辑的《日本的中国学家》，这部书著录了当时健在的日本中国学家1105人，有64万余字，报告了他们每一位的学术方向和基本的学术业绩，这是我国学术史上第一部相对完整的"国际中国学"领域中的工具书，1982年被重印。在这样的学术基础性材料的收集和积累的基础上，对"日本的中国文化研究"进入了较为全面的学理性的研讨，1991年终于在季羡林、周一良和庞朴三位先生的支持下，在阴法鲁先生的关心中，《日本中国学史》正式出版，1993年再版。这不仅是在中国，即使在日本和世界学术界也是第一部"日本中国学史"的著作。大概正是在这样的学术状态中，我自己就慢慢地从纯粹的"中国古典文献专业"层面走向了"国际中国文化研究"层面，特别是对"日本中国学"的研究层面，形成了对这一研究状态的理性把握，获得了一些属于自我学术的基本观念。可惜，这个时候魏建功先生已经去世了，没有能见到30年前他要我去学习日文而逐步生成的业绩。

与《日本中国学史》的刊出大致相一致，80年代中期北京大学创建了"古文献研究所"，所内设立了"国际汉学研究室"，我担任了副所长兼任室主任。这个"国际汉学研究室"是中国大学中设立的第一个关于"国际中国文化研究"的"研究室"，1986年获"学位办"批准，在全国第一次招收"国际汉学研究方向"硕士学位生，由我担任指导。1990年我转入了比较文学与比较文化研究所，1995年又经学位办批准，在比较文学博士点中设立了"国际中国学专业方向"，也由我担任指导。我们与当时的英语系、西语系、俄语系和东语系共同设立了"四系一所博士后流动站"，其中也包含了"国际中国学博士后养成"。我自己从30年前的学术疑问开始，在前辈的教导指引和北大的推进和支持中，在北大中国语言文学系内开始建设并且终于形成了"国际中国文化研究"的学科链。在中国人文学界以这一完整的"学科链"作为标志，以北大中文系为基地，我们推进了一门新学科的建设。内心有一种特别的喜悦。后来由14个国家的中国文化研究家集合而建立的"国际中国文化研究学会"推举我担任主席团的执行主席，我相信这是我们北大关于这一门学术获得的一种国际性的认定。我们可以很高兴地说,"国际中国文化研究"在30年来中国人文学术走向世界的行程中作为具有"前沿性"的标志性学术,它的"学科链"的建设和成型,都是在北京大学内实现和完成的。

问:谢谢您很详细地阐述了作为一个中国文化研究者如何逐步地提升自己的学术视野,逐步关注并走向了"国际中国文化研究"这一新的领域。在一般人的观念中,"国际中国文化研究"本质上还是"中国文化研究"的一个层面,那您又如何在这样的层面中走向了外国文化比如日本文化和日本文学的研究呢?

答:早期我也把国际学术界对中国文化的研究看成是"中国文化向世界的自然延伸"中的一种"学术状态",一直把"国际汉学""国际中国学"作为"中国学问"的一个层面,但是,随着我对"国际中国学"的稍稍深入的思考,我对自己的学术认知有了新的怀疑,大量的文化事实拷问我初期认为的国际学术界对中国文化的研究就是"中国文化向世界的自然延伸"观念可能是一种"感性的冲动",这样的表述当然有"合理的成分",但这样的"合理性"仅仅是这一文化势态的第一层面,它可能不一定是这一学术的"根本性的文化价值"。

我先说一个具有经典性的文化实况,可以表述当时我对自己这样认知的"新的反思"吧。

诚如学界所知道的,17世纪后期到18世纪欧洲,主要西欧正经历着由启蒙运动引导的社会主体向近代化的巨大转型,充满着激烈的思想斗争。在这样激荡的政治思想漩涡中,主要是由传教士们介绍到欧洲的"中国文化"从笛卡尔、比埃尔·培尔等开始成为他们阐述某种观念的"思想材料",继后一批欧洲启蒙主义思想家像莱布尼茨、沃尔夫、法兰西斯·奎奈、伏尔泰、狄德罗等等,他们从中国文化中看都看到了一个没有"上帝"的世界,而这个世界历史悠久、文化丰厚,成为东方的也是世界的文明大国。启蒙思想家们对接收到这样的"中国文化信息"充满热情,逐渐地吸收而构成他们"批判封建神学统治"的一种视野,极力地把它们转变成自己创导的"文化启蒙"和"社会革新"的思想元素。正是在这样的意义上,我们常常说"中国文化"特别是"孔子和儒学"参与了欧洲新世界理性主义的构建。我依据自己这样微薄的知识,1982年开始在中华书局的《文史知识》上发表了《〈赵氏孤儿〉与十八世纪欧洲的戏剧文学》,1984年9月又在《北京晚报》的"百家言"专栏中连载《〈赵氏孤儿〉在欧洲》,1990年在《北京大学学报》上刊发了《欧洲中国学的形成与早期理性主义学派》,还在《民主与科学》《人民日报》(海外版)等报刊上发了几篇同一主题不同表述的文章。乐黛云教授当时在国外,还特地写信给我,鼓励我朝着这样的方向继续努力,将来必有成绩。我自己也一时兴趣很浓。

当我正在为中国文化特别是儒学具有这样的"时代前卫性价值"而感到兴奋的时候,读到了同样是启蒙思想家的诸如孟德斯鸠和卢梭等人的著作,显然感知孟德斯鸠在《法意》和卢梭在《科学与艺术论》中关于中国文化的论述,表述的观念与前述的诸位学者简直大相径庭。孟德斯鸠在《法意》中多处论述了中国的法典条文,认为:"中国之民,其毕生所为,若皆束于礼教矣。顾其俗之欺罔诈伪,乃为大地诸种之尤。"卢梭认为中国存在着以"文艺"为核心的高度文明,本来应该使中国人聪明、自由和不可征服,但事实上,中国却经历过一切邪恶的统治,饱尝过人类的各种罪行,甚至仍然免不了沦为愚昧而粗野的鞑靼族的奴隶。中国的文明不能使中国人免于苦难,那么,这些文明还有什么意义呢?欧洲思想理论界沿着孟德斯鸠和卢梭这样的"中国文化观"发展起了另一个相应有力的阐述体系,例如,英国经济学家亚当·斯密在他的名著《国民财富的性质及原因之研究》一书中表述的"中国发展停滞论",继后,德国康德、黑格尔以及以他们为先驱和核心的"德国古典主义哲学"流派对中国文化的批评甚至蔑视,一直影响到马克思的中国观念。这些论述的多元性使我的思考逐渐地复杂起来了。

差不多在相同的时间内,即我在观察17世纪和18世纪欧洲启蒙思想家把中国儒学作为"批判封建神学"的"精神元素"的同时,在东亚日本却发现了"中国儒学"与"启蒙理性价值"完全不相同的另一种命运。17世纪初期开始,日本在经历了"中世时代"400年的全国内战之后,建立起了"德川幕府"政权,在"武攻文治"的基本国策的指导下,他们开始把儒学中的"宋学"作为意识形态的核心元素致力于构成"占主体地位的统治思想",此即他们把朱子学的核心"性理之辨"中的"理"变异为日本自古信仰的"神道精神";并吸收朱熹在《资治通鉴纲目》中经典性地表述的"大义名分"的主张,即把儒学基本的"政治秩序"观念"正名分"的政治伦理转化为幕府政权需要的以"武士本位"和"神道本位"为中心的"身份制度"理论;又把儒学创导的"忠孝观念",变异改造为"忠为孝本,忠为孝先","以大忠达于大孝"的武士阶层的基本的"伦理观念"。正是在这三大意识层面中原先汉民族的"儒学"便成为了日本德川幕府封建政权主流意识形态的核心材料。

我的疑问由此而更加深刻,17—18世纪儒学在欧洲可以成为启蒙主义思想家批判封建神学、推进近代社会建立的精神元素;几乎在同一时间段内却在东亚日本又可以成为维护与巩固幕府政权封建统治的精神材料。那么,中国的"儒学"究竟有没有自己内在的"刚性本质"?假如有这样的本质,那么为什么在"同一时间"的"不同空间"中它们会以如此"对立"的面目出现而表现出完全不同的价值意义呢?面对这样的"特定时空"中的"欧亚儒学价值图谱",我在自己从事的国际中国文化研究中陷入了迷茫不解的状态。

在自己寻求"释疑解困"的摸索中我特别要提到姜椿芳先生。因为他与家父有50年的交情,有时来我家里与我碰上面,给我不少的指点。他提议,一是应该学会观察世界文明发展的大格局,比如,欧洲文艺复兴中大量利用希腊罗马的文化材料问题,中国戊戌变法中康有为利用"孔子言说"撰写《新学伪经考》问题,等等,理解他们的心路或许可以有不少的提示。二是要我多读点关于"文明史"和"文化论"的理论著作,他说:"深刻的理论著作应该是你研究中的'强脑补气丸'!"他举出赫胥黎、达尔文、泰勒和摩尔根等人的著作,对我说:"这是理解世界大文化所必需的启蒙。"他几次对我说:"马克思和恩格斯的有些著作对你来说是非常必要的。像马克思的《路易·波拿巴政变记》这无疑是政治学、社会学和文化学理论中的名著。"姜老多次说道:"一个文化学者,一个外国文学研究者,一定要有基本的理性修养。"

于是,我在自己实际从事的"异质文化传递"的"作业"中就慢慢地锻炼自己使用"复眼"观察万事万物了。当时自己一边阅读这些文本,一边根据自己的心得开设了一门课程,开始叫"文化史学",后来改名叫"比较文化史学",一度也叫过"历史文化论",先后讲授了近二十年,学生反应比较积极。现在年过70岁,讲不动了,这门课就停了。

我在这里讲述的是我在自己的学业通道中行走的时候遇到的新一轮的难题以及寻求"解惑"的通道。这样的质疑断断续续困扰我好多时间,慢慢地通过阅读、访学、调研(包括田野考古)等,获得了各种学术思想和知识的填补,逐步获得了醒悟。我觉得原因就在于自己对于"国际中国文化研究"即"国外中国学"学术的"本体性质"的把握习惯于站在"中国学术本位"的立场上观察,常常把这一学术单纯地看成是中国文化在国际间的自然的延伸,有时候还很容易把它作为考虑"对中国情谊程度"的标尺。因此就常常会产生不少的学术错觉。研究实践使我慢慢觉醒,其实,世界上每一个国家的文化,都具有他们自己的"能动"的意识形态本体,它们对于任何一种外国文化的研究,比如对于中国文化的研究和表述,内在核心则取决于它们的哲学本体价值和意识形态特征。在这样的意义上说,"国际中国学"首先便是他们的即"对象国"的一种特定的文化形态,这种文化形态是以"中国文化"作为特定的研究对象构成的。在这样的意义上说,"国际中国文化研究"应该是一种具有多边文化性质至少是双边文化性质的学术系统。

1984年12月《北京晚报》记者薛涌因为我"关心国际汉学"采访了我。尽管我不同意把"国际中国文化研究"使用"汉学"的概念表述,但我还是接受了他的好意,当月31日报纸刊发了对我的采访记《关于汉学的问答》,其中我第一次公开提出了"'汉学'是一门双边性学术,从文化的角度讲,它既是中国文化研究在国外的延伸;但同时,它又表现了研究者本身的观念,是研究者所在国文化的一部分"。

正是在这样的思索中我开始明白,如果要把握和认清国外对中国文化的研究的本质特性,你必须进入对方文化本体上去认知,你如果研究"日本中国学",但却不能把握日本文化的本质,那在事实上你就说不清楚"日本中国学"中各种流派的本质特征;同样的道理,研究"法国中国学""德国中国学""美国中国学"等等,如果没有这些特定国家的"本体文化"的修养,你就很可能陷入迷雾中,最终很可能就言不及义,甚至不知所云了。

这样观察"Sinology"在国际学术界的文化世态中,我终于领会到"国际中国文化研究"是一门时代跨度悠远,学术含量丰厚,意识形态复杂的综合性学科。这一学术在世界各国的发生与发展,一方面显示出中华文化向世界的传播和它的影响的广泛性和深刻性。但"Sinology"作为一门学术,任何一个外国学者对中国文化的认知和他所表述的价值观念、人文意识、美学理念、道德伦理,以及他的研究的方法论,都受制于他的"母体文化";而他自身对"母体文化"与"中国文化"理解与需要的交会接触层面,便是造就他们的"中国文化研究"的最重要的区域。他们正是以他们的文化作为理解世界的"语境"而从事"中国文化"的研究,事实上,世界各国丰富多彩的"Sinology"所表达的研究成果,从最深沉的意义上认知则是他们"母体文化"观念在这一特殊文化对象区域中的表述。正是在这样的意义上,"Sinology"的学术成果其实就是他们"本土文化"表述的一翼。从文化研究所体现的本质意义上说,国际范围内的"Sinology",具有双边文化的性质,但就其哲学层面的本质意义上体察,便应该是属于从事这一研究的各对象国的文化系统中的学术。

基于这样的认识,考虑自己的能力,在"国际 sinology"学术谱系中为了追求真正把握"日本中国文化研究"的本相,我就开始进入到以日本文学为主要对象的日本文化的本体论研究层面,于是在我的学术通道中开启了学术领域的第三个层面。

所谓的第三个层面的着眼点则是希望能够比较准确地在本质意义上把握对象国在特定"时空"中多元文化的基本状态。当然,所谓"本质意义"是一个相当抽象也是处于能动过程中的概念。文学的研究中前辈早就主张过:"一千个人读莎士比亚,就会有一千个哈姆雷特。"我意会这一说法讲的是"文学是人性的美学","是心理的美学",因而每一个读者心里就有一个"自己的莎士比亚"。而我心里的期待则是"通过对于文学的把握来理解对象国文化的本质意义",这样的期望他人或许会觉得很虚无和缥缈,加上自己又缺乏"外国学科"的科班资历,心理上也确实忐忑不安,但学术的追求迫使自己又一次再进入"炼狱"。

问:您讲得已经很全面了,我们接着能否谈谈您在日本文化和文学研究中关于学术理路的思考?

答:我自己进入日本文化与文学研究领域的根本目的在于力求寻求准确或接近准确地把握这个国家和这个民族的"文化与文学"的"本质性特征"。或许由于自己是中国古典文献学教养出身,所以一直觉得"观念形成"的基础存在于"事实本体",作为"人文学术"的"事实本体"当然就是相关的"经典性源文本"(源文本不仅仅是书写形式,也包含文物的、民俗的、民族的、经济的诸层面相关的多元材料形式)。基于这样的思考,自己当初的起步便是以"文本细读"作为进入对象国文学和文化的"入门起点"。我是以阅读比如《古事记》《万叶集》《古今和歌集》《竹取物语》《源氏物语》等作为入门的引领并至今也一直作为理解日本总体文化的思考本源。"源文本"的细读是一个相当"艰难的过程"。日本古代文学中《古事记》《万叶集》《古今和歌集》这三部奠基性的经典,它们是日本古代文明早期进程中三种不同的"文字形态"和"文学形态",这些文本使用的文字、词汇和文体各不相同。在当代日本能够阅读这样的"源文本"的人也已经不多了,何况对于外国人。在文化史的本质意义上说,"汉字"进入日本后它的功能已经与在中国本土不一样了,成为接受国语言的"表音"与"表意"的符号了,对我们中国人而言,恰恰是因为执着于"汉字"的固有"音义"而成为阅读日本经典文本的最艰难的"难点"之一。我采用"源文本"和"现代日语文译本"对照着阅读,慢慢地有了一些体验性的感觉,逐步地把这些"体验"提升为"理性认知"。

生活也正是凑巧,1994 年 11 月,日本为了纪念京都建都 1200 周年,日本明仁天皇在京都接见六个研究日本文化的外国教授,我被邀请参加了会见。听我说到《古事记》和《万叶集》是理解日本文化的必读文献,天皇表示这几部书对于日本国民来说阅读也是很困难的。我回应说,外国人阅读这样的作品可能会更加困难,但这几部作品在编纂的时受到了亚洲大陆文化的不少影响,以各种不同的方式透露出来,所以中国人可以读出一些和日本国民不同的价值意义。天皇说:"なるほど(确实这样),日本文化受中国文化的影响是很多的"。一个中国学者表述对日本文化的观念,而且是与日本"国学派"主张的"绝对纯粹性"不相同的观念而得到对象国国家元首的认同,我觉得很欣慰。这件事情使我感知,中国人文学者只要自立于自身的学术,又具有把握对方文化的一定的认知能力,就能够在国际文化的表述中逐步地获得相应的"话语权"。这样的"话语权"可以提升我们对世界上特定文化层面的把握,并引导对方关注中华文化的价值。这种认知就有可能进一步揭示人类文明发展进程中一些被人所忽视的领域,能够较为生动地展示中国文化在世界文明进程中的意义。

三十余年来,我设定自己可以在两个层面上展开这一课题的研讨。一个层面是沿着关于"记纪神话"作为"神话变异体"的本体论内容,不断地在多层面中搜索材料,细读文献,进行可能的田野调查(神话遗孑),从而确立相关的课题,提升自己的思考。另一个层面是以"记纪神话"的研讨作为基础,把思考与表述对象扩展到对关于构成日本前近代文学基本形态的"经典文本"的生成机制中,采用在"记纪神话"研讨中积累的命题与解题的经验,在较为宏观的层面上,希望能够组成既能解析更加接近"文学"在宽广的"跨文化文明史"中生成的真实状态,又能体现具有研究者学术个性的揭示日本前近代文学生成本源的一个逻辑解析系统。

依凭我这样的学术构想而介入了日本文学的许多部位,面临已有的学术观念的重大挑战,这种挑战本身具有"跨文化"性质。

我在第一个层面上是以日本上古文学的经典文本《古事记》《日本书纪》和《风土记》为基本文本,确立了一些课题,其中有8个课题先后在日本的几个大学和文部省直属研究机构中作过讲演或开设过课程,以验证自己作业的价值,此即《神話の文化学の意義について》(关于神话的文化学意义)、《日本神話の構成について》(论日本神话的结构)、《「記紀神話」に現われた東アジアにおける人種と文化との移動について》(关于"记纪神话"中所表现的东亚人种与文化的移动)、《記紀神話における二神創世の形態》(记纪神话中二神创世的形态)、《東アジア創世神話における「配偶神」神話成立時期の研究について》(关于东亚神话中"配偶神"神话形成时期的研究)、《東アジアの神々における中国漢民族の「神」の概念について》(东亚诸神中考察汉民族关于"神"的概念)、《「古事記」における疑問の解読——「天の柱」と「廻った方向」と「ヒルコ」との文化意義について》(《古事记》疑问的解读——关于"天之柱""旋转的方向"与"蚂蝗"的文化意义)。为验证自己的研究,1992—1993年以26讲的规模在日本宫城女子大学设立了"日本神话研究讲座"。听完我的课程,当年这个大学的日本文学的毕业论文中以"记纪神话"为课题的有十几篇,据说在此之前每年大概只有一两个人对这样遥远的课题有兴趣。这些研究结果加上我在1987年出版的《中日古代文学关系史稿》、1992年出版的《中国文化在日本》和在1999年出版的《中国与东北亚文化交流志》中关于"记纪神话变异体"本体论的阐发,我自以为这一课题在20年间基本构成了一个系列。所以,2011年2月10日我在日本大阪历史博物馆大讲堂接受"山片蟠桃文化奖"的"颁奖仪式"上便以『イザナぎとイザナミ創世結婚の文化学の意義について—私の「古事記」解読』(关于Izanaki与Izanam创世结婚的文化学意义——我的《古事记》解读)为主题做了讲演。依据日本《朝日新闻》等报刊的报道,五百余听众总体反应是积极的,他们对于我从"yamato族群本体原始信仰""世界文明发展中的共同意识"和"以东亚为主体的亚洲广袤区域异质文化的透入"三个层面中解析"记纪神话"中的"创世形态"感到"新鲜"和"具有生命力度"。

在第二个层面上,与"记纪神话变异体"本体论的阐发想呼应,确定把构成前近代时期日本假名文学的"散文文学"与"韵文文学"的两大文学样式中的《万叶集》《浦岛子传》《竹取物语》《源氏物语》这四部被广泛认定的"文学经典"以及"中世时代"的"五山文化"和"江户时代"的若干"町人文学",探讨其"文学本源",并阐述其"经典"形成的轨迹。其中,对《万叶集》设定的课题在于研讨作为"和歌"音律的"三十一音"形成的本源、早期"和歌"中"音读"与"训读"的文化价值与"和歌"中"枕词"的民族性意义;对《浦岛子传》设定的课题是六种文本演进所体现的从神话叙事到初始古物语叙事的发展的轨迹研究;对《竹取物语》设定的课题是文本透露的"文化视阈"的"变异",以及文本中表述的"对神话本体叙事理念的变异"(此即东亚"日月神神话"观念从"本体论"转向"客体论"的思想史本质)与《物语》意象创建关系的研究等;对《源氏物语》设定的课题是中国汉民族文学在日本的变异与《物语》情节、意象的关系研讨。其他还涉及"中世时代文学"和江户时代的若干"町人文学"等等。这些课题的完成都包含着很艰难的文本细读和在广泛的文化史图谱上的文本解析历程。例如,我为《浦岛子传》设定的课题假如是以1994年到日本文部省的国际日本文化研究中心担任客座教授算起,大约先后用了8年的时间最终是在2001年年底在日本文部科学省的国际日本文化研究所得以完成的。记得2001年12月3日我以《「浦島伝説」から「浦島子傳」への発展について——日本古代文学における神話から古物語への発展の軌跡について》(试论从《浦岛传说》向《浦岛子传》的发展——关于日本古代文学中从"神话叙事"向"古物语叙事"发展的轨迹)为题在日本东京大学比较文学研究中心作了讲演,其内容在于研讨和揭示这一发展轨迹中多层面文化语境中"文化的传递""文化的变异"和"文化的复合"的组合轨迹。当年八十余岁高龄的日本研究南欧文学的权威、东京大学名誉教授平川佑弘先生坐在最前排,他听完后站起来就说:"非常好的讲演,真正的比较文学!"平川佑弘先生的评价之所以使我感动,是因为我这一系列课题的研发,在"文化价值"的本质意义层面最终获得的结果几乎都在"文本构成"的"事实"层面点破了所谓"日本文学纯粹论",展现了自古以来日本文学构成的"多元文化元素"。作为一个外国研究者面对日本所谓的"国文学"的顽固的"文学论"观念,如果没有坚实的"原典文本"作基础,并以相应的逻辑来阐述这些"文本"内隐的"多元文化元素",像平川佑弘先生这样的具有权威意义的学者是不可能向你欢呼的。正是这样的一些作业,使我开始了对日本前近代文学的本源以及它们相互连接的轨迹所具有的文化本质,开始有了一个属于自己的较为清醒的当然也还是粗浅的理解。

问:这个题目本身已经非常具有比较文学色彩了。研究境界也发生了变化。原来只是想解答自己的困惑,现在完全进入了文学研究,而且呈现了很明确的比较文学意识了。

答:正是这样的学术观念和学术表述,当年季羡林先生、乐黛云先生诸位多次对我说:"你现在做的这些都是比较文学的研究!"这使我很振奋。因为我历来觉得"比较文学研究"是人文学术的"前沿学科",有很深奥的欧美学者表述的"学理",我作为一个"中国古典文献学出身"的学人所做的一切学术作业,都是依据我自己的学术思路一步一步地推演拓展的,现在竟然达到了"比较文学研究"的境界,喜悦之余好像顿开茅塞,意会到原来人文学科的许多领域是互相融通和连接的,不以人的意志为转移,在一个层面中的探求达到了一定的程度,为了回答学科不断提出的"质疑",只要尽力求索,学术本体似乎就会引领你进入又一个新的领域。就这样我逐步地进入了"比较文学研究"领域。

现在回忆起来,其实我进入关于"日本文化""日本文学"的思考与接触"比较文学"这一学术在时间上几乎是同步的,不同的是,前者在自己心里还是目标明确的,后者则是在不经意之间踏进了它的大门。

70年代末、80年代初期我开始比较认真地阅读日本文学文本,同时也阅读一些相关学者的著作和几种《日本文学史》,自己隐隐地感觉到我本人对文本本身的体味与《文学史》的表述常常有些不一样,总的感觉是日本文学文本本身很丰厚精彩的,但《文学史》和一些研究论说却显得封闭,感觉眼下所读到的这些国内外的《文学史》和论著,不少的表述基本上是在"民族文化自闭"的文化语境中,以自己本民族文学或本国文学的所谓"统一性""稳定性"和"凝固化"为自身的"民族性特征",把自己民族的国家的文学当成是"在自己本土纯粹的文化中生成,也只有本民族或本国的民众才有能力消费"的"家族遗产"。当时自己40岁左右,还有些冲动的精力,就按照自己的阅读认知坦陈自己对日本文学的所谓"见解"了,这些带有论辩性的小文章,有时候便弄得"关系紧张"了。

再说个小故事吧!80年代初我读到了60年代日本文学史名家西乡信纲的《日本文学史》中文译本,它有不少的优点,但在关键的表述中却非常强烈地表露了"民族文化的自闭症",比如他在"上古文学"形成中使用诸如"学木乃伊的人自己变成了木乃伊"等隐晦语言,嘲笑他的先人曾经学习中华文化而致力于创建自己族群文化的努力,又把上古文学中第一部日本歌集《万叶集》的编纂定义为"摆脱了殖民地的压抑而成为日本民族文学的曙光"。依凭我当时比现在低得多的关于日本文化和文学的知识量,也已经觉得这些言辞非常情绪化,远离了"文本构成的真实性"。于是就撰成一篇类似"书评"的文章,题目叫做《关于日本古代文学经典作品〈万叶集〉的几个问题的思考——评西乡信纲的〈日本文学史〉》。这是我正式介入所谓"日本文学研究"的第一篇文章,小心翼翼地交给了北大《国外文学》的编委会。不久,范大灿先生很热情地跟我说文章写得不错,准备刊用。但不久编委会又告诉我,《国外文学》的一位顾问先生不同意发表,建议我去找这位权威当面请教和沟通。我面见老先生,他很客气地跟我说,这篇文章学风不好,满纸批判西乡信纲,"你知道他是谁吗?他是日本文学史研究的极高的权威,不要指名道姓批评别人!你这样批判他,日本人会觉得中国是不是要发动一场对日本的'文化大革命'了!"这真让我十分震惊。我告诉老先生,这只是一个"学术讨论",没有任何政治企图和政治力量,只是凭借阅读中自己知道的文化的和文学的知识来阐发的。我真诚地感谢权威先生对我论文的批评,但我意会到他的学术观念的核心正是一切把"日本文学"称为"国文学"的学者的基本观念和基本信仰,它起源于"江户时代"的中期,二百年来成为了日本精神层面中的痼疾,我自知自己的学识能力是无法克服这样的痼疾的,但内心却又涌动着寻求东亚文化(文学)发生与发展的本相的冲动。最后权威先生说:"你的文章里的材料不少,材料也不错,这些材料是从哪里找来的?我还没有见过呐!"我告诉先生,我是古文献学出身,特别注意人文学术的真实性在于凭文本材料命题立论。他说:"材料很好,但你用材料来伤人,不好!"最后他建议我用我的材料正面阐释日本上古文学的形成,既不要提西乡信纲这个人,也不要提他写的《日本文学史》这部书。当时我只有两条路,要么坚持不发,要么改写或许还能"被录用"。最终我决定换一种表述思路,换个主题,阐发关于日本古代"物语"的生成,题目叫做《古代日本小说的产生与中国文化的关联》。这篇文章在 1982 年的第 2 期《国外文学》上发表了。这是我第一次正式阐述在东亚文学的研究中必须建立"文化动态观念"和"族群与民族间文化对话观念"的极为初步的表露,其论说框架与材料解析都显得还很幼稚,但萌发的"核心观念"与 30 年来我的理性思考则是一以贯之的。这篇文章重点研讨的是日本上古小说(物语)构成中的"文化元素"的多样性特征,竟然被几家刊物和文集收录,获得了北京大学人文社科研究成果第一届优秀成果奖。可以说,这是我进入日本文学的研讨的开始,但同时也是踏入"比较文学"学术的起步。

或许是因为这篇文章的刊出或是其他什么吧,当年《读书》杂志编辑部把我找去参加了一次由他们在民族饭店举办的"比较文学学者座谈会",朱光潜、黄药眠、李健吾、周珏良、陈冰夷、杨周翰、李赋宁、季羡林、张隆溪、温儒敏和我总共 11 人出席。前 8 位当然都是大先生了,后来听说这是他们生前最后一次大聚会,《读书》做了件的功德无量的好事。后面的我们这 3 个人还真有点莫名其妙,大概算是"比较文学的热心者"吧。虽然我至今也不解当时自己为什么会被纳入这样高层次的学术聚会中,但受到的鼓舞和教诲使自己对于开始的新领域的探讨获得了很积极的勇气。

说句题外的话,北大《国外文学》这篇文稿刊发的经历,30 年来对我学术精神层面一直存在一种比较深的"刺激"——我反省自己在学术的"求知求真"的过程,从"学术良心"的视角评价,是应该自责的。"为了自己的小利"而"缺乏坚持真理的勇气",自己对不起先辈和北大的教育和期待。我开始以儒学经典《大学》中的名言"知耻为勇"为自己的精神的教养,在此后的学术求知中,只要自己认定"有证据是这样的"就一直坚持自己的基本观点和立场。记得1990年在北京举行的"东方文化研讨会"上,中国和日本双方的大腕学者们都大谈"日本近代经济的发展表现了一种'儒家特征'的'儒学资本主义'",试图以此来强化近代日本经济发展的"东方型人道精神",并且含有应该作为中国改革进程中的"精神引导"价值。当时我个人对"日本儒学史"已经初步形成了一个"自我认知"的框架,为了验证"涩泽荣一的儒学加算盘"论说的所谓的"真理性",1989到1990年期间我还曾经对日本关西地区琵琶湖西岸丰田汽车制造公司委托生产小部件的6个小型工厂进行过实地的访问。把文本格调研综合而论,我认定"儒学资本主义"观念的源头起源于日本江户时代大阪的"怀德堂儒学",从"东亚经济史"和"东亚文化史"上考察实在是一组"伪命题"。在这个论证过程中我撰写了一些表述自己见解的论文,例如《日本儒学的近代意义》《儒学在近代日本的命运——历史给了我们什么教训?》《儒学在日本近代文化运动中的意义》《日本传统汉学在明治时代的命运——日本近代文化运动的经验与教训》等。在这次"东方文化会议"上只有我一个人坚持认为:"日本近代经济的发展属于整个资本主义世界中的一个层面,可以肯定地说,根本不存在'儒家资本主义'这样的虚构的事实。"我这样的表述,当时受到不少学者尤其以我们中国方面学者的诘难居多。当时很高层的领导"接见"参会成员,大概就是因为我认定"儒学资本主义"是一组伪命题,会议也就为我提供了更多的休息的时间。但后来东亚经济与政治发展的实际,证明了把日本近代经济的发展过程命名为所谓"儒学资本主义"的观念是多么的荒谬了。这几十年来我在日本文化的表述中处于"孤立境地"而坚持"一人之言"的学术状态经历了数次,在学术的求索中也就习惯了。

沿着这样的理路阅读和思考,1985年《中国比较文学》第1期以专论形式发表了我在"东亚比较文学"研究中几经思考的关于日本"记纪神话"研讨的第一篇论文《日本"记纪神话"变异体的模式和形态及其与中国文化的关联》。这一论文的基本思考不在于试图推翻"记纪神话"的"日本民族文化特征",而是着意于揭示构成"神话多重意象"的"文化多元本源"。论文在"原典实证"的支持下,提出了"记纪神话变异体"的概念。本文受到了相关研究者的重视和支持,当时我正在日本国立京都大学人文科学研究所日本学部任客座教授,他们从《光明日报》上获得了这个讯息后便在所里组织了两次"座谈会"。第一次是请我阐述"变异体的概念"(回答"什么是变异体"和"日本神话为什么是变异体"),

第二次是研讨"从'变异体'视域如何评价'记纪神话'的文学性和精神本质"（有先生认为经由这样的阐释在事实上就解构了神话的"神体"本质，也就动摇了自古以来日本国民的"神信仰"以及近世发展起来的"大肇国观念"）。这样的座谈会与三年前北大《国外文学》刊发我那篇文章的"权威反应"连在一起，使我感到自己对日本上古文学的领会和感悟，有可能是一种与传统研究即使不能说是"迥然不同"但的确是"很不相同"的视域切入了日本文学的若干"本质性"的部位。我开始意识到在"比较文学"学术意义上来认知"文学文本"的内在构成，可能是一个很具有"挑战性"的领域，但自己的"兴趣"和"志向"已经生成，就努力为之吧。

这几篇文章刊出后，乐黛云先生鼓励我把这些想法再充实和完整起来，写成一部专著。1987年在由乐黛云先生主编的"比较文学丛书"中我撰著的《中日古代文学关系史稿》系列其中。这部书虽然书名叫"中日文学关系"，但它不是在一般意义上阐述"文学关系"，而是以日本"前近代文学"中的"神话""和歌""物语""五山汉文学"和"江户町人文学"等文学类型中一些具有代表性的文本为工作对象，集中研讨它们内在意象生成过程中对"中华文化诸元素"的摄入、变异、融合而成为读者接受到的"文本状态"。其中对于"中华文化"的透入我特地回避了比较文学界惯用的"误读"的范畴而特别强调为"文化传递的不正确理解"。这是我进入"比较文学"研究的一次较为大胆的"整体性尝试"。中日两国学者像中西进（日本文学会会长）、田中隆昭（和汉文学研究会会长）、松浦友久（早稻田大学文学部教授）等都有积极的评价。此书刊出5个月后中华书局香港分局就买入版权在香港又刊发一次。1990年获得了中国比较文学研究论著第一次评奖的一等奖。但是，我自己愈来愈感知这部书其实还是有明显的功力不足之处，即在阐述上述这些文学文本生成的轨迹中，注重的"原典"的材料仅仅在于"经典人文文献学"的范围，没有在广泛意义上的"多元文化语境"中，即在文化人类学的、民族学的、民俗学的、社会学的更加广泛与更加深刻的文学生成的"语境"中以我自己正在学习中的"比较文化论"加以考察，并且学术眼光也还只是立足于"东亚"地区而缺乏"世界性"意识。我自己沿着这一课题的设计希冀能够不断地深化自己的认识并获得相应的成果。

1990年我从日本佛教大学文学部讲授"中日文学关系"和"日本五山文学"归国，由于乐黛云先生的努力，我在北大的编制正式转入了"比较文学研究所"，拙著《中日古代文学关系史稿》一书又获得了专业学术一等奖，同年年底北大学术委员会又正式认定了我的"教授"职称资格（1985年日本京都大学人文科学研究所邀请我出任新中国成立以来第一任在文部省注册的正式的客座教授，我致信该所言明自己在北大是一个"副教授"。人文所回复称"不论你在北京大学具有何种职称，京都大学人文科学研究所教授会议定你具有担任客座教授的资格"——我做这样的一个补充,是为了本文的阅读者不至于在理解中产生迷茫)。这三件都有些功利性的事件集中发生,命运提示我将后半生交与"比较文学学术"了吧!由此经过二十余年的学术实践,在自己的学术作业中体验和积累了以"多元文本细读"与"观念综合思考"互为犄角的、相互透入的"新知识生产经验",逐步形成了以"多元文化语境""不正确理解的中间媒体"和"变异体生成"的具有内在逻辑的理性观念,并以"多层面原典实证方法论"作为实际操作手段,组合成一个"自我学术理念系统",被称之为"文学的发生学"。

问:您的"发生学"观念很像是一种生命科学形态。请您再集中谈一下发生学和变异体吧。

答:我一直申明由于我的学术基础和进入学科的途径具有自己的独特性,所以我以自己的学术实践为基础所获得的理性认识,是一种很"个体化"的"经验理性"。依据我自己数十年来的习得体验,自以为可以把"比较文学学术"诠释为"在跨文化多元视野中观察、解析和阐述在社会人文中形成的文学的一个逻辑系统",它的具体的实践之一,就是我数十年来一直主张的"文学的发生学研究"。

所谓文学的发生学,就是关于"文学"生成的一个逻辑系统。我国人文科学领域内对文学的研究,大多数学者都是对已经生成的"文学文本"在民族文化的范畴中进行阐述。(这里使用的是广泛意义上的"文本"概念,包括文学样式、文学创作和文学理论等。)几十年来我摸索地称之为"文学的发生学",是更加关注文学内在运行的机制,从而试图阐明每一种文学文本之所以成为这样一种独特的文学样式的内在逻辑。

从文学研究的广谱上加以考察,"比较文学研究"确立了对文学研究的新的视角——这一学术与其说是提供了研究的方法论,不如说它是确立了突破狭隘陈说从而重新构建文学研究的新理念。正是基于比较文学研究的这一基本学术特征,本来在传统的国别文学史的范畴内事实上无法解决的"文学的发生学"问题,终于被提到了"比较文学研究"领域中来了,从而使比较文学在研究趋向与研究结论方面,更接近于触摸到构成"文学"的"文化元素"本质实际。

文学的发生学,即探明文学文本之所以形成现在已经显现的面貌的内在成因。它与文学的诠释学不同,其学术意义并不在于"诠释"文学——在"诠释"的领域内,诠释的立场则是每一个诠释者的独特思想立场。由于每一个诠释者的时代不同,文化底蕴不同,美学趣味不同,当然也由于诠释者本人的生存价值不同和生存取向不同等等,一个文学"文本"可以有而且也必然会有多种多样的"诠释"。但是作为文学的发生学研究的有价值的成果,在关于"文学生成"的阐述上,其答案应该是趋向于即使不是"唯一的",也是相对"趋同的"。这当然会引起许多研究者的疑问,但我觉得实际的逻辑应该是这样的。这种探索"趋同"的过程可以是多样的,但真正符合科学意义的结论应该是"不二的",至少研究者在思索的逻辑中应该是"趋同"的。

比较文学研究意义上的发生学,可能多少与生命科学领域内关于探索"人之所以成为人"的命题在思维逻辑和实证推导方面有些类似。学术界尽管可以对"人"(包括"人性")作出各种各样的"诠释",但是,科学家对于"人之所以成为人"的答案认定是唯一的,即他们认为,正是由于人的基因的独特的组合程序,才使人成为了人。因此,阐明人的成因,从基因组合的立场上说,便是破译其组合成"人"的相关的密码。这是唯一的科学的结论。所谓"科学的结论",即是符合事实的结论,即是事物成因的唯一的真相。哲学家阐明人的"性",科学家阐明人的"成因"。同样的道理,比较文学的多类型学术视觉阐明文学的"性",而其中的"发生学"则致力于阐明文学的"成因"。

我从 80 年代初始开始思考文学的"成因",其中的核心则是涉及所谓的"变异体",这个概念确实是我从生命科学的基础知识中获得的悟性,并从它们的学科术语中借过来的。我的关于"日本文学"的阐释表述都是在这一"自我体系"中起步、完成和充实的。2011 年我撰写的《比较文学与文化"变异体"研究》一书已经由复旦大学出版社刊出,我自己关于"文学发生"的核心与主体性内容已经在此书中有集中的阐释,一部分明白我这样的理路的先生觉得这个"套路"很有意思,也有不少学者持有保留。人文学术研究因为追求的潜在终极不同,观念、思路和方法也各有千秋,才呈现出"百花竞放"。

从文学发生的立场上观察文学文本,则可以说,在"文明社会"中它们中的大多数皆是"变异体"文学。

在人类文明发展的过程中,一个脱离了"野蛮"的民族,多少总会有与外部世界相接触的机会,在文化活动的层面上——无论主动或是被动,此种活动一定会形成"新"的文化语境。这种状况不一定只是在"弱势文化"中存在,就是在"强势文化"中也是普遍存在的。

当年,当比较文学研究从"法国学派"发展为所谓的"美国学派"的时候,据说是因为一些学者不屑于做"文学的输出入"的买卖,这当然有其历史的必然性和学术的功绩。但事实上,这一观念的背后多少也表露出从事比较文学研究的一部分学者十分地缺少像文化史学、文化人类学、考古学、文献学、民族学和民俗学的理论和知识。今天当我们回过头来读一读这些相关的著作的时候,应该说,这是一个不争的事实。今天,尚有学者指摘"(比较文学)这个学科要立足很难",其实,这正是表现了他们对"这个学科"无知的"悲哀了"。文化现象清楚地表明,在世界大多数民族中,几乎都存在着本民族文化与"异文化相抗衡与相融合的文化语境"。当我们从这一文化语境的视角操作还原文学文本的时候,注意到了原来在这一层面的"文化语境"中,文学文本存在着显示其内在运动的重大的特征——此即文本发生的"变异"活动,并最终形成文学的"变异体"。

文本的"变异"机制,是文学发生学的重要内容。那么,什么是文学的"变异"呢？人类早期的"文化"(包括文学),都是在古代居住民生存的特定的自然环境与人文环境中形成的,由此而在文化中孕育的气质,是文化内具的最早的"民族特性"。任何文化的"民族特性"一旦形成,就具有了"壁垒性"特征。——其实,"文化"与"文化运动",从本质上说,应该是没有文化学家们所津津勒道的所谓"开放的文化"还是"闭锁的文化"之分的。这种由文化的"民族性"特征而必然生成的文化的"壁垒性",是普遍范围内各民族文化冲突的最根本的内在根源(这里是在排除了文明社会中经济对文化的制约和政治权力对文化的控制等各种因素而言的)。文化冲突并不一定是一件坏事(这里的"冲突",指的是在广泛的意义上发生的由接触而生的撞击现象),从文化运行的内在机制来说,文化冲突能够激活冲突双方文化的内在的因子,使之在一定的条件中进入亢奋状态。无论是欲求扩展自身的文化,还是希冀保守自身的文化,文化机制内部都会发生一系列的"变异"。

例如,6—9世纪日本文学中原先存在的无格律的"自由"形态的"和歌",面临中国大陆"汉诗"的重大冲击与挑战,为了寻求和歌的生存之路,争取获得与汉诗相抗衡的能力,原本"自由形态"的"和歌"内部发生了一系列重大的调整,其中包括从汉文"歌骚体"文学中获取有价值的文学材料,在反复的抗衡与挣扎之中,终于形成了"三十一音音素律",成为具备了固定音律节奏的"歌",其生命力一直继续到现代。以"音素"为节奏单位构成格律,是"日本语"所具备的"民族的"特征,然而,以"三十一音"作为格律的"型",则对日本语的"歌"而言具有明显的强制性(即不适应性)。这种新的文学样式,我们称之为"变异体",它的一系列的衍化过程,便可以称之为"变异"。在日本古文学中,从"记纪歌谣"到《万叶集》的"歌",可以说是"和歌"发生一系列"变异"的过程,从《万叶集》到《古今和歌集》是"格律和歌"最后定"型"的过程。"和歌"的格律化,便是在数百年间的文化撞击中形成的。

文学的"变异体"形成之后,随着民族心理的熟悉与适应,原先在形成过程中内蕴的一些"强制性"因素在文学传递层面上会逐渐地被溶解(在学理层面上将是永久地留存的)。一旦这些因素被消解,不被人强烈地感受到了,人们因此也就忘记了,并且不承认它们与曾经存在的"异质文化"之间的具有"生命意义"的联系,并且进而认定为"民族"的了,以此为新的本源,又会衍生出新的文学样式。一个民族的文学的民族传统,其实就是在这样的"变异"过程中,得以延续、得以提升,并在此基础上再次衍生,就像"民族"的日本"和歌",后来又衍生出了如连句、俳句等等那样。

脱离了比较文学的发生学立场,常常把处在运动过程中的文学文本,作为一个凝固的恒定的物体,因而常常在该文本的"生成"的阐述上失却了文化事实的本相。例如有的学者把中国文学中的"话本形式的叙事方法"认定为"是小说创作的最基本的(汉民族的)民族传统,丢掉了这一特征,事实上就是放弃了在小说表现领域中的(汉民族的)民族形式"。这其实是从"孤立主义"的自我意识来臆说自己文学的历史传统和民族形式,其实,只要把"话本"的样式做一点"变异体"的研究,就可以明白它的雏形却是在与一种异质文化相撞击的文化语境中形成的,这种异质文化形式,不仅最终造就了汉民族的"话本型小说",而且也造就成了像日本的"歌物语"那样的古小说形式。一个与异文化接触的民族,它的文学文本的发生与发展,一般说来,都可能具有"变异"的特征。所谓民族传统、民族形式,皆是在这样的"变异"过程中得以改造、淘汰、提升与延续的。对于世界大多数民族来说,"纯粹的"民族文学是不存在的,日本文化与文学只是其中的一个类型,也正如提倡比较文学中所谓"平行研究"的一些美国学者那样,他们本身就是一个与"异质"具有"血缘联系"的"跨文化体",他们或他们的先辈正是在这种"血缘输出入"的"买卖"中形成的具有"变异特征"的新的"种族"。又诚如至今存在的世界各君主国的皇室那样,其实并不存在"纯粹"的国别血统,却仍然维持着各国先后相承的君主谱系;试图割断或否认这种"联系",臆造出一系列的"文化孤儿"与"文学孤儿",于是便误导大众,以为只有"文化孤儿"才是具有最"纯粹的民族血统特性"。所以,尊重文学运动的内在机制,确立"变异体文学"的概念,则是从理论上对被各种虚妄的论说搅乱了"文学身份"的大多数文本进行从新构建,并由此可以在这一层面上揭开文学的真正的成因。

文学的"变异"是一个十分复杂的文化运行过程,根据我们对东亚文学文本的解析,可以说,几乎一切"变异"都具有"中间媒体"。这是一个还尚未被研究者注意到的文化运动的过程。或者说,关于一切"变异"都具有"中间媒体"的论断,它事实上描述了文学变异的基本轨迹。

异质文化(文学)以"嬗变"的形态,即异质文化以一种被分解的"碎片"形式介入本土文学之中,在文本成为"变异体"之前,形式一个过渡性走廊,并成为未来新的文学(文化)样式的"成分",这就是"文学变异"中的"中间媒体"。当原先的文本衍生成为新的"变异体"形式时,这一"中间媒体"也就消融在新文本中了。"变异"过程中的这种"中间媒体"的作用,有些类似化学反应中的"催化剂"(catalyst),但它们最后的形态却并不相同。"催化剂"在反应中起加速作用,反应结束后它仍然保有自身的性质。"中间媒体"成为两种文化撞击的通道,对文化接触起促进作用,但它本身也就消融在这一撞击与接触的过程中。研究者运用比较文学的综合手段(语言学的、文献学的、文化人类学的、民族学的等等),

实有可能将它们还原为原来的形态的。

　　文学文本的"变异"过程即"变异体"的被认知,就其形式与内容考察,从最本质的意义上可以说,它们都是在"不正确的理解"中实现的。关于这一命题,是马克思观察法国古典主义与希腊古诗学的关系,也是他在观察17—18世纪英国法律与罗马古法之间的关系后,在1871年就拉萨尔关于"既得利益"问题给拉萨尔信件中阐述得,它比现在学术界普遍使用的"误读"变数不同文本之间的关系可能要准确和深刻,我一直不赞成使用"误读"而主张采用"不正确理解",到呼吁到现在,我读到的无数的论文中似乎还只有我一个人采用,多少有点悲哀。这倒不是马克思是"伟大的革命导师",而是我认为这一命题的理论价值远远超越"误读"。大约10年前我在日本的一次会议上碰到了作家陈建功先生,他对我说,严老师呀,你当年给我们说"文化的传递是以不正确理解的方式连接的",我真是越想越对呀！我说,建功呀,这不是我的见解,这是马克思的命题呀！

　　我个人觉得"文学的发生学"研究,提升了比较文学领域中的传统的"影响研究"。其实,"影响研究"和"关系研究"的本质,正是在于从"文本"的立场上探索文学的成因。因此,当我们把"文学的发生学"作为比较文学的一个新的研究范畴提出来时,事实上,我们是把传统的"影响研究"的学术做到了可能接近于它的终极的目标了。在这样的意义上可以说,一切所谓的"影响研究",如果脱离了"文学发生学"的基本的理论的指导,则便会失缺了研究的终极目标,其研究"成果"的价值将变得毫无意义。在同样的意义上说,"文学的发生学"也对"比较诗学"提出了更为深刻的理论要求,它使在本门研究中对作为建构理论基础的各类"文本"的阐述,可以建立在由"发生学"的研究成果所提供的的真实又稳定的基础上,从而在观念与方法论方面,真正成为理论研究与文本实证相互观照的学术,使研究者从"概念的移译"与"名词的叠架"中摆脱出来,真正达到"从作品与世界的关系出发来探讨文学的性质"的学术目标,而真正成为智者的事业。

　　讲到这里,我要特别感谢中国社会科学院的吴元迈老先生。记得2002年秋冬,吴老作为"国家社科基金外国文学项目指南"出题组负责人在北大召开座谈会,在快要结束的时候,吴老说:"现在比较文学很流行,前些日子我读了几篇文章,像'林黛玉与安娜·卡列尼娜的比较研究'这类文章,什么意思也没有说出来,我看'比较文学'就算了吧！"大家都同意。我请求吴老给我10分钟时间,就'比较文学'做一点简要的解释,吴老说"好啊,你说说吧！"于是我就这一学科的基本价值,特别是关于'发生学'的基本理路说了七八分钟吧,我最后说,眼下学术研究也有"精品店"和"大棚集市"的区分,也有"真品"和"赝品"存在。说得大家笑了。吴老说:"照你的解释,这比较文学还是很有意思的。但2003年不能立题了,看看2004年能不能列入其中了。"我以为这是吴老安慰我的客气话。不意第二年秋天,忽然通知我参加"外国文学项目指南出题",自此之后,在吴老的领导下连续做了四年的"出题"工作,并且参加了最早试行的"社科后期项目认定审查(外国文学研究)",在这两个层面中"比较文学"研究就正式列入了"国家社科基金项目",获得了相应的学科地位。我深深感知,像吴元迈老先生这样以自己的博学和阔大的胸怀,热心扶助和推进新学科的立足和成长,这也是我国人文学术(当然包括外国文学研究)有长足的、蓬勃的发展的主要推助力量之一。

问:您说得非常有意思,几十年来您融通在几个学科中,终于把对日本文化与文学的研究做到了类似基因研究的层面,就是文本形成的层面,推进了我国日本文化与文学,以及比较文学学术的发展,得到了中外学界的认定,再次对您接受我们的表示真诚的谢意!

答:我讲得实在太长了,让你们受累了。我表述的是我从20世纪50年代接受"中国古典文献学"教养出身,在北大这样浓郁的文化氛围中不断地"求学解惑",从中国古典文献学走进了国际中国文化研究,又被学术的困惑推进到国别文学(日本文学)的研究领域,最后进入了作为跨文化学术的比较文学与比较文化的研究。听起来好像是爬楼梯似的一个台阶一个台阶地爬上去,但在我的实际学业中,其实并不是以这样线条清晰的阶梯前行的,它们是依据实际体验,在自己微弱的多元思考中各个学科是互相混融在一起推进的。在近五十年的时间中,自己不经意间以多学科的融通,致力于把"义理"(思想与观念、批评与识段)与"辞章"(学术框架与构思逻辑)相融,战战兢兢尽力前行,以学术独立、理性批评为宗旨,以原典解读、多元实证为方法,在国际中国文化研究与日本文化与文学研究领域中多少获得了一些被学界认知的业绩,学界同行的善意评价真的超乎我的期望。

再次谢谢你们的来访,你们课题组为总结60年来我国外国文学发展的脉络和展现几代人的业绩做出了努力,这在中国学术史上实在是功不可没!

访谈时间:2012年8月2日9时—13时
访谈地址:北京大学东门蓝旗营天堂咖啡馆
采访人:王东亮、罗湉、史阳

立足梵文　打通中外
——黄宝生先生访谈录

黄宝生,1942年生于上海。1960至1965年就读于北京大学东语系梵文巴利文专业。1965年至今在中国社会科学院外国文学研究所工作。曾任副所长(1985—1998)、所长(1998—2004)。现任外国文学研究所研究员、中国社会科学院学部委员。

20世纪80年代从事梵语文学研究,发表论文《论迦梨陀娑的〈云使〉》、《胜天的〈牧童歌〉》《古印度故事的框架结构》和《印度古代神话发达的原因》等,出版译著《佛本生故事选》(合译,1985),专著《印度古代文学》(1988)。其间参加季羡林先生主持的国家社科基金项目《印度文学史》的编写工作。90年代从事梵语诗学研究,出版专著《印度古典诗学》(1993,获中国社会科学院优秀科研成果奖),发表比较文学论文《印度古典诗学和西方现代文论》《禅和韵——中印诗学比较之一》《在梵语诗学烛照下——读冯至〈十四行集〉》和《书写材料与中印文学传统》等。1994年起,主持印度史诗《摩诃婆罗多》的翻译工作,历时十年,于2005年出版6卷本400万字的《摩诃婆罗多》(合译,获首届中国图书出版政府奖)以及专著《〈摩诃婆罗多〉导读》。其间还出版译著《故事海选》(合译,2001)。继而从事梵语诗学著作翻译,出版译著《梵语诗学论著汇编》(上、下册,2008)。同时从事中印古代文化比较研究,发表论文《神话和历史》《宗教和理性》及《语言和文学》。2007至2009年开设梵文研读班,培养青年学者,作为教学成果,出版《梵语文学读本》(2010)。同时出版译著《奥义书》(2010)和《薄伽梵歌》(2010)。2009年至今,从事梵汉佛经对勘研究,出版译注《梵汉对勘〈入楞伽经〉》(2011)、《梵汉对勘〈入菩提行论〉》(2011)和《梵汉对勘〈维摩诘所说经〉》(2011)。

采访人(问):黄老师好!非常感谢您接受我们课题组的采访。您是新中国培养的第一批梵语学者,师从季羡林、金克木两位名家,后来长期在社科院外文所做印度文学研究,并主持过外文所、《世界文学》杂志及全国外国文学学会的工作。我们希望您能从时代见证和个人贡献等方面多跟我们讲讲您的丰富经历与多姿多彩的学术人生。请您先回忆一下求学过程,以及专业选择、师承关系等方面的情况。

黄宝生先生(答):我涉及的学术领域比较多。今天主要谈我的梵文研究以及外国文学研究领域方面的事。先从求学经历谈起。1960年我考上了北大中文系,报到时却把我调到东语系。我们这代人都是服从国家需要,所以就到了东语系。当时系主任是季羡林先生。在新生入学典礼上,他号召中学里学过英语的同学选择梵文巴利文。因为东语系专业很多,每人可以填三个志愿。我在上海读中学,学的外语是英文,就听从号召,填了这个志愿。当时年轻,也不知道学习梵巴文有什么用,只知道是印度古代语言。那时年轻人都喜欢学现代语言。这是东语系梵巴语第一次正式开班。

问:所以您是北大梵巴语第一届学生?

答:是第一届。当时五年一贯制,只有季羡林和金克木两位老师,从一年级教到五年级,中间不能留级。命运安排我学了梵巴语,我后来感到很幸运,因为有两位名师教授。我觉得中文可以自学,外语没有人教却是不行的。1960年到1965年,整整5年,我们从头到尾完成了学业。那段时间政治运动较少,两位老师年富力强,能集中精力教书。他们投入很多精力,教学非常认真。

当时我们班招了20人,后来由于种种原因,剩下17人。坦率地讲,学好梵文不容易,贵在坚持。大学毕业后,8位同学分到社科院。社科院了解梵文的重要性,哲学所、外文所、历史所和宗教所各要了两个。北大自己留一些,还有一些没有分出去。后来"文化大革命"一折腾,很多同学改行。整个班最后只剩下社科院和北大的一些同学坚持下来了。

问:北大梵巴语本科班重新招生是80年代的事吧?

答:对。"文革"后开始招研究生。王邦维和段晴是1978年入学的第一批研究生,他们的梵文课是蒋忠新教的。蒋身体差一些,但是研究生的梵文课他是教完的。再后来开梵文班,他教了一年,身体撑不住,改由郭良鋆教。郭良鋆教的就是钱文忠那个班。那是个本科班,是改革开放后第一个梵文班,中学毕业考入北大学梵文。我们是60年代第一个本科班,他们是80年代第二个本科班。80年代季羡林和金克木岁数大了,不再教课,改请社科院的蒋忠新和郭良鋆来教。

我们那个时候大多数人安心学习。虽然种种原因,后来耽误了一些人。但当时大家都是认真学的。最后总算有一部分同学终身从事梵文研究,做了一些事情,没有辜负季羡林和金克木的培养。80年代那个班处在不同的社会环境之下。当时社会风气浮躁,学生们可能觉得学习梵文太苦,信心不足。本科三年级国家让他们出国进修,一到国外,只要能谋生,干什么都行,就不想回来了。因此,那个班几乎全军覆没,没有一个留下来从事梵文研究。

问:1984年之后北大东语系梵文班是不是每四年招生一次,同其他一些小语种一样?

答:没有,后来又中断了。最近这几年又在招生。实际上梵文这门学问和中国文化的渊源非常深厚,国家需要梵语人才。培养人才是个大问题。北大现在还在开班招生,能坚持住也不容易。

我们需要梵语人才,因此社科院也在办梵文班,研究生和在职研究人员根据研究需要来学。比如佛教文化和中国文化已融为一体,中国佛教成为中国文化的一部分。而佛教是印度传来的,佛教原典都是梵文。如果掌握梵文,学术视角就会扩大,可能有新的发现和理解,学术含量就会提高。中国文史哲各个领域的研究都需要这方面人才。比如研究中印文化交流史,如果懂得梵文,就能直接利用梵文史料。再比如印度哲学,这是在世界上很有民族特色的哲学流派,和西方哲学与中国哲学都不一样。国内的印度哲学研究长期以来主要依据英文资料,虽然也做出了贡献,但是要向前推进的话,则必须注重依据第一手资料。主张依据原典研究是学术界惯例。中国古代和印度佛教有一千多年交流,而近代以来,印度佛教研究却是日本和西方学者占优势。中国很少有学者依据第一手资料研究古代印度文化和哲学。目前这个情况还没有根本改变。中国历代高僧历经艰险去取经,学习梵文。而现在有几个人结合梵文原典研究佛教的?等于是放弃了我们的传统。不是要大家都来做这个研究,但是起码得有一批人做这个。

中国有十几亿人,其中有一百个研究梵语也不算多,也是凤毛麟角。现在学术需求很大,人才培养却迟迟跟不上。北大和我们都努力培养人才,为今后提升学术水平和学科水平做贡献。举个最简单的例子,中国儒家文化传统是中国强项,二十四史的标点工作做得精益求精,可是汉文《大藏经》至今没有全文标点。任继愈主编的《中华大藏经》全是影印的。佛经的标点和注释工作并不容易。这说明中国研究佛经的人才太少。我们说了,好多佛经都有梵文原典,结合起来读就容易多了,就知道哪里断句更合适,一些晦涩难解的词句的原义是什么,很多地方就可以读通了。国外的学者都知道在文献整理中,利用不同的版本或平行的译本进行校勘的重要性。而对于外国学者来说,掌握古汉语并不容易。因此，将古代汉译佛经与梵文原典结合起来研究，应该是中国学者的优势。希望将来有一批学者掌握梵文，又通晓佛经，那就不一样了，可以在国际学术界做出我们应有的贡献，显示我们的学术优势。所以，培养人才很重要。

问：现在看来，60年代季先生和金先生培养你们这个班真的非常重要、及时，培养出一批有扎实梵文基础的学者。

答：现在两位老师去世了。我以为季先生能活到一百多呢，没抓住机会问他当时怎么想到开这个班。我隐约记得他说过是周扬让他开的。周扬是中宣部长，文艺界领导里懂行的人。他自己也是搞文艺理论出身的。"文革"后学术的春天来了，我们外国文学界筹备成立外国文学学会。筹备会请他来讲话。一听还是这样的领导有水平，讲话头头是道。他对世界文学发展史有宏观的看法，在当时年轻人看来很高深的。

不管怎么说，季先生把这个梵文班办起来了。他和金先生一辈子就培养了这么一个像样的班。以后由他们的弟子再培养人才，梵文学科就这样在中国得以"薪火相传"。

问：您学习梵文的时候季先生和金先生是怎么安排教学的？

答：他们没有现成的教材，教材都是自己编的。季先生的梵文语法讲义是根据德国学者的读本编译的，这是德国人的经典教材。季先生的编译语言明白易懂。当时教科书都是油印的，自己刻蜡纸。后来季先生手稿看多了，现在回想，当时的油印本可能是季先生自己刻的字。金克木先生也根据印度人的教科书编写了一本梵文文法，比较实用。课文也是两位老师自己选材。我们没有梵汉词典，只有梵英字典。要想学会查梵文字典，也先要学会语法。因此，最初的课文后面附有两位老师编写的词汇表，并提示语法形态。到了高年级，掌握了基本词汇，也会查字典了，把课文打印给学生就行。两位老师教学非常认真，头两年学生听完课之后要做作业，交给老师批改。老师一本本批改得很仔细，的确是全身心教学。回想起来，当时学了那么多课文，梵文各种文体类型都有：诗歌、小说、故事、神话传说、理论著作、语法著作，还包括佛经。当然，学的最多的还是经典的梵文文学作品。

最后一年还学巴利文。巴利文和梵文相通，是印度古代方言。早期小乘佛教原典都是巴利文的。巴利文是季先生教的，用一本英文版的巴利文语法书。我们都有英语基础，又懂梵文，所以学起来比较顺利。

"文革"时期工农兵学员没有学梵文、巴利文的。70年代开始招研究生，后来也开始招博士生。季先生要我去读博士,而所里只同意我读在职的。季先生答应了,可是当时北大研究生院要求必须脱产。我就放弃了。

问:教你们的时候,两位老师自己也很开心、很投入吧?

答:对,两位老师非常认真,从不迟到。金克木先生是在印度学的梵文,会吟诵,有时候念梵文诗给我们听。季先生每次上课,讲台上都放一本梵文大辞典。他上课是与学生互动的,要求我们先预习。比如一首诗,我们先念,先讲意思,讲得不对,他再纠正。梵文语法变化非常复杂,不是什么形态都能记得住,所以要学会查字典。为了讲课的准确性,季先生就把词典摆在那里,需要的时候就查一下。这是一种严谨的态度,教会学生做学问要一丝不苟,容不得半点马虎。我喜欢看闲书,有时候不预习全部,所以上课时总希望先叫我说。后来老师也许知道我这样,总是在后面叫我说。这也是老师督促我认真预习的巧妙方法。

问:您的同学中做梵文研究的,如赵国华老师等人的研究情况怎样?

答:我们同学的情况各不相同。后来北大之所以请蒋忠新和郭良鋆两人去教书,因为他们善于对语言本身下功夫。我是另一种类型,偏爱文学和哲学。不是不学好语法,而是不愿太下功夫,以便腾出时间去看别的书。赵国华和我有点接近,他也喜欢乱看书。所以我们两个是一种类型的。赵国华和我关系不错,我们两个喜欢谈文学。他文笔比较好,擅长翻译,只要读得准确,他的表达能力超出一般人水平。作为梵文学者,学好语言是最基本的,否则得不到认可。然而,要在相关领域有研究成绩,比如文学、佛教和哲学之类,那就得看在这些领域的研究功夫怎么样了。

问:学习梵文似乎可以通向很多研究领域。

答:对。学好梵文,将来再在其他领域下功夫,就会有成就。比如研究佛教,佛教修养应该不比哲学系佛教专业的差,又懂梵文,学术优势就出来了。如果光懂梵文,佛教修养很差,也不行。研究哲学,如果没有哲学修养,看了梵文哲学原典也理解不透,翻译不出来,文章就写得肤浅,人家也不会承认你的成绩。我们的老师大概看到我大学期间表现出文学爱好,就把我分配到外文所,对于我是如愿以偿。我第一喜好文学,第二是哲学,佛教也喜欢。你看我现在也在研究佛经。

问：可否再多谈一些季先生和金克木先生的情况，以及他们对您个人研究方向及整个学术道路的影响？

答：季先生和金先生教梵文是认真的，我们的梵文底子得自他们。我们大学毕业后，遇上"文革"，十年后才开始工作，梵文还能拿起来。另外，两位老师的研究能力都很强。平时耳濡目染，课间十分钟，逢年过节聊聊天，对我们的影响是潜移默化的。两个老师喜欢文学，我在他们门下读书就如鱼得水。有次上季先生那里，他讲刚看完《鲁迅全集》，把我们吓一跳，说明老师用功，一直坚持看书。有一次季先生又说最近把《太平广记》看完了，也是大部头。后来他在《五卷书》前言里，对印度和中国的故事文学做比较研究，引用了一些《太平广记》里的材料。这些都靠平时坚持读书，才能积累起来。诸如此类的事，难以一一列举。起码从季先生身上知道做学问是怎么做的，就是要多看书，靠长期积累。

问：金克木先生看书也比较杂，文章很好看。能不能再给我们谈谈金克木先生？他所受的教育和季先生不太一样吧？

答：两位老师给我的启示是，做学问什么路都可以走。季先生是正规科班出身，大学本科毕业，留洋博士。金克木是另外一条道路，自学成才。金克木先生连大学都没有上过。他不放弃自己的文学爱好，写诗写文章投稿，参加小文化团体，或者当记者，是个杂家文化人。他的知识面很广，脑子特别好。后来他有机会去印度。到印度开始是学印地语。后来他的一个朋友学梵文，他也感兴趣，就学了。当时也是对照着读佛经，跟印度学者学的。整个过程我不太清楚。他在印度待了几年就学会了。他是一个自学能力特别强的人。回国后，东语系要开乌尔都语，没人教，他敢教，现学现教。他学过印地语，印地语和乌尔都语是相通的。他也学过梵语，所以这套语言系统他都懂，都可以去教。他自学法语、英语，都可以读懂。他学习能力很强，吸收能力很强，读书也多，年轻时把四书五经都读了，对世界又好奇，西洋的书也看，连天文学都感兴趣。

他从印度回国后，来北大之前是在武大。当时的大学和现在不一样，只要能开课就可以任教，不拘学历，不像现在都制度化了。他在武大教印度哲学。调到北大，是因为要成立东语系。当时季羡林从德国哥廷根大学毕业回来，北大就请他当东语系主任。是陈寅恪推荐的，因为陈寅恪也到德国和美国留过学，知道他是正规博士毕业的。

两位老师对我们的影响就是这样，带领我们走上研究道路。我后来从事印度文艺理论研究，也是大学时受到两位先生的启发。他们向我们介绍梵语文学,也介绍梵语文学理论。譬如,《舞论》是世界上相当早的、又比较完整的戏剧理论,比亚里士多德的戏剧理论更全面。《舞论》把戏剧作为综合艺术,方方面面都涉及。中国完整的戏剧理论很晚才出现,但是《舞论》在公元前后就出现了。两位老师让我们知道将来要研究的东西很多。这样,我在大学就对文艺理论感兴趣了。当时学文学概论,我学得很认真。只要善于学习和吸收,就会成为有心人,就会知道以后能做什么。看书有自觉性,有了一定的积累,到做研究的时候就得心应手了。

问:请您讲一讲来到外文所以后的一些情况吧。

答:我到了外文所,有机会接触许多一流学者,学术上方方面面都受到他们影响。到了研究所,怎么做研究,怎么写论文,什么是好论文,都有个学习过程。通过向老一辈学者学习,通过阅读比较,明白自己的努力方向。

那时候外文所所长冯至是德国文学专家,英美文学专家有卞之琳、杨绛和袁可嘉,法国文学专家有李健吾和罗大冈,古希腊文学专家有罗念生,俄罗斯文学专家有戈宝权和叶水夫,人才济济。

还有《世界文学》高莽是俄罗斯文学专家。另一位主编李文俊是英美文学专家。李文俊是上海复旦来的,新闻系毕业,笔头好,英文也学得不错,转行到英美文学。他文章写得很棒,有幽默感。写文章有幽默感不容易,不是培养得出来的。大部分人写得公式化,干巴巴的。即便写论文,也不必太死板,尽可能活泼一些。你看钱锺书的学术论文,文笔就很活泼,这个境界不是想学就学得来的。

后来我也当过《世界文学》主编。那也没什么了不起,是因为我当了所长兼任这些事。当时我不愿意挂名,后来兼任到一定时候,看底下有人可以拿得起来了,就让余中先当主编了。

问:"文革"刚结束那个时候,《世界文学》作为一个窗口,把国外文学作品大量直接翻译出来推荐给读者看,可以说几乎影响了80年代一批文学青年。

答:那时的情况不一样。"文革"后复刊时,《世界文学》的发行量是30万册。那时"文革"刚结束,大家有渴求知识的愿望。现在不一样,每期能发行一万册就不错。那时候一些老译者都在,选材、译笔、是否符合读者口味,方方面面都照顾到了。这样,读者面就相当广,读者来信也非常多。当时改革开放,尽可能打破框框。虽然有些作品现在看起来也平常。但是,当时也要经过反复讨论。譬如,俄罗斯小说《这里的黎明静悄悄》全文刊出之前,经过多次讨论,后来发表了。这部小说的公开发表以及根据小说改变的俄罗斯电影的内部放映,当时都很轰动。

问:对于新中国60年来的外国文学研究,《世界文学》杂志也可以说发挥了很大作用吧?

答:那当然了。《世界文学》从1952年开始复刊。最初杂志的刊名是《译文》,前身是鲁迅先生在三四十年代创办的《译文》。鲁迅主编的《译文》旧杂志,我们都有收藏。曾经缺了几期,书市上要价很高,我说价格再高也要买回来。因此,我们收有全套《译文》。到60年代更名为《世界文学》。最早属于作家协会主管。作家协会主管《人民文学》和《世界文学》两本杂志。60年代中期,"文革"前山雨欲来风满楼,这整顿那批示,这问题那问题。文化部管不了,就把《世界文学》放到社科院来,归外文所管,成为外文所的刊物。先是准备,1964、1965年,"文革"前办了一期,刚要发行,"文革"开始,就停刊了。"文革"结束后,这个刊物恢复得比较早,占了先机,发行量非常大。随着国家改革开放,《世界文学》积极翻译介绍现当代外国文学各种流派的作品,对中国文学创作界产生了深刻的影响。

"文革"后复刊时,我也被临时借调到《世界文学》,当过一年编辑。那时和编辑部主任一起到季先生那里约稿,他感冒了,躺在床上,还接见我们。那时候外国文学学者都非常重视在《世界文学》上发表作品的机会。

社科院和北大关系一直紧密。我和季先生原是师生,后来成了同事,开会时常见面。冯至先生和季羡林先生先后担任外国文学学会会长。我一直参与外国文学学会的工作,开始当秘书,写简报出身。80年代最早开外国文学学会的时候,与会代表的兴奋激动和现在没法比了。

那时我们要成立外国文学学会,先开筹备会。筹备会是在广州开的,邀请各地大学从事外国文学教学的老师参加。北大是名校,老教授都被邀请去。地方的高校老师收到邀请都高兴得不得了。开会时气氛非常活跃,大家畅所欲言,争论和讨论,热气腾腾的学术空气。外国文学学会成立后,每届年会开完,老师们的干劲都很足。年会上有时也制订外国文学工作规划,不过那些规划是意向性的,地方部门不太当回事。不像现在通过国家社科基金,计划真的能落实。那时候我们订计划也是列出可做的事情,有事情做,就很高兴,不像现在要经费。不同年代情况不一样。外国文学学会现在一般两三年开一次年会,每年开太频繁了。

问：可以介绍一下您在外国文学学会里的工作吗？

答：我一开始当秘书，然后当秘书长，后来当副会长，最后当会长。反正我处在外文所的领导岗位上，是工作需要，不是我愿意当。我们做学问的人，领导这个那个不习惯，占时间，有时候心里不是太愿意的。但是工作需要，没办法推。不当所里领导以后，我把其他头衔都推掉了。人家说民间团体不是学术机构，可以七十岁以后再退。我不管到没到七十岁，都推掉，好好做学术。一个人的时间精力是有限的。尤其是我这个专业不像别的专业，别人无法替代。我应该尽可能少做一些其他事情。担任外国文学学会会长是社会责任，总要有人维持。这个学会是我们外文所主持的，所长兼任会长，名正言顺，大家就不用争来争去，耗费心力。那个时候我就是默认这个规则吧。

问：对于全国的外国文学翻译研究工作，学会是否起到了一种规划作用？

答：现在这个作用慢慢淡化了。当初国家让各个学科制订5年或10年计划，通过学会来统筹。因为差不多每个学科的学会都是各地专家云集，在会上讨论要做哪些事情。订出规划后，就让大家知道今后五年到十年我们有哪些需要做的事情。然后你看自己可以做什么，就自己去做。现在不一样了，是国家社科基金掌握。各个单位可以申请，他们也会调查，整体需要做什么，经过专家评审，发放课题经费。那时候我们可以制订计划，但是没有经费。现在外国文学学会两三年开一次会，主要是进行学术交流。

问：请您结合自己的主要研究成果，谈一谈个人的学术发展和治学理念。

答：我一开始研究印度古代文学，参加季先生主持的国家项目"印度文学史"。项目分古代和现代两部分。季先生名望在，众人推举他当主编。一般说来，文学史不可能一个人写，因为一个人不可能对文学史上所有作品都做过深入研究。但是社会有需要，可以采取集体编写的方式，也是有学术意义的。当时，季先生已经翻译了《罗摩衍那》，他就专写这一章，其他让我写。我问金克木先生能不能把他的《梵语文学史》改编一下，纳入新编的《印度文学史》中。他没有同意。这样，我只能勉为其难，自己来写。通过这次编写，我把整个印度古代文学亲手捋了一遍。自己研究过的作家和作品，可以写出自己的一些感受，其他的作家和作品主要依据国内外学者的研究成果加以归纳。这部文学史原计划分成古代和现代两部分。后来，现代部分没有完成，所以只出版了《印度古代文学史》。

问:印度古代文学是您研究的主要领域之一?

答:对。还有诗学。我在撰写《印度古代文学史》中的一章《梵语文学理论》时,深切体会到梵语文学理论的丰富性。因此,在完成《印度古代文学史》写作任务后,我投身到梵语文学理论的研究。我觉得这在学术上有开创性。金克木先生是国内开拓这一领域研究的先驱者。我追随其后,深入开掘。用了几年时间,写出一部《印度古典诗学》。后来,我又翻译出版了《梵语诗学理论汇编》,将近八十万字。对中国想要了解印度诗学的读者而言,这些材料基本上够用了。

我在写完《印度古典诗学》后,本来想集中精力从事中印诗学比较研究,因为我对中国文论也很感兴趣。在这方面我已经写过一些论文。

后来,身不由己,投入《摩诃婆罗多》翻译。原来赵国华决心翻译《摩诃婆罗多》,要我参加。我让他先做起来,等我手头的工作结束后再参加。这个项目规模很大,工作量很大,所以不着急。金克木先生已经译了最初几章作为范例。当初他们先着手做起来。可是一些出版社不愿接受出版任务,说规模太大,耗时太长,怕销路不行。后来社科出版社愿意出。大家又开会商量,积极性很高。可是不久赵国华突发心肌梗塞去世。他们其实已经把第一卷完成了,那个第一卷不是现在的第一卷,单行本出版了。赵国华自己都没有看到。

我们遇到了这个问题,出版社不了解情况,就去找季先生。那边北大东语系有的老师很想承担,但不是从梵文翻译,要转译。我认为既然决定从梵文原文译,还是坚持下来才有意义。过去很多转译的都要重译,既然有条件直接从梵文翻译,就不要再转译了。我告诉总编,这部书不同寻常,如果转译我就不参加了。我也对季先生说,哪怕慢点也要从原文翻译,否则何必花费大量心血,季先生也同意了。这样,由我、郭良鋆、席必庄、葛维钧、李南和段晴组成了一个翻译班子。其中,席必庄原本是学印地语的,但她过去在北大我们这个梵文班旁听了五年,学会了梵文。葛维钧、李南和段晴都是北大"文革"后招的梵文研究生。

问:《摩诃婆罗多》的翻译用了很长时间吧?

答:对的。因为这是一部规模宏大的史诗,工作量很大。我是项目负责人,负责统稿。季先生说那么多人参与,没有人校订不行。我就听从了季先生的建议。项目完成的具体时间很难说确切,因为从最早赵国华动手翻译的时候算起应该有十多年。我自己既参与翻译,又负责全书的校订。这时间哪能短呢。我也知道做这个项目的难度,因此我不催促别人,让大家慢慢做。稿子不分卷出版,是全书完稿后统一出版。

  一开始有个初步的译名表，印发给大家使用。译名主要依据金克木先生使用过的译名。当然，这部史诗涉及的人名和地名很多，有不少还要我们自己处理。

问：这确实是一个很重要的工作。书上标明是重点图书立项工程，也就是有立项过程，是国家支持的吗？

答：对。出版社列入重点出版计划，他们申请了国家出版资助。我们社科院也将这项翻译列为院重点科研项目。是出版社建议并积极帮助我们去向院里申请立项。我这个人对经费无所谓的，反正你有经费我也做，没有经费我也做。这部《摩诃婆罗多》出版后，获得了首届中国图书出版政府奖。

问：我们顺便问一下，现在很多高等院校在晋升职称方面翻译作品都不算科研成果，您是否同意？

答：我是这样想的，我当领导的时候也是这样解释的，关键在于对翻译成果的考量。有学术含量的翻译和普通的翻译不一样。有一种是和研究结合起来的翻译，对作家和作品在研究上是下了工夫的。还有文艺理论著作，如果译者不通晓文艺理论就翻译不好。体现文学造诣和学术水平的译著是算的。当然，评研究员职称的时候还是要以研究成果为主，翻译不是不算，可以放在一起考虑。翻译方面也有翻译系列的职称：译审、副译审。个别研究人员的成果以翻译为主，可以走这个职称系列。我们不能否定翻译中体现的学术水平。好的翻译，老一辈的优秀译著，不是一般人能达到的。像杨绛的翻译，有的人挑毛病。我认为这里有个翻译理念的问题。杨绛的翻译理念是翻译文学作品要传神，不是传它的皮毛。她是在完全理解和读通了原文的基础上，提供符合汉语表达习惯的活泼的译文。外语教学当然要一字一句按照语法来讲，翻译是要求有一定自由度的，不是逐字逐句照着翻译就是好的翻译。

问：《摩诃婆罗多》这套书的翻译原则是什么？

答：我们这套书当然谈不上多少翻译原则，就是力求表达准确，文字通畅，让大家看得懂。它本来是部史诗，我们将诗体翻译成了散文体，因为现在读史诗主要是为了了解古代文化，知道它的内容，不是现场听他们吟唱。《摩诃婆罗多》的篇幅是《罗摩衍那》的 4 倍。季先生翻译的《罗摩衍那》是诗体 8 卷本。如果我们也译成诗体,那就是32卷。我们的目的是要译得准确好懂,因为译成诗体会增加翻译难度,尤其是《摩诃婆罗多》是一部百科全书式的史诗,其中有大量非文学的内容,译成诗体可能会吃力不讨好。

问:金克木先生提供的范本是什么样的范本?

答:他主张翻译成散文体。他说用散文体,如果其中有诗意的地方也可以体会到,诗歌的美不仅在于韵律,也在于其中诗意的表达方式。诗歌的艺术表达手段很多,不光是押韵。史诗本身比较口语化,如果是用通俗的语言,又要押韵,很容易译得像打油诗一样,并不好看。如果是古典诗歌就不一样,应该译成诗体。

我最近编著出版的《梵语文学读本》中就收录了大量的古典梵语诗歌。我的译文都采取诗体。好的文学作品不能用好的文学语言表达出来,是很大遗憾。翻译很差,读者就无法相信原作者的艺术成就。

问:您从事过许多文学和文论翻译工作,在翻译方面有没有自己特别坚持的原则?您对流行的"信、达、雅","直译"和"意译"这些观点怎么看?

答:这些东西说起来话长。"信、达、雅"的原则相当不错,中国人很好地归纳出了这三个字。结合翻译实践经验来说,把握这三个字是很管用的。说到"信",翻译肯定要忠实原文,语言表达要准确。

"达"是说人家原文很通顺,不能因为翻译成中文,欧化句式太多就不通顺了。要考虑读者,接受方。面向接受者表达出来的时候,语言要通达。正如原文的语言也是通达的一样。"达"的意思是它原来对本国读者而言是通达的,我们的译文也要对自己的读者通达。一般而言,外语的句法形式应该转换成汉语的句法形式,除非有特殊情况。

至于"雅"的问题,我认为要依照文体本身来看。并非所有文章本来都是雅的。原文不雅,非要翻译成雅文也不行。这也是大家公认的。有人认为"雅"就是指"文学性",把作品的文学性体现出来。这也是一种理解。因为相对于老百姓的语言,文学语言都是雅的,即使通俗文学作品也是如此。从这个意义上讲,文学语言和日常语言还是有差别的。我们翻译的时候使用相对通俗的语言,也不是指老百姓口头语言,也是一种书面语。也可以说,"雅"的文学性就是还原它本身的语言风格。比如有的文学作品语言雕琢,修辞丰富,我们就要把这个丰富性都翻译出来,而如果是通俗史诗,我们就翻译得平和一点,通俗一点。这也是忠实原作。

直译和意译也是相对而言的。有些作品翻译比较贴近原文,就说是直译。有些作品翻译在融会贯通以后,不完全贴近原文,就是意译。这都是相对而言的。翻译要看原文自身情况。有些地方适合直译,就采取直译。有些地方不适合直译,就采取意译。如果坚持直译,造成译文不通达;或者坚持意译,造成原文走样,都是不可取的。要在理论上对直译和意译作出精确的界定也是很难的。译者应该结合翻译实践,自己去体会。善于学习的人通过实践,知道哪种情况采用哪种翻译方法适合表达,效果好,忠实原文,不走样,就行了。译者应该了解一些翻译理论,但翻译能力的提高主要还是实践的问题。

问:前辈翻译家中您比较喜欢谁的翻译?

答:我曾经对照梵文原著读过金克木先生翻译的《云使》。金克木先生喜欢诗歌,自己也是诗人,和戴望舒是朋友。他的《云使》翻译得很好,既忠实原文,又充分传达诗的语言美。我看了收获很大。要达到这样的翻译水平不容易。文学翻译的语言很重要,如果文学词汇量不够,大白话太多,就不像优美的诗歌。诗歌的词汇和修辞本身就很丰富,翻译的时候必须体现这种语言艺术。还有,金先生翻译的《伐致呵利三百咏》,这部诗集的语言相对通俗一点。语言通俗一些的诗歌,一般人容易翻译成打油诗似的,就破坏了它的艺术性。而金先生译得很好,值得我们认真品读和借鉴。

问:有一种比较极端的观点,认为诗歌就是"在翻译中丢失的东西",您对此怎么看?

答:有时候是语言转换不过来,尤其是诗律无法移植。有时候诗歌的隐喻或双关在另一种语言中没有对等的说法,或者读者难以体会,就得用"像什么一样"表达。诗歌在翻译中难免会丢失一些东西,但不会丢失全部,认真的译者也会竭尽全力在翻译中减少"丢失的东西"。翻译诗歌,完全靠自己摸索。这样的实践很难说有一定之规。往往实践比理论丰富得多。我们现在为什么一直坚持从事研究和翻译,因为研究和翻译本身就是很大的乐趣,人活着就是为了乐趣。翻译的乐趣也是无穷的,因为要不断地琢磨怎么翻译得更好。一首诗琢磨一天,也是很大的乐趣。只是现在我们的翻译量很大,常常没有时间进行足够的推敲。

我最近翻译出版了《奥义书》。原来徐梵澄先生翻译的《五十奥义书》,是用文言文翻译的,一般读者不容易看懂。我就翻译成白话体,方便读者阅读和理解。因为原文就是古代白话体。从哲学上看,有很多地方我们不容易理解,但是从语言上看,是通俗的。因此有人说你把它的神秘性全打破了,我说本来就是这个样子。翻译不能丢失原作中的东西,也不能人为地添加什么东西。如果原本并不神秘,而将它装扮得神秘兮兮,就达不到翻译的目的和效果了。

问:《奥义书》在外行人看来就是神秘的。听说《奥义书》这个书名是意译的,原来是说靠近老师坐着听老师讲课?

答:是的,是有秘传的意思。《奥义书》当时也是一种秘密的传授,它本身属于一种传儿子和入室子弟、不传外人的秘传经典。譬如,当时讨论人死了以后怎么回事,轮回转世怎么回事,这些问题在当事的人们看来就是奥义。现在人的认识进步了,知道那些说法是一种神话思维。

我翻译了十三种最早的《奥义书》。因为《奥义书》后来成为了一个通用名词,好多类似的作品都叫奥义书。我翻译的是据学者考证,最早的、最具代表性的十三种奥义书。

问:您在翻译史诗之前,对比较诗学有兴趣,也写了一些相关论文,有中印诗学比较,也有印度和西方诗学比较。您还写了《读冯至的〈十四行集〉》。可否请您谈一谈比较维度上的研究?

答:我的两位业师季先生和金先生都在研究中注重运用比较方法。我在社科院也受到钱锺书和杨绛两位先生的深刻影响。因此,我在文学研究中一直有意识地运用比较方法。因为我对中国诗歌和诗歌理论也很感兴趣。现在的比较诗学主要是中西比较,缺乏印度这一块。实际上,从大的文化体系和文化形态来说,最有代表性的一个是以希腊罗马为源头的欧美系统,一个中国系统,一个印度系统。印度作为一个古老文明国家,它的文化体系和文化形态是很特殊的,与中国和西方都不同。但是有一点,原理都是相通的。这一点上,我受到钱锺书先生很大影响,他是主张打通中西的。有些人,只看到不同,而他是看到其中相通的地方。文化形态虽然不一样,但是基本原理是相同的,因为人的感情和心理,在根本上是相通的。

问:您主张从差异出发,去寻找相通的层面?

答:同样的原理可以有不同的表现形态。为什么中国文人是这种形态,印度是那种形态,西方又是一种形态?我要说出个道理来,不是罗列一下不同。我想探讨为什么会这样。而且形态不同,却各有长处。比如,国内有些研究西方文论的瞧不起中国文论,甚至说中国没有文论,我说中国的文论形态不一样。中国的文论不是用抽象的概念建立理论体系建立起来的,中国古代的文学创作和文学鉴赏结合得非常紧密。这种形态也是有它的长处的。所以,中国古代文人写一些诗话,自己也会写诗。他们总结鉴赏心得,并非脱离创作谈理论。

而西方的一些文学理论走向极端,常常理论归理论,创作归创作,泾渭分明。印度古代文论介于二者之间。他们谈理论,都结合具体的例子。他们的分析和归类有时比西方更有体系。这些情况,中国学者目前都不太了解。现在中国的比较文学和比较诗学都集中在中西比较。还有一个问题:中国学者写了不少比较文学原理或比较文学概论,而没有用更多精力从事实际研究。没有实践,理论从何而来呢?

所以,我更希望从实际的文学研究出发。我觉得从事比较诗学,不能停留在搬用西方学者的理论上面。西方学者在西方系统下比较,得到一些理论。中国学者假如能够更多利用中国和印度的经验,把经验上升到理论,不是可以比西方更丰富,上升到更高的理论高度吗?需要更多的人做这些具体的比较研究。比较诗学的研究,应该利用古今中外的文学经验。当然,作为中国学者,尤其应该擅长将中国的文学经验融入到比较诗学的研究里面,这才是中国的比较诗学研究。我们把中国经验、印度经验和西方经验结合起来,深度和广度不是会更高?学术上的创新和提高就是这样来的。没有具体的比较和实践,怎么能提升到更高的理论境界呢?

我的想法是,诗学原理相同,只是表现形式不同。我用梵语诗学的一些基本概念阐释冯至先生的《十四行集》,完全能说通。因为诗学原理是相通的。举例说,印度梵语诗学有个概念名为"庄严",是指语言的美化。按照现代的术语叫"修辞"。中国和西方都古已有之,就是语言各种优美的表达方式。这些语言现象,虽然表现不一,原理却是相通的。如夸张、隐喻、比喻、双关等等。比如梵语诗学还强调含蓄,不要直白。好诗都讲究含蓄,让读者自己体会,而获得乐趣。太直白的话,审美乐趣就不够了。当然,也不一定都要含蓄,有时也有直白的美,要看什么场合。还有,诗歌要表达感情。哪首诗歌是不表达感情的呢?悲哀也好,喜悦也好,平静也好。在梵语诗学中称为"味"。表达爱情的,称为"艳情味"。表达悲伤的,称为"悲悯味"。还有"平静味"。中国也有隐居诗人,就像印度也有人追求平静生活,沉思默想。平静,也是一种感情,你把它表达好了,也是好诗。对于这些"味",梵语诗学会分析用哪些方式表达,他们分析得十分详细。

中国古代文论中有称为"诗格"一类的著作,试图对诗歌艺术技巧进行分类研究,有些类似梵语诗学的形式分析,但在中国古代不吃香,没有较大的发展。诸如此类情况都可以做比较研究。印度梵语诗学中的形式分析是突出的。我不太同意把东西方文化概括成二元对立：这个动、那个静，这个分析、那个综合，等等。这样容易绝对化、简单化。我们能说印度不注重分析吗？

问：在东西文化比较研究的范围里，如果纳入印度元素的话，就会呈现一种新境界、新维度。

答：是的，这正是我的想法。说起来，这些研究课题都是很有意思的，要做的事情也很多。

访谈时间：2011年1月10日星期一下午14时—17时
访谈地点：中国社科院外国文学研究所黄先生办公室
访 谈 人：王东亮、罗湉、史阳、张远

新中国60年外国文学研究（第六卷）口述史

外国文学研究也应是一种思想建树
——盛宁先生访谈录

盛宁,1945年7月生于南京,1968年毕业于上海复旦大学外文系,1981年获北京大学文学硕士学位。1982年起,执教于南京大学,1984—1986年作为高访学者赴美国哈佛、斯坦福大学进修英美文学和西方文论。1989年8月调北京中国社会科学院外国文学研究所,历任该所主办的《外国文学评论》副主编(1994—1999)、主编(1999—2009)。2011年11月起被山东大学聘为人文社会学科一级教授、博士生导师。主要著作有《20世纪美国文论》《新历史主义》《文学:鉴赏与思考》《人文困惑与反思:西方后现代主义思潮批判》(1999年获国家社会科学基金项目优秀成果奖三等奖)、《文学·文论·文化》《思辨的愉悦:文学与文本》《现代主义·现代派·现代话语——对"现代主义"的再审视》等。1994年起享受国务院颁发政府特殊津贴。1998年获中国社会科学院突出贡献中青年学者奖。2004、2006、2009年曾三次获中国社会科学院优秀学术论文奖。兼任国家哲学社会科学规划(基金)评审委员,中国美国文学研究会副会长,中国外国文学学会英语文学研究会副会长,北京大学欧美文学研究所兼职教授。

采访人(问):盛宁老师参加了"新中国60年外国文学研究"项目论证会,了解我们这个项目的总体情况。我们"口述史"课题组负责采访各语种、各研究领域的专家学者,访谈一般分两个部分,首先是个人求学过程、师承关系,之后是科研成果、学术道路、治学理念。我们希望通过这些访谈,能够大致勾勒出新中国外国文学研究的发展线路图和地理分布图。您是在复旦大学读的本科,在北大读硕士,后来在南大工作将近十年,然后再次北上到社科院,然后到山东大学,这几个机构,可以说是中国外国文学研究的重镇。国内有您这样经历的学者不是很多,很想先听您结合个人经历把这几个不同地域学术机构的治学特点谈一谈,并透露一些前辈学者在教书、治学方面的信息。

盛宁先生(答)：我读外文专业其实有点偶然。我父亲中文很好，外文一字不识……你刚才讲的是对的，我自己也自诩有"天南海北"(天津、南京、上海、北京)的经历，在复旦、北大、南大、社科院、山大学习和工作，这些地方基本上是中国文科外国文学研究方面最重要的地方。从我自己的求学经历来说，进复旦就是偶然，我中学的兴趣比较偏重理工科，还参加过数学竞赛什么的，当时很向往哈军工。毕业时领导找我谈话，说想要我报考外语，后来才知道，1964年中法建交，我是1963年毕业的，当时是未雨绸缪，要培养一批外语干部，中调部(即现在的安全部)委托中央组织部招了30人，20个法语，10个英语。

这样我就考进了复旦。从我个人来讲，中学英语尽管算是勉强过90分，但到了复旦就算比较差的了。我是学生干部，所以比较努力，到三年级慢慢赶上，但后来就闹"文化大革命"，停课了，一直闹到1968年的12月，这年我们这批外语毕业生，都上了城西湖，说是"储备"。在军垦农场待了两年后，又重新分配。当时中央下文件说1963年以中组部名义招的人都按当届大学生统一分配，这样我们就和中调部、中组部彻底脱离关系，到地方上工作了。我被分配到了天津外国语学校教英语。当时外语学校也不叫系，就叫英语专业，我被指定担任了英语专业组的副组长。然后1975—1977年，我被交通部借调，去非洲坦桑尼亚的桑给巴尔援外2年，在一条400吨的小船上当翻译。从非洲回来后听说第二年要开始重招研究生，我就去复旦打听，果然有这个事。当时我的父亲已从干校"解放"，恢复了工作，但降职使用，被发到了泰州，所以南京没有家了。按我原来的意思肯定会考南大，可因为南京没家，因而就考了北大。初试后正好杨周翰先生来天津做学术讲座，我们那儿有一个老师吴嘉水(刘意青老师的同学)，听说我初试过了，就告诉我说杨先生来天津了，不妨去见见，这样在讲座的间隙去见了杨先生一面。那是1978年，当时北大招5个英国文学、5个美国文学，我报的是美国文学。除了这十个文学生以外，那年北大还招了七八个语言方向和两个美学方向的，总共19个人。进校后也没细分专业，都挂在李赋宁、杨周翰、赵萝蕤以及赵绍熊等老先生的名下，朱光潜先生也招了两个，韩邦凯和凌继尧，他们以及龚文庠等一批都是老北大的，外校来的不多。在北大三年，我当时根本不知道该选什么研究方向，因为大家基本上都是上的一样的课。毕业后回想起来，北大若要说有什么特点，一是比较重视基础，二是非常重视文学研究的学术传承，在课程安排上和我后来所去过的一些学校不太一样。比如我们开的专业课中，现当代基本上就没怎么碰，两门重头课，一门是李赋宁先生的英国文学选读，从诺曼人入侵讲起；另一门是杨先生的英国文学史，重点也在19世纪之前。李先生每周授课两次，一次两小时，每每讲到精彩处，他会情不自禁地把衣袖越捋越高，连下课时间也忘了。杨先生则从不讲课，只布置每人去图书馆借一本比较详细的英国文学史,要求从头到尾通读一遍,做好笔记。其他的课,当时有个叫 Bridget 的老太太,给我们开了"美国短篇小说",一位叫 Craig 的来自英国的老师,上"英语写作"。因此说北大的研究生课程基本上都属于打基础的。杨先生布置以后一般也就不再过问,但当时选课的十名文学研究生却个个照办,谁也不敢讨巧敷衍。先生虽不在堂上讲课,却定期将大家召集到一起,以文学史的分期为单元,开出专题必读书单,布置思考题,并要每人将读书心得写成书面报告。先生对每份读书报告都仔细批阅,并在文章之后密密麻麻地写上一长段评语。遇到特别满意的报告,他就把撰写人找去个别谈话,提出更加具体的修改意见,并建议可以在学刊上发表。对于当时我们这些从未见过自己所撰文字成为铅字印刷品的人来说,听到先生这样的赞许,惊奇的程度恐怕更甚于欣喜。我最初发表的一些学术论文,如《〈李尔王〉中的三对矛盾》等,即是这些作业的修改稿。论文虽然发表,但我们心里却总有疑问:难道这些作为作业而完成的读书报告,也能成为具有一定学术价值的论文?

直到后来,我们从国外进修回来,自己开始独当一面从事教学科研工作时,疑问才有了答案。杨先生当年指导读书,采用的是一种点面结合的方法。通读一部比较详细的文学史,认真做笔记,是要求我们对英国文学发展的来龙去脉有个基本了解,这是面上的一项打基础的工作,当然读文学史必须与读经典作品结合起来,而李先生的课就是为解决经典文本的阅读这个问题。而按文学史分期开出的必读书单,按照那些思考题去读书、比较、分析、综合,将思考心得组织成文,则又回到了点上的专题研究,而这里面的一个关键则在于开什么样的书单,出什么样的思考题。我们现在明白了,先生在开书单和出思考题之前,其实早已对这一研究课题的国内外研究现状心中有数,他的书单已经包括这一课题目前所取得的最有价值的学术成果,而他的思考题则是他认为可以有所作为的学术方向。这样,我们按照他的书单、思考题去读书、思考,实际上已经不知不觉地被引到了学术研究的前沿。

我们这一届的同学可能有点特殊,差不多一多半是"文革"前入学的,一部分是"文革"中的工农兵大学生,最大的胡家峦,比我大9岁,"文革"前的讲师;最小的申慧辉比我还小11岁。"文革"时,辽宁大学搞过一个试点,直接从中学生中招学生上大学,她被选上,没有上山下乡,在辽大读了三年,毕业后留在辽大教英文,1978年招考研究生,她考进了北大,所以她年龄比我们都小很多。我们和老先生的关系都非常好,经常会跑到先生家里去看电视、聊天,而聊天的过程,其实就是很好的学习和交流。

准备毕业论文的时候,我记得很清楚,我们请了外教来,指导我们几个学美国文学的。杨先生找我谈话,问我想做什么,我说还没有固定想法,杨先生于是问我对爱伦·坡有没有兴趣,说这人五四以后在中国文坛还有点影响。他要我不妨去图书馆的过刊阅览室查一查,把坡在中国文坛的影响摸一摸。当时,这些过期的刊物都不能随便看的,过刊阅览室要系里打证明才能进去查。我于是去办了手续,朝八晚五,每天从阅览室开门坐到关门,这样查了三个月。所有的《东方杂志》《小说月刊》,各种报纸、刊物,能想到、能找到的都查了。当时没有电脑,所有觉得有用的材料,全都是用手抄,做成一张一张的卡片,每张卡片都要标明材料的来源、出处——这是赵绍熊先生教的,他说这样做看似费时费力,但以后用得着时,就方便了,否则,用时一个引文出处找不到,能把人憋死。我把有关的材料查出汇集后,向杨先生汇报。杨先生说,看来材料还相当丰富,这个题目可以做。而那时候,我也不懂什么比较文学,反正就这么个题目,就开始搞吧,深一脚浅一脚的,说实话,我自己心里也不是很有数。做完了论文,当时给我定的答辩委员会中,外校的有北外的周珏良先生,外系的是中文系乐黛云先生。我不认识周珏良先生,正好我的同屋龚文庠的论文答辩委员中也有周先生,他因为论文完成得稍晚了一些,得自己去送,我于是陪他去,这样便去了周珏良先生的家。到了周先生那里,谈完了龚文庠的事,我便怯生生地问周先生,我的论文先前已交,不知先生印象如何。这时已是晚饭时分,周先生十分爽气地说,那你俩就一起坐下吃个便饭,边吃边谈吧。他把论文从茶几下方的格档中拿出,先翻到文后的注释,边看边提问。记得他问到吴宓先生的书看了没有,我说看了,他说那注释中为什么没注明,我解释说,吴先生的东西是看了,但当时他政治上还没有平反,所以就没写。他还告诉我说,他有一本张静庐的中国近现代文学出版的编目,或许有点参考价值,以后找到可以给我,但后来我再次遇到周先生已是很多年之后的事,哪里再好意思要书。而这一次与周先生的谈话,给我印象最深的一点就是"外行看题,内行看注"。一篇文章,一看注释就知道你的阅读量,你提问的依据。这就是从周先生那里学到的。

　　写论文期间,我曾经写信给钱锺书、赵家璧、伍蠡甫等老先生,他们全都回了信,可惜这些信后来搬家都给搬没了。钱先生的回信是用毛笔写的,肯定了坡在欧美文学史上的重要地位,肯定了他对中国现代文学的影响,而对我问的这一影响算"消极"还是"积极",他则表示无法做出结论。伍先生的信很长,足有7页之多,详细陈述了坡如何从美国被介绍到法国、欧洲,其影响复又反射回美国的过程。赵先生告诉了我当年良友出版社引进外国文学作品的一些情况,后来我去哈佛之前还去看过赵先生,他还告诉我他引用了我文章中的话,并把那篇文章拿给我看。赵先生问我还是否继续研究爱伦·坡,我说还想涉猎一些别的作家,他说,是啊,坡的东西不多,这块地不是太肥沃,不能老待在这块地上。临行,他还介绍我去见一见刚刚出狱的孙大雨先生。我说,孙先生怎会见我这个无名小辈,他说:"啊,那可不是,你现在去看他,是枯庙烧香啊!"这"枯庙烧香"一词,第一次我就是从赵家璧先生口中听说的。总之,这些老先生提携后辈的事都让我非常感动。我的论文通过答辩之后，答辩委员会的意见上就说，这篇论文无论是对中国还是对国外的坡的研究都是很重要的创新，建议我在中外学术刊物上发表。后来，经美国 Stauffer 教授的介绍，我的英文硕士论文在美国密西西比大学的 *Studies in English* 学刊上发表。后来美国有一个《爱伦·坡在国外》(*Poe Abroad*)的专集把这篇文章也收录进去了。在英文论文的基础上，我又重新用中文再写了一篇《爱伦·坡与"五四"运动以后的中国现代文学》，在 1984 年的《国外文学》上发表。而最让我感动的是，当时《国外文学》创刊不久，季羡林先生是主编，朱光潜先生、杨先生作为编委都推荐了我那篇文章，并把它放在那一期的第一篇，而他们自己的文章则放在后面。老先生们对于晚辈的提携奖掖很让我感动。后来我去美国，朱先生、杨先生都写了推荐。

在北大念书这一段，我最大的一点收获，就是懂得了打好基础的重要性，了解文学经典的传承对从事外国文学研究的重要性。记得当年李先生曾说过，"很可惜啊，吴兴华先生不在了，你们要是能上他开的莎士比亚课就好了。"后来我去《外国文学评论》工作，刚去没多久就在储藏室的一堆乱稿中发现了一篇吴先生的旧稿《马洛和他的无神论思想》，我抑制不住兴奋地读完，立即在我们所编发的《外国文学研究集刊》上发表了。若不是李先生提过，我根本不会知道吴兴华先生的名字。而当时最让我很吃惊的是，吴先生从未去过国外，但他的思想方法、认识角度、对知识和材料的把握却能和国外的学术同步。这篇文章后来收进了他的诗文集。

问：毕业以后您就去南京大学工作了？

答：是的。去南大之前，和朱先生沿着未名湖散步聊天，他向我推荐两个人，说去南京后可向他们请教。一个是郭斌龢先生，他专攻希腊、拉丁。但是我去南大时，他的身体已经很不好了；另一个是南京精神病院主任，弗洛伊德学派的传人，和朱先生是"一担挑"，我去南京后因为一个偶然的机会见过。我去南大，是杨先生给我写的推荐信，这次我找了出来。老先生写完后，他自己从校外的中关园一直走到 29 楼来给我，还说让我看看，不行还可重写。他写了两封，一封是给南大的，一封是给陈嘉先生的。南大的老先生中，一个范存忠、一个陈嘉，都是外国文学界德高望重的老前辈。范先生是 1934 年的哈佛博士，陈嘉先生是 1936 年耶鲁博士，他俩都是恢复研究生培养后外国文学专业的第一批博导。"文革"以后第一批英美文学博士生导师只有 8 个，北大两个（杨周翰、李赋宁），南大两个（范存忠、陈嘉），北外两个（王佐良、许国璋），外交学院一个（吴景荣），中山大学一个（戴镏龄），若算上美学专业的，还有北大的朱光潜和复旦的伍蠡甫。杨先生提到过，按辈分陈先生算是他的老师辈。我后来问过陈先生，陈说：

"我比他们早毕业两年,在西南联大时,曾给周翰他们改过点作文。"范先生后来到了学校里当文科副校长,陈留在外文系。陈先生后来写推荐信时还注明是 Doctor。那时中国好像没几个正儿八经的博士。赵萝蕤先生是 1948 年芝加哥大学的博士,李先生在耶鲁,论文都做了,但因提前回国,没有拿博士。杨先生是牛津的 Bachelor of Literature,他是在西南联大当上讲师后才出国,又从头学了一遍本科的英国文学,拿了 B. Lit.,后来去给一个瑞典汉学家喜龙仁当助手。所以"文革"前评级,范存忠一级、陈嘉二级、赵萝蕤二级,而杨先生、李先生只评到了三级。朱先生是斯特拉斯堡的哲学博士,辈分也高,也是一级,看来那时评级和在国外的学历也有点关系。一级教授很少,范先生是一级因为他资格太老了。我去南大的时候,外文系是陈嘉先生主事,相当于李先生在北大当英语系的系主任。那时候南大是哈佛燕京在中国接受高访学者的少数几个综合性大学之一,陈先生负责考试出题,让所有报名的青年教师一块儿考,他出题,他改卷,从中选拔。南大和北大差不多,也非常重视古典,那时范先生已不管教学,他的专长是研究 18 世纪,他的研究完全是一种 exhaustive study,"抽干了水捉鱼",做极其精细的考证,事无巨细,边边角角,影响传承,都说得有根有据。他最后的那篇论文,记得是 1984 年南大校庆那年做的,选题是关于 17 世纪中国园林对于英国建筑文化的影响,后辑入《中国文化在启蒙时期的英国》一书。搞外国文学的人竟还能涉及建筑、园林领域?我当时听得目瞪口呆。后来我到斯坦福大学后,那学校有个建筑学图书馆,我还特地进去查对过,这才知道范先生学识之渊博,功底之扎实。他坐在家里,把那些书都买到手,然后一一查看比对。陈嘉先生很活跃,莎士比亚背起来很流利,1964 年他亲自登台出演哈姆雷特一角,一直是外文界的美谈。他对英国文学史非常熟稔,许多诗文均可脱口吟诵。他那时主编国内高校的英国文学史教材,可参考的资料很少,可是他面前摆上一台英文打字机,自己便打出了一部四卷本的英国文学史。夏天的南京奇热,他真的是"赤膊"上阵,汗流浃背地一页一页打字,这个四卷本后来在相当长的一个时期里一直是国内大学的统编教材。这套教材现在看来或有不少不太确切、不太妥当的提法,有些属于苏联的教条主义的影响,但要知道,一个时代有一个时代的学术,当时不像现在,与国外有那么多的交流,有那么多的材料可供选择、参考。

南大的治学环境很好,除了这些学养深厚的前辈学者,还有一个实体建制的欧美文学研究所,"文革"前,除了社科院的外文所,它就是全国高校中唯一的一个外国文学研究所级单位了。我后来就是进的这个所。这里的资料当时应算是比较健全的了。迄今为止,外国文学资料之全,除了北大就算是南大了,南大比复旦还要强一些,尤其是外国文学资料积累很多,所里订阅了不少外报外刊,当时这在别的单位是很难想象的。范存忠先生那时是文科校长,可以批到外汇,然后由他的秘书谢楚兰先生直接在外面订书。范先生当副校长,所以南大的外国文学一直比较受重视。

问:您在北大是读英美文学专业的,但研究生论文可以说是一个比较文学选题。您是到南大工作以后才确定了自己未来的研究方向吗?什么时候开始主攻文论研究的?

答:前面我们谈了打基础的问题,其实一个人选定什么方向往往并不是很自觉的,我喜欢的一句话是"草鞋无样,边打边像"。专业方向往往是一个人在自己的学术实践过程中慢慢地明确,逐渐形成的。我是1981年底去的南大,1984年去美国,1986年回来。开始也没有非常明确要定一个什么样的学术方向,那时不就是先上点专业课,搞点别人让你做的翻译,或写点你正好有点想法的文章?我初到南大,一开始还轮不到正式开文学课,后来英文专业的文学课分量加大,把英语本科的文学课一分为三,由刘海平老师上戏剧,王希苏老师上诗歌,我上英美短篇小说。到了1986年我从美国回来之后,让我给硕士生开课,因为在美国接触英美文论多一点,那就开英美文论课吧。说起来,那也许是全国最早用英语上的美国文论课了,而且还是读原著。那时候南大有一个大概是属于国家七五规划的欧美文学史项目,由陈嘉先生负责,因为他1986年去世,这个项目后来就被取消了。我1984年赴美之前他给我安排任务,让我负责其中的美国文论部分,钱佼汝老师负责英国文论部分,所以我去哈佛后便开始搜集文论方面的材料,这样就转向了文论。1986年回来我弄出个10万字左右的东西,准备给陈先生的项目用的,可回来后没多久他就病逝,项目没人接手,而当时负责其他部分的人还没有动笔,因此我写的那十万字稿子也就没派上用场。1987年开文论课,没有教材,我便凭着自己的印象选了5本书:《词语之象》《语言的牢房》《结构主义诗学》《批评的解剖》,还有《批评与解构》,这5本书大约千把页,有十来个人选课,当时钱佼汝是系主任,我于是提出能不能让系里复印这些书,选课者人手一册。1987年那时候,谁有这么一大笔钱啊!他说你疯了,印这么多,要多少钱,我说南大第一次开这样的课,我也是第一次上,要跟以前不一样,不能由我唱独角戏,最好就是读原文。后来他拍板下决心全部复印,一人一套。那时候复印贵得不得了,南大能这么做,真的是下本钱。上课的第一天,有学生问我,"为什么要学文论,有什么用?"我说:"没用。但若说有用,那就是对我有用。因为只有我没法糊弄,我得把所有东西都尽力看懂,然后才能讲给你们听。这一进一出,受用无穷的第一个是我。但是,文论可以帮助我们认识自己是如何思维,明白别人怎么运思的;了解我们在文学研究、理解、阐释过程中的思维运作过程。"我当时曾给哈佛的 Helen Vendler 教授写信,告诉她我选了这几本书,她说,从新批评到解构主义,读这几本书,即使在美国也是同步的。在南大,大概给我印象比较深的就是这些。

问:后来调到社科院外文所是什么时候,是直接分配到《外国文学评论》杂志工作吗?

答:1986年下半年,全国外国文学学会在南京开会,我做过一次发言,被朱虹和董衡巽先生看中了,大概他们觉得我还可以吧,在会下就跟我探讨能不能去外文所,但当时我从美国刚回来不久,连讲师都不是,当然没办法调入北京。第二年提了副教授,我请调,系领导又说不行,那时我42岁,在当时的教师梯队中还算是年轻的,说让我再干一段时间,这样就又等。当时北大也有意要我,到了1989年,我也不知道还能不能调,北大西语系的总支书记老钮跟我商量,说北大和社科院都启动,哪个先调就进那个单位,结果大概是社科院的级别高一些,调人更方便,这样我8月份就先借调进了外文所,元旦过后,人事部的调令正式下达,调动就算成了。那时候,《外国文学评论》刚创刊不久,主编是张羽所长,而实际负责的是吕同六副所长和董衡巽先生两位副主编,他们就跟朱虹商量,能不能让我不进英美室,而直接到《外国文学评论》。这样我就进了评论编辑部。所里对我说,今后就由韩耀成、倪培根和我三人充任文评核心组的成员,老韩负责德语,倪培耕搞东方,让我负责英语一摊。

这样我在《文评》一干就是20年。10年副主编(1989—1999),10年主编(1999—2009)。可以说,我对这份杂志是非常了解了。虽然以前熟悉的业务有所舍弃,但从编辑研究角度来讲,这对我也是一个新领域,要看很多东西,学术性很强,主要是对学术方向的把握方面,这工作恰好也发挥了自己从事文论研究的优势。1999年我开始担任刊物的主编,我在这一期的主编寄语中就提出,学术是一项"提出问题,激发思考和知识积累"的活动,"提问、思考、积累"是一个完整的学术过程;学术论文就应该本着这样一个目的,达到这样一种要求。

问:从全国外国文学领域的杂志刊物来讲,《外国文学评论》的学术性、严肃性、前沿性都是首屈一指的,您认为它的这种地位是怎么形成的呢?

答:这和社科院外文所一向对于学术的强调很有关系。我去了之后接触到朱虹、董衡巽、张羽、陈燊、吴元迈、钱善行、黄宝生等一批老一辈的学者,又遇到我们这一辈中基本上属于同辈的"文革"后的第一批研究生,像英语的黄梅、钱满素,还有陆建德,法语的郭宏安、吴岳添,德语的章国锋等,我们基本上都是同一届的,相互间都建立了蛮好的关系,他们治学上的严谨、求实,经常给我一种见贤思齐的动力。社科院不是教学单位,而是一个研究单位,没有教学上的压力,可以专心致志从事科研,人员编制也跟高校不一样,进入基本上都是专门从事研究的,这对我们做刊物的来说,要抓一些重要的学术问题,抓文学经典的传承,接触了解国内外的最新动向等,这就要求有一种特别的敏感,这都是长期从事研究的单位所形成的一种风气。另外从积累角度来说,像黄梅、钱满素,她们当年跟着朱虹老师把整个英美文学大的脉络——那时候全都是靠手写——都做成了详细的资料汇编和目录。还有一点就是,外文所在改革开放之后开过很多次呼风唤雨式的学术会议,把全国搞外国文学研究的学者召集聚拢起来,大家对一些问题进行探讨,有意无意地也把我们的刊物当作一个窗口,既体现我们自己的研究特色,又要放眼全国,反映整个国内的外国文学研究的水平。

总的说来,我们刊物从创刊之始就有一个明确的定位——"以学术为本"。这和外所的同行刊物可能不太一样,我们基本上不去涉及政治运动方面的东西,从一开始就基本定位于学术研究,我当主编后又明确重申了这一点。我反复强调我们不去搞那些意识形态的争论,"守土有责"不是让你把刊物办成意识形态的战场。广告一类过去曾经弄过,后来我决定全部取消,刊物的封面就是素面朝天,体现一种学术的纯洁,封二、封三就是白版,广告或变相的广告统统去掉。我多次向院里讲过,作为主编,我真有点愧对编辑部的同仁,因为如果想凭借刊物赚钱捞外快虽然可以,但那是对学术的亵渎。所以在我主编期间,我们没有收过一篇稿子的版面费。有的作者不知我们刊物的规矩寄来了版面费,我们则自己花钱给寄回去。我们的编辑的确很辛苦,放弃了不少可以赚外快的机会。现在有了社科基金资助,应该好一些了。我在位的时候没有赞助,全靠我们所里的科研经费。外文所一直把所科研经费的三分之一拿出来办杂志,而这份杂志是面向全国的。所里出资办的刊物杂志就是《世界文学》和我们两家。

主持《外国文学评论》十年,我一直关注学术质量,严格把关,严防发表抄袭作品。我个人就抓了好几篇抄袭的,当然,这些事都已过去,现在不要再提了。

问:主持学术刊物,为保障论文质量、维护刊物名誉处理抄袭现象是一个方面,可是另一个方面即人情因素的干扰,您是怎么处理的呢?

答:杜绝人情稿的确是任何一家学术刊物都要面对的一大难题。但也只有杜绝了人情稿,刊物的学术质量才能有保证。这件事说起来容易,做起来却很不容易。如何才能做成这件很不容易做的事情?唯一的办法就是铁下心来,拉下脸来,无论谁来托情,我就是软硬不吃。你把牌子做出来了,上门拉关系的人自然就望而却步。我们编辑部的人,大概都知道我的脾气,基本上不来说项。至于我退掉的头头脑脑们的荐稿,我这里也不说了。我们编辑部立下了规矩,所里的领导也不例外，包括陈众议、陆建德他们当所长、当书记的，凡有来稿，一律走编辑部的审稿程序，都交到编辑部朱建文手上登记，经过责任编辑、副主编、主编的三审，若有的稿子还需要更偏行的专家学者鉴定，则动用所内所外的专家再行审定。所以在外国文学学界，估计我们这份刊物是有口皆碑的。反过来，对于来稿的作者，无论相识与否，无论其身份、地位如何，只要是稿子好，我们都会正常地发表。因此，这些年来，博导、硕导的稿子被拒的有的是，而有些名不见经传、刚毕业的博士、硕士的文章，被采用的也不胜枚举。而就在我们的刊物这样一个平台上，我们就能看到，一些作者从博士生、副教授、教授、博导这样一步一步，一个台阶一个台阶地走了上去。有的作者在我们这里发表了论文后来感谢我，而其中的不少人都是我不认识，甚至连照面也没打过的。举个例子，一位高校副校长，当初刚从英国回来时，写过一篇关于劳伦斯的东西，时值刚改革开放，劳伦斯大热，百来篇的稿子堆在那儿不用了要处理，处理之前我再翻看一遍，发现这篇东西还不错，便写信问作者是否已经发表，如没发表不妨再在一些地方做些修改，我提了一些修改意见给他。他很高兴，回信说没发，修改后我们给发了。17 年后，我去这个学校讲学，这位作者此时已经当了副校长，他听说我去一定要请吃饭，这样我们才第一次见了面。所里研究人员的稿子一般来说质量还是高一些，但我们在采用稿件时也绝不因为是所里的人就放宽尺度，降低条件。说句实话，我们所里至今还有没能在我们刊物上发文章的研究员。而这两方面的例子说明，我们办刊物，对内、对外都尽量做到一视同仁，用稿的标准就是一条：必须以学术为本，质量优先。这样刊物的质量才有保证。

我当主编这十年，经我手发的文章，可以说我每一篇都看过，一校二校都改过，不少稿子我都提了具体的修改意见供作者修改参考，有的稿子甚至是经过四五个来回之后才发的。我看稿、改稿时经常会拿着黄颜色的贴纸片，在稿子上对有问题的段落、字句旁贴上我的批注，而这些修改意见，有不少都是我在查阅了比较权威性的相关资料后才拟定的。我一般都在两三点钟才睡觉，半夜一两点钟给编辑部同事发 e-mail 谈审稿意见是常事，他们第二天再看到的，已经是贴满修改意见的稿子了。一校时我改一半拟发稿，另一半由副主编看。二校时互换，把副主编看过的那一半拟发稿再给我看、改一遍。这样就保证了凡是我发过的稿子我都过目了。

为进一步加强刊物与作者、读者，与外国文学界学人之间的交流，从我担任主编之日起，我在每一期刊物的最后一页都撰写一篇 1200 字左右的编后记，对该期所刊发的文章做些学术性的点评，对我认为应该引起注意的学术前沿、学风等问题发表一些个人的看法。让我没有想到的是，这些编后记竟得到不少读者、作者的好评，好像还成了这份刊物的一大特色。

问：可以说，因为一直坚持学术标准才使得《外国文学评论》在业内获得很高声誉，而您在其中所做的贡献是有目共睹的。下面想请您谈一下个人的学术理念和研究方向。您的主要研究领域是文论研究，但我们也了解到您最早研究英美文学、硕士论文可以说是个比较文学选题。您能谈一下与研究方向的确立及转变有关的情况吗？

答：我觉得，我们首先应该对"文学"应该有一个基本的理论认识。总的来说，我赞成文学是对人——所有的人，是人对于自己认识的全部文字。古希腊哲人说，"认识你自己"，人认识自己是多方面的，我们可以从哲学、政治、经济方面来认识，但对于人之所以为人这一根本性问题的认识，最集中的表现就是"文学"。在表现人对自己的这个认识过程中，我们可采取各种不同的方式，这样就产生了不同的文类，比如诗歌、戏剧、小说等，这些都只是反映形式的变化。而从"文学"这个大的范畴来说，就是用语言文字，或更确切地说，用不同一般的语言文字，把对人本身的了解和认识再现出来。我这里不想用"反映"一词，因为"反映"是对已有的某种存在的描摹，而文学在很大程度上还要对那些未必存在，但你想象应该存在或可能存在的世界加以表现。而有了文学，我们就要探索文学的意义，而为什么我们会这么看而不那么看，为什么我们还可以有各种不同的看法呢？我们便会对现有的这种认识上的共性再做进一步的探讨，探讨其中一些规律性的东西，而这后一种探讨，即所谓"批评的批评"，便成了我们所说的"文论"。而这种现有批评背后的东西，我们在读书时一般是不自觉的。我一开始也没有这个意识。那时候，连什么叫"文学批评"其实也不懂。"文革"的后期，没什么可看的文学书，我就和学校图书馆的管理员套近乎，从贴了封条的藏书室里"偷"出了一本 Gone with the Wind，一看就被吸引住了，看了两三遍，后来才知道这就是江青曾非常喜欢的《飘》。考北大的研究生时，人家说应该写点什么给老师看一看，我觉得我看过有点分量的美国文学作品只有《飘》了，于是就写了一篇对《飘》的看法，还煞有介事地做了一通"批判"，拿自己裁的纸，用打字机打了 16 页。77 届高考完后，学校让我出差去北京送录取生的档案，我就揣着这个东西到了北大。那天系里的老师都在民主楼楼上的会议室开会，值班老师从楼上喊下来一个人接待我，他戴着口罩，我也不知道是谁，说是副系主任，后来才知道是严宝瑜老师，和他交接完档案后，我说还有点事，他问什么事，我说我考北大已通过初试，现在写了点东西想请哪位老师看看，他说那就交给他吧，我当时也没来得及问他是谁，交掉之后，当然就不知下落了。进北大后差不多一年了，一天邦凯来跟我说，朱光潜先生夸了我，说有个学生写了一篇评《飘》的东西很好，英文也很好，不知是谁。因为我进学校后曾跟他们提起这事，他们知道是我写的，所以就让我去见朱先生。朱先生说我写得不错，当然东西已经不见了。所以那时在我心目中,文学批评就是谈一谈某本书,或某位作家,写点什么来评一评,至于怎么评,评到什么份上,那时候都不清楚。后来,我才渐渐明白,文学是人对于自己所处的世界,对自己在这个世界中所处的地位,对所经历的各种喜怒哀乐等情感的一种文字形式的反映,而独特的文学,往往都是在更深的层面上潜藏着种种超出一般意识形态,超出人们视为当然,因而就更难以把握的东西。正因为有这个特点,它就会对很多你习以为常、自以为是的认识提出挑战,就会表达一些你也许根本就意想不到的看法,总之,文学是用不同的语言讲述着各种不同的认识和想法,因此,对文学的阐释是绝不可能只有一个单一的或最终的定论的,因为人始终是处于一种变化的角度,在不断地审视自己、审视世界。

这样,当从事文学研究之后,我的兴趣似变得越来越广泛了,而从各种文学的发展中我渐渐悟到,在人类的交往过程中,文学其实是最能促进人们相互认识和理解的一种交流,基于这种认识就产生了一种"比较"的意识,通过对文学的比较,去开启新的思路,窥见五光十色的世界和人生过程。所以我开始对搞比较文学还是蛮有兴趣的。但是后来,我觉得比较文学出现了一种相当严重的为比较而比较的倾向,我曾在《读书》上发过一篇文章,说起我们的比较文学有点成了"赤字外交",与西方建立不起一种平等的对话,讲的都是人家对我们的影响,整个话语平台像个倾斜的球场,球怎么踢也踢不到人家那半场,我们说的话似乎对人家发挥不了什么影响。乐黛云老师从《读书》上看到我这篇文章以后,还让北大的比较所专门开过一次会,请我去谈过一次。我觉得比较文学不能老是这样,你看哪,中国是这样的,外国是那样的,找一找其中的相似和相异。我希望从更深层次上去寻求各种不同文化圈的人的在认识机制上的相同和相异,这也是我跳出比较文学圈的主要原因。

问:后现代这个话题一直很重要,您这个作品写的也比较早,1997 年,我们觉得其中体现出的问题意识和批判精神十分难得。我们也注意到,您还写过关于"新历史主义"的一本书,您是怎样介绍新历史主义的,主要观点是什么?

答:我刚才说到,从事文论研究跟陈嘉先生给我布置的出国任务有关。在从事文论研究的过程中,我觉得我与别人或许有所不同的是,我始终想把文论看作是认识世界、认识自己、阐释过程的一个提升,是对这一认识过程进行的哲学思考,因此我很享受文论研究中的思辨性的挑战。为此——第二点,我在《人文困惑与反思》那本书的序言中就讲到,我们必须要弄清楚这些文论范畴、理念、概念、话语在西方产生时的那个特定的思想文化语境,切不要简单地把那套话语现成地平移过来;要追根溯源,要还原它们所产生的那个具体的语境,也不要简单地用一个现成的中文概念去硬套。我觉得从事文论研究,就必须保持一种对语言的敏感度,不要以为语言是透明的,语义就在那透明的语词背后一望便知。即便在西方话语传统中,同一个术语在不同的语境中,其所指也会有不同,甚至大相径庭,更不要说在不同的文化传统,不同的文化语境中了。所以我在自己的文论研究中很反对那种不论语境,就把一些似是而非的概念在一个无遮拦的平台上拉来扯去。第三,一定要有真正属于自己的话语表述,讲我们听得懂的话,而不是莫名其妙地说一通不着边际、自己也没弄懂的话,那种话实际上是一种头头是道的胡说八道。按照这样一种要求去研究文论,或许就会与时下的某些高头讲章拉开距离,而让那些真正希望了解文论的人能够理解和接受。记得陶洁老师跟我提起两三次,她以前其实对文论是有点反感的,但她对我似乎还给予一个比较好的评价,说我讲的一套东西她至少能听得进去。我说因为我考虑到人家那种观点是怎么产生的,我们怎么去认识他们的语境,在这中间我们怎么把这个话语进行一种恰如其分的转化,然后再变成我们能懂的东西,而不是逐字逐句的字典式的搬弄,那样硬搬过来谁也不懂。

《二十世纪美国文论》那本书虽然是小册子,二十多万字,当时出来以后我们院的社会学所、语言所、文学所大概要编个什么东西拿去做参考,他们都说那本书对他们认识西方文论帮助颇大,还给了个"含金量很高"的好评,因为这里面的东西他们都能懂,讲的是各个流派怎么产生,其核心理论是什么,各代表人物之间又有什么关联。后来吴元迈编四卷本的《20世纪西方文学史》,介绍90年代的西方文论部分仍沿用了我那本书里的东西。后现代问题提出后,国内学界兴趣很大,一哄而起,我写《人文困惑反思——西方后现代主义思潮批判》时,便对"后现代"仔细进行了一番揣摩,比较早地提出后现代不仅是一个时代划分,更属于一个认识角度、认识范式的转换,就是在"现代主义"提出问题、对这些问题讨论认识的基础上,再把我们觉得已经有了结论的问题重新打开,从一个新的层面进行再审视、再思考、再认识,这才是所谓"后现代"的真正关切所在。当时我对后现代的阐释跟人家的如果说有什么不同,或许就在这一点上。

对新历史主义的关注是因为台湾一个出版社来找我,此前我在《文艺理论与批评》上发过一篇新历史主义的文章,在《北京大学学报》上也发过一篇。那时候我算是国内比较早谈这个问题的,他们就找到我,要我写一个不要太学究气、"软性"一点的小册子。遗憾的是,台湾出的版本大陆这边没法再出,他们没给版权,一直在台湾出。《二十世纪美国文论》北大把版权卖给了台湾,台湾出了两个版本,但《新历史主义》就没卖过来。

关于新历史主义,我从一开始就强调它不是理论,而是一种批评实践,一种重新阐释历史文本的方法。其实新历史主义的几位始作俑者也反复强调,所谓新历史主义就是对他们自己的批评实践的一种归纳和总结,为了认识和把握他们的批评实践,于是就给起了这样一个名字。这里还可顺便说一句,我们不要看到"-ism",就一律视为某种抽象的"主义",其实对于某种通行的做法,某种反复出现的形态,英语里也可称之为"xx-ism"的。还需强调的一点是,英美的新历史主义批评家们几乎都是研究文艺复兴时期文学和文化的专家学者,他们都不是搞纯理论的,当然他们的批评(实践)有自己的理论预设,他们受到福柯、德里达、海登·怀特等理论家的影响,但他们这些人从来也没有迈出文艺复兴时代,没有跳到那个时期的文学文化范畴之外。而现在,这样一个新历史主义的概念,却被我们拿过来变成了对历史的戏说,这是很不幸的。很多人把新历史主义理解为就是对历史的戏说,而把里面基本的学术理念抽掉了,这是一个很大的失误。另一方面,我曾和吕大年一起讨论过,人家搞新历史主义的,基本上就是集中在17世纪,18世纪还凑合,而对19世纪以后的文学就不谈什么新历史主义了?这是因为这种研究本来就是基于17、18世纪历史文本的稀缺,这才有可能从历史档案中找些他们所谓的"anecdotes"(轶事),像接骨投榫那样,嵌入所需阐释的文本,从而产生出先前不曾想到的新义。而19世纪以后,历史文本太丰富、太详尽了,这就不太可能像研究文艺复兴时期文本那样进行新历史主义式的阐释。现在这个概念已被推而广之,变成适用于一切了,我实在不知道应该是感到不幸还是高兴。你明明搞的是现当代的东西,却说我要来玩一把新历史主义,包括研究鲁迅、郭沫若的,也要套个"新历史主义"的帽子……其结果不就成了抖机灵,想当然了吗!所以我前面强调说,英美那些搞新历史主义的,从来也没有踏出文艺复兴和17世纪之外,他们推出的新书,无一不是那一时期的文化研究。但学术的事情不是由哪一个人说了算的,所以有些东西我也只好听任各说各的吧。

问:按照您刚才说的文学应该有助于人了解自身,新历史主义对于我们认识文学、了解自身有什么帮助呢?

答:新历史主义最大的贡献在于对于文本阐释开启了一些新的可能,这跟语言学在20世纪后半叶对人文学科的入侵有很大关系。我们对于世界的认识最后总要用话语表达,表达之后究竟是什么意义,又要经过我们的阐释,而在阐释过程中,语言是会产生各种歧义的,在这个过程中哪些阐释是合理的,哪些不合理,我们慢慢会形成一些共识或规则,什么是正解,什么是误解。但是,我刚才说了,对于历史上很多文本,我们找不出更多的证据来支撑某种释义,而新历史主义则提供一种方法,这种方法可以在同时期的历史文本中间找到某一个轶事,它足以说明当时对于某个字词或某件事情是可以有如此这般另一种解释的,而现在已经失传,根据得到的这样一个启发,我们再返回原初的历史文本,或许就可以窥见出某些我们未能想到,然而却恰好是当时语言很可能具有的一个含义。这还不是简单的正史、野史之分,这里面更多的是一个凭什么阐释、如何阐释的问题,你的阐释总应该有所依据,不管你对自己的依据是有意识还是无意识,一旦将这一依据挑破,你就会发现,其实这依据本身往往并不是一个史实,而只是一种人为的假设。新历史主义的阐释就要让你觉得,哦,原来 17 世纪的人对这个字的理解和我们现在是不一样的。比如读莎士比亚,很多字词按我们现在的理解是不行的,而当时究竟是什么意义呢?有些意义或许就失传了,而这时候,新历史主义的研究者说他找到了,这就使我们获得了对于莎士比亚的一种新的理解。我强调新历史主义的最大特点是提供了一些新的假设,一条让我们有可能重新进行阐释的跳板。正史野史在他们看来是平起平坐的,但新历史主义并不是要找到另外一个平起平坐的解释,而是给你的正史来找一个新的依据。比如莎士比亚是否是天主教徒,这个问题过去提不出来,因此不会去讨论,但后来发现了一些东西之后,对莎士比亚的身份可以做进一步的假设了。而目前讨论的结果似乎可以归为莎士比亚是否是天主教徒而又隐瞒了自己的政治身份这样一个问题,这样就使我们对于莎士比亚的认识和理解又往前推进了一步。

在我看来,新历史主义就是文艺复兴和 17 世纪的文学研究。当然也和历史有关,因为这些研究还涉及很多历史史实和对历史史实的认识问题。文学作品中无疑也有很多历史的东西,文学和政治、宗教、教廷、皇室之间就有很多问题,很多的纠结。所以我理解的文学是一种大文学。而所谓真正的历史在新历史主义者的眼中是要打上引号的,它只是人类所留下的对自己的记录的"文本"。这个文本,从它是认识自己、认识世界、认识你的认识过程这一层面来说,它就是"文学"。你说《史记》到底是文学还是历史?这里面既是历史又是文学。

我在《人文的困惑与反思》里对于女性主义、新历史主义都有很多批评,我曾开玩笑说,要是在美国我这样批评女性主义肯定要招祸的。但我觉得这些批评都是作为学者的积极的学术探讨,而不是取消主义的东西,这里面还是有很强的建设性的,因此,其中的拿捏很重要。批评从来都是一家之言,法文里的 critique 本来就是一种辨析的意思,并非是否弃,而是辨析,追根溯源,探索本质这样的一种刨根问底。

问:我们对您在著述中和这次访谈中所强调的批判意识印象比较深刻,包括您提出的"话语的平移"问题也让人很有启发,您更主张国外思想概念的本土化,似乎对食洋不化现象持批评态度。

答:我不敢批评了,但我心里觉得应该这样做。记得一次中文系开关于后现代的会,来了几个人,其中的一位,后来在《读书》上还发了一篇骂文,其中大概不点名地说我利用外文优势去封别人的嘴。而我的意思是,有些东西要回溯到源头,把来龙去脉、原初语境搞搞清楚,不要简单地套用,不是一听说人家都后现代了,我们怎么办?于是就着急得不得了,其实不是那么回事。后来很长时间我基本上是别人爱怎么说就怎么说,我也管不着,但我希望我有自己的声音。

问:我们最后谈一谈文化研究吧,您有篇文章的标题正好就是"走出'文化研究'的困境",也希望您以此为这次访谈做结语。

答:包括文化研究和理论研究,我都希望还原到真正的研究,而不要变成悬空的概念,我们要真正地做文化研究的很多,但我们把概念悬空了以后,就会老在那儿谈什么是文化研究。

我确实有这样的印象,一些新的思潮或概念介绍过来以后,很少有持续的、实质性的批判,持续的、实质性的运用,介绍完了就扔掉了。有一次我在外面开会,正好碰到北师大中文系的王宁老师,我说到北师大的刘铁良先生的文化研究尽管不谈什么霍尔,什么斯图尔特,但他做的东西恰恰是非常重要的文化研究。比如他提出,我们对于民俗文化的研究,应该对民俗文化的内在价值和外在价值加以区分,其内在价值仰仗于产生这种文化的人的生活方式,它具有一种文化的合理性,而民俗文化的外在价值,则往往是从诸如旅游开发这样的经济角度去发掘出的价值,比如丽江文化模式,其实丽江现在已经中空化了,本地人都走了,现在,在那里经营的都已经是外来户。那么文化研究就应该研究,当地的原住民为什么都跑掉了呢?而现在的丽江文化已经不是原住民的原生态,现在的丽江文化已经变成一种旅游文化,这是后现代人为造成的一种无根文化。像这样的一些东西都属于文化研究的议题。再如,文化研究要研究大众文化,包括电影、电视剧、广告等是怎样复制意识形态,又怎样抵制意识形态的,可是有多少人在做这种研究呢?当然也不是没有,然而更大的问题是,即使有了这样的研究,它又能产生任何实在的影响吗?说到我们现在的电视剧(我说的意识形态还不仅是指所谓的官方意识形态,更主要指的是中国文化的劣根性),很多腐朽的东西都在里面,其实就是这些电视剧,其本身就参与其中,在不断地、周而复始地对这种意识形态起一种固化的作用。有很多时候我们以为是在批判这种意识形态,殊不知实际上却是在固化这种意识形态,固化我们的传统劣根性。而这些才是真正需要进行文化研究、文化批判的,我们不能只停留在对于概念的论述层面,说完就丢掉,或拿出来看看又放了回去。所以我就想呼吁,我们需要研究(批判)的东西实在是太多太多了。

我最希望的就是文学研究要有明确的问题意识,真正提出能够触及意识形态(不要仅仅狭义地理解为针对官方)的问题,所谓"意识形态"就是指一种被固化了的认识方式和行为方式,对这些东西要有反思、要有批判,这本应该是我们知识分子的责任,对于我们从事外国文学研究的学者而言,这更是我们不可推诿的使命。其实外国文学研究就应该既是一种思想批判,又是一种思想建树。而现在对批判的理解很狭隘,极其简单化地理解为"官方"或"精英",而以为挂上了"草根",便有了一种天然的合理性和正确性,这种民粹主义之风已经非常炽盛,这恐怕就是目下的文化研究有气无力的根本原因所在。作为文科学者,我们能做点什么呢? 能做引导舆情一类的事情。如果放弃这种批判意识,只写一些不痛不痒的东西,发表后对社会改造不起任何的推进作用,那有什么意思? 言不及"义",是没有意义的!任何一个时代都需要一种正面的、向上的精气神来凝聚人心,维持社会的稳定。而作为学者一定要能真正充任社会的良知,能够敏锐地看出这个社会的一些真问题。不要只会套用一些概念,而要能看到真问题,这就是我所强调的"问题意识"。有这样的问题意识,你在所从事的学术研究中,就能真正做点有益的事情。所谓"学术",就是在人们现有知识体系之上再增加的那一点点东西,而恰恰是这样的一点点东西,才是最可宝贵的。只有这样,学术才会有进步。而这都靠什么呢? 靠的就是批判意识!

访谈时间:2012 年 8 月 27 日 15 时—18 时
访谈地点:北京市海淀区蓝旗营天堂咖啡店
访 谈 人:王东亮、罗湉、史阳

主要人名索引

A

阿布拉莫夫 262
Adams,Hazard 247
阿拉贡 92,100,258,276
阿斯图里亚斯 167,180,315
阿维森纳 165—166
爱伦堡 15,258
艾德林 195
艾吕雅 100
艾思奇 32,92,227
埃切加赖 167,180
安藤昌益 331
奥贝德,赛拉迈 213
奥斯曼,莱拉 221
奥威尔,乔治 250

B

巴尔扎克 90,94—95,99—100,102—103,107,
  135,194,271,300,319
巴赫 302
巴金 107,122,124,193,214,219,230,259
巴努斯 9
巴赞,埃尔韦 289
拜伦 199,227,229
包文棣 106,120,259
贝多芬 21—22,24,26,32,288

贝蒂,安 114
贝克特 111,280
贝娄 111
毕加索 258
卞立强 191
卞之琳 63,91—94,107,259,273,284,289,356
别林斯基 59,110
波德莱尔 94
波特 111
别雷 111
冰心 16,81,144,217
勃朗特姐妹 107,110
波伏瓦,西蒙娜·德 102,289
博马舍 92,149
波兹德涅娃 327
柏拉图 135,199,247,249
伯希和 327—328
布尔索夫 256
布莱希特 62—63,66,69,75,218,258,298—
  302,307
布鲁姆,哈罗德 250
布托,米歇尔 289

C

蔡鸿滨 172
蔡元培 26,28,192,249,272
曹禺 66,214,230

曹植 249
曹靖华 11,28,51,184—187,191—193,197
草婴 118,277
岑楚兰 169
车尔尼雪夫斯基 110,310
车柱环 134
陈冰夷 119,277,341
陈岱孙 29,272—273
陈定民 147,270
陈独秀 272
陈光孚 172—173,175
陈宏天 326
陈嘉 370—372,377
陈嘉厚 81,214
陈焜 293
陈建功 248
陈琳 242—243
陈铁民 326
陈晓明 63
陈信德 40,127,329
陈炎 127
陈燊 92,94,258,260,373
陈寅恪 232,355
陈颙 296
陈占元 107,148,270—271,274
陈众议 183,259,265,375
程静芬 216
川本皓嗣 324
川端康成 113

D

达尔文 335
达姆罗什 238
达文 274
戴镏龄 277,370
戴望舒 362
德欧 43—44
德莱塞 199,201,206—207
德里达 379

邓广铭 325
狄布,穆罕默德 220
笛福 21
狄德罗 274,333
狄更斯 58,107,110,135
笛卡尔 249,333
迪伦马特 291,295—296,299,301,307
丁玲 226
丁石孙 147,188,193
丁淑红 222
丁文林 175,180
董衡巽 91—92,209,260,373
董燕生 176—177,183,309,321
都德 286
杜贝莱 98
杜秉正 199
杜凤珍 193
杜拉斯 102,111,152
杜契斯基,巴勃罗 171
杜亚,杭 36,47
杜勃罗留波夫 110
段若川 18,171—172,311
段晴 351,359
段学复 330

E

恩格斯 33,135,262—263,279,301,335

F

法胡里 213
法朗士 110
范存忠 370—371
范大灿 29,142,191,341
方平 277
菲尔多西 160,164
菲茨杰拉德 111,162—163
冯友兰 28,148,325
冯亦代 108
冯至 14,20,23,25—32,63—65,77,91,93,95,

107,189,191,218,242,259,264,271—274,
277—278,289,291—295,299,301,306,
350,356—357,363—364

冯雪峰 10,13
冯姚平 63—64
冯钟云 325
废名 226
费纳龙 274
傅雷 90,101—102,154,208
伏尔泰 333
福柯 379
福克纳 111,198,205—206,209—210
福莱特 111
福楼拜 93—94

G

盖叫天 266
戈宝权 13,106—107,257,259—260,277,356
葛邦福 12
高本汉 328
高尔基 9,84,100,121,184,196,219,254
高尔斯华绥 107,110
高莽 356
高名凯 170,188,208
高秋福 93
歌德 20,24,28—30,32,71,100,160,238,250,
265,293—294,298
格拉斯 307
格里姆豪森 302
葛兰言 327
葛维均 359
龚人放 51,187
龚文庠 367,369
顾颉刚 196,325
桂裕芳 91,145,154,270
郭斌龢 370
郭宏安 94,373
郭良鋆 351,354,359
郭麟阁 31,92,99,148,203,270,289

郭沫若 24,159—160,162—163,230,325—
326,379

H

哈代 245—247
哈菲兹 160,165—166
哈冈尼 160
哈基姆 85
海德格尔 251
海明威 209
海涅 24,28,32,59,109,295
海亚姆 160,162—166
Hanson,John 249
韩邦凯 367
韩耀成 373
贺剑城 127
赫勒 113
赫尔岑 107,110,120
赫胥黎 335
荷马 107
何干之 227
何其芳 14,53—55,93,258—259,293,295
黑格尔 74,135,227,274,334
侯仁之 272,325
胡本耀 25
胡风 52—54,156,177
胡家峦 369
胡其鼎 206—208
胡乔木 23,213,234,295,307
胡塞尔 251
胡适 60,160,162—163,187,272
户川芳郎 324
怀特(海登) 111,240,379
黄宝生 4,350—351,373
黄晋凯 91
黄昆 272,330
黄梅 373—374
黄辛白 330
黄药眠 341
黄雨石 295

黄卓越 297

惠特曼 107

霍尔 381

J

吉川幸次郎 331

纪伯伦 79,81,217—219

纪德 99,270

吉洪诺夫 9

季羡林 27—29,31,39—40,63,80,107,127, 138,142,157,189—191,197,218,231,234, 259,272,274,277,332,340—341,350— 352,355,357,370

加洛第(又名:加洛蒂)258,300

加缪 111,268,279,282—284,286

加斯卡尔 289

贾植芳 59

蒯伯赞 28,272

姜椿芳 118—120,277,335

江伙生 95

杰伦,塔哈尔·本 220

金克木 40—41,127,138,259,277,350—355, 358—362

金丝燕 232,236

金志平 93,98,220

江隆基 156,228

江志方 175

蒋路 9,18—19,119,188

蒋介石 20,37

蒋忠新 351,354

K

卡尔沃 169

卡夫卡 111,258,280,282,291,294—299, 301,307

卡纳法尼,格桑 221

卡特,安吉拉 250

卡斯特拉尔,埃米略 169

康德 227,274,334

康拉德 58—59

柯鲁克 242

蒯斯曛 107

奎奈,法兰西斯 333

凯勒,戈特弗里德 293

克尔凯郭尔 307

克拉兹 44

库巴拉 9,18

L

拉什迪 249

莱布尼茨 333

莱蒙托夫 9,58,73,135,310

莱塞阿,玛利亚 169

莱辛 28

蓝天野 296

老舍 156,221,230

劳伦斯 282,375

雷曼(保尔)294

磊然 119

Levotsky,Barbara 244

里夫希茨 262

里塞 111

李宝源 91

李琛 216

李赋宁 18,22,31,142,180,187—189,199, 201,231—233,240,242,251—252,271, 273,277,330,341,367,370

李福清 196—197

李季 16

李霁野 277

李健吾 63,91,259,277,285,289,341,356

李岚清 27

李南 259

李启烈 128

李锐 249

李淑 26

李淑一 326

李田意 245

李慰慈 148,270

李唯中 217

李文俊 204,206,209—210,295,356

李锡祖 270
李一华 326
李应洙 128,130
李毓臻(余振) 11,53,187,193
李裕森 41
李肇星 181
李铮 191
李宗华 139
梁坤 265
梁立基 35－36,46,48
梁启超 325
梁于藩 117
梁宗岱 277,289
廖承志 38
廖山涛 193
列昂诺夫 73－74
列宁 69,135,141,199,253,255－256
林庚 226,325
林格伦 121－122
林怀民 249
林纾 153,235
林默涵 14
林焘 170,325
林一安 175
林兆华 70,74－75,296
凌继尧 367
刘安武 137,144,190－191
刘国楠 139
刘海平 372
刘厚生 64
刘京生 176
刘君强 171
刘麟瑞 80,86,213－214,216
刘群 228
刘少奇 156
刘毓缠 127
刘硕良 94－95,180,209,316
刘铁良 381
刘文斌 265－266

刘意青 367
刘再复 174,178
柳烈 128,130
柳鸣九 93－94,99,150,268,281,290
柳霞 323
柳小培 168
龙沙 98
楼适宜 277
卢卡契 243,300
卢梭 18,286,334
鲁达基 160－161,166
鲁迅 13,63－64,106,117,124,141,175,177,
    194－196,198,208,214,219,227,230－
    231,234,244,256,270,309,355,357,379
陆凡 277
陆嘉玉 142,190－191
陆建德 373,375
陆平 292
陆文夫 18,314
陆孝修 214
略萨,巴尔加斯 174
罗伯-格里耶,阿兰 99－100,289
罗大冈 15,32,91－94,107,147－149,191,
    259－260,277,356
罗大里 121－122
罗经国 188,204
罗念生 356
罗世义 13
罗念孙 107
罗哲文 305
罗征启 234
洛谢夫 263
吕同六 97,373
吕永泽 329
绿原 277
鲁萨菲 85
伦茨 111

M

马超群 128

马尔克斯,加西亚 111,174
马尔罗 268,279,282
马百乐 328
马哈福兹 85—86,217,219,221
马坚 40,80—81,83,85,127,213—214,216
马金鹏 5
马克思 14—33,94,131,135,141,225,238,253,256,259,261—262,265—266,278—279,300—301,328—329,334—335,348
马奈特,汉斯 292
马雅可夫斯基 84,135
马寅初 23,28,186,272,292,326
茅盾 81,124,214,230,236,270
毛泽东 38,84,129,135,187,203,214—215,248,278,329
曼,托马斯 28,111,241,245—246
梅拉赫 256
梅勒 111
梅里美 268,286
梅连多 169
梅益 277
梅热拉伊蒂斯基 9,18
蒙复地 171
蒙塔莱 113
孟德斯鸠 334
孟复 169,175,311
孟华 234
米切尔 112,198
弥尔顿 107,244
摩尔根 335
莫泊桑 145,152,274,286
莫里哀 107,208
莫里克 23
莫里亚克 150—151
莫扎特 23

N

纳训 213—214,216—217
纳忠 213—214,216
纳赛尔 80,88,219

乃夫,雅克 96
内扎米 160,165
内田智雄 327
尼采 74,217,219,230—231
尼赫鲁 13,80,139
尼兹,阿尔曼多 236—237
倪承恩 205—206,208
倪培根 373
涅托,路易斯·玛利亚 182

P

帕斯 60,167,180
帕斯捷尔纳克 60
潘光旦 299
潘家洵 75,273
庞朴 332
培尔,比埃尔 333
佩罗 250
彭克巽 51
皮达科夫 51—53
平川佑弘 339
坡,爱伦 368—370
普列汉诺夫 256
普列姆昌德 137,141
普鲁斯特 103,150,152—153
普罗普 256
普希金 9,13,49,51,58—59,110,135,184,310
蒲绥里 81

Q

齐良骥 226
齐香 91—92,147—150,208,270
齐燕铭 328
启功 324—325
契诃夫 62—66,69,71,72—78,110,193,310,316
契斯纳特,查尔斯 204
钱佼汝 372
钱林森 213
钱满素 373—374
钱青 244,247

钱善行 257,260,273
钱绍武 292
钱婉约 323
钱学熙 292
钱锺书 22,28—29,63,107,148,229,232,238—239,242,259,273—274,285,289,299,356,363,369
前野直彬 331
乔叟 107,110,201,244
乔治·桑 94
秦水 216
秦星 216
屈原 249
权泰钟 128

R

任继愈 324,352
任溶溶 113,117
日丹诺夫 276—283,285,289
日尔蒙斯基 256
汝龙 71—72,316
瑞斯,吉恩 247

S

萨迪 160—161,165—166
萨姆伊拉维契,杰尔卡奇·萨姆伊尔 255
萨冈 15
萨洛特 289
萨特 113,268,276,279—280,282—285,288—289
塞万提斯 176—179,265,309—310,315—316,318—320
Searle,Leroy 247
沙尔蒙 44
沙健孙 190
沙畹 328
莎士比亚 25,33,63,74,97,109,179,188,200,232,234,244,248,251,274,336,370—371,380
邵洵美 13
邵洵正 157
史树青 325

单其翔 305
沈宝基 32,148
沈从文 16,226,244
沈石岩 30,167,189
申丹 1,5,18
申慧辉 368
盛澄华 31—32,91,147—148,270,273
石磊 169
施蛰存 210
施舟人 236
舒伯特 21
舒衡哲 231
斯达尔 94,274
斯大林 135,276
斯密,亚当 334
斯诺 29,36
斯皮瓦克,佳雅特里 237
斯坦利 327
斯坦尼斯拉夫斯基 62,64,76,300
斯图尔特 381
斯托夫人 107,114
司汤达 94,107,110,294
宋丕方 161
宋庆龄 11,117,304,322
松浦友久 343
苏奇可夫 258
宿白 330
孙大雨 369
孙凤城 26,29,189
孙家晋 106—107,120
孙家孟 176
孙科 11
孙钦善 326
孙绳武 9,118—119,122,140,206—207,277—278,295
孙逊 233
孙中山 11,36
索莱尔斯 289
梭罗 107

索尔仁尼琴 111

T

泰勒 335
泰戈尔 13,137—139,144
台木尔 216,221
谭立德 98
谭亦豪 182
陶德臻 43
陶家俊 246
陶洁 198,201,208,211,264,378
陶渊明 23,29,195
唐家璇 331
唐兰 226
唐民权 176
汤婷婷 206
汤显祖 234
汤一介 195,228,236
汤永宽 113,120
汤用彤 28,272
特瓦尔多夫斯基 258
田宝齐 187
田德望 259
田余庆 272,325
田中隆昭 343
童大林 257
童道明 4,62—64,68—69,71—72,78,257
屠格涅夫 49,58,194,201,226
图尔尼埃 289
图尼培 111
吐温,马克 199
托尔斯泰 9,49,54,61,67—68,74,97,100,110,135,184,192,194,300
陀思妥耶夫斯基 50,74,184

V

Vendler, Helen 372

W

汪德迈 236
汪晖 74
王邦维 1,5,351
王道成 305
王国维 235,239
王力 93,196,325
王岷源 187
王宁 207,233,381
王若水 294
王世清 80,214
王式仁 206
王守仁 257,264
王泰来 172
王希苏 372
王央乐 172—173
王瑶 194—195,227—228,272
王元化 294
王朝闻 70
王振孙 100
王智量 49,53,56—57,61
王重民 325,327
王佐良 31,242—245,250,252,277,370
维庸 98
魏荒弩 187
魏敷训 329
魏建功 325,327—328,330—332
韦永华 186
韦旭升 126,133—134,136
温德 22,28,199—201
温儒敏 341
闻家驷 26,28,31,92,148,271,273,289,292
闻一多 162—163,230,271,320
沃尔夫林 302
沃尔夫 333
吴达元 26,31,92,147—149,188,270,273,289,292—293
吴富恒 210—211,277
吴晗 325
吴嘉水 367
吴竞成 327
吴景荣 370

吴宓 22,369
吴兴华 202,273,370
吴岩 277
吴贻翼 188
吴岳添 373
吴元迈 96,180,220,253,267,348—349,
　　373,378
吴组缃 226,325
伍蠡甫 277,369—370
伍晓明 234
乌列阿,赫罗尼莫 179
邬裕池 81,85,214
武兆令 191

X

西门宗华 12
西乡信纲 340—341
席必庄 359
席勒 24,28,218,298
席泽忠 325
希特勒 58,230
夏玟 91
向达 272,325
向景洁 332
萧伯纳 199,202
萧克 195
萧雷南 226
肖洛霍夫 258,265
谢辰生 305—306
谢希德 96
辛未艾 106,277
辛格 111,114
兴万生 257
徐继曾 148,153
徐苹芳 324
许国璋 242,244—245,252,277,370
许嘉璐 305
许汝祉 190
徐梵澄 362
徐志摩 163,230,246,288

薛涌 335
雪莱 179,227

Y

亚里士多德 70,135,237,247,249,300,356
严宝瑜 20,23—24,30,376
严复 89,123
严绍璗 322—324,328,331
杨伯峻 272
杨芙清 326
杨晦 52,188—189,226—228,272,327—329
杨绛(杨季康)63,107,148,176,259,273,315,
　　356,360,363
杨恺深 277
杨牧之 326
杨树达 51
杨维仪 148,151
杨宪益 107,259,277
杨献珍 54—55
杨心慈(杨怡)105
杨业治 22—24,26,29,31,292—293
杨振声 226
杨周翰 31,107,188—191,197,200,205,211,
　　231,235,242,252,273—274,277,289,292—
　　293,341,367,370
姚宝宗 26
叶君健 277
叶籁士 119
叶汝琏 95,148—149
叶圣陶 216
叶水夫 93—94,107,119,257,259—260,264,
　　277,356
叶舒宪 263
叶廷芳 236
叶文茜 201
叶奕良 157
易卜生 64,74—75
伊巴涅斯,伊格纳西奥 182
伊宏 216
伊萨科夫斯基 18

伊德丽碧 84
伊德里斯 85
阴法鲁 325,327,332
游国恩 51,325
尤瑟纳尔 99,268,282,289
俞大纲 201—202
雨果 94,268,271,274,286—287
余华 74
余匡复 27,29
于是之 64
袁可嘉 356
袁行霈 29,229,324
乐黛云 4,52,191,194—195,225,324,333,340,343,369,377
岳凤麟 51

Z

曾觉之 148,270
曾野绫子 331
扎东斯基 294
张岱年 325
张冠尧 91,101—102
张谷若(张恩裕) 200,201,273
张广森 176
张鸿年 155—156,166
张静庐 369
张隆溪 232,341
张佩芬 295
张秋华 187,191
张荣昌 26,172,295
张天翼 16,124
张庭延 134
张维 233
张维廉
张炜 236
张祥保 187,199,201,204
张英伦 91,93—94,284
张应湘 295
张羽 260,373
张玉书 28—29,189—190
张月超 190
张中载 241,252
张政琅 325
张芝联 92
张绪华 183
章国锋 373
章培恒 326
赵德明 167,171,175
赵登荣 26
赵国华 354,359
赵家璧 210,369
赵萝蕤 188,200,202,252,292—293,367,371
赵朴初 326
赵绍熊 367,369
赵元任 123
赵振江 168,171—172,181,315
郑朝宗 185,190
郑鍠 281
郑克鲁 4,90,284
郑永慧 101
郅溥浩 83,86,212
中西进 343
周蕙莲 171
周建人 120
周乐群 188
周立群 278
周培源 28,186,272—273,330
周珊凤 199,201
周小仪 234
周扬 53,210—211,275,277,280—281,284,291,293—295,353
周晔 120
周一良 330,332
周珏良 242,252,341,369
周正 296
周恩来 131,203
朱邦芳 191
朱德熙 170,325
朱虹 231,373—374

朱家骅 30

朱琳 296

朱光潜 14,28,30—32,50,107,146,200,202,259,273—274,277,280—281,289,292,341,367,370,376

朱维之 42,189

祝庆英 176

祝彦 27

左拉 94,230,265,274